J. M. G. Le Clézio

Révolutions

Gallimard

J. M. G. Le Clézio est né à Nice le 13 avril 1940 ; il est originaire d'une famille de Bretagne émigrée à l'île Maurice au xviiᵉ siècle. Il a poursuivi des études au collège littéraire universitaire de Nice et est docteur ès lettres.

Malgré de nombreux voyages, J. M. G. Le Clézio n'a jamais cessé d'écrire depuis l'âge de sept ou huit ans : poèmes, contes, récits, nouvelles, dont aucun n'avait été publié avant *Le procès-verbal*, son premier roman paru en septembre 1963 et qui obtint le prix Renaudot. Son œuvre compte aujourd'hui une trentaine de volumes. En 1980, il a reçu le Grand Prix Paul-Morand décerné par l'Académie française pour son roman *Désert*.

Avel aveliou oll avel
Vent, vents, tout est vent

Une enfance rêvée

L'immeuble de la rue Reine-Jeanne où habitait Catherine Marro avait connu une certaine grandeur, du temps où les trains venus de Paris, de Londres ou de Moscou apportaient à la gare chaque saison un flux de riches oisifs, pas assez riches pour pouvoir se payer le luxe d'une villa en bord de mer, mais soucieux de maintenir un certain niveau de vie dans ces quartiers nouveaux où les bâtiments de cinq étages et mansardes avaient remplacé les jardinets et les cabanons des fermiers.

L'immeuble portait un nom gravé en lettres d'or sur fond de mosaïque d'azur au-dessus de la porte d'entrée. Jean n'aurait pas pu dire à quel moment il avait su lire ce nom pour la première fois, tant il était familier, avec ses cinq syllabes qui lançaient leur éclat sonore assez étrange sur cette façade décrépite. Un nom qui, disait sa mère Sharon, le faisait rire quand il était tout petit et qu'elle l'emmenait rendre visite à la tante Catherine, et il le répétait comme si c'était un nom magique : La Kataviva.

D'où venait ce nom ? D'Afrique, avait pensé Jean, ou bien des îles de la Sonde ? Ou bien peut-être avait-il imaginé que c'était pareil à tous ces noms de Maurice, qui tournaient dans sa mémoire, venus de son père et à travers lui de ses grands-parents, ces noms drôles, un peu inquiétants, comme Tatamaka, Coromandel, Minissy. Plus tard, la tante Éléonore, qui avait toujours l'esprit caustique, lui avait expliqué que Kataviva était tout simplement le nom d'une petite station sur le chemin de fer qui traverse l'Oural, et que le constructeur de l'immeuble était sans doute un de ces aristocrates nostalgiques du temps de la Sainte Russie et de ses fastes. Pour cela ce nom brillait sur l'écusson d'azur comme une icône. Bref, La Kataviva était tout un monde.

À chaque étage existait un cas particulier, qui ne pouvait être comparé à aucun autre. L'immeuble malgré son nom éblouissant faisait tout de même un peu peur à Jean, avec son entrée sombre, la grande porte en fer forgé vitré jamais ni ouverte ni fermée, toujours entrebâillée, comme si un ressort invisible et détraqué la maintenait. Parfois des clochards avertis en profitaient pour élire domicile dans le hall, couchés en chien de fusil sur des cartons devant l'entrée du réduit à poubelles.

Jean appréhendait le passage dans le hall. Il lui semblait qu'une haleine froide lui soufflait dans le cou, qu'une main invisible s'apprêtait à le saisir, pour l'entraîner vers les profondeurs noires des caves où plus personne ne s'aventurait depuis longtemps. Il courait d'une traite jusqu'à la seconde porte, qui s'ouvrait dans une cloison autrefois ornée de vitraux gothisants, et qui avaient été remplacés progressivement par des verres dépolis jaunasses.

Le rez-de-chaussée et les étages nobles étaient occupés par des meublés, non pas louches mais simplement minables, où logeaient des gens de passage qui ne restaient pas plus de deux ou trois mois, et que personne ne connaissait par leurs noms. Au-dessus commençaient les vrais habitants de La Kataviva. D'abord le général Hamon, un vieil homme irascible, qui boitait de la jambe droite, à la suite d'une blessure reçue durant la campagne du Maroc. Jean avait entendu dire qu'il avait même été interprète auprès de Lyautey, sans savoir exactement ce que cela signifiait. Avec lui vivait une Espagnole, une grande femme brune vêtue d'une robe à volants et coiffée d'accroche-cœurs, qui parlait avec une voix grave d'homme, et qui lançait à Jean, chaque fois qu'il avait la mauvaise fortune de la croiser dans l'escalier, des œillades effrayantes.

Les étages suivants étaient habités par des gens plus ordinaires, un médecin à la retraite porté sur le whisky et une vieille fille en chaussettes blanches et sandales, nommée mademoiselle Jeannette Picot, qui promenait à toute heure un grand chien blanc sale.

Au fur et à mesure que Jean montait les marches, guidé par la lumière de la verrière qui dominait la cage, il entendait avec plus de précision le bruit qui, dans son esprit, en était venu à qualifier le mieux La Kataviva, et qu'on percevait à peine quand on entrait dans l'immeuble ; palier après palier, ce bruit s'installait dans son oreille, emplissait son esprit, recouvrait tous les autres bruits : c'était le cri strident du serin que mademoiselle Picot avait installé devant la petite fenêtre de sa cuisine qui donnait sur le palier du quatrième. La voix perçante et triste de l'oiseau prisonnier vrillait la cage d'escalier, et Jean avait l'impression qu'elle l'attirait vers le haut, à la manière d'une vis sans fin, l'accrochait par les cheveux et par le centre du corps, et le hissait de marche en marche, la tête renversée en arrière, les yeux fixés sur le toit transparent de la verrière où les tenons dessinaient des croix de Saint-André.

Tout était très sombre dans l'escalier. Le cri du

serin de mademoiselle Picot résonnait comme un message surnaturel, qui cherchait à prévenir Jean d'un danger, ou peut-être proférait la pauvreté et la solitude, ces pièges dans lesquels les habitants de La Kataviva s'étaient fait prendre, à la manière de l'oiseau dans sa cage. Pour Jean, la voix du serin de mademoiselle Picot avait un sens, elle lui faisait horreur et l'attirait à la fois, le hâtait vers le haut, vers le cinquième étage, où vivaient les Gendre et leur pensionnaire sourde-muette Aurore de Sommerville, et les combles mansardés où se trouvait la tante Catherine.

Jean allait à La Kataviva l'après-midi en sortant de l'école. C'était devenu une habitude, plutôt une sorte de rituel. Il ne savait pas très bien pourquoi il allait voir la tante Catherine. Peut-être pour retarder le moment de retrouver l'atmosphère lourde de l'appartement où son père, confiné à cause de sa sclérose, devenait de plus en plus irascible.

La tante Catherine était aveugle, elle menait une vie solitaire en haut de cet immeuble décadent, et la mère de Jean, les autres membres de sa famille, même les voisins, tout le monde pensait que Jean était un brave garçon, rempli de bonnes intentions. La tante Catherine, elle, ne se posait pas la question. Jean était son amour, voilà tout. Pour Jean, c'était aussi bien, il ne se considérait pas comme un garçon exceptionnel, et rien ne lui faisait plus horreur que la charité.

Quand l'heure approchait, Catherine le savait d'instinct, à certains bruits dans la rue, à d'autres signes qu'elle seule pouvait percevoir. Elle se levait de son fauteuil, et à tâtons dans sa cuisine, elle préparait les ingrédients pour le pain perdu : les tranches de pain rassis, les œufs, le lait, le beurre, le sucre roux dans lequel trempait un bâton de vanille.

Elle avait toujours des réserves de pain rassis dans son placard, du pain pour les pêcheurs que la petite Aurore lui rapportait chaque jour quand elle revenait de faire les courses pour monsieur et madame Gendre.

Et quand Jean frappait à la porte, deux ou trois coups légers, il sentait la bonne odeur du pain qui cuisait dans la cassonade. La vieille dame aveugle avait deviné son arrivée, quelquefois elle ouvrait la porte avant même qu'il ait eu à frapper. Jean pensait que c'était peut-être le serin de mademoiselle Picot qui la prévenait, il avait un chant spécial pour dire que quelqu'un montait l'escalier.

Souvent Aurore était sur le palier, elle faisait comme si elle rangeait des machins dans des cartons, dans le couloir, ou bien elle balayait, mais en vérité Jean savait qu'elle était là pour lui jeter un regard furtif quand il passait. Jean sentait son cœur battre un peu plus vite, jamais il n'aurait avoué que c'était aussi pour la jeune fille sur le palier du cinquième qu'il venait voir la tante Catherine.

Les Gendre étaient des gens particuliers. Ils avaient vécu longtemps à Abidjan, où monsieur Gendre était un administrateur de biens un peu véreux. Ils étaient retournés en France à la mort du frère aîné de madame Gendre, le général de Sommerville, et Aurore était venue vivre avec eux. Aurore avait treize ans quand Jean l'avait remarquée pour la première fois, elle était menue et fragile, avec un type asiatique très marqué, de longs cheveux noirs et soyeux et des yeux en amande. Le père de Jean avait raconté qu'Aurore était eurasienne, que monsieur de Sommerville avait eu cette fille d'une liaison avec une Indochinoise, au temps où il était en poste à Hanoi. Mais sa mère disait que tout ça, c'étaient des ragots, qu'en réalité monsieur de Sommerville avait adopté Aurore et l'avait ramenée en France quand il avait pris sa retraite. Du général d'Adhémar de Sommerville, il ne restait que la plaque en laiton sur laquelle son nom était gravé en lettres à ramages, et la carte de visite qui était toujours épinglée sur la boîte aux lettres des Gendre, Dieu sait pourquoi, Aurore ne recevant jamais de courrier. Jean admirait ce nom, surtout assemblé à celui d'Aurore. C'était un nom à la fois mystérieux et facile, un nom qui faisait rêver. Un jour, à l'âge de onze ans, Jean avait détaché la carte de visite de la boîte aux lettres, et l'avait mise au secret dans ses affaires de classe, pour garder le nom d'Aurore avec lui. Mais les Gendre devaient avoir une provision de ces cartes, car une autre est venue aussitôt la remplacer sur la vieille boîte aux lettres déglinguée.

La tante Catherine accueillait toujours Jean avec le même rite : elle entrouvrait la porte, sans rien demander, et elle retournait à sa cuisine pour surveiller le pain perdu. Lui restait debout dans le couloir, s'habituant à la pénombre, tenant à la main le petit sac de papier dans lequel sa mère avait préparé quelque chose pour la vieille tante, des fruits, ou une boîte de riz à la tomate, parfois un peu de soupe dans une gamelle provenant de l'époque où le père de Jean était militaire en Malaisie.

Ensuite la tante Catherine revenait vers lui, les mains tendues en avant, jusqu'à le toucher. Elle passait très lentement la paume de ses mains sur son visage, dessinant du bout des doigts la ligne du front, les sourcils, les yeux, puis l'arête du nez, jusqu'aux lèvres et à la pointe du menton. Ses mains étaient maigres, sèches et légères, elles effleuraient à peine le visage de Jean, d'une caresse qui le faisait frissonner. Puis elle tendait ses mains, la paume vers le haut, et Jean mettait ses mains dans les siennes, sans prononcer un mot. Chaque fois il sentait son cœur battre et celui de la vieille femme palpitait plus fort aussi. C'était un instant long, silencieux, un peu dramatique. La tante Catherine avait un petit rire satisfait, comme si tout cela n'avait été qu'une plaisanterie. Elle disait : « Eh bien, Jean, ça fait un moment que je t'attendais, le pain perdu va être vraiment perdu. » Jean allait s'asseoir à la cuisine, sur un tabouret un peu bancal, et la tante Catherine faisait glisser les deux tranches de pain dorées dans son assiette. « Tiens, mange pendant que c'est encore chaud, sinon ça va se dessécher. »

Elle ne mangeait pas. Elle restait debout à côté de la table, comme si elle le regardait manger. Quand il avait fini, elle posait les assiettes dans l'évier, laissait couler un peu d'eau, puis elle entraînait Jean vers la grande pièce ensoleillée, le faisait asseoir sur le canapé et s'asseyait dans son fauteuil, le dos tourné aux fenêtres, car la lumière pouvait encore lui faire peur.

« Alors, causons un peu, veux-tu ? Qu'as-tu fait depuis que je ne t'ai vu ? »

Jean cherchait quelque chose de drôle à annoncer, mais elle était plus vive :

« Tu ne sais pas ce que j'ai entendu à la radio ? » Elle parlait des nouvelles, de la politique, qu'elle trouvait exécrable, de la situation à Maurice, du parti de Gaétan Duval, auquel elle ne voulait pas croire. L'indépendance, qui l'inquiétait : « Il n'y a pas d'avenir pour cette île. L'époque des colonies, c'est fini. » Elle rapportait aussi les potins de la rue qui montaient jusqu'à elle de palier en palier, elle se plaignait de son voisin, un contrôleur de bus ivrogne nommé Candela. Quand elle parlait des gens d'en dessous, les Gendre et la petite Aurore, sa voix s'étranglait de colère : « Un jour il faudra bien qu'ils rendent compte de la façon dont ils la traitent, tout ce qu'ils lui font subir, parce qu'elle ne peut pas se défendre, tout l'argent qu'ils lui ont volé, et maintenant ils parlent de la faire enfermer dans une institution ! » Jean écoutait d'une oreille distraite, il regardait autour de lui, cette pièce mansardée où le temps s'était arrêté, comme un flot qui en se retirant aurait déposé dans les coins des scories, des choses mortes, les souvenirs de Rozilis, les précieux colifichets de l'Inde, les albums de photos jaunies, les tableaux noircis par la poussière, les bouquins inutiles.

Chaque fois, Catherine parlait de ce qui lui tenait le plus à cœur, les animaux, bien qu'elle ait renoncé à en avoir quand elle avait commencé à perdre la vue. Les chats et les chiens volés et revendus pour la vivisection aux laboratoires de pharmacie. Elle parlait de ce qu'on lui avait raconté, de ces singes de la forêt de Chamarel qu'un Blanc de Maurice, d'ailleurs un lointain parent, élevait dans des cages pour les revendre aux laboratoires américains et australiens. « Et sais-tu pourquoi il y a une demande de ces singes-là ? Parce que à Maurice, on est dans une île, et les laboratoires sont sûrs d'avoir des spécimens qui ont été protégés de toute maladie. » Elle s'emportait, jusqu'à oublier qu'elle était aveugle. Elle farfouillait dans des liasses de papiers déposés par les démarcheurs : « Tu vois cette pauvre bête, on lui a enfoncé un tuyau dans la rate pour prélever directement sa bile, alors qu'elle est vivante, enfermée dans une cage, les pattes liées pour l'empêcher de bouger, on a même mis une sangle autour de son cou ! »

Jean parcourait des yeux des dessins maladroits, sur les feuilles ronéotypées, tandis que Catherine passait ses longs doigts maigres sur le dessin comme pour en percevoir l'horreur. « Toi, tu es jeune, il faut que tu empêches ça, tu dois aller voir ce monsieur à Maurice, tu dois faire relâcher tous les singes, promets-moi. »

Jean promettait, et l'impuissance de la tante Catherine faisait monter des larmes dans ses yeux.

Venait l'heure du thé. Catherine avait gardé du temps de Rozilis une grande théière chinoise dans un panier d'osier doublé de satin écarlate qui, à ce qu'elle disait, avait servi aux Marro depuis le début des temps. Elle ne l'utilisait que pour Jean, et c'était tout un cérémonial.

Jean mettait l'eau à bouillir dans la bouilloire cabossée, sur la gazinière incroyablement encrassée où la graisse crépitait. La bouilloire soufflait, Jean annonçait : « Dilo bouille », et c'était Catherine qui versait l'eau dans la théière sur les larges cuillerées de thé vanillé. Comme il n'y avait pas de réfrigérateur, le lait était invariablement sur le point de tourner. D'ailleurs la tante Catherine détestait le lait et tous ses dérivés. Elle flairait le reste du lait de la veille, et elle le jetait dans l'évier avec ce commentaire : « Tu vois, Jean, ça, c'est l'horreur ! » — en accentuant sur la dernière syllabe. En général elle se servait de lait en poudre.

Malgré tout cela, le thé de la tante Catherine était incroyablement bon, doux, parfumé, non pas mièvre comme chez Éléonore ou pisseux comme dans les salons de thé du centre-ville, mais fort, puissant, enivrant presque. Dans la pièce un peu étouffante, éclairée par le soleil de l'automne, il avait le pouvoir de faire rêver, et Jean se laissait glisser un peu en arrière sur le sofa, tout en feuilletant les dictionnaires. La tante Catherine ne parlait plus pendant qu'elle buvait son thé. Jean voyait sa silhouette à contre-jour, le soleil faisait briller ses cheveux encore très noirs, dessinait les lignes de son visage aux pommettes saillantes d'Asiatique. C'était l'image qu'il voulait garder d'elle, l'image qu'il connaissait depuis longtemps, cette vieille dame maigre assise le dos à la fenêtre, les épaules bien droites, attentive, silencieuse, pendant que la vapeur de la théière traçait des volutes jusqu'au plafond. C'était ici, dans cette pièce, qu'il avait tout appris sur Maurice, sur les Marro, sur la maison de Rozilis.

La mémoire de la tante Catherine était sans fond. Chaque fois que Jean venait la voir, elle reprenait, recommençait toujours par la même formule : « Autrefois, à Rozilis, quand j'avais ton âge... » C'était il y avait très longtemps, Jean avait du mal à compter, cinquante, soixante ans. C'était avant toutes les guerres, quand le monde était encore innocent. Elle parlait des Marro, de sa sœur Mathilde qu'elle appelait Maud. Jean était le seul à qui Catherine parlait de cette façon. Elle n'avait jamais rien raconté au père de Jean, qui était pourtant son vrai neveu, ni à personne. Les autres ne devaient pas comprendre. Ou bien ils ne valaient pas la peine qu'on leur dise. Elle avait choisi Jean pour lui donner sa mémoire.

Elle avait des trésors inépuisables, pas seulement des mots, mais des choses aussi, des bouts d'os, des cailloux, des pièces limées, des scories qu'elle extrayait du fond de ses tiroirs pour les montrer un par un, comme s'ils étaient autant de clefs aux mystères du passé. Parfois elle trouvait de jolies choses, un petit chien en bronze qui avait servi de presse-papiers à son père, une graine venue d'Inde, lourde, d'un brun de feu, ciselée très finement. Une montre arrêtée, un encrier sur lequel était écrit : *À Monsieur*

Charles Marro la population de l'île de la Réunion reconnaissante 1860, et Catherine expliquait : « Le grand-père avait soigné les malades de variole au lazaret de Boucan Canot à la Réunion, et ensuite à Maurice, durant la grande épidémie. » Une vieille lorgnette qui avait appartenu à Jean Eudes Marro, le premier des Marro à l'Ile de France. Catherine passait ses doigts sur toutes ces choses, et elle les posait sur la table, à côté de la théière, et Jean tardait à les prendre, il attendait un peu, puis il les touchait légèrement, le temps de sentir la chaleur qu'ils transmettaient, une lueur et une chaleur lointaines qui venaient de l'autre côté du monde réel.

« À Rozilis, autrefois, la journée commençait très tôt, au point du jour, ça devait être cinq heures du matin, mais nous n'avions pas de montre pour le savoir. Il n'y avait pas de signal, pas de cloche pour tirer les laboureurs de leurs lits, le grand-père Charles détestait ça. Il détestait tout ce qui rappelait le temps de l'esclavage, les coups de sifflet, les sirdars, les contremaîtres, les appels, les cartes d'identité qui devaient porter le nom et la photo de chaque travailleur indien, c'étaient les Anglais qui avaient inventé tout ça. Le grand-père Charles disait : "Je ne suis pas Foucher." Il n'était pas très grand, mais il était maigre, comme moi, comme toi, les Marro n'ont jamais eu l'air de bons vivants, il avait un cou très long et décharné, un cou de tortue, c'était son surnom, mais il n'en savait rien, tout le monde l'appelait Torti. Nous allions le voir, Maud et moi, après la classe. Il était toujours assis sous la varangue, il recevait les visites des gens de Beau Bassin, de Rose Hill, des gens qui venaient lui demander des conseils, ou peut-être qui cherchaient à lui emprunter des sous, il avait la réputation d'être très généreux, et ma grand-mère Lise s'en plaignait, elle disait qu'on finirait sur la paille, tu vois, elle ne s'est pas trompée. »

La tante Catherine s'arrêtait un instant pour boire un peu de thé. Elle avait disposé dans une assiette des gâteaux secs, toujours les mêmes, auxquels elle ne touchait jamais, et Jean se gardait bien d'en prendre, devinant à quel point ils pouvaient être rassis.

« Le grand-père Charles nous impressionnait beaucoup. Il était si vieux, il avait connu son grand-père à lui, qui était arrivé à Maurice au temps de la révolution, même aujourd'hui ça me semble difficile à croire. Il nous disait "vous", comme on devait faire autrefois avec les enfants. Maud était timide, elle se cachait derrière moi, et comme elle était petite on croyait qu'elle avait quatre ans de moins que moi, alors que nous étions presque jumelles, à un an près. Est-ce que je t'ai déjà raconté que nous sommes nées une nuit de cyclone, en avril ? »

Jean aimait tenir dans ses mains l'encrier de bronze qui avait appartenu à Charles Marro. Peut-être qu'il y avait trempé sa plume pour écrire ses lettres à ses amis, ou pour rédiger les plans de la scierie d'Ébène, qui devait fonctionner avec l'eau de la rivière Cascades, avant la ruine de Rozilis. Il regardait chaque marque, chaque tache d'encre, les lettres gravées sur la base, *À Monsieur Charles Marro*, et il pensait à ce que la tante Catherine avait raconté, la fin de l'épidémie en 1859, quand on jetait les morts dans de grandes fosses remplies de chaux, au milieu des cannes, et la panique générale, l'armée anglaise qui avait entouré les quartiers des Noirs et des Indiens, à la Plaine Verte, à Vallée Pitot. C'est durant son voyage à la Réunion que Charles avait rencontré Lise Lerun, qui était venue de France avec son père, ils s'étaient mariés l'année suivante. Elle avait juste dix-sept ans. Lise avait été surnommée d'Arzano, parce qu'elle était originaire de ce village de Bretagne.

La mémoire de Catherine était béante. Elle pouvait parler sans s'arrêter ou presque, pendant des heures, d'une voix très douce, comme si elle se parlait à elle-même : « Autrefois, du temps de Rozilis... » Ses mains posées sur ses genoux, le dos très droit, la tête un peu tournée vers la gauche, comme tous ceux qui vivent d'imaginer. La pièce mansardée se remplissait de sons, de couleurs, de mouvements. « Notre jardin était très grand, aujourd'hui on dirait un parc, mais pour nous c'était grand comme le monde, ça allait du ravin de la rivière des Plaines Wilhems au nord, jusqu'à Ébène au sud, la cascade était si proche qu'on l'entendait quand le vent soufflait, et après Ébène commençaient les champs de canne, à perte de vue, jusqu'à l'horizon, avec seulement les cheminées qui sortaient de loin en loin comme des phares, Minissy, Valetta, Saint Jean, Bagatelle... Mon père avait fait planter une allée de palmistes après le cyclone de 92, jusqu'aux ravins, et chaque année les enfants allaient explorer un peu plus loin, un peu plus au nord, mais on n'osait jamais s'aventurer vers cet endroit qui s'appelait le Bout du Monde, là où toutes les rivières et les cascades se rencontrent dans la forêt. Le soir, l'été, tout était calme, on entendait le bruit du train qui s'essoufflait à monter la rampe de Moka, et le coup de sifflet quand il arrivait à la gare du Réduit. Quand on entendait ça, Maud et moi, nous partions en courant le long de l'allée des palmistes pour attendre les garçons, ils arrivaient tout poussiéreux d'avoir marché sur la route, l'un après l'autre, du plus grand au plus petit, Hervé ton grand-père, Gildas, et Simon en dernier qui traînait la jambe, ils étaient fatigués d'avoir porté leurs cartables, ils avaient eu très chaud sur la route, et nous, les filles, nous nous amusions à nous cacher derrière les buissons, nous leur lancions des cailloux et nous poussions des gloussements de volailles, Maud avait peur de ses frères et elle se cachait derrière moi, et les garçons savaient que nous étions là, ils nous jetaient aussi des cailloux, des graines, ils nous criaient des gros mots, ils se querellaient comme des martins énervés. »

Il y avait la langue créole, que Catherine n'avait pas oubliée. Tous ces mots qui lui venaient naturellement, qui se mélangeaient au pain perdu et à l'odeur du thé vanillé, la musique des mots qui réveillaient les souvenirs de Jean, le temps de sa petite enfance, quand il venait à La Kataviva avec sa mère, et que la tante Catherine lui chantait des chansons, lui disait des devinettes, pour lui qui n'avait pas connu sa grand-mère, c'était si loin mais ici dans cette pièce étouffante, sous les toits, les mots dans la langue créole le transportaient sous la varangue de Rozilis, comme s'il avait vécu là-bas, que sa vie présente était passagère et qu'un jour il y retournerait. *Dileau dibout, dileau coucé, piti batt maman, piti couma piti, li fer coné tou so puissans, li porté so noyo dihor parey coco.* La devise de Catherine, c'était *Napas fer narien* ou plutôt *Ki pé fer ?* qu'elle opposait à toutes les adversités, qui lui avait permis de traverser l'existence et de rester pareille à celle qu'elle était à vingt ans, sèche et droite sans illusions mais sans amertume.

Tout le monde la croyait méchante. Sharon, la mère de Jean, se souvenait d'avoir tremblé devant elle, quand Raymond Marro l'avait présentée la première fois à sa tante. À l'époque, Catherine habitait encore avec Mathilde le rez-de-jardin d'une villa à Joinville, avec quelques chats errants et le boxer de sa sœur. Jean Charles Marro, le grand-père de Raymond, était encore vivant, mais affaibli par la ruine, il ne quittait plus sa chambre, et c'étaient ses filles qui s'occupaient de lui. Catherine était apparue, sombre et sévère, un fantôme aux yeux gris d'acier, elle avait scruté la jeune fille jusqu'à la faire rougir. Puis elle l'avait embrassée, et voyant dans quel état elle était, elle lui avait parlé doucement, c'était la première fois que le père de Jean l'entendait faire des compliments : « Mais tu sais que tu es ravissante ! » La suite de la conversation avait été très tendue, Raymond avait parlé de son projet de plantation d'hévéas en Malaisie, il prendrait une retraite anticipée pour être libre, et la tante Catherine n'avait répondu que par un « Et ? » qui voulait tout dire. Tout cela était du passé.

Jean n'avait jamais eu peur d'elle. Entre eux, depuis le début, il y avait eu une sorte de contrat de confiance que rien n'avait démenti. Il ne demandait rien, elle n'attendait rien. C'était la première fois dans la vie de Catherine qu'elle n'avait aucune responsabilité, que personne ne dépendait d'elle directement. Quand elle avait perdu la vue, elle n'avait pas utilisé sa cécité pour faire pression sur qui que ce soit, et elle avait refusé l'offre de son neveu d'entrer dans une maison de retraite, où elle aurait bénéficié d'un soutien quotidien. Elle niait du reste être aveugle. Elle disait : « J'ai la vue basse, c'est tout. » Elle prétendait voir la lumière du jour, distinguer des silhouettes. Elle sortait encore parfois, très tôt le matin, quand les rues étaient vides, armée d'une longue canne en bambou qui ressemblait davantage à une gaule de bergère, avec laquelle elle suivait les

murs et le bord des trottoirs. Elle longeait la voie ferrée jusqu'au pont, elle entrait dans des boutiques
qu'elle avait repérées au nombre de pas, pour acheter quelques bricoles, du papier à lettres, des lacets,
du fil, des choses dont elle ne se servirait pas. Parfois, quand elle avait l'autorisation de madame
Gendre, Aurore l'accompagnait en lui donnant le
bras pour ses courses. Jamais elle n'aurait accepté
que Jean s'occupe d'elle. Elle ne voulait pas qu'il
puisse avoir pour elle un sentiment proche de la
pitié. Elle gardait les après-midi où il venait pour lui
donner à goûter et pour causer avec lui en toute
liberté, comme il sied entre amis de longue date.
Jean aimait bien qu'une si vieille personne le traite
en égal.

La tante Catherine du reste mentionnait rarement
leurs liens de parenté. C'était sans doute le bénéfice
qu'elle retirait de sa cécité, d'oublier la différence
d'âge, et de ne pas tenir compte du fait que Jean était
son petit-neveu, qu'un gouffre d'années les séparait
sur terre.

Les yeux fermés, elle retrouvait les sensations de
son enfance. Elle parlait seule, lentement, avec une
voix claire qui surprenait Jean, comme si dans cet
appartement vétuste, loin de tout, au cœur de cette
ville méchante et indifférente, du fond de son enveloppe de vieille femme usée et ridée, montait un
nuage frais, une vapeur malléable, invisible et drôle,
l'âme intacte de la petite fille qui courait pieds nus
dans le jardin de Rozilis, avec sa sœur Mathilde,
poursuivant les martins.

« Tu ne peux pas imaginer, il y avait tellement d'oiseaux, là-bas, à Ébène... Ils n'arrêtaient pas de
pépier. Des insolents, de jolis petits oiseaux jaunes,
des bengalis, des cardinaux tout rouges, d'autres qui
ont une huppe, on les appelle des condés. Partout où

nous allions, ils nous suivaient, ils volaient de branche en branche, ils s'amusaient à nous défier, ils se moquaient bien des chats. Je détestais les chats, tu sais, c'étaient mes pires ennemis, tu ne pourrais pas le croire maintenant, mais il n'y avait pas de chats à Rozilis parce que maman était asthmatique, et les chats du voisinage venaient toujours attirés par les oiseaux... Alors je connaissais tous les oiseaux, je pouvais imiter leurs chants, et ils me répondaient. Il y avait un cardinal, gros, rouge, la face très noire, il se posait sur la branche du tamarinier devant la maison, il sifflait gravement, il faisait des roulades très douces, twirr, twirr, ensuite très aiguës, une sorte d'appel, il entrouvrait à peine son bec et il criait fwit, fwit, fuyiit, et moi je lui répondais. Mais c'était papa qu'il voulait, certains après-midi quand papa revenait de la ville, il allait au bout du chemin jusqu'à une petite clairière, il tendait sa main pleine de graines de millet, ou bien un peu de pâte de goyave et il attendait sans bouger, et le cardinal venait tout doucement, il sautillait de branche en branche et puis il se posait sur sa main pour manger, et je crois que je n'ai jamais rien vu de plus joli, mon papa très grand et fort et sur sa main ouverte ce petit oiseau rouge en train de picorer. »

Sa voix était jeune, presque rieuse, et Jean se sentait alors vieux, fatigué, comme s'il avait échangé son âme, il se sentait pris dans cette ville, dans le tourbillon des autos et des klaxons, avec le crissement du train qui entre en gare, et toute cette réalité violente, terrible, la voix de monsieur Gendre qui criait après Aurore, les vindictes du lycée, la chaleur lourde de l'été en train d'arriver, tout ce poids qui l'empêchait de bouger, de rêver, qui le maintenait écrasé. Il venait voir la tante Catherine, il l'écoutait raconter ses histoires drôles et légères, avec sa voix d'enfant, son accent chantant, enfin il pouvait s'échapper, entrer dans le monde de Rozilis.

Jean aurait tout donné pour vivre ne fût-ce qu'une heure au temps de Rozilis. Ne plus avoir devant lui l'avenir pareil à un trou qui aspire, devoir grandir, être quelqu'un, réussir, être un homme.

Alors tout cela, ce que racontait la tante Catherine, les chants des oiseaux, le jardin à l'infini jusqu'au Bout du Monde, dans lequel elle courait pieds nus avec Mathilde, le ravin où coulait le ruisseau Affouche, les feuilles mouillées par la rosée qui jetaient des gouttes aux lèvres, et aussi la nuit, le vent qui agitait le tulle, le chant des crapauds et la musique des moustiques, tout cela existait, était plus vrai que le réel, tout cela avait la substance de l'éternité.

« Autrefois à Rozilis…, commençait Catherine. On était réveillé chaque matin par les tourterelles. Ça venait tout doucement, une qui bouge dans les bada-miers près de la fenêtre, il ne fait pas encore jour mais déjà elles se réveillent, et Maud et moi on reste sans bouger dans notre lit pour attendre ce qu'elles vont faire, elles remuent, elles secouent leurs ailes, il y en a une qui pousse un petit cri, ourrou, ourrou, il y en a une autre qui lui répond quelque part dans l'ombre, ouourrou-ou, puis une autre, encore une, tout près, tout contre la fenêtre, si près que j'ai l'impression qu'elle est contre ma joue, je sens la chaleur de ses plumes, elle crie très fort son cri très doux, et d'un seul coup toutes se mettent à crier en même temps, et ça fait un bruit de moteur qui monte et descend, avec le froissement de leurs ailes, on dirait le bruit de l'orage et du vent, et la nuit s'en va… »

La tante Catherine était toujours assise bien droite dans son fauteuil, la tête tournée un peu de côté, Jean avait l'impression qu'elle flottait dans l'air gris de la chambre, portée par sa mémoire.

« C'est la musique que j'aime, je l'entends encore, je suis dans mon lit, je regarde la fenêtre ouverte avec la moustiquaire qui bouge un peu dans le vent, et Maud qui s'est rendormie malgré le bruit des tourterelles, elle n'a plus peur quand je lui tiens la main, c'est une musique qui vient du ciel, un ronronnement continu avec de temps en temps un petit cri comme une plainte, les tourterelles sont si petites, innocentes, elles sont comme Maud, elles ont peur du jour qui commence, en même temps elles sont joyeuses de sentir le soleil, elles vont bientôt s'envoler des arbres et passer au-dessus du toit en faisant claquer leurs ailes, elles vont aller droit vers les champs de canne et remonter les rivières qui coulent dans les ravins, comment s'appellent-elles, toutes ces rivières qui coulent autour de Rozilis, rivière Sèche, Cascades, Vaucluse, Mesnil, rivière Ébène, Tatamaka, Magrapoule, Valetta, Simathe, Magando, Bombay... »

Elle disait ces noms comme s'ils étaient les plus importants du monde, comme si à cet instant elle volait avec les oiseaux au-dessus des rivières et des ruisseaux, par-dessus la fourrure verte des champs de canne, voyant avec leurs yeux chaque monticule, chaque route rouge, chaque cheminée. Et pour Jean aussi c'étaient des noms qu'il connaissait, les noms avec lesquels il était né.

Quand la nuit venait, la tante Catherine ne s'en rendait pas compte. Jean n'osait pas se lever pour appuyer sur le commutateur. D'ailleurs, un peu partout les ampoules étaient grillées, et il n'y avait personne pour les remplacer. C'était l'été, il faisait jour très longtemps, même quand la nuit tombait on y voyait encore. Les couchers de soleil doraient les murs de la chambre. Après, la lumière montait de la ville, une lueur rose un peu triste qui entrait par les fenêtres. Peut-être qu'on n'avait pas besoin d'ampoules électriques, pensait Jean. Est-ce que cela existait du temps de Rozilis ? Le soir, on allumait une lampe à pétrole dans la grande salle à manger, pour que les fourmis volantes viennent s'y brûler. Voilà tout.

Jean s'efforçait à présent de vivre comme la tante Catherine. Quand il rentrait chez ses parents, il n'allumait pas dans sa chambre, il circulait dans l'appartement sans lumière. Il essayait de mémoriser les emplacements des meubles, des portes. Une nuit, son père l'avait rencontré dans le couloir qui conduit aux W-C, il l'avait éclairé dans le faisceau de sa torche.

« Qu'est-ce que tu fais dans le noir ? »

Jean était resté figé, clignotant des yeux, ébloui.

« Tu es somnambule ? »

Jean était retourné se coucher, furieux. Son père avait dû en parler, parce que le lendemain Sharon avait interrogé Jean, la voix inquiète :

« Ça fait longtemps que tu marches la nuit ? » Jean avait haussé les épaules : « Je ne sais pas, oui, je crois, ça fait longtemps. — Et tu te souviens de ce que tu fais ? Tu te souviens si... est-ce que tu sors dehors quelquefois sans qu'on le sache ? » Jean a dit : « Non, je ne sors pas. Je fais juste un tour dans le couloir quand je ne peux pas dormir. — Mais pourquoi tu n'allumes pas ? Tu nous as fait peur... » Jean a dit : « Je m'entraîne, c'est tout. »

Depuis son accident, le père de Jean n'avait pas les nerfs solides. L'inactivité le rendait anxieux, hargneux. En même temps, Jean respectait cet homme, les aventures qu'il avait vécues là-bas, dans la jungle de Malaisie, la vie nouvelle qu'il voulait à Ipoh avec sa femme, et puis son échec, tout ce dont il ne voulait pas parler.

Jean a décidé de changer les bases de son expérience. Maintenant, c'est dehors, en allant au lycée, qu'il s'efforçait de marcher les yeux fermés. Un jour, il a même collé ses paupières avec des morceaux de sparadrap. Il marchait dans les rues avec des pas mesurés, ses livres de classe dans la main gauche collée contre sa hanche, sa main droite tendue en avant. Il connaissait par cœur tous les obstacles, les réverbères, les poteaux, les étals des magasins, les bicyclettes et les mobylettes garées sur le trottoir. De la rue Béri au lycée, il y avait exactement sept carrefours, dont certains pouvaient être mortels.

Il n'était pas question de demander de l'aide à qui que ce soit. La tante Catherine ne demandait jamais rien à personne, elle. Il fallait attendre au passage clouté, écouter très attentivement. Quand le bruit des autos s'arrêtait un instant, aussitôt repris par le ronflement des moteurs qui démarraient dans la rue transversale, Jean se lançait sans hésiter, comme quelqu'un qui voit. Martial, qui l'avait rejoint sur le chemin du lycée, comme d'habitude, l'avait interpellé : « Qu'est-ce qui t'est arrivé aux yeux ? » Jean, laconique : « Rien, c'est une expérience. » Martial avait marché à côté de lui, jusqu'à ce que Jean l'envoie promener : « Écoute, tu me gênes. » Martial avait commenté : « T'es fou, tu vas te faire écraser. »

Au cours d'histoire, Jean essayait de suivre. Il découvrait que son attention était décuplée dans le noir. Il guettait chaque mot du prof, il avait l'impression de sentir chaque bout de phrase se former et jaillir en se déroulant, ça vibrait en lui à la manière d'une chanson, ça s'inscrivait au fond de sa mémoire. À la fin du cours il aurait pu répéter tout ce que le prof avait dit, et même les bruits de la rue et les craquements de chaises de ses condisciples. Mais c'était épuisant.

La rumeur de son expérience avait couru, et ça faisait rire ses camarades de classe. Jean avait dû arrêter sa tentative, une convocation au secrétariat du proviseur avait mis le point final. « Monsieur Jean Marro. Vos agissements sont non seulement stupides et dépourvus de tout motif, mais de plus ils provoquent dans la classe une source de distraction dont nous n'avons aucun besoin. »

Sharon était venue plaider la cause de son fils, et le renvoi avait été commué en simple avertissement. Le père de Jean n'en avait rien su. « Tu ne dois jamais recommencer quelque chose comme ça, tu entends, Jean, n'oublie pas que ton papa est très malade, il faut que tu penses à lui. » Charles Marro avait une maladie de cœur, après son attaque. Quand il était revenu de Malaisie, ayant tout perdu à cause de la guerre contre les CT (Jean entendait Citi, et un jour il avait fini par comprendre : *communist terrorists*), il n'avait pas supporté. Toute cette histoire que Jean avait suivie depuis l'enfance, d'une oreille distraite, cette histoire qui expliquait tout, le manque d'argent, le marasme, le silence obstiné de son père, le mur qui s'était refermé autour d'eux. Une fois seulement, il s'était exprimé, à propos de l'Indochine, ou de Madagascar, il avait dit : « La colonie, c'est la plus grande honte de notre époque. » C'était tout. Venant d'un ancien officier de l'armée britannique, ça avait de la force.

Jean avait donc limité l'expérience à quelques exercices sans témoins, dans sa chambre, ou dans l'escalier de l'immeuble. C'est aussi à cette époque qu'il avait élaboré les plans d'une machine, une cellule photoélectrique dont les messages seraient transmis par anastomose au faisceau du nerf optique. Il rêvait qu'il essayait son appareil sur la tante Catherine, il accrochait au moyen d'un casque cette sorte d'œil cyclopéen au milieu de son front, et elle s'avançait lentement jusqu'aux fenêtres du salon, elle restait immobile un long moment, les bras un peu écartés face à une des fenêtres, puis tout d'un coup, dans une onde de bonheur juvénile, elle s'écriait : « Dieu soit loué ! Je vois ! Je vois le carré de lumière, je vois tout, le soleil, le ciel, les maisons d'en face ! »

Jean savait que ce seraient ses propres mots, il était particulièrement sûr du « Dieu soit loué ! ». Il savait aussi qu'il faudrait affiner, renouveler les connexions, multiplier les récepteurs et les spécialiser dans chaque couleur du spectre, pour que, du brouillard lumineux, comme à travers les vitres d'un wagon embué, émergent enfin les formes humaines, les visages, que tout soit à nouveau comme avant, au temps de Rozilis, et qu'elle retrouve la vie avec la vue.

Aurore de Sommerville n'avait que deux ans de plus que Jean, et pourtant elle lui semblait beaucoup plus âgée, lointaine, quelqu'un qui avait vécu, une femme déjà, à la fois désirable et effrayante, parce qu'elle avait quitté définitivement le monde de l'enfance.

Il y avait un mystère en elle, cela il l'avait su tout de suite, quand il avait commencé à venir à La Kataviva. Le père de Jean avait raconté qu'elle était née à Hanoi, de mère inconnue. Quand le général de Sommerville avait quitté l'Indochine, quelques années avant la débâcle, il avait emmené avec lui cette petite fille sourde et muette, qu'il disait avoir adoptée, mais tout le monde avait pensé qu'elle était sa fille en réalité. À la mort du général, sa sœur était venue s'installer dans l'appartement avec monsieur Gendre et Aurore était restée avec eux, mais ce qu'en disaient les parents de Jean ressemblait au conte de Cendrillon. Aurore de Sommerville était la domestique de ces gens affreux, qui la traitaient mal et profitaient de ce qu'elle ne pouvait pas se plaindre. Elle n'était jamais allée à l'école, elle ne sortait pas, sauf pour accompagner Catherine Marro dans ses courses, ou pour faire un peu de ménage moyennant quelques sous. Elle vivait enfermée dans le grand appartement, elle était sauvage et taciturne, avec un regard d'animal traqué. Jean avait deviné qu'il se passait là quelque chose de terrible, il ne savait quoi, de méchant et de terrible. C'était cela le mystère.

Elle était petite. Un jour, Jean s'était trouvé à côté d'elle, sur le palier du cinquième étage, et il avait découvert qu'il la dépassait de plusieurs centimètres. Mais elle avait une façon d'être, de regarder, qui la faisait ressembler à une adulte.

Jean ne se rappelait pas comment il était tombé amoureux d'Aurore. Il avait toujours vu en elle une jeune fille muette et sauvage. Il se souvenait vaguement de l'avoir aperçue, autrefois, du temps où le général vivait encore, une petite fille chétive coiffée de nattes, vêtue d'une robe-tablier, au milieu des adultes, sur le pas de la porte de l'appartement, une souris grise. Puis il l'avait revue, des années après, quand il avait commencé à venir régulièrement chez la tante Catherine.

Elle s'était un peu apprivoisée. Quelquefois elle

s'arrêtait sur le palier, elle le regardait d'un air lointain, à moitié dans l'ombre du couloir, elle chuchotait par gestes. Jean avait un peu peur d'elle, et en même temps il était attiré par son visage, son étrangeté. Il s'était habitué à elle, il lui disait quelques mots, qu'elle lisait sur sa bouche, mais il n'était pas sûr qu'elle comprenait.

La première fois qu'elle s'était vraiment approchée, elle était venue jusqu'à lui, la tête un peu penchée en avant, les mains en coque contre son ventre, et quand elle avait ouvert les mains, il avait vu une petite boule jaune duveteuse, un poussin. C'était le jour de Pâques, des paysans s'étaient installés sous les piles du pont du chemin de fer pour vendre des légumes, des œufs et des lapins vivants, et l'un d'eux avait donné le poussin à Aurore.

Aurore était radieuse, c'était la première fois que Jean la voyait sourire. Elle tenait dans ses deux mains le poussin qui se redressait, avec un petit cri pépiant qui sortait de son bec entrouvert. Aurore cherchait à lui parler, sa bouche était ouverte et elle chassait l'air avec plutôt un bruit de serpent qu'un cri d'oiseau. Mais Jean était ému de l'entendre.

Jamais Jean n'aurait accepté qu'on dise qu'elle était anormale. Enfin, pas réellement anormale, mais simplette, qu'il lui manquait une case, qu'elle était légèrement handicapée. Un jour, il avait entendu sa mère et son père parler d'elle en ces termes à cause de ce qu'elle subissait chez les Gendre, pas méchamment, mais avec une pointe de pitié qui lui avait été insupportable. Il avait crié : « Ce n'est pas vrai, ce n'est pas vrai, cessez de mentir ! », si rageusement, avec des larmes dans la voix, qu'ils s'étaient arrêtés tout net et, plus tard, la mère de Jean était venue dans sa chambre, elle s'était excusée et il avait eu honte pour elle.

Aurore avait un visage rond, en forme de cœur, une jolie bouche aux lèvres très rouges, des pommettes hautes, mais c'étaient surtout ses yeux que Jean aimait, des agates noires, obliques, merveilleusement étirés aux tempes et dessinés au pinceau, avec un regard à la fois brillant et impénétrable, de la nature même de l'agate. Certains jours, quand Jean la rencontrait, elle était parée comme pour le bal, dans une robe vietnamienne rouge sang, le visage peint, les cheveux noirs tombant en cascade sur ses épaules. D'autres fois, elle redevenait la petite bonne grise, chétive, à l'air battu et triste. Et Jean ne comprenait pas la raison du changement. Il avait imaginé des fêtes secrètes, pour lesquelles Aurore se parait en princesse, et puis, comme dans l'histoire de Cendrillon, les longues journées passées à exécuter les tâches que sa marâtre lui imposait.

Depuis l'aventure du poussin, Jean vivait dans l'attente de ces rencontres fortuites sur le palier du cinquième. Une seule fois, il avait croisé Aurore rue Reine-Jeanne, non loin du pont du chemin de fer. Elle ne revenait pas de faire des courses. Elle avait une expression étrange, à la fois effrayée et impatiente. Quand elle a vu Jean elle a souri. Il y avait le vacarme de la circulation, le grondement des bogies du train qui passait à cet instant sur le pont de fer, une nappe de fumée bleuâtre qui flottait sur la rue. Aurore était tout éclairée par le soleil. Elle était vêtue de sa robe rouge sang, son visage fardé brillait comme la lune. Jean est allé vers elle, le cœur battant, et Aurore a fait cette chose incroyable, elle l'a embrassé. Un baiser léger sur la joue, mais un bref instant il a senti son corps contre le sien, il a senti les mèches de ses cheveux sur sa bouche, une odeur douce d'herbe, a-t-il pensé, et son visage si près du sien, l'odeur de la poudre de riz sur ses joues. Elle avait une peau très nue, ses sourcils complètement épilés, ses lèvres striées de petites rides verticales. Pendant ce très bref instant, il l'a regardée de près, comme il ne l'avait jamais vue auparavant, il a respiré l'odeur de sa peau, l'odeur de sa robe en soie, il s'est imprégné du dessin parfait de ses paupières, la ligne étroite qui entourait ses yeux et se fermait par un pli sur l'angle interne de l'œil, et surtout la couleur des yeux, l'iris d'un noir d'encre où il lui semblait se mirer à l'envers.

« Comment va ton poussin ? » En même temps qu'il posait la question, il a fait avec les mains le geste en forme de coque. Elle a souri encore, et elle a fait des mains le geste de jeter. Jean n'a pas compris, il a pensé qu'il s'était perdu, ou peut-être qu'il avait été mangé par un des innombrables chats errants que mademoiselle Picot attirait avec des gamelles.

Ils sont restés un instant immobiles au bord de la rue, avec toute cette circulation et ce bruit qu'Aurore ne pouvait pas entendre. Le soleil brillait sur les cheveux de la jeune fille, allumait des étincelles. Les gens qui passaient regardaient d'un coup d'œil furtif cette fille étrange, vêtue comme une poupée chinoise, et ce jeune garçon qui se tenait à côté d'elle, comme s'ils attendaient un bus, un train ou Dieu sait quoi. Puis est venu un homme, assez grand et fort, vêtu d'un élégant complet veston croisé gris clair, un homme en qui Jean a tout de suite, instinctivement, reconnu un militaire. Il s'est approché d'Aurore. Il tenait un petit bouquet de fleurs à la main. Il ne regardait qu'elle, pas un instant il n'a posé les yeux sur ce jeune garçon à l'air maladroit sur le bord du trottoir. Il a pris Aurore par le bras, et ils se sont éloignés, ils se sont perdus dans la foule. Et Jean a ressenti pour la première fois un pincement au cœur, il a compris en un éclair, Aurore lui échappait, elle allait partir avec cet homme, elle allait quitter La Kataviva, elle allait disparaître pour toujours.

Le lycée de garçons était une prison de pierre nue et encrassée, construite autour d'une cour asphaltée plantée de hauts marronniers. Quand il y était entré pour la première fois, âgé seulement de huit ans, au retour de l'année à Ipoh, en Malaisie, Jean avait compris que sa vie ne serait plus jamais la même. Ici, c'était la guerre, ou à peu près.

Les petits des classes primaires traversaient cette vaste cour en rentrant la tête dans les épaules, prêts à tous les dangers. Au moment de la grande récréation de dix heures, la foule des quelque deux mille élèves se déversait, venant de tous les côtés, des classes du rez-de-chaussée, du préau, des ateliers en sous-sol et des galeries supérieures, tous âges confondus. Il n'y avait pas assez de pions pour faire régner l'ordre, et de toute façon ils étaient trop mal payés pour s'y risquer. Les petits savaient qu'il fallait se regrouper le plus près possible de l'allée centrale, où déambulaient les professeurs. Les grands n'étaient pas tous vicieux ou tortionnaires, mais ils étaient indifférents au malheur des plus jeunes, sans doute parce qu'ils étaient passés par là. Quand un petit se faisait attraper par un grand de quatorze ans et tordre les bras ou bloquer la tête par une clef au cou, les autres s'écartaient et feignaient de ne rien voir. Ou parfois regardaient du coin de l'œil tout en continuant à discuter, comme si cela se passait dans une autre sphère, chez les singes ou les cochons sauvages.

Jean avait appris que c'était surtout du côté des latrines que se trouvait le danger. Pas un des petits ne se serait aventuré là tout seul. Il s'arrangeait pour aller faire pipi pendant les cours, à condition que le prof l'y autorise, ou bien à la rentrée de neuf heures, en sachant qu'il aurait une retenue pour retard, ou encore il devait se retenir jusqu'à la fin des classes, au risque d'un accident qui le ridiculiserait.

Les latrines étaient des sortes de grottes à l'extrémité de la cour, munies de W-C à la turque, fermées par des portes battantes. Les murs étaient entièrement couverts de graffitis et de dessins obscènes, le sol était d'une saleté repoussante.

Une des premières fois que Jean avait voulu y entrer, il était resté figé sur le pas de la porte par un spectacle horrible. À la place de l'ampoule électrique cassée depuis longtemps, attaché par une ficelle, un gros os ensanglanté pendouillait dans l'ombre, imitant un pénis en érection. Depuis lors, Jean évitait d'entrer dans cet endroit. Il se retenait jusqu'à l'heure de la gym, et utilisait le W-C du gymnase, dont la porte fermait à clef. Ce n'était pas moins sale, mais on s'y sentait en sécurité. D'autres pissaient ordinairement dans les plates-bandes du jardin, quand ils étaient sûrs que personne ne venait. Il y avait beaucoup de retenues du dimanche qui s'ensuivaient, mais tout valait mieux, quand on était petit et sans défense, que de s'aventurer dans ces maudites latrines où on disait qu'il s'était passé des choses terribles, des types qui vous attaquaient ou s'exhibaient, ou qui se masturbaient, ou pis encore.

Le proviseur était un grand homme nerveux affublé d'une main en cuir, et qui portait un nom à faire peur, Mâchefer. Il faisait régner sur son établissement une discipline militaire, d'ailleurs la légende racontait qu'il avait été autrefois capitaine d'infanterie et qu'il avait perdu sa main droite en ramassant une mine en Indochine. Une autre version prétendait qu'il avait été torturé par le Viêt-minh, sa main broyée dans un moulin à viande. Il s'adressait aux élèves en les vouvoyant, et en leur donnant du monsieur, et quand il avait une communication à faire il commençait invariablement par : « Mes petits amis... » En colère, il avait une formule qui rappelait son expérience militaire : « Mais vous êtes pires que le Viêt-minh (il prononçait Vietminch), parce que vous, vous attaquez par-derrière ! »

Tout était à l'avenant. La mère de Jean, qui était très croyante, avait inscrit son fils à la classe de catéchisme. Mais Jean avait vite pris en horreur la petite chapelle du lycée. L'abbé Cotençon, qui y disait la messe et dispensait les cours de catéchisme, était un petit homme replet, au teint rose, aux cheveux blonds bouclés, qui s'intéressait de près aux petits garçons. Au cours des années, Jean avait appris à détester l'instruction religieuse, et surtout la chapelle du lycée, où au moment solennel de l'élévation il y avait toujours un idiot pour lâcher un pet bruyant. Avec Martial et d'autres camarades, il profitait de la cérémonie pour s'éclipser et aller fumer une cigarette dans le parking de la chapelle, au risque de se faire prendre par Mâchefer, dont l'appartement de fonction était juste au-dessus.

L'élément le plus caricatural de ce lycée était sans conteste un professeur de français nommé Lesueur et que les élèves, sans qu'on sache pourquoi, avaient surnommé Plasma. Jean était étonné qu'un homme puisse tomber aussi bas. Plasma était, génération après génération, l'objet de moquerie principal. La légende des chahuts qui avaient régné dans ses classes le condamnait à l'avance.

Chaque année, au début des cours, il devait avoir l'illusion que tout allait changer. Et dès qu'il apparaissait, il ne pouvait guère dire plus de deux mots avant d'être couvert par le bruit. Les élèves criaient, chantaient, sifflaient, frappaient sur leurs tables comme sur des tambours. Certains apportaient des projectiles, boulettes de papier, vieux chewing-gums, et parfois des patates bouillies que les pensionnaires avaient mises de côté à cet effet, à l'heure du déjeuner. Plasma baissait la tête, supportait tout.

Jean se demandait comment il pouvait accepter de venir, jour après jour, sans se révolter, comme une bête qu'on mène à la boucherie. Quand Plasma passait la porte, Jean pouvait sentir sa peur, devant la classe qui l'attendait, tous ces enfants avec des yeux brillants, hostiles. Au premier mot, au premier signal, les cris et les quolibets allaient fuser inévitablement. Jean percevait cette peur, son cœur battait plus vite, d'appréhension et d'excitation à la fois.

Un jour, Plasma était entré comme à son habitude, boitant bas, son costume gris élimé et sa cravate tire-bouchonnée, il avait accroché à une patère son chapeau et sa canne, et Jean avait commencé le chahut lui aussi, c'était une onde de plaisir, pousser des cris et lancer des insultes au plus fort de sa voix, sentir la vague qui frappait le vieux visage bouffi, qui le modelait, creusait de petites rides autour de sa bouche et faisait trembloter sa peau sous le menton. Les boulettes, les chiffons, les pelures voltigeaient à travers la classe, et Plasma était assis derrière son bureau, pour se protéger, les mains posées à plat sur la table, immobile, ses yeux brillant derrière les verres de ses lunettes, scrutant l'une après l'autre chacune de ces petites faces haineuses comme s'il voulait en fixer l'image. C'est ce jour-là que Jean a compris qu'il n'appartiendrait jamais à cet endroit, quoi qu'il fasse, ses racines seraient ailleurs. C'est ainsi qu'il avait choisi Rozilis.

Il y avait un secret. Jean n'en doutait pas. C'était peut-être dans le nom de La Kataviva, ces syllabes mystérieuses qu'il avait apprises dès qu'il avait su parler, qu'il avait emportées avec lui au bout du monde, jusque dans les collines de Malaisie. Sa mère lui racontait cela chaque fois qu'elle y pensait, pour en rire, quand Jean répétait, au lieu de papa et maman, ce seul nom : La Kata-viva! La Kataviva! S'il n'y avait pas eu ce nom, pensait Jean, peut-être qu'il n'y aurait jamais eu de secret, ce petit tremblement au fond de soi, cet éclat de magie.

Pourquoi la tante Catherine avait-elle quitté Maurice et le paradis d'Ébène pour venir finir sa vie dans cet appartement, dans cette rue, dans cette ville cruelle aux malheureux ? Mais cette question n'avait jamais traversé l'esprit de Jean sous cette forme raisonnable. Il avait seulement perçu des bribes de cette histoire, l'amertume de son père quand il parlait de Rozilis, la date fatidique du jour de l'an 1910 où avait eu lieu le départ, sa colère quand il évoquait le nom de Paba, le gérant qui menaçait régulièrement la tante Catherine d'expulsion, refusait de faire les réparations. Les ruses de ce gros homme âpre au gain pour obliger la tante à s'en aller, les tas de gravats déposés devant sa porte, les vieilles planches, et même, un jour, une cuvette de W-C qu'il avait fait entreposer sur le palier, dans le but d'envoyer la vieille dame aveugle à l'hôpital. Tout cela se mélangeait à l'histoire sordide de l'homme d'affaires, un certain Chemin, qui avait ruiné la famille Marro. Raymond Marro était hors de lui. À cette époque-là, il était encore debout, il avait de la force. Il vitupérait : « Mais je vais aller lui casser la figure, à ce salopard ! » On ne savait jamais s'il s'agissait de Chemin, ou de l'affreux Paba.

Paba n'apparaissait jamais. Son cabinet d'affaires était fermé, il ne répondait pas au téléphone. Sa secrétaire dressait un barrage chaque matin, prenait note et ne faisait pas suivre. Paba avait dit des choses honteuses sur la tante Catherine, qu'elle était une vieille folle qu'on devrait interner, qu'elle vivait dans la crasse et que par sa faute l'immeuble était envahi de vermine.

Jean avait rêvé de rencontrer Paba, un jour qu'il sortirait de l'immeuble, il irait droit à lui et le frapperait à coups de poing jusqu'à ce qu'il crie grâce. Il ne l'avait jamais vu, mais il était sûr de le reconnaître, immense et ventru, avec des sourcils très charbonneux et des yeux féroces comme le policier qui poursuivait Charlie Chaplin et Jackie Coogan dans Le Kid.

En vérité le secret était plus ancien que le temps de La Kataviva. Plus ancien même que la jeunesse de Catherine à Rozilis. C'était un secret d'avant la naissance, pensait-il, d'avant les guerres, de très loin en arrière.

C'était un secret de l'autre bout des mers, qui faisait qu'on avait perdu ses racines, non seulement Rozilis, qui, après tout, n'était qu'une maison comme les autres, mais Maurice tout entière, le ciel, les montagnes, les rivières, les recoins aux noms familiers, les vieux arbres dont chaque feuille pouvait vous parler, et tous les gens qui avaient grandi là-bas et avec qui on aurait dû tout partager, tout cela avait disparu et les Marro étaient devenus errants. Ils étaient arrivés pendant la guerre en Europe, ils avaient été frappés, certains étaient morts tout de suite, tombés au champ d'honneur, comme Simon Marro aux premiers jours de la guerre, d'autres étaient morts de chagrin comme le père de Catherine, ou terrassés par la grippe espagnole à la fin de la guerre, comme sa mère. Cathy et Maud avaient vécu à Paris d'expédients, vendant tout ce qu'elles pouvaient. Catherine, qui aimait le dessin, avait travaillé dans un atelier de fabrique d'abat-jour, puis comme monteuse chez Pathé, et quand l'autre guerre les avait rejointes, Mathilde était morte de la tuberculose, morte d'inanition, parce qu'il n'y avait pas de médicaments, il n'y avait pas de quoi manger, plus de charbon pour se chauffer.

Quelquefois Catherine sortait pour Jean le grand album de photos, doré sur tranche et orné d'arabesques rouges sur fond noir, elle le posait sur la table pour le feuilleter, page par page, comme si elle pouvait le lire. Elle passait le bout des doigts sur chaque photo, elle se souvenait de ce que cela représentait. Elle s'arrêtait sur une des rares photos de Rozilis, où elle était dans le jardin à côté de sa sœur, âgée d'à peu près sept ans, elle debout et maigre dans une robe noire, avec son casque de cheveux très bruns qui lui donnait l'air d'une Gitane, et à côté d'elle, assise sur une chaise basse, Mathilde, pâle et blonde, avec de grands yeux gris si doux qu'ils semblaient avoir été effacés, son regard perdu, indécis, effarouché.

« C'est mon seul amour », disait Catherine.

Jean regardait la photo avec une telle attention qu'il en avait mal au cœur. Tout ce qu'il imaginait de Rozilis était là, sur ce fond sépia en train de s'effacer, sur les visages des deux petites filles arrêtées dans le temps, très loin, très anciennes. Derrière elles, les colonnes de la varangue, les marches en bois, des plantes en pot, des orchidées et, à peine distinctes dans l'ombre, les hautes portes-fenêtres des chambres aux volets mi-clos. C'était autrefois, c'était avant, quand tout était encore simple, comme si cela devait durer une éternité.

La tante Catherine s'attardait sur la photo de son père et de sa mère, le jour de leur mariage. Jean Charles et Désirée dans l'année 1880, à leur descente du bateau à Maurice, ils étaient si jeunes, si *jolis* — c'était le mot de Catherine —, élégants, lui avec les cheveux longs et une barbe romantique, une veste sombre qui marque sa taille et ses épaules larges, elle dans sa robe blanche, juste un peu de dentelle au col, une ceinture qui serre sa taille fine, ses cheveux bruns qui encadrent son visage, sans chapeau, sans gants, comme une vraie fille de la campagne. Elle était venue de Bretagne pour servir de gouvernante à un couple d'Anglais et leurs enfants et, sur le bateau, le *Commandant-Hoëdic*, elle avait rencontré Jean Charles, qui venait de terminer ses études de droit à Londres. La tante Catherine reprenait toute l'histoire, à chaque fois elle ajoutait un détail. Ils s'étaient mariés à Port Louis, presque sans témoins, et Désirée avait renoncé à s'occuper du couple d'Anglais, Jean Charles avait proposé de rembourser le prix de son passage mais les Anglais n'avaient pas voulu, au contraire ils avaient acheté pour Désirée son trousseau de mariage, parce qu'elle était si pauvre, son père était mort à Lorient quand elle était encore enfant, elle avait dû travailler très jeune pour vivre.

Quelques pages plus loin, Jean rêvait devant le portrait de Charles, le grand-père de Catherine, et sa femme, Lise d'Arzano. La grand-mère d'Arzano, à la fin de sa vie, au couvent de Mahébourg, était vêtue de noir, pommettes larges, le nez court et les yeux pâles, et toujours cette masse de cheveux bruns coiffés en chignon. Jean trouvait qu'Aurore de Sommerville lui ressemblait. « Une vieille Chinoise, disait Catherine, comme si elle avait deviné ce qu'il pensait. Une Chinoise aux yeux bleus, elle ressemblait à une Laponne, d'ailleurs papa disait toujours que c'est là qu'il irait un jour, avec maman, s'installer dans la famille de sa mère, en Laponie. » Elle avait passé les mains sur le visage de Jean, comme elle faisait chaque fois qu'il arrivait, elle avait dit : « Tu es comme ton arrière-grand-père, maigre, la tête longue, mais tu as les pommettes saillantes de ton arrière-grand-mère d'Arzano, ça c'est sûr. »

Sur une autre photo, Charles était devant le jardin de Rozilis. Les plantes paraissaient un décor de carton-pâte, sauf un grand ravenala déployé comme un éventail. « C'était Charles qui l'avait planté, il l'avait rapporté d'un voyage à Madagascar, quand il voulait reprendre les plantations de café. Après l'expulsion, les bandits de Chemin l'ont arraché, et Simon a été tué en France presque en même temps, en 1915, au mois de février. Et grand-père Charles est mort le mois suivant, j'ai toujours pensé que tout ça se tenait, la mort de Simon, la mort du grand ravenala, et grand-père Charles qui s'est laissé partir. »

Sur les photos ces gens paraissaient invincibles, indéracinables, par la force qui les unissait les uns aux autres ; pourtant, si on regardait bien, on percevait un petit frisson, un tremblement léger, parce que c'est l'éternité qui est fragile, pas la vie.

Jean venait à La Kataviva pour partager cela, ce doute, ce frisson, pour connaître le secret dont Cathy Marro était la dernière gardienne.

Il ne se souvenait plus comment tout cela avait débuté. Quand il était petit, au retour de Malaisie, il venait avec sa mère de temps en temps voir la tante Catherine pour une visite de politesse. Il se rappelait avoir eu peur d'elle, à cause de sa maigreur, de ses yeux pâles, de ses mains tendues pour effleurer son visage. À cette époque-là, elle lui paraissait aussi étrangère que le reste de sa famille, la tante Éléonore, par exemple, qui vivait dans une maison envahie par les chats et les plantes, ou bien l'oncle Vania, en réalité l'amant d'Éléonore, qu'elle reléguait dans son garage, où il mettait au point des inventions inutiles.

Et puis, à douze ou treize ans, il était venu plus souvent, attiré par le secret. Alors avait commencé le rituel de La Kataviva, le pain perdu, l'album de photos, et les interminables digressions sur Rozilis.

En sortant des cours, au lieu de rentrer chez lui, il allait vers la gare, rue Reine-Jeanne, il montait l'escalier en écoutant les cris angoissés du serin, son cœur plein d'espoir et d'incertitude.

Catherine était tellement différente de tous les gens qu'il connaissait. Elle était différente, non pas à cause de son accent traînant, de sa façon de dire, quand quelque chose la fâchait : « Seigneu' Jésus ! », ou de mélanger le créole et le français. Tout cela contribuait à donner cette impression d'étrangeté. Mais elle était différente parce qu'elle semblait être venue tout d'une pièce d'un autre monde, d'un autre temps.

Cela n'avait rien à voir avec son âge. La tante Éléonore, l'oncle Vania étaient aussi âgés qu'elle. Il y avait partout des gens très vieux, avec leurs manies et leurs idées d'une autre époque, qui disaient volontiers : « De mon temps... » Elle, Catherine, semblait sortir d'un conte. Elle se serait endormie il y a deux cents ans et se serait réveillée soudain dans ce siècle, perchée en haut de son immeuble, dans une ville inconnue. Ou peut-être qu'elle avait vécu selon un autre rythme, à la manière d'un très vieil arbre qui aurait traversé les guerres et les incendies sans changer, simplement en se desséchant et en se ridant un peu plus. C'était comme si son pays, sa famille, ses amis d'enfance, tout ce qu'elle avait connu, avaient disparu, la laissant seule, dans l'appartement où elle marchait à tâtons, enfermée dans sa cécité.

Catherine savait des choses que personne d'autre ne pouvait dire. Des choses anciennes, qui s'enracinaient dans le cœur de Jean. C'était cela, le secret. Des choses qui lui expliquaient pourquoi il était celui qu'il était, Jean Marro, différent des autres garçons de son âge, mal à l'aise, malheureux, maladroit.

Elle le lui disait parfois. Sur un ton enjoué, mais il savait bien que la légèreté était feinte. « N'oublie pas, tu es Marro, de Rozilis, comme moi, tu descends du Marro qui a tout quitté pour s'installer à Maurice, tu es du même sang, tu es lui. » Elle disait cela en serrant ses mains contre les tempes de Jean, et il sentait un frisson le parcourir, un vertige. « C'est lui qui est en toi, qui est revenu pour vivre en toi, dans ta vie, dans ta pensée. Il parle en toi. Ce que je te dis ne compte pas, parce que c'est lui qui te parlera. Si tu écoutes bien, tu l'entendras. Pour moi c'est fini, la vie a été trop longue, je ne peux plus l'entendre, j'ai trop de souvenirs, trop de chagrins, j'ai été obscurcie par la vie, mais toi, tu es libre, Jean, c'est toi qu'il a choisi. »

Une seule fois, elle lui a raconté l'histoire de sa famille : comment Charles, son grand-père, avait épousé Lise, qui n'avait que dix-sept ans, alors qu'elle voyageait avec son père vers l'Inde, dans les années 1860. Et de ce mariage n'étaient nés que des garçons, Jean Charles, le père de Cathy, et Raymond, qui n'avait pas eu d'enfants, enfin Thadée, le dernier, qui s'était marié deux fois, et qui avait été à l'origine de la ruine de Rozilis. Le raccourci des générations donnait le vertige : ainsi, Catherine, née en 1890, avait connu quand elle était enfant Charles Marro, né en 1833, qui lui-même avait connu son grand-père Jean Eudes né à Runello en 1770 ! Il lui avait parlé, il lui avait donné la main quand ils allaient se promener dans l'allée centrale du jardin de Rozilis, peut-être même qu'ils avaient pris ensemble la patache pour descendre à Port Louis et marcher sur la Chaussée jusqu'au jardin de la Compagnie. Pour Lise d'Arzano, le vertige était encore plus saisissant. Elle était née en 1849, elle avait vingt ans à la guerre de 70, soixante-cinq ans au début de la Première Guerre mondiale, et à quelques mois près elle aurait connu l'horreur de la Seconde. Mais elle avait toujours refusé de quitter son île, et après le drame, quand son petit-fils Simon avait été tué à la guerre et à la mort de son mari en 1915, elle était entrée dans un couvent à Mahébourg et n'en était jamais sortie.

« Pourquoi ne t'es-tu jamais mariée, tante ? » a demandé Jean. Elle avait pris un air rêveur. « J'étais jeune, avec Maud on avait des amoureux, on rêvait d'aller en France, pas comme ça s'est passé, et puis après nous étions ruinées, Maud ne voulait pas, et moi je n'ai jamais pu me résoudre à la quitter, la vie a tourné, voilà tout. »

Dans son coffre à trésors, sous son lit, Catherine a pris un livre, un vieux petit bouquin relié, usé, sur lequel est écrit *Grammaire de la langue latine*. Sur la page de garde, tracé à la plume, Jean a vu le portrait d'un garçon en habit noir, les cheveux longs, coiffé d'un drôle de chapeau à galon comme celui des Bretons anciens. Sous le dessin, une main avait écrit en éclaboussant le papier : Jean Eudes Marro, le bon enfant, août 1788.

« Lis-moi ce qui est écrit là », a dit Catherine. Puis elle a ajouté simplement : « Maintenant, c'est toi, Jean Marro, le bon enfant. »

Jean avait gardé le petit livre dans sa poche, comme un passeport, comme un talisman. Pour pouvoir lire les phrases de Marc Aurèle données en exemple à la fin, il s'était même mis à étudier le latin en s'aidant du dictionnaire de son père, s'efforçant de mémoriser les citations des auteurs, sans toujours les comprendre. Ce livre était pareil à un portrait, sauf qu'il n'était composé que de mots, et de la caricature sur la page de garde. Par instants, il lui semblait qu'il voyait apparaître son ancêtre, assez semblable au dessin que Verlaine avait fait de Rimbaud, trop grand et maigre dans sa redingote et coiffé d'un chapeau melon, les cheveux hirsutes tombant sur ses épaules.

C'était un piège. Pourtant Catherine était la personne la plus innocente que Jean eût jamais connue. Elle était incapable d'une ruse intéressée, destinée à capter l'attention ou la pitié de son visiteur. Son fameux coffre à trésors était caché sous son lit, sur une sorte de petite table à pieds comme on imaginait qu'il pût en exister autrefois dans les grands paquebots sur la ligne Marseille-Aden-Maurice. Elle seule avait le droit d'y toucher. Quand Aurore venait de temps à autre pour balayer et faire le ménage, Catherine refusait qu'elle déplace le support et son précieux chargement.

Jean était le seul avec qui elle partageait son trésor. Certains après-midi, Catherine tirait le coffre jusqu'au sofa, sans accepter d'aide. Elle le faisait glisser sur le plancher, les jambes pliées, le buste bien droit, comme quelqu'un qui sait utiliser sa force. Elle en sortait des liasses, qu'elle disposait sur le sofa, l'une après l'autre, dans l'ordre. La chambre, malgré son plafond bas et ses murs vétustes, avait quelque chose d'une cabine de navire, pensait Jean, peut-être à cause de la lumière jaune qui venait des fenêtres aux carreaux encrassés, rendus opaques par un vent de sel. Ou c'était le bruit des autos dans la rue, les grincements des roues des trains sur les aiguillages de la voie ferrée, ce son aigre et triste qui rappelait les plaintes des défenses et des cordages des navires poussés par la houle contre les quais. Les grimoires s'étalaient sur le velours noir du sofa, en diffusant une poussière ancienne qui mettait des larmes dans les yeux de Jean.

La tante Catherine dépliait des papiers, en repliait d'autres, ses doigts glissaient sur chacun, semblaient lire les marques des sceaux, les lettres. Elle ne commentait pas. Tout cela avait lieu à la manière d'un rite, dans un parfait silence. Jean ne les lisait pas. Catherine n'avait pas besoin qu'on les lise.

Comment aurait-il pu les lire, quand leur gardienne était dans sa nuit ? Ce n'étaient pas des papiers faits pour être lus, mais seulement pour qu'on les touche, pour qu'on les sente, qu'on les adore. Pour se laisser pénétrer par leur chaleur, par le rayonnement des années enfuies, palpitant encore de la lumière venue d'un autre ciel, d'une autre terre.

Parfois, au hasard, il captait un texte, un bout de phrase :

La Nation, la Loi, et le Roi

ou bien :

Nous, soussignés, certifions à tous ceux qu'il appartiendra, avoir donné congé au Citoyen Jean Eudes Maro, Volontaire de la Seconde Compagnie, capitaine Duquesnel fils aîné.

Le 27 avril 1793 l'an Ve de la Liberté française

Il n'y avait rien à comprendre. Jean se laissait glisser dans la rêverie. Comme Catherine, il passait le bout des doigts sur les documents, pour percevoir le léger dénivelé que l'encre avait creusé dans le parchemin, pour suivre les pleins et les déliés, le paraphe tire-bouchonnant d'une signature, les sceaux, les ornements, et cette formule finale, au bas des lettres, qui avait le pouvoir d'une formule magique :

Paix et respect

Quand enfin il quittait l'appartement de la tante Catherine, dévalant l'escalier quatre à quatre, il se retrouvait dans la rue bourdonnante, parmi les grondements des autos, les claquements cadencés des pneus des autobus sur la rampe de la voie de contournement, la vibration des piliers des ponts. Les réverbères étaient allumés, déjà le haut des immeubles s'effaçait, comme si l'appartement de Catherine, avec tous ses trésors, tous ses fantômes, avait appareillé pour l'autre côté du monde. Jean sentait tout cela qui tournait, se mélangeait dans sa tête, lui donnait le frisson. Il marchait le long de la rue Reine-Jeanne, dans une extraordinaire solitude.

Juillet 1792

J'ai quitté Runello le jour de mes dix-huit ans. Au moment que je le quittais, je ne savais pas que je ne reviendrais plus y vivre. Quand on est jeune, on ne pense pas aux conséquences des décisions qu'on prend, on fait tout avec emportement, avec impatience, sans calcul. Je n'étais pas le seul à m'engager. D'autres étaient déjà partis, des fermes voisines, des villages, de Neuillac, Pontivy, du Faouët, de Mûr-de-Bretagne. Il y avait la rumeur de guerre. Les jeunes gens abandonnaient tout, les bêtes, la moisson, pour se jeter sur les routes. Je n'ai parlé de mon projet à personne. Ma mère, surtout, ne l'aurait pas supporté. J'étais le seul homme de la maison, elle ne trouvait pas d'ouvrier, le moulin marchait mal. Nous vivions d'expédients, du loyer de la maison de la rue Fulvy à Lorient, de la vente des légumes et du lait. Pourtant, à ma sœur Pauline j'ai tout avoué, la veille de mon départ. Je voulais qu'elle sache que je ne fuyais pas, que je partais pour accomplir un devoir. De toute façon elle s'en doutait bien, parce qu'elle m'avait entendu parler de la Révolution, de ce monde meilleur qui devait s'instaurer, de la chute de la tyrannie. Elle a essayé de m'en dissuader, à cause de ma mère, mais quand elle a compris que ma décision avait été prise, elle a tourné la tête et sa voix s'est étouffée, mais elle ne voulait pas pleurer. Elle m'a dit, pars, puisque c'est cela que tu veux. Ne nous oublie pas. Je lui ai parlé aussi de ma fiancée Marie Anne, je l'ai chargée de l'embrasser, de veiller sur elle et de lui dire que je l'épouserais à mon retour. Pauline a préparé mon bagage pour la route, juste un havresac à bandoulière dans lequel elle a mis mon linge, un pain et du fromage. Elle a insisté pour que j'emporte le seul bien qui venait de mon père, sa flûte d'argent avec laquelle j'avais étudié la musique au collège. Je refusai, lui disant qu'elle serait volée, mais elle a insisté : quand tu joueras des airs d'ici, tu penseras à nous. Elle a ajouté : n'oublie pas de huiler les parties mobiles. Je voulais emporter aussi un livre, et tout ce que j'ai trouvé, c'est une grammaire latine, qui contient à la fin des pensées de Marc Aurèle et que m'avait donnée l'abbé Gendron à la fin de ma classe de rhétorique. Je me suis moqué de moi en mettant le petit livre en haut de mon sac : voilà que je vais devenir un vrai soldat-philosophe.

Tôt le matin du 25 juillet, j'ai commencé à marcher sur le chemin de halage qui longe l'Ellé. Il avait plu dans la nuit, la route était remplie de flaques, mais le soleil revenu faisait briller les gouttes d'eau sur les buissons d'aubépines. Il y avait un joli ciel où couraient les nuages légers, et je crois que je n'avais jamais été aussi heureux de ma vie. Je ne me souviens même pas de m'être retourné pour regarder une dernière fois les toits de Runello, comme on dit que font ceux qui partent de leur patrie pour toujours.

Si je cherche à me souvenir de tout ce qui est arrivé, chaque événement, chaque détail de cette aventure, cela m'est impossible, non pas faute de mémoire, mais parce que ces jours et ces nuits de guerre me semblent très longs et très chargés, et que je ne pourrais pas en retrouver le cours exact.

Comme un temps que je n'avais pas vécu, mais qu'on m'avait raconté, un temps qui avait commencé loin avant moi, dans la mémoire d'un autre. Mêlé de rêves, d'images, de vacarmes, de cris, d'illusions. Mêlé au temps des autres, aux souvenirs des autres, aux espoirs et aux désespoirs des autres. Tout ce que je puis affirmer avec certitude, c'est : j'y étais. Je ne suis pas mort dans la forêt de l'Argonne, j'ai survécu à cette guerre sans merci. Mais j'étais devenu quelqu'un d'autre, j'avais perdu sur le champ de bataille une partie de moi-même, mon enfance, ma jeunesse, et sans doute mon avenir.

C'est la pluie que je sens encore aujourd'hui, la pluie qui tombe nuit et jour dans la forêt, qui nous glace jusqu'aux os. Nous n'y avions pas pensé avant d'y être. L'été est chaud, à Runello. À Lorient, quand je suis arrivé en compagnie des autres garçons de l'Ellé, il régnait un air de fête sur la place de l'église, où nous devions nous engager. Nous nous bousculions pour être le premier à signer sur le rôle. Maintenant, dans la forêt de l'Argonne où la nuit s'installe, j'entends encore résonner les noms, tous ces noms : Caban, Nicolas, Sauzon, Bezo, Tinard, Boneau, Kerouarc'h, Kercado, Kervern, Kergas... Je ne peux pas les oublier. J'ignore ce qu'ils sont devenus. Pourtant ils sont avec moi, ils piétinent dans la boue, j'entends le bruit de leurs pas, le cliquetis des mousquetons, j'entends leur souffle qui peine et siffle tandis que nous montons la côte, que nous franchissons les ravins.

Sur la place de l'église, ils avaient coiffé des cocardes. Ils parlaient fort en breton. J'écoute leurs voix chantantes, et l'interprète debout à côté de la table du recruteur : Ton nom ? Ton pays ? Ton âge, ta profession ? Es-tu marié ? Ils ne comprennent pas très bien, ils rient, les plaisanteries fusent en breton, à cause de la question sur le mariage. J'ai signé mon nom, paraphe et trois points. Le sergent m'a regardé de ses yeux méchants enfoncés dans la broussaille de ses sourcils. Es-tu franc-maçon, citoyen ? Je sais bien que je ne ressemble pas aux autres. Je ne porte pas le costume, sauf le gilet noir de mon père. Je n'ai pas le temps de répondre à la question du sergent. Sur la page du livre, ma signature trace une arabesque un peu ridicule à côté de cette forêt de croix de travers. J'ai écrit : profession, négociant. Négociant de quoi ? Je n'ai qu'un peu de pain sec et de fromage dans mon sac. Négociant de vent et de pluie, de boue, de sentes infinies dans la sombre forêt de l'Argonne, négociant de poudre à canon, de balles et de baïonnettes, négociant de chair et de sang. Compagnie des volontaires du 8e régiment, capitaine Duquesnel fils aîné, départ immédiat vers les frontières du nord-est, en marche forcée. La place de l'église était comme pour un jour de fête. Il y avait des tablées de vivres, du vin, du cidre, il en coulait jusque dans les ruisseaux. Les belles filles étaient aux fenêtres, ou bien descendues dans les rues pour nous voir passer. Sur la place, un biniou et une bombarde se lançaient pour une gavotte, entamaient un air, quelques notes puis s'arrêtaient en gémissant, les musiciens étaient ivres, c'était un temps trop perdu, trop pressé.

Combien de jours avons-nous marché? Un mois, sans doute davantage. Il me semble que nous sommes sur la route depuis des années. Nous passions à travers champs, au large des villes. Au bord de la Vilaine, il faisait une chaleur d'orage, nous dormions au milieu des champs moissonnés, sur le chaume. Une nuit, auprès de La Flèche, les éclairs ont dansé sur les choux. Les mulots et les musaraignes nous suivaient de jour en jour, une armée invisible. Le soir, nous les entendions grignoter nos restes. À chaque ville, à chaque bivouac, des hommes venaient s'agréger à notre troupe. Nous étions en habits civils, mal chaussés, déjà en haillons, nos cheveux emmêlés de brins d'herbe, barbes et moustaches mal rasées, visages et mains brûlés par le soleil. Nous étions à présent si nombreux que les sergents n'avaient plus le temps de faire l'appel. Chaque soir, après avoir avalé nos bouillies d'avoine et de lard, nous allions regarder les nouveaux venus inscrire leurs noms sur les rôles, appuyés sur une table de fortune, juste une planche sur deux tonneaux, mais les sergents, pour combattre notre mauvaise mine, ou par coquetterie, avaient piqué des cocardes dans le drap qui servait de nappe. J'écoutais toujours les noms, ces noms que je ne connaissais pas et que je ne peux plus oublier. Lecoq, Trouzé, Vauzé, Pommier, Malon, Jeantot, Rieux, Dujardin, Dupré, Camus, Gabriel, Thénard, Anguerrand. La plupart étaient des enfants encore imberbes, avec des joues rouges de fille et des cheveux longs bouclés, et quand ils avaient marqué une croix devant leur nom sur le livre ils couraient à travers le camp en jetant au ciel leurs chapeaux, ils criaient : Vive la nation ! Ils étaient ivres sans avoir bu. Mervin et moi n'étions enrégimentés que depuis quelques semaines, et déjà nous avions l'air de vétérans, surtout quand nous étions assis dans l'herbe non loin de la table de recrutement et que nous commentions chaque arrivée en fumant nos pipes. Autrement, pour le reste, avec nos habits loqueteux et nos souliers abîmés, nous n'avions pas l'air reluisant. Certains de ces enfants dans la région de Carhaix et de la haute Bretagne sont si pauvres qu'ils se présentaient à la conscription pieds nus et en bras de chemise, sans même une capote ou une couverture pour la nuit, sans même une besace pour leurs provisions. La misère de ces hommes serre le cœur davantage que l'incertitude de leur départ loin du pays natal. Avec plusieurs de ces garçons, certains âgés d'à peine quinze ou seize ans, mais qui en avaient déclaré dix-huit pour être engagés, Mervin et moi avons partagé notre pain, car l'heure de la soupe était passée et ils n'auraient rien eu à manger jusqu'au lendemain matin. Et c'était pitié de voir avec quelle gourmandise ces malheureux se jetaient sur notre pain, pourtant rassis de deux ou trois jours, et dévoraient leur bout de fromage croûte comprise. Je ne pouvais m'empêcher de penser, mais je ne l'ai pas dit à Mervin de peur que cela ne fût rapporté, que c'était moins l'amour de la patrie que la faim qui avait poussé ces enfants à s'engager. En même temps, cela m'enrageait de voir dans quel état de dénuement le gouvernement des ci-devant avait laissé notre Bretagne, et je me disais que s'ils n'avaient point été révolutionnaires, ces garçons n'auraient eu d'autre choix que de devenir bandits de grand chemin, comme les chauffeurs de Nantes.

Pourtant, le souvenir que je veux garder de cette longue marche à travers la France, c'est l'enthousiasme qui nous animait. C'était un sentiment qui n'était pas étranger à la religion — l'ami Mervin, en athéiste convaincu, se rirait de moi à me lire. C'était une ardeur que j'ai peine à décrire. À certains instants, dans les plaines du Maine et de Chartres, notre troupe s'étendait à perte de vue sur une colonne humaine large de dix à douze pieds et longue de plus d'une lieue, qui avançait presque sans bruit, juste dans le froissement des milliers de pieds dans la terre poussiéreuse et le tintement des mousquetons et des fusils, le cliquetis des sabres et des piques. Il n'y avait pas de cris, pas de chants, mais ce bruit lourd et déterminé d'un peuple en marche. Non pas des soldats de métier, mais des jeunes paysans qui partaient défendre les frontières contre l'envahisseur étranger. C'était une chose que je n'avais jamais rêvé voir. On m'avait raconté les événements de Paris, le peuple soulevé comme un seul homme pour jeter à bas le symbole de la tyrannie, et l'immense rassemblement qui avait eu lieu au Champ-de-Mars. Mais ce que je vivais là dépassait en grandeur tout ce qui m'avait été rapporté. C'était à cause de ce silence surtout, ou plutôt de l'attention aiguë que je portais à chaque bruit, chaque cliquetis, chaque souffle, dans une étendue si vaste et dans la compagnie de tant d'hommes. La volonté du peuple et la destinée de mon pays étaient tout à coup perceptibles, et tout en restant moi-même je faisais partie d'un mouvement plus fort et plus vaste.

À ce moment-là (c'était la dernière semaine de juillet) nous ne souffrions pas du froid ou de la pluie. Le ciel était d'un bleu resplendissant, le soleil brûlait. D'être ainsi dehors, dans les prairies d'herbe et dans les champs moissonnés, et dormant à la belle étoile, à demi nus, ayant ôté nos gilets et nos vestes, et pour la plupart nu-tête, hâlés par la chaleur, les cheveux et la barbe longs, nous ressemblions davantage à des hommes sauvages du Canada qu'à des soldats de la République. Dans la plaine de Chartres, nous avons coupé à travers les champs de blé, dont certains venaient d'être fauchés. Nous faisions un festin de grains de blé tendre, au lait un peu acide. Il faisait si chaud que nous ne pouvions dormir sous les tentes, que Mervin appelait des cloches à fromage. Nous couchions à même les sillons, dans le grouillement des insectes et les danses nocturnes des musaraignes. Les cantines nous attendaient de loin en loin sur les routes. Chaque soir on y distribuait la ration de bouillie d'orge et d'avoine, de pain et de lard. Tout au long de ces soirées nous restions à causer, allongés sur les chaumes, regardant le ciel étoilé. Je n'avais jamais vécu des moments comme ceux-là. Le vent très doux passait sur nos visages, calmant la brûlure de la journée. La nuit apaisait nos jambes et nos pieds endoloris par les heures de marche. Les conversations roulaient, il y avait de temps en temps un rire, une chanson. J'écoutais les Bretons qui parlaient dans leur langue, ce mélange de sons gutturaux et la mélodie chantante de leur accent. Quand la nuit s'installait, la terre disparaissait, on voyait partout alentour les feux des bivouacs qui brillaient dans l'étendue de la plaine. La lune se levait, parfois cachée par les nuages qui filaient. Il y avait des épars qui parcouraient le ciel comme des frissons. C'était beau.

J'osais sortir ma flûte de mon sac, et je jouais caché dans la nuit. Je jouais les airs que j'aimais, de Scarlatti, de Méhul, les airs d'opérette. Les hommes autour de moi avaient cessé de parler pour m'écouter, et pour eux je jouais les airs du pays, les danses et les gavottes de Redon, de Quimper, des gigues sur des tons aigus, et certains m'accompagnaient en sifflant, ou bien tapaient le sol en mesure avec leurs pieds. Je n'aurais jamais pensé, quand je prenais les leçons de musique avec l'abbé Quiler, à Hennebont, qu'un jour je sonnerais dans les champs comme pour une noce paysanne.

Il n'y avait pas de couvre-feu. La plupart des officiers avaient notre âge, ils étaient nés avec la Révolution. Ils s'asseyaient avec nous, ils écoutaient la musique, puis ils posaient leur tête sur leur sac et ils s'abandonnaient à la rêverie à la lumière vacillante des feux du bivouac. Mais, même après de si longues fatigues, personne ne dormait vraiment. C'était une impatience qui couvait, une fièvre. On attendait beaucoup de l'avenir. On attendait l'heure du combat, sans savoir contre qui l'on se battrait. Peut-être que les orages de chaleur, avec ces éclairs qui couraient entre les nuages, avaient façonné notre humeur.

Maintenant je puis à peine retrouver ces instants. C'était l'aboutissement de tout ce que j'avais vécu, chaque sentiment, chaque idée qui m'avait traversé depuis l'enfance. Les livres que j'avais lus, les discussions avec nos maîtres au collège de Hennebont, les disputes avec mes condisciples, les journaux, les placards dans les rues de Lorient, les rumeurs sur le port. Tout ce qui s'était passé en France depuis que j'avais eu quatorze ans, ces événements extraordi-

naires qui avaient bouleversé Paris dans mon adolescence et qui m'avaient rempli d'une impatience
bouillante, le soulèvement du peuple et la prise de la
Bastille, la proclamation de la Constitution, la Déclaration des droits de l'homme, l'abolition des privilèges, la fuite du ci-devant roi et la proclamation de
la république, l'enrôlement des garçons des collèges
en 1791, le discours de distribution des prix où le
directeur avait lu la liste des noms des engagés
volontaires, ajoutant après chaque nom, parti pour
la défense de notre patrie, et c'était pour cela que
nous avions décidé de partir nous aussi, Mervin,
Lansquer et moi, pour cette phrase, pour le silence
qui l'accompagnait, pour les hourras et les applaudissements qui éclataient ensuite. À ceux qui,
comme le fermier général de Hennebont, osaient
dire : Comment vivrez-vous sans roi, vous êtes fous,
ou criminels, vous allez vers le chaos. Je me souviens
de l'éclair de colère dans le regard de Lansquer, de
sa réponse indignée : les Bretons sont révolutionnaires, ils n'ont besoin ni des seigneurs ni des rois !
Et comme le fermier le traitait d'impie, il avait crié,
assez fort pour que chacun sur la place de l'église
pût l'entendre : c'est toi, citoyen fermier, qui es un
impie, car nous ne reconnaissons d'autre roi que
Dieu lui-même ! Et tous ceux qui sortaient à l'instant
de la messe avaient brandi leurs chapeaux à rubans
et s'étaient précipités à la table de recrutement pour
ajouter leurs noms à la liste des volontaires.

Paris, 10 août

Les rues étaient vides et silencieuses. Les volontaires campaient au Champ-de-Mars, où on avait
dressé des tentes, mais ici aussi il faisait si chaud

qu'on dormait à la belle étoile. La journée du 10 août, je ne peux pas l'oublier, avait été la journée la plus chaude de l'année. Le ci-devant roi et la reine ont traversé Paris escortés par la garde révolutionnaire armée de piques, sous les huées de la foule. J'étais à la rue Meslée pour saluer le banquier Morand, ami de la famille Soliman, qui a promis de m'engager dans ses bureaux quand la guerre sera finie. Je ne sais si j'ai vu passer le cortège sinistre qui conduisait les ci-devant à la prison du Temple. Il y avait une très grande paix, une insouciance dans les rues, sans doute à cause de la chaleur, ou peut-être comme cela arrive à la veille d'un orage, quand la fureur du peuple couve sous les cendres et peut éclater à chaque instant. Dans les rues, des groupes parlaient avec colère du tyran qui avait trahi son peuple et qui, pour sauver sa vie, avait tenté de livrer son propre pays à l'ennemi. Et tout à coup, ici, dans Paris, dans l'éclat de l'été, sous les arbres du Champ-de-Mars, au cours de cette journée si longue où il n'y avait rien d'autre à faire que de manger, boire et causer, j'ai compris que la guerre était inévitable, imminente, non plus aux frontières lointaines mais déjà en marche vers Paris, prête à fondre sur tous ces gens qui n'y pensaient pas. C'était un sentiment très différent de celui qui m'avait animé le jour où je m'étais engagé, ou bien du temps où nous marchions sur les routes de haute Bretagne, du Maine, à travers les plaines de l'Orléanais. À l'impatience fiévreuse se mêlait maintenant une inquiétude, devant l'imminence du danger. Je contemplais ces hommes et ces femmes, si jeunes et joyeux, qui se promenaient dans les allées. Les engagés, certains encore des enfants, qui ne pensaient qu'à jouer et à chanter, sans imaginer ce qui allait se produire. On avait distribué des uniformes, des armes. Pour la plupart des engagés, les habits étaient trop grands, les sabres et les piques trop lourds. Beaucoup de ceux qui avaient marché jusqu'à Paris avaient les pieds en sang et avaient ôté leurs sabots et les portaient à la main. Ceux à qui on avait donné des souliers de cuir les avaient attachés autour de leur cou et allaient pieds nus sur les chemins du Champ-de-Mars. Il n'y avait pas assez de chapeaux pour tous, et ceux qui n'en avaient pas s'abritaient du soleil en se coiffant de peaux de bêtes ou en nouant de grands foulards autour de leur tête, à la mode des corsaires. Je les regardais, et je pensais aux moqueries des ci-devant lorsqu'ils parlaient de notre armée : des va-nu-pieds, des paysans en sabots, des bergers avec leurs bâtons qui détaleront comme des lapins au premier coup de feu. Parmi les curieux qui venaient au Champ-de-Mars, il devait bien s'en trouver, déguisés en patriotes, qui nous observaient avec ironie en calculant les chances que nous avions d'être bientôt exterminés par les Autrichiens, et pour eux de recouvrer leurs privilèges.

Le soir, j'étais invité à un souper rue Meslée par la famille Morand. J'ai laissé mon uniforme et j'ai marché dans les jardins jusqu'au palais, en passant devant la prison où sont enfermés le ci-devant roi et sa famille. J'étais étonné de l'indifférence des promeneurs. Dans les allées, les femmes en robe de gaze mangeaient des glaces en causant légèrement, comme s'il ne se passait rien. Je ressentais alors très fort ce mal comme si j'étais le seul — du moins en ces lieux — à connaître le danger qui nous menaçait, à percevoir la mort qui approchait.

En sortant de la maison de Morand, en compagnie de Mervin, nous avons été abordés par deux filles au regard résolu, l'une plus jeune que l'autre et, ma foi, avec un assez joli visage et une tournure agréable, sauf son regard sans doute trop hardi. Elles nous ont pris chacun par le bras en nous invitant en des termes sans équivoque à les suivre chez elles, dans un hôtel de la rue Meslée. La plus âgée disait à Mervin : Citoyen, tu sembles échauffé et fatigué, viendras-tu te rafraîchir avec nous et boire du bon vin ? Mervin semblait prêt à céder, mais je l'ai entraîné au loin, non sans peine, et je les ai entendues nous insulter depuis le bout de la rue, ce qui ne manquait pas de causer les rires et les moqueries des passants. Je relate cette anecdote pour dire le peu de gravité qui régnait à Paris, si loin de l'enthousiasme et des adieux déchirants des volontaires qui abandonnaient leur famille et leurs villages de province. Je pensais à ma mère, à ma chère Pauline, seules au moulin de Runello, en train de regarder le soleil se coucher sur la vallée de l'Ellé. Je pensais à ma Marie Anne, à sa voix très douce quand nous parlions sur le seuil de la ferme au commencement de l'été, comme si elle savait que je devrais m'en aller un jour et qu'elle craignait de montrer ses sentiments, quand elle me disait chaque fois que je partais pour Hennebont : Je penserai à toi chaque jour, je prierai bien pour toi, pour que tu reviennes. J'avoue qu'à cet instant, considérant l'insouciance de Paris, et la menace qui pesait sur nous, j'ai songé à tout laisser et à retourner chez nous à Runello.

Cette nuit, pourtant, le Champ-de-Mars avait un aspect hors du commun. À la nuit tombante, vers dix heures, la ville a disparu dans une brume. Les nouveaux engagés ont allumé des feux, et de loin en loin les tables de conscription étaient éclairées par des torches de résine. Toute la nuit, les hommes arrivaient pour signer sur le registre. On entendait, tantôt loin, tantôt tout près, les éclats de voix et les hourras de ceux qui venaient de s'inscrire. C'était un

spectacle assez rare d'écouter ces cris d'enthousiasme et de voir les silhouettes des hommes qui
marchaient près des feux dans les tourbillons de
fumée, et les faisceaux des armes de loin en loin
comme si nous étions déjà sur le champ de bataille.

Nous n'avions pas sommeil. Mervin avait rapporté
deux pichets de vin et des salaisons, et nous avons
partagé ces délices avec quelques jeunes garçons
venus de Bretagne, l'un du Faouët nommé Odilon,
l'autre d'Arzano nommé Samson. Nous ne parlions
de rien de grave, peut-être parce que chacun savait
que l'ordre de marche vers Châlons était pour
demain à l'aube, et que malgré l'apparence nous ressentions le même mal au centre de notre corps,
mélange d'impatience et de peur qui doit former ce
qu'on appelle le courage. Nous parlions, chacun de
son village, de sa maison, de sa belle, de l'été trop
court et des moissons qui allaient se faire sans nous.
Moi du moulin de Runello, de la bonne odeur du blé
frais moulu et du bruit de la pierre entraînée par les
roues à aubes. Mervin du magasin de son père à
Lorient, Lansquer des navires qui attendaient pour
prendre le large, du blocus des Anglais, des marchandises dans l'entrepôt : les épices de Trinquebar,
de Calcutta, le café de Moka. Odilon et Samson, et
quelques autres étaient des Bretons de l'intérieur, ils
mélangeaient les mots de leur langue au français. Ils
parlaient des événements récents, des prêtres réfractaires en fuite. Mais ils s'arrêtaient aussitôt, parce
que, malgré le vin, la méfiance l'emportait. Ils parlaient des bandits sur la route de Brest, qui brûlaient
les pieds de leurs victimes pour leur faire avouer où
elles avaient caché leurs sacs d'écus. Ils riaient, et en
regardant avec attention l'un d'eux, nommé Gui-
marc'h, un garçon très brun aux sourcils épais
comme un Gitan, je me demandais si, avant de s'en-

gager, il n'avait pas été lui aussi de la célèbre bande des chauffeurs de la Moneuse.

Cette nuit-là, nous n'avons pas beaucoup dormi. Un peu avant l'aube, une troupe de jeunes gens qui avaient signé le registre au pont Neuf est venue nous rejoindre. Les trompettes sonnaient la diane de loin en loin, depuis les quais de la Seine jusqu'aux bosquets sur les hauts des Champs-Élysées. Nous avons commencé notre marche à travers Paris encore endormi, le long des Tuileries, puis devant le Temple, et je me suis demandé si du fond de sa prison le ci-devant roi écoutait le bruit des pas de l'armée de la république en marche pour aller livrer une guerre qu'il avait si malheureusement déclenchée.

25 août

Après un contrordre, la troupe a repris ses quartiers au Champ-de-Mars.

La chaleur est devenue étouffante. Toutes les nuits les éclairs zèbrent le ciel au-dessus de Paris. Le départ a été reporté du fait de la Convention, qui a décrété la levée obligatoire pour tous les citoyens célibataires âgés de dix-huit à vingt-cinq ans. L'arrivée des conscrits s'est faite dans un certain désordre, car il n'y avait plus d'uniformes ni de tentes. Cependant les vivres n'ont jamais manqué. Nous touchons chaque jour une livre de pain, une tranche de lard et un morceau de fromage sec, plus un litre de mauvais vin. À onze heures nous recevons une ration de bouillon maigre, que nous devons manger avec nos propres couverts, car l'armée manque d'écuelles et de cuillères. La plupart des conscrits, sauf les Bretons, sont arrivés sans rien, et Mervin et moi prêtons volontiers nos couverts. Il y a maintenant beaucoup de garçons des campagnes voisines de Paris, de La Ferté, de Milly, de Nemours, et très peu de Parisiens, car ces derniers, à ce qu'on nous dit, sont déjà en marche vers les frontières. Notre officier de bataillon est un garçon de vingt ans, nommé Sauzier, maçon de son état, et originaire de Tours.

26 août, au soir

Le départ a été encore reporté à demain à l'aube. Pour tromper l'ennui de notre attente, et sans doute aussi pour lutter contre la peur, Mervin et moi sommes allés voir la fête chez Graffin, au jardin du Luxembourg. Là encore, j'ai été étonné de l'insouciance des gens. Des guinguettes avaient été construites dans les allées, juste en face de l'ancien palais, où les orangers avaient été ornés de guirlandes et de faroles. Il y avait là beaucoup de femmes, certaines jeunes et jolies, vêtues comme pour le bal, et quelques-unes dont la profession n'était pas un mystère, qui dansaient ou bavardaient sous les arbres. Un petit orchestre en costume italien jouait des quadrilles et des airs très gais. Il y avait même un ténor qui chantait des chansons légères, et nous avons écouté la chanson de Bayonnette qui commence ainsi (je ne me souviens plus du reste) : « Adieu, Babet, je suis soldat... »

Sur de grandes tables fleuries l'on servait toutes sortes de mets dont l'odeur et l'aspect nous faisaient palpiter, car depuis de longues semaines nous n'avions mangé que notre pain au lard et notre bouillie d'avoine. Chapons, poulardes rôties, crèmes, riz au lait, et vin à volonté, mais cela coûtait vingt-six livres, que nous n'avions pas. Puis nous avons été reconnus dans nos demi-uniformes de volontaires, et un bourgeois nous a invités à sa table. Après avoir copieusement mangé et bu, le bourgeois nous a invités à prendre une glace au boulevard du Montparnasse en compagnie de sa fille, une jolie brune, qui regardait l'ami Mervin avec des yeux très doux ! L'après-midi est passé dans cette compagnie agréable. Le bourgeois est un notaire de la rue Traversière, qui est persuadé que la guerre n'aura pas lieu et que les Allemands n'oseront pas franchir Verdun. Il nous a embrassés l'un et l'autre et nous a invités à venir le voir au retour de notre campagne. À voir la mine de Mervin, je crois qu'il ne manquera pas à l'invitation ! Le bourgeois s'appelle Pierre Paul Bonamy, sa fille s'appelle Aude.

C'est sans doute l'ironie du temps de guerre que de ménager d'heureuses rencontres à ceux-là même qui risquent fort de perdre la vie l'instant d'après.

Du 28 et 29

Nous voilà donc sur la route de l'Argonne, par marches forcées de dix lieues. Notre compagnie (la 2e de Lorient) est mêlée aux autres venues du Nord et du Sud-Ouest. Nous sommes en principe sous les ordres de Kellermann, mais bien entendu, de là où nous sommes, nous ne le voyons jamais. Un de nos compagnons raconte qu'il a aperçu le général Houchard, un grand géant balafré, caracolant le long de la route. Ceux qui nous commandent, ce sont le maréchal de camp Voisin et le lieutenant-colonel Daruty, tous deux sortis de l'armée royale, et montés en grade en 89. Et plus près de nous, outre le sergent Sauzier dont j'ai déjà parlé, le quartier-maître Loc'h, menuisier dans le civil, tous deux élus par les hommes de la troupe. Nous avons aussi un conducteur, un vieux soldat nommé Soulier, qui entraîne les hommes au maniement du mousquet et du fusil à pierre, leur montre comment charger, nettoyer, changer le silex, etc. Mervin, Lansquer et moi sommes initiés à ces gestes, ayant reçu à Lorient l'entraînement des volontaires. Mais pour la plupart, les recrues ignorent tout de l'usage des armes. Ce sont de jeunes paysans qui s'entendent mieux à manier la fourche et la houe, et de toute façon il n'y a pas assez d'armes pour tout le monde. À ceux-là, on a distribué des piques, des sabres d'abattage. D'autres n'ont que leurs bâtons de route. Notre compagnie dispose d'environ un millier de mousquets et d'autant de fusils à baïonnette. Ceux qui n'ont pas d'armes font la manœuvre avec leurs cannes et leurs bâtons, et défilent pieds nus. S'il y a parmi nous des espions des Autrichiens, il est facile d'imaginer les rapports qu'ils doivent livrer à l'ennemi. Qu'une foule de va-nu-pieds et de paysans en loques s'apprête à marcher contre l'armée de l'empereur doit les faire bien rire ! Mais il est vrai que l'enthousiasme supplée au manque d'armes, et que si les Prussiens et les Autrichiens pouvaient entendre les chants et les cris des jeunes recrues, si nombreux qu'ils soient, ils auraient de quoi être effrayés.

Le 6 septembre

La pluie, toujours. Nous avons traversé Châlons hier, pour prendre nos quartiers dans les maisons réquisitionnées par le Comité révolutionnaire. Nous sommes logés, Mervin et moi, dans la salle commune d'une grande ferme, où nous avons pu nous chauffer devant un bon feu et souper convenablement. Ce qui s'est passé à Paris depuis notre départ est arrivé jusqu'ici, amplifié par la rumeur. Les uns parlent d'un complot préparé par les aristocrates, qui devaient libérer les prisonniers pendant que l'armée était au loin. Mais la nouvelle des prêtres assassinés en a troublé plus d'un dans notre compagnie, composée pour la plus grande part de paysans attachés à la religion de leurs pères. Il y a même eu un commencement de révolte. J'ai craint un instant que les représentants de l'ordre ne procèdent à des arrestations, car il est certain qu'alors le sang aurait coulé et que l'unité de l'armée se serait trouvée compromise.

Mais les conducteurs et beaucoup de sous-officiers se sont portés au-devant des hommes et leur ont parlé avec élan. S'il y a des coupables, a dit Sauzier, ils seront punis avec sévérité, la Révolution ne protège pas les assassins mais défend les victimes. C'est aujourd'hui que la nation vous réclame, vous êtes des volontaires, vous devez le rester.

Le quartier-maître a lu une déclaration en breton, et la colère s'est peu à peu calmée. Mais cette nuit-là, la dernière que nous devions passer sous un toit, malgré la pluie et le froid beaucoup de soldats sont restés dehors à veiller, et l'on sentait l'orage gronder encore par instants, comme si la passion suscitée par les terribles événements de Paris ne parvenait pas à s'éteindre.

Mervin et moi avons continué à parler, assis dans la grande cheminée où les braises rougeoyaient. Lui est athée et franc-maçon, mais il craint le basculement dans l'anarchie qui suivrait l'assassinat généralisé des prêtres réfractaires. Lansquer ne croit qu'à moitié au complot des ci-devant. Pour lui, l'ennemi est devant nous, c'est l'armée de Brunswick aidée par les émigrés qui, si elle parvenait jusqu'à Paris, pourrait renverser l'Assemblée, abolir la Constitution et replonger le pays dans l'obscurité du passé.

Nous nous sommes endormis bien après minuit, et nous n'avons pu dormir qu'à moitié, car il y avait sans cesse des mouvements au-dehors, et nos camarades dans la grande salle de ferme ne dormaient pas non plus. Nous entendions par instants des éclats de voix, des galops de cheval. En fait, je m'en rends compte à présent, c'étaient les préparatifs de la guerre qui avaient déjà commencé.

Le 10 septembre

Nous avons rejoint le gros de l'armée aux Islettes, dans l'encaissement de la vallée de l'Aire, au bord d'une forêt épaisse, rendue encore plus menaçante à cause des nuages noirs qui pèsent sur les collines. Après la halte de Châlons et la traversée de Sainte-Menehould, nous avons l'impression d'avoir atteint les confins. Mervin me dit que c'est ici même que se trouvait autrefois la frontière qui séparait le royaume franc du pays des Germains, et je n'ai aucune peine à le croire, tant la sauvagerie de la forêt et des montagnes donne l'impression d'une frontière naturelle. La passe des Islettes est la seule porte d'accès, et nous en formons le verrou. L'étroitesse du site a empêché le gros de la troupe de s'installer. Environ deux mille hommes campent depuis deux jours dans le fond de la vallée. Le reste de l'armée de Dumouriez s'est installé sur les hauteurs de Sainte-Menehould. Mervin a été affecté au service du chirurgien Aubry, et bien que je n'en aie aucun droit, j'ai pris mes quartiers avec lui dans la grande tente qui tient lieu d'hôpital. L'état de santé de nos troupes est inquiétant. Beaucoup sont malades de dysenterie, sans doute à cause de l'eau boueuse que nous buvons depuis que nous sommes arrivés dans l'Argonne. D'autres souffrent de rhumatisme, de catarrhe. Ceux dont l'état paraît le plus préoccupant sont renvoyés vers l'arrière. Depuis plusieurs jours, nous ne mangeons rien que du mauvais pain, moisi par l'humidité. Il y a longtemps que nous n'avons pas mangé de viande, ni bu une goutte de vin. L'arrivée de l'armée a chassé les paysans de leurs fermes. Ils s'attendent au pire et sont allés chercher refuge chez des parents dans l'Aisne, ou vers Châlons. Pour manger, les soldats sont obligés de recourir au pillage, et dans les maisons abandonnées de la région tout ce qui pouvait servir a été emporté, la farine, les grains, la graisse, et même les hardes et les vieilles couvertures. Les officiers sont bien obligés de fermer les yeux. Ce vol répugne à certains, mais la plupart y trouvent une justification. J'entends des hommes dire : s'ils étaient de vrais patriotes, ils ne seraient pas partis, au contraire ils nous auraient attendus pour partager ce qu'ils ont avec nous qui défendons la patrie. Je n'oserais rien répondre à cela.

Hier soir, un des hommes de l'hôpital, un Parisien nommé Jérôme, a découvert dans une maison sur la route des Islettes un poulailler abandonné que les paysans avaient dissimulé sous des feuillages. Nous n'y avons trouvé aucune poule, mais vingt-cinq œufs, que nous avons fait cuire à la braise et que nous avons mangés pour le souper avec délices.

C'est aujourd'hui que nous avons appris la chute de Verdun aux mains des Prussiens. On dit que Brunswick et son état-major se sont installés dans le fort de Regret, et que les troupes de Hesse sont dans un camp fortifié à environ une lieue de nous, à Clermont. Mais l'imminence du combat avait ce soir moins d'importance que de trouver un abri, de nous chauffer au feu de sarments et de manger nos vingt-cinq œufs rôtis dans la braise.

Le froid et la pluie nous ont coupés du monde. Il n'y a pas longtemps encore, nous dormions à la belle étoile dans le Champ-de-Mars, nous marchions dans Paris au milieu de la foule affairée, dans un mélange de fête et de guerre qui nous remplissait d'allégresse. Je pense aux rues qui conduisent à la rue Meslée, par Saint-Merri, la Bretonnerie, le Temple. Je pense aussi à ces deux filles aux yeux hardis qui nous tiraient vers leur porte, il me semble que je sens encore leur parfum de fleurs, que je vois briller l'éclat de leurs dents quand elles riaient, et j'en viens à regretter de ne pas les avoir suivies avec Mervin. Il me semble qu'il y a des années que je n'ai connu aucune douceur, seulement ces chemins qui nous écorchent, la vermine des camps, le pain moisi, et la pluie froide, la forêt sombre qui nous enserre, où l'ennemi nous guette comme un loup féroce. Pour chasser ces mauvaises pensées, je ferme les yeux et je cherche à voir le visage de Marie Anne Naour, son regard limpide, son sourire gentil qui sont bien de ma Bretagne.

Le 12

Le bruit s'est répandu que l'ennemi cherche à franchir l'Argonne par le nord, qu'il s'est établi au bord de la forêt, à Malancourt. On dit que le roi de Prusse a fait la jonction avec les Allemands venus du nord-est, de la Belgique et de la Hollande. Ceux qui rapportent ces nouvelles parlent de l'armée de Clairfayt comme s'ils l'avaient vue, des milliers de soldats armés de mousquets et de fusils à baïonnette de trente pouces, de canons tout neufs, et de tous leurs chars de provisions. Ils campent à Landres et s'apprêtent à franchir la passe de l'Aire.

Dumouriez est avec le gros de l'armée, il occupe le défilé de Grandpré. Quelqu'un qui l'a entendu raconte qu'il a parlé à la troupe, disant que c'était ici le nouveau défilé des Thermopyles où l'on résisterait jusqu'à la mort. Mais ceux qui verraient l'état de notre armée, ces hommes hirsutes, trempés par la pluie, enveloppés dans leurs couvertures, n'ayant pour ainsi dire rien mangé depuis des jours et brûlant de fièvre, auraient du mal à croire ces paroles héroïques. Si l'ennemi réussit à franchir la passe de Grandpré, il n'y aura plus rien qui l'arrêtera jusqu'à Paris.

Toute la journée d'hier, nous avons marché à travers les bois sous la pluie froide, suivant l'étroite vallée de l'Aire, pour rejoindre Grandpré, nous attendant à chaque pas à tomber sur une embuscade de hussards, ou à être fauchés par les décharges des mousquets. Les nuages étaient si lourds et si bas que le jour ne s'est pour ainsi dire pas levé. À midi, le ciel était noir et les sommets des collines noyés dans les nuages. Mervin est resté au camp des Islettes. L'hôpital doit être déplacé vers l'arrière, sur la route de Châlons, et les soldats les plus malades vont être renvoyés dans des charrettes. Jamais personne n'avait imaginé que la guerre aurait ce visage, qu'elle blesserait et tuerait, non par les armes, mais par la maladie, le froid, la faim, la fatigue. La nuit, avec Lansquer, nous avons trouvé un abri aux environs de Grandpré, dans une anfractuosité de roche au bord de l'Aire. Car les tentes étaient devenues inutilisables, leur toile percée et leurs poteaux pourris par l'humidité. Malgré l'interdiction, nous avons allumé du feu pour tenter de sécher nos habits, mais le bois était détrempé et se consumait sans chaleur en dégageant une fumée âcre. Dans le silence de la nuit, malgré la fatigue, je guettais chaque bruit venant de la forêt. Le seul avantage de notre position était l'étroitesse du défilé qui empêchait une charge de hussards à cheval. J'écoutais aussi le bruit de l'eau tombant du ciel et cascadant sur la terre, troué de temps en temps par les quintes de toux des soldats. Je crois que beaucoup d'hommes sont atteints de phtisie, et le froid et la fatigue ont accentué leur maladie ; pour moi, il n'y a aucun doute que beaucoup de ces hommes ne reverront jamais leur village natal. C'est dans ces pensées mélancoliques que le sommeil m'a saisi, assis le dos contre la roche, enveloppé dans un pan de tente inutilisable, et dans les tourbillons de fumée que le vent arrache au foyer.

Du 18 au 19

Les événements se sont précipités à une vitesse telle que j'ai du mal à les retranscrire ici. Hier, nous tenions le verrou de Grandpré, réunis à l'armée de Dumouriez. Nous attendions l'armée de l'est commandée par le général Kellermann, et nous répétions le mot de Dumouriez, que les mercenaires de l'Allemagne et de l'Autriche trouveraient ici leurs Thermopyles. Et voilà qu'en l'espace d'une demi-journée après une brève fusillade et une charge de hussards l'attaque de Clairfayt a eu raison de notre garnison. L'étroitesse du défilé, loin de nous servir, a rendu la défense impossible. En quelques instants, les soldats prussiens ont enfoncé notre barrage, et l'armée française s'est égaillée dans la forêt sous l'effet de la terreur, car pour beaucoup c'était là leur baptême du feu. J'étais à l'arrière, à l'entrée du défilé, quand on a apporté les premiers blessés sur des civières. La plupart avaient reçu une balle de mousquet en pleine poitrine, et étaient mourants ou à peu près. J'ai vu aussi de terribles blessures à l'arme blanche, car les hussards prussiens avaient ouvert un passage dans le lit de l'Aire à coups de sabre. Il n'y avait que deux chirurgiens, et la confusion était telle que chacun songeait d'abord à se sauver, et je crois que beaucoup de blessés furent abandonnés et moururent sur les berges de l'Aire, ou furent mangés cette nuit-là par les bêtes sauvages, et c'est pourquoi on a dit et écrit qu'il n'y avait eu ce jour-là que peu de victimes. L'armée prussienne est entrée par la passe, tout le jour elle s'est déversée dans cet étroit goulet comme une rivière en crue. Nous, sur les hauteurs, cachés dans la forêt, nous ne pouvions rien voir, mais nous entendions clairement le roulement des sabots et les roues des canons, le cliquetis des armes, un bruit d'eau et de fer mêlés. Ce jour, nous étions dans le désespoir, car nous pensions avoir tout perdu, et qu'il ne nous restait plus qu'à mourir sous les balles ennemies ou à nous rendre honteusement pour, selon les termes de la déclaration que Brunswick avait adressée aux Français, être pendus aux branches des arbres, car il ne devait être fait aucun prisonnier. J'avais avec moi une compagnie d'environ vingt-cinq hommes, je devrais dire vingt-cinq enfants tant ils semblaient effrayés et perdus, parmi eux un garçon breton très grand et très doux, avec de longs cheveux blonds, et qui portait le nom prédestiné de Samson. Par de bonnes paroles, je les ai rassurés, et je les ai convaincus, plutôt que de fuir, de tenter avec moi de rejoindre le corps d'armée au sud. Après avoir marché dans la forêt pendant plus d'une heure, je fus agréablement surpris de voir que nous avions suivi d'instinct le plan de Dumouriez qui s'était replié avec son armée le long de la vallée de l'Aisne, à contre-courant, en direction du sud. Il semble que les Prussiens, gênés par l'étroitesse de la vallée et par la boue, avaient renoncé à nous poursuivre. L'armée de Dumouriez avait disposé des canons sur les escarpements, le long de la rivière et, à la première alerte, ils étaient prêts à faire feu sur tous ceux qui auraient tenté de nous poursuivre, et c'est à cette mesure que nous devions d'avoir eu la vie sauve après la débâcle de Grandpré. Toute la journée du 18 nous avons fortifié notre camp à la sortie de la forêt, au-dessus de Sainte-Menehould. Et au matin du 19, après une nuit encore sans dormir, nous avons vu le soleil déchirer les nuages, et de l'autre côté de la vallée, sur le flanc face à l'est, les armes des Allemands se sont mises à briller comme une plantation d'acier. J'avais le cœur battant et je me sentais brûlant de fièvre. Avec quelques camarades, dont l'ami Samson, nous nous sommes avancés jusqu'au bord de la falaise qui domine l'Aisne. À cet instant, rien ne pouvait nous sembler plus étonnant, à la fois menaçant et plein d'une grandeur surhumaine. L'imminence de la bataille paraissait inscrite dans le ciel, dans les nuages bousculés par le vent et courant les uns contre les autres, dans l'étendue sombre de la forêt de l'Argonne alentour, et dans les formes des rochers et des collines qui émergeaient de la brume, couvertes d'hommes en armes.

À l'ouest, devant nous, barrant la route de Paris, l'armée des Prussiens et des Autrichiens décidés à détruire la république et à rétablir les privilèges des ci-devant et la tyrannie. Au nord, nous apercevions les troupes de Kellermann, venues de Sedan, en train de remonter la vallée de l'Aisne et le torrent de la Tourbe. Au sud enfin, nous voyions l'immense armée des volontaires qui avait pris position sur le plateau de Dampierre et au-dessus de Sainte-Menehould, et qui attendait le moment de marcher contre l'ennemi. De loin en loin, perdus dans le début de la plaine qui s'étend vers Châlons, nous distinguions les colonnes de fumée, là où les Prussiens avaient incendié les villages en mesure de représailles. Je voyais tout cela, et mon cœur battait dans ma gorge, et malgré le froid je sentais la sueur qui mouillait mon front et mes mains, parce que je comprenais que tout devait se dénouer ici, dans ce théâtre sublime et sauvage, et que de notre vaillance et du hasard de la bataille allait se décider le sort de mon pays. Nous étions à la gueule du loup.

Rumeurs de guerre

L'approche de l'été avait quelque chose d'angoissant.

C'étaient peut-être les premières hirondelles qui tout à coup envahissaient le ciel de la ville en poussant leurs cris stridents. Jean était à la fenêtre de sa chambre, à l'abri derrière les persiennes, il regardait les oiseaux qui volaient au ras des câbles du tramway, piquaient vers le sol puis rejaillissaient à la verticale vers les toits. Les hirondelles n'avaient pas des cris joyeux, du moins pas comme sa mère et la plupart des gens disaient. Elles poussaient des sifflements inquiétants, oppressants, pleins de hâte et de violence, dans le silence engourdi du dimanche après-midi. Le ciel était immense et blanc.

Jean aurait seize ans au mois d'août. Il avait commencé à lire les philosophes grecs, Parménide, Héraclite, Anaxagore, et Sophocle aussi, et puis Rimbaud, dans un vieux livre sans couverture qu'il avait acheté aux puces. Et Shakespeare, le théâtre complet, dans un gros bouquin relié de skaï rouge, qu'un Anglais avait dû abandonner en mourant, et qui portait sur la page de garde, écrit d'une main solennelle d'enfant d'un autre âge : *My motto : be true to myself.*

L'été s'annonçait bien ainsi, ciel de plomb fondu, solitude, inquiétude.

Jean était resté longtemps sans retourner chez la tante Catherine. Quelque chose s'était passé, qu'il ne comprenait pas bien, qui s'était déchiré doucement, sans qu'il y prenne garde. Il l'aimait toujours, il pensait à elle souvent, mais il ne voulait plus monter l'escalier de La Kataviva, le cri du serin lui faisait horreur. Les grincements aigus des hirondelles justement lui rappelaient la cage d'escalier vide, la peinture écaillée, la porte où brillait la plaque du général d'Adhémar de Sommerville, pareille au maléfice qu'elle renfermait.

Au lycée, tout avait été si lent, si lourd, cette année-là, comme une plaisanterie trop connue, trop répétée. Monsieur Plasma trônait, poussah gris au visage clos sur sa souffrance, au centre des cris et des lazzis, des patates bouillies des pensionnaires, des boulettes de papier mâché catapultées dans les tubes des crayons à bille, dans une repoussante odeur de pet, de boule puante, de plastique brûlé au fond de la classe. Amoretto était torse nu sous son blouson de cuir noir, il s'était fait tatouer une étoile rouge sur sa nuque rasée. Malatesta feuilletait Racine, Chateaubriand, Stendhal, à la recherche de mots sales qui pourraient faire rire, son index posé sur la page, son regard sournois qui passait sous les tables, personne n'avait comme lui le pouvoir de faire onduler et ramper un regard. Il y avait toujours l'incomparable, le très-haut, très-précieux Arosa, mais il avait perdu sa grâce d'ange, il était marqué autour de la bouche, là où la barbe voulait pousser. Pourtant, à l'appel de son nom, tous criaient comme autrefois, en singeant une voix de pucelle : a... rôôôôsa ! Et lui, parvenait encore à rougir, les yeux baissés, les mains sur ses oreilles, souriant et haineux.

Par provocation, par commisération, ou simplement par indifférence, Jean avait cherché à se lier d'amitié avec lui, au début de l'année. Il marchait avec lui dans la cour, dans la rue, un bout de chemin vers la gare, où Arosa habitait dans un vieil immeuble luxueux servi par une porte à tambour, comme les palaces de jadis. Il vivait là avec sa grand-mère, Jean avait lu son nom sur une plaque de cuivre, Léonora Arosa, et soudain il s'était rendu compte qu'Arosa n'avait jamais eu de prénom, juste ce nom de famille magnifique et lourd à porter pour un jeune garçon timide et fragile.

Tout ça avait créé un tel vide. Dans cette poche d'absence qui avait rempli l'année, la tante Catherine n'avait pu que tomber malade, être frappée d'une sorte de langueur. Jean avait oublié les plans de la machine à remplacer ses yeux. Il les avait égarés, ou bien jetés un jour sans même s'en rendre compte, avec ses poèmes et tout le fatras accumulé depuis l'enfance. Il ne voulait plus tendre son visage pour que la vieille femme y lise du bout de ses doigts maigres la chaîne qui l'unissait à tous les autres visages de sa vie.

Ce n'était pas bien, évidemment. « Tu n'iras pas voir ta tante ? demandait Sharon. Elle parle de toi chaque fois. Tu devrais lui apporter une casserole de soupe, un morceau de cake. » Jean haussait les épaules. « Vas-y, toi. » Il prétextait du travail, des révisions. Il ne voulait pas penser à la tante Catherine comme à quelqu'un qui aurait besoin de soupe, ou de gâteau, ou d'un bout de conversation. Catherine avait été dure toute sa vie, elle avait survécu au deuil, à la ruine, à la cécité. Il était sûr qu'elle comprenait. Elle était quelqu'un qui savait jouer. Elle seule était capable de jouer avec sa vie, de lancer sa carte, son dé, et d'attendre la réponse.

Mais il tressaillait toujours au nom d'Aurore. Sous prétexte d'accompagner Arosa, il remontait les rues en zigzaguant jusqu'à la voie ferrée, puis il attendait à l'ombre du grand pont boulonné, feignant de s'intéresser aux maigres étals du marché en déconfiture. Le maire de la ville, un certain Chevalier, que son père avait surnommé le Chevalier d'Industrie, avait décrété une loi forte contre les colporteurs, les Gitans et les vendeurs à la sauvette, dans son esprit apparentés aux gens de la cloche. Sous le pont il ne restait que quelques débris. Jean imaginait qu'il allait voir apparaître Aurore, comme autrefois, vêtue de sa tunique grenat, son visage fardé en masque lunaire, ses yeux obliques dessinés pareils à des bijoux, ses cheveux noirs luisant sur ses épaules. Il avait rêvé qu'il lui apprendrait le langage des humains, qu'il la libérerait de la tutelle des Gendre, de son esclavage, qu'il lui donnerait d'un seul coup tout ce qui lui avait manqué pour être comme les autres, une jeune fille jolie, intelligente, dont tout le monde pouvait être amoureux. Il lui achèterait de grands cahiers quadrillés pour qu'elle écrive sa vie, qu'elle puisse dire ce que cachait la porte de l'appartement du cinquième, cette lourde porte à la plaque de cuivre étincelante, qu'elle parle de sa vie d'autrefois, à Hanoi, de la grande maison pleine de domestiques, elle pareille à une petite princesse silencieuse, qu'elle se venge enfin de toutes les humiliations, jusqu'à faire éclater la honte des Gendre comme une baudruche trop gonflée, pour être libre, innocente et neuve. Il rêvait de l'emmener au bout du monde, en Malaisie, à Ipoh, ou bien à Maurice, dans le jardin d'Ébène. Il restait un long moment sous le pont, puis il s'éloignait de La Kataviva, sans être monté chez la tante Catherine. C'était un rêve, juste un rêve, pour combler la poche d'indifférence.

Et maintenant, avec l'été, toute la ville se remplissait de cette inquiétude, de cette solitude. Jean sortait tôt le matin, il marchait jusqu'à la nuit, il parcourait les rues et les ruelles, si loin qu'il ne savait même plus où il était. Des noms de rues qu'il n'avait jamais vus ni entendus, la Tour, le Collet, la Sabaterie, rue du Chœur, rue Henri-Christine, rue Cocconato, rue de la Fuon-Cauda, chemin de la Conque, avenue de l'Arbre-Sottan, avenue Comba, avenue Colombo. C'était une sorte de fièvre, marcher, sans s'arrêter, sans but, sans remède.

La mer plate et grise, les rues, le ciel. Même les palmiers immobiles dans leurs pots, tout exsudait une qualité d'angoisse. Jean avait compris la raison de son malaise en notant que les ombres avaient disparu du sol. Sur le bitume mou les semelles de ses tennis rebondissaient comme sur une moquette épaisse. Il cherchait en vain son ombre, tassée d'habitude à ses pieds, légère et impalpable, mais elle avait disparu à la manière d'une fumée qu'on souffle. Les rues, autour de la gare, étaient mortes, immeubles aux volets clos, magasins aux rideaux de fer descendus comme pour une émeute. Seulement quelques bistros sombres, en forme de vieilles cavernes, avec des noms ridicules de bord de mer, des noms qui faisaient frissonner, et leur haleine de pastis, un vague brouhaha de juke-box, des éclats de voix rocailleux, ces noms, ces noms surtout, obsédants et comiques comme un oiseau cassé, La Voile, Le Galion, Au Grand Pin, L'Escale, La Barque à Roues. Des noms tels qu'on rêvait de ne plus jamais les revoir, et Jean souvent s'imaginait de passage, dans des quartiers perdus d'une de ces villes où l'on ne va jamais deux fois, Odessa sur la mer Noire, Krk en Yougoslavie, Chichester, Trieste, ou plus loin encore, une ville où la vie se serait arrêtée, une ville où l'attente est infinie, le changement tout à fait impossible, des quais poussiéreux où passe le vent, des rues immenses et vides où résonne par instants le bruit d'une motocyclette, la fin d'un âge, la fin d'une ère, Nakhodka, Ekaterinbourg, Palma de Majorque.

La Méditerranée reposait dans ses criques blanches. Une mer calme, sans histoire, une mer épaisse, lourde, sur laquelle les hommes flottaient comme des débris le long du rivage, parmi d'autres débris. Il y avait une odeur de sueur, une lueur de sueur. C'était le premier été que Jean n'avait pas approché la mer, qu'il avait hésité à s'y baigner. Il appréhendait sa fraîcheur, sa douceur, il ne voulait pas se laisser aller au regret du souvenir.

La mer devait être un lac d'inquiétude, une incompréhensible étendue, impossible, impensable. Vers la fin de la journée, Jean allait jusqu'à un terrain vague, non loin du port, un champ en restanques planté d'oliviers, au milieu d'une zone accaparée par les chantiers de construction. C'était le dernier espace libre, entre deux immeubles de ciment inachevés, aux balcons tous identiques. Le dernier terrain en attente de destruction. Le barbelé qui servait de clôture avait été arraché par endroits pour permettre aux promeneurs de s'installer à l'ombre des oliviers, pour bavarder, pour somnoler. Des amoureux venaient là le soir, et l'après-midi c'étaient les enfants qui y jouaient au ballon. C'était le dernier été, Jean le savait sans comprendre pourquoi. Peut-être qu'on en avait parlé dans les journaux, ou bien c'était la menace des grues et des bulldozers tout alentour, quelque chose de dangereux, d'inévitable.

C'était le dernier été à regarder la mer, sans projet, sans avenir, à peine l'ombre légère du passé qui glissait comme une fumée. La mer étincelait entre les feuilles des oliviers. Les vieux agaves séchaient leurs plaies au soleil, les coups de canif laissés par les amoureux qui s'étaient succédé, ces noms futiles, drôles, qui parlaient juste de quelques instants : Lili, Pierre. Christine. À J. pour la vie.

L'odeur de la terre et de la vieille herbe jaunie, les fourmis, les mille-pattes, les mouches plates. L'odeur du ciment des chantiers interrompus par la canicule, cette sueur mauvaise, difficile, qui luisait sur la peau de la ville, sur les cailloux, sur les collines confuses, sur la mer, sur le ciel. L'angoisse du départ, quitter son enfance, entrer dans le monde adulte, dans le monde en guerre. Jean Marro était attentif à chaque détail, chaque seconde, c'était une douleur qui faisait résonner toutes ses fibres. Pour cela, il s'installait au fond du terrain, au plus haut, sur la dernière restanque, contre la palissade du chantier. C'était sale, abandonné, les vagabonds venaient faire leurs besoins dans les broussailles. Mais de là, il dominait tout, jusqu'aux grues du port, les jetées poussiéreuses, la balise, et le couloir bleu de la mer qui conduisait vers un point de l'horizon.

C'était Santos Balas qui avait parlé à Jean du jardin des Oliviers. L'endroit rêvé pour lire Virgile, ou bien Parménide, Héraclite. Santos n'avait que deux ans de plus que Jean, mais il lui paraissait très loin devant, presque inaccessible. Les derniers mois avant le bac, Jean était beaucoup sorti avec Santos Balas. Lui, redoublait, ou même triplait, il considérait avec dédain cet examen, ce faux rite de passage qui était censé séparer le prolétariat informe de la future bourgeoisie régnante. « Moi, je serai peintre, disait Santos. Qu'est-ce que j'en ai à foutre du bac ? »

Santos était beau, ténébreux, pessimiste. Il peignait dans sa chambre de grands portraits de femmes très pâles, avec un regard vide et quelque chose d'inachevé dans la forme du crâne, à l'occiput. À vingt ans, il était indépendant, il louait un studio au dernier étage d'un immeuble à flanc de colline, face à la mer. Il avait une maîtresse, une jolie fille un peu métisse de dix-sept ou dix-huit ans aux cheveux coupés court, avec ces mêmes yeux couleur d'eau au regard vide. C'était elle le modèle de Santos. Un jour, il avait montré à Jean un nu qu'il avait fait d'elle, sur une longue feuille de papier, elle était allongée sur un tapis, son corps maigre presque diaphane, les côtes saillantes, les seins aux boutons violacés, et la touffe de son pubis très noire, épaisse, indécente. Jean était resté silencieux, les yeux fixés sur le triangle violent. Santos avait dit d'un air détaché, plein d'arrogance et de souffrance jalouse, et Jean ne s'y était pas trompé un instant :

« Tu sais, si elle te plaît, je peux t'arranger un rendez-vous. Elle fait tout ce que je lui demande. »

Santos Balas avait ce côté cynique, provocateur. Ça allait bien avec son visage sombre d'Andalou marocain, ses yeux de velours brun et ses épais sourcils qui se rejoignaient sur la racine de son nez comme des ailes de merle.

Santos avait invité plusieurs fois Jean à aller le voir chez sa mère, qui vivait seule dans un grand appartement d'un palace, dans les beaux quartiers de la ville. La mère de Santos s'appelait Léa, elle était très belle, élégante, vêtue d'une longue robe blanche orientale, elle avait une allure un peu théâtrale, d'ailleurs Santos avait laissé entendre qu'elle avait été actrice, autrefois, au Liban, ou en Égypte. Elle avait l'air d'une émigrée, elle avait un accent à la fois chantant et rocailleux qui faisait penser à la Russie, ou à la Pologne.

Santos avait avec elle un rapport étrange, une sorte de vénération irritée et ombrageuse. Il l'appelait par son prénom, et parfois, sans raison, la vouvoyait. C'était Santos qui gérait l'argent que son père versait chaque trimestre, depuis son divorce. Le père de Santos avait abandonné sa famille pour une fille assez jeune, avec qui il s'était installé en Espagne, à Almuñecar sur la Costa Bananas, où il faisait des affaires immobilières. Santos parlait toujours de lui avec une haine rentrée. «Un salaud, un exploiteur. Un rien du tout.»

Jean n'aurait jamais invité Santos à venir le voir chez ses parents. Il avait honte de l'endroit où il habitait, il ne pouvait pas croire que son ami pouvait être intéressé le moins du monde par ce petit milieu étroit, économe, marqué par l'échec et la maladie de son père, tout cela tellement différent de la vie brillante et tragique de la famille Balas. La seule chose exotique, c'était le lieu où Jean était né, Ipoh, en Malaisie, et sa nationalité britannique. Mais il s'était bien gardé de parler de Maurice, et de tout ce qui était le secret de la tante Catherine. D'ailleurs, Santos ne lui posait jamais de questions. Quand ils revenaient ensemble du lycée, Jean bifurquait, il disait: «Bon, eh bien moi, je continue par là.» Santos disait: «Bon, eh bien salut.» Et il s'en allait tout droit, sans se retourner. C'était peut-être de la discrétion, mais Jean pensait bien qu'il n'avait pour ce garçon indépendant et séduisant que l'importance qu'on accorde à un admirateur immature, un peu importun, qu'on se plaît à éblouir avec ennui et un léger dédain. C'étaient les sentiments les plus troubles que Jean eût jamais éprouvés.

Aussi, parfois, par goût de la vengeance, Jean restait des jours, des semaines sans parler à Santos, l'évitant, changeant de chemin. Ce n'était pas très difficile. Santos ne se déroutait jamais, il avait une vie trop pleine pour faire cas de ces choses-là, il n'utilisait que la ligne droite. Il suffisait que Jean décale son itinéraire de deux rues, et il devenait invisible.

C'était Santos qui avait initié Jean à la philosophie présocratique, Héraclite, Parménide. Il avait même prêté à Jean son exemplaire du poème de Parménide dans la traduction de Beauffret, avec une couverture ornée de dessins et d'une frise brune sur fond blanc. Un livre tout usé et manipulé, portant le texte grec en regard. Les mots mystérieux, pareils à des formules, qui diffusaient un enchantement, et Jean les avait appris par cœur le soir, pour vivre avec eux dans la journée. C'était une façon de communiquer avec Santos, de partager son mystère, sa mélancolie. *Car c'est la même chose, penser et être.* Ou encore, suspendue dans l'infini, tout à fait pareille à un signe qui porterait la destinée : *Nuktiphaès peri gaian allômenon allotrion phôs. Claire dans la nuit autour de la terre errante, lumière d'ailleurs.* Il récitait parfois comme lui le commencement du poème, qui faisait bondir son cœur, le début du voyage vers la connaissance : *Les cavales qui me portent, aussi loin que les mènera leur désir, m'entraînent avec elles...*

Jean n'avait jamais discuté avec Santos du sens des vers de Parménide. En fait, ils n'appelaient pas vraiment de discussion. Ils brillaient avec force dans toute leur évidence, ils étaient au firmament et portaient leur propre lumière. Santos disait encore : *Car*

depuis que toutes choses ont été nommées lumière et
nuit, et que ces choses existent selon l'un ou l'autre de
ces pouvoirs, tout est plein de lumière et de nuit
aveugle également, car en elles le néant ne se divise
pas.

Ils étaient venus ici, au jardin des Oliviers, dans la
chaleur du début juin, quelques jours avant les
épreuves du bac. Il y avait l'éclat dur de la mer, le
vent avait soufflé en tempête, chassant du ciel toute
trace d'humidité, et de temps à autre la mer jaillissait par-dessus la digue quand une vague cherchait
à grimper les brisants. Jean se souvenait de cette
impression d'une journée éternelle. « La philo, ce
n'est pas dire ceci ou cela, raisonner sur des
concepts, énonçait Santos. Ça, tout le monde le fait,
toi, moi, l'épicier du coin. La philo, c'est être accordé
au temps céleste, comprendre le cours des astres. »
Il avait dit ça sans forfanterie. Jean n'avait pas compris tout de suite que Parménide avait eu l'intuition
de la révolution universelle, la rotondité de la Terre,
la Lune comme un astre tournant autour de la Terre
et reflétant dans ses phases la lumière du Soleil.
Peut-être que la phrase de Parménide parlait d'autre
chose, pour lui et pour Santos assis à l'ombre des
oliviers dans ce vieux jardin menacé de destruction,
avec l'écume qui jaillissait au soleil, l'odeur de la
terre à la fois parfumée et puante, elle parlait d'un
spectacle caricatural de la mort, de la beauté, tragique, dérisoire, elle parlait de cet instant alors que
la guerre était en action de l'autre côté de la mer, cet
instant qu'ils ne retrouveraient plus jamais. Il y avait
ce vers mystérieux que Santos avait cité, comme son
dernier mot : *Et pour moi c'est tout un là où je com-*
mence, car là je retournerai.

Ç'avait bien été la dernière fois. Ensuite, naturellement, Santos Balas avait échoué à l'examen. Peut-

être même qu'il ne s'était pas présenté. Ou bien il avait seulement dessiné sur la feuille blanche, que d'autres noircissaient des restitutions du cours de philo, une feuille d'agave sur laquelle était écrit le nom magique : ANAXAGORA SERA.

Son sursis avait été annulé. Fin septembre, il avait été incorporé dans un régiment d'infanterie partant pour l'Algérie. Jean ne l'avait jamais revu.

L'angoisse était partout dans la ville, elle exsudait de la chaussée surchauffée, des carrosseries des voitures, des façades jaunes aux volets fermés, des bouches sombres des caves. Surtout, du ciel blanc, presque incolore, de la mer, des palmiers immobiles dans leurs pots. Jean Marro pensait que c'était comme de vivre dans une photo, un instant, juste un instant, rien derrière, rien devant. La ville vide, et la peur qui circulait, qui marchait dans les rues avec les passants, avec les voitures.

Le seul moment où il pouvait échapper à la peur, c'était le matin, quand il allait nager, très tôt avant que les plages ne soient envahies par les touristes, ou bien tard le soir, à la nuit tombante. La mer était douce, lourde, surtout au crépuscule du soir. Les mouettes rasaient la surface en geignant, disparaissaient vers l'ouest, vers le ravin du Jas Madame, pour aller s'asseoir sur les montagnes d'ordures, entre les éruptions de méthane.

Au matin, c'était encore plus beau. La mer lavait tout. Jean glissait lentement, les lèvres au ras de l'eau, l'eau sombre coulait le long de ses côtes comme une rivière, touchant chaque cellule de sa peau, irriguant chaque artère. Le ciel était d'une pâleur éclatante. D'un seul coup, le soleil jaillissait au-dessus des caps et ses rayons s'enfonçaient dans les yeux de Jean, l'éblouissaient jusqu'au fond de son esprit.

C'était ainsi. Il n'y avait rien d'autre. Derrière lui, éloignée, confuse, la terre ferme lançait quelques cris, quelques rumeurs, des klaxons, des crissements de freins, les grincements des bogies sur les aiguillages, même le grondement des roues sur le pont de fer, à côté de La Kataviva.

Il pensait : je vais voyager. Je vais continuer, nager vers l'horizon, si loin que je ne pourrai plus revenir en arrière. Un instant il avait pensé cela, non pas mourir, mais partir. Mais quelque chose l'en avait empêché. Le soleil s'était immobilisé, il s'était durci. Sous le corps de Jean, la mer était devenue profonde, froide, effrayante. Il n'y avait pas de vagues, mais une houle lente qui poussait, poussait. En regardant en arrière, comme on se penche au-dessus d'un abîme qui attire et repousse à la fois, Jean avait vu la ligne blanche de la côte, les parallélépipèdes réguliers des immeubles, les routes, les éclats du soleil sur les vitres. Il était trop tard pour renoncer à retourner. Trop tard, trop tôt, pas assez loin, pas assez perdu. Juste à une heure de nage, sans doute, avant de reprendre pied sur la terre. Et puis, soudain, presque sous son nez, est passé paresseusement un poisson-lune, étrange, gonflé, qui se laissait emporter par le courant en tournant sur lui-même, telle une mystérieuse toupie. Jean a eu le temps de voir ses yeux bleus dilatés, sa bouche fendue dans un sourire, ses nageoires écartées tandis que la mer l'emportait au hasard. Il a pensé qu'il n'oublierait pas, que c'était un message en quelque sorte, la réponse aux questions d'Anaxagore et d'Héraclite, une phrase, un vers, un fragment détaché de la galaxie.

Alors il avait commencé à nager vers la terre, lentement mais sûrement, lançant ses bras le plus loin possible en avant, les doigts bien écartés pour saisir l'eau, son cœur battant tranquillement dans sa poitrine. Sur une partie de la plage il avait pris pied, il s'était allongé près de la route, et déjà baigneurs et baigneuses s'installaient, peignaient leurs membres à l'huile de coprah. Il attendait que son souffle se calme, et pendant ce temps les gouttes d'eau séchaient sur sa peau. À un moment, l'espace d'une seconde, il avait pensé : c'est aujourd'hui, le jour où je pouvais mourir. C'était presque comique. Autour de lui les jeunes femmes en bikini s'étiraient sur leurs serviettes jaunes. Les vagues auraient repoussé son corps sur la plage, et les enfants auraient couru autour de lui en criant, épouvantés et excités de découvrir un homme noyé. C'était un jour ordinaire.

Maintenant, quand il entrait dans La Kataviva et qu'il montait l'escalier jusqu'à la porte de la tante Catherine, Jean était pris par un sentiment d'irréalité. Plus rien n'était comme avant. C'était peut-être à cause du départ d'Aurore, ou peut-être parce que le serin était mort, et mademoiselle Picot avait dû mourir elle aussi parce que la fenêtre qui donnait sur la cage d'escalier était fermée, et les carreaux gris de poussière indiquaient que personne n'habitait là.

Pendant des mois, Jean s'était absenté, le monde avait tourné, La Kataviva avait subi des dommages irréversibles. Par exemple, les derniers carreaux décorés de fleurs de lys rouges de la porte du sas d'entrée avaient été remplacés par les affreux verres dépolis jaunasses. Les boîtes aux lettres disparates où Jean aimait lire autrefois les noms des locataires avaient été jugées non conformes par le syndic (Jean avait vaguement entendu parler de cette histoire par son père) et remplacées par un meuble en métal marron muni de tiroirs, perché sur de ridicules jambes maigres. En lisant les noms sur les tiroirs, Jean a découvert que la plupart étaient des nouveaux venus. Il y avait des noms étrangers, Barak, Czetzinski, Phisas, des noms arabes, Jeloul, Sanoussi,

Aamiche, et d'autres d'une étrange banalité, Mouton, Sausier, Sassier, Lebon, Lecoq.

Même les bruits et les odeurs n'étaient plus les mêmes. Autrefois, ça sentait la poubelle renversée, la cuisine lourde, comme du ragoût, plus une odeur aigre et insistante qui venait des gens eux-mêmes, mêlée à l'odeur des chats et du serin. Maintenant régnait l'odeur du faux propre, du détergent au pinol, de la serpillière humide. L'immeuble était nettoyé deux fois par semaine par les employés d'une entreprise. Ils garaient leur camionnette à l'angle de la rue, et ils faisaient à la suite cinq ou six cages d'escalier, toujours vite et avec la même brutalité. C'étaient un petit homme fluet au regard fuyant et une grande fille épaisse chaussée de sneakers. Ils jetaient l'eau savonneuse à grands seaux dans le caniveau, laissant un torchon roulé pour former un barrage dans lequel ils trempaient leurs balais-brosses. Jean les avait croisés à plusieurs reprises, sans pouvoir les éviter, car leurs horaires semblaient complètement imprévisibles. Les bruits surtout étaient différents. Non pas le silence, au contraire, il y avait davantage de bruit qu'auparavant. Jean avait pensé à la mort du serin. Son cri aigu, angoissé, avait un pouvoir magique et se substituait à toute autre forme de vie. Maintenant on n'entendait même plus de cris d'enfants comme autrefois, ni la radio ni les disputes occasionnelles des couples dans les meublés. Il n'y avait plus que des bruits de ménage, comme de bouteilles qu'on aurait laissées tomber, de vaisselle qui heurterait un évier en inox, ou bien, en fin d'après-midi, soudain, le hurlement suraigu d'un aspirateur.

Aurore de Sommerville manquait beaucoup. Que s'était-il passé? Quand il arrivait à l'étage, Jean regardait la plaque de cuivre qui brillait dans l'ombre. Il guettait des traces de vie, sur le palier, des signes, une rumeur. La mère de Jean avait parlé d'un scandale. Un homme qui se faisait passer pour le fiancé d'Aurore entretenait le couple des Gendre. Et un jour, après avoir obtenu ce qu'il voulait, l'homme était parti, il avait laissé Aurore dans un état pitoyable, dépressive, ou droguée. Une assistante sociale avait fini par emmener la jeune fille. Quant aux Gendre, ils étaient introuvables, peut-être qu'ils avaient changé de ville, ils étaient partis sans laisser d'adresse, comme des malfaiteurs.

La tante Catherine était la survivante. Au dernier étage, juste sous la verrière (où les carreaux à treillis métallique n'avaient pas été remplacés, sauf à l'identique), la porte était toujours la même. C'était le seul étage qui n'avait pas été repeint, parce que les locataires étaient trop vieux, trop désargentés, et que le sinistre Paba les avait oubliés. La porte voisine de la tante Catherine, au fond du couloir, s'entrouvrait quelquefois sur le visage aigu d'une vieille Italienne qui s'appelait Ida, et que Jean ne connaissait pas. De l'autre côté du couloir le contrôleur Candela avait été remplacé par un instituteur à la retraite, tout aussi alcoolique, qui ne sortait qu'à la tombée de la nuit pour aller acheter des litres de rouge du côté de la gare. De son nom, Lorenz. Il était tellement ivre qu'un jour Jean l'avait surpris en train de faire ses besoins dans l'escalier.

La tante Catherine était toujours comme une reine dans son palais, droite, maigre, un peu titubante et affaiblie par l'âge. Elle avait un bras inerte depuis un accident dans la rue, un chauffard qui l'avait jetée à terre et avait pris la fuite. Elle avait refusé l'hôpital, sa plus grande crainte étant qu'on en profite pour l'enfermer dans une maison de retraite. Le père de Jean lui avait dit un jour, du temps où il pouvait encore monter les six étages : « Tante, est-ce que vous ne seriez pas mieux dans une maison, on vous soignerait, on vous ferait à manger, vous n'auriez aucun souci. » Elle avait tranché d'un ton sec : « Autant me jeter par la fenêtre tout de suite. » Pour elle, il n'y avait pas de « maisons de retraite », ni de « résidences du troisième âge », mais seulement des hospices. Le père de Jean en avait parlé avec agacement et admiration. C'est comme cela qu'elle était restée à La Kataviva, même après le départ d'Aurore de Sommerville.

Elle venait à Jean, comme autrefois, les mains tendues, elle les passait lentement sur son visage, sur ses paupières. Elle disait : « Comme tu es jeune ! » Il ne savait pas très bien si c'était un compliment, ou une plainte. Cela ne lui ressemblait pas de s'attendrir sur elle-même, elle était dure, armée contre la vie. Mais c'était son seul instant de faiblesse. Autrement elle ne se plaignait jamais de sa solitude, de sa pauvreté, ni de l'arthrose qui bloquait ses jointures. Elle mettait un point d'honneur à accueillir Jean bien droite, à marcher sans se tenir, sans aide. Un médecin qui avait fait faire des radios lors de son accident avait dit au père de Jean : « Étant donné l'état de calcification de ses hanches et de ses épaules, chaque pas que fait votre tante devrait lui arracher des cris de douleur, comme à la petite sirène. »

La tante Catherine savait pourquoi Jean venait. Elle était le dernier témoin, la mémoire de Rozilis. Quand l'expulsion avait eu lieu, en 1910, le père de Jean n'avait que trois ans, il ne se souvenait de rien. C'était Catherine qui s'était occupée de lui, à Rose Hill, jusqu'à son départ pour la France avec ses parents, après la guerre. À présent, il ne restait rien de Rozilis. Après l'expulsion, Chemin avait fait couper tous les ébéniers, tous les bois noirs, les acajous pour le prix du bois. La fabrique avait été abandonnée, et la maison Rozilis elle-même était tombée en ruine, mangée par les *carias* et disloquée par les cyclones. Un promoteur chinois avait racheté les terrains alentour, il avait tout coupé, tout rasé, pour construire des maisons en ciment. Il avait même détourné le cours du ruisseau Affouche pour assécher le terrain et construire davantage. Puis on avait ouvert une grand-route vers Saint-Jean, et Ébène n'était plus qu'un carrefour. On parlait de l'indépendance, on parlait de créer des industries à Coromandel, comme à Singapour ou en Malaisie. C'étaient les temps nouveaux. C'était indifférent. Ça n'avait pas d'importance. Pour Jean, seuls les temps anciens pouvaient resurgir, comme des fantômes personnels. La tante Catherine le disait bien : « La roue tourne, ce qui est mort est mort. »

C'était plutôt à la manière d'un chaînon manquant, un élément qui faisait défaut dans son histoire, sans lequel Jean ne pouvait comprendre. Sans Rozilis, le nom des Marro restait inintelligible.

Ce que Catherine avait fait. Ce qu'elle avait vu, ce qu'elle avait touché de ses mains, ce qu'elle avait ressenti, ce qu'elle avait mangé et bu, ce qu'elle avait rêvé la nuit. Il ne cherchait pas des souvenirs, ou des idées. Ce qu'il voulait, c'étaient des sons, des odeurs, des brouhahas de voix dans la grande maison de Rozilis, les rires et les jeux des enfants, les bêtises qu'ils avaient faites, les punitions qu'ils avaient reçues. Les journées à écouter la pluie tambouriner sur les fenêtres, cascader le long de la varangue, remplir les cuves voilées de coutil pour empêcher les larves de moustiques. Le chant des crapauds la nuit, obsédant, incessant, le grincement aigu des moustiques la nuit, quand les enfants étouffent et renvoient de côté le tulle, pour respirer.

Catherine était assise dans son fauteuil, les longues mains et les avant-bras reposant sur le bois sombre, une posture hiératique mais familière, qu'elle était seule à avoir, et qui la maintenait dans son monde disparu. Toujours le dos tourné à la lumière, pour ne pas gêner Jean avec la pâleur de ses iris, pour former une silhouette sans visage. Jean savait que c'était à son intention, il était le seul à avoir compris ce que signifiait cette manière, chaque fois il ressentait une sorte d'allégresse à l'idée que, malgré tout ce qui les séparait, Cathy Marro et lui pouvaient communiquer dans cette mise en scène. Sans cela, il n'y aurait eu que les mots. Une banale rencontre de famille, avec juste un zeste d'originalité, et quelques radotages sur le temps passé.

Assis sur le bord du sofa, il voyait la silhouette de Catherine, comme elle avait vu dans son enfance la silhouette de Charles, et comme lui-même avait vu celle de son grand-père, qui était arrivé le premier aux ravins d'Ébène et avait fondé la maison Rozilis. C'était cela qui faisait battre son cœur, d'être à la fois au début et à la fin d'une histoire. Jamais il n'en aurait parlé à quiconque. C'était trop compliqué. Et pourtant, il se disait aussi que c'était la chose la plus simple. Être assis là, dans cette pièce un peu étouffante, poussiéreuse, au-dessus de la voie ferrée, dans le bruit de la rue en fin d'après-midi, dans un des coins les plus ordinaires du monde présent, et au même instant toucher à l'autre côté du monde.

Elle ne parlait plus aussi facilement qu'avant. La solitude et l'âge avaient ralenti sa langue. Jean relançait la conversation. Il essayait de se souvenir de ce qu'elle racontait, quand il était encore enfant, et qu'elle préparait le pain perdu dans la cuisine. D'un ton enjoué, presque enthousiaste, comme si elle lui livrait des secrets.

Maintenant, elle ne faisait plus le pain perdu, faute d'ingrédients sans doute, ou bien à cause de son arthrose. C'était Jean qui préparait le thé. Il mettait l'eau à chauffer dans la bouilloire électrique, qui avait remplacé la vieille chose cabossée qu'elle plaçait autrefois en équilibre sur le brûleur de butane. Dans la cuisine presque tout manquait. Les boîtes dans lesquelles Catherine gardait le gunpowder qu'elle achetait chez le Chinois, et qu'elle parfumait à la vanille, avaient été remplacées par des paquets industriels de thé en sachets. Mais la vieille Brown Betty était toujours là, tellement culottée qu'elle parvenait à donner encore un peu d'âpreté et de sensualité à cet affreux breuvage. Du moins Jean voulait y croire, c'était la porte qui s'ouvrait sur les souvenirs.

« Parle-moi de Mathilde, tante. Elle était plus jeune que toi, c'était toi l'aînée des filles ? »

La voix de Catherine se voilait au nom de sa sœur. Elle continuait à l'appeler Maud, son petit nom d'autrefois.

« Maud était très fragile, une poupée de porcelaine, ses cheveux blonds, ses yeux bleus. Maman l'habillait avec des extravagances, non pas des robes comme moi, mais des costumes de catalogues qu'elle avait apportés à Maurice dans sa jeunesse, et elle fabriquait ça avec sa vieille machine à coudre à pédale, des volants, de la dentelle, des nœuds, Maud était la poupée qu'elle n'avait jamais eue, j'étais jalouse, je la pinçais, je lui parlais durement, et quand elle commençait à pleurer ça me faisait mal au cœur, alors je la dorlotais, je lui disais qu'elle était mon amour. Les garçons allaient à l'école, sauf ton grand-père Hervé, il était plus âgé, déjà fiancé à ta grand-mère Cécile, et Simon et Gildas prenaient le train ensemble pour l'école, ils étaient pensionnaires à Port Louis, et toute la semaine c'était moi qui m'occupais de Maud, j'étais sa maîtresse d'école, je lui faisais réciter ses leçons, *La Mort du loup* de Vigny, ou *Oceano Nox*, elle était debout dans la chambre, moi, j'étais assise sur une chaise, je devais avoir l'air terrible, la pauvrette tremblait, elle avait peur de se tromper, de ne pas y arriver, elle perdait ses moyens. Je regrette ce temps-là, j'aurais dû être plus gentille, moins, enfin il y avait de bons moments aussi, on riait ensemble, c'était toute ma vie. »

Jean retrouvait l'émotion d'autrefois, quand il était enfant, qu'il entendait ces noms magiques, Rozilis, Ébène, Cascades, le ruisseau Affouche, ces noms qui n'avaient pas de sens, qu'il ne pouvait partager avec personne d'autre. Qu'est-ce qu'il avait imaginé ? Comment les voyait-il, ces lieux qui n'existaient que dans la mémoire de cette vieille femme aveugle, un pays perdu, une terre dont les Marro avaient été exilés à jamais ? C'était cela qu'il avait toujours cherché, c'était pour cela qu'il avait été attiré vers La Kataviva, qu'il avait si souvent monté cet escalier, malgré le sifflement aigu du serin qui trouait l'âme, malgré la répulsion qu'il éprouvait pour cet endroit maudit, où le mal était perceptible. Aurore murée dans l'appartement des Gendre, ne sortant que pour faire des courses, Aurore vendue à un inconnu par cette marâtre, et maintenant enfermée dans un asile. Lorenz délirant dans la cage d'escalier, frappant à grands coups de pied les montants de la rampe. Et tout en haut, dans l'appartement sous les toits, prisonnière, seule, sans argent, Catherine Marro, la dernière descendante de Rozilis.

«Parle-moi. S'il te plaît, tante, parle-moi d'Ébène, de Rozilis, je veux tout savoir, parle-moi.» Il serrait ses mains aux doigts osseux, secs et inanimés comme des brindilles de bois. Elle était émue, et sa mémoire défaillante était une fissure dans laquelle tout pouvait s'en aller. Elle se raccrochait aux mains du jeune homme, elle les serrait à lui faire mal.

«C'est si loin, tout cela, qu'est-ce que tu veux que je te raconte?

— Je veux tout savoir, répétait Jean. Sur la maison, les chambres, les meubles, le lit où tu dormais, la salle à manger, la couleur des murs, les plantes qu'il y avait sous la varangue, les tableaux, je ne sais pas, les rideaux.»

Elle avait un petit rire.

«Là, là... Tu exagères. Si tu crois... D'abord il n'y avait pas de rideaux, papa détestait ça.»

Pourtant, Jean savait bien qu'elle vivait toujours là-bas. Tout le temps qu'elle avait passé, d'abord à Paris avec Mathilde, puis dans le taudis de La Kataviva, vingt ans peut-être, ça n'avait pas laissé de traces. Elle était arrivée hier dans cet appartement. Ses yeux fermés avaient rendu la vie à Rozilis, non pas comme un souvenir qu'on garde dans un coffre, mais comme un lieu vivant qui continuait, changeait au fil du temps, vieillissait au long des années.

«Notre chambre était tout au bout de la maison, du côté de la montagne. Quand il allait pleuvoir, la montagne semblait tomber sur nous, je me souviens, nous avions l'impression de pouvoir la toucher en tendant les bras. Ce qui était bien, c'étaient les arbres, nous voyions tous les arbres de la forêt, les ébéniers plantés par mon grand-père, et les bois noirs, les acajous, les cèdres amers. C'était magnifique, quand le vent soufflait je voyais leurs cimes bouger, et il y avait toujours des oiseaux dans les branches. On ne la voyait pas, mais la cascade était tout près, et lorsqu'il pleuvait Maud et moi nous restions devant la fenêtre, la montagne avait disparu dans un nuage, et nous écoutions le bruit de la pluie sur les feuilles des arbres, ça venait par ondées, comme un grand animal qui bousculait les feuilles, et on entendait le bruit de la cascade qui grandissait, grandissait, ça nous faisait peur, surtout à Maud, elle cachait son visage dans mon cou, je chantonnais pour la calmer. Maud dormait toujours avec moi, ou bien quelquefois avec maman, mais elle n'a jamais eu de chambre. Les garçons étaient en haut, ils s'étaient installés dans le grenier, quand ils revenaient de la pension pendant les vacances, on les entendait marcher tard le soir, papa leur criait dessus pour qu'ils éteignent la lampe. Simon, Hervé, ils se battaient, c'était ton grand-père le plus fort, et Gildas doux comme une fille, il ne voulait pas se battre, sauf une fois, je ne sais pas ce que Simon lui avait fait, je crois qu'il l'avait accusé à tort, Gildas lui a donné une correction. Gildas était bien gentil, il ne ressemblait pas aux Marro, il était grand et fort, avec de beaux yeux bruns, il priait tout le temps, il savait déjà qu'il serait prêtre un jour. »

La tante Catherine critiquait toujours les Marro, elle les trouvait trop ceci, pas assez cela. Ils étaient paresseux, ils n'avaient pas de suite dans les idées, ils étaient velléitaires. Mais elle aimait bien la mère de Jean, elle ne lui en voulait pas de s'appeler Williams, d'avoir eu des parents anglais. Elle parlait d'elle par son prénom, Sharon. Elle aimait son sens artistique, elle se souvenait quand le père de Jean la lui avait présentée, il l'avait rencontrée au concert. « C'était une belle fille brune avec des yeux noirs en amande, on aurait dit une Gitane. C'est à elle que tu dois ressembler. »

Tout de suite après elle parlait de son père et de sa mère, Jean Charles et Désirée. Elle cherchait dans l'album la photo de leur mariage, à Rozilis. Elle passait sa main sur la photo, comme pour la lire. « Maman avait de beaux cheveux châtain clair, ils ont gardé longtemps cette couleur, même quand elle était vieille, elle les nattait, ses tresses étaient épaisses. À Rozilis, ils vivaient comme des Robinson, ils ne voulaient voir personne, pas même les cousins de mon père. Ils étaient très amoureux, jusqu'à la fin. Rozilis était pareille à un bateau, on pouvait y oublier le monde, on était au milieu de la mer, avec tous ces arbres et les rivières, et les montagnes autour étaient nos îles. »

Catherine est la mémoire des Marro. Après elle, il n'y aura plus personne. Le père de Jean ne veut pas parler de cela, quand il est entré dans l'armée britannique, il a tout effacé. Sur ses bras, il a fait tatouer son numéro de matricule, et un dessin qui représente un serpent, ou un dragon. C'est l'animal qui a dévoré son passé. Lui, ce qu'il a aimé, c'est la Malaisie, les forêts d'hévéas, le temps où il croyait à une vie nouvelle, pour sa femme et pour son fils. Et puis, il y a eu la Révolution, la guerre, et cette femme communiste, Lee Meng, qu'il a voulu faire libérer. Il a dû partir, tout était fini.

Maintenant, Jean ressent une sorte de fièvre, d'urgence. Il pense au temps qui s'est enfui, quand il a cessé de venir à La Kataviva. Pendant ces mois, le dragon a dévoré beaucoup. Il n'y a plus de goûters de pain perdu, il n'y a plus ce temps si long quand il venait feuilleter l'album de photos, en écoutant distraitement Catherine qui racontait ses histoires. Il ne savait pas alors combien tout cela était précieux, ne reviendrait plus.

« Parle-moi de Rozilis, tante. »

Elle hésite un peu, puis elle parle d'une chose qu'elle n'a encore jamais dite, du bateau qui s'appelait la *Rozilis*, le brick aventurier sur lequel le premier des Marro était venu à l'Ile de France avec sa femme et sa fille. « C'est mon grand-père Charles qui m'en a parlé, lui-même l'avait su en écoutant son grand-père Jean Eudes. La *Rozilis*, c'était un bateau assez petit, chargé de vivres, le voyage avait duré des mois, il y avait eu des tempêtes, des chasses de corsaires anglais. Jean Eudes avait écrit ses souvenirs dans un cahier, pendant la Révolution, et la bataille de Valmy, puis son voyage pour fuir la misère, jusqu'à Maurice, sur la *Rozilis*. C'est pour ça qu'il avait donné ce nom à la maison, quand il s'était installé à Ébène, *Rozilis*, le navire sur lequel ils avaient traversé la mer. »

C'était irréel, dans la lumière de la fin d'après-midi, avec le bruit doux des voitures sur la voie rapide, le grondement lointain d'un train sur le pont, Jean aurait pu se croire en mer, dans la cabine d'un navire, en route le long de la côte d'Afrique, vers l'Ile de France.

La mémoire n'est pas une abstraction, pensait Jean. C'est une substance, une sorte de longue fibre qui s'enroule autour du réel et l'attache aux images lointaines, allonge ses vibrations, transmet son courant jusqu'aux ramifications nerveuses du corps. Alors la voix de la tante Catherine n'était plus sèche, ironique, teintée d'amertume. Jean en l'écoutant percevait les inflexions de la voix de Charles Marro, et en remontant encore le courant, la voix de Jean Eudes, cet homme qui s'était battu pour la Révolution, et qui avait osé partir à l'autre bout du monde pour commencer avec la femme qu'il aimait une vie nouvelle.

« Mon grand-père me racontait que Jean Eudes avait dû faire construire une cabine à l'arrière du bateau, tu sais, à l'époque, quand on partait on devait tout préparer, payer un charpentier qui construisait la cabine, les meubles, les lits, les armoires. Mon grand-père savait même le nom du charpentier qui avait travaillé sur la *Rozilis*, il avait un nom que je n'ai jamais oublié, il s'appelait Bastien-Grade. Il avait fabriqué pour eux deux lits en chêne, un pour Jean Eudes, un pour Marie Anne, et imagine-toi que ces deux lits étaient encore à Rozilis quand j'étais petite, ils avaient été mis au grenier et c'étaient les garçons qui s'en servaient, mais ils étaient si petits, si étroits qu'ils avaient fini par refuser d'y dormir, et Maud et moi nous y avions couché nos poupées. Et quand nous avons été chassés de la maison, je ne sais plus ce qu'ils sont devenus, je crois qu'ils ont été vendus pour le bois, c'était du beau chêne breton, bien sombre et bien dur, peut-être qu'ils ont servi à réparer une maison, ou bien on en a fait des étagères dans une cuisine, va savoir... »

La mémoire est une chose terrible, pensait Jean. Jouissance et souffrance à la fois, une substance qui a sa vie propre, qui se développe et se rétracte, sans qu'on puisse rien faire pour la diriger. Il regardait la silhouette de Catherine, son visage dans l'ombre où les yeux sont invisibles. Il y avait un reflet d'or sur le mur, derrière le sofa, là où le soleil frappe avant de disparaître derrière les toits. Et c'est encore un jour qui s'en va, pensait Jean, encore un jour et chaque instant qui part arrache un morceau au temps passé dans la vie de Catherine, un morceau aussi indispensable qu'une pièce dans un puzzle.

Elle se fatigue. Chaque soir madame Rosella doit venir aider la tante Catherine à sa toilette, lui faire à dîner, lui administrer ces gouttes d'extrait de ginkgo bilobé qui, à ce qu'on prétend, fortifient les liaisons de sa matière grise. Elle s'en moque, mais elle les avale, accrochée à l'espoir de garder sa mémoire intacte jusqu'au bout, pour Jean, pour rester en contact avec le seul monde qui vit en elle, le temps d'Ébène.

« T'ai-je raconté notre départ de Rozilis ? » Jean a déjà entendu cent fois cette histoire, mais elle est à chaque fois un peu différente, comme si la tante Catherine ajoutait un détail oublié, une sensation, une anecdote.

« On était en décembre 1910, il faisait affreusement chaud et lourd, je me souviens que le pauvre Gildas avait étouffé toute la nuit à cause de son asthme, ses crises avaient empiré depuis qu'il avait eu quatorze ans, on allait à la catastrophe. Le ciel était noir sur Ébène, on aurait dit que le temps participait au drame. Pendant des jours et des jours, on n'avait pas arrêté de tout ranger, les livres dans les caisses, maman avait mis des housses sur les meubles, comme si on partait seulement en voyage, elle ne voulait pas croire que c'était fini, qu'on partait pour toujours, qu'on ne reverrait jamais tout cela, elle avait été heureuse dans cette maison, ses enfants étaient nés là, chaque objet, chaque coin lui rappelait un moment de bonheur, ou bien un accident, comme le cyclone de 92, le vent avait défoncé les fenêtres et l'eau avait envahi la chambre, il y avait depuis cette tache sur le parquet, chaque fois qu'elle la voyait elle s'en souvenait, et la grande glace du salon était tombée et s'était fêlée, et on n'avait jamais eu l'argent pour la remplacer, quand elle passait devant, elle voyait son image en double, ça lui mettait des larmes aux yeux... Et là, on n'avait pas la place pour emmener la glace, le logement que mon père avait trouvé à Rose Hill était si petit, si bas de plafond. Pour chacun c'était terrible, chacun avait ses souvenirs, son coin qu'il aimait, le grenier avec tous les vieux papiers, les vieux meubles, les joujoux de notre enfance, le passe-boules en papier mâché qui venait du grand-père Charles, les poupées de chiffon, le coffre à linge plein des dentelles de grand-mère d'Arzano, ses coiffes qu'elle avait apportées de Bretagne, il y avait eu des générations d'enfants qui avaient joué là-haut les unes après les autres, et tout ça devait disparaître, par la faute de l'oncle Thadée et du notaire Chemin, qui avaient mis la main sur tout, qui vendaient tout... »

Elle s'arrête un long moment, pour rêver. Parfois Jean a l'impression qu'elle ne sait plus qu'il est là, elle est plongée dans son monde à elle, de l'autre côté de la mer, de l'autre côté du temps. Puis elle continue, sa voix est plus grave et basse, un chuchotement presque.

« C'est pour maman que c'était le plus dur. Papa pouvait agir, lui, le matin même il était encore allé à Port Louis pour rencontrer le juge, pour faire arrêter l'ordre d'expulsion. Et pendant ce temps-là nous étions dans le jardin, devant la maison, la carriole attendait, les mules piétinaient d'impatience, il faisait très chaud et lourd comme avant la pluie. Maman voulait garder le prie-Dieu, c'était le souvenir de sa communion solennelle, elle l'avait apporté à Rozilis quand elle s'était mariée, et Chemin refusait, il disait de sa voix nasillarde : "Non, non, madame, c'est impossible, vous l'avez lu, c'est écrit dans l'acte, tous les meubles, tous les meubles sans exception." Mais pour nous, les enfants, ce n'était pas ça qui nous déchirait. Pour moi surtout, ce qui était terrible, j'en pleurais, c'était de devoir abandonner le jardin d'Ébène, tous ces arbres, les ravins, le ruisseau Affouche où j'allais me baigner, tout ça faisait partie de nous, c'était notre corps et notre sang, les coins où nous allions nous cacher, et la vallée de la rivière Cascades, là où j'allais me promener avec mon amie indienne qui s'appelait Somapraba, jusqu'au temple secret qu'elle m'avait montré un jour, elle disait que c'était le premier temple indien de Maurice. Tout ça était si grand, il n'y avait pas de limites, ce n'était pas à nous, c'était le monde, mais je savais qu'en partant de Rozilis c'était fini, je ne le reverrais jamais, et je pleurais, je pleurais toutes les larmes de mon corps. »

À l'aube du jour suivant tout a commencé. Nous étions encore engourdis par la nuit et par le froid. Je me souviens de la pluie fine qui est tombée toute la nuit. Nous avions accroché la toile de tente aux branches des pins et nous avions essayé de faire des couches avec des aiguilles humides. Le vent avait cessé, mais la pluie transperçait la toile et les gouttes froides tombaient sur nous, avec un bruit sourd, régulier, qui me tirait du sommeil, puis à nouveau m'endormait. Le bruit rassurant de la pluie, le bruit que j'aimais écouter sur le toit du moulin à Runello. Je ne sais pourquoi, cette nuit-là, j'ai rêvé de ma sœur Pauline, et de la belle Marie Anne. Je rêvais que j'annonçais à ma mère que j'étais engagé dans les volontaires, pour défendre la Révolution. Elle me disait : « C'est bien, mais n'oublie pas la religion de tes ancêtres. » Je me réveillais, et là, dans cette forêt, avec la pluie qui tambourinait sur la toile, je comprenais ce qu'elle voulait me dire. Elle me disait qu'il y avait un autre pays, au sein de la nation, et que je devais porter ce pays dans mon cœur, sans jamais le renier. Je n'y avais jamais pensé. Depuis que j'avais quitté Runello, j'avais traversé la France, marché sur ces routes poussiéreuses, couché dans les champs. À

Paris, j'avais côtoyé la foule, j'avais expérimenté les préparatifs de la guerre. Puis il y avait eu la fuite de Grandpré, les hommes qui avaient été tués dans le lit de la rivière, et notre course éperdue dans la forêt et, le lendemain, la falaise d'où je voyais briller les armes des ennemis. Et pas un seul instant je n'avais pensé au pays où j'étais né, au Runello de mon enfance où étaient restées celles que j'aimais. Ma mère, ma sœur, Marie Anne. Et cette nuit, dans un rêve, tout m'est revenu, avant que l'action ne commence.

À l'aube, les écharpes grises se sont écartées et la colline de la Lune est apparue, en demi-cercle, menaçante, pareille à une baie émergée. Presque aussitôt le roulement de la canonnade a commencé.

Ma compagnie, sous les ordres de Sauzier et du capitaine Duquesnel, se tenait sur la partie haute du plateau, face à l'ouest, devant la pointe la plus éloignée du croissant de la Lune. Les coups de canon partaient du sud des collines, et bientôt ils furent si proches qu'ils semblaient un roulement de tonnerre, roulant et jetant leur écho dans les vallées. Le ciel encore sombre à l'ouest était zébré d'éclairs. C'était une chose que nous n'avions jamais vue ni entendue : le grondement des canons faisait trembler la terre sous nos pieds, épouvantait les chevaux. Le ciel était rempli d'une nuée de choucas qui fuyait en désordre. Nous restions immobiles sous la pluie, comme au spectacle. À notre gauche, à l'extrémité du plateau face à la Lune, les canons français répondaient maintenant. Malgré le vacarme, nous pouvions les distinguer à leur aboiement plus court, celui du calibre 200. Les canons prussiens avaient une variété de sons, les aigus qui envoyaient les grappes, les mortiers, les longs canons de 700 qui déchiraient les tympans comme un cri de bête féroce.

Au même moment, nos troupes ont commencé à descendre les pentes de l'Auve afin d'empêcher les hordes allemandes de monter à l'assaut. Le grondement incessant des canons avait sur moi un effet étrange, je puis le dire maintenant que tout cela est passé. Pour beaucoup, dont j'étais, le son était nouveau, et nous n'avions jamais imaginé la force et la sorte de fascination que ce son exerçait sur nos sentiments, où se mêlaient la peur, la colère et l'ivresse. Chacun s'impatientait, voulait se précipiter vers le fond de la vallée pour en finir, pour se confondre avec le tourbillon de feu et de poudre qui noyait les collines de la Lune et le plateau de Dampierre. Vers dix heures à peu près, alors que rien ne le laissait prévoir, nous reçûmes l'ordre de charger, et nos compagnies ont couru vers le fond de la vallée les unes après les autres, baïonnettes en avant. Ma compagnie est partie la troisième, et je me souviens d'avoir couru sur le sol détrempé entre les arbres, avec les branches des buissons qui fouettaient ma figure, sans voir où j'allais. Des cris montaient du fond de la vallée, une troupe de hussards cherchait à percer nos rangs pour atteindre le plateau et s'emparer des canons. J'entendais la voix du capitaine Duquesnel qui criait aux Bretons le seul ordre qu'il savait dans cette langue, *Torpen! Warraok!* c'est-à-dire : Casse la tête! En avant! Et dans cette forêt sombre, avec le grondement des canons au-dessus de nous comme un orage, la pluie qui n'arrêtait pas, cette clameur avait un accent sauvage qui donnait le frisson. Il me semblait aussi entendre le nom de Samson que les Bretons invoquaient autrefois dans leurs batailles, mais c'étaient peut-être les appels des patriotes qui criaient : pour la nation !

Nous étions dans le lit de l'Auve, à cet endroit un simple torrent qui écumait sur les pierres noires et le sable rouillé, et au-dessus de moi passaient les boulets avec leur chant étrange, une sorte de bourdonnement lourd qui ne ressemble à aucun bruit au monde. J'entendais parfois aussi le sifflement aigu des grappes, ou les balles des mousquets. Nous avons marché un long moment dans le lit du torrent, tous nos sens aux aguets, nous attendant à voir apparaître des hussards à cheval, sabre au clair. Sans nous en rendre compte, nous étions passés derrière les rangs ennemis, au bas de cette côte où les Prussiens tentaient vainement de prendre pied. À un moment, mon camarade Samson s'est arrêté de marcher, et avant que j'aie pu voir quoi que ce soit, j'ai entendu la détonation d'un fusil et Samson est tombé d'un coup, comme si on lui avait fauché les jambes. De l'autre côté du torrent, sur une roche plate, j'ai vu un jeune garçon vêtu d'une veste rouge qui me regardait, sans même essayer de recharger son arme. J'ai épaulé à mon tour et j'ai tiré. J'ai dû le blesser à la hanche car il est tombé plié sur lui-même, mais la tête relevée à me regarder, et sans même réfléchir j'ai couru jusqu'à lui et je lui ai enfoncé ma baïonnette dans le cou sur le côté de la gorge, faisant jaillir un sang clair qui a taché l'écume de l'Auve, et le garçon est mort aussitôt. C'était la première fois que je tuais un homme. J'ai pensé que nous nous étions aventurés trop loin, et qu'à chaque instant le reste de la troupe ennemie allait arriver.

Samson avait la jambe brisée au milieu de la cuisse, il souffrait beaucoup mais ne se plaignait pas. Il a mis son bras autour de mon cou et je l'ai traîné vers l'aval du torrent pour tenter de retrouver notre compagnie. Nous avons marché ainsi longtemps sans rencontrer personne, mais toujours assourdis par la canonnade. Puis nous avons franchi le bois que nous avions traversé en courant lors de la charge, maintenant avec peine, en rampant au milieu des broussailles. Quand nous sommes arrivés au plateau, Samson était presque inanimé, sa jambe brisée laissait une trace de sang dans la boue.

Cependant, le roulement de la canonnade continuait sans faiblir, de part et d'autre de la vallée. Les boulets tombaient sur le sol détrempé, rebondissaient comme des balles. Dans nos rangs, il y avait déjà des morts et beaucoup de blessés, que les infirmiers emportaient vers l'arrière. En suivant la civière qui emmenait Samson, j'ai aperçu Mervin, que je n'avais pas revu depuis le début du combat. Il avait été blessé dans le défilé de Grandpré par une salve qui avait labouré son bras droit, et il était pansé sommairement. N'étant plus à même de seconder le chirurgien, il me demanda de prendre sa place, ce que je ne pus refuser. C'est ainsi que je devins l'assistant du chirurgien Visquit, ou plutôt devrais-je dire le commis de ce boucher, car son art consistait à couper les bras et jambes de tous ceux qu'on lui présentait. On lui apporta Samson sur une table, et je le ligotai avec des lanières de cuir, comme un animal qu'on va dépecer, une lanière autour de chaque membre et une sur sa gorge. Le malheureux avait à peine repris conscience, et, quand il comprit ce qui allait arriver, il devint très pâle et il dit deux ou trois fois, Jesu, Vari, et en breton, *Pezet truez, ho pezet truez*, c'est-à-dire : ayez pitié. Ensuite il ne dit plus rien, jusqu'à ce que le chirurgien commence à scier l'os de sa cuisse, où il poussa un grand cri et s'évanouit. L'os avait été brisé par la balle en plusieurs morceaux et la plaie était profonde, mais je suis sûr qu'en d'autres circonstances et avec un meilleur médecin, il aurait pu guérir. Le chirurgien, malgré le froid, suait en accomplissant sa sinistre besogne, il ne parvenait pas à arrêter le flot de sang qui jaillissait par saccades de l'artère, et il me demandait de resserrer le tourniquet et bourrait l'intérieur de la plaie avec des chiffons aussitôt imprégnés. Les ligatures et les rabats de peau ne suffisaient pas, et devant moi Samson se vida de tout son sang et mourut sur la table en quelques minutes. Nous nous sommes redressés, Visquit et moi, rouges de sang, et l'instant d'après deux soldats en haillons emportaient le corps de Samson pour aller le jeter dans la fosse commune à l'orée du bois. Pas un mot n'avait été échangé.

Tout le reste du jour, on apporta des blessés. Ceux qui pouvaient être pansés repartaient, les autres étaient laissés à mourir, à cause de la gravité de leur état, ou parce qu'ils avaient perdu trop de sang. Durant tout ce temps, le grondement des canons n'avait pas cessé, et pour cela nous ne parlions pas, parce qu'il aurait fallu crier pour être entendu. Plusieurs fois des boulets tombèrent non loin de l'hôpital, tuant quelques chevaux. Puis, vers midi, le bruit se répandit que le fils du roi de Prusse avait été tué et que les hordes barbares battaient en retraite. Il y eut une interruption dans la canonnade, et nous étions assourdis par ce silence, sans oser bouger ni parler. Seuls les gémissements des blessés montaient de la forêt. Le ciel était noir à l'ouest, un rideau de pluie s'approchait et noyait les collines. J'étais si fatigué que je me suis assis le dos contre un pilier de la tente d'hôpital, les mains et les vêtements poisseux du sang des opérés, incapable de prononcer une parole.

Vers deux heures après midi, une clameur se fit entendre. Les soldats de Kellermann avaient rejoint notre camp sur le plateau de Valmy. La clameur que j'avais prise pour le cri de victoire des Français annonçant la fin de la guerre en réalité s'amplifia. Il devenait évident que le roi de Prusse voulait venger la mort du duc et lançait l'infanterie à l'assaut de notre camp pour en finir. En même temps, la canonnade reprit avec encore plus d'intensité, un grondement ininterrompu qui venait de tous les côtés à la fois. Les boulets et les grappes tombaient maintenant sur nous, à quelques pas de la tente où Visquit opérait, et non loin des abris où se trouvaient les blessés. Nos compagnies reçurent l'ordre de se porter à la défense du camp, et je me joignis à elles bien que mon fusil fût hors d'usage et sans silex de rechange. Mais je comptais sur la baïonnette qui m'avait déjà servi une fois. Arrivés en haut du demi-cercle qui domine la vallée de l'Auve et de la Tourbe, nous vîmes clairement dans la lumière intermittente la masse des soldats allemands qui montait la pente. Sur eux, en même temps que les boulets et les grappes, les Français firent pleuvoir un déluge de balles de mousquet qui fauchaient les soldats et les cavaliers en si grand nombre que par moments cela semblait un champ d'herbes que l'on coupait à la serpe. Il y eut, d'après ce que j'appris par la suite, plus de huit cents morts et un très grand nombre de blessés. Et je puis dire que, de là où j'étais, à genoux dans la boue et regardant la pente jonchée de corps, malgré la justice et le bon droit qui étaient les nôtres, je ressentais de la pitié plutôt que du triomphe, et je me demandais jusqu'à quand la vanité criminelle des rois allait envoyer la jeunesse à la mort.

Il y eut un temps de flottement, et même de panique, lorsqu'un important dépôt de poudre explosa dans notre camp, soit à la suite d'un boulet rouge, soit par l'imprudence d'un canonnier qui avait laissé tomber une mèche. Ceux qui étaient au nord du plateau purent croire que nous avions tout perdu, et se dispersèrent dans la forêt en perdant jusqu'à leurs souliers. Mais nous, qui étions près du champ de bataille, nous savions que l'armée prussienne avait été détruite en essayant de monter à l'assaut de l'escarpement, et que le reste commençait à redescendre vers la Lune.

La canonnade n'avait pas cessé, la terre tremblait sous nos pieds. À présent, les canons de Kellermann, adossés au moulin, et ceux de Miranda, en deuxième ligne, donnaient la réplique aux canons de Dumouriez, dirigés à l'unisson contre l'armée allemande et formant un rempart de feu. Nous ne bougions plus. Il n'y eut, à la fin de la journée, que peu de victimes du côté des Français. Les blessés de la retraite de l'Aire étaient restés à l'arrière. De là où nous étions, à l'abri des surplombs de terre, nous pouvions tout voir. Seul le sifflement des boulets autour de nous nous rappelait le danger.

Je n'avais rien mangé et rien bu d'autre qu'un peu de pluie recueillie dans le coutil des tentes, et il en était de même pour tous mes compagnons. Mais je crois que nous brûlions d'une autre fièvre, car nous ne ressentions ni la faim ni la soif.

Quand le soir est venu, en même temps que l'ombre envahissait le fond des vallées et que les nuages s'appesantissaient sur la forêt, la canonnade s'est tue peu à peu, non pas d'un seul coup mais à la façon d'un orage qui s'éloigne et s'éteint derrière les montagnes. Le bruit des canons nous avait tellement abasourdis que c'était, je puis le jurer, comme le silence qui suit un long carillon et que le tintement des cloches continue à résonner dans nos oreilles.

La nuit est tombée lentement. Partout alentour, sur le plateau, autour du moulin, et sur les hauteurs de Dampierre jusqu'au mont Yvron et aux rives de l'Auve, les Français s'étaient arrêtés dans une attente inquiète, car personne ne pouvait croire que tout était fini. Nous restions sur le qui-vive, pensant que les hordes barbares profiteraient de la nuit pour attaquer. Le silence emplissait nos têtes plus encore que le bruit du canon. C'était un silence menaçant qui pesait avec l'arrivée de la nuit. Puis les lumières des bivouacs allemands se sont allumées et elles nous ont paru lointaines, sur la Lune, comme si le brouillard qui montait du fond des vallées les avait écartées de nous. Parfois, des cris rompaient le silence, des hurlements qui semblaient de bêtes plus que d'hommes. Un de nos soldats qui parle allemand nous a dit que c'étaient nos ennemis, enragés de n'avoir pu remporter la bataille, qui nous insultaient, nous traitant de lâches et de couards. Alors du camp des Français sont montés d'autres cris, pleins d'indignation et de haine. Certains criaient : Lâches ! Esclaves ! D'autres, des insultes plus basses. Tout cela avait lieu dans l'ombre, à la lueur des feux qui allumaient des trous rouges dans la nuit. On entendait aussi par moments des salves de mousquets au hasard, sans qu'on sache qui avait tiré. Nous étions encore enfiévrés par cette journée dans le vacarme des canons, et je m'aperçus, en essayant de boire à ma moque, que ma main n'avait pas cessé de trembler. Je revoyais l'image de Samson en train de mourir sur la table du chirurgien.

Malgré toute la fatigue, je crois que cette nuit encore, aucun d'entre nous ne put dormir. Nous parlions à peine. Je me souviens de m'être levé, d'avoir fait quelques pas. Le vent et la pluie m'ont repoussé sous la tente. Je me suis accroupi près d'un feu qui dégageait une fumée âcre. Les soldats qui s'y trouvaient n'appartenaient pas à ma compagnie. Ils avaient le visage basané des gens du Sud, ils parlaient dans une langue que je ne comprenais pas. Certains étaient vêtus de peaux de mouton comme des bergers. À la lueur des flammes, leurs yeux brillaient. L'un m'a offert du tabac, que j'ai refusé, un autre m'a tendu une gourde d'un vin acide qui m'a brûlé la gorge et m'a réchauffé.

Nous ne savions pas de quoi le lendemain serait fait. Nous étions réunis sous la tente par le fait du hasard, au bord de cette falaise, entourés par l'ennemi. Et pourtant, d'une certaine façon, il me semblait que je n'avais jamais vécu rien d'aussi enthousiasmant. C'était l'ivresse de ces jours et de ces nuits d'aventure, passés dans la forêt à fuir ou à chercher la bataille. Le bruit assourdissant des canons, l'odeur de la poudre, le bourdonnement d'abeille des boulets, et même le voisinage du sang et de la mort. Comme moi, tous ceux qui étaient ici étaient des enfants de la campagne, des fils de paysans, des bergers, des ouvriers, venus de la province la plus lointaine. En quelques jours, en quelques heures, sur cette frontière, nous étions devenus d'autres hommes.

Le 21

La canonnade a repris ce matin, aussi violente que la veille. Les canons ennemis étaient en arc de cercle sur la Lune, les nôtres à peu près exactement en face. Dumouriez, Miranda, Thouvenot, Kellermann avaient fait la jonction de leurs armées, et nous étions environ cent mille hommes disposés sur le plateau, devant le moulin et à l'orée du bois. Moi, avec Mervin et Lansquer de la compagnie de Duquesnel, sur la partie la plus au sud, surplombant l'Auve. Nous attendions l'ordre de charger à la baïonnette, mais l'ordre n'est pas venu. Il y a eu une brève tentative d'assaut ennemi sur la pente, face au moulin, que Kellermann repoussa avec des salves de mousquets, faisant encore beaucoup de dégâts dans les rangs ennemis. Puis, dans l'après-midi, comme à un signal, les canons se sont tus. Il faisait un temps clair, pour la première fois depuis le début des combats le ciel bleu est apparu, éclairant les cimes des arbres. La seule chose qui indiquait que la guerre avait eu lieu, c'était le silence. Il n'y avait pas un bruit, pas un chant d'oiseau. Seulement, parfois, un cri humain, un hennissement de cheval, un appel.

C'est dans ce silence que nous avons compris peu à peu que les Allemands s'en allaient. Lentement, comme une eau qui s'écoule, ils se retiraient des positions qu'ils avaient occupées depuis des jours, ils descendaient le cours des rivières, la Tourbe, l'Aisne, ils marchaient vers le défilé de Grandpré, ils repassaient par la porte qu'ils avaient forcée au début de la guerre.

À cause de la brume qui traînait encore au fond des vallées, nous ne pouvions pas les voir. Mais c'était comme un sang qui se retire et quitte un corps, ou plutôt comme une fièvre qui retombe, après les convulsions de la maladie, laissant un corps endolori, brisé de fatigue.

Personne, dans les rangs des Français, ne poussa le moindre cri de victoire. Mais quand nous tînmes pour certain que les hordes ennemies étaient parties, qu'elles ne reviendraient plus, c'est le sommeil qui nous a saisis. Je me suis couché par terre, là où j'étais, à côté de mes camarades, la tête sur mon sac et mon fusil joint aux faisceaux. Je me souviens à peine d'avoir lutté contre le sommeil. J'ai dormi profondément, jusqu'à la nuit.

La guerre rôde. Elle est là, partout autour, cachée, mais par instants elle brille de ses yeux de louve. Quand l'été approche, Jean ressent cette angoisse indéfinissable qui emplit tout d'une brume d'inexistence. En même temps il voit sortir les démons, les menaces.

Un peu avant l'été, au début avril, quelque chose était arrivé à cette ville. Ç'avait été soudain, violent. Un beau matin les habitants s'étaient retrouvés devant la réalité. Des bateaux étaient entrés dans le port, s'étaient amarrés bord à bord parce qu'il n'y avait plus de place à quai. Trois grands paquebots marqués de rouille, avec de hautes cheminées à l'ancienne, qui devaient marcher encore à la vapeur. À la poupe de celui qui s'était amarré au quai, à l'emplacement des ferries pour la Corse, Jean avait lu : *Commandant-Quéré*. Pourquoi avait-il retenu ce nom ? C'était un nom exceptionnel, avait-il pensé, un nom de la plus haute importance. C'était un nom qui resterait, qui apporterait un sens, mais personne n'aurait pu dire à ce moment-là quel serait ce sens. *Commandant-Quéré*. Un nom de personne, un nom avec une histoire, sans doute, un destin. Un nom venu de l'autre côté du monde, d'Afrique, d'Océanie.

Un nom qui interrogeait, qui disait, à peu près : qui est-ce ? Ou : qui est ?

Il faisait un grand soleil, l'air encore froid, le ciel déchiré par les nuages. Pour Jean, ce ciel signifiait la douleur, la détresse. Quelque chose de tendu ce jour-là, de brutal. Les groupes d'hommes et de femmes attendaient sur les quais. La gare maritime était trop petite pour l'accueil. On avait dressé des lits de camp dans les salles d'attente, avec des couvertures, mais les réfugiés n'avaient même pas pu y entrer. Les soldats du contingent venus avec les camions distribuaient les secours, des vivres, du café, de l'huile. Un poste de la Croix-Rouge sous une tente blanche était installé au milieu du quai, les piquets de soutien plantés entre les dalles de pierre. La plupart des arrivants campaient au fond du port, près de l'abreuvoir. Jean voyait les enfants qui s'amusaient dans les bassins, ils étaient en short ou en culotte, et les plus petits pataugeaient tout nus dans les flaques. Il y avait des rires, des cris, les mères appelaient leurs enfants, de drôles de noms, espagnols, catalans. Sur des braseros improvisés dans des bidons de métal, des femmes faisaient griller des tranches de lard, des fricassées, ou d'autres choses que Jean ne reconnaissait pas, qui dégageaient une odeur âcre et attirante à la fois, une odeur d'intimité, de chaleur humaine. Rien à voir avec les odeurs lourdes de cuisine mitonnée de l'immeuble de Jean. Ici, sur les quais où soufflait le vent, cela avait une odeur de liberté et d'aventure qui contrastait avec cette ville bourgeoise et xénophobe.

Chaque jour, à midi, en sortant de classe, au lieu de rentrer manger chez ses parents, Jean allait voir le camp des réfugiés. Il régnait sur le port une animation inhabituelle. Les ballots de liège entreposés sur les quais servaient de piste de jeux pour les garçons. D'autres utilisaient la longue coupée à roues comme une balançoire. Ils avaient des voix aiguës, un accent chantant, comme s'ils parlaient dans une autre langue. Dans un abri, non loin des escaliers, Jean avait fait connaissance de la famille des Baez. Jean avait su leur nom en parlant à un jeune homme qui fumait au soleil, assis sur un ballot de liège, non loin des escaliers. Il avait un visage sombre, avec d'épais sourcils, un nez fin et busqué, un regard hostile. Il avait parlé de la guerre à Oran, c'était à la fois banal et terrifiant. Chaque jour, ceux qui étaient tués, la vengeance, les expéditions punitives contre le quartier arabe, les tanks de l'armée qui tiraient à coups de canon dans les rues. Jean restait assis à côté de lui à l'écouter. Il ne posait pas de questions. Il s'asseyait à côté de lui sur une balle de liège, il partageait une cigarette américaine. Le garçon s'appelait Freddy Fontana, il n'était pas de la famille des Baez, mais il voyageait avec eux. Ses parents étaient morts, il allait vers le nord, pour rejoindre son oncle et sa tante, à Cambrai.

Un peu plus loin, à l'abri d'une bâche de l'armée, sur un brasero, l'énorme madame Baez préparait à manger, des haricots, des patates, dans un chaudron. Les hommes étaient assis par terre, ils fumaient sans rien dire. Ils avaient des visages marqués par la fatigue, salis de barbe, des yeux fiévreux. Une petite fille maigrichonne, avec beaucoup de boucles brunes, l'air un peu d'une Gitane, vêtue d'une robe rose par-dessus un pantalon, dansait devant la tente au son d'une musique éraillée. Elle reprenait le refrain, de sa voix de canard : « L'Algérie restera... Touzours française... Touzours française... » Elle cherchait à faire rire les adultes, à capter leur attention, puis elle continuait à danser. Fred haussait les épaules. « Tout le monde est fou ici... » Quand la petite fille l'énervait trop, il lui jetait des cailloux, mais elle continuait à virevolter dans sa robe rose et en pantalon, l'air ravi, peut-être un peu désespéré.

Jean revenait chaque jour, et rien n'avait changé. Les réfugiés étaient toujours au même endroit, Fred Fontana fumait sa cigarette au soleil, et la petite peste continuait sa valse inutile. Jean écoutait le garçon lui parler de là-bas, des attentats, des hommes masqués de noir qui frappaient aux portes. Les tanks qui patrouillaient la nuit, le bruit incessant de leurs moteurs, des chenilles sur le bitume défoncé.

Il y avait toujours cette odeur humaine qui flottait sur le port, qui donnait mal au cœur, et en même temps c'était comme nécessaire, c'était fort et vrai, ça n'avait rien à voir avec le reste de la ville, ni avec la vieillesse déclinante de La Kataviva.

Ici, sur ce port, avec les bouffées de fumée, l'odeur de poix, le pétrole lampant des braseros, la poussière qui piquait les yeux, Jean avait l'impression de voir avancer le monde, comme sous des nuages entraînés par un vent furieux, il sentait les soubresauts d'une histoire à laquelle il se sentait mêlé.

Puis un matin, quelques semaines plus tard, en allant au port comme d'habitude, Jean a vu que les réfugiés d'Oran étaient partis. Sur l'esplanade étrangement vide, des papiers, des journaux glissaient dans le vent. Des traces noires sur le sol indiquaient les endroits où les braseros avaient brûlé, et des débris flottaient dans l'abreuvoir, des trognons de pomme que les enfants avaient jetés. Sur la margelle une seule sandale en plastique oubliée. Jean a marché un moment. Il a cherché des yeux l'endroit où Fred Fontana et lui s'étaient assis pour fumer, tous ces jours passés. Mais on avait enlevé les ballots de liège, et il n'a rien retrouvé, pas même les mégots.

Dans une des rues qui mènent au lycée, à hauteur d'un bar un peu louche appelé La Voile, Jean passait tous les jours devant un immeuble décrépi, marchant le dos voûté, pensant à autre chose, les mains au fond des poches. À un moment au début de l'année, il avait décidé que les cours de littérature et de philosophie ne nécessitaient plus de sac, tout juste un carnet et un crayon à bille dans la poche de son blouson. En vérité, il aurait pu emprunter un autre chemin, ou passer en face, pour éviter La Voile, qui avait une mauvaise réputation. Une espèce de cave noirâtre, au fond de laquelle luisait vaguement un néon vert, et d'où sourdait une musique de jazz. Beaucoup de marins américains venaient là, s'asseyaient près de l'entrée, l'air vague, indifférent, perdu... Parfois des types mafieux, habillés de costards noirs impeccables.

La mère de Jean racontait des potins sur La Voile, on avait tiré à coups de revolver, quelqu'un avait été abattu en plein jour sur le trottoir. Jean s'en moquait. Tout de même, lorsqu'il passait devant l'entrée du bar, il sentait sur sa joue le vide noir de la salle, quelqu'un qui le regardait, le jaugeait. C'était pourquoi il n'avait jamais fait attention à l'immeuble décrépi qui était au-dessus.

Un samedi matin, comme il allait vers le port pour retrouver Fred Fontana, il a entendu son nom. Une voix moqueuse, claire, qui l'appelait de l'immeuble, sans doute du deuxième étage puisque les persiennes étaient légèrement entrebâillées :

« Hé ! Marro ! »

Jean s'est arrêté, cherchant à déceler sur l'immeuble un mouvement, un signe qui lui aurait permis de repérer d'où provenait l'appel. Tout ce qu'il a perçu, c'est un rire, plutôt un pouffement, qui semblait sortir d'entre les volets du deuxième. Il a pensé une seconde à des enfants, mais c'était une voix féminine, et il a ressenti tout à coup une impression étrange, comme s'il découvrait qu'il n'était pas invisible, que pour quelqu'un il existait. Une fille, sans doute, qui l'avait remarqué, qui l'avait suivi jusque chez lui pour lire son nom sur les boîtes aux lettres.

La porte de l'immeuble jouxtait l'entrée du bar. Le garçon de café, à cet instant, était occupé à s'épiler les sourcils devant le miroir, il s'est arrêté dans le cours de cette opération pour regarder d'un œil inexpressif, mais dans lequel Jean crut déceler une lueur d'ironie.

La cage d'escalier de l'immeuble était vétuste, même plutôt sordide. En fait Jean pensait qu'il n'était jamais entré dans une maison aussi lamentable. Les ardoises de l'escalier étaient usées, tachées, la peinture des murs partait par plaques, laissant voir dans cette mue la chair rosâtre de l'ancien plâtre. Une odeur de poubelle renversée se mêlait aux effluves de l'anisette que le bar servait à ses clients et de la cuisine chinoise refroidie. Sur les boîtes aux lettres, des noms étaient écrits à la main sur des bouts de carton, Jean avait lu quelques noms, Lantéri, Lamy, Lanfranchi, Beddoul, Escoffié. À qui appartenait la voix qui avait crié son nom ? Les étiquettes des boîtes aux lettres ne lui disaient rien. Avec impatience, et même avec un peu de colère, Jean a monté les marches de l'escalier deux par deux, pour s'arrêter au deuxième étage. Sur le palier, trois portes étaient à l'image du reste de l'immeuble, petites, de guingois, peintes d'une vilaine couleur verte éraillée, marquées à la base comme si on avait donné des coups de pied. Jean s'est arrêté devant chaque porte pour écouter. Il essayait de deviner un rire, un bruit de voix. La plupart des appartements de l'immeuble étaient vides à cette heure-là. Il y avait seulement un bruit de radio qui venait du haut de l'immeuble, qui gueulait un air d'opéra italien, et l'aboiement frénétique d'un chien au premier, si aigu qu'il semblait une clochette qu'on agitait.

Au bout d'un moment, Jean est redescendu. Pour se faire une raison, il a dit tout haut : « Des gosses ! » En ressortant dans la rue, il a regardé le garçon de café de La Voile d'un air si hostile que l'autre a détourné son regard. Cette modeste victoire a permis à Jean de continuer sa route.

C'était l'époque où Jean suivait des inconnus dans la rue, au hasard. C'était un drôle de jeu, qui faisait battre le cœur, un jeu dangereux, inutile. Il n'en parlait à personne. Les autres avaient de vraies occupations, ils couraient après les filles, ils allaient au café, à la plage, à la bibliothèque. Jean suivait des gens, à quelques mètres derrière, sans se faire remarquer. Il allait avec eux à travers la ville, prenait des bus, descendait dans des sous-sols, entrait dans des grands magasins.

Parfois il retrouvait ses camarades, après avoir marché pendant des heures. Ils parlaient politique. Ça aussi, c'était une activité reconnue. Droste était un héros, une tête brûlée. Il n'avait l'air de rien, il était petit, maigre, les cheveux coupés court, mais quelque chose de décidé dans le regard. Peut-être trop sérieux, jusqu'à l'ennui. Il était le fils d'un gendarme. Certains après-midi, au lieu d'aller en classe, il allait à des rendez-vous mystérieux dans la banlieue, du côté de l'aéroport, là où étaient les bidonvilles des travailleurs immigrés. Il convoyait des fonds pour le FLN. Tout le monde le savait au lycée.

Dans la torpeur angoissée de cette fin de cycle, avec la deuxième partie du bac qui approchait, les grands problèmes philosophiques qui étaient des questions à fort coefficient, sur la Liberté, l'Amour, le sens de l'Honneur tel qu'en Montesquieu, la Nature telle qu'en Hobbes, les missions secrètes de l'élève Droste avaient un petit côté symbolique.

Discussions sans fin au Café des Artistes : « Tout de même, c'est un salaud, il aide les Arabes contre son propre pays ! » Ou bien : « Tu savais qu'il risquait la peine de mort ? Moi, j'admire ce qu'il fait, surtout avec son père qui est gendarme. » Jean ne savait pas. Il ne savait pas ce qu'il fallait en penser. Peut-être qu'il s'en foutait. Il attendait avec impatience la fin des cours, il choisissait sa victime. Pas complètement au hasard, il le reconnaissait. Il fallait qu'il y ait quelque chose dans la silhouette, dans le visage, dans le regard. Il avait pensé : quelque chose qu'un dessinateur aurait aimé dessiner. Une médiocrité flagrante, une moyenne, une indifférence insolente. La banalité triomphait dans ce temps de guerre, elle allait bien avec cette violence qui rôdait dans les rues, avec les nouvelles de la guerre en Malaisie que son père écoutait à la radio anglaise chaque soir, les combats dans la jungle contre les terroristes. Les dernières poches de résistance dans la jungle. Ça allait ausi avec les bulletins de guerre venus d'Algérie, les accrochages dans l'Oranais, les hélicos qui patrouillaient la frontière électrifiée, les morts, chaque jour. Santos Balas, dont Jean n'avait plus de nouvelles, qui avait laissé ce vide, dans la rue, au lycée, sur la plage. Jeanne Odile, que Jean croisait quelquefois sur l'avenue, vers la gare, très pâle, l'air égaré d'un fantôme. Et les gens qui arrivaient sur le port, débarqués des paquebots avec les chevaux qu'on emmenait à l'abattoir, des gens qui erraient dans les rues autour du port, leurs valises à la main, à la recherche d'un meublé, d'une chambre d'hôtel. Les actualités au ciné, les numéros de l'hebdomadaire *Le Bled* qui traînaient dans les classes du lycée, et que les élèves se repassaient pour zieuter les photos obscènes, les corps charbonneux des Arabes accrochés au grillage électrifié de la frontière, le panneau qui disait :

Conducteur, ralentis. Si tu vas trop vite,
tu risques d'atterrir dans
le BARRAGE ÉLECTRIQUE ! 5 000 VOLTS,
C'EST LA MORT !!

L'élève Kernès, que Jean avait rencontré un jour, traînant près du lycée, venu d'Algérie passer quelques semaines de congé maladie. Son gros visage couleur de brique écrasée, à cause du soleil de là-bas, des journées passées dehors à faire le guet dans les collines de pierres. Ses mains devenues épaisses, des mains d'homme, son cou de taureau. Parce qu'il avait tué des hommes. Quand on n'est plus vierge, disait Éléonore qui devait en savoir un bout là-dessus, on a le cou qui épaissit.

Chaque jour, chaque matin, la violence avait grandi. À la manière d'un nuage qui se construisait, se multipliait. Ajoutait du noir, du gris, des particules électriques, accompagné d'un bruit sourd, d'un grondement, ou plutôt d'un manque de bruit, quelque chose qui appuyait sur la gorge et serrait les tempes.

Les cours de philo de monsieur Paturon y étaient sans doute pour quelque chose, ils remplissaient la salle de classe miteuse d'une texture aigre, surtendue, pareille au résonnement d'un cri strident.

« Le néant, pontifiait-il, en appuyant lentement sur chacune des deux syllabes. Le néant, la nada... Le non-je, le non-être, comprenez-vous le sens de ces mots ? » Droste était résolument absent, il glissait loin de l'empire des mots, cette comédie, cette tragédie, les citations, les falsifications. Jean pensait à Droste comme à un aventurier qui avait trouvé sa route, qui s'approchait maintenant du tabernacle dans la jungle, tel Malraux qui tranchait les têtes souriantes d'Angkor et les échangeait contre la vérité brûlante de l'argent, qui achète l'alcool, le pouvoir, les femmes. « Le néant, le né-ant, pensez-y. »

Jean avait eu une bouffée de colère. Il s'était levé, au fond de la classe, émergeant de cette somnolence sentencieuse, il avait dit, d'un accent métallique, étranger, c'était Santos qui parlait en lui avec la voix de Parménide d'Élée, depuis les collines de pierres brûlées où il crapahutait, quelque part dans l'Ouarsenis, dans le brouillard de septembre :

« *Pan pléon estin omou phaeos kaï nuktos aphantou...* »

(Tout est plein à la fois de lumière et de nuit aveugle.)

Les élèves étaient restés un instant figés, sans savoir s'ils devaient prendre note ou éclater de rire. Et qu'avait dit Paturon, pour retomber sur ses pieds ? Il avait dit en prenant la classe à témoin : « Voilà enfin quelqu'un qui devrait présenter le concours d'entrée à Normale. »

Mais c'étaient des mots, rien que des mots, ça n'avait pas de réalité, pas de souffrance, rien à voir avec les pentes de cailloux et le grillage électrique où les appelés du contingent devaient décrocher chaque jour les hommes et les oiseaux calcinés.

Lamusse, le prof de français, avait donné comme

travail, au début de l'année, la réalisation de ce qu'il appelait un « cahier de cristaux ». C'était le nom qu'il avait trouvé, s'inspirant de la fameuse métaphore de la mine de sel et des rameaux cristallisés dans *De l'amour* de Stendhal. Les élèves avaient pour la plupart marché dans cette histoire, et avaient cherché leurs « cristaux » dans les livres qu'ils aimaient, ou le plus souvent, pour aller plus vite, dans les pages roses du Larousse, où on trouvait des citations pour chaque moment de la vie. Jean avait écrit, dans un cahier noir, les nouvelles de la guerre d'Algérie. Il ne savait pas pourquoi, ni à quoi cela pouvait servir. C'était un journal, comme le miroir aigu, cassé, strident de cette mort qui circulait derrière tout, qui entourait Santos, qui menaçait chacun de ces garçons jusque dans la forteresse grise du lycée. Par instants, Jean avait le sentiment qu'il ne voyait le monde que dans ce miroir, un reflet morcelé fait de triangles isocèles convergeant vers le point d'impact. C'étaient des pensées, aussi, les seules pensées contemporaines, ce qui tenait lieu d'art, de sagesse, d'introspection.

4 janvier
27 rebelles tués au nord-ouest de Tbessa en tentant de franchir le barrage électrifié.

Tentative de meurtre contre Ahmed Guedja à Marseille.

Tahar Megdoud, âgé de 34 ans, trouvé mort dans une décharge à Nogent-sur-Marne.

Meurtre d'un collecteur de fonds du FLN portant 500 000 francs, à Antibes, route de Grasse.

Le 11 janvier
Un para blessé par deux Nord-Africains à Toulon.

Le 14 janvier

5 militaires français enlevés à Sakiet Sidi Youssef, à la frontière tunisienne.

88 rebelles tués au Fort National (Grande Kabylie).

Deux Nord-Africains tués par balles à Saint-Étienne.

Le 16

Article 273 du code pénal, inspiré par Bourgès-Maunoury et Robert Lacoste : « *Les Nord-Africains oisifs ou sans ressources pourront être reconduits immédiatement en Algérie.* »

2 collecteurs de fonds du FLN arrêtés à Cannes : Djilali Yahya et Bouras Marran.

Dimanche 19 janvier

Odieux guet-apens dans l'Ouest algérien. Jeudi dernier, à 12 h 30, le 63ᵉ régiment d'artillerie sur les pentes de l'Ouarsenis, dans le brouillard. Un groupe de fellaghas revêtus de l'uniforme français s'approche. « *Ne tirez pas ! Nous sommes des vôtres.* » 28 militaires français sont abattus par traîtrise.

Le 21

Attentat à Sidi Bel Abbes, embuscade près de Beni Saf : trois morts, dix-huit blessés.

Attentat du FLN dans un dortoir d'usine route de Grenoble : 1 mort.

Le 25

65 rebelles tués en Grande Kabylie.

Le 28

37 rebelles tués à Tircine et Bône (Annaba).

Le 31
140 rebelles tués à Guelma, dans un combat au corps à corps et à l'arme blanche.

Le 5 février
Attentat à Constantine : 41 blessés.

Le 11 février
110 rebelles tués à Guelma (Aïn Beida) par les soldats du 151e régiment.

Le 12 février
Une centaine de fellaghas tués à Sakiet (Tunisie). Enterrés clandestinement par les autorités locales pour dissimuler aux Français leur entrée sur le territoire tunisien.

Le 14
Près d'Aumale : 15 militaires du contingent tués dans une embuscade.

Le 15 février
169 rebelles tués à Duvivier et Berrouaghia.

Le 18
1 040 rebelles tués cette semaine.

21 février
50 rebelles tués près de Guelma par le commando Corée.
Projet d'une zone interdite entre Bône et Guelma, Duvivier, Clairfontaine, jusqu'à Tibessa à l'ouest, Morsott à l'ouest.

2 mars
   Envoi de nouveaux soldats. Durée du service 24 mois.

Le 19
   120 rebelles tués à Tablat.

C'étaient pourtant des journées ordinaires. Pendant ce temps, les garçons et les filles se retrouvaient au café, à la plage, devant les cinémas. Pendant ce temps, on jouait *The Maverick Queen* avec Barbara Stanwyck et Barry Sullivan, *L'Esclave libre* avec Clark Gable, Yvonne De Carlo, *L'Homme des vallées perdues* avec Alan Ladd, *Orgueil et passion*, avec Frank Sinatra, Sophia Loren, *Nuits blanches* avec Maria Schell, Marcello Mastroianni, Jean Marais, *Les Nuits de Cabiria*, avec François Périer et Giulietta Massina. Pendant ce temps, le train Alger-Oran sautait sur une mine, l'avion de Mike Todd s'écrasait sur le mont Wheeler (Nouveau-Mexique). Sir John Cockcroft réussissait la fusion de l'atome, ce qui permit la libération de l'énergie thermonucléaire.

Jean avait commencé à écrire ce journal sur les pages du cahier noir l'année d'avant. Les dates se suivaient, écrites avec des encres différentes, un crayon à bille vert Biro, un Bic rétractable qui bavait, un bout de crayon. L'écriture était tantôt fine, un peu tremblée, à d'autres endroits lourde, épaisse, colérique. Les pages étaient déjà vieillies, salies, comme si le cahier avait traîné dans la sacoche de Santos, dans le crachin de l'Ouarsenis. C'étaient de drôles de cristaux, Jean pensait qu'il ne les montrerait jamais à monsieur Lamusse, même s'il trouvait l'homme sympathique.

24 mars
135 rebelles kabyles tués par les chasseurs alpins et les tirailleurs sénégalais au Fort National.

Le 26
25 musulmans égorgés à Port Gueydon par les terroristes.

Le 2 avril
806 rebelles tués à Constantine cette semaine.

Le 3 avril
24 rebelles tués près de Saïda.

Le 5
25 Français tués dans le djebel Idriss, à l'ouest du col des Oliviers.

Au jardin des Oliviers, sur la dernière terrasse, d'où on voit très bien la mer. C'était là que Jean avait retrouvé Santos pour la dernière fois, à la fin de l'été. Maintenant, Jean n'emportait plus son vieux bouquin de Parménide d'Élée. D'une certaine façon, il comprenait que cette époque-là était révolue. Pourtant, ce jardin était le seul coin qui échappait complètement à la violence, à cause de l'odeur un peu aigre de la terre, du cliquetis léger des feuilles des oliviers dans le vent, quand un souffle animé passait. À cause de la mer si bleue, sur laquelle glissaient les triangles blancs des voiles, comme un éternel chromo.

Ou bien il emportait le fameux cahier noir, le cahier des « cristaux », et il parcourait les pages comme s'il s'agissait de phrases empruntées à la sagesse universelle, ou des prières, ou des vers amoureux. Il voulait se souvenir, il voulait trouver un sens. Il lui semblait voir le visage de Santos.

Il y avait ce livre dans la bibliothèque de son père, Jean était tombé dessus un jour par hasard, un livre sur l'Algérie au temps de la colonisation, au début du siècle peut-être. Dans le livre, une photographie montrait un groupe de jeunes filles, vêtues de lourds caftans brodés, la tête couronnée de diadèmes. La légende disait : *Chez les Ouled Naïl, les jeunes filles vendent leurs charmes aux voyageurs pour payer leur dot.* C'était étrange, ces filles aux visages peints, indéchiffrables, et la légende, cette phrase anodine, presque obscène. Le même jour, Jean avait trouvé, glissée entre les livres, la photo sépia d'une jeune femme assise dans un fauteuil de rotin, la tête rejetée en arrière dans une pose de défi, mais il y avait quelque chose de doux et de pathétique dans son regard. Il n'avait pas eu besoin de demander à son père pour savoir que c'était une photo de Lee Meng, la jeune terroriste chinoise que le tribunal de Singapour avait condamnée à mort. C'était la part de mystère dans la vie de Raymond Marro. Pourquoi avait-il aidé Lee Meng, jusqu'à être compromis, jusqu'à être démissionné de son poste à Ipoh, et perdre tous ses projets ? Pourquoi Jean se souvenait-il de cela ? Est-ce que après tant d'années le visage énigmatique de Lee Meng avait un rapport avec la situation ? Peut-être que Jean avait vu à partir de là son père avec d'autres yeux, non plus seulement ce militaire dur et taciturne qui lui faisait peur, mais un homme comme un autre, affaibli par la maladie, isolé, vaincu par les événements. L'homme qui avait tout misé et tout perdu en Malaisie, qui avait été chassé de ses rêves, comme jadis Jean Charles et sa famille avaient été chassés de Rozilis.

En bas du terrain, un couple d'amoureux était vautré dans l'herbe et, quand la brise soufflait, Jean entendait des bribes de leur conversation, leurs rires, le bruit mouillé de leurs baisers. Un peu plus loin, les carrosseries des voitures en mouvement étincelaient le long de l'avenue. Il y avait le bruit sourd de la ville, et le ciel et la mer trop bleus sécrétaient leur angoisse habituelle. C'était peut-être la faute de la Méditerranée, cette mer où le sang coulait chaque jour.

7 avril

Un convoi militaire attaqué par les rebelles à 33 km à l'est de Saïda, deux militaires du contingent tués.

26 militaires du contingent tués dans l'accrochage de Sidi Mesrich.

Exécution capitale à Oran : 3 rebelles exécutés.

Un rebelle exécuté à Constantine.

23 mai

70 rebelles tués à Aflou, 15 à Tablat.

25 soldats du contingent tués dans l'Oranais.

26 mai

50 rebelles tués dans le djebel Sheiff.

2 rebelles exécutés à Oran.

1er juin

Massacre à Saïda : 35 ouvriers algériens tués par le FLN.

2 juin

140 rebelles tués à Constantine.

4 juin

3 bombes à Alger, près de la Poste, et au carrefour de l'Agha : 6 morts et plus de 100 blessés.

5 juin

Dans le triangle Yacouren-Azazga-Fort National, plus de 100 rebelles tués.

15 militaires français blessés.

Au ciné : La Poupée de chair (Baby Doll) *d'Elia Kazan, avec Karl Malden, Carroll Baker.*

Le 25

24 militaires du contingent tués dans une embuscade à El Outaya, au nord de Biskra.

Jean marchait dans cette ville comme sur une plaine inconnue, la tête pleine de bruit, les oreilles oppressées par le poids de l'air. L'été, à nouveau, cette menace qui planait, qui sourdait, qui venait des fenêtres des immeubles, qui tombait même des palmiers inoffensifs. Le concours d'entrée à l'école de médecine approchait, il n'avait rien fait. Il ne pouvait pas imaginer l'avenir. Son père avait menacé, ironisé : « Tu seras un fruit sec. » Sa mère ne disait rien, mais il voyait bien que ça n'allait pas. Il y avait la question économique, Jean avait dû répondre la phrase désagréable habituelle, du genre de : « Il faudra me dire combien je vous dois pour tout. » En même temps, il ressentait beaucoup d'amour pour ses parents, pour cet homme qui avait eu une vie active, qui avait fait tant de projets, et qui maintenant était sur une chaise roulante, et pour cette femme qui avait renoncé à tout ce qu'elle aimait, la musique, les fêtes, les concerts, pour suivre son mari en Malaisie, puis qui avait vécu séparée de lui à cause de la guerre. Il ressentait cette gloire passée, leur jeunesse enfuie, toutes ces choses qu'ils avaient rêvées, voulues, et qui s'étaient effritées peu à peu jusqu'à ce qu'ils se trouvent pris au piège de cette ville indifférente.

Conversation au Café de Midi avec Vinchar, le représentant des Jeunesses communistes à l'université : « Tu ne veux pas t'engager. Tu veux rester un marginal, surtout ne jamais prendre parti, parce que tu es au fond un pur produit de la petite bourgeoisie et pour moi, tu vois, c'est encore pire que le grand capital, parce que tu appartiens à une classe de profiteurs aliénés. » Il pouvait parler, lui, le fils d'une des plus grandes pharmacies du centre-ville. Mais à quoi bon discuter ? Un jour de faiblesse, Jean avait parlé de ses origines, de Maurice, de la maison d'Ébène. Vinchar avait eu un sourire dédaigneux : « Ton passé d'esclavagiste, je vais te dire, je m'en fous. Les îles Maurice, je m'en fous aussi. Pour moi, c'est ici que ça se passe. »

Le Café de Midi était géré par un gros tas larvaire à la peau insalubre, aux yeux à fleur de tête, et qui à trente-cinq ans passés caressait les collégiens et les lycéens dans le seul but de ramener dans son lit de temps à autre une fille saoule et un peu paumée. Son nom était Max, mais il était connu des habitués par le surnom de la Pieuvre. Il était un des axes, sans conteste, de la structure vide et vaguement terrifiante qui s'était substituée à cette ville.

C'est là, au Midi, que Jean avait appris l'arrestation de Pierre Droste. À la sortie du lycée (il était inscrit en hypokhâgne) des policiers en civil l'avaient filé jusqu'à un bar de la vieille ville où il apportait une valise pleine de liasses, cinq cent mille disaient les uns, plus d'un million affirmaient les autres. Ils avaient arrêté aussi deux émissaires du FLN déguisés en ouvriers et Droste avait été conduit en prison, puis transféré à la caserne de Toulon pour y être interrogé. Au Café, il y avait une fille qui le connaissait bien, une Annie aux beaux yeux bleus, brave fille mais pleurnicharde, qui s'est effondrée sur l'épaule de Jean. En face, Mondoloni, un type particulièrement ironique, qui ricanait : « Il a foutu sa vie en l'air, ce con. » Jean a ressenti une bouffée de colère : « Au contraire, c'est nous qui ne foutons rien de nos vies, lui, au moins, il a fait ce qu'il fallait, il existe. »

À la table, et dans cette partie du café, tout le monde le regardait comme s'il avait énoncé une énormité. Mais l'excitation est retombée presque aussitôt. C'étaient des mots, seulement des mots. Ils n'étaient que des écoliers, des étudiants, autrement dit des moitiés d'êtres humains. Personne ne parlait de Santos, ni de Kernès, personne ne parlait de ce qu'ils vivaient là-bas. Au printemps, en avril, on avait signalé un franchissement du barrage électrifié dans la montagne, à l'est de Oujda, les hors-la-loi s'étaient infiltrés en territoire marocain, le commandant du bataillon, une grande gueule à ce qu'on disait, nommé Paul Mathis, avait donné l'ordre de poursuivre les rebelles, de les ramener coûte que coûte. C'était un guet-apens. La dizaine d'hommes en haillons qui avaient coupé les fils avec des pinces allemandes s'étaient éparpillés, et devant les soldats français il n'y avait plus que la pente caillouteuse, sèche comme un morceau de lune, qui descendait vers le fond brumeux de la vallée où on voyait luire le gris-vert des oliviers et le brun rouillé des champs des fellahs. Les soldats avançaient, le fusil-mitrailleur en avant, en formation ouverte pour ratisser le terrain, c'était un terrain dangereux, rempli de pièges, de ravins, avec de loin en loin des murets de pierre sèche. Vers une heure de l'après-midi, après qu'ils eurent descendu la pente pendant plus d'une demi-heure, les coups de feu avaient claqué sèchement, et leur écho avait roulé dans la vallée, déclenchant des vols de pigeons au-dessus des villages berbères. Immédiatement le commandant avait deviné le piège, il avait essayé de crier l'ordre de repli, mais les hommes étaient dispersés sur la pente, seuls ceux qui étaient tout près avaient compris, et avaient remonté la pente vers le barrage électrifié. À cette distance, contre le ciel brumeux, le barrage devait paraître encore plus sinistre, une muraille fantôme où s'accrochaient des papiers, des lambeaux de vêtement, des oiseaux électrocutés. En bas les détonations crépitaient, comme des pétards pour une fête, couvertes par le tic-tac des mitraillettes soviétiques. Le commandant Mathis criait des ordres, à mi-pente, puis il a dû se replier lui aussi pour ne pas être fauché par les tirs des mitraillettes. Quand le bataillon s'est regroupé en haut de la montagne, il manquait plusieurs hommes. Mais il fallait attendre les renforts, et vers quatre heures ils sont arrivés, un groupe de recrues et un bataillon de tirailleurs sénégalais. La montagne était à nouveau silencieuse. Des fumées montaient des toits des villages et se mélangeaient à la brume au fond de la vallée. Ç'aurait pu être la vallée la plus douce, la plus pacifique du monde. Ils ont ramené le corps de Santos, sa nuque avait été pratiquement sciée par les balles des mitraillettes. Ils ont mis son corps au frigo, le temps de préparer le communiqué et de téléphoner en France pour prévenir la famille. Le corps a été préparé par l'embaumeur, mis dans un cercueil plombé et rapatrié en avion vers Marseille. Les parents de Santos étaient divorcés, ils sont venus à tour de rôle identifier leur fils, et puis il a été dirigé vers une autre ville, vers Saint-Cyr, ou vers Le Lavandou, où le père de Santos avait une concession au cimetière. C'était tout. C'était comme s'il n'avait jamais existé.

Jean avait rencontré Jeanne Odile, la fille avec laquelle Santos couchait, et qui était son modèle. Du haut du mur de soutènement, elle regardait la plage où Santos avait l'habitude d'aller, non loin du jardin des Oliviers. Il disait qu'il aimait bien rester assis au soleil, le dos contre ce mur, et sentir couler sa sueur.

C'était absurde. C'était comme un tour de passe-passe. Il avait été là, maintenant il n'y était plus. Il ne reviendrait pas. Jeanne Odile avait les yeux rouges, elle avait l'air de flotter. Peut-être qu'elle avait bu. Elle s'était accrochée à Jean, parce qu'il connaissait bien Santos. Une fois, avait-elle rapporté, Santos lui avait dit à propos de Jean ces mots mystérieux et élogieux : « Il ne sait pas qui il est mais il trouvera ce qu'il cherche. » Comme la parole d'un gourou assis sur les marches d'un temple. C'était son côté Parménide d'Élée, avait pensé Jean.

Jean avait revu Jeanne Odile deux ou trois fois, ils étaient allés ensemble au cinéma, et en la raccompagnant chez ses parents, il l'avait embrassée, elle l'avait même laissé caresser un peu ses seins, qui étaient très petits et très blancs, son pull remonté jusqu'au cou, dans la cage d'escalier de l'immeuble. Elle avait l'air absent. Elle lui a dit, une autre fois : « Tu sais, quand Santos est parti, j'étais déprimée, j'ai fait une connerie. J'ai couché avec un type. » Il avait demandé : « Qui ça ? » Elle a dit : « Je suis allée à Paris, j'ai couché avec le patron d'un bistro du boul' Mich', tu connais peut-être, ça s'appelle Dédé Frite d'or. » Avec un petit rire comme si c'était vraiment dégueulasse. Avec le même air absent elle a dit : « Tu sais, j'attends un enfant, la dernière fois que j'étais avec Santos, il avait eu une permission en mars, on n'a pas fait attention, je ne sais pas pourquoi, j'étais saoule et lui aussi, alors voilà. Je l'ai écrit à Santos et il m'a dit que ça ne faisait rien, qu'on se marierait quand il reviendrait. Et puis il est mort. »

Jean n'avait plus vu Jeanne Odile pendant quelque temps, non pas à cause de ce qu'elle lui avait raconté, mais plutôt à cause du vide que tout cela entraînait.

Circuler dans les rues de la ville où l'été avait bouilli, c'était comme traverser une région de fantômes. Jean voyait partout les traces que Santos avait laissées, des taches vides, des creux, comme la marque de son corps. Fin mai, il est allé une ou deux fois jusqu'à l'immeuble Bahlsen, où Santos avait son studio, sur la colline. Il a pris l'ascenseur jusqu'au sixième. La porte de l'appartement était telle quelle, avec sa vilaine peinture marronnasse et les marques de coups de pied que Santos donnait pour faire céder le pêne. Le nom de Balas avait disparu sous la sonnette, ainsi que de la lunette de la boîte aux lettres dans le hall d'entrée. À mi-étage, il y avait une sorte d'annexe à ciel ouvert où les locataires faisaient sécher leur linge. Santos n'y accrochait que ses serviettes et les maillots de bain de Jeanne Odile, quelquefois ses grands paréos décolorés. D'ailleurs, c'est en entrant dans cette annexe que Jean a compris que Jeanne Odile devait être de là-bas, des îles de la Société, de Tahiti ou de Moorea. Santos avait dû en parler et Jean n'avait pas fait très attention. Mais en ouvrant la porte de l'annexe, il a vu une serviette et un paréo qui avaient été oubliés là, et qui flottaient vaguement dans le vent, gris de pollution, un dernier souvenir de l'été passé. À travers les barres de ciment qui formaient claire-voie, Jean regardait le paysage enfoncé dans la brume. Les collines piquetées de casemates, les grandes cages à poules des immeubles du bord de mer, les touffes hérissées des vieux palmiers.

Dans la chambre de son studio, Jean se souvenait,

Santos avait dessiné des traces de pieds marchant au plafond. Santos avait une peau très lisse et très mate, sans poils, comme les Asiatiques. Il était grand, sportif, désinvolte. Il avait une petite ride de chaque côté de la bouche, style Gary Cooper, et d'ailleurs ses camarades de classe le surnommaient Cow-Boy. En regardant le paysage, Jean pouvait l'imaginer revenant de se baigner le soir, la sueur sur son visage, les gouttelettes d'eau de mer qui avaient séché sur ses cils. Au contraire de la plupart des garçons du lycée, Santos ne parlait jamais de faire l'amour aux filles, il n'utilisait jamais de mots grossiers, il ne disait jamais « bitte », ni « chatte », ni « mouiller », ni « branlette espagnole », jamais rien de ce genre. Il ne disait même pas « baiser ». Mais il était sentimental, à sa façon, quand il parlait aux filles elles craquaient pour ses beaux yeux noirs d'Assyrien, et il leur parlait en se penchant un peu vers leur oreille, comme s'il murmurait des secrets.

Jeanne Odile n'était pas jolie. Un jour Santos avait demandé à Jean : « Comment tu la trouves ? » Jean avait réfléchi, il avait répondu : « Elle est sympa. » Et ça avait plu à Santos. Il avait répété : « C'est vrai, tu as raison, c'est une fille très sympa. » Et maintenant, à cause du vide qu'il avait laissé, et de l'enfant qu'elle portait dans son ventre, elle était paumée, elle fumait et buvait du vin, elle traînait dans les rues, avec un air absent qui vous donnait envie de pleurer.

L'appartement au-dessus du Bar de la Voile était vétuste, en désordre. Plutôt cracra, avait pensé Jean la première fois qu'il était entré. Ça sentait une odeur froide, mêlée à la fumée des cigarettes. Une odeur de cuisine aussi, qui venait des fourneaux du bar et montait par la cage de l'escalier. Le cuistot de La Voile était un Indochinois du nom de Nguyen Du, qui fabriquait des plats sechuan chargés d'ail et de piment, et personne ne pouvait y échapper dans l'immeuble. Pour Jean, depuis qu'il venait là, cette odeur avait un pouvoir aphrodisiaque, et chaque fois qu'il commençait à monter l'escalier pour aller frapper à la porte de Rita, il sentait son sexe se durcir et son corps se remplir d'impatience.

Rita partageait cet appartement avec une autre fille, nommée Mélanie, que Jean n'avait entrevue qu'une ou deux fois, et qui travaillait aussi à l'hôpital dans le service de jour.

Rita revenait du travail vers cinq heures du matin, elle s'effondrait sur le canapé, et elle ne se réveillait que vers midi.

L'après-midi, le soleil brûlait les persiennes fermées, dessinait des traits jaunes au plafond. C'était calme, avec le bruit régulier des autos qui roulaient dans la rue, les autobus qui s'arrêtaient un peu avant le bar, l'air comprimé qui fusait quand leurs portes s'ouvraient, et ce petit cri aigu lorsque le conducteur, avant de repartir, lâchait la pédale du frein. C'étaient des bruits familiers qui portaient Rita dans son sommeil. L'après-midi, Jean arrivait, ils faisaient l'amour sur le canapé, ou quelquefois par terre, à même les tomettes bien fraîches. Puis ils s'endormaient serrés l'un contre l'autre, trempés par la sueur, dans un bien-être absent, toujours avec le bruit des autos glissant dans la rue, de temps en temps les voix des gens qui sortaient du bar, les cris des enfants qui revenaient de l'école à cinq heures.

Rita se réveillait la première. Elle avait faim et soif, elle mettait l'eau à bouillir pour le thé, elle sortait des plats préparés, du jambon, de la salade.

Même quand la chaleur de l'été brûlait, elle ne voulait pas se montrer nue. Elle enfilait une combinaison en Nylon bleue, avec des nœuds sur les bretelles. C'était une fille au corps un peu lourd, avec des jambes musclées, sa peau très blanche contrastait avec le noir de ses cheveux et les poils de son pubis.

La première fois qu'ils avaient fait l'amour, elle s'était contractée, raidie, les bras collés le long du corps, les cuisses serrées, et Jean lui avait dit gentiment : « Tu sais, si tu n'en as pas envie, ça ne fait rien, ça n'a pas d'importance. » Parce qu'elle avait crié son nom par la fenêtre, un jour qu'il déambulait en dessous, il avait imaginé qu'elle était une fille facile, une sorte de prostituée. Il avait dit : « Quand même, c'était du culot de m'appeler comme ça ! Comment est-ce que tu as trouvé mon nom ? » Elle était en réalité une fille plutôt timide. Quand elle riait, elle mettait la main devant sa bouche, pour cacher ses grandes dents un peu inégales. Jean trouvait qu'elle avait un bon sourire. Elle avait un duvet sombre au-dessus de la lèvre supérieure, qu'elle effaçait avec de l'eau oxygénée. « Ce n'était pas mon idée, c'est Mélanie, elle savait que je te trouvais mignon, elle m'a entraînée pour te suivre dans la rue jusque chez toi, elle est entrée derrière toi pour lire ton nom sur la porte du palier. Elle n'était pas très sûre, parce qu'il y avait un autre nom sur l'autre porte, Ducros, Ducroy, je ne sais plus. »

Maintenant, il n'y avait plus vraiment de temps mort. Jean montait, le cœur pressé et le sexe frémissant d'impatience, il reconnaissait chaque particule en suspens dans l'ombre de la cage d'escalier, il devinait du coin de l'œil chaque détail, chaque marque sur les marches, chaque éraflure sur le mur, les graffitis, les taches de moisi. Il frappait doucement à la porte. Rita l'attendait, vêtue de sa combinaison bleue, et tout de suite, avant même qu'elle ait eu le temps de refermer la porte, il l'embrassait et plongeait son nez au creux de son cou afin de respirer l'odeur de sa peau et sentir le léger voile de ses cheveux.

Elle ne disait rien, elle n'attendait pas qu'il prononce une parole, ou seulement un petit grognement de plaisir, un rire, elle aussi riait quand il la chatouillait en passant ses mains sous sa chemise pour suivre la forme de son corps, en s'attardant au creux des reins, à la courbe en haut des hanches. « Tu as les mains trop froides ! » C'était vrai que, malgré l'été, malgré son désir ses mains restaient glacées, glacées et sèches.

Quand ils avaient fait l'amour, Jean restait sans bouger, les bras derrière la tête. Quelquefois il fumait une cigarette, et elle en prenait des bouffées. Il écoutait les coups de son cœur qui était redevenu parfaitement calme, comme s'il ne s'était rien passé. Sur le plafond, il observait les raies du soleil à travers les persiennes qui se déplaçaient lentement vers la gauche, s'éteignaient l'une après l'autre à mesure que le soir approchait. Rita était allée se laver, elle avait remis sa combinaison, elle se pelotonnait contre Jean. Elle fermait les yeux. Elle disait à voix basse : « Hmm, c'est bien... » Elle s'impatientait parce que Jean ne parlait pas. Elle le pinçait, elle essayait de le regarder dans les yeux en rampant sur son ventre, elle le serrait entre ses cuisses. « On recommence ? » Jean pensait à autre chose. Il rêvait, il se laissait glisser en arrière, comme si le canapé était une barque à la dérive, et le bruit des autos ressemblait au froissement d'une rivière. Il pensait à Santos, à Jeanne Odile qui errait dans les rues, son regard presque blanc, comme Catherine.

« À quoi tu penses ? Tu t'ennuies avec moi ? »

Jean avait répondu tranquillement, sans se rendre compte de ce qu'il disait :

« Je ne m'ennuie jamais avec personne. »

Rita l'avait repoussé : « Tu es méchant. »

Il la regardait, l'air étonné :

« Pourquoi ?

— Devine ! »

Il restait immobile encore un peu, moins par goût que par paresse, pour ne pas avoir à bouger tout de suite. Rita boudait, tournée vers le dossier du canapé, il regardait son dos large, la ligne sombre qui courait sur sa nuque jusqu'à l'échancrure de la combinaison. Puis il se levait et s'habillait rapidement. Ses vêtements étaient chauds et secs, comme au sortir d'un four.

« Tu pars déjà ? Tu ne restes pas encore un peu ? » Il ne répondait pas. Dans sa tête il était déjà parti. Dehors il faisait presque nuit, les enseignes des boutiques étaient allumées. Il y avait toujours les cris stridulants des martinets en train de chasser les premiers moustiques à travers les rues.

« Bon, fous le camp, puisque tu es si pressé ! » C'était au tour de Rita de rester couchée sur le canapé. Elle avait allumé une cigarette, elle fumait nerveusement. Avec sa combinaison bleue, sa peau paraissait très blanche, ses cheveux noirs faisaient un oreiller sur le bras du canapé. Elle ressemblait à un modèle pour un peintre, pensait Jean. Ses yeux étaient dans l'ombre, on ne voyait que le bout de son nez, sa bouche qui avançait un peu. Il hésitait. « Tu veux que j'aille te chercher de quoi manger ? » Il avait une faim de loup. Rita le regardait comme si ce qu'il disait était incompréhensible. « Je n'ai pas faim. J'ai mal à l'estomac. » Elle aspirait une bouffée de fumée. « Je te vois quand ? Demain ? — Peut-être. » Elle faisait mine de lui jeter sa cigarette à la tête : « Moi non plus, je ne sais pas si je serai là. »

Comme il mettait la main sur le bouton de la porte, elle criait : « Allez, dépêche-toi, va-t'en, Mélanie va arriver ! »

Un jour qu'il avait un peu tardé, Jean l'avait croisée dans l'escalier. Mélanie était petite et sèche, le regard très sombre. Elle l'avait abordé sans ménagement : « Est-ce que je peux vous demander ce que vous avez l'intention de faire ? » Comme Jean n'avait pas l'air de comprendre : « Quoi, vous ne voyez pas ? Vous trouvez que vous ne lui gâchez pas assez l'existence, dès que vous êtes parti elle chiale, elle ne veut plus manger, elle déprime, alors moi je vous demande, qu'est-ce que vous allez faire ? » Jean bredouillait, il reculait dans l'escalier. La minuterie avait lâché, Mélanie s'était tournée pour rallumer, et Jean en avait profité pour se sauver, et Mélanie avait crié, ou plutôt sa voix s'était durcie de haine et résonnait jusqu'en bas de l'escalier : « Vous allez la laisser tranquille, non ? Vous entendez, foutez-lui la paix ! » Dehors, il y avait le brouhaha des voitures, les gens se hâtaient de rentrer chez eux. Le cuistot Nguyen Du avait remis ses fourneaux en marche et l'odeur du sechuan poursuivait Jean comme les criailleries aigres de Mélanie, comme la touffeur de l'appartement. Son cœur battait. Il avait le sentiment d'être dans un tourbillon de violence, pris au piège. Il avait lui-même contribué à cette violence, et de s'en rendre compte maintenant lui donnait la nausée.

Quand Jean entrait dans l'appartement de la tante Catherine, il avait l'impression qu'elle détectait quelque chose, simplement par cette acuité des autres sens que développent les aveugles. Il ressentait une gêne, comme s'il apportait la violence du monde extérieur, une odeur de sperme et de sueur. Peut-être que Catherine savait. Elle passait ses mains sèches sur le visage de Jean, elle dessinait les sourcils, la ligne du nez, les lèvres, elle retournait au front, une main sur chaque tempe, les pouces sur les arcades sourcilières. C'était sa façon de saluer, d'embrasser. Jamais elle n'avait la familiarité d'embrasser. Elle disait qu'elle détestait cela.

C'était pour cela que Jean aimait bien venir chez elle. Après ces mois d'absence, avec tout ce qui s'était bousculé dans sa vie, les examens, la menace de service militaire et la mort de Santos, il avait retrouvé le chemin de La Kataviva, comme une voie de salut. Catherine était la seule parente que Jean voulait voir. Il avait cessé d'aller chez l'oncle Vania, chez la tante Éléonore Joussenel depuis des années, sans doute parce qu'il leur manquait cette distance, cette élégance un peu désespérée.

Catherine ne prononçait pas un mot de bienvenue.

Après avoir passé ses doigts sur le visage de Jean, elle se retournait et marchait lentement vers la grande chambre. Elle avait à présent une démarche de vieille, branlante, tressautante, mais elle se tenait toujours très droite et elle s'asseyait sans hésiter dans son fauteuil, le dos aux fenêtres.

Tout glissait à la ruine, et Jean savait bien qu'il n'allait pas pouvoir retenir quoi que ce soit. L'appartement de la tante Catherine ne sentait plus la cannelle et le pain perdu, ni le thé vanillé. Maintenant, ce qui l'imprégnait, c'était l'odeur de la vieillesse, un mélange de moisi et d'urine. Pour cela, Catherine acceptait les effluves que Jean apportait du dehors, elle les respirait comme les derniers instants du monde réel, les dernières odeurs de la vie. Elle restait silencieuse un long moment, assise bien droite en face de Jean, comme si cela suffisait. Puis elle reprenait le fil de son conte, de sa voix basse, étouffée, monotone, pour elle-même :

« Jamais je n'aurais imaginé les circonstances qui m'ont menée ici, dans ce taudis. Je pensais que je devais mourir là-bas, à Rozilis, comme tous ceux qui y avaient vécu avant nous. Je t'ai raconté comment ça s'est passé, ce fameux Jour de l'an de mille neuf cent dix. Je ne sais plus. Je crois bien que je radote. »

Jean ne bougeait pas. Il restait assis au bord du canapé, tous ses sens tendus. Il connaissait cette chambre mieux que la sienne propre, les dessins géométriques du tapis, l'imprimé fané du papier sur les murs, la peinture écaillée du plafond, les meubles où le passé s'était incrusté à la manière d'une buée. Et les accidents de la vie, terribles, brutaux parfois, comme le souvenir d'Aurore de Sommerville, quand elle donnait le bras à Catherine et qu'elle l'emmenait vers l'escalier, et qu'il les voyait s'en aller pareilles à deux ombres. Plus terribles encore, plus laides encore les marques du présent, ces médicaments sur la commode, la chaise percée en moleskine marron, la serviette-éponge rosâtre que la femme de chambre avait oubliée sur le dossier d'une chaise.

« Raconte-moi, tante, raconte-moi encore tout ce qui s'est passé ce jour-là. »

C'est exprès qu'il dit cela. Pour que d'un seul coup Catherine pénètre dans son monde. Ça se voit parce qu'il y a, comment dire ? un changement dans la lumière. On est toujours là, au dernier étage de l'immeuble et, en même temps, on est là-bas, dans le grand jardin d'Ébène, au milieu des plantes, dans les allées bordées d'eucalyptus, près de la plantation de palmistes.

« Après le vent et la pluie, tu ne peux pas savoir, c'était délicieux. Tout brillait, on aurait dit que chaque feuille était vernie. Le samedi, les garçons revenaient de la pension, et on allait tous ensemble se baigner dans le ruisseau Affouche. On remontait vers le haut, pour avoir de l'eau propre, parce que près de la route il y avait toujours des bonnes femmes en train de faire leur lessive, et les mulets qui allaient boire. On allait loin dans les ravins, jusqu'à l'endroit où commençait la forêt. C'était comme le paradis. Il y avait une clairière, plutôt un cirque, avec une muraille d'arbres, des bois noirs, des ébéniers, avec des troncs très hauts et très droits, et les lianes qui descendaient des branches jusqu'au sol, des arbres avec des racines énormes enfoncées dans les rochers, on aurait dit des serpents immobiles, et à cet endroit la rivière faisait un bassin d'eau profonde qui débordait par-dessus de grandes pierres noires très polies, et c'était une eau, quand tu la prenais dans ta main, elle était claire, légère, nous avions eu si chaud à marcher au fond du ravin à travers les broussailles, c'était bon de boire cette eau, si froide, si pure, on la faisait couler sur nos têtes, on trempait nos habits, on se sentait lavés, mis à neuf, comme un baptême. Les garçons se déshabillaient, ils se jetaient tout nus dans le bassin, et Mathilde et moi nous enlevions nos robes, mais nous gardions nos pantalons, et nous nagions dans l'eau froide, nous n'avions honte de rien, c'était loin de tout et il n'y avait personne pour nous voir. »

Elle rêvait, sa tête restait bien droite, les traits indistincts à cause du contre-jour, avec cette expression de vertige du regard tourné vers l'intérieur. Il n'y avait qu'avec elle que Jean pouvait oublier la réalité, le bruit, la violence de la rue. Il avait appris avec elle à tourner lui aussi son regard vers l'intérieur, pour voir dans son sang le dessin du ruisseau Affouche et les arbres d'Ébène.

« Toute la journée au bord de l'eau, sans penser à rien, et les enfants des cases venaient nous rejoindre, les enfants d'Ébène, de Moka, de Minissy, on jouait à des jeux, à trappe-trappe, à cache-cache, on plongeait du haut des rochers, tout le monde criait, riait, c'est étrange, j'entends encore leurs cris, ils m'appellent, même après tout ce temps, leurs voix qui crient : "Caaty! Caaty!" Et moi je me souviens de leurs noms, après toutes ces années, je ne les ai pas oubliés : Karimji! Denis! Benoît! Sita! Pupa! Davala! Je me souviens, la dernière année, il y avait une jeune fille, elle devait avoir comme moi, dix-huit ou dix-neuf ans, quand j'allais au ruisseau, elle se tenait un peu à l'écart, elle ne se baignait pas devant nous. Elle était la fille d'un fermier de Minissy, quelquefois elle accompagnait son père qui venait vendre des légumes chez nous, ou bien au carrefour d'Ébène. Elle avait un joli nom, elle s'appelait Somapraba, et une femme qui parlait la langue indienne à la maison m'avait traduit son nom, ça voulait dire "brille comme la lune", et c'est vrai qu'elle brillait de beauté, et en même temps elle était timide comme on imagine la lune, elle restait toujours à distance, elle s'asseyait sur un rocher au-dessus du ruisseau et elle regardait les enfants qui jouaient dans l'eau. Je me souviens, la première fois que nous nous sommes parlé, elle avait un sari vert, de la couleur des feuilles des arbres, ses cheveux très noirs peignés avec une raie au milieu du front, elle avait un visage ovale, des sourcils magnifiques et des yeux entourés de cils épais, tu sais, je n'ai jamais rien vu de plus joli, mais c'était son expression que j'aimais surtout, son regard, un regard profond, doux comme du velours, elle avait l'air très réservée, très sage... Mais je ne sais pas pourquoi je te parle de tout cela, tu dois t'ennuyer, toi, ce que tu voudrais savoir, c'est pourquoi nous avons tout perdu, pourquoi nous avons dû partir... »

Mais tout se tient, pensait Jean. Chaque instant à Rozilis avait un sens, chaque visage, chaque nom était comme une interrogation qui révélait une nouvelle parcelle du secret.

« Nous allions à Rose Hill dans la vieille carriole conduite par Gopal, pour acheter des provisions chez le Chinois, ou bien de la ficelle, des allumettes, et en surplus avec la petite monnaie, des centimes de roupie imagine ça, nous achetions des bonbons, ou des gâteaux-piment. Tu ne peux pas savoir l'effet quand nous débarquions en ville, les garçons avec leurs culottes rapiécées, et Maud et moi dans nos robes poussiéreuses, sans chapeau, et moi je n'avais pas des anglaises comme Maud, j'avais les cheveux longs et très noirs, et le vieux Gopal qui attendait devant le magasin en fumant sa pipe, et il y avait toujours d'autres enfants qui étaient montés dans la carriole en cours de route, Davala, le fils du menuisier d'Ébène, il habitait dans une petite maison à l'entrée de Rozilis, il avait mon âge, et je crois bien qu'il était amoureux de Maud, mais il avait peur que ça se voie. Et les grands *dimoune* se moquaient de nous, parce qu'on arrivait dans cette vieille carriole, et tous savaient que papa était ruiné avec son projet de scierie, sa fabrique de bois noir et d'ébène et tout l'argent qu'il devait aux banquiers. Et lui ne voulait plus voir personne, il préférait vivre comme un sauvage, et nous étions devenus sauvages comme lui. Quelquefois il nous parlait de la France, il disait que quand nous serions grands nous irions vivre là-bas, il disait toujours de Maurice : "Petit pays, petites gens..." Mais nous, nous ne voulions pas partir, nous avions Rozilis, le ruisseau, les cascades, la forêt jusqu'au Bout du Monde, je ne voyais pas ce que nous pourrions trouver en France. »

Catherine parlait doucement, et le jour s'en allait peu à peu, l'ombre emplissait la grande chambre. Dans quelques instants, la dame que le père de Jean payait pour s'occuper de sa tante allait arriver. Elle mettrait la clef dans la serrure, elle entrerait d'un coup, sans frapper, en claironnant comme d'habitude : « Bonsoir, alors on a de la visite ! » Catherine se raidirait, elle cesserait de parler. Elle détestait cette intruse.

Un jour, madame Rosella avait pris Jean à part sur le palier, au moment où il s'en allait et, sans même baisser le ton, elle lui avait dit : « Vous savez, je ne sais pas combien de temps encore je vais pouvoir continuer. » Elle avait une haleine chargée d'oignon, de viande, de vin, une odeur de vie, tout ce que la tante Catherine exécrait. Sans être végétarienne, Catherine depuis longtemps ne mangeait presque plus, juste un bol de riz blanc, que madame Rosella faisait trop détaché à son goût, quelques légumes bouillis, des lentilles, des feuilles de navet ou de chayote. Et même ainsi, elle se plaignait d'avoir le cœur sur les lèvres.

Madame Rosella avait pris Jean par le bras, elle devait sentir qu'il était prêt à se sauver pour ne pas l'entendre : « Sauf votre respect, monsieur Marro, votre tante perd la tête. Elle ne se contrôle plus, elle fait même caca sous elle, il faut que j'emmène les draps à la laverie, elle est comme un enfant, et avec ça elle n'est pas commode, elle ne veut pas que je la lave, elle me donne des coups de poing, et vous savez qu'elle a encore de la force, j'ai des bleus plein les bras. Comment je peux faire, moi ? Il faut que vous en parliez avec vos parents, qu'ils trouvent une solution, dans pas longtemps on ne l'acceptera même plus dans une maison. »

Jean la haïssait de parler comme cela, comme si la tante Catherine déjà n'existait plus. Pendant quelque temps, il avait cessé de venir pour ne pas voir madame Rosella, puis il avait décidé d'être là, même quand la dame soignante arrivait, pour s'opposer à sa brutalité.

« Raconte-moi encore l'histoire des *hommes des bois*, tante, tu t'en souviens ? »

Catherine avait un petit rire de plaisir. C'était pour l'entendre rire que Jean revenait sur cette histoire.

« Les *hommes des bois*, dis-toi que c'était nous autres, les Marro de Rozilis. Je ne sais pas qui avait trouvé ce surnom, mais nous l'avions adopté, et même, je dois dire que ça nous plaisait bien. C'était à cause de la forêt qui était derrière chez nous, tous les bois noirs et les ébéniers qui avaient été plantés par notre aïeul, parce qu'il ne voulait pas vivre de la canne à sucre, il trouvait que c'était une culture maudite, à cause de l'esclavage, à cause de tout ce qu'on avait fait aux laboureurs dans le temps. Derrière chez nous, quand on remontait le ravin, le long de la rivière Cascades, on arrivait au coin qu'on appelait le Bout du Monde, juste en dessous du Réduit, c'était sauvage, plein d'arbres et de plantes, c'était notre domaine à nous, nous connaissions chaque recoin, chaque sentier, chaque caillou. Pendant les vacances, ou bien le dimanche, nous partions à l'aventure avec les garçons et les enfants du voisinage, nous allions de plus en plus loin, et nous revenions les jambes et les mains égratignées par les épines, les vêtements en loques, pieds nus, trempés par l'eau des torrents, et quand nous arrivions, il y avait toujours des gens dans le jardin, ou à l'entrée de Rozilis qui disaient : "Tiens, voilà les *hommes des bois* !" Même au collège, les Marro étaient connus, les élèves pour se moquer leur criaient ce nom, alors Simon se battait, et Gildas allait le défendre, ils étaient punis, privés de déjeuner, aussi quand ils revenaient à Rozilis le samedi, ils se précipitaient sur tout ce qu'il y avait à manger, ils étaient maigres et couverts de plaies comme des chats sauvages. »

Catherine restait en suspens, le corps bien droit, la tête un peu tournée de côté, comme si elle voyait quelque chose, dans cet autre monde où la vie était plus belle, plus forte. Jean en ressentait du dépit, parce qu'il savait qu'il n'appartiendrait jamais à cette vie-là, quoi qu'il fasse, il resterait en dehors, il ne ferait jamais partie des *hommes des bois*.

Il se levait, il marchait sur la pointe des pieds jusqu'à la porte, il mettait la main sur la poignée. Il attendait quelques secondes, espérant qu'elle allait le rappeler, le faire entrer à nouveau dans son histoire. Il faisait noir. Bientôt madame Rosella serait là pour les soins de la nuit, jamais Catherine n'aurait accepté qu'il voie ces choses-là. C'était une convention qu'il avait passée avec elle, s'en aller sans bruit, en silence, comme un oiseau qui s'envole. « Ni bonjour ni au revoir, ce sont des mots qui ne veulent rien dire. C'était notre façon là-bas, à Rozilis. Jamais ni bonjour ni au revoir. Comme ça, quand les garçons revenaient, après des jours et des jours d'absence, c'était comme si on ne s'était jamais quittés, tu comprends ? »

Été 1794

Je marche avec mes hommes dans une plaine brûlée, vide, mélancolique. Je me souviens de Runello
au temps où je l'ai quitté. Je suis parti il y a à peine
deux ans et il me semble que c'était il y a dix ans,
davantage peut-être. Tout était si vert, frais, délicieux, les alouettes chantaient aux champs, je marchais sur le chemin qui longe l'Ellé jusqu'à la maison
Naour où m'attendait Marie Anne. Le chemin suivait
les méandres paresseux de la rivière au milieu des
hautes herbes. Je me souviens des soirées, le coucou
qui appelait au fond des bois, il y avait une poussière
dorée au-dessus des champs. La guerre a tout
changé. Les hommes sont partis, et ce ne sont pas
les mêmes qui sont revenus. Ceux qui reviennent ne
reconnaissent plus rien, ils sont devenus étrangers.

Moi non plus, je ne suis plus le même. Quelque
chose me serre le cœur. Beaucoup de fermes ont
brûlé le long des routes. Du côté d'Arzano, au
Faouët, et le long de la Scorff, et jusqu'aux montagnes Noires, jusqu'à la forêt de Quénécan, tout est
abandonné et désert.

Ma compagnie, c'est la 3e du 2e bataillon de
Lorient, j'ai été élu sergent après le départ de Mervin pour Paris. Nos ordres, c'est de faire du ravi-

taillement pour l'armée révolutionnaire. L'insurrection de la Bretagne a coupé la route des grains. Il n'y a plus de blé, plus d'avoine. Le seul blé que nous recevons, c'est celui que le gouvernement des États-Unis d'Amérique envoie pour soutenir la Révolution, à la barbe des Anglais. Il arrive sur les côtes de Bretagne par des vaisseaux de guerre qui forcent le blocus. Mais c'est un blé de mauvaise qualité, abîmé par le long voyage. Une grande partie de la cargaison fermente dans les cales et nous devons la jeter à la mer. Même les chevaux et les porcs n'en veulent pas. Chaque fois, ce sont des scènes qui rendent le peuple furieux, à la vue de ces sacs de blé inutilisables. Les agitateurs accusent la Révolution et la révolte gronde.

Les campagnes sont vides, ou à peu près. Les champs sont fauchés, puis incendiés, et l'on trouve des restes d'épis brûlés au bord des chemins, comme pour laisser entendre que nous ne trouverons rien à manger. Les hommes sont partagés entre colère et découragement. Mais les ordres sont formels : il faut trouver du blé coûte que coûte.

Je marche en tête de ma compagnie. À vingt ans je suis le plus vieux, les engagés sont des garçons de dix-sept à dix-huit ans qui n'ont pas connu la guerre. L'uniforme des volontaires est trop grand pour eux. Beaucoup ont gardé leurs sabots, certains vont nu-pieds. Quand nous entrons dans les villages, tout le monde s'enfuit ou s'enferme, car nous devons ressembler plus à une meute de loups affamés qu'à des soldats de la République. Les notables que nous rencontrons nous signalent les fermes encore habitées où l'on a moissonné. Nous avançons le long de la Scorff, vers Quéven, Pont-Scorff. Dans la plupart des villages, comme je l'avais vu jadis sur la route de Paris, à Mordelles, La Gravelle, Jauzé, les enfants

sont mourants de faim, en haillons. Eux ne s'enfuient pas à notre arrivée, ils mendient un quignon
de pain, un peu de fromage, une miette qui serait
tombée de nos besaces. Je me souviens d'un jeune
garçon et de sa petite sœur, âgée de neuf ans, vêtus
de vieux sacs troués, le visage noirci par la crasse et
les cheveux emmêlés, qui couraient devant nous les
mains tendues, sans un mot. Nous avons dû les chasser à coups de pierres, mais c'était une scène terrible.
Difficile dans ces conditions de satisfaire les ordres
du Comité de sûreté, qui nous a assigné la tâche de
rapporter viandes, volailles, un quintal de blé et du
vin pour les patriotes.

Un jour, arrivant à une ferme signalée par nos
informeurs, au bord du Blavet, nous avons vu un
champ où le blé venait d'être moissonné, ce dont
témoignaient des épis au bord du chemin. Nous
encerclâmes la ferme en question, et malgré les sup-
plications de la famille, nous fîmes sortir le fermier,
un homme âgé d'une cinquantaine d'années, très
effrayé, ne parlant que le breton. Les hommes de ma
compagnie sont tous gallos, et c'est moi qui fus
chargé d'interroger le fermier. À chaque question
que je lui posais pour savoir où il avait caché son
blé, l'homme répondait, Vari José, *nameus ket*, en
secouant la tête. Cependant, deux de mes soldats,
ayant sondé la grange à coups de baïonnette, décou-
vrirent les sacs de blé cachés sous la paille. Mes
hommes devinrent furieux, saisirent le malheureux
et s'apprêtaient à le pendre sans plus de forme à la
poutre de la grange, puis à brûler la ferme pour
l'exemple, comme cela ne s'est déjà fait que trop
dans notre département. Usant de l'autorité de mon
grade, et du prestige dont je jouissais à cause de
mes campagnes militaires, je réussis à empêcher ce
forfait. Je parlai avec force aux soldats, disant :

Citoyens volontaires, allez-vous vous comporter comme ceux que nous avons combattus, et commettre un crime ? Si cet homme mérite d'être puni, il faut que ce soit par un juge, au nom de la république. Toute autre action serait indigne et contraire à nos lois. Les hommes qui avaient déjà passé la corde au cou du paysan se ravisèrent. Après avoir délibéré, ils furent convenus que je devrais aller à la ville la plus proche, c'est-à-dire Hennebont, pour remettre ce fermier à la justice du Comité de sûreté, qui déciderait de sa peine. Ils trouvèrent une charrette, et je réussis à emmener le fermier loin de la troupe, ce qui diminua sa frayeur. Je lui dis alors en breton que j'allais parler en sa faveur au juge du Comité. Il me remercia comme si j'étais son sauveur. Et c'était pour moi source de pitié et d'indignation que de voir cet homme qui avait l'âge d'être mon père, et qui n'avait jamais rien fait dans sa vie que de travailler du matin au soir chaque jour pour gagner à peine de quoi nourrir sa famille, et qui avait failli être pendu sous les yeux de sa femme et de ses enfants par des garçons qui ignoraient tout du prix de l'existence. Arrivé à Hennebont le soir même, je demandai à être reçu par le juge avec mon prisonnier, et j'exposai ce qui s'était passé. Puis je conclus en ces termes : Citoyen juge, si tu dois pendre ce fermier pour avoir voulu cacher quelques sacs de blé indispensables à la survie de sa famille, alors il te faudra pendre tous les Bretons, car je n'en connais aucun qui ne fera de même. Je courais le risque d'être dénoncé comme factieux, et ennemi de la république. Mais le juge était un honnête homme, de surcroît ami de l'abbé Gendron, mon ancien professeur de rhétorique au collège de cette ville. Il se leva et me serra les mains. Tu as raison, citoyen sergent, me dit-il. Je vais donner l'ordre qu'on libère aussitôt ce fermier, et qu'il retourne chez lui prendre soin de sa famille, car c'est déjà un assez grand souci par les temps que nous vivons aujourd'hui. Je le remerciai avec chaleur, et quand les gendarmes rendirent sa liberté au fermier, il m'embrassa au nom de Jésus, Vari et José, et repartit en se hâtant sur le chemin de sa ferme. Du blé que mes hommes avaient trouvé je fis deux parts, une pour l'armée, et l'autre qui fut restituée à cet homme, à sa grande joie. Ces quelques sacs de blé étaient la réserve avec laquelle ils devaient vivre cet hiver, en les transformant en bouillies et en galettes, car ces pauvres gens ignorent jusqu'au goût du vrai pain. J'ai relaté ici cette anecdote, non par vanité personnelle, mais parce qu'il me semble que cet événement détermina le courant de ma vie future, et qu'il m'amena à demander au commandement du Morbihan mon congé définitif, et à abandonner la carrière des armes.

Parfois je pense à ce qu'il serait advenu si j'avais continué de servir, car en ces temps de la Révolution, l'on avançait vite, du grade de sous-lieutenant à celui de chef de bataillon, jusqu'à être général de brigade, cela s'est vu. Mais l'on mourait aussi beaucoup, comme tous ceux que j'ai connus qui sont partis pour Houanaminthe au bout du monde, ou qui se sont battus en Belgique à Jemmapes, à Hondschoote avec les cinquante mille hommes du général Houchard, sans compter ceux qui sont morts sur les pontons des Anglais, et tous ceux qui sont revenus amputés et misérables. Mais en ce temps, il ne faisait pour moi aucun doute que j'avais assez traîné mes guêtres dans la boue des chemins, que j'avais assez vu de vols et de rapines.

Alors je quittai ma compagnie et mon régiment pour aller à pied à travers champs jusqu'à ma rivière Ellé, où m'attendaient ma mère et ma sœur Pauline, et ma gentille Marie Anne. J'étais aussi léger que lorsque j'étais parti, il y avait deux ans, muni seulement de mon sac contenant un bout de pain et de fromage, ma flûte traversière en argent, et le livre de grammaire avec les sentences de Marc Aurèle. C'est-à-dire sans un franc de plus que lorsque je m'étais engagé.

Mais j'avais le cœur bondissant quand je marchais le long de l'Ellé. J'avais oublié que ma rivière était si douce et si belle, sinuant lentement entre les prairies d'herbes et les collines. Il y avait des fumées qui montaient des fermes, j'entendais aboyer les chiens. À l'idée que j'aurais pu, sans la connaître, être de ceux qui pillaient la maison de ma famille, fouillant à coups de baïonnette dans les meules de paille pour trouver du blé, ou peut-être même faire d'autres violences aux femmes sans défense, je ressentais l'horreur de ce métier des armes. Je ne comprenais pas comment j'avais pu m'absenter si longtemps de tout ce qui m'était cher. Je pensais aussi à la scène qui s'était déroulée près d'Hennebont, et au mauvais traitement général qui était fait à la Bretagne. La langue bretonne n'avait-elle pas été interdite à la Convention par l'abbé Grégoire ? Et n'avait-on pas moqué Hippolyte Coroller et Joseph Delaville quand ils avaient osé demander publiquement que les décrets de l'Assemblée législative soient traduits en breton ? Il me semblait alors que je ne pouvais plus rien attendre de la Révolution.

Je remontais la rivière en philosophant de la sorte, et le soir tombait. J'étais encore à plusieurs lieues de Runello. Je me suis arrêté pour profiter du long crépuscule, en jouant de la flûte, des airs de gigues, comme ceux que j'avais joués lorsque le corps des volontaires s'était mis en marche vers la frontière. C'était puéril, un peu ridicule, comme si je voulais que le son de ma flûte vole jusqu'à Runello et dise : Jean Eudes le bon enfant est de retour !

Puis j'ai choisi un coin au bord de la rivière, à l'orée d'un petit bois de chênes, pour y passer ma dernière nuit de soldat. Il faisait doux, la campagne était éclairée par une lune jaune, les chauves-souris volaient au ras de l'eau, c'était idéal. J'ai mangé mon dernier morceau de pain au lard provenant de ma ration, et j'ai fumé ma pipe avec délices. Pour la première fois depuis des années je goûtais le bonheur de la liberté.

J'avais mille projets. J'irais à Paris, je me présenterais aux banquiers de la rue Meslée, chez Morand. Ou bien j'embarquerais pour le bout du monde, l'Inde, ou l'Amérique. Et surtout j'épouserais Marie Anne, nous irions habiter un temps une maison fleurie, au Port de la Liberté. Je me laissais emporter par ces rêveries, dans cette nuit très douce, bercé par le froissement des ailes des chauves-souris, et par le bruit tranquille de la rivière.

Nous nous sommes mariés, Marie Anne Naour et moi, Jean Eudes Marro, à l'automne, le 10 vendémiaire l'an V, à la mairie du Port de la Liberté. Marie Anne voulait que ce soit aussi un mariage chrétien, et pour ce deuxième acte nous sommes retournés à Runello, où ma famille et ma belle-famille nous attendaient pour la cérémonie des noces. J'ai tout écrit dans un cahier, pour n'oublier aucun détail de ce jour si important. Ma mère et ma sœur avaient revêtu leurs costumes, robe noire et grande coiffe à rubans empesés qui leur donnaient un air de gravité. Pour ma part j'avais mis le gilet noir de mon père et sa large ceinture brodée, mais j'avais gardé la culotte et la veste de mon uniforme de la Garde nationale. Pour plaire à ma famille, j'avais dénoué ma queue et je portais les cheveux longs sur les épaules à la mode des Bas-Bretons. Puis je suis parti avec toute la noce pour chercher ma fiancée. À la ferme des Naour, les femmes s'affairaient depuis le matin à la cuisson des crêpes. Tout le monde s'est réuni là vers le soir, les femmes avec les femmes, les hommes entre eux, à parler et à boire du cidre. Je savais que mes actions révolutionnaires troublaient la plupart d'entre eux, qui sont religieux. Mais ce sont des gens simples, qui savent faire contre mauvaise fortune bon visage. Nous avons couché dehors, parce que la nuit était belle et étoilée. Au petit matin, les femmes ont préparé le feu et sont allées traire les vaches. Marie Anne est allée avec elles, et vers neuf heures elle s'est habillée pour la fête. Quand elle est apparue enfin, dans la grande salle commune, elle portait la plus ravissante toilette, une large coiffe de dentelle aux rubans empesés qui tombaient de chaque côté de son visage, et sur son corsage de fin drap noir le collier de corail que je lui ai acheté pour nos fiançailles. Enfin, un peu avant midi, les sonneurs sont arrivés et toute la procession s'est mise en route à travers les bruyères jusqu'aux granges. Là, les tables et les bancs avaient été préparés à l'abri de grandes tentes confectionnées avec des mâts et des voiles de navire. Les femmes d'un côté, les hommes de l'autre, et j'étais émerveillé de voir toutes ces coiffes blanches et les fermiers raides sous leurs larges chapeaux de feutre noir, dans leurs chemises blanches à large col. Sur les tables décorées de bouquets de genêts, il y avait le festin, incroyable pour l'époque, un plat de côtes de bœuf salées, des andouilles de Vire, du lard, du pain blanc, du cidre et du chouchen. Chaque convive avait apporté sa cuillère, et à cette occasion Marie Anne m'a donné ses cadeaux de mariage, une cuillère en buis ainsi qu'un coffre de chêne décoré de nos noms. Le recteur habillé en civil a prononcé les prières en latin, puis les formules rituelles en breton, et Marie Anne et moi nous sommes retrouvés mariés.

La pluie s'est mise à tomber et a duré jusque vers quatre heures après midi. Les sonneurs n'ont pas attendu qu'elle s'arrête pour jouer, des airs tantôt gais, tantôt tristes, comme c'est la coutume pour les mariages. Et bientôt l'on s'est mis à danser, cavaliers et dames en rang face à face, fisel et gavottes. J'avais bu, mais ce n'était pas de cidre que j'étais ivre, plutôt de ce tourbillon de fête, l'odeur des mets et des fleurs de genêt, la musique, les couleurs éclatantes des costumes. Je regardais Marie Anne qui dansait devant moi, son joli visage très rouge, les mèches de ses cheveux blonds qui s'échappaient de sa coiffe. Je n'ai pas oublié son sourire, l'éclat de ses dents, et comme mon cœur battait à penser qu'elle était ma femme pour la vie, que nous serions toujours unis.

Quand je me souviens de ce jour d'automne à Runello, il me semble qu'il a été le vrai commencement de mon existence, comme si tout ce que j'avais vécu, la guerre aux frontières et la campagne en Belgique, tout cela n'avait pas eu d'importance, n'avait servi qu'à me préparer à mon mariage avec Marie Anne, c'est-à-dire à faire de moi un nouvel homme, le plus heureux des hommes. Mervin pouvait bien se moquer de moi, quand il me disait : comment toi, si indépendant, peux-tu accepter d'être l'homme d'une seule femme ? Je lui répondais alors : vois-tu, cette femme-là vaut pour moi mieux que toutes les autres. Lui se moquait toujours : tu es si jeune, tu ne les connais même pas. Et je ne veux point les connaître, lui disais-je. Lui, Mervin, avait affaire sur affaire, était fiancé depuis trois ans avec Alice, la fille du banquier Morand. Mais au même instant il avait deux autres maîtresses, dont une était mariée, ci-devant et se cachait sous l'identité d'une mercière de la rue du Temple. Il me parlait aussi quelquefois des filles de la rue Meslée qui nous avaient abordés le soir où nous avions traversé Paris, pour rire de moi parce que j'avais refusé l'occasion qu'elles nous offraient. Il ne pouvait pas comprendre. Il me suffisait de regarder ma Marie Anne le matin, quand elle venait de se réveiller, dans toute sa fraîcheur, ses cheveux emmêlés en boucles blondes, et je me sentais plein d'une assurance et d'une certitude auxquelles rien ne pouvait résister. Avec elle, tout était simple et facile. Elle savait bien lire et écrire (elle avait une jolie voix et je lui demandais de me lire le journal, même les débats politiques les plus obscurs). Elle n'avait pas étudié les auteurs, et ignorait tout de la philosophie. Et pourtant elle exprimait sur toutes les questions un jugement d'une grande pertinence. Comment sais-tu cela, Marie Anne ? lui demandais-je. Elle avait une moue moqueuse, un léger rire. Est-ce que je n'ai pas raison ? — Si, c'est toi qui as raison, Marie Anne, devais-je reconnaître. Alors, si j'ai raison, c'est que n'importe qui pourrait le dire, concluait Marie Anne. Et cela était vrai, car son jugement était simplement le bon sens, mais que beaucoup n'auraient pas écouté par crainte du ridicule, par paresse ou par mauvais esprit.

Cependant, notre bonheur était miné par l'inquiétude du lendemain. La dot versée par les Naour n'était pas considérable. Les quelque six cent quatre-vingts livres que j'avais reçues de mon parrain, l'oncle Étienne Soliman, le jour de mes dix-huit ans, sous la forme d'assignats, s'étaient réduites en peau de chagrin au fur et à mesure de la chute de la valeur du papier-monnaie. Il n'en restait plus que deux cent dix à la fin de 93, et à peine soixante au mois de prairial de l'année suivante.

Nous habitions alors la petite maison de la rue Fulvy, à Lorient, non loin du port. Le blocus des Anglais faisait qu'on manquait de tout. La viande, le poisson, même les œufs coûtaient cher. S'il n'y avait eu les légumes que la tante Roseline Naour apportait chaque semaine, et le lait et le fromage de la ferme, nous aurions été réduits à ne manger que du mauvais pain trempé dans l'eau grasse. Marie Anne perdait ses jolies couleurs. L'hiver de 94 fut particulièrement dur, avec un vent qui coupait comme une lame, et la neige aux portes de la ville. Les vaisseaux américains n'apportaient plus de grain, de peur des Anglais. Pour avoir du pain gris qui sentait le moisi, la pauvre Marie Anne se levait à deux heures du matin pour faire la queue devant le boulanger. Le pire était que la plupart des femmes revendaient ensuite ce pain le double de ce qu'elles l'avaient payé à ceux qui n'avaient pu en acheter à la boulangerie.

La ville de Lorient et les faubourgs avoisinants étaient remplis de mendiants, beaucoup de vieillards et d'enfants, vêtus de haillons troués qui s'amassaient sous les porches et entraient dans les cours des maisons. Le directoire du Morbihan avait fait fermer les églises, interdit de sonner les cloches, et fait jeter à bas beaucoup de croix anciennes aux carrefours. On disait que la citadelle du Port de la Liberté servait de prison aux prêtres réfractaires et à tous ceux qui devaient être bannis vers les colonies. À ce qu'on racontait, c'est dans ce fort que Hoche avait fait enfermer les révoltés vendéens, qui mouraient de froid et de faim. Les femmes et les enfants de ces malheureux erraient en ville et mendiaient du pain en psalmodiant des prières.

La Révolution, qui avait œuvré pour libérer tous

les peuples de la terre, s'acharnait à présent à restreindre cette liberté, refusant à chacun le droit de pratiquer selon ses croyances et sa tradition. N'étant moi-même guère dévot, et ayant reconnu les crimes d'un clergé soumis aux ci-devant et aux privilégiés, je ne pouvais cependant accepter le chagrin et la honte de ma mère, de ma sœur Pauline ou de Marie Anne, qui n'osaient plus passer devant une église de peur d'être arrêtées par quelque scélérat se prétendant patriote. La langue bretonne elle-même devenait condamnable aux yeux des Jacobins. Le député Barère n'avait-il pas déclaré à l'Assemblée, en réponse aux requêtes des Bretons, que *le fédéralisme et la superstition parlent le breton*. La loi du 30 vendémiaire de l'an II, article 7, proclamait que *dans toutes les parties de la République, l'instruction doit être faite seulement en français*.

Un moment, j'envisageai de partir avec Marie Anne pour la capitale où, croyais-je, la vie serait meilleure et où je pensais pouvoir m'employer dans un établissement de commerce. Les nouvelles de l'ami Mervin m'en dissuadèrent. Lui-même avait décidé de revenir en Bretagne. Les gens de Paris, disait-il dans sa lettre, meurent de faim et de froid. Le bois de chauffage manque si complètement que l'on en est réduit à brûler les meubles. Au moins, ajoutait-il, en Bretagne l'on peut faire face aux premières nécessités, brûler le bois mort dans l'âtre et manger les légumes de la ferme, ou braconner le gibier des forêts. Marie Anne et moi décidâmes donc de nous réfugier au moulin de Runello. Nous passâmes la fin de ce terrible hiver dans de moindres souffrances. Mais la tristesse avait marqué tout ce pays. Les vols de corbeaux avaient envahi les campagnes. Partout on voyait des carcasses d'animaux morts. Le ciel gris et les arbres dénudés ajoutaient au spectacle de la désolation. Je me sentais loin de l'air de fête qui avait entouré notre mariage, quand les vivres et le cidre étaient en abondance et que nous avions dansé au bord de l'Ellé.

Marie Anne attendait notre premier enfant. Elle continuait à travailler à l'étable, à s'occuper des vaches de la ferme Naour. Elle sortait de chez nous à quatre heures et ne revenait qu'au soir. L'eau froide et les travaux avaient crevassé ses jolies mains. Pourtant elle refusait que je l'aide. Je n'étais pas fait pour ce travail, disait-elle. Je devais être à la banque, ou négociant, non pas garçon de ferme. La vérité, c'est que les Naour ne m'avaient pas accepté. J'étais orphelin de père, sans argent, il n'était pas question que j'aie des droits sur leurs terres. La rigueur de l'hiver avait endurci leur âme, les avait révélés sous les traits de fermiers âpres et avaricieux. Et puis, il y avait mon passé de révolutionnaire, les idées que je ne cachais pas, sur la république et la nouvelle constitution laïque. Marie Anne savait bien que je n'étais pas de ceux qui persécutent les prêtres, mais ses parents, et beaucoup d'autres de la région, me considéraient comme traître et renégat. C'est ainsi qu'il me vint peu à peu l'idée de partir, de m'en aller avec Marie Anne, le plus loin possible, pour vivre dans un autre monde où tout serait neuf, où je pourrais travailler et être libre, hors de portée de la vindicte des parvenus politiques et des faux patriotes.

*Journal de mon voyage de Lorient
à l'Isle de France sur le brick la* Rozilis,
*départ le 1er germinal l'an VI
arrivée le 20 thermidor*

Le 1er germinal l'an VI, nous avons quitté la Bretagne pour ne jamais y revenir, à bord du brick aventurier la *Rozilis*, à destination de l'Isle de France. Lorsque je pense à tous les événements qui se sont succédé cette année-là, je mesure comme tout cela a été difficile, une épreuve pour moi et pour Marie Anne, et un moment douloureux pour ma mère et pour ma sœur, parce qu'elles savaient qu'elles ne nous reverraient plus. Notre Jeanne Eugénie est née en été, au premier jour de thermidor, seule joie dans cette période de privations et d'incertitude. Nous avions survécu aux difficultés et au manque d'argent, mais il m'était devenu insupportable d'être à la charge de ma mère, et que Marie Anne soit obligée de travailler comme une domestique dans sa propre famille. Dès que je fus en possession de mon congé définitif, je fis une demande de passeport pour moi et ma famille afin de partir pour l'étranger. J'ai choisi l'Isle de France presque par hasard. Les navires pour les colonies des Antilles et l'Amérique avaient complété leurs rôles, et n'avaient plus de place pour des passagers. Le dernier passage possible avant longtemps était sur la *Rozilis*, un brick de trois cents tonneaux armé à Lorient, destiné au transport de marchandises vers l'océan Indien. Le passage était coûteux, durait plusieurs mois, et la route était dangereuse, car contrôlée par les Anglais, avec qui nous étions toujours en guerre. En outre, je devais faire construire à mes frais la cabane dans laquelle nous voyagerions, et pour cela contracter un charpentier de marine. Le restant des assignats donnés par mon parrain ne valant plus rien, je dus, pour partir, avoir recours à une mesure désespérée. Je demandai à ma mère de m'avancer la part d'héritage qui me revenait, et comme elle n'avait pas d'argent, elle mit en vente la maison de la rue Fulvy à Lorient, le seul bien dont elle pouvait encore disposer. Pauline, à qui j'avais parlé de mon projet, parvint à convaincre ma mère. Je renonçais ainsi à toute prétention d'héritage sur le moulin de Runello et les terres. C'est-à-dire que je renonçais à tout espoir de revenir en Bretagne, car une fois la maison vendue, je n'avais plus de quoi faire vivre ma famille. La famille Naour, qui m'était devenue complètement hostile, refusa de procéder de même pour l'héritage de ma femme, et sur les cinq cents livres de dot consignées dans l'acte de mariage, m'en versa la moitié, en livres d'or il est vrai, et non de ces maudits assignats.

Un autre incident eut lieu au cours de ce dernier été breton, qui me confirma dans ma volonté de m'exiler pour toujours. L'un des officiers présents au Comité de sûreté de Lorient, lorsque je me présentai pour retirer mon passeport, un certain Rinaldi, Marseillais bellâtre au teint mâché et vêtu de manière très précieuse, au moment où je signais le registre, m'apostropha de la façon la plus insultante : Citoyen, me dit-il, n'es-tu pas de ces ci-devant traîtres à notre cause qui s'enfuient avec l'or des Français ? Si tu veux ton laissez-passer, il te faudra d'abord raccourcir tes cheveux! Disant cela, il désigna ma queue qui dépassait de mon chapeau et flottait sur mon col. Car le bruit courait que les Jacobins avaient décrété que tout bon patriote devait avoir les cheveux courts, et nombre de Bretons avaient dû sacrifier leur chevelure pour complaire à ces fanatiques.

Certes, j'aurais pu hausser les épaules et partir. Mais la colère m'a pris et j'ai oublié toute prudence. J'ai fait trois pas en arrière dans la salle du directoire et, dégainant l'épée que je portais toujours depuis mon temps de guerre, je m'écriai : Citoyen, celui qui voudra toucher à mes cheveux devra d'abord passer par ceci.

La salle n'était gardée par aucun gendarme, sans quoi j'eusse sans doute été arrêté pour avoir proféré une telle menace. L'officier devint très pâle et recula jusque derrière sa table. Mon papier étant signé, je le pris, tournai les talons et partis.

Sans doute mes états de service à Valmy et à Jemmapes furent ma garantie, car je n'entendis plus jamais parler du citoyen Rinaldi. Mais lorsque je racontai l'anecdote à Marie Anne, elle en fut très effrayée. Elle me remontra combien j'avais eu tort d'agir ainsi, et que la vengeance de ce misérable pouvait m'envoyer à l'échafaud. Je compris à cet instant qu'il m'était impossible de vivre dans un pays où porter les cheveux longs selon la tradition de ses ancêtres pouvait causer mon emprisonnement ou ma mort. Un mois plus tard, la cabane étant terminée, nous pûmes embarquer à bord de la *Rozilis*, Marie Anne, ma fille et moi, par une journée froide et pluvieuse, sans autre bagage que mon coffre de mariage contenant quelques effets et les sacs de farine et de pois qui devaient servir à notre nourriture durant cette longue traversée. Nous emportions en outre, dans quelques caisses de bois amarrées dans la cabane, un baril de gwin ardent, un autre de vin rouge, de la vaisselle, quelques livres, du fil, de la toile écrue et de la laine, qui sont rares à l'autre bout du monde.

L'ami Mervin, que j'avais convaincu de partir, se joignit à nous quelques jours plus tard. N'ayant pas acheté de cabane, il devait dormir dans le gaillard d'avant avec les marins. Sa situation à Paris était devenue intenable, à cause de ses aventures avec des femmes. Comme il le disait lui-même : je serais parti quand bien même j'aurais dû ramer comme un galérien.

Ainsi, le 1er germinal, par une mer tempétueuse et un fort vent d'ouest, la *Rozilis*, ses deux mâts chargés de toile, doubla la pointe de Gâvres et franchit la passe du sud vers la haute mer. Marie Anne était avec moi sur le pont, tenant contre son sein notre petite Jeanne enveloppée dans une couverture, et nous avons regardé s'éloigner le rivage, la flèche de l'église de Larmor qui sonnait, déjà à demi noyée par la brume. C'est le son de cette cloche que j'emportais avec moi, l'ultime souvenir du pays de nos ancêtres que nous quittions à jamais. Et même si je parvenais à cacher mon appréhension devant ce voyage que nous commencions sans être sûrs d'arriver au bout, j'avais le cœur serré en voyant les larmes qui coulaient sur les joues de Marie Anne, et je savais que rien de ce que je pouvais lui dire ne la réconforterait. Enfin la nuit est tombée et la *Rozilis* est entrée dans l'océan, pour affronter la force des vagues et le vent.

Du 20 au 30 ventôse l'an VI.

Nous sommes restés 21 jours en attente dans la rade du Port-de-la-Liberté par suite d'une réparation, et du fait d'une escadre anglaise signalée dans les parages de Belle Isle. Le seul bien de cette attente était de nous accoutumer à la vie à bord et de faire la connaissance de l'équipage. Le capitaine Braché était étonné de nous voir voyager avec un enfant en bas âge, mais Marie Anne lui a fait remarquer que si notre fille n'avait pas été à l'âge d'être nourrie au sein, la difficulté eût été bien plus grande.

Du 1ᵉʳ germinal.

À 7 heures du matin, nous avons levé l'ancre et appareillé sous les huniers, et profitant du jusant, laissé arriver. Temps exécrable, mer houleuse.

Vers huit heures nous avons franchi la Gâvre, de compagnie avec le corsaire la Confiance *qui avait la même destination que nous.*

À dix heures, étant en haute mer, le pilote nous a quittés. Nous fîmes route ensuite à l'O-S-O et à 11 heures relevâmes la tour de Belle Isle à l'E-S-E distante de 7 lieues.

De 11 heures à midy avons fait 2 lieues 2/3 à

l'O-S-O, ce qui nous donne pour point de départ 52°15' de latitude et 6°37' de longitude.

Du 29 germinal.

Le tems étant brumeux, nous avons perdu la Confiance, *nous nous trouvions par 44°26' & 8°12' ouest.*

Du 30 dito.

Nous avons vu à 7 heures du matin 2 navires, aussitôt virâmes de bord, par 44°33' & 8°27'.

Du 1er floréal.

À trois heures après midy avons aperçu 2 navires qui couraient à contrebord l'un de l'autre, aussitôt virâmes de bord par 44°53' & 9°18'.

Du 2 floréal.

À 7 heures 1/2 du soir, vu un navire & aussitôt virâmes de bord par les 44°29' & 10°-9'1/3.

Du 3.

À 8 h du matin, vu un bricq, aussitôt nous nous disposâmes au combat, mais bientôt il nous a fui par les 44°-16' & 12°17'.

Du 4.

À 7 hres du matin, vu un Nvre par les 44°-28' & 12°-59'.

5.

À 5 hres du matin, vu un Nvre, par les 43°57' & 16°-58'.

6.

À 2 hres du matin, pris connaissance d'un Nvre qui faisait sa route. À 4 hres 1/2 avons vu 3 frégates qui *nous ont appuyé chasse & malgré tous nos efforts, elles étaient à 5 hres à 1/2 lieue de nous : ce qui nous força de défoncer nos pièces à eau qui étaient sur le pont. À 7 hres, voyant qu'elles nous gagnaient, nous jettâmes à la mer 4 canons en fer et 6 en bois avec leurs affûts, et d'autres objets, et malgré ces précautions, nous ne gagnions que peu de marche.*

À 8 hres 3/4 l'une des frégates nous tira en chasse ; nous fîmes une nouvelle manœuvre qui ne nous fut point plus avantageuse. La plus proche nous vint à portée de canon & nous tira ; il tomba quelques boulets droit derrière nous. Enfin, n'ayant plus de ressource, nous amenâmes et, à notre grande satisfaction, nous vîmes qu'elles étaient françaises. C'étaient la Franchise, la Concorde & la Médée sorties de Rochefort le 15 germinal sous le commandement du capitaine Landolphe.

Nous les suivîmes par les 41°39' & 19°42' de longitude.

7.

À 7 hres 1/2 du matin, de compagnie avec les frégates, nous avons chassé un Nvre qui, ayant été reconnu pour anglais, a été capturé par lesdites frégates, qui nous ont donné 2 barriques d'eau & 2 canons provenant de la prise, étant par les 40°4' & 21°-58'.

Du 8 floréal.

À Midy, avons reçu des nouveaux vivres & de l'eau pour remplacer ceux jetés durant la chasse - 38°52' & 24°2'.

10.

À 7 hres du matin, nous avons pris congé de la division française à la vüe de Carcère, l'une des isles des Açores.

Ces 3 frégates avaient 1 200 hommes de troupe, & par un contraste singulier, beaucoup de marins - 38°-33' & 27°25'.

15.

À 7 hres du soir, 3 poissons volants ont sauté à bord & l'un d'eux m'a voltigé un peu rudement à la figure ! Par 27°11' & 30°-9'.

17.

À 6 hres du matin, avons aperçu une goëlette qui courait tribord amures, de suite lui avons appuyé la chasse. À 11 hres du matin, l'ayant atteinte, nous lui avons tiré un coup de canon & il a de suite amené, a mis son canot à la mer & le capne s'est rendu à notre bord ; il s'est trouvé être américain & sortant de Cadix d'où il transportait à Charleston 35 Passagers dont 6 Capucins. Le capne a bien voulu nous céder de l'eau, ensuite nous nous sommes séparés par les 21°-48' & 30°-23'.

26.

À 10 hres du matin, la mer presque calme, à la levée d'une brume avons pris connaissance d'un convoi qui nous restait dans le N-O distant de 2 lieues ; de suite viré de bord & bordé six avirons de galère pour nous sauver d'une frégate & d'un bricq qui nous donnaient chasse.

À midy nous les perdîmes de vüe par un grain, mais bientôt un tems clair quoique mêlé de beaucoup de pluie nous les a fait reconnaître toujours nous chassant. À 2 hres après midy nous eûmes connaissance que le vent leur manquait & que nous allions recevoir un grain de la partie du N-O. Nous disposâmes aussitôt nos voiles pour le recevoir, & nous nagions toujours en déterminés. À 3 hres 1/2 le tems s'est éclairci

& après 5 hres d'un travail forcé et général dans la chaleur & sous des pluies très abondantes, nous avons enfin halé nos avirons dedans & vu la frégate qui nous avait abandonnés aller rejoindre son convoi, ayant perdu l'espoir de nous attraper après nos différentes manœuvres.

Nous avons compté 23 voiles : c'était un convoi anglais sortant de l'Inde & allant à Portsmouth. 5°-48' & 24°-21'.

27.

À 6 hres 1/2 du soir, pris connaissance d'une frégate distante de 5 Lieues, nous avons fait voile pour l'éviter.

Par 5°-27' & 25°-4'.

1ᵉʳ prairial l'an VII.

À 7 hres du matin, vu un Nvre 3-mâts, courant la même bordée que nous ; à la faveur d'un grain nous l'avons perdu de vüe.

Par les 4°-20' de latitude & 22°-12' longitude.

3.

Vu quantité de poissons, tels que bonites, dorades & c, en avons pris.

Par les 4°-38' & 18°-46'.

4.

À 6 hres du matin, vu une voile, au même instant viré de bord. À 8 hres vu un autre bâtiment à 3-mâts qui courait à contre-bord ; comme il était très près de nous & venait à nous, nous ne fîmes aucune manœuvre pour fuir, de crainte de nous rendre suspects. Nous le perdîmes de vüe à 11 hres.

Par les 4°-22' & 17°-18'.

5.

À 5 hres 1/2, vu une voile qui nous a donné la chasse, mais à midy nous lui avions gagné 2/3 de lieue; à 5 hres du soir nous l'avons enfin perdue de vüe.

Par 3°-7' & 14°-50'.

Du 7 au 8.

Nous avons passé la ligne cette nuit. Le Baptême suivant l'usage a eu lieu pour ceux de nous qui passaient pour la 1re fois. Notre petite Jeanne Eugénie a reçu ce baptême sans une plainte. La cérémonie faite, un événement a failli nous arriver. En descendant de la hune, une moitié de futaille que l'on y avait mise pour contenir l'eau baptismale, la corde ayant rompu & la futaille étant tombée au milieu de nous tous. Il n'y a pas de doute que si elle était tombée sur quelqu'un elle l'eût écrasé.

Par 0°-0' latitude & 16°-30' longitude.

18.

La mer étant très grosse, notre Jeanne a échappé à une mort certaine. Ayant glissé malencontreusement sur le pont, Marie Anne laissait échapper notre fille par un sabord, si l'ami Mervin qui se trouvait à côté n'avait réussi à la retenir par ses habits.

Par 16°-17' latitude sud & 17°-30' longitude.

Du 26 prairial.

Vu un mouton du Cap, oiseau quatre fois plus gros qu'une dinde & ayant huit à quinze pieds d'envergure; nous en avons pris un de 10 pieds, à l'ameçon; son plumage imite beaucoup celui du Cÿgne.

29°-42' & 19°-52' de longitude.

Du 26 prairial au 17 messidor.

Il ne s'est rien passé de nouveau, nous avons fait notre route avec des vents un peu inconstants & quelquefois par temps calme.

Du 18 messidor.

À 6 hres du matin, nous avons eu connaissance du cap de Bonne-Espérance ; en reconnaissant très bien la table large, distante de 12 Lieues, suivant le relèvement que voici :

Par les 34°-13' latitude sud & 16°-0' longitude.

20 messidor.

Vu un Nvre à 2 hres après Midy, aussitôt mis toutes voiles possibles pour le fuir.

Par les 35°-26' & 15°-53' long.

Du 22 au 23 Mdor - 10 juillet.

Pendant l'après-midi, les vents bons frais du N-O, la mer très grosse. À 10 hres du soir, pris les ris aux huniers. À 11 hres, serré le grand hunier, la mer devint horriblement grosse, le Nvre fuit devant le tems sous les misaines et le petit hunier dont tous les ris pris, filant 10, 11 & jusqu'à 12. Pour la force des vents & des courants, tems à grains, beaucoup de tonnerre, nous reçûmes plusieurs coups de mer, dans la cabane ma pauvre Marie Anne très malade & effrayée, nous avons lu dans le livre des prières.

À une hre après minuit le plus fort coup de mer eut

lieu, nous fûmes couverts de bout en bout ; plus d'action au gouvernail pendant environ une minute ; c'est alors que nous nous sommes crus perdus sans ressource, le Nvre s'enfonçant de plus en plus par son devant, mais heureusement sa légèreté ranima notre courage. À cette époque la mer inonda nos cabanes, plusieurs objets furent emportés sur le pont par la mer qui nous priva également de notre dernier cochon que nous avons regretté pendant plusieurs jours. Le reste de nos poules fut noyé, mais nous en fîmes une fricassée le surlendemain.

Cet affreux coup de mer eut lieu par le travers du banc des Aiguilles, par 36°-19' & 21°-41'.

Du 23 au 24 messidor.

Les vents grand frais, fuyant toujours devant le tems, la mer on ne peut plus grosse. À minuit les vents ont passé au nord, qui nous forcèrent de mettre à la cappe, ayant les vents d'une partie & la mer de l'autre.

Par 36°-3' & 24° 14'.

24 au 25 Mdor.

Les vents variables, du noir dans les grains, la mer on ne peut plus grosse, à une heure voulant laisser arriver pour fuir, nous eûmes notre petit foc emporté, nous reprîmes la cappe, l'on s'occupa à en remettre un autre. À 3 hres nous reçûmes un coup de mer par l'arrière. Le bâtiment ne tenait plus en travers la mer étant trop grosse. À 3 hres 1/4, les vents ayant changé, nous avons fui sous la misaine, le tems toujours à grains, par 35°-47' & 26°-47'.

25 au 26.

Les vents variables, tems noir, petits grains, de la brume, la mer grosse.

Par 35°-59' & 28°-13'.

27.

À minuit, à la lumière de la lune vu une voile; à 2 hres l'avons perdue de vüe, ayant un grand avantage sur elle pour la marche.

Par les 34°-33' & 30°-25' longitude.

28.

Les vents presque calmes, tems brumeux, la mer houleuse, de l'orage.

Par 34°-14' & 30°-35'.

29 au 8 thermidor.

Tems à grains, la mer très houleuse.

9 Thdor.

Belle mer, nous n'avons plus vu ni mouton du Cap ni damiers.

Par les 29°-31' & 54°-4'.

Du 10 au 15.

Temps beau, belle mer, jolis frais, par 21°-55' & 58°-0'-14'.

Le 16 Thdor l'an VI-3 août 1798.

Nous avons pris connaissance de la terre de l'Isle de France, mais à cause de la nuit nous nous sommes tenus écartés.

Maintenant, Jean voyait la violence partout. C'était la combinaison de la chaleur, le soleil à faire fondre l'asphalte et sécher les géraniums dans leurs pots, de l'ennui, de la solitude, et cette guerre qui rongeait les frontières. Les examens étaient passés de justesse, Jean avait eu des notes minables en sciences, en maths, en français. Les notes de philo et d'anglais avaient à peine suffi pour hisser l'ensemble au-dessus de la ligne de flottaison. Il y avait une sorte de nuage d'incompréhension sur cette ville. C'était peut-être aussi la combinaison de Nietzsche et des présocratiques, le vertige qui émanait d'Anaxagore, d'Empédocle, de Parménide, comme si les mots avaient un autre sens que celui que la réalité contemporaine leur assignait. Que voulait dire le « soleil » d'Héraclite ? Le « fleuve » ? Que signifiaient « il est » ou « il n'est pas » ? Est-ce que cela avait un rapport avec les éclats de la lumière sur les pare-brise des voitures, avec les reflets des bouts de verre incrustés dans les balcons rectilignes des immeubles de douze étages ? Est-ce qu'il y avait une destination pour ces mots, ces sentences, ces bri-sures, devant la ligne électrifiée qui barrait le nord de l'Afrique entre un pays appelé Algérie et un autre appelé Maroc ? Est-ce qu'il y avait un sens à ces pensées défuntes quand chaque jour les hommes mouraient sur la terre sèche, de l'autre côté de cette même mer ?

Jean ne voulait pas rentrer chez lui. L'idée de l'appartement étouffant, gris, où son père somnolait dans son fauteuil, abruti par le Phénergan, et sa mère cachant son angoisse dans les pages d'un bouquin emprunté à la bibliothèque de la gare, *Naissance de Jalna*, ou *L'araigne*, ou *Climats*, et la radio de temps à autre annonçant par borborygmes les épisodes de la guerre contre les hors-la-loi en Algérie, ou les bombardements américains au Vietnam, et le ventilateur qui oscillait sur la commode avec son bruit d'avion, l'impression de murs qui se rapprochent, la stagnation, tout cela lui semblait assez horrible.

Jean marchait, il n'arrêtait pas, il traversait la ville dans un sens, puis dans l'autre, jusqu'aux quartiers les plus lointains où les grands blocs d'habitation sont debout sur des esplanades de ciment, et où on entend la radio diffusée par les haut-parleurs. Il s'arrêtait un instant dans des squares, regardant une fontaine, des pigeons, des enfants se battant dans un bac à sable.

Chaque soir, il revenait au jardin des Oliviers comme à son ancien domaine. Il fallait enjamber une brèche dans le mur écroulé, passer là où la clôture de barbelés avait été cisaillée. Les restanques étaient en ruine, la terre rouge s'éboulait entre les racines des oliviers. Plus personne n'allait au fond du terrain, à cause des ronces qui avaient tout envahi. Le bas du terrain, près du mur, était encore fréquenté par des enfants qui jouaient au foot, ou les couples d'amoureux qui revenaient des plages. Il y avait toujours l'odeur que Jean connaissait bien, dont il n'aurait pas pu dire s'il l'aimait ou si elle lui faisait horreur, une odeur familière et irritante comme de sueur, de cuisine, de lit défait.

Jean faisait le bilan de la journée. Il portait son fameux cahier noir. Il avait noté quelques « cristaux » pour le prof Lamusse, avec le sentiment que l'essentiel lui échappait.

28 mai
  Massacre de Melouza, le FLN tue des civils en pleine rue.

3 juin
  Bombes dans des lampadaires à Alger.

9 juin
  Attentat au Casino de la Corniche à Alger.

26 août
  Assaut de la casbah par la troupe. Les chefs des réseaux Mourad et Ramel sont tués.
  1 800 000 mines antipersonnel ont été disposées le long des barrages électrifiés, à la frontière de la Tunisie et du Maroc.

Pour s'en souvenir, il avait noté les vers qu'il aimait, d'Héraclite, d'Anaxagore, de Parménide d'Élée. C'étaient les seuls mots qui résonnaient avec une musique d'infini.

Héraclite :
« À l'arc le nom de bandeur
mais son œuvre est la mort. »

« Même chose en nous
être vivant ou être mort

être éveillé ou endormi
être jeune ou vieux
car ceux-ci se changent en ceux-là
et ceux-là, de nouveau en ceux-ci. »

Anaxagore :
« *Toutes les choses qui ont une âme, qu'elles soient grandes ou petites, sont sous l'emprise de l'Intellect. C'est l'Intellect qui exerce son empire sur la Révolution universelle, de telle sorte qu'il a donné le branle à cette Révolution.* »

Démocrite :
« *L'amour lave de tout reproche l'acte amoureux.* »

Anaxagore encore :
« *Il y a deux apprentissages de la mort :*
le temps qui précède la naissance
et le temps du sommeil. »

Parménide :
« *Toujours regardant les rayons du soleil...* »

C'était brillant. Jean avait l'impression que ces mots étaient gravés dans chacune de ses cellules. Écrits sur les feuilles des aloès, sur le tronc des oliviers, griffonnés dans la terre sèche avec une brindille. Mêlés aux noms lumineux de la ville, aux lettres sur les plaques d'égout en fonte, aux numéros des plaques minéralogiques des voitures.

Vers sept heures du soir, Hervé Kernès arrivait au jardin. Jean ne le connaissait pas vraiment. Il se rappelait l'avoir vu, autrefois, tourmenté par une bande de garnements, dans la cour du lycée. Il était très grand et très fort, très doux, et il ne savait pas se défendre. Il avait redoublé l'année du bac et, de guerre lasse, il avait devancé l'appel. Jean l'avait remarqué, à cause de son nom. « Tu es breton ? — Oui, et toi ? — Moi, de loin. — Ah bon. » Kernès n'avait pas cherché à en savoir davantage.

Maintenant, il venait donner à Jean des nouvelles de la guerre. Il parlait lentement, en cherchant ses mots. Jean l'écoutait à cause de Santos. Kernès n'inventait jamais. Il disait ce qu'il avait vu, ce qu'il avait su. Il parlait avec un accent chantant, c'était comme une incantation. Il s'asseyait par terre à côté de Jean, il parlait en balançant son buste de géant. Il avait une permission de trois semaines, à cause d'une hépatite. Il espérait qu'il ne retournerait jamais là-bas. Il voulait qu'on l'envoie dans un port de mer, à Brest, ou à Lorient. Mais il pouvait se contenter de Toulon.

« Tu sais ce qu'on fait là-bas, tous les jours ? Je t'ai dit ce qu'on fait là-bas, au bled ? Tous les jours, les HLL passent. Ils coupent les fils, quelquefois ils envoient des chiens pour faire sauter les mines. Ils ont des astuces pour couper le jus. Ils passent pendant la nuit, tu vois une lueur dans la montagne, le voltmètre indique qu'il y a une coupure. Tu sautes dans la Jeep avec les autres, tu fonces avec tes projos allumés, et quand t'arrives, il y a plus personne. Ils font des trous comme les lapins, ils ont creusé des galeries sous terre partout. Tu descends la côte, tu es déjà au Maroc, tu vois les lumières d'Oujda. Mais tu ne trouves personne. Jamais personne. Eh bien, ça, mon vieux, c'est le plus dur, il n'y a jamais personne, jamais personne. »

Le regard de Kernès s'attardait sur les amoureux en train de s'embrasser au creux de la restanque voisine, puis errait au loin sur les voitures surchauffées le long de la promenade. Malgré son hépatite, il avait gardé un teint rose, peut-être à cause de l'acné. Il avait l'air si jeune, presque un enfant, Jean à côté de lui avait l'impression de paraître vieux, comme si c'était lui qui avait fait la guerre et débusqué les militants de l'ALN, les avait conduits à l'interrogatoire. À Aïn Sefra, avait raconté Hervé Kernès, il avait lié les poignets des prisonniers avec du fil de fer, et la longue corde prévue à cet effet, qu'il portait toujours dans son sac, et que les appelés avaient surnommée la laisse.

« Tu vois cette Renault là-bas ? Avec un bazooka je pourrais la foutre en l'air sans problème. » Kernès avait une voix grave, un peu étouffée. Jean ne pouvait pas s'empêcher de se remémorer quand il était debout tout seul dans la cour du lycée, et qu'il pleurait parce que les enfants l'attaquaient comme une meute de chiens sauvages déchirant un buffle, tournant un peu sur lui-même, les avant-bras relevés pour parer les chiquenaudes, sa large poitrine secouée de sanglots.

« Est-ce que je t'ai parlé de l'Alsacien ? » demandait Kernès.

Jean allumait une cigarette, puis il se ravisait, tendait le paquet : « Tu fumes, maintenant ? » Kernès avait son expression enfantine, comme s'il était pris en faute. « Tu sais, là-bas, au bled, on n'a rien à foutre pendant qu'on est dans la tour de surveillance. — Qu'est-ce que vous faites de vos journées ? — Rien, on est branchés sur Radio-Tanger, on écoute la musique américaine, il y a du bon jazz. Autrement, t'es seul devant les compteurs, les coupe-circuit, tu entends tout le temps le bouzin des générateurs, ça fabrique un courant de 5 000 volts. Tu te rends compte, moi qui avais toujours zéro en physique, maintenant je sais tout sur l'électricité, je pourrais te faire un cours là-dessus. »

Ils fumaient sans se parler. Jean s'était allongé par terre, la tête appuyée sur une grosse racine d'olivier. Kernès restait à regarder droit devant lui, avec une drôle d'expression attentive, un pli au côté de la bouche, comme s'il supputait les chances de démolir à coups de bazooka les grues de l'autre côté du port.

Il a repris son histoire : « Mon copain, il s'appelle Henri, Henri Kranz, il vient d'un bled nommé Schiltigheim, à côté de Strasbourg, il paraît qu'il y a des fabriques de bière là-bas. Tu veux que je te raconte comment je l'ai connu ? » Jean attendait la suite. « On était au départ dans la même chambrée, à Évreux, au 9e d'infanterie. Je l'avais remarqué parce qu'il restait tout seul dans son coin, les autres se moquaient de lui à cause de son accent, ils lui disaient : "T'es boche, toi ?" Et lui se mettait en colère, il disait avec son accent : "Non ché zui alsazien, pas poche", et ça les faisait encore plus rire. Et puis on s'est retrouvés ensemble dans le Sétif, au 43e régiment d'infanterie, on nous avait dit de faire la moisson, et lui, c'était un fils de paysan, il m'a montré comment se servir de la moissonneuse. Et j'avais remarqué qu'il ne recevait jamais de courrier. Nous autres, tous les jours ou presque, on recevait des lettres ou des colis de la famille, et lui jamais rien. Je lui ai demandé : "Comment ça se fait, t'as personne pour t'écrire ?" Il ne voulait pas me le dire, mais après j'ai compris qu'il ne savait pas lire ni écrire. C'était incroyable, un type comme ça, il n'était jamais allé à l'école. Il avait honte, il avait peur que les autres s'en rendent compte. Je lui ai dit : "Écoute, il n'y a pas de mal à ça, toi tu sais des choses que nous autres on ne sait pas, alors, si tu veux moi je peux écrire tes lettres à ta place." »

C'était une histoire banale, mais Jean pensait

qu'elle valait bien tous les récits glorieux de la guerre.

Il y avait autre chose. Kernès savait ce que Jean voulait entendre. Il s'en était approché plusieurs fois, en chuchotant, parce qu'il avait honte, c'était un secret trop lourd à porter. Enfin, au jardin des Oliviers, il s'est décidé à parler.

« Une fois, dans l'Edough, on a poursuivi les HLL, ils étaient partout, dans les villages, dans la montagne, on n'était plus sûrs de rien, un troupeau de chèvres avec un gosse, c'était un guetteur, il sifflait d'une drôle de façon quand la colonne arrivait, comme ça, *phui-phuiew !* » Hervé Kernès mettait un doigt dans sa bouche et il sifflait si fort que les amoureux sursautaient et que les enfants arrêtaient de jouer au foot sur la restanque en dessous. « On a repéré un village de HLL et on l'a signalé par radio, et la nuit les avions Rafale sont venus lâcher des bidons spéciaux sur le village, on était restés là à attendre sans dormir, et quand ils sont passés on est sortis des tentes et on a regardé la montagne qui s'éclairait, le village en train de cramer. Si tu n'as pas vu ça, tu ne peux pas imaginer la lumière que ça fait, pas un bruit, pas d'explosion, rien, juste un souffle chaud et une grande lumière blanche quand les bidons explosaient sur le village. »

Jean sentait son cœur battre plus vite.

« Et il y avait des gens dans le village ? — En principe, il n'y avait que des HLL, mais une fois, toujours dans l'Edough, avec la division Ducournau, des paras, on est entrés dans un village de HLL le matin suivant, je m'en souviens bien, c'était un joli coin avec des champs de blé mûr et des oliviers, et tout le village avait été détruit par les bidons spéciaux, il ne restait plus qu'une grosse tache noire, et puis on est entrés quand même et il y avait cette odeur, de la viande brûlée, ça puait, c'était dégueulasse cette odeur de viande trop cuite, ça me donnait envie de vomir, et en passant devant les ruines d'une baraque complètement cramée, j'ai vu trois choses par terre, tu sais, on aurait dit des sacs noirs, un grand sac et à côté deux autres petits sacs tout noirs comme du charbon, et il y en a un qui a dit que c'était un homme avec deux enfants, mais peut-être que c'était une mère avec ses mômes, je ne sais pas, je suis passé vite en me bouchant le nez, et un peu plus loin j'ai dégueulé. »

Le jour déclinait, il y avait une grande paix sur le jardin des Oliviers. C'était immuable et fort, comme les paroles d'Héraclite et d'Anaxagore, quelque chose de mystérieux et tout près du silence, comme le poème de Parménide d'Élée.

Maintenant, ils se taisaient. Jean ne trouvait rien à dire, et Kernès semblait dans son rêve, rien ne pouvait l'atteindre, il n'aurait rien accepté. À chacun sa vérité. Force était de reconnaître que personne n'aurait pu écouter ce que Jean voulait dire, que la beauté de ce jardin et la mort que Kernès avait vue étaient les deux versants de la même réalité, les deux rives du même pays matériel.

Peut-être que Santos aurait été le seul à comprendre. Jean se souvenait, un jour qu'il était allé dans le studio, il avait feuilleté un carnet de dessins, et Santos lui avait dit : « Toi, tu ne seras jamais bon que pour une chose, la philosophie. » Il avait ajouté : « Peut-être même la théologie. » Jean n'avait pas bien compris, il avait cru un instant que Santos parlait d'astrologie, parce que justement il venait de découvrir à la bibliothèque le traité de Manilius sur les Maisons du Ciel. Il avait répondu par une phrase convenue, du genre : « Parce que tu y crois ? » Mais Santos était passé à autre chose, il téléphonait à

Jeanne Odile peut-être, c'était peu de temps avant son départ pour l'armée. Et là, tout à coup, dans le jardin, avec cette affreuse histoire de chair brûlée, il se souvenait de ce quiproquo.

« Je t'ai dit qu'on nous avait chargés de faire du renseignement, Henri Kranz et moi. On nous a dit, il faut avoir l'air méchant, c'est pour ça qu'on nous avait choisis, moi parce que je suis costaud, lui parce qu'il a des yeux pâles avec les pupilles clouées et les Arabes quand ils le voyaient, ils croyaient qu'il était aveugle et ils avaient la trouille. » Il disait ça sans rire, son regard étroit toujours fixé sur les silhouettes des grues dans le port.

« On avait amené un fellagha à l'écart, il avait les mains liées derrière le dos avec du fil de fer, et c'était Kranz qui tenait la laisse. Mais on avait quand même le FM à la main, le cran de sûreté relevé, au cas où on serait attaqués. Et Kranz poussait le HLL dans le dos avec le bout du canon, il disait avec son accent alsacien : "Allez, afance !" Et le gars avait aussi les yeux bandés avec un foulard, il trébuchait sur les cailloux, il avait une blessure à la tête, il marchait un peu penché en avant en traînant les pieds, il avait peur de tomber, et on lui avait retourné les poches de son pantalon. Je me souviens, il était très grand, aussi grand que moi, il avait les cheveux courts, je trouvais qu'il ressemblait à un acteur de cinéma, à Tab Hunter, tu sais, un type qui joue dans les films de cow-boys, et d'ailleurs le djebel près de la frontière tunisienne, du côté de Sakiet Sidi Youssef, ça ressemble beaucoup aux paysages des westerns, c'était comme si on jouait dans un film. La différence, c'est que le HLL avait la trouille, il était sûr qu'on allait le liquider, que c'était pour le descendre dans un coin qu'on l'emmenait avec les yeux bandés. Moi, je croyais que c'était juste pour l'interroger, pour qu'il dise où étaient les caches d'armes, et si les fellaghas devaient attaquer. Et puis on l'a laissé attaché toute la journée à un piquet sans lui parler ni rien, sans lui donner à boire ou à manger. Et le soir, il avait la figure complètement brûlée par le soleil, il avait les lèvres qui saignaient. Et puis moi je ne faisais pas très attention, mais ce soir-là, il y a eu un bruit qui a couru au camp. On m'avait dit de surveiller le prisonnier, et j'étais resté assis à l'ombre du seul arbre du coin, un petit arbre tout maigre et rempli d'épines. Je me rappelle, j'avais les pieds gonflés à cause de la chaleur et j'avais enlevé mes bottes, et j'étais là à somnoler sous mon arbre en regardant de temps à autre le prisonnier attaché à son piquet, il était plié en deux comme s'il dormait, et je me suis rendu compte qu'il s'était évanoui à cause de la chaleur. Quand je me suis approché, il est revenu à lui et il geignait et il se balançait un peu en tirant sur la laisse et le fil de fer avait tellement serré ses poignets qu'il y avait du sang noirci, et ses mains aussi étaient noires à cause de la circulation qui se faisait mal. J'étais pieds nus et je me suis approché sans faire de bruit, et tout d'un coup le HLL s'est rendu compte que j'étais là et il s'est mis à trembler, il essayait de dire quelque chose, je me suis penché et j'ai compris ce qu'il disait, mais ses lèvres étaient si sèches qu'il n'arrivait pas bien à parler, il était, tu sais, un peu parti, il répétait en arabe : *"lmaa, lmaa"*, il ne devait même plus se souvenir comment on disait l'eau en français, c'est bizarre il avait une voix d'enfant, je te jure, il disait ça comme un petit enfant qui ne sait pas parler. Moi, j'étais tout seul, et même si on l'avait interdit, je ne pouvais pas le laisser comme ça, alors j'ai pris ma gourde et j'ai fait couler de l'eau dans sa bouche, mais il n'arrivait pas à boire, l'eau débordait et coulait sur son menton et sur sa chemise, mais il a quand même réussi à boire un peu et ça lui a fait du bien, il s'est redressé, mais il n'avait plus du tout l'air de Tab Hunter, il avait même, je ne sais pas, moi, rétréci, il avait l'air plus petit, plus léger, une journée comme ça en plein soleil et il avait changé. Ah oui, je t'ai dit, il y avait un bruit qui courait au camp, c'était qu'on ne pouvait pas garder de prisonniers, rapport aux exécutions des otages français qui avaient eu lieu à Oran, et puis on se foutait pas mal des caches d'armes, de toute façon c'étaient des flingues tchèques qui leur pétaient à la gueule. Et il y a eu un type de la compagnie qui est venu un peu avant le soir et il a dit à haute voix : "On va le crever, cet enculé, ce fils de pute", et le HLL avait dû l'entendre, c'est pour ça qu'il tremblait quand je me suis approché pour lui donner à boire. Et je suis resté à côté de lui à fumer une cigarette, j'ai même pensé à le faire fumer, mais je me suis dit que ça ne servirait à rien, qu'il allait croire que j'allais le tuer tout de suite après. Et quand la nuit est arrivée, un groupe est venu, je ne savais pas de quelle compagnie ils étaient, c'étaient des musulmans des commandos, et Henri Kranz était avec eux, ils ont défait la laisse du HLL mais ils n'ont pas enlevé le fil de fer de ses poignets, et Kranz ne m'a pas regardé, il avait son FM et j'ai vu qu'un des commandos avait sorti son pistolet de son étui, ils ont emmené le HLL, il avait du mal à marcher à cause du bandeau sur ses yeux et aussi parce que ses genoux étaient ankylosés, et j'ai remarqué qu'il avait son pantalon tout mouillé au fond parce qu'il s'était pissé dessus, et moi je suis resté debout près de l'arbre, je n'ai même pas pensé à remettre mes bottes, ils sont descendus vers le fond de la vallée dans les broussailles, il faisait presque nuit, ça s'est fait très vite, j'ai entendu une rafale de FM et puis tout de suite après un coup de pistolet, un seul coup très sec, pa! C'était terminé. Après, le lendemain, j'ai vu le rapport qui disait : *Le 10 avril à 18 heures, un HLL abattu quand il cherchait à prendre la fuite, environs de Tirouad.* »

Kernès avait raconté tout ça presque sans bouger, ses yeux un peu plissés, à un moment il s'était même balancé d'avant en arrière, comme avait dû faire le prisonnier avant de marcher vers le ravin. Il avait parlé de tout ça sans forfanterie ni regret, juste comme ça s'était passé. Et Jean n'avait pas fait de commentaires, sauf pour dire après un moment :

« Tu te souviens de Charon ?

— Le grand maigre avec une brosse ?

— Oui, tu sais, il avait raté son bac, il disait qu'il allait partir en Suède, comme Amoretto. »

Kernès réfléchissait.

« Non, je ne me souviens pas qu'il disait ça. Alors ?

— Il s'est tiré une balle de fusil dans le pied pour être réformé. »

Kernès a ricané dédaigneusement. « Le con, ça ne lui servira à rien. Il fera deux mois d'hosto et on l'enverra dans les coups pourris. »

Ils fumaient tranquillement leur cigarette. Avec la tombée de la nuit, les merles piaillaient dans les oliviers, et c'était un bruit curieusement paisible et inquiétant à la fois. Jean se souvenait encore des petits qui tourmentaient Hervé Kernès au lycée, il cherchait à l'imaginer là-bas, dans ce pays âpre où tout était violence et mort, il le voyait debout, pieds nus dans la caillasse, les bras ballants, tandis que les commandos entraînaient le HLL vers le fond de la vallée où ils allaient l'abattre. Il a dit :

« Moi, si mon sursis tombe, je ne me tirerai pas une balle dans le pied. J'irai en Suède, au Mexique, n'importe où. »

Il y avait une violence vraiment exceptionnelle dans cette ville en ce temps-là. Le seul endroit paisible, c'était le jardin des Oliviers, avec ses arbres vieux de cinq cents ans et le tapis de feuilles pourries et de graines incrustées dans la terre, pareil à une vieille peau d'odeurs. Chaque après-midi ou presque, Jean allait se réfugier à l'ombre des arbres, sur la plus haute restanque. Les immeubles blancs étaient penchés au-dessus du dernier espace libre de cette ville, avec un air à la fois de douleur et de majesté. Le jardin était condamné. Quelqu'un l'avait dit, ou bien Jean l'avait lu dans le journal. Et maintenant, il y avait ce grand panneau au bord de la route, éclairé le soir par une rampe au néon, et qui disait :

Sur cet emplacement unique
le GETHSÉMANI
50 Appartements de Grand Luxe
Une réalisation de DOMO *Immobilier*

C'était abstrait, presque irréel. C'était lointain, comme la liste des résultats du bac, ou du concours d'entrée à médecine, d'où le nom de Jean Marro était définitivement manquant.

L'abstraction régnait. Le père de Jean avait commenté : « Tu dois t'inscrire le plus tôt possible à la fac, n'importe où, pour ton sursis. » Il y avait un timbre d'inquiétude dans sa voix, une sollicitude inhabituelle, avait pensé Jean, chez cet homme ordinairement si peu expansif. La guerre faisait horreur à ce vieux soldat. Depuis la Malaisie, son retour forcé en France, son corps n'avait pas cessé de trembler. Il écoutait les nouvelles à la radio anglaise avec une indignation muette.

Alors dans le jardin condamné, pour Jean chaque seconde était chargée de pouvoir. Chaque brin d'herbe, chaque brindille, chaque miette d'argile, et la multitude des noyaux d'olive séchés, pareils à des crottes de rat, et chaque rondelle de soleil à travers le feuillage. Dans Anaxagore, il était dit :

Toute sensation s'accompagne de douleur.

C'était un vertige. Le sol n'était plus fixe, il grouillait, se rétractait, craquait. Jean restait allongé par terre, la paume des mains bien à plat, pour sentir chaque passage, chaque tremblement. À travers les feuilles de l'olivier, le ciel cru formait des cercles concentriques autour du soleil.

Empédocle :

Égal à lui-même, de toutes parts, illimité
Sphaïros est là, rond, joyeux, immobile.

Encore :

Ramassé en une boule dense, il circule autour du vaste ciel.

C'était parmi les mots les plus anciens du monde. Immobile sur la restanque, Jean avait l'impression de voir briller ces phrases, les plus sensées qu'on ait jamais écrites :

La terre accroît sa taille, l'Éther accroît l'Éther.

Avec l'odeur de la mer que le vent portait par bouffées.

La mer, la sueur de la terre.

Et revenait Parménide d'Élée :

Ce qui peut être dit et pensé doit être
car l'être est et le néant n'est pas.

Tout à coup, c'était si clair que cela devenait une
brûlure, dans le genre d'un bout de cigarette qu'on
appuie sur la main, contre l'idée de la mort. Ce qui
était. Ceux qui vivaient. Ceux qui avaient disparu.

C'était un vertige, en effet. Ces mots, ces souffrances, ces désirs, ouverts sur un espace inconnu,
vous tirant vers un autre lieu, un autre temps. C'était
voisin du sommeil.

Ici, dans ce jardin, Santos était venu avec Jeanne
Odile. Il avait raconté à Jean, avant de partir pour la
guerre, comment ils avaient passé une nuit de la fin
de l'été sous un ciel de velours bleu sombre, et la
lune avait traversé lentement l'espace au-dessus
d'eux. Jeanne Odile avait froid. Ils avaient fait
l'amour sous ce même arbre, couchés sur la terre
humide jonchée de noyaux et de feuilles. Maintenant, c'était leur odeur que Jean percevait, une
odeur forte, enivrante, une odeur sauvage et char-
nelle qui annulait toute l'injustice et la peur de mourir.

Mais pour rien au monde Jean n'aurait demandé
à Rita de venir ici. Ce n'était pas un endroit pour la
réalité. C'était un endroit pour se souvenir, pour se
laisser aller à la rêverie, même au sommeil, et puis
repartir à l'aventure dans les rues violentes.

C'était le 14 Juillet. La chaleur faisait une épais-
seur dans l'air, qu'il fallait traverser. Jean s'est bai-
gné dans les rochers. Il a nagé un long moment, la
face dans l'eau, se retournant de temps à autre pour

respirer. La mer était d'un bleu laiteux, les vagues avançaient en peinant, la surface était couverte de frissons comme une peau. Au large, il croisait la route des hors-bord traînant leurs skieuses en bikini. Tout cela avait une invraisemblance apparente, comme si un régisseur sans projet l'avait mis en marche, puis s'était détourné. Les bateaux fendaient la mer dans un sens, dans l'autre. Sur la côte, la plage grouillait.

Jean est arrivé encore mouillé d'eau de mer à l'appartement de Rita. Elle attendait, allongée sur le lit dans la pénombre. L'amour, c'était lent, assez doux. Rita léchait son ventre. « Tu es tout salé. » Il faisait très chaud. Par la fenêtre ouverte montait le bruit des voitures. Le bar La Voile était fermé. C'était bien le seul jour de l'année où ça ne sentait pas le sechuan.

Ensuite ils ont dormi. Jean pensait à la tante Catherine qui devait l'espérer en haut de La Kataviva, assise bien droite dans son fauteuil, le dos tourné à la lumière. C'était un jour de congé pour madame Rosella, la mère de Jean viendrait sûrement apporter une gamelle de soupe à la vieille tante. Rozilis s'éloignait chaque jour. Quand Jean, par paresse, par découragement, ou simplement par oubli, omettait de venir à La Kataviva, la maison et le jardin d'Ébène dérivaient encore un peu plus, s'effaçaient dans la brume, favorisant le triomphe de cette ville violente, de ses autos, de ses piétons, de ses rumeurs, de ses murmures.

Le soir, Jean a emmené Rita vers la plage pour voir le feu d'artifice. Il y avait une foule considérable. En traversant les jardins, ils ont croisé des bandes de jeunes déjà saouls. Rita s'est blottie contre Jean, feignant d'avoir peur. C'était populaire. Dans un coin pelé du jardin, une sorte d'orchestre jouait par instants, deux guitares électriques, une batterie, puis s'arrêtait au beau milieu d'une mesure.

La sono était poussée si fort qu'on n'entendait que des sifflements, des beuglements. Rita s'est serrée contre Jean comme si elle voulait danser, il sentait son corps humide de sueur, l'odeur de ses cheveux, le piquant aigre de ses aisselles. C'était à la fois repoussant et extrêmement érotique. C'était comme s'ils étaient tombés ensemble dans une mare boueuse.

Le ciel noir était déchiré par les éclairs des fusées, les détonations s'étouffaient dans leurs nuages. Ça sentait la poudre à canon.

Des Arabes encombraient l'allée, à l'entrée du jardin. Ils étaient jeunes, ils avaient un peu bu, ils étaient agressifs. Quand Rita est passée, l'un d'eux a mis la main sur ses fesses. Jean a forcé le barrage avec une bourrade. Un des Arabes l'a arrêté : « Pourquoi tu nous bouscules ? »

Jean l'a repoussé : « Et toi, pourquoi tu touches à ma copine ? »

L'Arabe regardait Jean avec colère. Il faisait mine d'attaquer, et ses camarades le retenaient par les bras. Jean aussi était ivre, mais seulement de chaleur, de bruit, de foule, de cette sorte de haine qui affleurait partout, qui éclatait sur le visage de Rita, son racisme à fleur de peau. Elle disait toujours : « Sale race ! » Elle avait parlé de Mélanie, qui avait été attaquée un soir par des Arabes, en rentrant de l'hôpital. « Ils sont comme des animaux ! »

Jean a défié un instant le groupe. L'Arabe était grand, plutôt beau garçon, avec un visage régulier de statue antique. Il a poussé Jean d'un coup de poing à la poitrine. Ses camarades essayaient de le calmer : « Laisse tomber, viens, on s'en va. » Il criait à Jean : « À moi on ne me dit rien, tu entends ? » Le coup de poing avait coupé la voix de Jean, il avait du mal à reprendre son souffle. À la fin, la foule pressait, et le groupe s'est défait, Jean et Rita se sont retrouvés sur la plage, tandis que les dernières fusées du bouquet éclairaient la mer et tonnaient avec un léger retard dû à la lenteur du son : Vlan ! Pa ! Pa ! Vlan !

Après ils sont restés sur la plage. La plupart des familles sont parties, seuls les jeunes s'étaient installés pour fumer. Quelques feux brillaient, on entendait un air de guitare, peut-être des Gitans. De la mer venait une haleine froide. Rita s'est allongée sur les galets. Ses lèvres étaient sèches, un peu gercées, la peau de son visage était dure.

Jean tremblait. Sans doute, il venait de réaliser que le garçon arabe qu'il avait haï si fort tout à l'heure n'était autre que le grand type brun aux mains liées derrière le dos avec du fil de fer, avec son pantalon aux poches retournées, que l'ami de Kernès conduisait en tirant sur sa laisse vers le fond du ravin où on allait le tuer.

Jean s'est allongé contre Rita. Il avait besoin de sentir la chaleur de son corps, de toucher ses seins, ses cheveux. Ici, c'était pareil au bord d'une haute falaise au-dessus du vide, avec la masse de la ville derrière, et le halo des réverbères qui s'étaient rallumés. Au-dessus de la mer, tout était noir. Il n'y avait pas de lune ni d'étoiles. On n'était au bord de nulle part, sans avenir, sans passé. Les amoureux s'installaient sur la plage, cachés par le mur de soutènement, ils faisaient l'amour tout habillés, le bruit de leurs corps sur les galets se confondait avec le crr-crr doux des vagues qui tombaient. Jean pensait à Santos. Il n'était pas très sûr que tout cela avait un sens.

Port du Nord-Ouest, 1798

Quand je cherche aujourd'hui le souvenir de l'instant où nous découvrîmes, Marie Anne et moi, pour la première fois la terre de notre destination, au terme de ce voyage de quatre-vingt-dix-neuf jours, c'est la ligne des montagnes de l'Isle de France qui m'apparaît encore, telle que nous l'avons vue du pont de la *Rozilis*, dans la lumière du couchant. Aucune vue, je crois, ne nous avait à ce point émus. Au-dessus de l'horizon, les montagnes paraissaient légères, confondues avec les nuages, flottant sur la mer comme un spectacle irréel. Avec ma longue-vue, nous les avons observées à tour de rôle, penchés sur le garde-corps, tandis que le navire courait sur son erre, poussé par une houle régulière. Nous regardions sans nous lasser ces pics aigus, les sommets dont les noms nous sont depuis devenus familiers, la montagne des Signaux, le piton de la Rivière-Noire, et à l'extrémité, jaillie de la mer, la roche du Morne. C'est le capitaine Braché qui nous a donné ces noms, comme il aurait annoncé les noms de personnes qui nous attendaient. Nous cherchions dans la pénombre du crépuscule, alors que les sommets étaient encore éclairés par le soleil, les signes de ce qu'allait être notre vie sur cette terre nouvelle, où nous avions hâte d'arriver.

La nuit nous parut interminable. La tempête avait laissé la place au calme. La mer bougeait doucement, il faisait chaud, et nous avons passé la nuit sur le pont, appuyés contre les cabanes de marchandises, à scruter le côté de l'île. Les lumières brillaient sur la côte, là où le capitaine Braché avait désigné le Port du Nord-Ouest. Notre petite Jeanne elle-même refusait de dormir. Elle s'agitait dans son berceau et, quand nous la prenions, elle se cambrait et redressait la tête, comme si elle cherchait à voir. Marie Anne lui chantait une berceuse bretonne, *Kousk Ianikou, kousk ma bugale*, et de temps à autre lui donnait le sein, qu'elle tétait goulûment. J'ai dit à ma femme que cette nuit était la nuit de Jeanne, car elle avait passé plus de temps ou quasi sur la mer plutôt que sur la terre, et maintenant une vie nouvelle allait commencer. Autour de nous, personne ne dormait. Mervin était avec l'équipage sur le pont et, profitant de l'attente, tous fumaient et parlaient, certains jouaient aux dés à la lueur d'une loupiote. Il y avait un brouhaha de voix, des rires, on sentait l'odeur du café. Seul le capitaine s'était retiré dans sa cabane, mais il n'avait pas eu le cœur de renvoyer les matelots à leurs cadres.

C'est sur le pont que nous avons vu le soleil se lever. Pendant la nuit, le navire avait dérivé et nous n'étions plus qu'à un quart de lieue de l'île, face au port. Dans la nuit, les nuages s'étaient épaissis et ils cachaient les sommets des montagnes. Le Morne était déjà éclairé, et on distinguait les épaisses forêts qui recouvrent les pentes des montagnes, et les habitations blanchies à la chaux.

Vers neuf heures, un canot à rames s'est approché. C'était l'officier de santé qui, après une brève inspection, a emmené le capitaine à terre pour les déclarations. Déjà, Mervin et quelques-uns des marins qui finissaient ici leur engagement attendaient à l'avant du navire avec leurs bagages. Il était près de midi quand le capitaine est revenu, ayant obtenu des autorités la pratique. Le pilote est monté à bord et la manœuvre d'approche a commencé, manœuvre rendue difficile par un vent qui soufflait du sud-est et obligeait à naviguer au plus près. Le capitaine nous expliqua que l'atterrissage au Port de la Fraternité aurait été plus aisé, mais qu'à cause des vents constants en ces parages, le navire risquait de ne plus pouvoir sortir du port.

Nous avons observé la manœuvre, tandis que le navire quittait l'eau profonde pour approcher des brisants. C'était la première terre que nous voyions depuis trois mois, lorsque nous avions quitté Lorient en passant devant la pointe de Gâvres. Pour nous qui venions d'une contrée d'hiver et de pluies, cette terre nous paraissait un mirage, baignée d'une lumière chaude qui brillait sur le rivage, entourée d'une eau claire. Nous n'arrêtions pas de nous montrer des points de la côte et de nous exclamer comme des enfants : « Regarde ! Et là, regarde ! » Jeanne, épuisée par la nuit sans sommeil, s'était endormie enveloppée dans le châle de sa mère et n'a rien vu de cette arrivée mémorable sur l'île qui devenait sa nouvelle patrie.

Vers deux heures à peu près, nous avons enfin pris pied à terre, mettant fin à un long et pénible voyage où nous avions cru plusieurs fois périr. En arrivant au quai, nous avons appris que le corsaire la *Confiance* parti en même temps que nous et un autre vaisseau marchand appelé l'*Ostroïka* étaient arrivés avec près d'une semaine d'avance sur nous, sans avoir rencontré aucune difficulté ni traversé aucune tempête. En revanche, un autre navire, nommé la *Radieuse*, sur lequel Marie Anne et moi aurions dû embarquer s'il n'avait été au complet, et qui avait quitté Lorient avant nous, n'était jamais arrivé, et l'on pouvait craindre qu'il n'ait été capturé ou n'ait fait naufrage dans la tempête.

Notre première rencontre avec l'Isle de France fut loin de ressembler à ce que nous avions espéré. Tout au long du voyage, ceux des matelots qui y étaient déjà allés nous parlaient de cette île comme d'un lieu de délices où la nature était généreuse en fruits de toutes sortes, où les habitants nous accueilleraient avec toutes les marques de l'amitié la plus vive.

L'arrivée fut bien différente. Certes, lorsque la *Rozilis*, après avoir franchi la passe, entra dans le Port du Nord-Ouest, nous fûmes éblouis par la majesté du site, par les montagnes aux formes étranges qui dominent la baie comme des géants couronnés de nuages.

Mais l'accueil fut loin d'être chaleureux. À peine débarqués, sans égard pour la fatigue de notre voyage et pour une jeune mère portant un enfant dans ses bras, nous dûmes répondre à un interrogatoire, et un officier de la douane secondé par la milice noire inspecta tous nos effets et bagages. Cet interrogatoire eut lieu en plein soleil pendant près d'une heure. Ensuite il me fallut sur-le-champ acquitter les droits sur les marchandises que j'avais apportées dans quelques caisses : étoffes, fil de coton et de laine, et deux fûts de vin de Loire que je destinais à notre usage plutôt qu'à la vente. Ces taxes étaient exorbitantes et entamèrent le faible pécule que j'avais réuni pour notre installation dans l'île. Comme je me plaignais, l'officier, un certain Sauvaig, me considéra avec insolence, me disant que j'étais mal fondé à me plaindre, vu le privilège qui m'avait été fait de venir avec ma famille dans cette île. Cet officier était un homme maigre au teint bilieux, l'air d'un sans-culotte, qui me rappela l'homme avec qui j'avais eu une altercation naguère à Lorient. J'imaginai même que le citoyen Rinaldi avait prévenu la douane de mon arrivée, et j'esquissai un mouvement d'humeur, mais fort heureusement Marie Anne, en épouse avisée, me retint et me fit comprendre que je ne pouvais chercher une querelle dès mon arrivée, au terme d'un si long voyage.

Le reste de la matinée se passa dans le bureau de la douane, en attente d'un hébergement, car il n'y avait aucun hôtel dans cette ville, et nous ne pouvions être laissés à l'aventure. Rien n'étant disponible, nous allions, en désespoir de cause, nous résoudre à aller loger avec l'ami Mervin dans l'unique garni du port, chez la dame Béraud de la rue de Soissons, proche du Bazar, quand la chance nous fit rencontrer un ami du capitaine Braché, le citoyen Dubois, peintre et professeur de dessin au collège central, qui nous offrit un logement dans sa maison, à la rue de Moka.

Nous acceptâmes avec joie, car après un voyage aussi pénible, l'idée de devoir partager un logement avec les matelots et les cuisiniers de la *Rozilis* nous faisait horreur. Mais Dieu que cette ville du Port du Nord-Ouest nous parut sale et mal tenue ! Tout le long du chemin, notre charrette avançait par des rues défoncées, au milieu des flaques de boue et des immondices. Nous passions devant des maisons en bois sans portes, faites de mauvaises planches, couvertes de mauvaise paille. Partout les animaux erraient en liberté, et le centre des rues était occupé par un égout où stagnait une eau noire à l'odeur infecte. Sur les trottoirs de pierres bancales se pressait une foule bigarrée et bruyante, de grands Blancs descendus de leurs calèches côtoyant les esclaves en haillons, des enfants tout nus debout contre les murs, des vieilles femmes titubant sous le poids de leurs charges. Marie Anne regardait tout cela avec consternation, et nous n'osions pas échanger une parole. Était-ce là l'île dont on nous avait vanté les charmes à Lorient, où nous devions trouver une existence nouvelle et oublier les épreuves dont notre Bretagne natale était accablée ? Je cherchais à montrer un visage optimiste contre cette mauvaise impression, mais, je puis le jurer, si j'avais été seul et libre d'exposer ma vie, j'eusse aussitôt cherché à embarquer dans le premier navire en partance pour la France, l'Inde ou le Brésil.

Comment s'est passée la première année de notre installation à l'Isle de France, tous les événements, nouveautés, inquiétudes et espérances que nous ressentîmes alors, Marie Anne et moi, c'est ce que je voudrais dire ici.

Tout était si nouveau et étonnant, que nous avions le sentiment d'être dans un autre monde. Le citoyen Dubois, professeur de dessin à l'école centrale du Port, nous avait cédé la moitié de sa maison, moyennant un loyer de cinquante livres par an. C'était une assez grande maison, non pas en bois comme la plupart de celles de cette île, mais de maçonnerie avec toit de tuiles, sans luxe mais agréable. La rue de Moka où nous habitions longe un étroit ruisseau qui descend de la montagne du Pouce, dont l'eau est certainement claire à sa source mais qui en traversant la ville se charge de toutes les immondices et dégage une odeur offensante. Mais le jardin dont nous bénéficions grâce à cette eau est des plus délicieux.

Le citoyen Dubois n'étant pas marié, il n'occupe qu'une seule chambre dans l'aile gauche du bâtiment. L'aile droite, que nous louons, comprend deux chambres et une lingerie, et les communs où vivent nos domestiques. Les portes-fenêtres des chambres et de la salle à manger donnent sur le jardin. Ce jardin n'a rien à voir avec nos jardins bretons, si sévères, seulement plantés de choux et de légumes. Ici, c'est un fouillis de plantes et de lianes de toutes espèces, tel que nous n'en avions jamais vu auparavant. On y trouve des feuilles larges comme des voiles, des palmes, des fruits lourds à la pâte crémeuse, d'autres pareils à des prunes, ou à des poires, d'autres encore enfermés dans des gousses noires suspendues à de grands arbres. Le fond du jardin est occupé par des bois noirs et des ébéniers géants. Chaque matin, avant l'aube, notre jardin se remplit d'oiseaux de toutes les couleurs, certains rouge vif, d'autres qui rappellent les perroquets d'Afrique, des tourterelles roses, et des merles d'Inde qui font un concert très bruyant. Marie Anne les écoute avec ravissement et pour rien au monde ne voudrait les chasser, au contraire elle se préoccupe de les nourrir en disposant de petits bols remplis de graines. Après la pluie, le jardin est brillant. Nous y passons nos soirées, allumant à nos pieds de l'encens pour éloigner les moustiques du berceau de notre fille.

C'est dans ce décor merveilleux que notre Jeanne a passé la première année de sa vie, aux soins d'une nourrice noire nommée Chaba. Lorsque nous sommes arrivés dans l'île, l'on nous a attribué aussitôt deux esclaves, ce que j'ai d'abord refusé avec indignation, comme contraire à nos principes. Mais ma femme m'a convaincu de les acheter, en me faisant observer que je pourrais ensuite les affranchir, ce que j'ai fait. Le citoyen Dubois lui-même a deux esclaves, une lingère africaine et un cuisinier du nom de Motou, ce dernier très débauché et sournois, et qui nous déteste depuis que nous avons affranchi nos domestiques.

Grâce à l'argent provenant de la dot, nous avons

acheté un fonds de commerce à la rue du Rempart, non loin du centre, où je détaille le vin de Loire, l'huile, le savon, le fil et les tissus, et d'autres denrées importées dans cette colonie. Le magasin serait un bien grand mot. Ce n'est qu'une pièce sombre avec une large porte de bois, mais ses murs de basalte le rendent à l'épreuve des voleurs et des tempêtes qui abondent ici. Chaque nouvel arrivage de France me permet d'augmenter mon capital, et comme je sais faire des comptes, je suis parvenu à réaliser quelques bénéfices qui nous permettent de vivre. Mes deux esclaves affranchis sont employés dans mon magasin pour un salaire de cinq livres par mois, et font office de gardiens. Nous vivons modestement, par comparaison avec la plupart des colons, mais je bénis à chaque instant le ciel que Marie Anne ne soit plus obligée de travailler comme elle le faisait à la ferme des Naour à Runello. La seule ombre à notre bonheur est la pensée que tous ceux qui nous sont chers, pour moi particulièrement ma mère et ma sœur, soient si loin de nous, dans la misère et les frayeurs de la politique qui se sont abattues sur notre pays, à l'autre bout du monde.

Nous avons découvert peu à peu notre nouvelle patrie. C'est une île non pas très grande, mais qui paraît étendue par sa diversité et sa nouveauté. J'ai rencontré peu après mon arrivée un homme jeune qui est devenu mon ami, du nom de Louis Nicolas Pelletier. Il est comme nous de Lorient, mais venu avec ses parents longtemps avant nous, alors qu'il était encore enfant. J'ai ressenti tout de suite des affinités avec ce garçon. Cette amitié pour moi est précieuse, car je me suis éloigné peu à peu de Mervin, dont la conduite ici n'a cessé de me déplaire. Depuis son arrivée, il s'est laissé aller à son penchant naturel pour la débauche, et de plus a changé ses idées révolutionnaires pour épouser la cause des propriétaires terriens, qui sont ici de nouveaux aristocrates. Il est donc de toutes les fêtes, qui sont nombreuses, et ne cherche guère à assurer son avenir par le travail.

Pour moi, je ne puis me permettre une telle conduite. Et, bien que je ressente chaque jour le déchirement que me cause la séparation d'avec mon pays natal et ma mère et ma sœur, il ne saurait être question de retourner dans un pays d'où la misère et la vindicte publique nous ont chassés. Je l'ai dit un jour à Marie Anne, qui évoquait avec tristesse notre éloignement : nous ne sommes pas ici pour passer, lui dis-je. C'est maintenant notre terre, et c'est ici que nous serons enterrés.

Le Comité de sûreté publique et l'Assemblée coloniale sont les lieux où toutes les décisions de la colonie sont prises. Ceux qui y siègent sont de vieux immigrants, certains nés sur cette île. Ils sont pour la plupart propriétaires de fermes dans l'intérieur, à Pailles, Crève-Cœur, Beau Bassin. Ils font pousser du blé, mais aussi des fruits et de la canne à sucre pour le rhum. Leurs noms sont craints des gens de couleur. Ils s'appellent Guérin, Sollier, Deschezeaux, Corasin, Descombes, Fleuriau, Le Clerc, Le Guepou, Galdemar, Journel, Couturier, Bouderville, Le Bourgne. L'officier du port, Sauvaig, qui nous a si mal accueillis fait partie de cette coterie. Dieu me préserve d'entrer jamais dans ce Comité ! Je n'ai pas fui le climat de délation des sans-culottes pour me retrouver dans le même ennui au bout du monde !

Quelque temps après notre installation à l'Isle de France, j'ai parlé au citoyen Dubois, m'étonnant que la société prospère des colons ne fît rien pour les déshérités. Je lui ai exposé un projet d'école pour les gens de couleur, qui sera soumis prochainement au Comité, selon ce que m'a promis le citoyen Dubois. Certains des habitants sont très opposés à cette idée, la jugeant dangereuse pour la colonie. Si l'on accorde aux affranchis les mêmes droits qu'aux Français, disent-ils, ceux-ci ne tarderont pas à se révolter et exerceront à l'égard des Blancs une tyrannie sans pitié, comme ils l'ont fait à Saint-Domingue. Ces propos m'ont été rapportés et je crains que mon projet d'école n'aboutisse jamais.

Depuis son arrivée, Marie Anne a été émue par la condition malheureuse dans laquelle vivent la plupart des gens de couleur. Non seulement les esclaves, mais les libres et les affranchis, subissent le mépris et les mauvais traitements des Blancs. Pour quelque vétille, ils sont saisis, mis aux fers ou fouettés en public, ou exposés dans cette sorte de carcan qu'on appelle les fourches. Ils n'ont pas le droit d'approcher les quartiers des Blancs, et sont relégués dans les zones insalubres du port, près des marécages de Camp Yolof ou à l'embouchure de la rivière du Nord-Ouest, là où marne la mer.

C'est le spectacle des enfants qui afflige le plus ma chère Marie Anne. Chaque dimanche, après la messe, je l'accompagne en voiture jusqu'au ruisseau des Créoles pour distribuer du pain. Elle fait cela avec naturel, sans aucune forfanterie. Ce sont des pains qu'elle a confectionnés elle-même avec notre cuisinier Kapoor, et qu'elle a donnés à cuire au four du Caudan. Quand nous arrivons au quartier des Créoles, la foule des enfants se presse autour d'elle, les mains tendues, et à chacun elle donne un pain avec une phrase aimable et un sourire. Marie Anne trouve toujours au milieu de cette foule un pauvre enfant trop petit ou trop faible resté en arrière, et c'est à lui qu'elle porte le pain en personne. Je sais que cette distribution des pains fait sourire les bourgeois et les dames de la colonie qui nous côtoient chaque dimanche, mais que nous importe ! C'est ainsi que Marie Anne pratique le sacrement de la communion. Ces enfants affamés et en haillons du ruisseau des Créoles me font penser à ceux que j'ai vus jadis, sur la route qui nous menait à la guerre, quand nous traversions les hameaux de Bretagne.

Beaucoup de gens d'ici sont indifférents au sort des malheureux, car aucun ne s'est soucié d'affranchir les esclaves malgré le décret de pluviôse l'an II, bien au contraire, ils ont expulsé loin de la colonie les envoyés de la Convention venus proclamer l'abolition du servage. Et certains me considèrent comme un fou, ou comme un dangereux utopiste pour avoir affranchi mes esclaves. Cependant, les mêmes qui refusent les droits humains aux gens de couleur se font servir par eux, font laver leur linge et préparer leurs repas, et prendre soin de leurs enfants par ces mêmes esclaves qu'ils méprisent. Car comment attendre un service honnête et irréprochable d'hommes et de femmes qu'on prive de leur liberté et qu'on ne rétribue que par les coups et les injures ? Tel est l'étrange paradoxe de cette île, où la nature pourvoit tous les fruits mais où les hommes sont avaricieux et injustes et ne songent qu'à leurs seuls profit et jouissance.

Et c'est un grand sujet d'étonnement pour les nouveaux venus que nous sommes que de voir la différence qui sépare les Français de France de leurs compatriotes des tropiques. Ici, ce ne sont que fêtes, bals, festins, auxquels la société enrichie n'invite que ceux qu'elle veut admettre en son sein. À la sortie de l'église, les femmes rivalisent de tenues extravagantes, robes de soie et d'organdi, coiffes et chapeaux, bijoux d'or et d'argent. Elles s'entourent de toutes sortes d'artifices imités du Grand Siècle, comme si elles étaient des ci-devant marquises ou comtesses, et il faut voir comme elles promènent le long de la Chaussée jusqu'au jardin de la Compagnie, abritées du soleil par de grands parasols portés par leurs négrillons en livrée. Et quand on sait leurs noms, cette mascarade est encore plus comique, car elles s'appellent Jubin, Pépin, Lhôte, Latour, Fouquereau, Cheval, Mabille, Bélin, Guérin, Cassette, Roux, Saulnier, Beaublanc, et elles ont oublié que leurs parents sont venus, engagés par la Compagnie comme fermiers, tonneliers, cuisiniers, boulangers, et que ceux de leur famille qui sont restés au pays doivent lutter à chaque instant pour trouver du pain, du bois de chauffe ou une harde de laine. Mais telle est la force de l'ingratitude, ou peut-être seulement de l'oubli, que, transportés dans cette île d'abondance à l'autre extrémité du globe, ces gens ne songent qu'à se divertir et à s'étourdir dans le luxe, sans aucune pensée pour les miséreux qui vivent à côté d'eux.

En compagnie de Louis Pelletier, j'ai parcouru les environs du Port du Nord-Ouest à la recherche de nouveaux paysages. C'est une nature vraiment sublime, que Bernardin de Saint-Pierre n'a pas exagérée. Lorsqu'on remonte de la côte vers l'intérieur, on entre dans une forêt épaisse composée d'essences rares telles que bois colophane, bois noir, ébénier. On avance au fond de gorges où cascadent les rivières, dans un décor de lianes et de fleurs multicolores. Et toute cette nature n'est habitée par aucun animal malfaisant, ni serpent ni bête de proie d'aucune sorte. Le seul danger provient des bandes de marrons qui occupent les montagnes. Aussi sommes-nous armés de fusils, et nous ne nous écartons jamais du chemin. Les routes sont du reste en mauvais état, et le seul moyen de relier le Port de la Fraternité, au sud, c'est par la mer.

Avec Louis Pelletier je retrouve le goût de la marche et de l'aventure, que je n'avais pas connu depuis la guerre contre la Prusse. Nous bivouaquons le long des ruisseaux, où nous faisons cuire notre chasse, la plupart du temps des pintades ou des pigeons débusqués au bord du chemin. À midi, quand le soleil brûle, nous nous baignons avec délices dans l'eau des ruisseaux.

Nous nous sommes mis à la disposition du gouvernement pour un service de garde, quelques jours à la fin de chaque mois. Nous sommes chargés aussi de surveiller l'entretien des mortiers et des batteries jusqu'à la rivière Noire. Mais c'est plutôt le goût de l'aventure et le plaisir de ces journées à cheval dans la forêt qui nous y ont poussés.

Nous avons sous nos ordres un bataillon du régiment noir dont nous devons surveiller la manœuvre. Voilà qui permet de mesurer le bienfait de la liberté accordée aux gens de couleur, car ce régiment, composé d'affranchis soldés par la république, montre un dévouement exemplaire, et ces hommes à qui l'on confie le soin de défendre la colonie le font sans rechigner, même dans les travaux les plus rudes. Ce sont eux qui ont aussi la charge de poursuivre et de détruire les marrons dont les brigandages mettent en danger toute l'île. Ainsi, ceux qui refusent le décret d'émancipation des esclaves au prétexte qu'il provoquerait le soulèvement général de la population de couleur ont, avec la garde noire, à chaque instant la preuve du contraire. Mais chaque fois que j'ai voulu en parler avec les membres de l'Assemblée, ils ont repoussé l'idée de l'émancipation avec horreur. Ils m'ont même rappelé le sort de Baco et Burnel, envoyés du Directoire, qui ont été embarqués sur le *Moyneau* et renvoyés en France sous l'applaudissement général. Marie Anne m'a recommandé la prudence, redoutant la vengeance de mes ennemis, dont le sinistre citoyen Sauvaig.

Louis Pelletier est plus modéré dans ses idées. Ayant grandi dans cette île, le temps a modelé ses convictions égalitaires. Il est très jeune de caractère, assez insouciant. Sa fortune personnelle lui permet de cultiver la musique et la poésie. Il vient souvent chez nous, dans le salon de monsieur Dubois, et nous avons fait de la musique ensemble, moi à la flûte et lui jouant d'une épinette, et chantant les airs à la mode d'une voix très juste. À la lumière douce de notre jardin, au milieu des fleurs avec Marie Anne enceinte de notre deuxième enfant, tandis que notre Jeanne babillait et jouait, cela composait un tableau idyllique que n'aurait pas dédaigné Jean-Jacques. C'étaient véritablement les premiers moments de paix et de bonheur auxquels nous goûtions depuis notre arrivée dans cette île.

Mais ces moments ne devaient pas nous faire oublier les êtres chers que nous avions laissés à Runello. La chute de Robespierre et l'avènement du Directoire semblent avoir amélioré la situation politique. Mais les nouvelles de ma mère sont, hélas, alarmantes. Selon les lettres de Pauline, déjà vieilles de près de six mois, le froid et la pluie de l'hiver breton ont un mauvais effet sur sa santé. J'ai adressé un colis de laine, car cette denrée est plus facile à trouver sous les tropiques qu'en France. J'ai enjoint ma mère et ma sœur de porter un gilet de cette laine à même la peau pour éviter les congestions. Marie Anne est sans nouvelles de la famille Naour, ce qui l'attriste à cause de sa sœur qui l'a toujours aidée.

Voici à présent plus d'un an que nous vivons dans notre nouvelle patrie, et ce n'est que maintenant que nous comprenons à quel point la rupture avec notre passé est définitive. Nous allons parfois, Marie Anne et moi, tôt le matin, passée la porte des remparts au Caudan, pour regarder la mer, et observer les voiles des navires entrant dans le port. Nous regardons la ligne de l'horizon, très nette, et la mer d'un bleu vif, et le ciel où courent les nuages. Nous n'avons pas besoin de paroles pour savoir que la même émotion nous touche, et je vois les yeux de Marie Anne se remplir de larmes. C'est la route par laquelle la *Rozilis* nous a amenés, au terme de notre voyage. Seul le courrier nous unit encore à notre patrie, de l'autre côté de cet horizon. Mais nous savons qu'il nous est impossible de faire cette route en sens inverse, et encore plus impossible de rêver qu'un jour un navire conduise ici ceux que nous avons laissés là-bas.

La baie de Tamarin où Louis Pelletier et moi sommes de garde est sans doute le plus bel endroit du monde. Je voudrais la décrire dans une lettre à ma sœur Pauline, mais je crois qu'aucune phrase ne peut en rendre compte. Il faut imaginer la courbe parfaite de cette baie, surmontée au nord par la montagne du Rempart et au sud par la tourelle de Tamarin, la grande plage de sable jaune, la forêt qui descend jusqu'à la mer et s'ouvre pour laisser le passage à l'estuaire d'une rivière limpide. Les fortifications et la découverte sont au sud, à la rivière Noire. En guise de logement, à Tamarin, nous avons fait construire une case de bois et de feuilles, à l'entrée de l'estuaire, à un endroit qu'on appelle Eau Bouille, à cause d'une source jaillissant non loin. C'est notre quartier pour garder la côte de la menace des Anglais. Nous sommes à environ sept lieues du Port du Nord-Ouest, par une mauvaise route qui traverse les champs de blé et les plantations de canne. Passé le Rempart, la terre devient très rouge et infertile, et la route traverse un désert de cactées et de buissons d'épines presque impénétrable, sauf aux endroits où les incendies ont tout calciné. Chaque mois, nous faisons ce voyage avec une compagnie d'une dizaine de soldats noirs armés de fusils, car les marrons attaquent parfois les voyageurs dans le sud de l'île. Les marrons sont des esclaves fugitifs qui se sont échappés des plantations où on les maltraite. Certains de ces Noirs marrons, à ce qu'on dit, descendent des esclaves échappés aux Hollandais, et qui ont toujours vécu dans les montagnes près du Morne. Ils sont de ce fait les plus anciens habitants de cette île, et aussi les plus déshérités, redevenus sauvages par la vindicte de ceux qui les traquent sans merci.

À Tamarin, il y a un village de libres, parmi lesquels beaucoup de sang-mêlé. Ce sont les gens les plus accueillants et les plus honnêtes du monde. La plupart ont des fermes où ils engraissent du bétail et cultivent de petits champs de légumes le long de la rivière. Leurs cases sont simples mais propres, certaines construites en pierre noire avec de hautes fenêtres et des jardins alentour plantés de fruitiers et ornés de massifs de fleurs. L'une des familles les plus respectées du lieu est celle d'un certain Thomas Des Bassins, Noir créole qui a installé un chantier naval. Il fabrique lui-même ces longues embarcations légères creusées dans des troncs qui ressemblent un peu aux lougres de la Laïta, et qui sont utilisées ici par les pêcheurs d'hourites. Ils les manœuvrent avec beaucoup d'adresse sur le lagon, et s'aventurent parfois en haute mer en hissant une voile oblique attachée au mât sans vergue. Pelletier et moi avons quelquefois fait le voyage jusqu'au Port dans ces embarcations, tandis que les gardes noirs ramenaient nos chevaux à pied, car la loi leur interdit de monter, sous peine de prison.

Le citoyen Des Bassins est veuf, et sa maison est tenue par ses deux filles toutes deux très jeunes, toutes deux fort jolies. La plus jeune, âgée de seize ou dix-sept ans, qui s'appelle Laure, est certainement une des plus belles femmes que j'aie vues à l'Isle de France. Elle est grande et bien faite, paraissant plus que son âge, sauf pour l'expression de son visage, pleine de candeur et de naïveté. Lorsque nous dînons chez Thomas Des Bassins, c'est elle qui sert à table, vêtue de façon à la fois très simple et raffinée, d'une robe à la mode des créoles, c'est-à-dire de fin madras richement coloré, et coiffée d'un large mouchoir rouge. Elle marche pieds nus selon l'usage des gens de couleur, et c'est un plaisir de la voir glisser sur le sol avec légèreté, comme en dansant. La maison Des Bassins est toujours pleine de gaieté et de musique. Certains soirs, les joueurs de tambour sont sur la plage autour d'un feu et chantent dans leur langue créole si douce et touchante. Pelletier, ayant grandi dans l'île, parle et comprend très bien cette langue, et parfois reprend avec eux les refrains. Je vois aussi qu'il n'est pas insensible au charme de la fille de notre hôte, car il change de figure chaque fois qu'il voit apparaître la belle Laure. Elle aussi le regarde, tout en servant à boire, avec ce mélange d'audace et de modestie qui est dans sa nature, puis court se cacher dans la cuisine, où on l'entend rire comme une enfant avec sa sœur et les domestiques.

Tout cela était charmant et me semblait alors sans conséquence. Et lorsque je contais à Marie Anne la douceur et la beauté de la baie de Tamarin, elle ouvrait de grands yeux et elle me disait : Emmène-moi là-bas avec Jeanne, j'ai grande envie de connaître cet endroit. J'ai longtemps hésité à cause des dangers de son état, puis un jour, à la fin du mois de février, après les tempêtes, j'ai apprêté la carriole bâchée et, en compagnie de la garde noire, j'ai emmené Marie Anne et notre fille à la baie du Tamarin, rejoindre Pelletier qui s'y trouvait déjà.

Nous sommes arrivés à la tombée de la nuit. Je n'avais pas revu Louis Pelletier depuis deux mois, car l'inventaire du magasin avait occupé tout mon temps. J'ai été étonné de la transformation. Pelletier n'était plus le même homme. L'air de la mer, la pêche à bord des pirogues l'avaient bruni et avaient endurci son corps. Il était habillé à la mode des créoles, portant juste une culotte et une chemise aux manches relevées, allant pieds nus. Ses cheveux longs étaient défaits et, pour se protéger du soleil, il coiffait un large chapeau en paille de cet arbuste qu'on appelle ici vaqua. Mais c'est surtout son comportement qui m'a surpris. Il semblait avoir trouvé sa place dans la maison Des Bassins, et nous y accueillit comme s'il était chez lui.

La nature de ses sentiments pour la belle Laure ne pouvait guère faire de doute. Le soir même, lorsque nous fûmes assis dehors sous la varangue, c'est la jeune fille qui servit le souper et, chaque fois qu'elle s'approchait de Pelletier, ils échangeaient de longs regards amoureux et poussaient des soupirs. Plus tard, les musiciens s'installèrent sur la plage comme ils en avaient l'habitude, et jouèrent de leurs tambours et mandolines, et Laure dansa devant nous en tenant ses jupes à volants de façon gracieuse, et Louis Pelletier sans hésiter se joignit à la danse. Tout cela était charmant et plein d'une innocence juvénile, mais je ne pus m'empêcher d'en ressentir de l'appréhension, connaissant la sévérité avec laquelle le Comité de sûreté juge ceux qui fréquentent des femmes de couleur.

Nous passâmes quelques jours agréables à la baie du Tamarin, dans la hutte qui nous servait de logement. C'est là que Jeanne se baigna dans la mer pour la première fois, sur la plage où les vagues de l'océan venaient mourir très doucement. C'est une scène que je n'oublierai pas, notre Jeanne nue comme au temps de l'innocence, courant dans la mer puis se jetant dans l'eau claire de la rivière, sous la voûte des grands arbres. Louis Pelletier et moi nous baignâmes aussi dans la rivière, et Laure vint se joindre à nous, sans quitter ses habits. Marie Anne restait à nous regarder, ne pouvant se baigner à cause de sa grossesse.

Et le soir, sur la plage, nous construisîmes un feu et nous mangeâmes avec délices la pêche que Thomas Des Bassins nous avait apportée, et les fruits de son verger.

Il y eut encore de la musique, et Laure chanta de sa voix très douce des romances créoles, que Louis accompagnait. Malgré nous, nous nous laissions prendre par le charme et je me souviens d'avoir pensé, ou peut-être d'avoir dit, que nous avions certainement touché au paradis puisqu'un tel bonheur était possible, par le seul enchantement de la mer, du ciel et de la nature, sans qu'il eût été besoin d'une révolution.

Mais quand le moment de retourner au Port du Nord-Ouest fut arrivé, et que la garde noire se présenta avec la voiture qui devait nous conduire, Louis Pelletier refusa de partir. Pars, me dit-il. Ta vie est là-bas, avec ta femme et ton enfant. Pour moi, ma vie est ici désormais. Je le ferai savoir à mon père, car je compte épouser Laure Des Bassins. J'essayai de l'en dissuader, lui faisant observer qu'il n'avait aucune ressource, et risquait de vivre misérable. Il eut un rire qui me montra à quel point il était pris dans cette folie. Bien au contraire, mon cher Jean, me dit-il. C'est ici que sont mes ressources. Regarde autour de toi et vois mes richesses. En même temps son geste embrassait la baie qui luisait au soleil du matin, la mer d'un bleu intense où les pêcheurs étaient déjà au travail, et la maison de Thomas Des Bassins au bord de la rivière, entourée de son verger et de ses fleurs. Pour me montrer à quel point il était déterminé, il appela Laure, qui était en train de travailler dans la maison. Elle arriva, pieds nus, vêtue de sa simple robe blanche, coiffée de son chapeau de paille, et je puis dire que dans cet appareil elle était plus jolie qu'aucune des femmes de notables vêtues de leurs plus beaux atours pour promener sur la Chaussée. Je me souvenais quand j'avais vu Marie Anne avant notre mariage, sortant de la ferme, les cheveux décoiffés et vêtue comme une simple paysanne, et ce souvenir eut raison de toutes mes objections. Je serrai les mains de Pelletier, et nous prîmes congé de lui et de la famille Des Bassins, et Marie Anne les a embrassés en leur promettant que nous reviendrions dès que nous en aurions le loisir. Mais c'était la dernière fois que Marie Anne voyait Louis Pelletier et la belle Laure Des Bassins. Nous ne sommes jamais retournés à la baie du Tamarin.

Louis Pelletier a embarqué à bord de la corvette de l'État la *Brûle-Gueule*, capitaine Frélaud, le 18 nivôse de l'an IX, par une chaleur écrasante. L'Assemblée coloniale avait voté la déportation pour inconduite, et annulé son mariage avec Laure Des Bassins deux mois plus tôt, et aucun appel n'avait été possible.

J'étais allé en personne voir les citoyens Barbé et Mabille qui, selon ce qu'on m'avait rapporté, s'étaient abstenus lors du vote de l'Assemblée. Quand ils ont connu le but de ma visite, ils se sont montrés très froids. Barbé m'a dit : Que voulez-vous ? Ce jeune homme avait été prévenu. Toute sa famille l'a mis en garde, mais il s'est obstiné. J'ai fait valoir sa jeunesse, la sincérité de son amour pour la jeune créole : Est-ce ainsi qu'on traite l'amour au pays de Paul et Virginie ? L'homme eut un sourire que je crus gêné. Citoyen Marro, me dit-il. Vous savez pourtant que la vie n'est pas un roman. En effet, on ne pouvait dire moins.

Lorsqu'il a compris que tout espoir de clémence serait vain, Louis Pelletier s'est résigné à la déportation. Quelques jours avant le départ de la *Brûle-Gueule*, Pelletier est venu au magasin me faire ses adieux. Je fus étonné de le voir en de si bonnes dispositions. Il m'a parlé de son installation en France, auprès d'une de ses tantes qui vit à Rouen. Il avait l'intention d'ouvrir un négoce où il vendrait les produits de l'île, le thé, le girofle, le café de moka, le gingembre, qui coûte là-bas le prix de l'or. Accepteras-tu d'être mon fournisseur, même si je suis proscrit ? Je l'ai embrassé, et l'ai assuré de toute mon amitié. Une question cependant m'obsédait, et je ne pouvais le laisser partir sans réponse : Et Laure Des Bassins ? lui ai-je demandé. Il eut une expression de contentement qui m'étonna dans la situation où il se trouvait. Tu sais que Laure est ma femme, me dit-il. Nous nous sommes mariés devant témoins selon les lois de la république. Quand je serai arrivé en France, je ferai reconnaître cette union, même s'il faut pour cela plaider devant le Directoire. Laure pourra alors vivre avec moi en France, dans notre vraie patrie, puisque le gouvernement de cette île nous refuse ce droit. Il disait cela avec une telle confiance, et même un emportement, que je voyais bien qu'il n'avait pas l'intention de renoncer à son mariage. Comment eussé-je pu le lui reprocher? Ne m'étais-je pas battu contre toutes les inégalités? Et cependant, le bruit courait dans l'île que le nouveau gouvernement de la France, loin de continuer l'œuvre de la Révolution, avait l'intention pour complaire aux colons d'y rétablir le commerce odieux des esclaves. Si cela advenait, quel serait l'avenir de Louis Pelletier et de Laure? C'est sur cette inquiétude que je me séparai de lui, et que je l'embrassai pour la dernière fois.

Je n'avais pas revu Laure. Je la croyais chez son père à la baie du Tamarin, et qu'elle attendrait là-bas l'occasion de rejoindre Pelletier. Le matin du départ, je suis allé tout seul sur les quais pour voir partir la *Brûle-Gueule*. C'était un beau vaisseau trois-mâts carrés de vingt-deux canons, construit pour la vitesse, avec une coque noir et blanc effilée. À peine sorti de la passe il a pris le vent et s'est éloigné vers l'horizon. J'ai pensé à la longue course qu'il allait suivre jusqu'à Brest et, comme chaque fois que je regardais un navire partir, j'ai ressenti un pincement au cœur, pensant à ma mère et à ma chère Pauline, là-bas, au bout de la route.

C'est à la même époque, en nivôse de l'an IX, que l'Assemblée coloniale se prononça en faveur du projet que je leur avais soumis pour une école destinée aux enfants des citoyens de couleur. C'est monsieur Dubois, notre propriétaire, qui me l'annonça avec enthousiasme. Votre idée a enfin fait son chemin, me dit-il. Il me lut alors l'arrêté de l'Assemblée, dont je transcris ici les principaux articles :

Article 1. Il y aura dans la ville du Port du Nord-Ouest une école particulière pour l'instruction des enfants des citoyens de couleur. Cette école sera sous la surveillance de la Commission d'instruction publique.

Article 3. Il y aura trois maîtres attachés à cette école. L'un sera chargé de la surveillance. Ces maîtres seront nommés par la Commission intermédiaire.

Article 4. L'instruction consistera dans des leçons de lecture et d'écriture, de grammaire, d'arithmétique, de dessin et de géométrie pratique.

Article 5. Il sera alloué 40 piastres par mois au maître chargé de la surveillance et 30 à chacun des deux autres. Le loyer de l'école sera payé par la commune générale, financé par les taxes et les impôts.

Article 6. Chaque élève admis à ladite école payera 2 piastres effectives par mois, dont il sera tenu compte à la commune générale.

Article 7. Chaque commune de campagne aura la faculté d'y faire recevoir gratuitement un élève.

Article 8. La condition pour l'admission gratuite sera d'être muni d'un certificat de la municipalité qui atteste que l'enfant proposé est issu d'un mariage légitime et appartient à des parents nécessiteux.

Etc.

Marie Anne avait écouté la lecture de l'arrêté, et elle battit des mains. Et tous, nous nous laissâmes emporter par l'enthousiasme. Je me proposai immédiatement pour enseigner la lecture et l'écriture, et le citoyen Dubois déclara que, pour sa part, il était disposé à donner des leçons de dessin et de géométrie.

Pendant les semaines qui ont suivi, nous avons vécu dans l'espoir que cette décision avait suscité. Je ressentais aussi le regret de ne pouvoir partager ces instants avec l'ami Pelletier. S'il était présent, disais-je à Marie Anne, il saurait que l'égalité désormais n'est plus ici une chimère, et peut-être qu'il pourrait alors obtenir de l'Assemblée la reconnaissance de son mariage avec Laure.

Il me semblait que notre ami allait pouvoir revenir bientôt. Je guettais chaque quinzaine l'arrivée du courrier, attendant des nouvelles de Brest ou de Rouen.

J'avais déjà fait la liste des marchandises que j'allais lui envoyer, et je m'étais assuré la récolte d'un des principaux champs de gingembre de la vallée de Crève-Cœur.

C'est alors, à la fin de prairial, que nous parvint la terrible nouvelle. La *Brûle-Gueule* avait naufragé sur la côte de Bretagne, avant d'atteindre Brest, et, sur les deux cent six hommes embarqués, seuls trente-huit s'étaient sauvés. Louis Pelletier avait péri en mer, et avec lui Laure Des Bassins, qu'il avait emmenée à bord en secret.

Il me semble entendre le bruit de la tempête sur le raz de Sein. C'est le terme de ce long voyage qui a conduit la *Brûle-Gueule* jusqu'à la pointe de la Bretagne. Demain, ce sera la rade de Brest. Tout le monde est joyeux à bord, même si la mer est trop forte et que le vent souffle en rafales. Cette dernière journée en mer, ils l'ont passée sur le pont, à regarder la ligne de la côte. Il y a eu de grandes éclaircies au large de Belle-Isle, et ils ont vu les plages blanches briller du côté de Mousterlin. Le navire est passé tout près des îles Glénan, si près qu'on distinguait le fracas des vagues sur les récifs. Louis Pelletier était sur le pont avec Laure, ils se tenaient enlacés en regardant la ligne de la terre. Pour l'arrivée, elle a mis sa belle robe blanche, et comme le vent est froid elle s'est enveloppée dans son grand châle de laine.

Au cours de ces longs mois en mer, tout le monde a appris à l'aimer. Elle est toujours gaie, gentille. Pierre, le maître d'équipage, et le sous-chef Le Meno sont devenus ses amis. Le capitaine Frélaud n'a pas résisté lui non plus à son charme. Quand il a découvert, au large des côtes d'Afrique, que le jeune domestique qui accompagnait Pelletier n'était autre que sa femme, il s'est d'abord fâché : Je devrais vous mettre tous deux aux fers dans la cale, pour m'avoir trompé. Mais l'on m'a tout raconté, votre mariage, et comment l'on vous a expulsés de la colonie. Et comme l'équipage, je puis vous accorder ma sympathie. Il a ajouté : Cependant, pour des raisons de décence, je demanderai à votre femme de quitter son déguisement d'homme. Le capitaine leur a même attribué une cabane à l'arrière, non loin de ses appartements et jouxtant la cabane du chirurgien Jacob. Plusieurs fois, il a invité le jeune couple à sa table, pour le plaisir d'entendre leur histoire.

Laure a su se rendre utile sur le bateau. Elle a confectionné de petits gâteaux avec la pulpe de coco, et elle les a distribués aux hommes de l'équipage, ce qui l'a rendue populaire. Ces hommes sont, pour la plupart, des rustres sans éducation habitués aux coups et à la vie dure, et pour eux la jolie créole toujours souriante est devenue leur bonne fée. Lors du passage de la ligne, qu'elle franchissait pour la première fois, elle a participé à la fête en chantant ses chansons, accompagnée de Louis Pelletier et d'un marin qui jouait de la mandoline. Jamais traversée n'avait semblé aussi divertissante à l'équipage. Et à présent, tandis que le navire approchait de la fin du voyage, chacun songeait avec mélancolie au départ de Laure et de Pelletier, et enviait leur bonheur.

C'est ainsi que j'imagine les derniers moments de ce voyage, quand le navire approchait de la pointe de Bretagne. Vers le soir, passés les parages de Saint-Guénolé, le mauvais temps s'est mué en tempête. Le ciel est devenu noir, et bientôt la côte a disparu sous la pluie. Louis et Laure sont allés s'abriter dans la cabane. Le vent soufflait plein ouest et rendait la progression de la *Brûle-Gueule* difficile, et les vagues se brisaient sur l'étrave. Le capitaine Frélaud a fait abattre toute la toile, ne gardant que le foc et la voile d'artimon, mais le vent devenu violent a arraché ces voiles. Un peu avant cinq heures, la nuit est tombée d'un coup, comme si on avait éteint le soleil, et à cet instant le bruit de la tempête est devenu terrifiant, le vent sifflant par tous les interstices et la mer grondant comme un animal furieux. J'imagine Laure et Louis serrés l'un contre l'autre sur leur lit, écoutant le fracas des vagues sur le pont. La nuit a commencé, une nuit d'effroi. Chaque coup faisait gémir la coque du navire, et le vent criait dans les haubans. Sans voiles, la *Brûle-Gueule* était devenue le jouet des vagues, embarquant la mer par tous les sabords. Les deux amants étaient enlacés, leurs souffles confondus, trop effrayés pour prier ou parler.

Un peu après minuit, ce que chacun redoutait arriva. La *Brûle-Gueule*, poussée par le vent, avait dérivé et touché un récif à l'est de l'île de Sein, près de Kalaourou. À cet endroit, la mer est peu profonde, mais l'eau cascadait sur les récifs comme une rivière en crue. Le capitaine Frélaud décida de mettre deux chaloupes à la mer, pour tenter d'aller chercher du secours sur l'île. Il alla frapper à la porte de la cabane, pour convaincre Laure de monter à bord d'une des chaloupes : Il faut partir, si vous voulez vivre, car le bateau risque de couler à chaque seconde. Mais Laure refusa. Elle tenait son mari enlacé, et elle répondit : Nous vivrons ou nous périrons ensemble. Les deux chaloupes emportèrent trente et un marins, outre le chirurgien Jacob et le chef Le Meno. Le capitaine Frélaud resta à bord, ayant donné les ordres pour laisser filer sous le vent, malgré le risque de heurter d'autres récifs, mais autrement le navire eût été brisé par la force des vagues. Les chaloupes disparurent dans la nuit et, sans la lueur du fanal accroché à leurs mâts, on eût pu croire qu'elles avaient été englouties.

Toute la nuit, la *Brûle-Gueule* dériva sur ses ancres le long des récifs. À l'aube, les pêcheurs de l'île aperçurent encore sa silhouette, accrochée aux récifs. Malgré les vagues et le vent, des hommes s'aventurèrent à la pointe, pour essayer de porter secours. Les trente et un hommes d'équipage avaient chaviré au Gueveur et avaient pu gagner la grève, où les habitants les avaient recueillis. Le chef Le Meno, malgré le froid et la fatigue, resta sur le rivage à regarder l'épave.

Ses mâts démontés, le navire semblait à l'agonie. Chaque vague le poussait sur les rochers dans un craquement sinistre. Et puis, soudain, une vague plus forte que les autres frappa le navire dans un bruit horrible que les gens de l'île entendirent distinctement dans le fracas de la tempête. Certains crurent même percevoir les cris d'épouvante de ceux qui allaient mourir, quand le navire bascula et s'effondra dans la mer. La vague se retira et sur la chaussée il ne restait plus rien, seulement quelques débris informes pareils aux racines d'un arbre renversé. On n'entendit plus que le bruit de la mer et du vent, mais sur le rivage personne ne songeait à s'en aller. Ils regardaient sans comprendre vers le large, où toute trace de vie avait disparu.

Sur la plage de Nemeur et sur les grèves alentour, les jours qui suivirent, quelques-uns des cent soixante-huit noyés furent rejetés et enterrés sur place, sous les galets, après avoir été recouverts de chaux vive, en présence du maire Jean François Thymeur et du recteur Loch. Mais on ne retrouva pas les corps de Louis Pelletier et de Laure, ni celui du capitaine Frélaud. Longtemps après, à chaque tempête, la mer rejetait encore des effets de la *Brûle-*

Gueule, des morceaux de vergue, des affûts de canon. Et quand la tempête souffle de l'ouest sur la chaussée, l'on entend, paraît-il, la plainte des amants proscrits que la mer a dévorés.

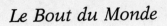

Le Bout du Monde

« Est-ce que je t'ai dit que j'avais appris à parler aux plantes ? » La tante Catherine était si loin de tout ce qui se passait. Les nouvelles qu'elle entendait à la radio la rendaient furieuse. « Des guerres, j'en ai trop vu, disait-elle. Celle de 1914 m'a pris mon frère, celle de 1940 ma sœur, qui est morte parce qu'il n'y avait plus rien à manger à Paris. » Elle croyait au droit des peuples à disposer d'eux-mêmes, elle détestait l'impérialisme anglais et le colonialisme français.

La chaleur de l'été la fatiguait, mais son esprit brillait davantage. Elle disait qu'elle était faite pour cet étouffement. La sueur collait ses mèches grises très drues sur son front. Elle s'éventait avec un bout de carton. Elle était toujours vêtue de ses robes grises, comme une bonne sœur, chaussée de ses mêmes sandales en cuir.

« Raconte-moi comment tu as appris le langage des plantes, tante. »

Catherine s'est redressée dans son fauteuil, ses mains bien à plat sur les accoudoirs, le buste un peu penché en avant.

« C'est Somapraba qui m'a appris. Je t'ai déjà parlé de Somapraba, n'est-ce pas ? Somapraba, c'était mon amie. Elle avait à peu près mon âge quand je l'ai connue, dix-sept ou dix-huit ans, mais elle était déjà une grande. Elle était toujours sérieuse, toujours grave. Elle était fiancée à un garçon, le fils d'un ami de son père, il était venu d'Inde pour se marier. C'était pour bientôt, mais elle ne savait pas quand, l'année suivante peut-être, il fallait que le garçon gagne l'argent nécessaire, il travaillait dans un magasin à Port Louis, et il venait la voir tous les dimanches. Le reste de la semaine, Somapraba était avec moi. »

C'était bien d'écouter cette histoire, ici, dans l'appartement de La Kataviva, tout en haut de l'immeuble, comme hors du temps. Avec les bruits des autos dans la rue Reine-Jeanne, là où ça s'embouteille toujours près du pont du chemin de fer. C'était une autre réalité, pour Jean seulement. Personne d'autre ne pouvait l'entendre.

« La première fois que nous nous sommes parlé, elle était venue m'attendre au fond du jardin, là où commençait le chemin vers les ravins, vers la forêt. Son père était venu pour une affaire de bois noir, il avait une fabrique de meubles à Rose Hill. Nous sommes allées nous promener ensemble dans la forêt. Et ensuite elle est revenue presque tous les jours, pendant cette période-là, parce qu'elle ne travaillait pas, elle préparait son mariage, elle avait tout son temps. Elle ne parlait pas le créole, mais elle parlait bien le français, parce que sa mère était née à Pondichéry, elle était allée à l'école là-bas, chez les bonnes sœurs, et elle avait appris le français à sa fille. Tout ce que Somapraba savait en créole, c'étaient les injures et les gros mots, quand elle se mettait en colère, elle disait des jurons et ça la faisait rire. J'allais avec elle dans la forêt, Maud restait à la maison, elle avait peur, elle n'osait pas venir avec nous. C'est Somapraba qui m'a montré le Bout du

Monde. Au début, on restait autour de Rozilis, on marchait dans le jardin. Et puis, on est allées chaque jour un peu plus loin, on descendait la rivière. Somapraba était très agile, elle relevait sa longue robe en faisant un nœud, elle cachait ses sandales sous une pierre, et elle sautait pieds nus d'un rocher à l'autre. C'était la fin de l'hiver, en septembre, en octobre. Il faisait très doux, il y avait un ciel bleu magnifique, on s'arrêtait pour se baigner dans les bassins, on restait à regarder passer les petits nuages poussés par le vent. Somapraba cherchait des plantes, elle racontait des histoires, elle donnait des noms aux fleurs. Elle ouvrait le calice des orchidées, elle passait son ongle sur le pistil pour faire lâcher le pollen. Elle disait: "Tiens, celle-ci, regarde, c'est Urvasi, Pururavas lui a menti, il l'a perdue dans la forêt, elle est toute seule, elle l'attend." Elle parlait des démons de la forêt, des danseuses qui s'appellent des dévadasi. Elle disait que dans la forêt il y avait cent et une sœurs, et qu'on pouvait les apercevoir quelquefois dansant dans une clairière, ou près des rivières, alors nous restions à les guetter. Nous avons remonté le ruisseau Affouche jusqu'à sa source, sous de grandes roches noires. Là, il n'y avait aucun bruit humain, juste les chants des oiseaux, ou le vent dans les arbres. Alors Somapraba racontait une très longue histoire, celle de Damayanti et du roi Nala. Elle m'a montré aussi un endroit, au bord de la rivière, trois grands rochers qui formaient une grotte, et au fond de la grotte il y avait des vases en terre rouge, et des bouts de bois parfumés, elle m'a dit que c'était la maison d'Aranyany, la Dame de la Forêt. C'est elle qui possède la forêt, tous les arbres, même les ébéniers et les bois noirs de Rozilis, tout est à elle. Elle possède aussi les oiseaux et les bêtes sauvages. Je me rappelle, je frissonnais quand j'arrivais près du temple d'Aranyany, j'avais l'impression qu'elle était là, qu'elle nous regardait à travers les feuilles. Chaque fois, Somapraba racontait un nouveau chapitre de son histoire, j'attendais avec impatience les jours où elle venait avec son père pour cette affaire de meubles en bois d'ébène. Il y avait aussi un certain Maupas, un Français qui disait qu'il voulait installer une fabrique à Ébène, je crois qu'il aurait bien aimé se marier avec moi, mais moi je n'avais pas confiance en lui, je savais qu'il était ami du bandit Chemin. J'attendais Somapraba. J'avais l'impression que tout allait changer grâce à elle, que nous allions enfin trouver la solution à tous nos problèmes, comme dans l'histoire du roi Nala et de Damayanti.

« Somapraba racontait comment Nala avait joué aux dés, et tout perdu, son royaume, son armée, son palais et même ses habits, alors il s'était réfugié dans la forêt avec Damayanti et, pour se couvrir parce qu'il était nu, il avait coupé la moitié de la robe de sa femme pendant qu'elle dormait, et il s'était sauvé pour cacher sa honte.

« C'était le moment de l'histoire que je préférais, quand la pauvre Damayanti se réveille, et qu'elle se rend compte que son mari l'a abandonnée à moitié nue dans la forêt. Elle erre au milieu des bêtes sauvages, elle n'a rien d'autre à manger que des herbes et des racines. Et les loups et les tigres ont pitié d'elle. Damayanti parle même au tigre, elle lui dit : "Seigneur, tu es le maître de cette forêt. Sache que je suis Damayanti, la femme du roi Nala. Je suis seule, maigre, sans secours, car je cherche mon mari. Viens à mon aide, roi des animaux ! As-tu vu mon mari le roi Nala ? Si tu ne peux m'aider, seigneur de la forêt, alors mange-moi, car tu peux ainsi me faire oublier mon malheur !" »

La voix de Catherine avait changé, elle était devenue claire et un peu chantante comme celle de Somapraba, et Jean ressentait un frisson, comme si l'esprit de la forêt, la dame appelée Aranyany était ici, dans l'appartement, et que les bruits et les odeurs des plantes arrivaient jusqu'à eux. Comme Catherine jadis dans la forêt, Jean attendait la suite du conte, il entendait la voix de Somapraba qui psalmodiait : « *Aranyany, Aranyany, asauya preva nashyasi !* »

Mais la tante Catherine changeait de timbre, parce que quelque chose se brisait en elle :

« Tu vois, je croyais que ça devait durer toujours. Quand on est jeune, quand on entend une histoire hors du commun, on croit qu'il n'y aura pas de fin. Parce que tout cela, c'était une histoire, rien d'autre, mais pour moi et pour Somapraba c'était devenu plus important que la réalité. Elle ne pensait plus à son mariage, et moi je ne pensais plus à tout ce qui nous menaçait, aux dettes que papa n'arrivait pas à rembourser, à la menace du banquier Chemin, aux promesses hypocrites de Maupas. J'avais beau être très jeune, je savais qu'on était à la gueule du loup, c'est comme ça que papa disait. Alors l'histoire de Damayanti perdue dans la forêt, avec sa robe déchirée, c'était un peu mon histoire, j'imaginais que j'allais à la recherche de mon mari au milieu des dangers. Somapraba racontait comment Damayanti avait vu au loin, du haut d'une colline, une armée en marche, et elle avait couru jusqu'aux soldats, avec sa robe en lambeaux et son visage taché de boue et ses cheveux emmêlés, et les soldats la prenaient pour une sorcière, et elle leur criait : "Sachez que je ne suis pas un démon, je suis une mortelle, la femme d'un roi, et que je ne désire qu'une chose, c'est retrouver mon mari !" J'aurais voulu que Somapraba me raconte cette histoire encore et encore, et même lorsque Damayanti avait enfin retrouvé Nala, c'était triste parce que l'histoire devait s'achever, alors je disais à Somapraba : "Pas encore, pas tout de suite, raconte-moi encore quand elle était seule dans la forêt, et qu'elle parlait aux plantes et aux bêtes sauvages !" — Et tu ne l'as jamais revue, après ? » La tante Catherine ne semblait pas avoir entendu la question. « C'est bizarre, tout ça n'a duré que quelques mois, même pas un an, l'année de mes dix-huit ans, pendant que tout s'écroulait autour de nous. Les garçons avaient grandi, ils n'allaient plus au ravin pour se baigner, Hervé était marié, ton père avait deux ans. Maud était malade, elle toussait tout le temps. Et papa se battait avec la banque, il savait qu'on allait tout perdre, il voyait tout ça arriver sans pouvoir bouger. Et Maupas un beau jour a disparu avec tout l'argent que papa lui avait confié, il était allé soi-disant en Afrique du Sud pour acheter du matériel pour la fabrique de meubles, pour la marqueterie, et il n'est jamais revenu. Il paraît qu'il s'était installé à Madagascar, il a dû trouver là-bas d'autres victimes. Après cela, Somapraba s'est mariée, et moi je savais que c'était fini, que nous allions devoir partir de Rozilis. Nous nous sommes revues avant la cérémonie, elle était déjà maquillée, elle avait une raie rouge au milieu des cheveux et un signe sur le front, on s'est embrassées en pleurant, on savait que c'était la dernière fois. Et moi après ça je ne suis plus allée au Bout du Monde, au temple d'Aranyany, la Dame de la Forêt. Il y a eu le déménagement à Rose Hill, et puis nous nous sommes embarqués pour la France. Mais je n'ai pas oublié Somapraba. Je rêve que je vais la revoir un jour, elle est toujours aussi belle que la lune, avec son visage régulier, ses yeux très grands et très sombres, sa voix qui chante, juste pour moi, qui continue l'histoire de Nala et de Damayanti. »

L'été brûlait comme une seule longue journée. Jean ne rentrait plus chez lui. À son père et à sa mère, il disait qu'il habitait chez des amis, mais la vérité, c'était qu'il restait dehors, dormant jusqu'à l'aube sur la plage, contre les rochers, ou dans les jardins publics, près de la gare. Quelquefois, quand Mélanie allait chez son amoureux, Jean restait dans l'appartement au-dessus du Bar de la Voile, et Rita le retrouvait là en revenant de son service à l'hôpital. Ils faisaient l'amour et ils dormaient jusqu'à midi sur le matelas posé par terre. Mais ce n'était pas confortable, on étouffait, il y avait les bruits de la rue, et toujours plus ou moins de cafards et de souris qui circulaient.

Ce que Jean aimait, c'était entrer dans la mer le matin, à huit heures. La plage était encore vide, on aurait dit la rive d'un grand fleuve. L'eau froide était douce, lourde, elle enveloppait et serrait votre corps. Jean nageait sous l'eau jusqu'à perdre le souffle, vers le large, puis il se laissait dériver comme un poisson-lune, poussé par les vagues.

Après le bain, il se sentait apaisé. Le soleil creusait un puits jaune dans le ciel brumeux. Le long de

la plage, les poubelles noires semblaient des senti-
nelles.

C'était ici que Jean avait rencontré Amoretto pour
la dernière fois. Le père d'Amoretto était un fermier
de l'arrière-pays qui avait consacré toutes ses économies à payer les études de son fils, il n'avait pas
accepté son échec aux examens, il lui avait tiré
dessus à coups de carabine chargée au gros sel. Amoretto s'était enfui si vite qu'il avait perdu ses espa-
drilles. Il errait pieds nus vers la plage, et Jean lui
avait donné ses chaussures. Il n'était pas question
qu'il aille en Algérie. « Je t'écrirai quand je serai en
Suède. » Ç'avaient été les derniers mots d'Amoretto.
Il avait été condamné par contumace pour désertion.
Jean avait appris plus tard qu'il s'était marié là-bas,
à Stockholm. Il avait échappé. Dans un sens, ça lui
avait paru romantique qu'un déserteur porte ses
chaussures.

La mer pouvait tout laver, même l'avenir. Chaque
matin, près de l'escalier qui donnait accès à la plage,
Jean voyait Marcel. C'était un yogi, un vieil homme
au visage brûlé par le soleil, ridé comme un Indien.
Il était vêtu seulement d'un short, et d'une paire de
tongs. Jean lui parlait quelquefois, ou bien il l'écoutait parler. Marcel avait eu une vie autrefois, il avait
été marié, il avait travaillé dans un bureau de poste.
Et puis il en avait eu assez, il s'était installé dans une
soupente de la vieille ville, et l'été il vivait sur la
plage. Il s'était fixé comme but d'aller mourir à Bénarès. Comment est-ce qu'il comptait faire ? Il avait son
idée là-dessus : « C'est simple. Quand je sentirai que
le moment approche, je me mettrai en route, et je ne
m'arrêterai que quand je serai à Bénarès. » Jean
n'était pas très sûr que Marcel pourrait aller au-delà
de la frontière italienne, au mieux jusqu'en Turquie,
mais il ne faisait pas de commentaires. Il y avait

tellement de fous partout que cette folie-là lui semblait tout à fait raisonnable.

Quand Marcel ne pratiquait pas ses exercices respiratoires, il aimait raconter des histoires aux gens. Il y avait toujours des jeunes garçons et quelques filles autour de lui, qui fumaient, jouaient de la guitare, tapaient sur des bongos. Marcel parlait d'egregor, de substance empathique, de transvection, du cycle des réincarnations. Il parlait du combat continu de purusha et de prakriti, du règne de Maya. C'était peut-être pourquoi la mer certains jours ressemblait à un fleuve.

Au soleil, sa peau était devenue rouge sombre, il était émacié et ridé, mais d'une étonnante souplesse. Un jour Marcel a annoncé aux jeunes : « Le seul but de l'existence, c'est de devenir absolument maître de soi-même, de pouvoir contrôler chaque morceau de son corps et chaque pensée de son esprit. — Même son cœur ? » a demandé Jean. Alors Marcel a appuyé ses poings sur son diaphragme. En tâtant sa jugulaire, Jean a senti les coups du cœur qui ralentissaient. En même temps une onde semblait remonter le corps du vieil homme, comme une pâleur, ou plutôt un gris qui avançait sous la peau hâlée. Une fille qui regardait cela n'a pas bien supporté, elle a crié : « Arrête ça, tu es fou, arrête ! » C'était une gentille fille, mais un peu paumée, un peu alcoolique. Marcel attirait facilement ce genre-là, quelquefois il leur faisait l'amour, malgré son grand âge, dans un recoin obscur de la plage, avec la musique des bongos qui résonnait. Marcel est resté quelques secondes les yeux révulsés, au bord de la syncope, puis il a relâché ses poings, et le cœur est reparti, la peau a repris sa couleur de brique. Il souriait de ses dents très jaunes. « C'est un truc, rien qu'un truc. Un vrai yogi n'a pas besoin de ses mains pour arrêter son cœur. »

Avant de partir pour Londres, Jean avait besoin d'argent. Il a travaillé à toutes sortes de boulots, il a vendu des pralines et des glaces sur la plage pour le compte d'un Libanais nommé Haddad. Puis des cartes postales pour un certain Jonas, un homosexuel militant qu'il a fini par laisser tomber parce qu'il avait la manie de lui répéter chaque fois qu'il le voyait : « Alors, on se fait la bise aujourd'hui ? » Il a loué des matelas et des parasols à la plage La Galère, une vilaine bâtisse peinte en bleu et blanc devant un carré de galets huileux, pour le compte d'un pied-noir qu'il avait laissé tomber pour ne plus l'entendre se plaindre des Arabes. Il a été successivement démarcheur, distributeur de prospectus, laveur de voitures, il a repeint la vitrine réfrigérée d'un Casino, y compris les fromages qui s'y trouvaient, il a même été veilleur de nuit dans un hôtel modeste du quartier de la gare. Mais le boulot qu'il a préféré, c'est décharger les camions de légumes au marché-gare. C'est à la nuit, à la fraîche, avec les lampadaires qui éclairent comme des projecteurs de prison. C'est net, sans mots inutiles, sans chiqué, juste un travail pour les bras et les reins, on prend un cageot, un sac, on les pose sur le plateau du Salèv qui les emporte au fond vers les halles. Il n'y a pas de musique, pas d'images, rien que ce hangar immense où les moteurs des camions rugissent en repartant, les chariots électriques bourdonnent, le haut-parleur monocorde énumère de temps à autre des séries de chiffres, six, vingt-deux, sept, trente, sept, trente-sept, trente-huit. Jean ne connaît pas les noms de ceux qui travaillent avec lui, des prénoms parfois, Mourad, Abel, François, des jeunes, des vieux aussi, cinquante ans, ou plus, leur visage marqué, fermé, usé. Des Noirs, des Antillais, des gens du Nord.

Le travail finit à l'aube, un peu avant. Jean touchait sa paye, puis il allait se doucher avec les autres, des tubes rouillés sortant d'un long mur carrelé. Mais c'est propre, l'eau est toujours très chaude, après une nuit de travail c'est bon d'être sous le jet violent, de faire mousser le savon dans ses cheveux. Les travailleurs se lavaient avec honte, sans se regarder, juste de temps en temps Jean a un coup d'œil furtif sur ces dos lourds, couverts de poils, les fesses maigres, le sexe ratatiné à cause de l'eau chaude.

Quand il se retrouvait dehors, dans les avenues encore vides, avec la lueur grise du matin qui pointe et déjà la chaleur qui sort de la mer, Jean sentait un vertige. Autour de lui, en silence, tout tourne lentement, lentement, comme une musique de boléro.

Dans le carnet noir, Jean avait tenu le compte des « cristaux » de l'été :

1ᵉʳ juillet
6 rebelles tués à Rou-Eched (Constantine).
Bilan des opérations entre le 22 et le 29 juillet :
613 rebelles tués, 230 prisonniers.
Hachoun Bouroud égorgé par le FLN à Meudon.

Le 2
Attentat FLN à Alger (bombe)
1 mort, 22 blessés.
De Gaulle à Batna : « Une seule France de 55 millions de Français de Dunkerque à Tamanrasset ! Tous unis ! »
11 rebelles tués à Tlemcen.

Ciné : Géant, *James Dean, Rock Hudson, Elizabeth Taylor.*

Le 4

Tribunal permanent des forces armées,
verdict au procès des terroristes (attentat du Casino de la Corniche) :
condamnés à mort, Yacef Saadi, Moulay Ali, Hattab Mohamed, Benhamida Abderrahmane.

Le 5

Frédéric Ségura, l'auteur de l'attentat de l'avion Oran-Paris, se suicide en prison.

Le 6

12 fellaghas tués à Alger.
9 en Oranie.
À El Arich, 6 rebelles tués. Près de Munier, sur le barrage électrifié, 2 morts.
Bombes rue Duguesclin et rue de l'Étoile dans des cafés maures : 4 morts, 15 blessés.
Ciné : Prenez garde à la flotte, *Glenn Ford.*

Le 10 juillet

Embuscade contre un camion militaire de ravitaillement entre Oued-el-Alleug et Blida, 3 soldats du contingent tués, 7 blessés.
Djebel Tenouchfi : 22 rebelles tués.

Le 12

Attentats terroristes à Paris : des militaires du contingent et des civils blessés.
47 FLN arrêtés à Lyon.
Algérie : 86 rebelles tués.

Le 13

Blida : aux assises un terroriste de 17 ans condamné à mort pour l'attentat du Café du Commerce (il avait alors 14 ans !).

14 juillet

Paris : 4 jeunes Algériens arrêtés pour avoir brandi les drapeaux du FLN.

Ciné : Le Roi et moi, *Yul Brynner, Deborah Kerr, Rita Moreno.*

Tablat (Algérois) : 20 rebelles tués.

Bougie : 28 rebelles tués.

Dra el Mizam (Kabylie) : 9 rebelles tués.

Djebel Tenouchfi : 23 rebelles tués.

Edgar Quinet, Touffane (Constantinois) : 20 rebelles tués.

Bilan des opérations de la semaine en Algérie : 457 rebelles tués ; 157 prisonniers.

19 juillet

Constantinois (environs de Tazmalt) : un half-track guidant un convoi de ravitaillement saute sur une mine, 2 morts, 2 blessés.

Alger : 98 rebelles tués.

Le 23 juillet

Souk Ahras (barrage électrifié) : 12 rebelles tués.

Le 24

Constantine : 13 fellaghas tués.

Cheria : 3 HLL tués.

Perregaux (Oranie) : 5 rebelles tués.

Ciné : Le Rock du bagne, *Elvis Presley.*

Artistes et modèles, *Dean Martin, Jerry Lewis.*

Le 26 juillet
  Médéa, à l'est de Berroughia : 75 rebelles tués.
  Alger : grenade à la Brasserie du Commerce, 4 blessés, dont 1 fillette.

29 juillet
  Aïn Rich : 117 fellaghas tués.
  Constantine : rue Caraman, une grenade, 4 blessés, dont 2 femmes.
  Ciné : Pépé le Moko, *Jean Gabin.*
  Le Piège, *Raf Vallone, Magali Noël.*
  Les Frères Karamazov, *Yul Brynner, Maria Schell.*

1ᵉʳ août
  Embuscade dans l'Ouarsenis : un convoi militaire attaqué près de Oued Messine, 10 soldats du contingent tués.
  Ciné : La Fureur de vivre, *James Dean.*

7 août
  À 10 km de Nemours (Oranie) : 43 rebelles tués.

12
  5 militaires du contingent tués près de Carnot (Orléansville).
  Batna : 33 rebelles tués.
  Bilan de la semaine en Algérie : 562 fellaghas tués.
  Ciné : Sayonara, *Marlon Brando.*
  Quand passent les cigognes, *Tatiana Samoïlova.*

Le 13
  87 rebelles tués à Alger.
  32 HLL tués à Paul Cazelles.
  12 à Batna.
  116 rebelles tués près de Blida.

Le 15
Bellevue : 5 rebelles tués.

Le 19
Le lieutenant Dubost a été fusillé par le FLN.
Nemours : les fellaghas tuent 22 musulmans à Honaine.
41 rebelles tués au sud de Saint-Louis (Oranie).
Ciné : La Chatte, Françoise Arnoul.

Le 21 août
Djebel Bou Rebata, près de Kouif (frontière) : 5 rebelles tués.

Le 26
Le FLN attaque la préfecture de police de Paris : 3 gardes tués.
Ciné : L'Équipée sauvage, Marlon Brando.
La Soif du mal, Orson Welles, Charlton Heston, Janet Leigh.

Le 31 août
Un terroriste tue un jeune appelé à coups de revolver à Paris.
Oued Taria (Oranie) : une Jeep saute sur une mine, 3 militaires du contingent tués.
Seddouk : 25 rebelles tués.

Le 2 septembre
Dovalla (Oranie) : 57 rebelles tués.

Le 3
58 rebelles tués.
Ciné : À l'est d'Éden, James Dean.
Le Fou du cirque, Danny Kaye.

Le 4
Zemmora (Oranie) : 35 rebelles tués.

Le 6
152 rebelles tués en Algérie.
Pasteur (ligne électrifiée) : 10 HLL tués.
Deligny : 2 gendarmes tués.
8 militaires du contingent tués près de Baghar, 12 HLL tués.

Le 9
Deux sous-officiers français tués à Paris (gare du Nord).
Opération au SO de Corneille (Batna) : 92 fellaghas tués.
Djebel Bou Zegoza : 118 rebelles tués.
Berrouaghia : 68 rebelles tués.

Le 11
Munier : 5 fellaghas tués.
Aurès : 68 HLL tués.

Le 14
Paris : un musulman blesse un brigadier de police.

Le 17
Bombe contre un char d'assaut à Marseille : 1 mort.
Bilan des opérations en Algérie pour la semaine : 746 rebelles tués.

Le 19
Paris : un agent de police tué par le FLN, les 2 agresseurs tués.

Le 23

Découverte d'un charnier en Kabylie, plus de 400 corps.

Bilan du 15 au 21 septembre:

Montgolfier: 22 rebelles tués. Zribet el Oued: 18 tués. Auribeau: 7 tués. Thiers: 9 tués. Combes: 27 tués.

Ciné: Sept Ans de réflexion, *Marilyn Monroe, Tom Ewel.*

Nauscopie

Je consigne dans ce carnet les événements saillants que j'ai pu observer à la lunette depuis l'avancée ouest du Port, jusqu'au dernier jour de notre liberté.

1798 (an VI)
*Arrivée à l'Isle de France du corsaire l'*Apollon*, capitaine Ripaud de Montaudevert, venant de Mangalor. À bord se trouvent deux agents de Tippoo-Saëb en mission secrète, en vue d'obtenir des secours contre les Anglais.*

Départ des frégates la Vertu *et la* Régénérée *convoyant vers l'Espagne deux vaisseaux de la Compagnie royale des Philippines.*

Départ de la frégate la Preneuse*, capitaine L'Hermitte, conduisant en Inde une Compagnie de quatre-vingt-six volontaires en aide à Tippoo-Saëb.*

7 novembre
Départ de l'aviso la Nathalie *(rebaptisé l'*Hippolyte

du prénom de Malartic) expulsant vers la France les insurgés du 4 novembre.

10 novembre

Apparition à l'horizon, tôt ce matin, d'une croisière anglaise. Les frégates la Brûle-Gueule *et la* Preneuse, *pour leur échapper, ont dû se réfugier à la Rivière Noire.*

1799

25 août

*Départ du corsaire l'*Amphitrite, *capitaine Malroux, à destination de la mer Rouge, pour piller les navires qui apportent leurs dons à La Mecque.*

22 septembre

Une escadre anglaise fait son apparition devant le Port, à moins de trois milles. J'ai compté dix-huit voiles.

L'escadre ayant levé le siège, la Brûle-Gueule *a pu quitter le Port ce matin, vers 8 heures, emportant les révoltés bannis, avec eux le malheureux couple, mes amis Louis Pelletier et Laure Des Bassins, que nous ne devions plus revoir.*

3 pluviôse

Malartic s'est embarqué aujourd'hui sur la goëlette la Sophie, *à destination de l'Île de la Réunion, afin de persuader leur gouvernement de renoncer à leur projet d'indépendance.*

Il est revenu le 16 de ce mois, à la veille d'un ouragan furieux qui a dévasté les maisons de la rue du Pouce et déraciné deux de nos arbres.

1800

Janvier

Observé à la lunette une croisière anglaise : le Tremendous, l'Adamant *(de 74 canons)* à la poursuite de la Preneuse, *qui une fois de plus leur échappe à la Rivière Noire.*

Mai

*Départ du corsaire l'*Adèle, *bricq, capitaine Nicolas Surcouf.*

28 juillet-16 août

À la mort de Malartic, translation de son corps au Champ-de-Mars. Le soir du 16 août, les navires anglais se sont arrêtés dans la rade, pavillons en berne, pour rendre hommage à leur vieil ennemi.

29 septembre

Les corsaires sont de plus en plus nombreux.

Vu ce matin la Clarisse, *capitaine Pinaud, l'*Eugénie, *capitaine Cautence. Pensé à m'associer à Mervin pour l'armement d'un bricq, le* Dédalus. *Marie Anne, à qui j'ai confié ce projet, n'est guère enthousiaste. Pour elle les corsaires ne valent guère mieux que les forbans, ils ne songent qu'à tuer et piller. Elle reproche aux frères Surcouf de s'enrichir dans la traite des esclaves.*

Novembre

Au Port, assisté à l'arrivée de la Confiance, de Robert Surcouf, avec sa prise, le Kent, vaisseau de ligne anglais. Foule considérable, acclamations.

Chaque jour qui passait enlevait un peu de la vie de la tante Catherine. Pourtant, Jean ne donnait plus à ses visites la même urgence. Parfois il restait deux jours, trois, quatre, sans aller à La Kataviva. Il lui semblait que le temps de Rozilis se défaisait malgré lui, c'était une eau qui fuyait quoi qu'on fasse, goutte après goutte, on regardait de côté, on oubliait quelques heures, et des litres avaient coulé, s'étaient perdus à jamais.

Catherine était confinée dans son silence. Envers madame Rosella, elle n'avait même plus recours aux sarcasmes. La mère de Jean avait confié qu'à elle non plus, elle ne disait plus rien. Parfois une demande, ou un reproche. Ou bien elle lui montrait d'un doigt impérieux des objets qu'elle avait préparés pour elle sur la table. Des babioles, des reliques de la maison de Rozilis qui avaient échappé aux catastrophes, aux prédateurs. Une vieille tasse de saxe, un presse-papiers en bronze qui représentait les chiens de son père, le livre de prières de son frère Gildas, une libellule en argent que Mathilde portait sur son châle. Sharon montrait ces objets comme s'ils étaient chargés d'un sens particulier : « Regarde, c'est très ancien, ça vient de Maurice, c'était à Rozilis, tu te rends compte ? » Elle aurait pu aussi bien dire : « C'est magique. »

Jean jetait un coup d'œil distrait. Ils ne parlaient pas de la même Rozilis. Celle de Catherine était sauvage, irréelle, perdue dans la forêt du souvenir, pleine d'arbres sombres, bruissant des cascades qui l'entouraient, elle était la porte du Bout du Monde, le domaine d'Aranyany. Cela n'avait rien à voir avec ces colifichets dignes de l'étal d'un brocanteur. Mais peut-être que malgré tout la mère de Jean avait raison. La tante Catherine lui envoyait des signaux pour dire son ennui, son abandon.

À vingt ans, un mois ce n'est rien. Mais à quatre-vingts ? Quand Jean entrait dans le hall de La Kataviva, et qu'il montait lentement l'escalier jusqu'au sixième, il avait l'impression de mesurer à chaque marche le temps perdu. Les noms nouveaux, toujours différents : Andréa, Sadiq, Perregaux, Jeanson. Des inconnus. Il croisait des ombres furtives. Tiens, il y avait un chien maintenant au deuxième. Un docteur Benamou avait repris l'appartement meublé du troisième. Depuis combien de temps Jean avait-il manqué ? Un mois, six mois, ou plus ? Il s'était passé tellement de choses, le départ de Santos, les discussions avec Kernès au jardin des Oliviers, les nuits à décharger les caisses de légumes au marché-gare, la rupture avec Rita à cause de Mélanie, les nuits de veille à l'Hôtel des Voyageurs, et Jeanne Odile qui errait comme un fantôme dans les rues en portant dans son ventre la graine de Santos mort.

Il avait pensé s'inscrire en licence de philo, puis à nouveau au concours d'entrée de l'école de médecine. Le père de Jean n'allait pas bien, il ne parlait presque plus, il restait toute la journée assis dans son fauteuil à regarder la lueur de la fenêtre. Quelquefois, quand elle était pressée, Sharon se servait des genoux ou du dos voûté de son mari pour poser un drap à plier, une couverture, des serviettes. Jean avait du mal à accepter que l'amour devienne une sorte de mobilier, éternel et immobile comme un bois mort. Et il y avait tous ces morts en Algérie, chaque jour, le sang qui coulait en ruisseaux, en rivières dans la mer, qui la faisaient lourde, lente, chargée d'une couleur et d'une odeur âcre. Jean pensait à l'Angleterre comme à une terre promise, où tout serait nouveau, où tout pourrait commencer.

Mariage des âmes

L'été avait rendu Jean amoureux de Jeanne Odile. Ça s'était fait comme ça, sans qu'il s'en rende compte. Quand il avait fini de dormir dans sa chambre, chez ses parents, Jean allait vers la plage. Au bas du mur de soutènement, à l'endroit où battait la mer, il retrouvait Jeanne Odile. Elle venait là en souvenir de Santos. Pour Jean aussi c'était comme un lieu de pèlerinage. Combien de fois Jean avait retrouvé Santos dans les rochers, à l'heure des cours. À la fin Santos n'allait plus au lycée, même plus en philo. Il avait jeté tout ça par-dessus son épaule. Il considérait les études avec le dédain d'un aventurier pour les niaiseries immatures d'adolescents bavards. Santos connaissait la vie, il vivait avec une fille, il avait été témoin des scènes de haine entre son père et sa mère, il avait été l'enjeu de leur divorce. Il n'avait pris parti ni pour l'un ni pour l'autre. Il s'était installé dans l'appartement du palais Bahlsen que son père lui avait acheté, il gérait le compte où son père versait une considérable pension alimentaire. Ce qu'il aimait, c'était rester au soleil des heures, torse nu, le dos appuyé contre le mur de soutènement, à écouter les vibrations lourdes des vagues sur les brisants. Il nageait lentement vers le large, puis il retournait s'asseoir à sa place. Il avait expliqué à Jean : « J'aime sentir la sueur couler, ça me lave de tout. » Jean n'osait pas le déranger, il s'en allait au bout de quelques minutes. Santos n'était pas là pour se baigner, pour bronzer. Mais pour brûler au soleil. Jean pensait à Parménide d'Élée, ou à Empédocle qui s'était jeté dans la bouche de l'Etna. C'était incompatible avec la médiocrité de cette ville. Seule Jeanne Odile avait le droit de rester. Elle venait le soir, elle se déshabillait, Santos et elle s'enlaçaient dans le creux des rochers, à l'abri des regards des voyeurs. C'était un souvenir un peu magique.

Maintenant, Jean osait y rester plus longtemps, il cherchait une trace. Il était sûr d'avoir retrouvé l'endroit exact, il passait sa main sur la terre rouge, entre les blocs de calcite. Des plantes avaient poussé, de l'herbe, et ces succulentes qui font de petites étoiles blanches parfumées au miel et au poivre. Une odeur de sueur, avait pensé Jean.

Jeanne Odile était ici. Le vent agitait ses cheveux noirs. Son corps était très blanc malgré le soleil, peut-être à cause du contraste avec son bikini rouge cerise. Son visage était maigre, elle avait un cou interminable. Des seins petits, son ventre un peu rond déjà. Elle n'était pas jolie, mais elle était mieux que cela, sincère, sans l'ombre d'une vanité. Quand Jean s'asseyait à côté d'elle, elle lui parlait tout de suite, comme s'ils venaient de se quitter. Elle avait une voix chantante, un accent des îles.

« Tu sais, il y a un instant, un vieux est venu, il s'est assis là, il me regardait, je m'en fichais, j'espérais seulement que tu allais te dépêcher d'arriver, et puis il soufflait du nez, je croyais qu'il était enrhumé, il regardait mon ventre, eh bien j'ai fait comme si je n'avais rien vu, c'était pas du vice, je ne sais pas, pas par pitié non, parce que je ne pouvais rien lui donner d'autre, juste l'image de mon ventre, il ne regardait même pas ma figure. C'est bizarre non ? Tu dois penser que je suis folle non ? »

Elle allumait une cigarette, elle prenait une bouffée puis elle la mettait entre les lèvres de Jean, il sentait le bout mouillé dans sa bouche. Il avait le cœur qui battait trop fort, il s'appuyait sur un coude et son bras tremblait nerveusement. Il regardait le corps long et souple de Jeanne Odile, sa peau nacrée. C'était l'image que Santos avait peinte sans se lasser, qui avait envahi sa chambre-atelier au palais Bahlsen.

À côté de la serviette, Jeanne Odile avait posé son petit sac en jute qui contenait un bouquin, ses cigarettes et son briquet. Jeanne Odile ne lisait que des romans policiers. La philo, la politique, l'actualité ne l'intéressaient pas. Elle ne savait même pas très bien ce qui s'était passé de l'autre côté, la guerre qui avait tué son amour. Elle a parlé une fois du bébé : « Il naîtra en hiver. C'est bien pour lui. — Comment tu vas l'appeler ? » Elle a souri un peu. « J'en avais parlé avec Santos. Il m'a dit si c'est une fille elle s'appellera Jemima. Si c'est un garçon il s'appellera Jim. Tu comprends ? Alors, pour l'instant, c'est Jemima-Jim. » Un peu plus tard, elle avait des larmes dans les yeux. « Santos me manque. — À moi aussi », a dit Jean.

Ils sont restés longtemps dans les rochers sans se parler. Le vent soufflait fort, agitant les petites fleurs poivrées. Vers le soir les mouettes étaient emportées, pareilles à des feuilles mortes. La nuit tombait. Jeanne Odile a pris la main de Jean, elle s'est blottie contre son épaule. « Serre-moi, serre-moi bien fort. J'ai mal. J'ai peur. » De quoi avait-elle peur ? Jean n'arrivait pas à comprendre. Ou alors c'était sa façon à elle de parler du vide immense qui creusait cette ville, le vide qui tourbillonnait et sifflait. Jean pensait à ses philosophes comme à des gens de sa famille, des proches de Santos. Ils avaient interrogé deux mille ans auparavant ce même ciel et cette mer, ils s'étaient aventurés jusqu'au bord de l'inconnu, de ce qui devait être, ils avaient été fascinés par le gouffre nauséeux du futur. Et elle, Jeanne Odile, une fille toute simple, elle l'exprimait à sa façon, mieux que tous ces poètes et tous ces savants, elle tremblait de peur, de froid, elle se serrait contre lui pour partager sa chaleur, sans phrases, sans mots, juste éperdue de solitude. Elle a dit à Jean : « Je n'ai plus rien, est-ce que tu seras mon frère ? » Il sentait l'odeur de sa peau, mêlée au parfum des étoiles de poivre et de miel, il sentait l'onde de son corps léger contre lui, il n'a pas osé lui répondre : « Non, je ne peux pas être ton frère parce que je t'aime trop. » Ni qu'il aurait plutôt aimé caresser sa peau douce, son ventre arrondi de femme, embrasser ses seins, embrasser sa bouche.

La nuit dans les rochers l'air était froid, humide. On pouvait se croire dans un autre monde. Loin de la ville, loin de la guerre, loin de la conscience de soi.

Jeanne Odile avait fini par s'endormir, la tête au creux de son bras, les jambes repliées, enveloppée dans un pan de sa grande serviette de plage. La nuit n'était pas tout à fait noire, il y avait une laitance au zénith, une bulle trouble qu'alimentaient les lumières de la ville.

Jean ne tremblait plus. Peut-être qu'il avait pris son parti d'amoureux éconduit, l'amant secret qui préfère la frustration à l'absence, qui jouit de la proximité de celle qu'il désire en vain. Ou bien une certaine indifférence, au regard de l'éternité dont parlent si bien les philosophes. Ou encore une assez grande vanité.

Et puis c'était bien de laisser passer le temps, d'écouter chaque vague qui cognait dans un creux de roche où dans dix mille ans il y aurait une vaste caverne. De sentir le vent en rafales, et ce point très chaud, très doux dans le ventre de cette fille, là où s'était blottie la vie.

Peut-être qu'après tout elle avait raison, à la mort de Santos il était devenu son frère, pour l'accueillir quand elle avait mal et la protéger du froid de la nuit, pour ce contact léger et sensuel comme un baiser, pour cette pulsion dans son sexe sans aucune violence. Ce genre de choses qu'on n'avoue à personne.

Au petit matin, elle retournait à l'appartement de sa mère dans la vieille ville, un meublé pour touristes qui portait son nom : Pension Orange.

Jean rentrait chez ses parents, il allait droit à son lit et dormait tout habillé jusqu'à quatre heures après midi. Sa mère ne disait rien. Il n'y avait que le grincement du fauteuil roulant de son père dans le couloir qui résonnait comme un reproche, les roues semblaient dire : debout, fainéant, debout, bon à rien !

Un soir d'orage, en septembre, Jeanne Odile a emmené Jean sur les collines. Elle avait un air étrange, elle était habillée de noir. Elle semblait encore plus pâle que d'habitude, ses yeux étaient vides. Elle a pris la main de Jean et ils ont monté les escaliers de l'autre côté de la route. C'était un quartier de villas décrépies, de champs d'acanthes. Des chats maigres, pelés de teigne, les guettaient du haut des murs. «Quand je mourrai, c'est ici que je reviendrai, je serai une chatte méchante et peureuse, et tous les gros tigrés viendront se battre pour moi.»

Elle disait ça sans rire. « Et toi ? Comment tu voudrais revenir ? » Avant même qu'il ait trouvé une réponse, Jeanne Odile continuait : « Toi tu seras un oiseau, pas un petit moineau des villes, mais plutôt un bel oiseau qui va loin, comme une oie, ou bien une cigogne. Tu aimes bien les cigognes ? — Je crois que je n'en ai jamais vu », a dit Jean. Jeanne Odile réfléchissait. « Moi non plus, mais tu sais Santos me racontait que là où il est né, au Maroc, il y en a beaucoup, elles se perchent sur les tours, elles font leurs nids et au printemps on voit les petits tout chauves qui sortent leur tête, c'est très joli. » Plus tard, ils étaient assis sur un banc à un endroit qui dominait la ville. Elle racontait : « J'ai fait un drôle de rêve, j'entendais une voix qui me disait : "Quand tu meurs, tu dois revivre ta vie depuis le commencement", ça me faisait très peur, et j'étais retournée dans le ventre de ma mère, les yeux fermés et les poings serrés et je poussais de toutes mes forces pour sortir... »

Jeanne Odile ne ressemblait plus à la jeune fille qui posait pour Santos, à cette époque-là elle était vive, gaie, elle avait toujours l'air de s'amuser. À présent, elle était fatiguée, exsangue. Il y avait un danger en elle, ou bien c'était elle que la mort attirait. Autour de minuit, ils ont recommencé à marcher au hasard dans les ruelles de la colline, jusqu'à une placette qui dominait un collège. Les réverbères diffusaient une lumière jaune et crue. Il faisait froid. Jeanne Odile s'est serrée contre Jean, pour se réchauffer elle a glissé ses mains sous sa chemise et elle caressait son dos, et Jean sentait chaque nerf trembler sous sa peau. Puis tout à coup elle s'est approchée du muret face au vide, comme si elle voulait sauter. Elle s'est tournée vers Jean, elle a montré un tuyau qui enjambait l'espace jusqu'au toit du collège. « Viens, on va traverser, on pourra se coucher contre les cheminées, on n'aura pas froid. » Elle avait une expression perdue, un sourire caché. Elle était belle, elle était folle à lier, pensait Jean, et en même temps ça lui était égal. Seule la folie pouvait être belle à ce point, libre à ce point.

Il a pris sa main et il l'a suivie sur le tuyau, en équilibre au-dessus du vide. La cour du collège brillait d'une lueur orange irréelle. Le ciel brillait aussi, il y avait une tache rose sous les nuages comme si la ville s'y reflétait. Jeanne Odile avançait lentement sur le tuyau, à un moment elle s'est retournée. « N'aie pas peur, ne regarde pas tes pieds, marche avec moi, on va y arriver. » L'autre bord se rapprochait doucement, pareil au flanc d'un très grand radeau. Le tuyau vibrait, ondulait un peu, c'était comme s'ils marchaient sur un tronc d'arbre au travers d'un fleuve. Jean sentait le vent froid qui le giflait, le poussait de côté. Et d'un seul coup il a cessé d'avoir peur. C'était une ivresse, un bonheur, ça lui donnait envie de rire. Jeanne Odile riait aussi, elle tenait sa main et il sentait les secousses de ses éclats de rire. En bas, la cour était plantée d'arbres minuscules. Il y avait des signes peints sur l'asphalte. Au loin, au-delà du toit du collège, les lumières de la ville scintillaient. On apercevait la mer. La différence entre la vie et la mort était ce fil invisible sur lequel ils marchaient, léger et solide comme un fil d'araignée. Et Jeanne Odile qui lui tenait la main, mais elle, elle était prête à s'envoler. Elle s'est retournée, la lumière des réverbères faisait briller ses yeux de cette lueur de folie. « Tu vois, ce n'est pas compliqué, tu vois bien, on va y arriver, on sera à l'abri du vent, personne ne pourra nous trouver... » L'instant d'après ils avaient atterri sur le toit. Le vent dans les antennes de télévision faisait une musique sourde. Le toit était couvert de gravillons. Ça sentait le goudron chaud, mais aussi la mer, comme s'ils étaient encore dans les rochers. Ils se sont couchés par terre sous le vent d'une cheminée. Ils sont restés enlacés, bouche contre bouche, ventre contre ventre. Jeanne Odile s'est endormie tout de suite.

Jean est allé pisser par-dessus bord. Il avait soif, tout son corps lui faisait mal. Il est resté assis à regarder la nuit, la ville piquée de réverbères, les feux des autos qui fuyaient sur la voie rapide. C'est à cet instant qu'il a décidé qu'il partirait loin de tout cela, en Angleterre, en Irlande, peut-être en Amérique. Il savait que c'était le moment. Laisser cette cité et aller plus avant. C'était si évident qu'il avait envie de rire. Il en tremblait un peu d'impatience.

Il est retourné s'allonger à côté de Jeanne Odile, il l'a regardée dormir. Elle s'est blottie contre le rempart de son corps, elle a passé ses bras autour de sa taille. Elle a même parlé dans son sommeil, il n'était pas sûr d'avoir bien entendu, elle avait dit quelque chose qui ressemblait à « mon amour ». Il a attendu sans bouger, les yeux ouverts, jusqu'à ce que le soleil jaillisse au-dessus du toit.

Puis ils se sont séparés. Au moment de le quitter, Jeanne Odile l'a embrassé sur le coin des lèvres. Comme il cherchait à lui rendre son baiser, avec un peu trop d'élan, elle l'a repoussé. « Chut, il ne faut pas. » Elle appartenait toujours à Santos. Elle allait l'épouser bientôt, il serait le père de son enfant, tout avait été décidé par les familles, avec la bénédiction de l'évêché et de l'état-major des armées.

Le soleil éclairait la moitié de son visage, le reste était perdu dans l'ombre, telle que l'avait peinte Santos, l'occiput ouvert par où s'échappe l'âme. Elle a dit tranquillement : « Tu sais je ne crois pas que nous nous reverrons. »

Elle a marché jusqu'au centre du toit, elle semblait connaître le chemin. Peut-être qu'elle était déjà venue là avec Santos, pour défier la mort. Jean sentait un léger frisson d'horreur. Un souffle glacé qui venait de l'autre monde.

Jeanne Odile a soulevé une trappe, et ils ont commencé à descendre un escalier de fer peint au minium gris, et leurs pas résonnaient dans la cage de l'escalier comme s'ils descendaient d'un très haut phare. En bas, ils ont traversé le hall d'entrée du collège, décoré de panneaux d'affichage, avec toutes les portes peintes couleur chocolat. Jeanne Odile a donné une poussée sur la barre de l'issue de secours, et ils se sont retrouvés dans une rue vide, encombrée d'autos immobiles. Tout semblait fantomatique, poussiéreux. Le ciel gris était strié de martinets. Un chat a filé devant eux, et Jeanne Odile est partie en courant, elle a disparu entre les voitures. Les ruelles en pente conduisaient vers la mer, comme tout ce qui dans cette ville restait libre et dépourvu de destination, la mer très calme que Jean aimait, qui recouvre les vallons submergés et les champs des posidonies.

À la fin de l'été, c'était déjà l'automne avec de gros nuages blancs et noirs qui se bousculaient au-dessus des montagnes, Jeanne Odile s'est mariée. Jean ne l'avait plus revue, et c'est le gros Sproëcher qui lui a appris la nouvelle, au hasard dans la rue. « Tu ne sais pas ? On va marier Santos avec sa copine, tout est arrangé, ils ont eu les autorisations, même le pape a envoyé son accord, il y aura un curé et un colonel venu d'Algérie exprès, tu te rends compte ? » Sproëcher, toujours prosaïque, a ajouté : « Elle se marie avec un macchabée ! » Jean a dit sèchement : « Ce n'est pas un macchabée, c'est un mariage des âmes. » Ou peut-être qu'il l'a pensé et qu'il n'a rien dit, parce qu'il ressentait au même moment un pincement au cœur, de la jalousie, jamais il n'aurait pensé que Jeanne Odile avait pris tant d'importance dans sa vie. Et puis il avait eu une forte envie de taper sur la grosse figure rouge de Sproëcher, en mémoire de Santos.

Donc, ce 18 octobre, Jean était dans la cour de la caserne Rhin & Danube, là où il était venu quelques années auparavant s'entraîner avec Santos. Il ne faisait pas froid, mais les marronniers étaient rouillés d'automne. C'était bizarre, des corbeaux avaient choisi ce jour pour se réunir sur l'herbe mitée de la cour centrale. Les murs de la caserne ressemblaient à des murs de prison, en pierraille sale, percés de hautes fenêtres grillagées. Les gens s'étaient réunis comme les corbeaux, certains habillés de noir, sauf les militaires du régiment d'infanterie qui ressemblaient déjà à des anciens combattants, et trois ou quatre chasseurs alpins en pèlerine. Jean a reconnu la mère de Santos. Elle ne portait pas le deuil. Elle avait une sorte de robe-chasuble rouge grenat, et un grand chapeau tragique. Elle avait toujours l'air d'une actrice.

C'était Jeanne Odile que Jean voulait voir. Il est resté en retrait, à moitié caché derrière un arbre. Personne n'avait l'air de s'intéresser à lui.

Vers dix heures du matin, une voiture s'est arrêtée dans la cour de la caserne, et Jeanne Odile est apparue. Elle ne voulait pas de témoin. C'est un soldat du régiment d'infanterie qui allait servir de témoin.

Elle s'est avancée vers l'entrée de la caserne. Elle marchait si lentement que Jean a pensé un instant qu'elle était saoule, ou sous calmant, ou les deux à la fois. Sans doute n'avait-elle accepté que pour bénéficier de la pension de veuve d'appelé mort à la guerre, pour le bébé qu'elle portait dans son ventre. Pourtant Jean pensait que personne ne pouvait être sûr que Jemima-Jim était vraiment le bébé de Santos.

Jeanne Odile est passée tout près de Jean sans le voir. Son regard était absent, ses cheveux noirs étaient emmêlés par le vent, elle ne portait pas de foulard, ni de chapeau. Elle était habillée exactement comme la dernière fois qu'elle avait vu Jean, quand ils avaient passé la nuit couchés sur le toit du collège, son pull gris bâillait sur son ventre gonflé.

Le cercle des témoins et des amis s'est refermé sur

elle. Ensemble, ils sont entrés à l'intérieur de la caserne, avec l'officier d'état civil. Il y avait aussi quelqu'un que Jean connaissait comme un journaliste local, un homme vêtu d'un complet fatigué dont la veste pendait aux poches. L'abbé était en costume militaire, avec juste une étole verte autour du cou.

Les corbeaux étaient restés assis sur la pelouse. Un vent aigre s'est mis à souffler du nord. Jean est resté caché derrière son arbre. À l'autre bout de la cour commençait le champ de tir. Il se souvenait d'être venu ici avec Santos il y avait quelque temps, pour le concours des EOR. C'était l'idée de Santos. S'ils décrochaient un petit grade, ils pourraient être affectés à l'arrière, ou même être envoyés dans la zone occupée, à Berlin. Chaque dimanche après-midi, pendant l'hiver, ils avaient rampé dans la boue, ils avaient joué à la guéguerre entre les chicanes, franchi un mur de brique en tendant la jambe en avant, fait des roulés-boulés du haut de la tour d'entraînement. L'entraîneur était le lieutenant Marini, un grand costaud, coiffé d'une brosse, qui s'était présenté aux recrues : « Je suis le lieutenant Marini, agrégé de philosophie et de mathématiques. » Peut-être qu'il était intimidé par Santos, parce qu'il savait qu'il était d'une famille d'artistes.

Ce que Santos préférait, c'étaient les séances de tir. Ils se couchaient à plat ventre dans l'herbe, le fusil appuyé sur un talus, et ils tiraient sur les cibles. Jean avait fait mouche plusieurs fois, mais Santos s'en moquait. Il tirait sans viser, cassait les cheminées des baraquements au bout du terrain. Il avait même manqué de peu le lieutenant Marini au moment où celui-ci changeait les cibles.

À cause de cela, ou parce qu'il avait fait généralement preuve de mauvais esprit, Santos avait été éliminé des EOR et Jean avec lui.

Et maintenant, dans cette même caserne, avec cette assemblée de corbeaux frissonnant dans le vent du nord, l'âme de Santos allait épouser celle de Jeanne Odile. Est-ce que la vie n'était pas un peu incohérente ?

Jean s'est approché de la porte, il est entré dans la caserne avec précaution. À l'étage, il y avait un bruit de voix, des rires peut-être. Jean a monté les marches de l'escalier. C'étaient de vieilles marches en marbre usées au centre. Certaines avaient été remplacées par du granito. La peinture des murs était usée et craquelée, on se serait cru dans un commissariat de police. Jean essayait de se souvenir. Est-ce qu'il avait monté ces marches autrefois, pour passer le conseil de révision ? Il se souvenait d'une sorte de tribunal, l'officier qui lisait son dossier : « Père anglais... né à Ipoh, Malaisie. Qu'est-ce que vous êtes allé faire là-bas ? » Tout semblait si lointain. La mort de Santos avait creusé un trou, et tout ce qui l'avait précédée, les années lycée, les examens, la menace grandissante de la guerre, pas seulement une rumeur ou un thème de dissertation d'histoire, pas seulement un sujet de conversation dans un café de potaches, mais une guerre cruelle, tueuse, tortionnaire, assassine, tout cela semblait appartenir à un temps révolu.

Au bout du couloir crasseux, il y avait une grande salle, peut-être un gymnase, ou un ancien mess d'officiers. Il y régnait un froid humide. En passant, Jean a frôlé un grand radiateur peint en marron, pour vérifier qu'il était éteint, et bien glacé. Lui revenait la lettre que Santos lui avait écrite, de là-bas, quelque temps après son arrivée. Juste quelques lignes, sans mention de lieu, car c'était défendu par la censure. Il se plaignait du froid, il parlait de peinture, des femmes d'Alger vêtues de blanc comme des

Vierge Marie. Il disait : « Tout va bien, ici on est les rois ! » C'était bien son style ironique. Il fallait lire entre les lignes : ne fais pas comme moi, fous plutôt le camp en Suède, au Canada, en Malaisie, ne mets jamais les pieds ici.

Jean n'avait montré cette lettre à personne. Un instant, il avait eu envie de la conserver. Mais c'était son principe, ne jamais rien garder. Lire, puis jeter.

Dans la grande salle, ce n'était pas précisément un air de fête. Le parquet avait été ciré par les planqués du contingent, et les invités se tenaient dans un coin, groupés comme les corbeaux sur la pelouse. Au fond, une table à tréteaux déguisée en buffet portait quelques sandwiches et des bouteilles de limonade, mais personne ne semblait vouloir y toucher. Cela ressemblait à la fois à un mariage et à un enterrement. La cérémonie avait eu lieu, l'officier d'état civil avait prononcé les mots d'usage, et l'abbé, après le rituel, avait passé lui-même l'anneau consacré au doigt de la mariée. Jeanne Odile était debout à côté de Léa Balas. Son visage très pâle contrastait avec la robe cramoisie de la mère de Santos. Les officiers étaient sur le côté, c'était d'eux que venait le bruit de voix. Sur la table, à l'opposé des sandwiches, un grand livre était resté ouvert. Jean imaginait que c'était dans ce livre que les témoins avaient apposé leurs signatures. Jeanne Odile avait dû y signer son nom, et Léa le nom de son fils.

Jean regardait la scène avec fascination. Il y avait quelque chose de très ancien, presque surnaturel, dans ce groupe, la table chargée d'offrandes, la silhouette de cette jeune femme qu'on venait de marier à une ombre. Ç'aurait pu être à l'autre bout des temps, dans une caverne, à la lumière de torchères. Il ne manquait que la musique, et à l'instant où Jean y pensait, un des militaires a posé le bras du pick-up sur un disque, et un filet aigu a retenti dans la salle du gymnase, c'était cette chose terrible et déchirante, l'*Adagio* d'Albinoni, à moins que ce ne fût l'*Aria* de Schubert. Terrible en effet, a pensé Jean, en souvenir de Santos qui détestait la musique des sentiments. Lui aurait choisi du jazz, sans doute *Venice* du Modern Jazz Quartet, ou *Way Out West* de Sonny Rollins, mais certainement pas ce violon, cette haute-contre pathétique qui résonnait comme une sirène avant un bombardement. Mais le silence eût été intenable.

Jeanne Odile se tenait à l'écart. Elle fermait son âme comme on ferme les yeux, et l'événement tournait autour d'elle comme un vent violent qui emporte la réalité.

Jean a ressenti un grand frisson, qu'il a pris un bref instant pour du dégoût, ce vertige qui monte à travers le corps quand on va vomir. Il s'est appuyé contre la porte, et tout à coup les gens de l'assistance se sont aperçus de sa présence. Ils l'ont regardé. La mère de Santos l'a reconnu. Elle a fait un pas dans sa direction, puis elle s'est ravisée. Elle avait compris. Elle a dit un mot aux officiers, et la fête a continué son cours.

Ce n'était pas un frisson. C'était la présence de Santos Balas, ici, pareille à un courant d'air furtif, une parole murmurée entre deux portes. Malgré les costumes militaires, malgré la limonade, malgré l'affreuse *Aria*. Il est venu, il a traversé la salle, et seuls Jean et Léa l'ont ressenti. Puis il est reparti par la porte ouverte, vers la cour aux corbeaux, et le gymnase est redevenu vide, avec cette jeune femme enceinte de six mois debout, les jambes un peu écartées, les reins cambrés par le poids, pareille à une statue préhistorique.

Fin octobre, alors que tous avaient regagné leurs boutiques, leurs études et leurs cafés, Jean était comme l'oiseau sur la branche. Il pleuvait, le ciel était noir. Il y avait des inondations dans le Var, dans les Alpes-Maritimes, jusqu'aux Bouches-du-Rhône. En Italie les torrents boueux débordaient. L'état de santé de Raymond Marro s'était aggravé avec la saison des pluies. À présent, il ne quittait plus son fauteuil. Pour marcher, il s'accrochait aux poignets de Sharon, il avançait par saccades, en sautillant, son grand corps cassé en deux. Son visage n'exprimait ni souffrance, ni colère. Juste parfois un peu d'impatience, quand ses bras ou ses jambes ne répondaient pas aux ordres de son cerveau.

Jean ne pouvait plus rester enfermé dans l'appartement. Il fallait qu'il sorte, qu'il marche dans les rues, qu'il roule en bus jusqu'au terminus, dans des quartiers nouveaux où les grands immeubles diffusent de la musique par des haut-parleurs.

La tante Catherine elle aussi avait beaucoup changé. Elle ne parlait pratiquement plus, et même le nom de Rozilis ne parvenait plus à la ranimer. Jean savait qu'il ne pourrait rien faire pour empêcher son éviction de l'appartement de La Kataviva. Le médecin avait signé son accord, elle avait une chambre prévue dans une maison de retraite tenue par des religieuses, au fond du Vallon Obscur. Pour ne pas penser à cette nouvelle, Jean s'obligeait à marcher à travers les rues, tout le jour, sans but, en attendant d'avoir tout réglé pour son départ pour l'Angleterre.

Une première lettre était arrivée du ministère de la Guerre, le commandant du bureau de recrutement de Marseille, 9e région, capitaine Albruhat au «jeune Marro, Jean Gildas», faisant état d'un sursis d'incorporation renouvelable par tacite reconduction, jusqu'à l'âge de vingt-six ans pour études supérieures (médecine). Au verso de la lettre sur papier jaune figurait, en très petits caractères, le texte de la loi du 31 mars 1928 sur l'insoumission. Un volet à détacher servait d'accusé de réception de la lettre. C'est Sharon qui l'a rempli et l'a posté.

Un après-midi, comme il revenait d'une de ces marches exténuantes et vaines, il a vu dans le hall de l'immeuble une silhouette de femme qu'il n'a pas reconnue tout de suite. C'était Rita. Il y avait longtemps qu'il ne l'avait pas rencontrée, elle semblait plus pâle que d'habitude, dans la pénombre ses yeux faisaient deux taches sombres.

«Comment ça va?

— Et toi, ça va?

— Je pensais à toi, j'avais pas de nouvelles.

— Oh rien... je pars pour l'Angleterre.

— Ah. Bon.

— Et toi? Et Mélanie?

— Elle est partie. On se supportait plus.

— Ah bon. Elle est où?

— Je sais pas. Ça t'intéresse?»

Jean a voulu continuer sa route. Il était fatigué, il avait envie de dormir. Elle a dit, d'une voix un peu tremblée : «Tu veux venir chez moi?

— Je ne crois pas que ça soit une bonne idée.

— Ah bon.

— Écoute, je vais y aller, il faut que je voie mes parents avant mon départ.»

Elle se raccrochait.

«On se revoit quand alors?

— Je sais pas.»

Il a posé son pied sur la première marche.

285

« Tu ne sais pas ?

— Non, je ne sais pas.

— Demain ? Après-demain ?

— Non, pas demain.

— Alors tout de suite ? »

Sa voix était vraiment basse et étouffée. Et tout à coup elle s'est raidie, elle a fait un pas vers Jean et elle l'a giflé de toutes ses forces, une seule fois. Lui a commencé à monter, d'abord lentement, puis quatre à quatre. Dans sa tête le bruit de la gifle sonnait comme une cloche, sa joue brûlait. Arrivé au premier palier, il s'est retourné, mais Rita avait disparu.

Dans le train pour Londres, quelques jours plus tard, sa joue lui brûlerait encore.

Jamaica

Elephant & Castle

Londres, c'était froid, noir, pluvieux. Mais c'était bien. Jean avait tout de suite aimé cette ville, quelque chose de dur, de tendu, rien qui attendrissait, rien qui hésitait ou rêvait. C'était aux environs de Noël. Avec l'argent prêté par ses parents, Jean s'était installé pour quelques jours dans une pension de famille, chez Turnbull, non loin de l'hôpital Saint Thomas, où il suivait ses cours. Mais bien que le loyer de la pension fût modique, l'argent fondait. Il fallait absolument trouver autre chose.

La pension Turnbull était administrée par une vieille fille du nom d'Emma. Elle aimait le vert. Tout, les murs, les tapis, les rideaux, la baignoire sous l'escalier, jusqu'aux grilles des fenêtres et aux assiettes du petit déjeuner, était de cette couleur. Au début, on n'y prêtait pas attention, et peu à peu cela pouvait donner la nausée.

Dans la salle à manger du petit déjeuner, Jean avait rencontré Georg Borer. Ils avaient sympathisé, sans doute parce que tous deux s'empiffraient de céréales au lait, d'œufs et de saucisses pour ne plus avoir besoin de manger dans la journée. Borer était un étudiant allemand en littérature, lui aussi était à court d'argent et cherchait un logement plus économique que la pension Turnbull.

Il avait bien une idée. Un dimanche matin, alors que la vieille fille était occupée à cuisiner les œufs et les saucisses au sous-sol, Georg est entré dans sa chambre, a fracturé la tirelire et a pris toutes les pièces de un shilling qu'Emma avait récoltées dans les compteurs des chauffages à gaz. Puis il a dit à Jean : « Man, on y va ? » Ils ont entrouvert la fenêtre du salon, pour ne pas passer devant l'escalier, et ils sont partis avec leurs sacs de voyage. Georg Borer avait une guitare dans son étui achetée dans un *pawn-shop* à son arrivée à Londres.

Il faisait très froid. Le ciel et la terre étaient d'un gris de neige. Jean et Georg ont marché toute la journée jusqu'au soir, au hasard des rues du quartier. Il y avait des corbeaux transis dans les jardins, du côté de Lambeth. Mais les deux garçons ne ressentaient ni le froid, ni la fatigue. Avec ses pièces de un shilling, Georg a acheté chez un marchand de vin une bouteille d'alcool, le Ruby Wine parce que c'était le moins cher, enveloppée dans un sac en papier pour ne pas se faire remarquer par la police. Georg n'avait aucun mal à acheter de l'alcool, à cause de son épaisse moustache noire il paraissait avoir nettement plus de vingt ans. À tour de rôle ils ont bu des lampées d'alcool. Le Ruby Wine était âpre, assez chimique, mais assez violent grâce au sucre. « Man, c'est mauvais mais c'est bon quand même. » Georg disait « man » à chaque phrase. C'était pour imiter Ginsberg, ou les beatniks de Frisco. « Je peux voir la tête de la vieille Emma quand elle trouvera son petit cochon en morceaux », a dit Georg. « Oui, dix-sept cinquante », a répondu Jean. Ils avaient pris l'habitude, durant leur séjour à la pension Turnbull, d'attribuer un numéro à chaque événement notable de l'existence. Dix-sept était le numéro de miss Emma. « Oui, man, dix-sept cinquante. » Il y avait déjà onze pour la salade de pâtes froide qu'Emma servait au petit déjeuner le dimanche matin, treize et demi pour la boîte de boules au fromage dans laquelle elle puisait le soir en regardant la télévision. Vingt-deux pour un militaire à la retraite qui venait la voir quelquefois le soir, et dont on pouvait croire qu'il était son amoureux officiel. Dix-sept et demi resterait le numéro de la tête d'Emma découvrant pillée sa réserve de shillings pour le gaz et comprenant qu'elle venait d'être volée par deux jeunes garçons étrangers.

Jean et Georg marchaient en shootant dans une boîte de conserve depuis un moment, ils descendaient St George's Road en direction de la gare. C'était un quartier triste comme un dimanche, construit de petits immeubles de brique rouge, bordé de magasins pakistanais ou indiens. Dans l'un d'eux, resté ouvert malgré le temps maussade et l'heure tardive, Jean a acheté un paquet de Woodbines, et ils se sont partagé une cigarette. Le tabac trop âcre et sucré leur tournait la tête. Il faisait de plus en plus froid, et la lumière du jour s'en allait déjà. Près de la station du métro, Jean a acheté du poisson-frites dans un cornet en papier-journal. C'était assez terriblement gras, ça puait, mais c'était chaud et lui et Borer ont mangé de bon cœur.

Les gens se hâtaient vers Waterloo, la tête baissée, les oreilles rouges. Jean ressentait une sorte d'hilarité à être dans les rues de ce quartier, sans aucun but, sans aucun frein, en compagnie de ce jeune Allemand sombre comme un Turc, il pensait qu'ils auraient aussi bien pu être deux assassins en maraude.

Un peu plus loin, devant un poste de police, un

bobby en faction leur a crié : « Hé vous autres ! » Jean et Georg ont fait comme s'ils n'entendaient pas et, comme ils continuaient leur route, le flic a couru après eux, a saisi Jean par le bras. « Pourquoi vous ne vous arrêtez pas quand je vous appelle ? » Jean a dit : « Je ne m'appelle pas "vous autres" ! » Le flic l'a regardé ironiquement : « Comment il faut vous dire ? — Eh bien, "monsieur". » L'homme a lâché le bras de Jean : « Très bien, monsieur. Montrez-moi vos papiers. Et dites-moi où vous allez. »

Georg a pris son accent le plus allemand : « Officier, nous sommes des étudiants, nous cherchons un endroit bon marché où dormir cette nuit, c'est tout. Nous n'avons pas les moyens d'aller à l'hôtel, vous comprenez ? » Le bobby a examiné leurs papiers. Le passeport britannique de Jean a fait son effet. La face rougeaude exprimait à présent une bienveillance presque paternelle. « Écoutez, les garçons, vous ne devriez plus marcher comme ça dans le froid. Si vous cherchez un asile de nuit, je vous conseille d'aller à Kennington Park, juste avant le Naafi Depot. C'est pas cher, et vous serez bien chauffés. » Georg a claqué ses talons à l'allemande. Il faisait toujours ça pour impressionner les Anglais. « Merci beaucoup, officier. » Deux assassins en maraude. C'était facile de gagner la confiance, il suffisait de dire les mots que les gens attendaient, officier, étudiant, n'importe quoi de ce genre. Un accent allemand, un passeport correct, même si affecté du C (pour Consulat) infamant, et les rues de Londres étaient à vous. Même la pension Turnbull n'était plus un obstacle à la liberté. Dix-sept, dix-sept et demi. La tête rouge du policier porterait le numéro trente-trois !

Toutes ces rues étaient un vortex organisé autour d'un centre inconnu, toujours en mouvement. Le cœur, c'était peut-être l'hôpital Saint Thomas où Jean allait chaque jour, ses murs de brique, l'amphithéâtre où le professeur Baddou diffusait son impénétrable cours d'anatomie. Ou bien University College, où Georg Borer s'était inscrit en philologie et littérature. Ou encore ces petits tourbillons qui les happaient presque chaque soir, Oxford Circus, Tottenham Court Road, Sloane Square, Fulham Road.

À l'Armée du Salut il n'y avait pas de place pour eux. Le soldat qui les recevait avait le teint jaune, le col de sa vareuse sciait son cou maigre. Ses petits yeux méchants transperçaient Jean, se posaient sur le châle aux couleurs de l'université que Georg portait autour du cou. Ils devaient déceler en eux de faux pauvres, des truqueurs, des parasites en quête d'aventure. « Vous devriez aller voir du côté du dortoir d'East Street. » L'homme barrait le passage de l'asile, comme si c'était l'entrée d'un palace recherché. « Et pouvez-vous nous indiquer la direction ? » Georg avait repris son accent allemand, celui qui faisait peur aux Anglais. Il pesait quatre-vingt-dix kilos, il avait le nez cassé et son imposante moustache noire. Le soldat de l'Armée du Salut a jeté un coup d'œil par-dessus son épaule pour chercher un éventuel secours. « C'est pas loin, vous marchez jusqu'à Walworth, vous descendez une ou deux rues, et c'est là, vous ne pouvez pas le manquer. »

Jean et Georg sont repartis par les rues. La neige commençait à tomber. Jean, qui était maigre, sentait le froid, malgré les feuilles de papier-journal dont il avait matelassé sa chemise et qui lui faisaient une double bosse, comme au Guignol de Charivari. De l'autre côté du Naafi Depot, la Tamise roulait une eau noire et grasse, maculée de taches blanches que Jean comparait à du blanc battu en neige. Il l'a montrée à Georg avec ce seul mot : « Huit ». C'était le numéro que portait la recette de l'omelette norvégienne de miss Emma, quelque chose d'écœurant et de doux dans toute cette noirceur. Georg avait plu tout de suite à miss Emma, par sa carrure, son poids, sa gueule de gentille brute. Miss Emma était amoureuse sans l'avouer de l'acteur américain Clint Walker qui jouait dans une série western qu'elle regardait fidèlement à la télévision. Elle était de ces gens qui prennent la partie pour le tout, et confondent naturellement l'acteur et le héros dont il endosse l'habit. Elle disait souvent à Georg : « Vous seriez *très bien* en cow-boy. » Walker avait donc reçu le numéro vingt-deux, et l'amour transi de miss Emma le vingt-deux et demi. Mais ça ne les faisait même plus rire.

Southwark Bridge, London Bridge, Tower Bridge, Jamaica Road, Rotherhithe, Chamber's Wharf, Cherry Garden, Wapping. Jean connaissait tous ces noms, c'était des noms de guerre, de fuite, des noms qui appelaient, effaçaient. Il y avait de la noirceur jusque dans ces noms. Une folie froide. Comme ces noms de gares qu'on voit fondre dans la nuit, tandis qu'on roule à l'envers vers un autre bout de monde.

Au dortoir d'East Street, ça coûtait un shilling la nuit, plus six pence pour être réveillé à sept heures du matin. Il n'y avait pas de chambres, mais des espèces de compartiments à deux lits séparés par des cloisons faites dans ce matériau marronnasse avec lequel on fermait l'arrière des postes de radio à lampes. Il y avait des noms graffités sur les cloisons, comme en prison, des traces de punaises, des trous bouchés avec du papier. Le dortoir n'accueillait que les hommes. Ça sentait fort les pieds, la mangeaille froide, la pauvreté. Georg s'est allongé sur son lit et il s'est endormi presque tout de suite, emmitouflé dans son caban noir, sans même avoir ôté ses chaussures. Il respirait fort, un souffle d'asthmatique.

Jean, lui, n'arrivait pas à dormir. Il écoutait chaque bruit, chaque craquement, le son mouillé des pneus sur la chaussée d'East Street. Un vague brouhaha de télévision ou de radio, qui sortait de la loge du veilleur de nuit. Il y avait une telle solitude, ici, une détresse palpable, on la buvait, on la respirait avec le gris de la nuit. C'était si fort, si ténébreux qu'on ne pouvait penser à rien d'autre, on ne pouvait se souvenir de rien d'autre, comme si on n'avait pas eu de vie auparavant, qu'on était né, arrivé, tombé tout à coup dans cette voie sans issue, pris par ce fleuve noir et luisant entre les docks, emporté entre les fleurs d'écume couleur du huit de miss Emma. À voix basse, dans la nuit, Jean a donné à tout ceci le numéro treize.

À l'aube, ils ont erré de nouveau dans les rues. Borough, Walworth encore, Darwin, Penton Place, Brook Drive, Rodney Road jusqu'à Bricklayer's Arms Station, puis mis le cap à l'est, Jamaica vers Brunel, Rotherhithe tout du long, et enfin les docks, magnifiques, déserts, hérissés de palans et de mâts, Surrey, Cuckold, Nelson, Durand, Trinity Wharf, South Wharf. Jean n'était jamais assez à l'est. Georg suivait en grognant, lui aurait préféré Chelsea, Pimlico, à la rigueur les pubs de Hammersmith, il voulait voir des filles, il voulait être avec les jeunes, il avait envie de mode, de photos, de musique.

Depuis quelque temps il avait commencé à irriter Jean sérieusement. Avec sa manie de déclamer des poèmes de Heine ou de Schiller ou, pis encore, de s'essayer à citer *Howl* de Ginsberg dans le texte. Tout ce que Jean détestait. Être en représentation, chercher le regard des autres, les provoquer pour leur dire qu'on a besoin d'être aimé. L'esprit de corps, quoi.

Ce que Jean voulait de Londres, c'était ça même : dureté, âpreté, vérité. C'était pour trouver ça qu'il avait quitté la douceur écœurante de la Méditerranée, la sécurité trompeuse des vieilles maisons ocre et des toits de tuiles, le nid familial, surtout les petites lâchetés quotidiennes, le réseau des amis d'enfance, les souvenirs, Rita et ses habitudes, l'amour à cinq heures de l'après-midi, les couchers de soleil sur la mer morte. On ne pouvait pas lâcher ce qui comptait le plus au monde, La Kataviva et la tante Cathy Marro, pour trouver un autre à-peu-près. Il fallait donc les rues de cette ville violente. Greenland Dock, un grand bassin d'eau sombre où pourrissaient les barges de la guerre, le parfum âcre du calfat, les rails des grues inondés par les flaques. Plough Way, Evelyn Street, Wet Dock, St George's Wharf. Les cris des mouettes invisibles. Les nuages bas. Après la neige, il pleuvait une pluie froide et fine qui saupoudrait de farine, pénétrait vos habits, puis la peau, jusqu'aux os.

N'est-ce pas, le froid n'est qu'une illusion ? Sur le navire (l'*Invicta*) qui franchissait le pas entre Calais et Douvres, quand il était venu en Angleterre, Jean était resté sur le pont balayé par cette pluie fine venue du nord. Autour de lui, les émigrants nigérians, ghans, wolofs étaient debout, adossés au château avant. Ils n'étaient vêtus que de leurs chemises à fleurs, certains en gandouras blanches flottant dans le vent, coiffés de bonnets rouges. À côté de Jean, accroché à la lisse, un Yorouba au visage cousu de cicatrices portait un énorme bonnet de fourrure de léopard, mais pour le reste il n'était vêtu que d'une longue robe en cotonnade bleu ciel que le vent gonflait derrière lui comme une voile. Jean lui avait adressé la parole : « D'où êtes-vous ? Et où allez-vous ? » La pluie ruisselait sur le visage de l'homme comme une sueur. Couleur de bronze, couleur de bois noir, couleur de basalte. Il n'a pas compris la question. Peut-être avait-il peur ? Peut-être seulement de l'indifférence, un seigneur de la jungle perdu sur ce bateau, dans le froid et la pluie.

Il fallait aller à l'est, toujours plus à l'est. Dans ces quartiers sans parure, vers ces murs de brique, ces terrains vagues, voyant entre les immeubles les taches noires de la Tamise, les bosquets d'arbres nus.

Sur Jamaica, Jean avait trouvé un logement, une seule grande pièce vide au premier étage d'un immeuble, au-dessus d'un magasin de boissons alcooliques. Georg, lui, avait fini par retourner chez dix-sept, même après le coup du dix-sept cinquante. Il s'était excusé pour la tirelire fracassée, avait probablement fait ses yeux doux et son air triste de gros toutou, et miss Emma, au nom de Clint Walker, avait tout pardonné.

Le logement du 237 Jamaica East était loué à une Irlandaise rousse du nom de Rosie, qui vivait au rez-de-chaussée avec son associé et amant, un Français petit, rond et brun du nom de mister Leroux. La minceur des cloisons ne laissait rien de secret sur leurs relations, et cependant ils affichaient aux yeux du monde une distance polie et un peu guindée qui frisait l'hypocrisie. Sans cesse Jean entendait résonner dans l'escalier leurs appels : « Mister Lerou-ou-oux ! — Yes, miss Rosie ? » « Miss Rosiie ! — Yes, dear ? »

La grande chambre était glaciale. Jean couchait sur un matelas à même le sol, enveloppé dans des couvertures. Tout ce qu'il avait était prêté par miss Rosie : le réchaud électrique pour le thé, les coussins qui lui servaient de siège, les deux lampes sans abat-jour, même le vieux tableau horrible qui venait de la boutique du brocanteur Adamouny. Tout le reste, les assiettes et les tasses, les couverts, les cendriers et les serviettes, provenait de petites rapines à droite et à gauche, dans la cafétéria de l'hôpital ou dans les pubs de Chelsea. La chose principale de cette pièce était le chauffage à gaz, lequel était actionné par un compteur à shillings particulièrement vorace, mais les étudiants de Saint Thomas avaient montré à Jean comment le chatouiller avec un portemanteau en fil de fer chaque fois que la flamme menaçait de s'éteindre. C'était aussi le seul ustensile de cuisine, si on pouvait appeler cuisine les tranches de pain et les saucisses que Jean faisait rôtir contre les grilles en fer, en les maintenant à distance grâce à d'autres portemanteaux trafiqués en forme de broche et de rôtissoire. Tout cela pour un loyer de six livres sterling par semaine, payables d'avance.

Jamaica East était un coin qu'on aurait pu dire sordide, mais il plaisait assez à Jean, parce qu'il était non loin de la Tamise, sur la route des docks. À pied, on était à dix minutes de Durand Wharf, d'où on avait une très belle vue sur l'île des Chiens. Jean aurait donné tout South Kensington et Pimlico pour Rotherhithe et l'île des Chiens.

C'était plutôt un coin d'Irlandais. Le soir, après la fermeture des pubs, ils se pressaient devant la boutique de miss Rosie pour acheter du vin, du gin et d'autres alcools frelatés. Ils buvaient là debout dans un recoin de mur, en guettant l'arrivée de la police, puis ils se querellaient. Quand enfin mister Leroux baissait le rideau métallique vers minuit, il restait toujours quelques pochards à cogner à grands coups de poing, et à crier des insultes qui traînaient comme des plaintes. Mister Leroux avait tenté d'engager un garde du corps, un géant ukrainien du nom de

Conrad Evtchuchenko, qui était ordinairement homme à tout faire chez le brocanteur Adamouny de Fulham Road. Mais c'était un bon géant, trop doux, et de plus enclin à la boisson autant que ceux que le marchand de vin voulait jeter dehors. Un soir, tout de même, à la suite d'une querelle d'ivrognes, Conrad avait été pris par une fureur destructrice, et il avait jeté tous les consommateurs à la rue comme s'ils n'étaient que des sacs de kapok, puis il avait continué en projetant les meubles sur la chaussée, et une cinquantaine de bouteilles, jusqu'à ce que la police vienne l'assommer et l'emmène en prison.

Pour gagner un peu d'argent en dehors des cours, Jean travaillait chez Adamouny. Trois soirs par semaine, il tenait le magasin d'antiquités. C'était le nom qu'Adamouny donnait à son bric-à-brac, où les mêmes lits et les mêmes armoires faisaient une ronde, continuellement achetés, puis revendus par des familles de passage dans l'East End, la plupart des pauvres gens venus du Pakistan ou d'Afrique. Le magasin était une longue galerie sans fond, encombrée et sombre, qui s'ouvrait sur une cour où les meubles les moins demandés traversaient sous la pluie leur temps de purgatoire, avant de devenir, grâce aux intempéries, de véritables antiquités.

Adamouny était un petit homme replet, déplumé, mais doué d'intelligence et de vivacité, et parfois d'humanité. Il était visiblement impressionné d'avoir comme employé un étudiant en médecine, de surcroît parlant le français. Son magasin servait de refuge à des hors-caste, tel l'incroyable Conrad Evtchuchenko qui revenait travailler chaque fois qu'il était dessoûlé et qu'on le relâchait de prison. Parmi les habitués, il y avait aussi une jeune femme juive assez jolie et dépressive, du nom de Sara. Elle venait pratiquement chaque après-midi pendant une certaine durée, puis disparaissait sans qu'on sache où. Elle parlait avec Adamouny, buvait avec lui des cafés extraforts, fumait beaucoup, pleurait parfois. Elle avait eu une vie déjà très remplie, ayant fait du théâtre, du cinéma, et elle vivait, à ce que disait Adamouny, dans un petit appartement de Chelsea, don d'un richissime amant de sa prime jeunesse. Quand elle venait s'épancher chez Adamouny, elle laissait à l'entrée du magasin un jeune Suédois blond à l'air maladif et sournois, avec lequel elle entretenait une relation orageuse. C'était le petit monde d'Adamouny.

Jean ne considérait pas qu'il en faisait partie, malgré son job. Il s'asseyait dans un des fauteuils profonds exposés en vitrine, pour lire ses cours d'anatomie ou, quand il voulait se délasser, *Le Docteur Jivago*, de Boris Pasternak. Dans le cas où un client important se présenterait, sa mission était de téléphoner à Adamouny à Fulham Road et de faire patienter. Autrement, d'éloigner les importuns et de décharger les livraisons avec Conrad.

À l'école de médecine, et à l'hôpital Saint Thomas, Jean n'avait pour ainsi dire lié connaissance avec personne. C'étaient pour la plupart des fils de famille, vaniteux et vides, avec déjà des plans de carrière et des relations. Certains reprendraient le cabinet de consultations de papa, d'autres se destinaient aux grands hôpitaux. Ils parlaient de leurs futures spécialités. Par ailleurs, ils étaient capables de blagues de carabins, comme le pauvre Holmes, à qui l'on avait glissé une main coupée sur la table d'anatomie dans la poche de son paletot. Sa tête lorsque dans le métro il avait senti dans sa poche cette chose froide, et ses ruses pour parvenir à s'en débarrasser dans une poubelle au milieu de vieux journaux ! Cela avait donné à rire à toute l'école pendant plusieurs semaines.

Il y avait surtout une ambiance d'hypersexualité qui ennuyait Jean. Partout, toutes les discussions entre élèves tournaient autour de l'amour, ou plutôt du coït, comment ils l'avaient fait, avec qui, où, et combien de fois. Le champion de ces vantardises était un type du nom de Allpick, un blondinet à l'air un peu triste, pas beaucoup de menton, des yeux tombants d'un bleu terne, au demeurant l'un des étudiants les plus brillants de l'école, qui serait sûrement chef de clinique avant trente ans, et peut-être ministre de la Santé. Jean l'avait écouté un jour développer sa théorie : « Si le corps humain était irrigué entièrement et ramifié nerveusement à la manière du corps caverneux du pénis, faire l'amour serait bombastique ! » Il avait bien dit ce mot, bombastique, et tout le monde avait glosé là-dessus pendant des semaines. Jean avait commenté d'un mot aigre, qui l'avait relégué au rang des rabat-joie et des *party-poopers* : « Très bien, mais est-ce que ce n'est pas ce qu'on appelle penser avec son vit ? »

Pourtant, Jean aimait bien les classes de médecine. C'était clair, sans ambiguïté, sans sentimentalisme inutile. Les journées à l'hôpital, en compagnie des malades, des agités, des clochards édentés, étaient riches d'enseignement. Jean s'attendait à y voir arriver Conrad Evtchuchenko, ramassé ivre mort dans son uniforme de cosaque. Il y avait surtout la foule des anonymes semblables à ceux que Jean avait aperçus dans le dortoir d'East Street où il avait dormi naguère avec Georg Borer.

La salle des urgences était terrible et belle, un long couloir aux fenêtres grillagées, éclairé par des barres de néon, où la souffrance humaine prenait un relief impitoyable. Un jour, alors qu'il s'y trouvait avec les élèves de son groupe de première année, on avait conduit là un jeune garçon, dix-sept ou dix-huit ans, un Pakistanais, ou un Afghan, qui avait eu les deux poignets tranchés dans une bagarre. Même Allpick le hâbleur était resté pétrifié. Il avait simplement grogné : « Ces bâtards d'infirmiers ne savent pas qu'il fallait l'intuber, ça lui aurait sauvé la vie. » Effectivement, le jeune homme était mort durant son transfert, étouffé par son vomi.

Jean ne voyait pratiquement plus Georg Borer à présent. Ç'avait été un soulagement. Ils en étaient arrivés au point où ils ne pouvaient plus se parler qu'en code. « Trente-trois ! — Vingt-sept, vingt-huit cinquante ! —Douze ! — Dix-sept et demi ! — Quarante ! »

Un petit rire entendu, ils pouffaient encore un peu. Georg maintenant avait ses entrées dans un club de Soho, une cave aménagée en tripot clandestin, enfumée et bruyante, où on jouait au casino et au whist. L'égérie du lieu était une Française, une grande fille brune un peu molle, qui couchait avec tous les garçons qui lui plaisaient et de ce fait avait reçu le sobriquet désobligeant de Poubelle. Georg sortait souvent avec Poubelle. Parfois Jean venait les voir à la cave, en fin de semaine. Mais c'était Poubelle qui l'attirait, parce que, en fin de compte, il la trouvait plus intéressante et plus touchante que ces gens qui abusaient d'elle. Eux étaient cyniques et naïfs, ils n'avaient pas d'existence. Poubelle avait ces yeux vagues et brouillés, et cette sorte de désespoir souriant qui rappelaient à Jean la Jeanne Odile des derniers temps. Elle venait du fin fond de la France, d'un village du pays betteravier nommé Beaurieux. Quelquefois elle restait avec Jean dans la cave enfumée, devant une tasse de café vide, et elle parlait des gens de son village, de l'hiver si froid que les brins d'herbe gèlent. C'était comme d'attendre, comme s'il y avait un bombardement aérien ou quelque chose en surface, et quand on sortirait de cette cave, tout serait détruit alentour.

Mais Jean aimait bien ces moments-là, où il avait le sentiment de toucher aux racines de plusieurs mondes. Peut-être que c'était cela qu'il préférait chez Poubelle, elle était le point de rencontre de gens qui autrement ne se seraient pas même imaginés. Tous se retrouvaient dans l'eau sale de ses yeux, ils s'effleuraient à travers elle. Dickson, le prof d'université, grand, mince, d'une élégance à la Gary Cooper, et homosexuel affiché, portant les cheveux longs et des favoris gris romantiques, une voix grave, très douce, toujours ironique. Bryan, un type long et maigre comme un chat de gouttière, habillé de noir, un poète, qui jouait aussi de la guitare avec Georg Borer. D'ailleurs ils se ressemblaient. Puis la bande de John James, des voyous habillés de cuir noir et cloutés comme des Meccano, portant chaînes et étoiles, même des croix gammées, et qui s'asseyaient à part dans un coin après avoir fait fuir ceux qui s'y trouvaient. Tout le monde les haïssait et les craignait. On savait qu'ils vivaient de cambriolages, qu'ils avaient un sous-sol rempli de marchandises volées, des chaînes sono, des télés, des machines à laver, même des motos. John James était sombre, violent. À vingt-trois ans il avait déjà fait de la prison. Avec ça un visage d'ange, délicat et boudeur. Il était de toutes les bagarres. Il participait à tous les matches de boxe sauvages organisés dans les terrains vagues de l'East End, on disait qu'il avait cassé la mâchoire d'un de ses opposants, d'un seul coup de poing. Il venait à la cave de Soho accompagné d'une fille que Jean considérait comme la plus belle fille qu'il ait jamais vue, une étudiante allemande du nom d'Inge, qui suivait des cours de littérature dans la même classe que Georg Borer. Elle portait un casque de cheveux blonds coupés court, fins et brillants comme l'or, et son visage était pareil à celui d'une poupée. Elle n'était pas très grande, mais fine et vive, et Jean s'était demandé comment quelqu'un comme elle s'était entiché d'une brute.

Jean lui avait parlé deux ou trois fois, à la sortie de l'université, où il allait sous prétexte de voir Georg. Dans la bande de John James, il y avait aussi un prof d'art dramatique à University College, Will Harrison, une sorte de géant barbu aux cheveux longs, lui aussi vêtu de cuir noir et décoré d'étoiles. Il fréquentait des milieux interlopes, mais détestait les nazillons qui s'y cachaient. Il donnait ses cours d'art dramatique dans ses habits de loubard, et personne n'y trouvait à redire. C'était l'Angleterre, le pays le moins conformiste au monde. Devant tous ces gens (Poubelle exceptée) Jean évitait de dire qu'il était à moitié français, car ils pensaient que la langue française, avec ses sons parlés du nez et ses *u* qui font avancer les lèvres, était une langue de chochottes.

Un soir d'hiver, Jean a rencontré Alison à la station Rotherhithe. C'était une grande fille simple avec un visage rose et des yeux bleus étonnés. Ils sont allés boire quelques pintes de bière au pub Jamaica. Elle travaillait comme infirmière à l'hôpital Saint Christopher, à Waterloo. Elle portait son uniforme bleu et blanc sous son imper. Elle semblait disponible, elle écoutait Jean parler avec l'air de ne comprendre que la moitié de ce qu'il disait. Mais elle ne pensait rien de mal de la langue française, au contraire, elle trouvait l'accent très mignon.

Le pub était enfumé, empesté par l'odeur lourde de la bière, surpeuplé par le brouhaha des voix, les cris des types qui jouaient aux fléchettes contre le mur. Ça donnait le tournis. Il y avait longtemps que Jean n'était pas sorti avec une fille comme Alison, quelqu'un qui ne se posait pas de problèmes et ne posait pas trop de questions. Quelqu'un qui n'était pas accaparante comme Rita, ou dépressive comme Poubelle.

Ils ont bu, ils ont parlé et bien ri, puis ils sont partis et Alison naturellement a pris la main de Jean pour marcher dans la rue. Il pleuvotait. Sous un réverbère jaune, Jean a embrassé Alison, maladroitement d'abord, puis un peu mieux. Sa bouche était chaude et charnue, son haleine sentait la bière et la fumée de cigarette. La pluie avait collé ses cheveux blonds sur sa joue et, en l'embrassant, Jean a mâchonné une de ses mèches. C'était drôle, c'était bien, Jamaica était tout éclairée par les phares des voitures, remplie d'un bout à l'autre par le bruit mouillé des pneus. C'était la réalité, plus forte que l'habitude.

La main dans la main, Jean et Alison ont traîné dans des rues désertes, jusqu'à Greenwich. En passant devant le numéro 237, Jamaica Road, Jean a montré la fenêtre au premier, au-dessus du débit d'alcool. « C'est là que j'habite. » Il y avait déjà quelques Irlandais attroupés devant le rideau fermé, attendant l'heure de l'ouverture, qui coïncidait avec celle de la fermeture des pubs. Jean a parlé de miss Rosie et de mister Lerou-ou-oux, et Alison riait de bon cœur en montrant ses grandes dents très blanches. Il la désirait, mais il avait peur que ça se voie, peut-être parce que cela faisait partie du jeu, cette fille au visage candide, ses épaules carrées, ses grandes mains. Elle marchait un peu comme un garçon, en cognant d'abord les talons.

Autour de minuit, ils sont revenus vers l'immeuble. Dans la boutique de miss Rosie, les clients se bousculaient pour acheter leur Ruby Wine, et ils sont entrés difficilement dans le hall. Dans les escaliers mal éclairés par une ampoule pâle, Jean a embrassé Alison, et a cherché à dégrafer sa blouse d'infirmière. Elle a dit : « Pas ici, allons chez toi. » Ils sont entrés dans la grande chambre glaciale comme en dansant, enlacés, bouche contre bouche. L'haleine d'Alison chassait les miasmes sombres de cette ville, toute la noirceur de l'hôpital Saint Thomas et de son corridor des urgences, et sûrement aussi celle de l'hôpital Saint Christopher.

Elle ne parlait pas de son métier. Jean pouvait imaginer ses mains larges appuyant sur des compresses, vissant le cathéter dans l'aiguille plantée dans la veine du dessus d'une main. Elle se serrait contre lui de toutes ses forces, comme quelqu'un qui aurait peur de tomber. Il a défait sa blouse, et fait glisser la combinaison de Nylon rose, elle avait un buste long et étroit, des seins petits, la peau blanche constellée de grains de beauté. Allongée sur le matelas, elle se laissait caresser, les yeux fermés. Puis elle a demandé à éteindre la lumière. Ils ont fait l'amour, lentement pour commencer, puis elle lui a mordu férocement l'oreille, elle a murmuré quelque chose comme : vas-y, ne fais pas semblant, ou plutôt, arrête de faire l'idiot, c'est pénible tu sais, et en même temps elle guidait le pénis avec sa main, c'était elle qui faisait les mouvements avec son bassin, qui serrait et desserrait son étreinte. Jean pensait qu'il n'avait jamais connu une fille pareille, si tranquille d'apparence, si décente, et qui savait sa gymnastique avec une telle expertise. Dans la grande chambre il faisait sombre, sauf l'enseigne au néon qui écrivait en rouge *After Hours*, qui allumait une tache de crépuscule au plafond, et Alison était arc-boutée sur le matelas, les yeux révulsés, son souffle court, son cœur qui cognait, Jean sentait la sueur couler sur ses joues, sur son dos, la sueur mouillait leurs poitrines et leurs ventres faisaient un bruit de ventouse, et tout s'éclairait soudain, s'illuminait, d'une lueur nerveuse qu'on ne voyait pas avec les yeux mais avec toutes les fibres de son corps. D'une certaine façon, c'était assez magnifique, au milieu de la violence de la ville, avec le bruit des autos en train de courir sur Jamaica Road et même les cris des ivrognes en bas dans la rue qui se battaient pour acheter vite leur dernier alcool. Jean et Alison étaient au centre d'une bulle de bonheur, non pas hors du temps, mais plutôt au cœur du temps, au point le plus chaud du réel.

Longtemps après, quand c'était terminé, Alison est allée se laver au lavabo, avec des bruits d'eau qui cascadait sur le parquet. Elle a dit : « Merde, j'ai tout inondé. » Elle s'est assise sur le matelas, toujours dans l'obscurité. Elle a dit : « Je ne veux pas de petits bébés, tu comprends ? » Jean était encore endolori. « C'était bien ? » Elle lui a posé la question en s'habillant à la hâte. « Je me sens comme un roi ! » a commenté Jean, en citant la phrase de Santos Balas en Algérie. Elle a ri franchement. « Un roi ! Tu exagères un peu, non ? » Elle l'a tiré par le bras. « Viens, le roi, j'ai faim, emmène-moi manger. » Alison avait tout le temps faim. Jean avait plutôt sommeil, mais il s'est rhabillé, et ensemble ils ont plongé dans le froid de la nuit, à la recherche d'un restaurant pour dockers, du côté de Surrey.

Les cours à l'école de médecine, c'était la réalité. Il y avait si longtemps que Jean recherchait cela, la réalité. Pas des jeux d'étudiant, ou des discussions sur la politique, la guerre, le racisme. Pas des prises de tête sur la liberté, sur l'identité, la finalité. Rien non plus sur la fameuse transcendance. Non, quelque chose comme ce dont parlaient les gens au temps d'Anaxagore sur la place publique. Le même monde violent qu'au temps de Parménide d'Élée, avec ses esclaves, ses soldats, ses prostituées.

À Londres, du côté d'Elephant & Castle et de Jamaica Road, et sur l'autre rive, cette butte de terre qu'on appelait l'île des Chiens, c'était un peu comme cette Grèce-là. Cela rayonnait d'intelligence, de puissance, d'injustice, donc de beauté. Jean ne pouvait plus imaginer vivre ailleurs, ni retourner dans sa ville d'enfance où il avait étouffé sous le ciel vide. Chaque jour, tôt le matin, quelquefois encore à la nuit, il marchait le long de Jamaica Road. Il voyait passer les saisons. Il y avait eu les mois de neige, les voitures patinant dans la gadoue, leurs phares allumés en plein jour. Puis les arbres de Southwark avaient mis un léger duvet, d'un vert très tendre, qui flottait autour de leurs branches noires comme une vapeur.

Les oiseaux étaient revenus. La bouteille de lait que Jean laissait à rafraîchir sur le rebord de la fenêtre était toute becquetée. En s'embusquant derrière la vitre, Jean avait aperçu un couple de bouvreuils, le mâle et la femelle piquant à tour de rôle la capsule dorée pour boire la crème épaisse. Dans les parcs de Lambeth, à toucher les bâtiments de brique de l'école de médecine, une armée d'écureuils était nouvellement sortie de terre et voltigeait drôlement d'un banc à l'autre. Pour eux, Jean faisait provision de cacahuètes et d'amandes dans le mess des internes. Au retour, il lui semblait que les écureuils le reconnaissaient, peut-être sa silhouette, ou le bruit de ses pas.

Il s'arrangeait à toujours revenir seul. Il ne voulait pas se lier avec les autres. Chacun habitait son cercle, Jean ne voulait pas qu'on entame son cercle à lui. Quand il sortait de l'école, il entrait dans la périphérie du cercle de Jamaica. Ou bien il allait voir du côté du cercle de Fulham Road, dont le centre était cette vieille fripouille d'Adamouny dans son magasin de meubles. Il y avait aussi le cercle de Soho, la cave où se réunissaient les rockers de cuir noir, Will Harrison avec ses étoiles et parfois le terrible John James accompagné d'Inge.

C'était spécial de vivre comme cela dans un provisoire qui ressemblait à du définitif. Ces rues, ces avenues, les stations de métro, Rotherhithe, l'hôpital Saint Christopher où la gentille Alison travaillait dur, les cours de Baddou, le jardin des écureuils. La nuit, les voix des ivrognes dans la rue, leurs coups sur le rideau métallique, l'accent sucré de miss Rosie appelant mister Leroux. Deux soirs par semaine, et certains dimanches après-midi, comme une hygiène de la déraison, Alison Pembroke. Ils se baladaient la main dans la main, allaient manger à Paradise Street dans un pub. Puis ils revenaient faire l'amour dans la grande chambre, avec la sueur qui collait leurs ventres dans l'air glacial. Du thé dans les verres, des cigarettes. Presque jamais de paroles échangées. Comme un couple vieux de plusieurs années.

Le visage d'Alison était un grand mystère. Son regard où la simplicité effaçait toute hypothèse. Sa lèvre supérieure ombragée d'un fin duvet qu'elle blondissait à l'eau oxygénée de l'hôpital. Ses petits seins hauts sur son buste étroit, la façon impudique qu'elle avait de se laver en arrosant le parquet, debout pieds nus penchée sur le lavabo.

Donc il fallait glisser d'un cercle à l'autre de la réalité, sans se laisser abuser par elle. À l'hôpital, durant les gardes, trois fois par semaine, il y avait un risque d'être pris, abusé. Les autres étudiants, Holmes, Altman, Meadows, et même le sentencieux Allpick, ils s'en foutaient. Ils étaient déjà endurcis. Seul l'échec aux examens pouvait les affecter. Le fiasco sexuel aussi, à la rigueur.

Jean entrait dans le service des vieillards le cœur battant. C'était un peu comme s'il se retrouvait dans la cage d'escalier de La Kataviva, et qu'il montait les marches une à une, tiré par les cheveux par les piaillements stridents du serin, à la rencontre de la tante Cathy Marro.

Au pavillon des déments séniles, il avait fait connaissance avec la plupart des hommes et des femmes. Ils attendaient sa venue — du moins Jean vivait-il dans cette illusion.

Il y avait un vieux marin, un Écossais du nom d'Ervin Mac Laghlan, qui avait été jadis mécanicien à bord des cargos qui allaient en Afrique, en Malaisie, et jusqu'aux Fidji. C'était un petit monsieur fragile, maigrichon, avec d'épais sourcils qui lui retombaient sur les yeux et une barbe rare d'un blanc un peu jaune, qui indiquait qu'il avait été roux dans sa jeunesse. Il ne parlait pas, sauf quelques mots, qui s'étouffaient aussitôt. Il se mourait d'un cancer à la gorge.

Jean s'asseyait à côté de lui sur un fauteuil en rotin, il lui disait deux ou trois phrases, il essayait une plaisanterie. Le petit homme le regardait sans méfiance. Il devait comprendre que de tous les hommes en blanc de l'hôpital Jean était le moins dangereux. Parfois il arrivait à articuler une première phrase : «*When I was in the South Seas...*» Mais il n'allait pas plus loin. Qu'est-ce qu'un mécanicien à fond de cale avait pu voir des *South Seas* ? Peut-être qu'il se souvenait encore de ce balancement très lent de la houle du Pacifique, peut-être entendait-il encore le froissement particulier des hélices dans ces mers lointaines ? Jean aimait bien Mac Laghlan, il restait un long moment avec lui, pendant que les autres étudiants continuaient la visite.

Il connaissait aussi une vieille femme qui avait travaillé toute sa vie comme cuisinière à l'hôtel Coburg Court, sur Kensington, et qu'on avait flanquée à la porte quand elle avait commencé à confondre le sucre et le sel, ou les concombres avec les courgettes. Elle se baladait dans les couloirs en portant une corde. Jean lui avait demandé : «À quoi vous sert cette corde ?» Elle l'avait regardé d'un air mystérieux. «C'est quand je cuisine. Quand je suis saoule, j'accroche la corde au plafond pour ne pas tomber sur le fourneau.» C'était logique.

À chacun son histoire, ses tics, sa légende. À chacun sa maladie qui allait l'emporter. Ils erraient entre ces murs peints en vert désespoir, l'air d'enfants perdus. D'autres ne sortaient pratiquement plus de leurs lits, restaient le visage renversé à regarder le plafond.

La plupart des étudiants venaient par obligation, une fois par mois, pour illustrer leur cours de gériatrie. Jean s'était porté volontaire pour un service hebdomadaire, trois heures de permanence trois fois par semaine. Évidemment, c'eût été plus gratifiant d'entrer au service de pédiatrie, ou en obstétrique. Ici, au pavillon des déments, le médecin ne sert pas à grand-chose, rappelait le professeur Ricuore. Il est là pour accompagner les condamnés. Ce devait être ça qui avait plu à Jean, être proche de l'inutile, comme une sorte de luxe ultime accordé à un mort en sursis.

C'était un bord de falaise. Un jour, ils étaient là, avec leurs gestes familiers, leurs lubies, leurs lunes. La vieille Emma Jo, qui avait été une chanteuse célèbre dans les années trente, avait roulé sa bosse aux États-Unis, de la Caroline à Niagara Falls, et qui de temps en temps chantait encore des airs d'opérette de sa voix chevrotante. Kincaid le marin, qui sans raison se mettait dans une colère comique et grommelait des insultes à un équipage absent. Jack Wallis le banquier, avec son regard clair, son expression de détresse parce qu'il avait oublié tous les chiffres. Andrew rivé à son fauteuil roulant, qui était devenu sa coque et son abri, et où il empilait ses trésors et les chiffons qu'il fauchait au passage. Jeremiah occupé à ramasser d'invisibles miettes. Paula, qui avait été demi-mondaine dans sa jeunesse, toujours fardée, cils et sourcils chargés de charbon, la peau de ses tempes tirée par des pinces d'acier dissimulées sous sa perruque. Elle s'adressait toujours à Jean de préférence, elle lui disait : « Mon chou, mon sucre, mon miel. »

Pour la plupart, ils n'avaient pas d'autre famille que le personnel de l'hôpital, pas d'autres préoccupations que leurs boîtes à pilules, leurs lavements, leurs examens. Pas d'autres limites que le bout des corridors, les salles communes, les dortoirs, les toilettes, le réfectoire qui s'ouvrait trois fois par jour. Quand Jean revenait au pavillon deux jours plus tard, il n'était pas sûr de ceux qu'il retrouverait. Quelques-uns avaient été poussés trop loin, étaient tombés au bas de la falaise.

D'autres semblaient immortels, mais leur éternité était légère, comme s'ils flottaient sur un souffle impalpable. Durant cet été-là, Jean a aidé Mac Laghlan à mourir. Il avait les poumons envahis par l'emphysème, il luttait depuis des semaines et, un soir, Jean lui a administré par sa canule une dose massive de barbituriques et il a regardé la dernière étincelle de vie qui tremblait dans le regard du vieil aventurier des mers du Sud, comme une lueur d'étonnement et de gratitude. Puis la poitrine de Mac Laghlan s'est littéralement effondrée et il est mort. Tous le savaient, la dose était venue des sphères du professeur Ricuore, Jean n'avait été que l'instrument responsable. C'était facile, cela donnait un sentiment de puissance insupportable. C'était au plus chaud de l'été, un 29 août, environ. Jean est arrivé en retard au pub de Surrey où Alison Pembroke l'attendait, mais elle ne lui a fait aucun reproche. Il a bu une ou deux pintes, il a dit : « Bon, on y va ? » Alison l'a regardé avec inquiétude : « Quoi, tu ne veux pas manger un morceau ? » Il a répété : « Non. On y va ? » Il a hélé un taxi pour aller en vitesse jusqu'au 237 Jamaica. Il avait un très grand besoin de faire glisser la blouse d'Alison, de sentir la tiédeur de ses seins, de s'emplir de sa jeunesse, de laisser gonfler autour d'eux la bulle de désir et de plaisir. En même temps, c'est à partir de ce jour-là que Jean a compris que quelque chose avait changé entre eux, s'en allait à sa fin.

Et puis il y avait eu cette chose étonnante, cette nouvelle qui courait de bouche en bouche, en même temps très lointaine, comme une lueur affadie qui avait parcouru l'espace en provenance d'une autre planète. C'est Georg qui lui avait annoncé la nouvelle, ou peut-être Poubelle, ou encore les étudiants de l'école de médecine l'avaient lue à la une des journaux : la guerre était finie. De Gaulle avait négocié avec le FLN, à Évian, la rétrocession du Sahara en échange d'un cessez-le-feu. Jean avait seulement dit : « Ah bon, donc tout ça est terminé. » Il avait pensé à Santos, à Jeanne Odile. Il avait pensé à Freddy Fontana, à la famille Baez, à tous ces gens qui avaient débarqué du *Commandant-Quéré*, qui campaient sur le port en attendant de pouvoir retourner chez eux. Tout ça aussi, c'était terminé. Maintenant, déserter ne voulait plus rien dire, le code militaire avait abrogé ces mots : insoumission, refus d'obéissance, intelligence avec l'ennemi. Tous ceux qui pour ne pas partir, pour ne pas mourir, s'étaient tiré une balle dans le pied, ceux qui s'étaient fait une piqûre de caféine avant le conseil de révision, ou qui avaient mâché du savon pour écumer, ou qui avaient passé des mois dans les services psychiatriques, encamisolés, électrochoqués, ceux qui avaient tenté de se suicider. Amoretto, qui avait fui en perdant ses chaussures, et s'était réfugié en Suède, Droste en prison à Toulon pour avoir passé les fonds du FLN, Kernès en permission, qui explosait à coups de bazooka toutes les voitures qui glissaient sur la promenade, devant le jardin des Oliviers. « Tout ça est terminé. »

À Londres, les gens s'en foutaient. Les rues noires, les façades de brique, les jardins délabrés par l'hiver s'en foutaient. C'était leur indifférence superbe qui avait happé Jean, l'avait définitivement dépossédé d'une partie de son adolescence. Était-ce vraiment la paix d'Évian, ou simplement l'évolution normale du monde, qui repoussait certains et en élevait d'autres, sans qu'on sût exactement qui l'avait mérité ? À Ipoh, jadis, Raymond Marro avait tout perdu, son avenir, sa gloire, quand il avait fallu choisir entre la vérité et la réalité. C'était le même glissement irrésistible vers un autre monde, une ère nouvelle, à laquelle les colonialistes de bonne foi et les nostalgiques de l'empire ne pouvaient pas appartenir, ayant été rendus caducs par la force de l'adolescence, par ces tourbillons de langues, de races et de croyances qui se creusaient à Londres, à Stockholm, à Genève, à Paris, et jusqu'à Évian.

Enfin, le 1er juillet, l'indépendance algérienne avait été proclamée. Le président Youssef Benkhedha était entré dans Alger, et tous les drapeaux verts avaient été accrochés aux fenêtres. Jean avait l'impression de ressentir l'ardeur de cette journée jusque dans les rues de Londres. Il faisait chaud, humide, il y avait foule dans les parcs. Une sorte d'électricité sortait de tout. Les filles en short et ballerines étaient plus belles que jamais. Les gens riaient. Les couples faisaient l'amour en plein air, à Saint James's Park, à Kensington, à peine cachés sous des draps de plage.

En même temps, Jean ressentait un grand vide, une fatigue. C'était comme si les liens qui reliaient ces gens n'avaient jamais vraiment existé. Un vent un peu fort, ou un coup de vide, et ils se volatiliseraient dans l'éther. Cette ville n'était qu'une carcasse dure et usée, une sorte de squelette de madrépore que les hommes utilisaient à tour de rôle, avant de s'en aller sans rien avoir changé. Une eau qui circulait, emplissait les trous, puis les vidait, et à la fin du cycle qu'est-ce qui s'était passé ? Est-ce qu'il y avait seulement un peu plus de savoir, un peu plus de sagesse ? La ville était dans le fond assez semblable au pavillon des grands vieillards de l'hôpital. Une falaise, au bord de laquelle les hommes et les femmes s'accrochaient, suspendus au-dessus de l'océan d'oubli, et la poussée des vivants les précipitait cruellement, chaque jour, chaque nuit, à chaque instant.

Nauscopie (suite)

1802

19 janvier
   Arrivée de la corvette anglaise le Pingouin en provenance du Cap. Après avoir parlementé, la délégation
est autorisée à mettre une chaloupe à la mer. Elle porte
la nouvelle de la paix prochaine entre la France et
l'Angleterre, mais personne n'y croit.

5 février
   Arrivée du Bélier.

Mars
   Arrivée au Port de la frégate la Themys, montée par
le général Des Brulys et 200 hommes de troupe.
   C'est ce navire qui apporte la nouvelle honteuse du
décret du 30 floréal rétablissant l'esclavage dans les
colonies françaises. Ce décret, signé de Bonaparte,
Cambacérès et du ministre Decrès, est rédigé ainsi :
1mo) L'esclavage sera maintenu conformément aux
lois antérieures à 1789. 2do) La traite des noirs et leur
importation auront lieu de même. Inutile de dire le
chagrin et la consternation de Marie Anne.

6 décembre
Arrivée du navire de commerce la Psyché *armé en corsaire, cpne Tréhouart.*

1803

8 août
La gabarre le Géographe *retour de Nouvelle Hollande.*

13 août
Retour de la Casuarina, *capitaine Freycinet.*

17 août
Arrivée de la Belle Poule, *capitaine Brouillac.*
À 10 heures ce matin, apparition devant le Port de la division Linois : *la* Sémillante, *l'*Atalante, *le* Marengo, *ce dernier portant 74 canons.*

28 août
La corvette de l'État le Diligent, *capitaine Ruaut, arrivant de Trinquebar.*

15 septembre
L'Atalante *emmène ce matin l'ex-conventionnel Cavaignac, nommé consul à Mascate par Bonaparte.*

25 septembre
Arrivée de la corvette le Berceau, *capitaine Halgan. Il apporte la nouvelle de la déclaration de guerre de l'Angleterre depuis le 16 mai.*

9 octobre
La division Linois *appareille pour Batavia.*

Novembre
La Psyché *quitte l'Isle de France.*

1ᵉʳ décembre
Entrée au Port des prises de Linois : le bricq Ménatchi, *des mers de Chine.*

Décembre
*Départ du corsaire l'*Alfred, *capitaine Grevelt.*

1804

25 mars
Départ du corsaire le Pariah, *capitaine Quenet.*

1ᵉʳ avril
Retour du Marengo, *nombreuses avaries, 115 marins malades.*

8 mai
Retour en provenance du Bengale : la Belle Poule, l'Atalante, *avec leur capture : le vaisseau l'*Alphea *de 900 tonneaux. Sa cargaison a été vendue pour un total de 4 521 705 francs et 66 centimes.*

25 mai
Départ du Berceau.

10 juin
Arrivée du corsaire Henriette, *capitaine Henri.*

31 octobre
Aperçu la division Linois en route vers le Port du Sud-Est.

L'hiver est revenu plus vite encore. Les nouvelles de la famille Marro n'étaient pas brillantes. Dans une lettre, Sharon parlait de la dégradation de la tante Catherine, de la décision difficile de la faire entrer dans une maison de repos. Le père de Jean n'allait pas fort, lui non plus. Sa sclérose s'était aggravée, il avait de plus en plus de mal à bouger. Un infirmier venait deux fois par jour pour les soins essentiels, et pour le reste c'était Sharon qui s'en occupait. La maigre pension d'ex-officier de l'armée coloniale de Sa Majesté avait été reprise par le gouvernement malais à l'Indépendance, et n'arrivait pas régulièrement. La mère de Jean était comme Catherine, elle n'avait pas tendance à la jérémiade, mais entre les lignes son désarroi était très lisible.

C'est pendant cette période que Jean a cessé de fréquenter la bande des habitués de la cave de Soho. Il y a eu pour commencer cette nuit de la Saint-Sylvestre, l'idée complètement dingue d'aller en voiture, tous ensemble, jusqu'à Bristol en se donnant rendez-vous sur le tablier du pont suspendu de Clifton, au-dessus de la gorge de l'Avon. Un petit groupe s'est formé dans Soho, avec Bryan, Poubelle, Georg, Jeremiah, et quelques étudiants de University

College. Jean avait accepté de venir, peut-être parce qu'il avait imaginé que Inge serait là, une drôle d'idée, car c'était bien le genre de choses stupides qu'elle devait détester. De son côté, John James et sa bande avaient sûrement mieux à faire pendant une nuit comme celle-là. Ils sont partis vers le soir, à trois voitures. Jean était avec Georg dans la vieille Vauxhall bleue du père de Bryan, et Poubelle s'était assise à l'avant, avec un ami de Bryan. À un moment donné, Poubelle s'est disputée avec le garçon, et elle est venue s'asseoir à l'arrière, sur les genoux de Jean. Il crachinait, la route était dangereuse, écœurante. À Slough, le grand pylône qui indiquait s'il y avait eu des morts sur la route était déjà allumé. Une demi-heure avant minuit, environ, pratiquement sans s'être arrêtés, juste une fois à Reading pour remplir le réservoir et vider les vessies, ils sont entrés dans Bristol endormie. Les faubourgs ne préparaient guère la fête. Le long des avenues rectilignes, les réverbères faisaient des flaques jaunes piquées par la pluie. Un peu plus loin, il y avait cette grande vallée vaguement éclairée par des phares, et le pont suspendu, magnifique, féerique. Les voitures ont été garées sur un terre-plein à l'entrée du pont.

Ici, curieusement il ne pleuvait pas, l'air était presque doux. Un vent léger soufflait l'odeur de la mer. Les bouteilles de bière circulaient sur le terre-plein, la plupart des fêtards étaient déjà saouls. Quelqu'un a annoncé que dans moins de dix minutes, ce serait la nouvelle année. Jean avait la tête qui lui tournait, de fatigue, d'énervement. Jeremiah a parlé d'aller sous le tablier du pont. Il prétendait qu'il l'avait fait autrefois, quand il était môme, qu'il y avait une nacelle pour les réparations, sur laquelle ils seraient comme dans un salon. L'idée était folle, et c'est pourquoi tout le monde a accepté. Même

Poubelle avait oublié sa peur du vide. Jeremiah était grand, aussi maigre que Bryan, avec des cheveux noirs jusqu'aux épaules, l'air d'un Gitan, ou d'un Indien d'Amérique. Il s'est avancé tout seul sur le pont, dans la lumière crue des réverbères, les bras en croix il paraissait un grand oiseau décharné. Il a escaladé le garde-corps, et puis a disparu. « Qu'est-ce qui se passe ? Qu'est-ce qu'il fait ? » a demandé Jean. Mais personne ne l'écoutait. L'air extatique, l'un après l'autre, ils sont descendus dans le trou noir sous le tablier du pont. Jean est descendu le dernier. L'échelle était faite de tubes de métal froid, que l'humidité rendait glissants. Sous le pont, le vent soufflait avec force, apportant la rumeur étrange de l'estuaire, le grondement de la marée. La nacelle se balançait doucement d'avant en arrière comme un radeau sur la houle. Jean s'est couché à plat ventre sur le plancher de la nacelle. Il avait le cœur au bord des lèvres, la paume de ses mains était trempée de sueur. Puis le temps a passé, on était déjà loin après minuit. Ils sont restés sur la nacelle, soudés les uns aux autres, jusqu'au lever de l'aube.

Cinq ans passés à Londres. Il avait neigé au début d'avril de cette année-là, c'était incroyable. La ville était plongée dans un nuage d'argent. Les parcs, les cours, les ruelles, les terrains vagues du côté de Lambeth étaient recouverts d'une couche impeccable. Le matin, marchant vers l'école de médecine, Jean avait ressenti une brûlure dans ses poumons. Il peinait pour traverser le parc, comme si un mur invisible le retenait. Avant d'entrer dans le bâtiment, en passant devant la pharmacie, il avait lu la température portée sur un grand thermomètre, en Fahrenheit et en Celsius :

$$14\,°F - 10\,°C$$

Dans le vestiaire des internes, il était resté collé au radiateur, les yeux embués, le sang battant dans ses tempes. Des gens qui passaient lui tapaient sur l'épaule : « Ça va, mon vieux ? »

Le froid était entré en lui, lui avait fait prendre conscience de ses erreurs. Cette ville sombre sous le ciel clair, ces taches de neige, la buée qui entourait les arbres, comme un avertissement.

Dans la salle de dissection, on avait apporté plusieurs cadavres. Des vagabonds que le gel avait surpris derrière un mur, ou dans les hangars des docks. Les étudiants en blouse blanche restaient groupés autour du professeur Ricuore. Très pâles sous la barre du néon, ils semblaient avoir été touchés eux aussi par la mort.

« Hey, Marrow ! »

La voix de l'affreux Allpick l'avait rappelé au réel. Surtout, ne jamais mélanger les cercles. Allpick, avec sa face molle dénuée d'angles, ses cheveux gras, ses yeux bleus, sa bouche aux coins retombants, son obsession du sexe. Au fond, pensait Jean, ils n'étaient pas fondamentalement différents des élèves du lycée de jadis, qui feuilletaient les tragédies de Corneille ou les poésies de Victor Hugo à la recherche de mots à détourner de leur sens. Cu-vier. À Vit-le-quier. Boozzob.

« Qu'est-ce que tu fous là-bas tout seul ? Viens, n'aie pas peur des morts. Tiens, il y a une belle poulette pour toi. »

Le professeur Ricuore avait pris part au chorus. Il lui avait dit, un peu gravement :

« Vous savez, jeune homme, si vous voulez exercer

ce métier, il faudra apprendre à surmonter vos craintes. » Il ressemblait à Groucho Marx, sans rire.

Le soir, Jean avait retrouvé Georg dans la cave de Soho. Depuis quelque temps, Alison ne venait plus au rendez-vous. Elle n'avait rien demandé, rien expliqué. Elle était comme ça. Quand quelque chose la gênait, elle tranchait dans le vif. Une bonne infirmière, en somme.

Un match de boxe amateur se préparait du côté de Hammersmith, Georg était sûr que John James allait venir. C'était l'occasion de revoir Inge. Jean rêvait de son visage de poupée, de ses yeux clairs comme l'eau des glaciers.

C'était comme une cérémonie d'adieu à l'hiver, à Londres, à tout. Inge allait bientôt retourner dans sa famille, en Allemagne. Elle oublierait tout. Le match de boxe était la dernière chance. Jean irait droit vers elle, il lui dirait : « Je pense toujours à vous. Je vous aime. Si vous voulez, nous pouvons partir ensemble très loin, en Afghanistan, en Malaisie. » Il était prêt à affronter John James et sa bande de cuirs noirs.

Peut-être qu'Alison Pembroke l'attendait dans le pub de Surrey, assise toute seule à une table devant son verre de sherry, l'air de rêver, chassant les types qui voulaient s'asseoir à sa table du même geste avec lequel elle aurait chassé des mouches, mais sans perdre son gentil sourire.

Londres était une ville violente, méchante, solitaire, émouvante, anonyme. À la cave régnait une certaine agitation. Il y avait les habitués, que Jean n'avait pas vus depuis des mois, Jeremiah, Bryan et Poubelle, le grand prof Dickson avec son air à la Gary Cooper, et d'autres que Jean ne connaissait pas. En trois ans le monde avait tourné quelque peu. Maintenant, les étudiants de University College venaient dans la cave, et d'autres portant les foulards de Slough, de Brighton. Ils attendaient l'heure d'aller voir le combat, ils entouraient leur champion, un étudiant de Bristol nommé Tommy, portant son foulard bleu et noir. Un gars trapu, avec une bonne tête de chien, et de vraies épaules de boxeur, larges et tombant en avant.

Georg était déjà ivre. Il se querellait avec les étudiants, buvait, retombait sur la banquette. Son visage était obscurci par une haine sans motif. Il avait été renvoyé de l'Université au début de l'année, et son permis de séjour en Angleterre était terminé. Il insultait tous ceux qui l'approchaient, moitié en anglais, moitié en allemand. Bryan essayait de le calmer. À la fin, Poubelle et lui ont réussi à l'entraîner sur le trottoir pour qu'il puisse vomir.

Dans la cave enfumée, le prof Dickson tournait sur lui-même, dominant les étudiants comme un échassier. Dans la pénombre ses yeux jaunes luisaient, couleur de *tawny port*. Il était entouré par deux de ses gitons notoires. Naturellement, John James et sa bande étaient absents. La cave était devenue un endroit trop fréquenté, méprisable à leurs yeux. Quant à Inge, Jean avait compris qu'elle ne viendrait pas.

À un certain moment, le bruit a couru que le match allait avoir lieu à Shepherd's Bush Green. Tommy avait déjà quitté la cave avec ses supporters de Slough et de Bristol. Un groupe s'est formé, auquel se sont joints Georg, Jeremiah, Bryan et Poubelle, et ils ont commencé à marcher sur Fulham. Le groupe bientôt s'est étiré, jusqu'à former une colonne indécise, mélangée aux passants. Plus loin, quelques-uns sont montés dans des taxis, d'autres ont pris le métro à Fulham Broadway, et Jean a

continué tout seul à pied vers Earl's Court, jusqu'à
ce qu'il trouve un bus.

Il faisait très froid et humide à la nuit noire quand
Jean est enfin arrivé au jardin de Brook Green. Il a
remonté Shepherd's Bush Road jusqu'au parc. La
foule était déjà massée sur le terrain, et deux ou trois
voitures de police étaient arrêtées sur la chaussée.
L'estrade de fortune avait été construite au bord
du parc, éclairée par des projecteurs reliés à des
camions générateurs. Jean ne voyait rien, mais il
était assourdi par la rumeur qui montait de l'assemblée des spectateurs, pour la plupart des étudiants.
Quelques-uns étaient ivres, criaient, montraient le
poing. D'autres avaient enlevé leur chemise malgré
le froid, ils dansaient à côté de l'estrade, leurs cheveux longs dégouttant de pluie. L'estrade paraissait
un radeau illuminé qui tanguait sur les ondes de la
foule. Il y avait une vague de cris, de rage. Jean avançait au milieu de la foule, sans reconnaître personne.
C'était comme s'il avait débarqué dans un monde
incohérent.

Les étudiants de Slough et de Bristol avaient disparu. Il ne restait plus que ces jeunes hommes venus
des quatre coins de la banlieue, des hommes de couleur, des cockneys, des gens qui criaient avec des
accents d'Irlandais, de Nottingham.

Un peu plus tard, Jean a cru apercevoir Tommy
en train de boxer sur l'estrade, son dos large, ses
épaules voûtées, il esquivait les coups désordonnés
d'un géant obèse qui se battait comme dans la rue.
Les directs au corps du jeune boxeur faisaient gri-
macer le géant, qui commençait à reculer, et les
ovations et les injures remplissaient le terrain,
gagnaient le parc, jusqu'à l'étendue d'herbe brûlée
par la dernière neige.

Mais Jean ne regardait pas le combat. Il avançait

à travers la foule, à la recherche d'Inge. Il n'avait rien bu, et pourtant la tête lui tournait. Il bousculait les gens, il donnait des bourrades, grognait des insultes. Il y avait une telle haine dans cet endroit, une telle colère sans raison, sans but, c'était ça qui enivrait, et les cris des spectateurs, par instants, les ha! les han! qui semblaient venir de la poitrine des boxeurs, les coups qui résonnaient sur leurs tempes, qui vibraient jusque dans le sol.

Tout à coup, Jean a vu Inge. La jeune fille était vêtue en noir elle aussi, un pantalon et un pull, la pluie avait foncé ses cheveux blonds autour de son visage, elle semblait sortir du bain, et cette idée a donné envie de rire à Jean, et en même temps il avait mal à l'estomac, il se sentait désespérément, ridiculement amoureux. Inge l'avait reconnu, elle lui a souri gentiment.

« Vous êtes venu pour le match ? »

Jean n'écoutait pas ce qu'elle disait. Il a bafouillé : « Est-ce que vous voulez partir avec moi ? »

Inge était devant lui, petite, mince comme un elfe. Elle ne regardait pas du tout dans la direction de l'estrade. Elle avait un regard étrange, comme chargé d'un sens mystérieux, pensait Jean. Elle était une apparition, elle pouvait le sauver peut-être, lui donner une raison de changer sa vie. Il était en plein délire.

Inge percevait tout cela, elle croyait probablement que Jean avait trop bu, comme la plupart des spectateurs. Elle s'est approchée de lui, elle lui a dit doucement, sans cesser de le regarder : « Rentrez chez vous. Ce n'est pas bien ici. — Est-ce que vous viendrez avec moi un jour ? » Elle lui a tenu la main comme à quelqu'un qu'on veut aider. « Non, je ne peux pas. J'ai déjà quelqu'un. Mais ma sœur Bridget doit venir d'Allemagne, je lui ai parlé de vous. Elle a dit qu'elle voudrait vous rencontrer.» Jean n'a pas osé lui dire : mais ce n'est pas votre sœur, c'est vous, je vous aime. Il savait qu'il était en train de se conduire comme un imbécile irrémédiable, qu'il ne pourrait plus la revoir.

Inge souriait toujours. Elle a eu un bref coup d'œil de côté, par-dessus l'épaule de Jean. John James s'approchait de l'estrade, entouré de sa bande de cuirs noirs. Il était torse nu sous la pluie, maigre et musclé, la peau très pâle. Il dégageait une expression de violence sauvage. Pas une seule fois, tandis qu'on laçait ses gants, il n'a regardé du côté d'Inge, mais Jean était sûr qu'il l'avait vu en train de parler à sa poupée. Cette idée a fait monter en lui la colère, il a voulu s'approcher de l'estrade, mais Inge l'a retenu par le bras. Elle avait l'air sincèrement désolée d'être la cause de tout cela. «Je vous en prie, partez maintenant, vous ne devez pas rester ici, ce n'est pas un endroit pour vous.» Jean a essayé encore, une manière de chantage, de marchander une faveur. «D'accord, mais est-ce que je pourrai vous voir plus tard?» Inge souriait toujours : «Peut-être, un jour.»

John James marchait sur l'estrade, il se pavanait comme un jeune coq. La peau de son dos portait des marques rouges, comme s'il avait déjà reçu des coups. Une clameur montait de la foule, John James était leur idole, il était leur vengeance. On avait évacué le géant, le visage en sang. Tommy restait sur le ring, le dos voûté, il reposait ses gants sur les cordes. Il semblait une figure de la force et du calme, il suivait des yeux la silhouette dansante de John James qui lui criait des injures. Jean aurait payé cher pour que Tommy donne à ce garçon la correction qu'il méritait. Il avait l'impression de ne jamais avoir détesté quelqu'un à ce point. Il y a eu une brève algarade, et l'instant d'après Tommy passait sous les cordes et faisait délacer ses gants. Le combat n'aurait pas lieu. La foule hurlait des insultes, la police remontait vers le ring, bâtons à la main. Jean a perdu Inge de vue, il était poussé par le mouvement de fuite vers l'extérieur du parc. Il s'est mis en route vers la station de Hammersmith pour prendre un métro. Il tremblait de tous ses membres, de froid, de colère, de peur, il ne savait pas très bien. Il pensait que c'était fini, qu'il ne reverrait jamais Inge.

C'est durant la fin de cet hiver-là que Conrad Evtchuchenko a eu sa première crise de folie. C'est Sara qui a prévenu Jean. Elle est venue le chercher à la sortie de l'école de médecine, elle avait l'air bouleversée. «Il faudrait que tu ailles voir à Charing Cross, ils l'ont enfermé chez les fous, il faut faire quelque chose.» Une nuit qu'il faisait particulièrement froid, Conrad avait allumé un feu dans la boutique d'Adamouny avec des meubles qu'il avait découpés à la hache. Il devait se croire dans un bivouac de la steppe, quand les Ukrainiens luttaient avec les Allemands contre Staline.

Quand les pompiers sont arrivés, le géant avait revêtu son uniforme blanc de cosaque et il se tenait devant la porte, sa hache à la main, proférant des menaces en ukrainien. Il avait fallu dix policiers pour en venir à bout, et encore le cosaque du Don n'avait accepté de se rendre à l'ennemi et de se laisser ligoter que grâce à l'intervention d'Adamouny, de toute l'autorité de sa petite personne. Les policiers l'avaient embarqué dans le fourgon, non sans l'avoir roué de coups, et une infirmière lui avait fait une intraveineuse d'un produit pour assommer un bœuf.

Quand Jean est entré dans la salle de l'hôpital de Charing Cross, il a été saisi par l'aspect de Conrad. Le géant qui aimait à se pavaner dans Bayswater en uniforme avait été réduit à un vieil homme abattu, au regard vide, à la bouche édentée car dans l'aventure son dentier avait été cassé. Son énorme corps débordait du lit, rendu inerte par son propre poids comme la dépouille d'un cétacé échoué. Il avait toujours sa belle moustache blanche aux pointes tombantes, mais sa barbe avait poussé, d'un gris terne, qui le faisait ressembler à n'importe quel clochard.

Jean s'est assis sur une chaise à côté de son lit. Comme Conrad ne semblait pas se souvenir de lui, Jean a commencé par la formule qui lui avait servi de conversation depuis qu'il le connaissait : « *Rain ? Snow ?* Pluie ? Neige ? » Conrad a tourné la tête vers lui, il a articulé d'une voix pâteuse : « *Maybe rain, maybe snow, I don't know.* Peut-être pluie, peut-être neige, je ne sais pas. » Il a dit quelques mots en ukrainien, puis il a ajouté : « Donne-moi cigarette. » C'était interdit, mais Jean a sorti son paquet de Woodbines, et Conrad a aspiré avidement une bouffée de fumée.

Jean est resté assis auprès de Conrad jusqu'à la nuit sans parler. De temps en temps, le vieil homme poussait un soupir, marmonnait quelques mots. Ses bras étaient couverts de bleus, ses phalanges écorchées, il avait reçu un coup de bâton sur le front, au-dessus de l'œil droit. On aurait dit un ivrogne qui s'était cogné aux murs.

L'infirmière, une gentille blonde un peu niaise, est venue leur parler. Elle a évalué le poids de Conrad. « Il est costaud, votre ami. C'est un catcheur ? » Jean lui a répondu : « C'est le type le plus fort que vous ayez jamais vu. S'il en avait envie, il pourrait jeter tout le monde par cette fenêtre, et il s'en irait tranquillement, et personne ne pourrait le retenir. »

Jean a demandé à parler au chef du service.

« Qu'est-ce que vous comptez faire de lui ? »

Le psychiatre avait l'air ennuyé. Il feuilletait négligemment un dossier.

« Vous savez que depuis son arrivée en Angleterre ce pauvre type a passé les trois quarts de sa vie en prison ou à l'hôpital ?

— Qu'est-ce qu'il a fait ?

— Eh bien, pour commencer, il a été fait prisonnier par les Russes, qui s'en sont débarrassés à la fin de la guerre en l'envoyant dans un camp de prisonniers du côté de Liverpool. À sa sortie, en 48, il est resté comme apatride, et il a trouvé le moyen de se marier cinq fois, sans jamais divorcer. À chaque fois, ça finit par la prison, mais on ne le garde pas. Personne n'en veut. Et maintenant, cette crise... L'antiquaire a décidé de ne pas porter plainte, mais il ne veut plus de cet énergumène dans son magasin. Si personne ne peut s'en charger, il faudra l'interner chez les fous dangereux.

— Et s'il habite chez moi ? »

Le médecin l'a regardé attentivement :

« Vous l'hébergeriez, vous ? »

Jean a dit :

« Conrad n'est pas fou. Il est seulement une victime de la guerre. Il s'est toujours battu dans les mauvais camps, et tout le monde veut l'oublier. Il n'est pas dangereux, sauf s'il boit trop. C'est un héros de guerre. »

Le médecin a refermé le dossier.

« Si vous le prenez en charge, je n'y vois pas d'inconvénient. Mais ne venez pas vous plaindre s'il flanque le feu chez vous. »

C'est comme ça que Conrad Evtchuchenko est venu habiter chez Jean, au 237 Jamaica East.

Mister Leroux n'était pas très enthousiaste à cause de l'expérience passée, mais miss Rosie n'y voyait aucun inconvénient, au contraire. Elle a engagé Conrad pour porter les caisses de liqueur dans l'arrière-boutique. Elle disait à Jean : «Votre ami est un homme extraordinaire.» Jean comprenait comment Conrad avait pu épouser cinq Anglaises à la fois.

Malgré toutes les avanies, le cosaque était resté d'une force prodigieuse. Il pouvait soulever des poids considérables d'une seule main. Un jour, Jean l'a vu soulever une pièce de bois avec trois portefaix. Il était tout seul d'un côté, les autres réunis à l'autre bout. Conrad a dit : «Han!» Et il a été le seul à pouvoir faire décoller la poutre. Le soir, quand l'été venait, il sortait de sa petite valise son uniforme blanc, il coiffait son bonnet d'astrakan, il sanglait sa large ceinture bleu ciel, et il allait se montrer dans les beaux quartiers autour de Kensington, pour que les touristes le prennent en photo. «Vous devriez être acteur de cinéma», disait miss Rosie. En fait de cinéma, Conrad avait été engagé le samedi et le dimanche soir pour servir de décoration à l'entrée d'un grand cinéma de Tottenham. Plus tard, le gérant d'une boîte de nuit de Soho l'avait pris à l'essai comme videur, mais Conrad n'était violent que lorsqu'il avait bu. Autrement, il était l'homme le plus doux du monde.

C'était l'époque de la préparation des examens d'internat, et Jean travaillait beaucoup chez lui. Conrad rentrait tard le soir, portant son uniforme plié dans sa petite valise. Au début, Jean lui avait préparé un lit dans l'entrée, avec un vieux sommier prêté par miss Rosie, mais Conrad préférait dormir par terre. La nuit, il était envahi par des terreurs sans raison, il barricadait la porte en empilant des chaises sur la table de travail de Jean. Si Jean lui demandait de quoi il avait peur, il le regardait d'un air vide qui indiquait qu'il n'en savait rien lui-même. Une fois il a montré dans un magazine une image d'un défilé à Moscou sur la place Rouge. Il a craché sur l'image, l'a mise en boule et l'a jetée au loin. Son visage exprimait la haine la plus profonde.

Alison Pembroke avait peur de lui. « Pourquoi tu le laisses dormir chez toi ? Il est dangereux. » Jean haussait les épaules. « Il n'est pas plus fou ou moins fou que toi et moi, a-t-il rétorqué. La différence, c'est que lui ne le cache pas. » Alison n'acceptait de venir que les soirs où Conrad travaillait à son cinéma.

Depuis l'arrivée de Conrad à Jamaica, Jean voyait plus souvent Sara. Elle vivait toujours au rythme des crises avec son Suédois, et elle en voulait à Adamouny d'avoir renvoyé Conrad. Elle venait certains soirs, après avoir bu passablement dans les pubs de Soho. Elle racontait à Jean par bribes sa vie passée, ses rapports difficiles avec son père. À seize ans, elle avait quitté sa famille pour aller vivre sur un bateau avec un homme de trente ans plus âgé, un ex-banquier qui était un ami de son père. Pendant cinq ans, ils avaient voyagé en Méditerranée, de port en port. Ils avaient fait la côte italienne, d'Albenga à Reggio de Calabre, en passant par La Spezia, Ostie, Livourne. Ils avaient vécu à Capri, à Rimini, puis en Sicile. En Grèce, ils avaient glissé d'île en île.

Sara s'installait sur le matelas pour raconter ses histoires. Elle était toujours vêtue de noir, elle était pâle, dramatique. Elle s'était fait refaire le nez pour ressembler à une Anglaise, mais elle avait ses beaux yeux de Juive, sombres et humides, une masse de cheveux bouclés en désordre. Jean aimait bien l'écouter parler de la mer, là-bas : « À l'aube, tu ne peux pas savoir, Marrow — elle l'appelait Marrow comme les étudiants de l'école de médecine —, l'eau, le ciel, lisses, transparents, les îles noires, les maisons très blanches, les moulins, c'est comme si le monde venait de commencer hier. Et à midi, les falaises de craie, les rues des villages avec les femmes en noir, les hommes absents, c'est âpre et dur, il n'y a jamais d'ombre, tu as l'impression qu'il n'y aura jamais de place pour toi, c'est compact, c'est méchant, oui méchant, mais c'est très beau. Et le soir, tout change encore, tout redevient très doux, très tendre, il y a des enfants qui courent dans les escaliers, et la mer devient violette, tu es dans le port, tu manges des pastèques qui ont un goût de miel. » Jean aurait voulu en savoir davantage, l'interroger sur ses philosophes, Anaxagore, Parménide d'Élée, Zénon. Il avait peur d'avoir l'air savant, Sara ne lisait jamais, elle était seulement instinct, amour et orage, la philosophie ça n'était pas son affaire.

Elle était belle. Elle avait choisi Jean parce qu'il ressemblait, disait-elle, à Jon, son ami suédois. En plus, ils avaient le même nom. Mais la ressemblance s'arrêtait là. Jon était un gamin vaniteux et instable, qui ne savait rien faire de mieux que de faire souffrir Sara. Pour cela, Jean le méprisait.

Elle était mystérieuse. Il y avait tout un pan de sa vie que Jean n'arrivait pas à saisir. Quand elle vivait avec Frankie Schwartzen, l'ami de son père, sur le voilier, loin de tout, se laissant aller au hasard du vent, au caprice des noms de lieux. Un jour elle a montré à Jean une petite photo, genre cliché de Kodak, c'était le seul souvenir qu'elle avait gardé de toutes ces années sur la mer. Une photo en noir et blanc, avec un paysage de lumière, rochers blancs, bosquets d'aloès. La mer au fond, brillant d'étincelles. Elle était sur la photo à côté d'un monsieur très ordinaire, un peu enveloppé, avec double menton et une calvitie naissante, des lunettes de myope. Lui debout, une main sur l'épaule de Sara, elle assise sur un rocher, portant un short très court qui montrait ses jambes juvéniles, dans une pose un peu sexy de calendrier de garagiste, et sa tignasse emmêlée qui mettait une ombre sur ses yeux. « Tu as vu, j'avais les cheveux courts », a commenté Sara. Elle semblait rêver à ce temps-là, à sa jeunesse enfuie. « Tu fais très Audrey Hepburn dans *Charade* », a dit Jean. Elle a repris la photo d'un geste brusque. « Je n'ai jamais montré cette photo à personne, même Jon ne l'a jamais vue. »

Jean ressentait un petit pincement au cœur, en même temps, il était étonné. Comment pouvait-il ressentir une sorte de jalousie à cause du passé de Sara, être amoureux d'une Allemande qu'il n'avait vue que trois ou quatre fois, et avoir pour maîtresse une fille pour laquelle il n'éprouvait qu'un intérêt quotidien, banal et pour tout dire hygiénique ? Sara ne se doutait de rien. Elle continuait le récit de sa vie passée avec Frankie Schwartzen, elle avait une voix fraîche, elle riait, elle était mutine, comme si elle était à nouveau cette fille fantasque qui avait tout laissé tomber, sa famille, ses études, sa vie convenable, pour aller à l'aventure sur un bateau avec un type qui avait près de trois fois son âge.

Par dépit, Jean a dit : « Pour s'en aller comme ça avec une fille aussi jeune, ça devait être au fond quelqu'un d'épouvantable, non ? »

Elle a répondu sèchement :

« Au contraire, c'est l'homme le plus gentil que j'aie rencontré, très généreux.

— Mais tu as fini par le laisser tomber ? »

Sara réfléchissait : « Ce n'est pas comme ça. » Elle

parlait tantôt en anglais, tantôt en français, presque sans accent. « Tu ne peux pas comprendre. Je croyais pourtant que tu n'étais pas comme tout le monde. Tu n'as pas les mêmes, euh, considérations, finalement tu es comme tous les hommes, tu idéalises trop, et en même temps tu ne fais pas confiance aux autres. »

Jean se taisait. Sara a pensé qu'elle l'avait vexé, et ça l'a fait rire. Elle a embrassé Jean, elle lui caressait la tête comme à un petit garçon. « C'est ma faute, a-t-elle dit. Je suis le Diable. » Elle était tout près de lui, il sentait son parfum un peu poivré. « Mais toi tu es gentil, tu ne cherches pas à faire le mal, même si tu le fais comme tout le monde, à ta façon. » Elle a allumé une cigarette et ils l'ont fumée à deux, allongés sur le matelas.

« Lui, Frankie, il était très attentionné. Il n'était pas du tout comme mon père. Il ne me demandait jamais rien. Quelquefois, tu sais, je disparaissais pendant des semaines, je partais avec un garçon que j'avais rencontré à la plage. J'étais en cavale. Puis je revenais là où je l'avais laissé, et il était sur son bateau, il m'avait attendue, il ne me posait aucune question. On repartait, le skipper savait où Frankie voulait aller, on partait pour Larnaka, pour Caña, ou Alexandrie. Je me souviens de l'hiver, la mer toute grise, les vagues mauvaises qui couraient contre nous, tout était salé, le vent gémissait jusque dans la cabine, je me couchais en chien de fusil sur ma couchette à l'avant du bateau, j'écoutais le bruit des vagues sur la coque, c'était comme si je rêvais. »

Elle s'est arrêtée de parler, de fumer. Elle contemplait le vieux plafond craquelé, constellé de taches là où le toit fuyait. Il y avait bien le bruit des autos sur la chaussée de Jamaica, mais ça n'était pas la mer. Dans un instant, Alison allait arriver, elle frapperait légèrement à la porte. Ou bien Conrad irait se coucher dans l'entrée, comme un chien, la tête appuyée sur sa petite valise contenant son uniforme d'été des cosaques du Don.

« Tu vas partir bientôt, n'est-ce pas ? » Sara a posé cette question doucement, comme si elle continuait de rêver, et Jean se demandait comment elle avait deviné qu'il était en train de faire ses préparatifs. « Toi tu n'appartiens pas à cette ville, tu n'appartiens à personne, tu dois partir. Cette ville nous bouffera, il n'y a rien ici, rien que des illusions et des mensonges, tout ça n'existe pas. »

Alison est venue un peu après. Elle est restée un bon moment à parler avec Sara. Elles fumaient et elles parlaient, assises par terre devant le fameux réchaud à gaz qui dévorait les shillings. Jean s'est endormi sur le matelas en écoutant leurs voix. Plus tard dans la nuit, il s'est réveillé en sentant la chaleur du corps d'Alison. Il flottait dans un rêve, lui aussi, il sentait les girations de son esprit, c'était doux, ça réduisait à néant tout ce qui était trop difficile dans cette ville, les ivrognes en bas dans la rue qui cognaient au rideau de fer pour réclamer leur vin, les vieux du pavillon des mourants à l'hôpital Saint Thomas, l'estrade sur le gazon brûlé de Shepherd's Bush, John James qui frappait le visage d'un pauvre type qui croyait boxer, Inge qui allait quitter l'Angleterre à tout jamais. Il a fait l'amour doucement avec Alison, et juste à côté d'eux, il y avait la chevelure, l'épaule nue de Sara, leurs corps se mêlaient, il régnait une grande lumière, une grande chaleur dans la chambre glaciale.

À la mi-juin, après les examens, Jean est allé revoir le pavillon. Plus personne ne se souvenait de Mac Laghlan, ni de la vieille Emma, ni de Kincaid qui grommelait ses menaces, Jeremiah, Paula et son masque de beauté, tous, ils avaient disparu. Même les aides-soignantes avaient changé. C'était la dernière année du professeur Ricuore, il était déjà parti pour la retraite, quelque part en Sicile, ou en Normandie. Et pourtant, ils étaient tous là, dans les couloirs, errant dans leurs pyjamas rayés de bagnards de cinéma, dans leurs déshabillés vaporeux, reliques de la Belle Époque. Ils s'asseyaient dans les mêmes fauteuils roulants, ils occupaient les mêmes bancs, ils étaient allongés sur les mêmes lits à regarder le plafond aux taches inamovibles, agrippés aux grilles des fenêtres à regarder le jardin aux pelouses jaunies.

Alison était la seule réalité, Jean s'accrochait à son corps tiède, la nuit, pour ne pas être emporté. En même temps, il savait qu'il ne pourrait pas résister, qu'il ne se sauverait pas du courant. Après l'amour, il pensait au poste qui l'attendait, à l'hôpital de Southampton, pour terminer son internat. Il restait silencieux à contempler le reflet des lumières de Jamaica sur le plafond. Alison l'interrogeait, comme jadis Rita : « À quoi penses-tu ? » Sans y prendre garde, il avait répondu la même chose : « À rien, je regarde, je me dis que je pourrais être ici, ou ailleurs. » C'était sans doute cette ville qui lui ôtait toute humanité. Un instant après, Alison était assise sur le matelas, le dos contre le mur. Jean a remarqué qu'elle avait les joues et le cou mouillés. « Qu'est-ce que tu as ? » Elle secouait la tête, elle ne voulait pas qu'il la voie pleurer. Quand Jean l'a embrassée, a voulu caresser ses seins sous sa chemise, elle l'a repoussé brutalement. « Laisse-moi, je ne veux pas. » Elle pensait, elle aussi, que Jean était méchant. Mais ce n'était pas de la méchanceté, Jean aurait voulu lui expliquer, depuis le commencement, le vide qui l'envahissait, toutes ces choses qui étaient arrivées, la descente très lente de la tante Catherine, la disparition d'Aurore et la ruine de La Kataviva, et puis ces événements terribles, la guerre, la haine raciale qui épaississait l'air en France, Kernès, le regard pâle de l'Alsacien, le prisonnier arabe les yeux bandés et les mains liées par du fil de fer, qui descendait en titubant la colline vers le ravin où on allait l'exécuter.

« C'est à cause d'elle, de cette Juive. » Au contraire, depuis cette nuit un peu saoule à trois sur le même sommier, Sara avait cessé de venir, Jean l'avait cherchée en vain. Il n'était pas amoureux d'elle, mais son absence creusait encore davantage le vide de cette ville. Adamouny était dépité, Sara était sa passion, il éprouvait du ressentiment et de la jalousie envers Jean. Peut-être pour se venger de ses déconvenues, il avait repris Conrad à son service, et le maltraitait comme un esclave. Un après-midi, Jon est venu au magasin de l'Arménien. Il avait son air buté des mauvais jours. N'ayant plus l'argent de Sara pour vivre, il était venu défier Conrad au bras de fer. C'était absurde, mais Conrad aurait joué à la roulette russe si on le lui avait demandé. Ils se sont installés devant une petite table, Jon assis sur une chaise en fer, Conrad en face de lui, affalé sur un sofa. L'Ukrainien paraissait un énorme ours endormi. Depuis son arrestation, et son passage à l'hôpital psychiatrique, il n'était plus le même homme. Le combat a eu lieu en quelques instants. Jon a commencé à pousser sur le bras, toutes les veines de son cou tendues par l'effort. Conrad regardait autour de lui sans comprendre. Ce qui l'étonnait, c'était l'enragement de ce petit garçon à faire plier son bras. Une seconde, il s'est secoué, il a voulu se relever en prenant appui du bras gauche sur le sofa, et Jon en a profité pour plaquer sa main sur la table. Le Suédois était fou de joie. Il criait qu'il était le plus fort, il réclamait l'argent du pari. Jean a ressenti une colère froide. Il s'est assis à son tour devant la table, et il a dit à Jon : « Maintenant, c'est moi. » Conrad les regardait en souriant d'un air béat. Voir ces deux jeunes coqs s'affronter lui causait une douce hilarité. En quelques secondes, Jean a plaqué à son tour la main de Jon sur la table. Il a regardé avec mépris le Suédois. « C'est un jeu, ce n'est rien, n'importe qui peut le faire. Vous ne serez jamais l'égal de cet homme. » Quand Jon est parti, Conrad a serré Jean dans ses bras. Ils n'avaient jamais été aussi amis. Et pourtant, Jean savait que tout cela était bien près de se terminer. Conrad Evtchuchenko était au bord de la falaise, lui aussi, bientôt il disparaîtrait dans le même oubli.

Et puis il y a eu cette visite à la famille d'Alison, à Beckenham Hill. Une banlieue triste, engazonnée, chaque pavillon de brique avec sa niche à oiseaux et son bouquet de robinier, son bow-window et son salon à télé. C'était là que vivaient les Pembroke. Lui, ex-mécanicien de la marine en retraite, elle, infirmière de quartier.

« Oui, j'aimerais bien que tu me présentes à tes parents. »

Il avait dit cela sans réfléchir. Peut-être qu'il espérait quelque chose de cette rencontre, un déclic, un arrêt dans le temps. De toute façon, ça n'avait pas d'importance, c'était comme d'aller voir les avions à Heathrow, ou de visiter le marché aux puces de Portobello. Alison l'attendait à la gare de Beckenham. Elle conduisait la vieille Morris Minor verte de mister Pembroke. Il pleuvinait et les essuie-glaces grinçaient comiquement.

Mistress Pembroke avait préparé un goûter, avec du *tawny port*, des boules au fromage, et deux ou trois autres choses. Jean a pensé qu'il n'y avait pas si longtemps il aurait donné à tout cela le numéro trente-six, voire trente-six virgule cinq.

Alison chez ses parents était une petite fille capricieuse, envahissante. Elle commandait à tout le monde, surtout à sa petite sœur Jennifer, qui observait Jean d'un air sournois.

L'après-midi, pendant que les vieux regardaient la télé et que Jennifer jouait dans le jardin, Alison a fait marcher de la musique sur son phono dans la chambre, les Shadows, ou bien Paul Anka, quelque chose de ce genre. Ils se sont couchés sur la moquette verte pour se caresser et s'embrasser. Jean voulait faire l'amour, mais Alison a refusé d'enlever son jean. Ils ont fait semblant un moment, jusqu'à être trempés de sueur. Alison avait les joues très rouges, d'énervement elle avait mal au cœur et se sentait ballonnée. Jean avait hâte de s'en aller. Dès qu'il a retrouvé la fraîcheur, dehors, il s'est senti mieux. Alison se serrait contre lui : « Quand est-ce que je te verrai ? » Il avait honte de mentir. Il partait pour Southampton dans une semaine, il ne reviendrait sans doute jamais.

« Je ne sais pas. Dans longtemps, je crois. »

Il se souvenait de la colère de Rita, quand elle l'avait giflé dans l'escalier, avant qu'il parte. Alison n'a rien dit. Ce n'était pas parce qu'elle ne ressentait rien, mais elle ne voulait pas utiliser ses sentiments. Pour cela, Jean l'aimait bien, il était triste de ce dernier moment. Il a dit, en la serrant très fort :

« Je ne suis pas quelqu'un pour toi. Il faudra m'oublier.

— Pourquoi dis-tu cela ? Ça n'est pas vrai, je suis bien avec toi. »

Sur le quai de la gare, elle l'a embrassé avec une sorte de violence désespérée. Elle a dit, d'une voix un peu étranglée :

« Voilà, c'est fini, mon ami s'en va. »

Sur le marchepied du wagon, elle a chassé son chagrin en secouant la tête, elle est redevenue la fille toute simple qu'il avait rencontrée à la station de Rotherhithe. Elle a crié : « Bon, alors, demain, à neuf heures, au pub ? » Le contrôleur a claqué les portières et le train a démarré poussivement vers Londres.

L'été, Conrad ne quittait plus son uniforme blanc à ceinture bleu ciel. Il n'habitait plus au 237 Jamaica. Avec la belle saison, il dormait dans les parcs, à la belle étoile, sous les arbres, comme s'il campait dans les vastes plaines du Dniepr. Dehors, il n'avait peur de rien. Il pouvait contrôler l'invasion des staliniens.

Le jour, il se baladait dans le métro, avec une préférence pour la Circle Line et les stations à ciel ouvert, Chelsea, High Street Kensington, Putney Bridge.

Jean l'a rencontré à Marylebone. Il était assis sur un banc, sa petite valise à côté de lui. Il regardait les gens aller et venir, ses yeux étroits plissés comme par un rire perpétuel. Jean est allé vers lui, et d'abord Conrad ne l'a pas reconnu.

« Alors quel temps pour demain ? »

Conrad a regardé le plafond de la station. Pas moyen de parler de neige en plein été. Il a résolu la difficulté : « *Rain, rain tomorrow !* De la pluie demain. » Ils se sont serré la main. Ils ont échangé quelques mots, ou plutôt Jean parlait et Conrad répondait par de petits grognements d'ours satisfait. Et d'un seul coup le géant s'est levé, car il venait de repérer sa proie préférée, un monsieur un peu ventripotent, nez en l'air, petite tête, cheveux à la raie impeccable, portant à la fois imperméable et parapluie, que Jean a identifié comme un prof de University College, avec qui Georg Borer avait étudié la philologie. Conrad lui a barré le passage de toute la largeur de son buste. Le prof s'est arrêté, a jeté un coup d'œil inquiet à gauche et à droite, comme pour chercher une issue. La main de Conrad était impérative, sa voix des plus gutturale : « *Gimme cigarette !* » Le prof a hésité, puis, très vite, presque honteusement, il a tendu le paquet à Conrad, qui a choisi trois cigarettes et lui a rendu magnifiquement le reste. De retour sur le banc, Conrad a donné une des cigarettes à Jean, et ils ont fumé tranquillement, en regardant passer les gens et les rames de métro.

C'était la dernière fois que Jean avait vu Conrad. Après cela, il a disparu, ou bien Jean a cessé tout bonnement d'aller dans les stations que fréquentait le cosaque. Miss Rosie s'est même inquiétée : « Et votre ami russe, celui qui est si grand et si fort, il ne vient plus ? »

Mister Leroux partait en vacances pour l'été, il avait invité miss Rosie dans sa famille, en Normandie, ou en Bretagne. Le magasin de liqueurs allait rester fermé. Miss Rosie a confié les clefs à Jean. Il attendrait le mois de septembre pour se présenter à son poste, à l'hôpital de Southampton.

Un soir, Jean a ouvert le magasin, allumé toutes les lumières. C'était en vérité la première fois qu'il entrait, d'ordinaire la porte était prise d'assaut par les ivrognes que la loi chassait des pubs. Les bouteilles de Ruby Wine et les alcools brillaient d'une lueur un peu maléfique, comme des alambics. Le comptoir derrière lequel mister Leroux officiait était en bois sombre. Malgré sa petite superficie, le magasin semblait très grand, plein de recoins et de mystères. Jean avait du mal à croire qu'il avait passé toutes ces années au-dessus de cet antre. Il a verrouillé la porte de côté qui donnait sur la cage d'escalier, et il est sorti dans la rue.

Il faisait encore jour quand il est arrivé à Soho. Georg Borer était par là, près de la cave, il regardait le manège des prostituées. Jean avait bu une bouteille de vin dans le magasin de miss Rosie, et la fumée des cigarettes dans la cave lui faisait tourner la tête. Il y avait du monde déjà, la musique des Good Boys qui traînait un peu, Bryan et Poubelle qui dansaient. Dans un coin, Will Harrison qui buvait sa bière, son gros rire sonore à la Falstaff. D'autres gens que personne ne connaissait, des touristes français peut-être, qui avaient traversé la Manche pour une aventure, des filles du Nord, allemandes, suédoises, ou finnoises, qui s'étaient fait la tête d'Eva Marie Saint à grands coups de crayon, leurs cheveux courts qui frisaient sur les côtés. Tout ça n'avait pas l'air réel, c'était du décor, ça faisait tourner l'esprit, ça envoyait de la fumée dans les yeux. Jean s'était renversé sur une banquette, il pensait à Inge, à sa sœur Bridget, aux occasions manquées. Elles devaient être de retour en Allemagne dans leur famille, après ces années de vie folle, elles se marieraient avec de bons garçons suffisamment riches, elles iraient en vacances dans l'île de Héligoland.

La nuit était tombée sur la ville, sa chaleur entrait jusque dans la cave. Des gens remontaient à la surface, parlaient, il y avait des bruits de querelle, des lazzis, des sifflets. Borer a dit à Jean : « Il y a une partie chez toi à Jamaica. » Jean avait l'impression qu'il parlait de quelqu'un d'autre. « Tu entends, man ? Il paraît qu'ils sont déjà là-bas, ils ont cassé la porte, ils sont en train de vider la cave. » C'était cela. Les gens étaient partis les uns après les autres pour aller à Jamaica. C'était comme s'il n'existait pas. En rêve, il se voyait assis sur cette banquette, immobile, pendant que le pillage avait commencé, et rien ne pouvait le décider à bouger. Et s'il donnait à tout ça un numéro : soixante-six, soixante-dix ? Georg s'est mis en colère : « C'est John James, man, je suis sûr que ce bâtard a tout organisé pour se venger. » La colère de Georg Borer a débordé sur Jean. À cause du vin, il n'avait pas les idées très claires. Ce qui mettait Jean en fureur, c'est que John James terrorisait Inge. C'était à cause de lui qu'elle était partie, elle avait écrit à sa sœur, qui était venue la chercher. John James avait dit qu'il la tuerait. Jean pensait qu'il aurait pu cacher Inge chez lui. Quelqu'un avait donné l'adresse, mais qui ? Ça pouvait être Bryan, ou Jeremiah, ou peut-être même Georg Borer. Ils avaient tous des visages tordus par l'alcool, ils avaient un regard faux, de côté, un regard qu'on ne pouvait pas lire. Mais tout le monde avait l'adresse du magasin du 237 Jamaica, ça traînait dans toutes les poches, ils allaient tous là-bas, le bruit courait qu'il y avait cette caverne abandonnée pleine de bouteilles. Et personne pour surveiller. Jean avait perdu la clef au début de la soirée, ou peut-être qu'une fille la lui avait subtilisée.

Maintenant, il marchait vite dans les couloirs du métro, remontant les vagues de flâneurs qui allaient vers le centre, vers le quartier des spectacles. Georg suivait en titubant, le visage fou, les gens s'écartaient sur son passage. Jean pensait à Conrad. Si seulement il avait été là, il aurait tout réglé, il aurait jeté sur le trottoir tous ces parasites, ces pique-assiettes, ces fêtards cyniques. Le long de Jamaica, il y avait un souffle de vent humide et tiède. La Tamise coulait son eau huileuse derrière les bâtiments des docks. Jean se souvenait d'il y avait très longtemps, quand avec Georg Borer ils marchaient dans les rues à la recherche d'un endroit où dormir, et toute cette neige sale près de l'asile d'Elephant & Castle.

Effectivement, le rideau du magasin de miss Rosie avait été fracturé par John James et sa bande. Mais ils étaient repartis très vite, en emportant quelques caisses d'alcool. Maintenant il n'y avait plus sur le trottoir que quelques ivrognes qui traînaient. L'appartement de Jean était plein de monde. Des garçons et des filles que Jean ne reconnaissait pas, très jeunes, plutôt des collégiens. Dans l'escalier, les bouteilles avaient roulé, du Ruby Wine, et d'autres alcools plus chers, du brandy, du gin, de la vodka. Il y avait aussi des bouteilles qui provenaient de la réserve secrète de mister Leroux, des vins fins de France, du Chili, d'Afrique du Sud. Jean reconnaissait les bouteilles que miss Rosie lui avait montrées un jour, comme des pièces de collection. Partout, ça sentait le tabac, l'alcool. Georg est resté en bas, devant le rideau du magasin. Il a dit : « Je vais nettoyer tout ça. » Mais il s'est contenté de partager les bouteilles avec ceux qui sortaient du magasin. Jean, lui, avait des problèmes à l'étage avec une bande qui s'était installée chez lui, en particulier avec Will Harrison. Ils étaient partout, vautrés sur le matelas, jusque dans la salle de bains. La colère l'empêchait d'être lucide. Il aurait dû téléphoner à la police, porter plainte. Il s'est attaqué à Will Harrison, il a essayé de le faire rouler à terre. Mais Harrison était d'une force surprenante pour un intellectuel. Il a grogné : « *Ravin' mad*, espèce de fou furieux ! » Il a poussé Jean sur le tapis, il s'est assis sur sa poitrine et il a entrepris méthodiquement de l'étrangler, sa grosse face barbue assombrie par la haine. Jean a essayé un instant de se débattre, mais son adversaire était trop lourd. Il voyait juste au-dessus de lui, éclairé par la lumière de l'ampoule électrique, la tête de Harrison, sa barbe rousse, ses dents gâtées, et il a pensé que c'était la dernière chose qu'il verrait avant de mourir.

Ensuite il y a eu plus ou moins de cris autour de lui, un brouhaha comme à Shepherd's Bush Green la nuit de la boxe. Jean a vu un visage de fille, très doux, aux yeux très clairs, il imaginait Inge, qui était revenue comme un ange du ciel, et qui criait : « Lâche-le ! Lâche-le, tu vas le tuer ! » Alors Will Harrison a desserré son étreinte et il s'est écarté, et l'air en entrant dans les poumons de Jean sifflait comme une vapeur brûlante. À côté de lui Alison Pembroke se tenait à genoux, elle mettait ses mains sur son visage, sur sa poitrine. Jean est revenu à lui, il était à moitié allongé sur le matelas, la tête sur les genoux d'Alison. Presque tout le monde était parti, peut-être que quelqu'un avait mentionné le mot de « police ». Sur toutes les surfaces planes de la grande chambre, c'était un empilement de bouteilles, de détritus, de bouts de cigarettes.

Plus tard, enlacé par Alison, Jean a descendu l'escalier vers le magasin de liqueurs. Les marches étaient souillées de vin, brûlées par les cigarettes. Quand il a ouvert la porte de côté, Jean a constaté que le magasin avait été totalement pillé. Les bouteilles vides avaient roulé par terre, le frigo où mister Leroux gardait ses chablis et ses pouilly-fuissé avait été forcé. Jean était abasourdi. Il se rendait compte que, pendant que les étudiants et les fêtards envahissaient son appartement, les cambrioleurs de John

347

James avaient déménagé des caisses d'alcool et de vins. Maintenant que cette réalité lui tombait dessus, il sentait ses jambes trembler, la nausée montait dans sa gorge. Alison, Bryan et trois autres garçons commençaient à faire de l'ordre, et un grand type que Jean pensait n'avoir jamais vu poussait les immondices avec son balai. En brisant une vitrine, un des cambrioleurs s'était blessé et avait laissé des traînées de sang sur le comptoir. Aux W-C, on avait vomi à côté de la cuvette. La tâche était insurmontable et, de plus, à quatre heures du matin, tout le monde tombait de sommeil. Quant à Georg Borer, il avait disparu.

Ils ont tiré et redressé tant bien que mal le rideau métallique. Sur le trottoir, les cadavres de bouteilles faisaient un amas impressionnant. À un moment, Bryan a dit une blague, et tout le monde a rigolé. Et tout d'un coup, Jean s'est senti soulagé, comme si cette fête minable et brutale avait tout clarifié, tout exposé. C'était en quelque sorte l'adieu à Londres, à cette ville sombre, violente, passagère. Ce vortex où les immigrants arrivaient d'un côté, par la gare Victoria, en provenance de toutes les marges de l'Empire, s'éparpillaient, se dissolvaient, et finalement étaient chassés comme une eau noire par les orifices d'effluence.

Ils ont dormi un peu partout dans la grande chambre, là où le sommeil les a pris. Jean, Alison, Bryan, Poubelle, serrés les uns contre les autres, à même le plancher, calés par des coussins. Seul le grand type brun au balai est resté à veiller dans l'escalier, fumant des cigarettes, taciturne comme un Indien d'Amérique. Le flot des autos le long de Jamaica aurait pu donner l'impression qu'on était dans une longue caravane, partie de nulle part, allant on ne savait où.

À l'aube, tout le monde s'est séparé. La police viendrait certainement. Jean a tiré la porte d'entrée, a laissé tomber la clef dans la fente de la boîte aux lettres. C'était un dimanche de soleil éclatant. Jean avait pris son sac à bandoulière qui contenait ses livres de cours, ses philosophes, et le petit harmonica qu'Alison lui avait donné en souvenir, quand il était allé à Beckenham. Ça ne valait sans doute pas la flûte d'argent que Jean Eudes, à ce que racontait Cathy Marro, avait emportée avec lui pour faire la révolution, mais c'était aussi moins encombrant.

Et il est parti.

Nauscopie (suite)

1805

21 février
Arrivée du corsaire la Bellone, *capitaine Perroud, avec ses prises :* l'Orient, *le* Meleville (*de 800 tonneaux*), la Lady W. Bentinck.

21 avril
Retour de la Psyché, *la* Belle Poule.

Mai
Arrivée du Napoléon, *corsaire de 30 canons, capitaine Le Nouvel.*

Décembre
Arrivée du Robuste, *riche prise de Surcouf.*

1806

15 février
Départ du corsaire le Manchot.

Le 21 février, ouragan à l'Île Bonaparte, on rapporte 7 navires coulés.

Le 25 février
   Arrivée de la frégate la Canonnière, *cpne Bourayne, et le 27 retour du* Manchot *avec 80 000 piastres de prises.*

Le 22 mars
   Arrivée de la frégate la Piémontaise, *cpne Louis Epron de Saint-Malo, avec la prise du* Warren-Hastings *de 1 200 tonneaux, et 3 000 000 francs de thé.*

2 août
   Le Deux-Sœurs *corsaire quitte l'Isle de France pour la Chine.*

Décembre : ouragan.

1807

8 février : ouragan ; la Sémillante *est démâtée. Une croisière anglaise a sombré devant le Port. On dit qu'il y avait 1 100 hommes à bord.*

28 février : ouragan.

10 juin
   Retour de Robert Surcouf sur son nouveau bateau, le Revenant. *La foule massée sur le Port pour l'applaudir. Son navire porte une curieuse figure de proue, montrant un mort écartant les parois de son cercueil.*

4 novembre
Arrivée du navire anglais The Ann *capturé par la* corvette la Créole, *capitaine Ripaud de Montaudevert.*

1808

6 mars
Arrivée de la Manche, *cpne Dorval, avec un riche butin de vin de Porto, d'étoffes.*

16 mars
Retour de Bouvet qui vend sur les quais ses prises, 19 navires, dont le plus cher vendu à 300 000 francs.

26 avril
À 8 heures ce matin, départ de la Vénus, *la* Créole, *l'*Entreprenant.

On a le cœur qui bat, quand on revient après une longue absence. C'est comme après la guerre. On avance dans les rues en flairant un peu, cherchant les traces. On guette les bruits familiers, on remonte des filières. Les rues du quartier de la gare, toujours aussi vides, inutiles. Le Café des Artistes, sa devanture terne, son rideau pisseux qui cache aux regards extérieurs la grande salle généralement occupée par des assemblées de copropriétaires. L'Hôtel Briggs où Jean avait été veilleur de nuit, son entrée délabrée, ornée de cariatides obèses, sa cage d'escalier en fil de fer. Les magasins, dépôts d'aspirateurs, fabriques de cartes de visite et de menus de mariage, buraliste, marchand de couleurs, marchand de tissus, marchand d'ampoules électriques. La plupart sont fermés à cause de l'été finissant, cette saison où l'ombre est chaude, le goudron de la chaussée pareil à la mer, la mer lourde couleur de bitume. La saison qui autrefois faisait naître dans le cœur de Jean une insurmontable angoisse, comme à l'approche du printemps.

Il marche dans ces rues, sans vraiment chercher un but, une porte, un numéro. La façade de la supérette a si souvent changé qu'on ne sait plus si c'est un Timy, un Codec, un Casino ou un Bon Lait. Le rideau de fer est baissé, il y a un papier scotché de travers, un peu effiloché : *Fermé pour cause d'inventaire*. La date de réouverture a été mangée par le soleil.

Hier, en entrant dans l'appartement de ses parents, Jean a eu un haut-le-cœur. Rien n'a changé ici, mais rien n'est plus comme avant. Atmosphère surchauffée, odeur de moisi, poussière. Le père de Jean s'est tassé, il ne bouge plus. Il passe ses journées assis dans son fauteuil roulant, tourné vers la fenêtre, à regarder le mur jaune de l'immeuble en face. Il ne parle pas. L'attaque a rongé sa parole, a raidi ses tendons. Sur son visage maigre, un sourire inexpressif s'est figé. Il y a la lissité de l'angoisse. Jean a été stupéfait de sa beauté. Maintenant il ressemble au soldat de l'armée coloniale, au temps de la guerre des Chiens-Courants, quand il avait tenu tête au haut commandement pour sauver la vie de la terroriste chinoise Lee Meng. Cette histoire qui était sa légende, sa gloire et son échec, et qui l'avait renvoyé en Europe brisé et malade. Ses cheveux blancs ont poussé, descendent sur ses épaules. Il a une barbe taillée à coups de ciseaux, des sourcils en broussaille. Sharon s'est excusée : « Il ne voulait pas, mais moi je ne pouvais plus le raser, tu comprends ? »

Elle a embrassé Jean longuement. Elle avait les yeux pleins de larmes. « Tu ne vas pas repartir ? » Elle semblait déprimée, fatiguée. Jean essayait de la rassurer, de la distraire. Il a partagé le dîner, le riz blanc et les brèdes au cari. Sharon a posé la question : « Tu vas essayer de régler ta situation pour le service militaire, n'est-ce pas ? » Il a répondu évasivement. Maintenant que la guerre était terminée, cela n'avait plus grande importance. Peut-être même qu'on l'avait oublié. À son père, Jean a donné l'accolade, le temps de sentir à quel point ce corps était devenu léger. Il a donné sa main, et son père s'est agrippé à cette main de toutes ses forces, comme s'il n'allait plus la lâcher. Jean souriait et grimaçait, il était ému de se rendre compte que toute la force de cet homme était passée dans ses mains.

La Kataviva est toujours la même. On a mis un ascenseur, un affreux tube gris fer qui occupe la cage d'escalier. Bien entendu, il y a de nouveaux noms sur les boîtes aux lettres, mais ils se sont succédé à une telle cadence que c'est impossible de savoir si ce ne sont pas les anciens qui sont revenus. Anzioni, Faillardeau, Gervasi, Matteoti, Ben Amar, Liutkius, Romina, Rasouli.

Jean ignore l'ascenseur et monte l'escalier très lentement, comme autrefois. Il sent son cœur battre plus fort. Aucun autre lieu, aucune maison ne lui a fait battre le cœur comme La Kataviva. Jean pense au cliché de l'amoureux qui va rejoindre sa maîtresse sous les toits. Pour lui, cette chambre, promesse d'ivresse et de délices, ç'aura été toute son enfance le petit appartement mansardé de la tante Cathy, avec ses trésors secrets qui renvoyaient au temps de Rozilis. Et, sans doute aussi, la porte fermée sur le mystère d'Aurore de Sommerville.

Justement, la porte en question est devant lui. La belle plaque de laiton porte toujours gravé le nom d'Adhémar de Sommerville. Mais les Gendre ont fui il y a longtemps. Quand il est parti pour Londres, sa mère lui a écrit une lettre pour le tenir au courant. Monsieur et madame Gendre avaient déménagé sans laisser d'adresse, Aurore avait été recueillie par une institution religieuse pour déficients. L'appartement a été repris par une avocate. À côté de la belle plaque de laiton, une carte de visite a été épinglée : maître

Mireille Anzioni, avocate au barreau. Le nom des Sommerville a pris quelque chose de magique. C'est comme si ce temps-là n'avait pas existé, qu'il n'avait été qu'un rêve compliqué dans l'imagination d'un petit garçon.

L'ascenseur ne va pas jusqu'aux combles. La dernière volée d'escalier est toujours la même, avec ses tomettes disloquées et ses nez de marche cousus de cicatrices. Les portes des mansardes n'ont pas bougé, la modernité n'est pas arrivée si haut. Le ravalement, les laques, même les entreprises de nettoyage se sont arrêtés à l'étage au-dessous, là où réside l'avocate. La verrière, occultée par le moteur de l'ascenseur, ne diffuse qu'un jour poussiéreux. Mais sous la porte, Jean aperçoit le rayon jaune qu'il aimait tant autrefois, quand le soleil couchant illuminait la chambre de la tante Catherine.

Un long moment, Jean est resté immobile devant la porte, à guetter les bruits de l'immeuble. Un brouhaha d'enfants, montant de la cour, l'aboiement grêle d'un roquet quelque part dans les étages du bas, c'est tout. Plus rien à quoi s'accrocher pour appareiller vers le temps passé. Ce sont les bruits et les odeurs qui manquent le plus à la mémoire, comme s'ils étaient les éléments les plus réels, la substance du temps perdu.

Ce sont les odeurs que Jean a poursuivies, chaque après-midi, depuis son retour, à travers les rues. Au port, l'eau lourde des bassins dégage toujours son délicieux parfum de mazout, d'algue et d'huile d'olive. Depuis la guerre, il n'y a plus les ballots de liège sanglant sur les quais, et les bidons d'huile d'olive sont de plus en plus rares. La fontaine où jadis il avait vu les enfants migrants en train de jouer est à présent un bassin sec jonché d'immondices.

Quelques clochards dorment sur leurs cartons, à l'ombre des murs de pierre. L'un d'eux a interpellé Jean dans une langue qu'il ne comprend pas, peut-être simplement un borborygme d'éthylique. Il a le nez cassé, un bras dans le plâtre, des croûtes sur le visage, mais ses yeux sont d'un jaune très clair, très lumineux. Les loubards l'ont tabassé une nuit, sans raison, pour le plaisir de frapper un être humain au hasard. Jean lui a donné une pièce, sans s'attarder. Il a pensé à Conrad Evtchuchenko dans les stations du métro, ça lui a fait un pincement au cœur.

Jean ne sait pas ce qu'il faut chercher dans ces rues, dans cette ville. Peut-être, par nostalgie, l'angoisse de son adolescence, quand tout lui semblait sans issue, que les boulevards sans fin se perdaient dans une brume violette, à la tombée de la nuit. Il a abouti au jardin des Oliviers. Ici le ciel était resté intact, la mer brillait encore entre les feuilles, les merles poussaient leurs cris inquiétants. Mais les immeubles ont été construits partout, jusque sur les restanques où il venait s'asseoir pour lire ses philosophes, et observer le manège des amoureux. C'est comme si la philosophie s'était retirée discrètement de ce lieu, ne laissant que l'apparence, une existence sans histoire.

La tante Cathy Marro est enfermée dans une institution, à la sortie de la ville, au fond du fameux Vallon Obscur. Il en avait été question souvent, il a suffi que Jean parte pour l'Angleterre. Il a reçu une lettre de sa mère, signée également de la main tremblée de son père, qui commençait par ces mots : « Oui, nous savons que cette nouvelle va te causer du chagrin, mais c'était devenu inévitable. » Depuis son accident, elle ne pouvait plus vivre seule. Sa cécité, sa solitude. Les problèmes de santé du père de Jean, les difficultés économiques. Et Paba qui la menaçait d'expulsion. Un jour, en faisant réchauffer son dîner, la tante Catherine avait oublié d'allumer le gaz et le four avait sauté, incrustant sa porte dans le mur d'en face et fracassant toutes les vitres à la ronde. Les pompiers étaient venus, on avait condamné l'arrivée du gaz. Cathy avait fait sa tambouille sur un rond électrique, brûlant son riz et ses lentilles, pestant contre la calamité. Et puis l'attaque avait tout décidé. La seule douceur, ç'avait été de trouver une place dans une maison tenue par des bonnes sœurs, car la tante Catherine pourrait assister à la messe chaque matin.

Chaque après-midi, vers cinq heures, comme jadis à La Kataviva, Jean pénètre dans le jardin de Josaphat. C'est le nom de la maison de repos. Mais ça pourrait aussi bien être Béthanie, Beth-Phagé, ou Génésareth. Il marche jusqu'à la grande salle dite d'animation, où les pensionnaires jouent au loto en attendant l'heure du souper. Du plus loin il repère la tante Catherine, parce qu'elle est assise sur sa chaise, le buste droit, la tête haute. Elle ne joue pas au loto. Elle n'écoute pas les chansons. Elle ne parle pas. Quand Jean s'approche d'elle, elle ne manifeste rien, mais il y a quelque chose qui se détend sur son visage, comme si elle savait d'instinct qu'il venait, sans le voir. Elle ne pose plus ses mains sur le visage de Jean. Du reste, ses mains sont raidies par l'arthrose, elles reposent sur son giron, l'une dans l'autre, immobiles.

Il y a toujours du bruit dans la salle. Un pick-up qui joue des ritournelles démodées, Claveau, Patachou, Guétary. Autour de Catherine s'est formée comme une bulle de silence, un rempart invisible qui l'isole et la protège.

Jean s'assoit devant elle, il lui prend les mains. Elle a toujours la peau sèche, la paume dure. Il voudrait savoir encore tellement de choses, il a tant de questions à poser. Le temps se referme chaque jour, à chaque seconde, les anciens mystères sont scellés.

« Tu te souviens des derniers jours à Rozilis, tante ? Quand vous avez pris la carriole avec tout le déménagement pour aller à Rose Hill. Tu ne m'as pas dit pourquoi vous avez pris le bateau pour la France, avec tes parents, et Mathilde, pourquoi vous n'êtes pas restés à Ébène, dans une autre maison. Tu ne m'as pas dit, quand vous avez débarqué à Bordeaux, où vous avez habité. Et vous êtes arrivés en France après la guerre, en 18, ça devait être très dur, en décembre, vous n'aviez rien, même pas des vêtements chauds pour l'hiver, et Jean Charles est mort très peu de temps après, de la grippe espagnole, et Désirée, ta maman, à l'hôpital militaire de Bordeaux, elle aussi, et personne ne sait où ils ont été enterrés... »

Maintenant c'est à Jean de parler, la mémoire de Catherine est en lui. Tout ce qu'elle a vécu, tout ce qu'elle a connu est passé dans son cœur, il parle doucement, malgré le chahut de la salle d'animation, malgré *Parlez-moi d'amour* et *Mexico*, de la même voix avec laquelle elle racontait. Parfois il invente, il rêve à haute voix. « Le jour du grand départ, tu te souviens, tante, tu as emmené Mathilde dans le jardin et vous vous êtes cachées. Tout était prêt, la charrette était pleine de cartons et de caisses, de linge, de vaisselle. Tu as dit à Mathilde : "Tais-toi, attends encore un peu, n'y va pas tout de suite", et ta mère vous appelait, et Gildas qui était furieux ! Tu te souviens, l'affaire du prie-Dieu. L'huissier voulait le retenir, et Désirée s'est battue, elle disait : "Prenez tout ce que vous voulez, mais laissez-moi mon prie-

359

Dieu." Ça devait être un meuble bien extraordinaire, non ? Ou plutôt, un vieux truc garni de velours cramoisi, avec le dosseret tout usé par ses mains. Et toi et Mathilde, pendant ce temps, vous êtes allées dans la vallée, très loin, jusqu'au Bout du Monde, c'était la dernière fois. Il faisait une chaleur écrasante, il y avait une tempête qui menaçait, personne n'avait pu dormir toutes ces nuits-là. »

La tante Catherine ne bronche pas. Elle écoute sans bouger. Jean est sûr qu'elle entend tout ce qu'il dit, parce que quand il s'arrête pour chercher l'inspiration, elle serre légèrement ses mains, juste une impulsion, une secousse, comme lorsqu'on dort.

« Le jour de l'An 1910, vous aviez passé les dernières heures dans la forêt, avec Mathilde, pour ne pas entendre le bruit sinistre des préparatifs, toutes ces caisses qu'on clouait, et le bruit de la scie qui débitait les bois d'ébène pour les vendre. Tu ne voulais pas voir Chemin, l'envoyé des banquiers, ils emportaient tout, même ton piano, même les chandeliers dorés qui allaient dessus, même le tabouret que ton grand-père Charles avait fait sculpter avec le bois noir de la montagne. Toi tu es revenue le soir, quand tout était terminé, tu as déclaré que tu n'emporterais rien. Et le lendemain, Chemin a envoyé son équipe de bûcherons pour couper tous les arbres, parce qu'il voulait tout raser pour faire un lotissement. Et chaque fois qu'un bois noir tombait, ça faisait comme un cri de douleur et tu te bouchais les oreilles pour ne pas l'entendre... »

La salle d'animation de Josaphat n'est pas l'endroit rêvé pour inventer le passé de Rozilis. Il y a tout ce bruit, ces allées et venues, l'odeur de café et de soupe, les ritournelles absurdes qui tournent dans le vide, Trenet, Rossi, Mariano. Est-ce que le gramophone grinçait pareillement, le 1er janvier de 1910 ?

« Toi tu avais vingt ans, et Mathilde à peine seize. C'était toute votre vie, la forêt, les cascades, le ravin, le temple d'Aranyany du Bout du Monde. Vous ne connaissiez rien d'autre, vous n'aviez envie de rien d'autre. Mon grand-père Hervé avait déjà vingt-cinq ans, il allait partir pour la France pour étudier le droit, il était déjà loin de Rozilis. Quand il a su que la maison allait être vendue et détruite, il a dit : "Maintenant, je voudrais être déjà loin et ne jamais avoir à revenir." Mais toi, et Mathilde, ça n'était pas pareil, vous n'aviez rien d'autre, aucun endroit où aller. Pour ton père et ta mère aussi, c'était comme de mourir, comme les ébéniers et les bois noirs qu'on allait abattre. Alors tu te bouchais les oreilles, tu restais avec Mathilde dans les taillis, vous étiez encore pour quelques heures les *hommes des bois*, et quand enfin vous êtes revenues, vous étiez toutes les deux affamées comme des animaux perdus, vos robes pleines d'herbes et d'épines, vous vouliez emporter avec vous une dernière fois l'odeur de la forêt, l'odeur de Rozilis. »

Le visage de la tante Catherine est immobile. Peut-être une lumière intérieure accrue depuis qu'elle a cessé de parler. L'attaque a eu lieu il y a cinq ans, après que Jean était parti pour échapper à la guerre. C'est madame Rosella qui l'a trouvée sur le carreau de la cuisine, elle avait encore dans la main la minuscule casserole où elle faisait bouillir son riz. Madame Rosella a d'abord cru qu'elle était morte, elle l'a arrangée pour qu'elle soit présentable, elle l'a étendue sur le sol avec les mains jointes sur la poitrine, et à cet instant Cathy a respiré et ses paupières tremblaient. Madame Rosella a appelé les pompiers, et la tante Catherine est restée des mois à l'hôpital. Quand elle est sortie, elle ne marchait plus, elle ne parlait plus. Mais elle répondait à tout ce qu'on lui disait en serrant très fort ses mains maigres, et en battant des paupières, un frémissement d'aile de papillon.

Jean voudrait rattraper le temps perdu. Autrefois, quand il s'absentait, quand il cessait d'aller à La Kataviva, ça n'avait pas d'importance. La tante Catherine continuait sa phrase comme s'il était parti un petit quart d'heure, pour une course dans le quartier. C'est elle qui avait appris à Jean que le temps ne compte pas, que c'est une invention des horlogers, un mauvais prétexte.

Maintenant, c'est difficile de jouer ce jeu. C'est cruel, c'est au-dessus de ses forces, quand tout s'en va si vite, avec toutes ces minutes, ces encoches, ces choses qui disparaissent, ce qui s'éteint et ne reviendra jamais, ce qui s'efface.

Jean sent parfois les larmes dans ses yeux, à vouloir continuer ce jeu puéril, faire semblant, faire comme si de rien n'était, comme si Catherine n'était pas en train de disparaître.

« C'est ce jour de l'An, tu te souviens ? Il faisait une chaleur suffocante, on attendait le cyclone. Il y a eu le dernier repas à Rozilis, Désirée avait mis la table dehors, à l'ombre des jamrosas, comme si tout était normal, comme si vous alliez simplement en pique-nique. Elle avait préparé avec la cuisinière une poule rôtie, je ne sais pas où elle l'avait trouvée, cette poule, il y avait longtemps que le poulailler avait été démonté et vendu. Elle l'avait mise à cuire dans le four en brique derrière la maison, là où on avait fait le pain depuis le commencement de Rozilis. Elle l'avait servie avec des haricots et du maïs, et pour le dessert elle avait fait rôtir des patates douces avec du sirop de canne. Tu vois, je me souviens de tout comme si j'avais été là, c'était le déjeuner le plus bizarre, le plus drôle pour un jour de l'An, camper comme des romanichels devant la grande maison vide, avec la mule attelée qui s'impatientait, et après le déjeuner Simon et Gildas ont lancé des pétards, et il y avait aussi Hervé avec sa femme, ma grand-mère Cécile, et Raymond, mon père, âgé de trois ans à peine, il devait regarder tout ça avec des yeux étonnés. Et toi et Mathilde vous êtes revenues de votre balade dans la forêt, et vous vous êtes assises pour manger, et tu ne voulais pas pleurer, tu avais dit que tes yeux resteraient secs, pour ne pas faire ce plaisir à Chemin et à ses banquiers. Et quand vous avez fini le repas, c'était trois heures de l'après-midi, vous avez bu la dernière bouteille de vin, et vous êtes partis en laissant la vaisselle sur la table, et les verres à moitié pleins, pour dire aux gens qui allaient venir que ça n'avait pas d'importance, vous aviez commencé votre voyage d'exil, loin de cette île, loin des méchants et de leurs petites rapines. »

C'est la fin de la journée. Le jardin de Josaphat rend la chaleur chaque soir, comme si le soleil s'était réellement couché sous la terre. Avec le crépuscule, on entend moins le bruit de l'autoroute, ou bien on dirait la mer. En fermant les yeux, Jean voit le jardin de Rozilis, il est sous la varangue à regarder les feuilles des arbres, il entend distinctement les appels des martins. Mais la cloche de Josaphat sonne l'angélus, et Cathy tressaille. C'est le seul son qui la fasse encore tressaillir, et Jean pousse son fauteuil le long des couloirs jusqu'à la porte de la chapelle. Elle va entendre les prières. Tout le reste s'est dissous, ça n'était qu'une apparence. Il reste cette clarté venue d'une mince ouverture au bout d'un très long corridor, qui attache la vieille femme aveugle à la vie.

Jean laisse le fauteuil au fond de la chapelle, il recule doucement dans la pénombre, jusqu'à ce que son dos touche les portes battantes qui cèdent en grinçant, et ce bruit semble griffer la mélodie très lente des sœurs en train de psalmodier devant l'autel. Les portes se referment, et Jean est dehors.

Tout l'hiver, Jean a retrouvé Mariam au Café des Artistes. C'est un vieux café aux glaces biseautées, avec une terrasse entre des colonnes à chapiteaux, il paraît que la loggia a été dessinée par Gustave Eiffel. Ce n'est pas un café de jeunes. Quand les chanteuses ne font pas leur numéro, c'est silencieux. Il n'y a pas de flipper, pas de juke-box. Juste le bruit des autos, un vague brouhaha de conversations à l'heure du thé.

Mariam donne rendez-vous à Jean à la sortie de ses cours, vers huit heures. Ça tombait bien, pensait Jean. Après la visite à Josaphat, je n'aurai pas de temps mort. Mariam est en terminale au lycée de filles, elle doit passer le bac philo. Ça n'est pas très important non plus, ce n'est même pas un sujet de conversation. La première fois qu'il a vu Mariam, il a dû parler de ses projets, de son voyage au Mexique. Il lui a demandé si elle était de là-bas, ou d'Amérique latine. Elle était sur le quai de la gare, lui arrivait de Londres. C'est son visage qui l'a étonné, lisse, très brun, et la couleur de ses yeux. Ils ont marché sur le quai côte à côte, et il lui a demandé, comme un dragueur invétéré : « Je peux marcher avec vous ? » Elle a répondu sans timidité : « Oui, si vous voulez. » Elle avait dix-huit ans, lui vingt-six. Il se sentait très vieux.

Ils se sont vus tous les jours ou presque, depuis son retour de Londres. Il était libre. Il avait six mois pour reconduire son sursis. Ou devenir un insoumis. Il a demandé à Mariam : «Vous connaissez la Suède?» Elle a secoué la tête. Il lui a parlé d'Amoretto, qui s'était installé à Stockholm, qui s'était marié. Elle lui a posé une devinette : «Est-ce que vous pourriez dire d'où je suis?» Il hésitait entre une banalité et une énormité. «Espagnole, peut-être?» Elle a ri franchement : «Cherchez, plus au sud.» Elle a conclu brièvement, une fois pour toutes : «Je suis kabyle, je suis algérienne, voilà. Je suis née à Oran.» En même temps, elle avait un air de défi, comme si ça faisait vraiment une différence.

Le Café des Artistes, c'était son choix. Elle aimait le luxe, les beaux hôtels, les restaurants raffinés. Mais il n'y avait pas de snobisme en elle. Les cheveux tirés en chignon, noués avec un élastique, les mains aux ongles coupés court, pas de bijoux, sauf un anneau en or blanc, ou en platine, pas de boucles d'oreilles bien qu'elle eût les lobes percés. Elle n'était pas grande, très mince, habillée tous les jours d'un jean et d'un polo gris ras-du-cou. Elle était la personne la plus vraie qu'il eût jamais rencontrée. Pendant des années, dans cette ville, ou ailleurs, il n'avait côtoyé que des images. Et le jour même où il était de retour, par hasard, il avait croisé sur sa route la personne qu'il avait envie de connaître, une sorte de double féminin, à la fois différente et absolument identique.

«J'aimerais traverser le désert», dit-il un peu bêtement. Elle le regardait de ses yeux jaunes très clairs. «Vous savez, je n'y suis jamais allée.» Elle fumait plutôt nerveusement, comme une lycéenne, tirant de longues bouffées qu'elle soufflait sur le côté, doucement, du bout des lèvres. Elle avait une bouche magnifique.

«J'avais huit ans, pendant la guerre. Nous habitions dans le centre d'Oran, ma mère était très malade, elle ne sortait jamais. Je pensais tout le temps à la mort. Un matin, comme d'habitude, je suis sortie pour faire les courses, je revenais avec du pain, deux gros pains presque aussi grands que moi. Nous n'avions pas d'argent, nous ne mangions pratiquement que du pain. Pour revenir de la boulangerie, je devais traverser une grande avenue où il y avait toujours beaucoup de circulation. Tout d'un coup, au bout de l'avenue, les tanks de l'armée française sont arrivés. Ou peut-être des autos blindées, je ne sais pas. Mais je me souviens bien du bruit des roues sur la chaussée, et il y avait aussi ce nuage gris qui sortait de sous les roues, et ça sentait une odeur de fumée âcre. »

Jean écoute, la lumière de la nuit brille sur toutes les glaces, met un reflet cendré dans les cheveux de Mariam, éclaire son visage de bois brun. Tout à l'heure, la serveuse, une femme un peu lourde, l'air hostile, est venue apporter la commande. Elle a regardé Mariam, elle a posé les verres d'eau minérale sur les ronds de carton, elle a dit ces mots destinés à Jean, qui n'a pas réagi : « Voilà, Coco Bel Œil. »

Mariam a continué comme si elle n'avait rien entendu. Peut-être qu'elle est habituée.

« Les gens ont commencé à courir de tous les côtés, mais moi je ne comprenais pas, j'étais trop petite, je restais au milieu de l'avenue agrippée à mes pains, et je regardais la colonne des blindés qui roulait vers moi, ils étaient si près que je voyais les yeux des soldats à travers les meurtrières, et puis je ne sais pas ce qui s'est passé, les tanks allaient passer sur moi, et quelqu'un, un homme que je ne connaissais pas a couru vers moi, il m'a attrapée par le milieu du corps et il m'a jetée sur le côté, et mes deux pains étaient tombés par terre et les blindés sont passés dessus, et j'ai pleuré, pas parce que j'avais peur, je n'avais rien compris, je pleurais parce que mes pains étaient écrasés et que je n'avais rien à rapporter à la maison. »

Jean écoutait, en même temps il essayait d'imaginer Mariam à huit ans, avec un tablier sur une vieille robe à volants, pieds nus dans des sandales, ses cheveux noirs coiffés sagement en deux tresses sur ses épaules. Et soudain il pensait à Santos, à Kernès, peut-être qu'ils étaient dans le convoi de blindés qui avait roulé ce jour-là dans l'avenue centrale à Oran.

« Après, ma mère allait très mal, et mon père est venu en France, il m'a emmenée avec lui, il avait un contrat dans une usine, et nous avons habité chez son frère Saïd, près de Paris, à Romorantin. Et quand ma mère est morte, mon père n'a pas voulu que je retourne en Algérie, il y avait la guerre, alors c'est une voisine qui m'a prise chez elle, avec son mari, ils s'appelaient les Manciet, ce sont eux qui m'ont élevée, ils n'avaient pas d'enfants et j'étais comme leur fille, madame Manciet je l'appelais maman Lou, parce qu'elle s'appelait Marie-Louise, nous habitions un pavillon de banlieue à Joinville-le-Pont. Je ne voyais presque plus mon père, juste une ou deux fois par an, pour l'Aïd, pour la fin du Ramadan, et quand j'ai eu quatorze ans il est mort d'un accident de la route, il conduisait un camion pour livrer des matériaux et il est mort quelque part près de Lyon, je n'ai même pas su où il est enterré. Voilà mon histoire, je ne sais pas pourquoi j'ai eu envie de te la raconter, d'habitude je ne parle jamais de ça à personne. »

Quand le Café des Artistes est sur le point de fermer, Jean et Mariam vont à la recherche d'un coin pour avancer un peu plus loin dans la nuit. Dans la ville, les bistros ont leurs chaises renversées sur les tables, les garçons éteignent les lumières. Ailleurs, les boîtes de nuit débordent, de bruit, de fumée. Alors ils prennent le bus pour l'aéroport. La salle de départ reste ouverte à cause des vols de nuit. Il y a des banquettes de moleskine bleue, des tables basses jonchées de journaux. C'est un endroit sans repères, que Jean compare à une station perdue dans l'espace, en route vers Alpha du Centaure. Des gens dorment sur les banquettes, malgré la lumière des néons, malgré le grincement monotone de l'escalier roulant qui roule tout seul.

Tous les bureaux sont fermés. Ce sont des voyageurs qui attendent l'avion de l'aube pour Tel-Aviv, ou pour Bamako. Ou des clochards tibétains arrêtés sur la frontière. L'un d'eux est un type très brun, le nez cassé, des cheveux noirs longs et bouclés, un visage haut de Mongol. Il ne dort jamais. Il fume en silence, assis sur sa banquette, chaque nuit. Parfois Mariam s'assied à côté de lui pour lui parler. Il l'écoute en continuant de fumer, sans répondre, ou alors avec des bribes de phrases. Il lui arrive de sourire. Il a dit à Mariam qu'il est né en Algérie, ses parents étaient espagnols. Quand la guerre a commencé, il est parti. Il n'avait que douze ans, il est monté clandestinement dans un bateau qui l'a débarqué à Marseille. Il n'est jamais retourné là-bas, mais il pense qu'il n'y a plus personne. Il ne sait pas où ses parents sont allés, peut-être en Espagne, ou bien au Mexique. Il fait des boulots, il a été figurant dans des westerns italiens à petit budget. Mais peut-être que rien de tout cela n'est vrai, qu'il a tout inventé.

Jean regarde Mariam, il la trouve très belle dans la lumière du néon. Elle sait parler aux inconnus, elle n'a peur de personne. Elle a un visage très lisse comme une pierre du désert. Il pense que c'est elle qui transforme cette aérogare vide en vaisseau aventureux de l'espace. Elle n'est de nulle part, comme Jean.

Une certaine fièvre anime cette ville à l'approche du printemps. On ne va pas dormir. Vers deux heures du matin, ou plus tard, Jean et Mariam marchent autour de l'aéroport. Dans les ruelles qui donnent sur la mer, les putes sont au travail. Elles sont vêtues de minijupes en cuir noir, de boléros dorés, elles ont des perruques blondes. Les voitures passent devant elles, toujours les mêmes, phares allumés, reflets sombres sur leurs glaces. Il y a une impression de vide, de silence.

Un peu plus loin, l'autoroute est suspendue dans les quartiers endormis. C'est un chantier inachevé, avec de grands pans de béton qui jaillissent au-dessus des toits. C'est la même autoroute qui traverse le Vallon Obscur, devant la maison de Josaphat, et Jean imagine Cathy dans son lit, dans la chambre à trois, immobile comme une défunte, entendant les mêmes grondements des moteurs, les mêmes cliquetis des pneus sur le pont Baylet.

Jean et Mariam ont abouti à une sorte de plate-forme, en haut de la colline, devant la piste balisée de bleu de l'aéroport. C'est un sentiment bizarre, être à la fois ici et ailleurs, appartenir à plusieurs histoires. Mariam, petite fille à Oran, et lycéenne ici, en attente de ses examens. Jean à Londres, mais en même temps à Ébène en 1910, le jour de l'An, quand tout va basculer dans le hasard. Et la tante Catherine à Josaphat, chaque nuit, les yeux ouverts sur ce vide noir qui est en elle depuis vingt-cinq ans.

Ils ne parlent pas. Ils sont assis sur un banc, très près l'un de l'autre, à se toucher. Mais ils restent indépendants, chacun dans son monde. Mariam a les lèvres très douces, Jean ferme les yeux. Il voudrait boire son souffle à ses lèvres, et il n'ose pas.

Dans quelques instants, la vie va recommencer, il y aura les réunions d'étudiants, les préparatifs des examens. Bientôt, dans quelques semaines, Mariam va recevoir sa convocation pour le bac, le nom de l'établissement, le numéro de la classe. Jean pense à la Suède, au Canada, au Mexique. Tout est prêt pour ce nouveau départ. Il faut aller très loin avant que la gendarmerie ne vienne le chercher. Il faut aller plus loin dans cette enquête, en finir. Mais y a-t-il une réponse aux tours de cette ronde, ou est-ce que la réponse ne serait pas plutôt en lui, déjà prête, et qu'il suffit de la lire ?

Aurore de Sommerville n'est pas partie très loin. Son militaire de passage l'a abandonnée après avoir abusé d'elle, comme cela était prévisible. Après l'avoir vendue, les Gendre ont pris le large pour toujours. En interrogeant les assistantes sociales, Jean a pu remonter la piste. Elle aboutit à une grande bâtisse provençale aux murs décrépis, cachée dans une colline au milieu des champs d'acanthes. Lorsque les Gendre se sont enfuis, pourris de dettes, Aurore a trouvé refuge ici, auprès des sœurs du Carmel. C'est la mère de Jean qui a signé les papiers, pour cela elle a dû mentir, prétexter qu'elle était une lointaine cousine. Il y a eu aussi l'aide d'un comité des anciens d'Indochine. D'Adhémar de Sommerville, c'était le temps de la gloire et de l'honneur, avant la chute, en 1956. Aurore, c'était toujours cette petite fille mystérieuse, fermée sur son passé, cette enfant née de la pluie, non pas la pluie triste et monotone des pays du Nord, mais l'averse violente sur les rizières, mêlée de soleil, de rires, de cris d'enfants, la vraie mousson. C'était pour cela sans doute qu'elle s'appelait l'aurore. Sa mère était une femme de rien, une femme de chambre, une femme qui était passée dans la vie du général, et quand sa fille était née, elle l'avait donnée comme si c'était un objet, ou un petit chien. Le général était parti peu de temps après, il avait embarqué dans ses bagages cette poupée aux yeux d'obsidienne, sans même être tout à fait sûr qu'il en était le père.

C'est Sharon qui a raconté l'histoire à Jean, après son retour de Londres. Mais elle n'a pas parlé de ce qui s'est passé ensuite, quand le général est mort d'une crise cardiaque à l'âge de soixante-six ans, alors qu'il se rasait au coupe-chou dans sa salle de bains. La petite Aurore est restée dans son coin, dans une chambre-débarras de l'appartement de la rue Reine-Jeanne, et c'est le couple Gendre qui l'a prise en charge. Le général ne s'était pas soucié d'adoption plénière. Il avait juste donné son nom à Aurore, comme un caprice magnifique. Est-ce qu'il avait vraiment cru qu'un nom, cela suffisait ? Aurore est devenue la chose de ces gens affreux, la servante qu'ils n'auraient jamais eue autrement, humiliée, abusée, enfermée chaque jour davantage dans son mutisme. Jean se souvenait maintenant de tout ce qui se racontait, ces chuchotements qu'il captait au coin d'une porte, au dérobé d'une conversation. Il se souvenait surtout de la colère de la tante Catherine quand elle parlait des Gendre, de leur façon de traiter Aurore. Une colère excessive et vaine d'aveugle, tournant sur elle-même dans la cuisine, cognant plats et ustensiles, grommelant contre ces saligauds, ces charognes.

C'était cette porte fermée surtout, au cinquième étage de La Kataviva, montrant sa plaque de laiton astiquée régulièrement par madame Gendre, avec ce nom magique et un peu ridicule, un nom de dérision et d'abandon qui cachait la misère d'une orpheline transformée en bonne, en butte aux sévices et aux bassesses de ses maîtres.

Jean se souvient de s'être arrêté souvent à cette porte, sur le chemin du sixième. Il s'approchait sur la pointe des pieds, pour sentir, écouter, deviner la présence d'Aurore. Est-ce qu'il se doutait du malheur qui se trouvait de l'autre côté de cette porte ? Sinon, pourquoi aurait-il eu le cœur battant en voyant le corridor sombre et, au bout du palier, la porte haute et vernie où la plaque brillait d'un éclat maléfique ?

Aujourd'hui, la porte est méconnaissable. Le battant écaillé, couleur de racine, a été laqué d'un vert sombre très parisien, symbole de luxe discret. La poignée et la plaque de laiton brillent toujours, mais leur éclat est appliqué, une lumière discrète, affirmative. Il n'y a plus de malheur derrière cette porte, il en est sûr.

Un après-midi, au lieu d'aller à Josaphat, Jean a voulu en avoir le cœur net. Il a sonné chez maître Michèle Anzioni. Il s'attendait à être reçu par une secrétaire, dans une antichambre aseptisée comme chez un dentiste. C'est l'avocate en personne qui est venue lui ouvrir. Une femme d'une cinquantaine d'années, mince, très brune, l'air brouillon. Elle l'a conduit directement à son bureau, une grande pièce claire sans rideaux, encombrée de dossiers et d'œuvres d'art. Elle lui a dit : « Excusez-moi, j'en ai pour une minute. » Jean a réalisé qu'il était seul dans le salon du général, là où les Gendre avaient vécu ensuite, et la petite Aurore devait leur apporter à dîner, le café, ou peut-être une camomille pendant qu'ils regardaient la télé.

Qu'est-ce qui avait pu changer ? C'était une pièce vraiment assez belle, avec ses boiseries, son plafond décoré d'angelots et les doubles fenêtres à arc surbaissé. Était-ce réellement ici qu'Aurore avait vécu toutes ces années, prisonnière, dans une sorte d'horreur au quotidien ? C'était dans une autre vie sans doute, si lointaine qu'on ne pouvait plus l'exhumer, même si on grattait frénétiquement cette peinture et ce vernis.

« Que puis-je faire pour vous ? » Maître Anzioni regardait Jean avec sympathie et attention. Il aurait pu inventer une histoire pour justifier sa venue, un procès, un divorce. Mais soudain il a eu envie de dire la vérité. Il a parlé des Gendre, ce couple sans scrupules, et Aurore, une handicapée mentale, qu'ils avaient dépouillée, réduite en esclavage. Des rendez-vous qu'ils prenaient avec des hommes d'affaires, contre de l'argent, une promesse, une faveur, et Aurore partait maquillée et vêtue comme une prostituée. Maître Anzioni écoutait, elle a pris des notes, elle a parlé de faire des recherches. Le père était mort, mais on pourrait peut-être retrouver des témoins, lancer une enquête pour identifier la mère d'Aurore à Hanoi. Obliger les Gendre à restituer une part de l'héritage, le produit de l'appartement qu'ils avaient vendu. Surtout, les poursuivre pour leurs crimes, mettre au jour les viols, les sévices. Elle semblait sincèrement émue, peut-être parce que cette sombre histoire s'était déroulée ici, chez elle, et qu'elle n'avait jamais imaginé ces fantômes. Jean avait honte d'être entré si brutalement dans sa vie. Il avait l'impression d'avoir profité de l'histoire d'Aurore pour satisfaire une curiosité un peu morbide, passer enfin la lourde porte aux secrets et entrer dans l'appartement où la jeune fille avait vécu ces années terribles. Il a serré la main de maître Anzioni, il a promis qu'il reviendrait la voir, en tout cas qu'il téléphonerait pour avoir des nouvelles de l'affaire. Il s'est sauvé à toute vitesse. Il savait qu'il ne retournerait plus jamais à La Kataviva.

Le Centre éducatif pour enfants handicapés se trouvait loin de tout, dans un pays d'oliviers et de champs de blettes. Le car n'allait pas jusque-là. Il s'arrêtait sur la place de Saint-Isidore, un village endormi au soleil autour d'une vilaine église. Jean a fait à pied le kilomètre et demi qui restait, sur une route vicinale où l'herbe mangeait le revêtement de goudron. C'était une belle journée de printemps, il faisait déjà chaud, on entendait le cr-cr des insectes dans les pins. Jean s'était décidé à aller voir Aurore, dès qu'il avait eu l'adresse de l'institution. Il y avait bien huit ans maintenant qu'il l'avait aperçue pour la dernière fois. Ce n'était pas une si longue durée, et pourtant il lui semblait que cela appartenait au temps de son enfance, de ses visites à La Kataviva, au temps où il découvrait jour après jour, en écoutant parler Cathy Marro, la vie à Rozilis.

Tandis qu'il marchait sur l'étroit chemin, il ressentait de l'appréhension. Et si elle ne le reconnaissait pas ? Ou, pis, si elle refusait de le voir ? Il avait téléphoné à la direction, pour annoncer sa visite. À la question, il avait répondu : « Aurore est une de mes cousines. » Rendez-vous avait été pris pour ce jour, en début d'après-midi. Le directeur avait proposé de venir le chercher en voiture au terminus du car, mais Jean avait refusé. Il voulait être libre de se sauver en courant, si le courage lui manquait.

Quand il est entré dans le jardin du Centre, en passant devant la conciergerie, Jean a failli repartir en effet. Sur un terre-plein aménagé en aire de jeux, des filles jouaient au foot en criant. Le soleil écorchait les allées de gravier blanc, des arbustes séchaient dans leurs pots. Contre la porte une vigne s'était entortillée autour de la gouttière. Au-dessus de la bâtisse, sur un terrain en pente, des bonnes sœurs vêtues de gris bêchaient un potager à étages. Chez ses parents, Jean avait vu une photo, encadrée sur le dessus de cheminée, qui montrait l'internat : quatre rangs de filles au visage ingrat, encadrant une religieuse un peu hommasse. À l'arrière-plan, en retrait, un peu flou à cause du hors-champ, Jean avait repéré Aurore de Sommerville, ses cheveux très noirs coupés court, ses yeux pareils à deux fentes, une expression d'ennui et de tristesse. C'était quelques semaines après son arrivée dans l'établissement. C'était cette photo qui avait réveillé dans le souvenir de Jean une douleur ancienne, comme un désir de justice et de vengeance.

Dans la salle d'attente du Centre, Jean attendait Aurore. Le directeur était un civil, un petit monsieur au regard aigu. C'est lui qui gérait l'économie, les subventions, les pensions des filles. «Vous êtes un cousin de mademoiselle de Sommerville, je crois?» Le directeur, sans que Jean ait demandé quoi que ce soit, a tenu à rendre des comptes : «Pensions versées, quatre cent trente-cinq. Frais d'hébergement, deux cents. Frais médicaux et assurances, cent cinquante. Fournitures, accessoires, cent soixante-dix.» Il avait relevé la tête de son bouquin de comptes : «Accessoires, nous entendons par là le savon, l'eau de Cologne, les mouchoirs, les produits d'hygiène, et cetera.» Il a continué : «Salaire, deux cents. Par salaire, nous entendons une rémunération symbolique, car il va de soi que dans le cas de votre cousine, son travail est plutôt une thérapie, le mois dernier elle nous a inondés, et avant elle avait renversé un bidon de mazout à côté de la chaufferie. Mais c'est une fille serviable et honnête, je crois que vous allez la trouver changée. Il y a longtemps que vous ne l'avez vue?»

Aurore est finalement arrivée, accompagnée d'une

petite Antillaise de treize ou quatorze ans qui s'appelait Rosalie. Jean a été, en effet, assez étonné, moins du changement dans l'apparence d'Aurore que de la rapidité avec laquelle il l'a retrouvée. C'était Aurore, et ce n'était plus Aurore. Elle avait conservé son joli visage lisse, presque sans cils ni sourcils, et ses yeux d'un oblique parfait. Mais son expression n'était plus la même. Il se souvenait de quelqu'un de lointain, de perdu, comme ramassée sur elle-même par la douleur. L'Aurore qui entrait dans la salle d'attente ressemblait à une petite paysanne vietnamienne, vêtue d'un pull gris qui boulochait et d'un pantalon de velours marron sans forme, chaussée de tennis boueux. Ses cheveux étaient ébouriffés d'avoir couru, ses joues étonnamment rouges. Son regard surtout était transformé. Elle portait des lunettes de myope avec une monture en plastique rosâtre très économique, et ses yeux regardaient Jean franchement, avec une lueur vive, amusée, mobile. Sans doute avait-elle reconnu Jean, mais elle était impatiente, et se demandait ce qu'il lui voulait. Elle est restée sur le pas de la porte sans approcher, malgré l'invitation du directeur. À côté d'elle, Rosalie se dandinait un peu. Elle a dit : « C'est une sourde-muette, mais moi je peux parler avec elle, j'ai appris le langage des signes. » Ils sont restés un moment comme cela, Jean assis sur la chaise, le directeur dans son fauteuil, et Aurore arrêtée sur le pas de la porte. Du jardin montaient toujours les glapissements des filles en train de disputer le match, et Jean avait le sentiment qu'il avait interrompu quelque chose. Aurore finalement s'est approchée et, d'un geste très vif, presque pour rire, elle a embrassé Jean près des lèvres, juste à côté de la bouche.

L'instant d'après, Aurore a tourné les talons et elle s'est sauvée vers le jardin, accompagnée par Rosalie.

Toutes les images laides du passé s'effaçaient. Aurore était devenue quelqu'un d'autre, elle avait tout oublié. Devant Jean, il ne restait plus que le rectangle blanc de la porte, et les silhouettes sombres des deux filles marquées sur ses rétines. Au-delà, le nouveau domaine d'Aurore, le jardin, les jeux des enfants, les prières dans la chapelle, le vaste silence rempli par les cris des filles disputant leur partie de football.

Jean a donné un peu d'argent pour les sœurs. C'était une petite part de ses économies, et il n'était pas sûr que cela arriverait jusqu'à Aurore. Mais au moins cela n'irait pas au petit homme à la face de rat qui falsifiait les comptes et détournait les pensions des handicapées. La religieuse à qui il donnait l'argent lui a dit : « Vous savez que notre Aurore doit bientôt se marier ? » Comme il la regardait sans comprendre, elle a résumé en quelques mots : « Michel, un garçon très bien. C'est lui qui s'occupe des arbres du parc. Il est sourd-muet, lui aussi. Bien sûr, ils continueront à vivre ici, avec les pensionnaires du Centre. C'est leur famille, maintenant. »

Sur la route vicinale entre les blettes et les oliviers, vers la place de Saint-Isidore, Jean n'a pu s'empêcher de penser encore à l'appartement des Gendre, à la porte sinistre ornée de sa plaque gravée d'arabesques où s'étalait le nom d'Adhémar de Sommerville. Il s'est souvenu qu'il aurait dû rappeler maître Anzioni pour l'enquête. Il savait bien que s'il ne rappelait pas, l'indignation de l'avocate irait en s'atténuant. Elle avait beaucoup à faire avec le quotidien sans se laisser envahir par un passé qui n'était pas le sien. Il n'y aurait pas de scandale. Tout d'un coup, pour Jean, tout cela devenait dérisoire. Restait le baiser d'Aurore, léger comme une aile de papillon, qui avait fait s'envoler les mauvais jours.

Tout a changé au cours de cette séance de cinéma. Le mercredi 14 juin 67. Il faisait un temps exécrable, pluie, grêle et vent. Il avait neigé sur les Alpes. Mariam préparait l'épreuve de philo. Jean la retrouvait tous les soirs vers sept heures au Café des Artistes.

Mariam révisait la philo. Elle apportait ses bouquins, Spinoza, Kant, Nietzsche. Celui qu'elle aimait par-dessus tout, c'était Sartre, *Qu'est-ce que la littérature* ? Et *L'existentialisme est un humanisme*. Elle aimait aussi ses pièces de théâtre, *Huis clos*, et *La P... respectueuse*.

Elle s'installait au fond de la salle, contre le mur de glaces, et elle surveillait le mouvement des autos et le va-et-vient de la foule au-dehors. Elle avait l'impression d'être au fond d'une caverne. Elle fumait quelques cigarettes, elle buvait son café noir sans sucre. Certains soirs, il y avait de la musique pour distraire la clientèle. Mariam aimait une grande femme métissée, plus vraiment jeune, près de la quarantaine, avec de longs cheveux ondulés châtain clair. L'air d'une Cambodgienne, ou d'une Brésilienne. Entre Afrique et Asie. Mariam ne savait pas son nom, à Jean elle avait dit : « Je l'appelle South

East Asia. » La chanteuse arrivait un peu en retard, elle montait sur une petite estrade au fond de la salle, à côté du bar. Avec elle s'installait un guitariste de jazz franchement âgé, l'air d'un Gitan. Il lâchait quelques accords, et South East Asia commençait à chanter, les chansons de Cole Porter, *Love for Sale*, *I Love Paris*, ou *Night in Tunisia*, ou bien des *lowdown*, d'une voix basse et un peu enrouée qui faisait frissonner. Elle chantait pendant une heure, les mains accrochées au micro, presque sans bouger, son long corps ondulant un peu dans sa robe noire. Puis elle s'en allait, sans regarder personne, indifférente aux maigres applaudissements qui venaient du fond de la salle, mais Mariam ne se joignait jamais à eux. Suivait une autre chanteuse, plutôt nulle, qui se trémoussait sur un rythme de cha-cha. C'était étrange, cette fille qui ressemblait à une apparition. Jean essayait d'imaginer ce que pouvait être sa vie. Comment avait-elle échoué dans cette ville, et au fond de cette ville dans ce bar insignifiant, aussi démodé que son nom ? Mariam inventait une histoire d'amour, une trahison. Peut-être que South East Asia, comme elle, avait fui une région où il y avait la guerre, une ville du Vietnam où les camions des Américains roulaient dans la rue principale, leurs phares allumés, au risque d'écraser les enfants. Jean pensait que c'était plutôt une histoire d'argent, et qu'elle chantait au Café des Artistes en complément d'un boulot triste et mal payé, comme vendeuse dans un grand magasin, ou femme de chambre dans un hôtel économique.

C'étaient des semaines un peu hors du temps, les visites à Josaphat, l'incertitude, Jean qui guettait chaque signe pouvant annoncer la fin de son sursis et son incorporation inévitable, Mariam qui lisait ses textes de philo au café, et certains soirs, comme une surprise, South East Asia qui venait chanter pour eux, sans les voir, avec la musique douce du vieux guitariste gitan. On avait l'impression de flotter, d'être en suspens entre deux zones, que ça pourrait durer indéfiniment. Ça ne pouvait pas durer.

Cet après-midi du mercredi 14, Jean et Mariam sont allés au cinéma. Ils n'avaient pas prévu ce qu'ils allaient voir, ils allaient au hasard. Il s'est mis à pleuvoir très fort, avec rafales et tourbillons de poussière. Les estivants se pressaient tête baissée, courbés sous l'averse.

Jean et Mariam sont entrés dans un cinéma, la séance était commencée, un film bizarre, avec des retours en arrière, David Hemmings et ses gros yeux pâles, Vanessa Redgrave très belle, qui ressemblait un peu à South East Asia, pensait Mariam. Une scène érotique, deux jeunes filles qui couraient toutes nues dans un appartement à Londres. Et puis une histoire de crime, une image que le photographe regardait au compte-fils. Ça n'était pas clair. Quand le film s'est fini, Mariam a voulu regarder le début. Elle était fatiguée par les révisions, trop de cigarettes et de café peut-être. Elle avait des cernes sombres sous les yeux. Elle était nerveuse, elle ne tenait pas en place. Dans la salle pas très remplie, les spectateurs mouillés commençaient à arriver. Les ouvreuses promenaient entre les rangées leurs paniers de bonbons. « J'ai besoin de fumer », a dit Mariam. Ils ont négocié une brève sortie avec l'ouvreuse à l'entrée. « Bon, mais vous ne perdez pas vos tickets, autrement vous ne pourrez pas revenir. » Devant le cinéma, l'air était froid et humide. C'était bon. La nuit était tombée, les voitures roulaient phares allumés, balais d'essuie-glaces en mouvement. La foule ne se pressait pas pour entrer. C'était peut-être le nom *Blow Up* qui les effrayait. Ou c'était Antonioni.

Mariam fumait sans parler. Jean, non sans vanité, parlait de Londres. Pourtant il ne reconnaissait rien, dans le film d'Antonioni, sauf la couleur des murs de brique, et quelques vues du côté de Knightsbridge. C'était un Londres luxueux, artiste, qu'il ne connaissait pas. Rien à voir avec Elephant & Castle, ou Jamaica Road.

Mariam l'écoutait à peine. À la lumière des vitrines, son visage était encore plus lisse, quelque chose d'enfantin et d'usé à la fois. Jean pensait qu'il était amoureux, et en même temps il ne voyait pas d'issue à son sentiment. C'était juste un moment, une interruption dans un déroulement. Cela devait se refermer, sans qu'il puisse l'empêcher. Après l'examen, Mariam devait partir avec sa mère adoptive pour Paris. Peut-être qu'ils ne se reverraient plus. C'était comme les chansons de South East Asia, un moment, juste un moment, un air qui passe, puis le bruit de la rue qui recommence.

Ils sont retournés dans le cinéma alors que la séance venait de commencer. On passait des actualités, des images en noir et blanc, dures, violentes, le champ de bataille du Sinaï, le désert, les chars égyptiens brûlés par les bombardements de l'aviation israélienne, les corps couchés dans le sable. Et soudain une image, burlesque, tragique, insoutenable : sur l'étendue de sable, les chaussures des soldats égyptiens abandonnées, comme si un fleuve de boue s'était retiré. Le silence, sur ces images, comme vues de très loin, rompu par la voix du commentateur, nasillarde et irréelle, parlant de Kuntilla, de Khan Yunis, de Charm el-Cheikh. Enfin, alors que Jean et Mariam restaient pétrifiés sur le seuil de la porte, la rumeur qui gonflait dans la salle de cinéma, d'abord quelques applaudissements, puis une vague de rires et de cris de joie, les spectateurs debout et gesticulant, et devant eux sur le mur, où leurs ombres se projetaient, l'écran de sable, rayé par ces images sans fin, sautantes, cahotantes, comme pour mieux entretenir les rires et les cris de la foule, une scène comique d'un film muet avec toutes ces chaussures perdues par les soldats qui s'étaient enfuis en courant. Jean avait eu le temps de noter que ces chaussures, au moins celles du premier plan, n'appartenaient qu'à un seul pied, mais où était passé l'autre ? Puis d'autres images, affreuses, mais les rires et les cris de joie continuaient sur leur lancée, les hommes de Rafah les yeux bandés, les poignets liés derrière le dos par des fils de fer qui noircissaient leurs mains, la cohorte des prisonniers qui avançaient en sautillant comme des animaux entravés dans ce champ de poussière. Et toujours cette rumeur dans la salle, qui s'enflait, qui menaçait.

Mariam était terrifiée, elle est partie la tête baissée, elle a poussé la porte à battants et s'est sauvée dans le hall, puis dans la rue, et Jean a dû courir derrière elle, il a senti comme un bienfait la bourrasque froide de l'orage, le vide grognant de la rue indifférente. Il serrait Mariam contre lui, elle était si petite, si frêle qu'il avait l'impression de tenir une enfant qui sanglotait. Il murmurait : « Ce n'est rien, oublie-les, ce n'est rien... »

Sous la pluie battante, ils se sont éloignés le plus vite qu'ils ont pu des abords du cinéma, comme d'un lieu maudit où la foule criait sa vengeance, cherchait la destruction. Et l'image du champ de bataille avec toutes ces chaussures abandonnées, et les soldats égyptiens accroupis au bord des routes, leurs visages apeurés, mangés de barbe, ceux qui avaient les yeux bandés, et ceux qui regardaient la caméra avec un regard vide. Mariam a entraîné Jean vers les collines, ils ont marché longtemps, jusqu'à ce que la ville ne soit plus qu'un halo blanc entre les arbres. Elle a dit : « Je suis si fatiguée, si fatiguée. » Puis : « Je ne peux pas rentrer chez moi, emmène-moi quelque part. » Au bas de la colline, il y avait un hôtel avec un nom un peu prétentieux, ou plutôt démodé, comme Pension des Isards. L'hôtelier était un type qui avait l'air fatigué. Il a montré une chambre, il a ouvert en grand les robinets de la baignoire : « C'est comme aux États-Unis, voyez, juste une pompe et on a une pression qui remplit la baignoire en dix secondes. » Jean s'en moquait, Mariam ne regardait même pas.

L'hôtelier avait une mine soupçonneuse, comme s'il flairait du louche, une lycéenne égarée avec son prof de lettres, une clandestine, peut-être même une pute. La chambre était longue et étroite, terminée par une alcôve. Elle sentait le désinfectant. Mais par la fenêtre on voyait le jardin sous la pluie, une glycine éclairée par l'enseigne au néon. Jean a pris la chambre. Il s'est allongé sur le lit, il se sentait fatigué. Mariam grelottait, elle n'a pas voulu utiliser l'extraordinaire baignoire.

« Tu sais, quand je suis arrivée en France, j'ai failli mourir du paludisme, j'avais ramené ça d'Algérie. C'est maman Lou qui m'a sauvée, elle me baignait dans de l'eau tiède qu'elle refroidissait doucement pour faire tomber la température. Elle était infirmière, je l'aimais beaucoup et monsieur Manciet aussi, il était très gentil avec moi. Quand je suis venue habiter chez eux, j'étais très malade, très fragile, à la mort de mon père c'est moi qui ai voulu habiter chez les Manciet, et mon oncle n'était pas d'accord, mais il n'a pas pu m'en empêcher. »

Elle s'est serrée contre Jean. « Réchauffe-moi, j'ai si froid. » Elle tremblait toujours. Il y avait encore cette rumeur, les gens debout, leurs voix, leurs rires, la haine sur leurs visages pendant qu'ils regardaient le champ de sable jonché de chaussures d'Arabes.

Les lumières éteintes, on y voyait encore clair dans la chambre, à cause de l'enseigne au néon qui brillait sur la vieille glycine. Mais c'était bien, c'était à des kilomètres de la haine, des gens qui criaient dans le cinéma. Mariam s'est déshabillée, elle s'est glissée entre les draps. « Je suis réchauffée maintenant, j'ai le cœur qui bat trop fort, tiens, tu veux sentir ? » Elle a pris la main de Jean et elle l'a appuyée sur sa poitrine, entre ses seins légers. Il sentait la palpitation, rapide comme un oiseau capturé. Il a caressé ses seins, doucement, la courbe de l'épaule, en dessinant du bout des doigts. Il avait très envie de faire l'amour, mais elle s'est un peu éloignée, elle s'est mise en boule et elle a dit : « Je ne veux pas, maintenant je vais dormir. » Et elle l'a fait, comme un petit animal confiant.

Jean était appuyé sur un coude. Il écoutait son souffle régulier. Le drap s'est un peu écarté, il a vu son corps très blanc, où la colonne vertébrale traçait une route plus sombre vers les reins. La nuque, les cheveux bouclés répandus sur l'oreiller. C'était un moment extraordinaire, qui pouvait durer toujours. Cette nuit avec Mariam, dans la vieille chambre près de la glycine au néon, comme dans un coffre fermé contre la violence, les guerres, les corps décharnés, et ces milliers de chaussures à un seul pied abandonnées dans le désert.

Il a fini par s'endormir avant l'aube. Il y avait déjà les bruits de vélomoteurs, le camion des poubelles qui grinçait le long des rues. Ça n'était pas vraiment le sommeil. Il rêvait que Mariam se tournait vers lui et lui souriait, ses dents blanches brillaient sur son visage sombre, elle l'embrassait d'un baiser profond qui ardait son corps entier et le faisait bander. Il serrait son corps fluide, il la pénétrait très doucement. L'amour l'emportait dans un autre monde. Plus tard, longtemps après, il faisait jour pâle, il se réveillait le cœur battant, il l'appelait d'une voix angoissée : « Mariam !... » Elle se tenait près de la fenêtre. Elle s'était déjà douchée dans la baignoire, elle avait enfilé son jean serré, son pull de coton marron. « Où vas-tu ? » Elle restait à distance, elle le regardait sans répondre. Elle a allumé la première cigarette du matin, elle a enfilé la courroie de son sac. « Chchch, je vais réviser chez ma mère. Dors. » Il n'osait pas lui dire : « On se voit quand ? » Elle aurait haussé les épaules. Il ne s'était rien passé. Ça n'avait pas de sens. Juste une nuit dans le même lit, pour conjurer sa peur. Il se sentait seul. En plus, son rêve érotomane lui avait laissé une douleur dans les testicules.

Il s'est rendormi. À neuf heures et demie, la femme de chambre a apporté le petit déjeuner, café au lait et tartines. Il y avait longtemps qu'il n'avait pas mangé quelque chose d'aussi bon. En sortant, un peu après, il appréhendait de croiser le patron des Isards, son regard de guingois. Mais il n'y avait que le veilleur de nuit avec sa mine de papier mâché. « Vous garderez la chambre aujourd'hui ? »

Jean a haussé les épaules : « Non, je ne crois pas. » Une impression de non-histoire, comme au bout de Jamaica Road. Les ruelles encombrées de faux poivriers descendaient vers la ville bruissante, toutes ces ramures qui se rejoignaient dans le courant des grands axes, fleuves de camions-citernes et de voitures, leurs phares encore jaunes dans la brume matinale, comme les mèches du grand serpent gris qui courait sur la mer.

Il dormait très peu, très mal, n'importe où. Un soir chez ses parents, dans la vieille petite chambre qui sentait la poussière, le passé, plus âcre encore, une odeur de moisissure et de sperme séché. Parfois à l'hôtel, une chambre à la périphérie, un hôtel minable dans un lieu qu'il n'aimait pas, mais où il avait le sentiment d'être seulement de passage, et le lendemain tout serait oublié. Quelquefois dehors, à la belle étoile (quand il y en avait), sur la plage, là où Marcel le yogi donnait naguère ses cours de transvection — peut-être qu'il s'était décidé enfin à aller à Bénarès, car de lui il n'y avait plus de trace. Dans le jardin contigu à la gare, où il fallait ouvrir l'œil, et même les deux, un sur les pédérastes en maraude, l'autre sur les flics faisant leurs rondes.

Mais à l'aube la mer était belle, lisse et très douce, et le ciel sans couleur. Le serpent de brume glissait lentement des fonds vers le rivage, roulait les scories de la veille. Il y avait toujours beaucoup d'oiseaux qui frôlaient les vagues, remontant un fil invisible. Des barques de pêche, leur treuil en attente, poussées lentement par les coups sourds de leurs moteurs à quatre temps. À cette heure-là, pensait Jean, la liberté existait comme un privilège. Rien ne troublait, rien ne se souvenait. Le monde visible connaissait une certaine fatigue.

Malgré la dégradation du temps, la tante Catherine maintenait encore tous les fils tendus. Jean avait le sentiment qu'il ne cessait pas de communiquer avec elle, même là, entre les rochers, devant la mer indifférente. C'était pour elle, pour compenser la perte de Rozilis, qu'il s'imprégnait de ce coin isolé, protégé des regards de la ville, où il pouvait se croire revenu au pléistocène, à l'ère où régnaient sans conteste les oies et les baleines, quand le monde n'avait pas encore vraiment commencé. Il irait à

Josaphat cet après-midi, il lui raconterait tout cela, et ses mots caresseraient son visage usé comme l'eau qui va et vient sur le ventre noir des rochers.

Le 20 juin au matin, Mariam a donc passé l'épreuve écrite de philo. Sujet : «*L'immortalité de l'âme est une chose qui nous importe si fort, qui nous touche si profondément qu'il faut avoir perdu tout sentiment pour être dans l'indifférence de savoir ce qu'il en est*» (Pascal, *Pensées*).

Vers cinq heures après midi, Jean l'a retrouvée au Café des Artistes. C'était un jour sans South East Asia, et ils ne sont pas restés plus d'une demi-heure. Ensuite Jean a loué une chambre en ville, dans un meublé minable au troisième étage d'un immeuble. Mariam a tout décidé. Elle a tiré les rideaux. Dans la pénombre chaude, elle s'est glissée nue entre les draps rêches. Sa peau était hérissée par la chair de poule. Le cœur de Jean battait fort, comme dans son rêve de l'autre nuit. Il tremblait comme si c'était la première fois. Pour Mariam, c'était la première fois. Elle a eu mal quand Jean l'a pénétrée, et comme il s'arrêtait, elle lui a dit, avec une sorte de colère : «Continue!» Elle avait les yeux fermés, son visage renversé, la bouche vers le haut, une expression violente, forcée, serrée. Cela enivrait et faisait peur à la fois, c'était déclencher un désordre, une folie, et en même temps il aimait cette rupture, cette violence. Une odeur de corps, une odeur étrangère, puissante, le souffle pressé, le cœur qui battait dans sa gorge comme s'il était visible, le regard tourné vers l'intérieur, entre les paupières sombres, le blanc de la sclérotique, une semblance de haut mal. L'odeur de la guerre, le corps des femmes d'Oran, dans les souks, dans les bains, l'odeur de la terre que les soldats avaient violée, l'odeur de la peur et de l'humiliation, l'odeur âcre des camions blindés qui roulaient sur l'avenue, et cet homme qui avait bondi, avait tiré la petite fille en arrière, l'avait sauvée de la mort, l'avait envoyée rouler dans la poussière, tandis que les roues et les chenilles d'acier écrasaient ses deux pains sur la route. Et maintenant, il lisait tout cela sur son visage aux yeux fermés, il buvait toute cette mémoire.

Ils se sont endormis ensemble, malgré le bruit des klaxons dans l'avenue, malgré tous ces gens qui se hâtaient, qui se bousculaient, qui allaient où ? Pour faire quoi, pour trouver qui ? Ils se sont endormis côte à côte, trempés de sueur. Et l'air devenait froid peu à peu. Les mots et les choses s'en allaient, se défaisaient, flottaient en arrière comme la fumée de leurs cigarettes. Jean pensait à son départ proche, à la menace qui s'était concrétisée, les lettres portant le cachet du ministère de la Guerre, le libellé : « Le jeune X... devra se présenter muni de son livret militaire en vue de l'examen de son sursis, tel jour, à telle heure, à la caserne de X... » Les espaces blancs avaient été griffonnés hâtivement. Suivait le paraphe imprimé du commandant Napoléon, et la signature du lieutenant Marini. Il pensait à tout cela avec indifférence. Il n'avait rien dit à sa mère et à son père. Mariam était en dehors de tout. D'ailleurs, pour elle, il y avait une autre urgence. Les épreuves du bac étaient comme une mauvaise fièvre, elle faisait l'amour avec Jean juste pour s'y soustraire. Chacun était dans son histoire, voilà tout.

L'été serait bientôt là, c'était connu, tout le monde s'en allait. « J'ai trouvé un boulot dans un hôtel à Chamonix, tu viendras me voir ? » Jean a laissé traîner sa réponse : « Peut-être... » Il avait menti. À ce moment, il avait tout arrêté. Le train, le bateau pour l'Angleterre, le temps de prendre le vol charter pour

Toronto, où l'attendaient Bryan et Poubelle. Ils avaient trouvé du travail là-bas. Après, la route vers le sud, le Greyhound à travers les États-Unis, Dakota, Wyoming, Oklahoma, Texas, jusqu'à McAllen. Et puis encore la route vers le sud, jusqu'à Mexico. Par moments, Jean était si impatient qu'il en tremblait.

Il est resté à dormir avec Mariam dans la chambre grise, au centre de la ville, pendant que le soleil girait et que les ombres au-dehors parcouraient les heures. À la nuit, ils se sont séparés.

Il ne reste pas beaucoup de temps. Pour comprendre, pour deviner. Le lieutenant Marini a été on ne peut plus clair : « Vous êtes à la charnière. Je vous conseille de répondre à la convocation, afin de ne pas être porté déserteur. C'est un crime grave, qui risque de gâcher toute votre vie professionnelle. Si vous justifiez de la suite de vos études, vous pouvez avoir encore un an ou deux de sursis. Je vous conjure de ne pas prendre tout cela à la légère. » Le lieutenant Marini, son menton carré, ses cheveux noirs coupés très court, son regard précis, brillant. Il a accepté de parler à Jean Marro en souvenir de la cérémonie du mariage des âmes. Moins en hommage à Santos et à Jeanne Odile que par respect pour Léa Balas, cette femme qui a été actrice et qui conduit sa vie comme une pièce de théâtre. « Un satané menteur ! » a commenté Jean à sa mère. Sharon le regardait sans comprendre. « Imagine qu'il me dit de me présenter à l'ordre de conscription. Il sait très bien que si je ne réponds pas, je ne serai pas déserteur. Seulement recherché pour manquement. » Le père de Jean est au courant. Il n'a rien à dire. Lui a donné sa démission quand l'Angleterre a décidé d'envoyer sa jeunesse se battre dans la jungle contre les maquis communistes. Ou plutôt, il y a été contraint pour avoir protégé Lee Meng, quand elle a été condamnée à la peine de mort. Il était amoureux de cette belle fille au visage d'adolescente aventureuse, il a gardé sa photo jusqu'au bout, même quand il est revenu vivre en France avec Sharon et son fils. Jean aurait aimé lui parler, l'interroger sur cette affaire, mais il était trop tard.

Quand la France était en guerre, il n'a pas passé un jour sans s'insurger contre la répression, contre la levée du contingent, le million de jeunes qu'on allait envoyer mourir en Algérie pour la cause coloniale. Maintenant, la sclérose l'a vaincu. Il ne lit même plus le *New Statesman* qui arrive chaque semaine dans sa boîte aux lettres. Il écoute encore la BBC sur son poste à ondes courtes, le soir, avant le dîner. Bom-bom-bom ! *Bibici World Service, this is the news*. Il est question de l'indépendance de Maurice. Raymond Marro attend cela depuis des années, il est temps ! Les élections auront lieu à la fin de l'année. Jean pense à Catherine, dans la salle commune de Josaphat. Est-ce qu'elle sait ce qui se passe là-bas, dans son île, si loin dans le temps, si loin dans l'Océan ?

Ce sont les derniers jours avant l'Amérique. Jean parcourt la ville, remonte tous les fils. Il sait que bientôt rien ne restera de ce qu'il a connu. Chaque jour, un magasin disparaît, un bistro, une adresse. Sur les boîtes aux lettres de La Kataviva et d'ailleurs, c'est une valse d'étiquettes ininterrompue.

Le salon de coiffure Motosso, par exemple. Là où le père de Jean allait rafraîchir sa coupe militaire, sur le quai du port. Un vieux Provençal distingué, qui parlait occitan, toujours impeccable dans sa blouse blanche et ses souliers noirs vernis. Eh bien, maintenant, c'est Nuoc-Mam, un resto vietnamien d'un goût douteux, avec jets d'eau et bonzaïs en plastique vert. Un autre ? Le droguiste du coin de la rue, sur la place de l'Horloge. Un beau matin, il a plié bagage avec tous ses balais O'Cedar et ses pots de Rubson. La boutique est à l'abandon, la vitre est cassée, des voyous ont jeté leurs immondices derrière la grille. L'atelier du cordonnier, à toucher La Kataviva : Jean se souvient du chromo qui ornait sa vitrine, une vue colorisée de la baie de Naples avec le Vésuve en éruption. Aujourd'hui, c'est un dispensaire d'infirmière diplômée, surmonté d'une croix verte qui cligne comme un faux contact. Ça n'est pas que tout cela ait quelque importance réelle. Les choses vont, viennent, la roue tourne, le vent les emporte au diable. Mais La Kataviva, c'était important. Ça n'était pas rien. Et maintenant que Cathy Marro est dans sa prison de Josaphat, et qu'Aurore de Sommerville vit dans cette maison de réhabilitation pour handicapées prédélinquantes, maintenant qu'elle va se marier avec le jardinier et avoir des enfants, Jean doit passer devant la porte, devant la mosaïque bleu d'azur où est inscrit en lettres d'or ce nom magique, comme si tout ça n'avait jamais existé, que ça n'était que des rêves, et que ça n'était qu'une porte d'un immeuble un peu vétuste de la rue Reine-Jeanne, dans un quartier à dominante d'immigrés du Sud-Est asiatique.

Sur un bout de papier, Jean a écrit la nouvelle adresse de la tante Éléonore. La villa Belle Vue où Jean allait la voir trois ou quatre fois l'an quand il était enfant, et dont elle occupait le rez-de-jardin avec l'oncle Vania et leurs sept chats, a été rasée. À sa place, on construit une tour en béton, un futur hôtel qui, curieusement, portera un nom de chat, Angora.

La tante Éléonore a toujours été l'anti-Catherine Marro absolue. À la mort de l'oncle Vania, avec un don rare pour la chicane juridique, et un sens aigu de la survie, elle a obtenu deux millions (anciens) de dédommagement (à quatre-vingts ans, elle était indéracinable) des entrepreneurs qui avaient racheté la maison, qu'elle a placés chez un notaire en viager, après une mauvaise bronchite qui lui donnait l'aspect d'une quasi-morte. C'est cette anecdote, que lui a racontée sa mère, qui a décidé Jean à retourner la voir.

Elle habite maintenant en haut des collines, dans un vieil immeuble Belle Époque entouré d'acanthes. Parc des Cédrats. Une adresse qui lui va bien, a pensé Jean.

L'immeuble est un hôtel particulier en déroute, où les ors et les faux marbres de jadis ne sont là que pour mieux accuser la chute. Quant à ses habitants, il s'agit d'un curieux mélange. Les vieux issus des quatre coins de l'Europe d'avant la guerre, voire de la Russie d'avant la Révolution, sont obligés de coha- biter avec des bandes de jeunes, petits délinquants sortis des maisons de correction, dealers, repris de justice ou cavaleurs en cachette. Le jour, on croise plutôt les premiers. Mais la nuit, ce sont les voyous qui sortent et qui font la loi aux Cédrats. La tante Éléonore explique cela à Jean. Elle lui montre l'œil- de-bœuf au ras du plancher, son unique source de lumière ouverte sur la cour intérieure : « Je les sur- veille chaque soir. Je connais ceux qui habitent dans la maison, mais quand ils viennent d'ailleurs, je sais que je dois boucler ma porte à double tour et ne pas sortir. »

Éléonore n'a guère changé depuis le temps où Jean

allait à la villa Belle Vue. Elle a toujours ses boucles de cheveux bleus qui lui servent à cacher les deux pinces d'acier avec lesquelles elle tire la peau de ses tempes, ce visage de momie égyptienne, l'arête du nez mince et busquée, les sourcils dessinés au crayon surgras, et la poudre rouge avec laquelle elle fait deux taches rondes sur ses pommettes en saillie. Quand il était petit, Jean avait peur d'elle et refusait de l'embrasser. Maintenant, il ressent une sorte de compassion pour cette femme qui ne veut pas disparaître. Elle lui fait penser à Paula, l'ancienne mondaine du pavillon des agités à l'hôpital Saint Thomas.

« Ils viennent quelquefois le soir, ils sont ivres ou je ne sais quoi, ils s'amusent à terroriser les gens d'ici, ils frappent à grands coups de pied dans ma porte, je leur crie : "Allez-vous-en ou j'appelle la police", ils ricanent, ils doivent savoir que je n'ai pas le téléphone. »

Jean regarde lui aussi par l'œil-de-bœuf. La cour intérieure est vide, la lumière qui passe par la verrière en ruine est pâle malgré le soleil de midi. Il n'y a aucun bruit. Seulement le mouvement furtif des chats dans l'appartement. Combien sont-ils ? Quand Jean est entré, il en a aperçu trois qui couraient sous le lit, et un peu après, à l'entrée de la cuisine, une petite chatte blanc et noir qui pointait sa tête. « C'est mon Emma, a dit Éléonore. Elle me réclame son déjeuner, la pauvrette, elle n'arrêterait pas de manger, et regarde comme elle est maigre. » Jean se souvient que son père racontait autrefois qu'Éléonore, à la villa Belle Vue, mangeait dans la gamelle de ses chats. Sur l'étagère de la cuisine, il a vu les boîtes de pâtée empilées, il est probable qu'Éléonore n'a pas changé de régime. Mais ce qui lui paraissait répugnant quand il était enfant est aujourd'hui plutôt attendrissant. Rien à voir avec la dureté de la tante Catherine qui, à la mort de Mathilde, a empoisonné tous ses chats pour ne pas leur imposer une vie de malheur.

Dans le petit appartement sous les toits, Éléonore a accumulé tous ses souvenirs du temps qu'elle était chanteuse à l'Opéra de Mostaganem, avant de se fiancer à l'oncle Vania Vlatieff. Les programmes des soirées, les éventails, les dessins des costumes. Elle n'a pas l'album magique de Catherine. Ses photos jaunies sont pêle-mêle dans des cartons à chaussures. Éléonore en 1910, habillée en Ukrainienne, en Scandinave, en mousmée. À la une d'un journal, Éléonore avec monsieur Affre, le ténor de l'Opéra. Très jeune, en robe courte et pantalons de dentelle, coiffée d'un bonnet à rubans, très blonde, souriante, à côté d'un monsieur sévère, portant manteau long et haut-de-forme. « Mon grand-oncle Charles Marro, quand il est venu de Maurice. Pour la mort de mon père, j'avais cinq ans. La photo a été prise au Luxembourg.

— Pourquoi ta mère avait quitté Maurice, tante ? »

Elle hausse les épaules. « Tu sais, elle est partie sans regret. Elle n'était pas des Marro de Rozilis, elle était pauvre. Ma mère ne voulait pas rester là-bas, elle voulait que je sois française, elle était difficile, elle ne voulait pas épouser un Mauricien, et pour moi la même chose. Le résultat, c'est qu'elle a épousé un militaire qui est mort de la typhoïde, et moi... » Elle a un rire amusé. « Moi, il paraît que j'étais difficile comme Catherine, nous avons refusé tous les partis jusqu'au jour où nous n'avons plus intéressé personne ! » Elle n'a rien perdu de son humour qui grince. Quand Jean lui demande ce qu'elle sait de Rozilis, elle se précipite : « Tout le monde a parlé de cette histoire, quand la famille Marro a été expulsée, et qu'ils ont dû aller aux quatre coins du monde pour survivre. Nous, ça ne nous concernait pas, on n'avait rien, mais pour eux ç'a été très dur, surtout pour ton grand-père, et pour Jean Charles mon oncle. » Jean est venu pour cela, il sait que la tante Éléonore connaît la vérité. Il demande : « C'était à cause de cet avoué, un certain Chemin... — Chemin n'y était pour rien, tranche Éléonore. Lui c'était une doublure, comment on dit ? L'homme de paille de l'oncle Thadée, tu sais, le frère cadet de Charles ? Il a fait un procès, il a réclamé sa part de l'héritage, c'est sa deuxième femme, j'ai oublié son nom, Étiennette, ou Antoinette, c'est elle qui a intrigué pour que Rozilis soit mis en vente par les banques, et Thadée a bloqué le rachat, sous prétexte que l'entreprise était en passif, il a fait faire une vente forcée par l'avoué, Chemin, c'était son beau-frère. Et ceux de Rozilis n'avaient pas l'argent pour racheter, ils ont tout perdu, la scierie, la forêt, et la maison qu'ils habitaient, c'est comme ça que ça s'est passé, ils sont partis, et puis Simon a été tué en 1915, c'était un beau garçon, je l'avais rencontré au moment où il s'est engagé dans l'armée anglaise, il est venu nous voir à Paris. Et Jean Charles est mort très peu de temps après, de la grippe espagnole, je crois. Et tous les garçons sont venus en Europe, ton grand-père, et Gildas aussi pour entrer au séminaire. Et Catherine est restée à Maurice pour s'occuper de sa mère, et quand elle est morte, Catherine est venue à son tour en France avec Mathilde, qui était malade, elles ont connu les années noires à Paris, elles avaient été bien misère à Maurice, mais en France ç'a été pire... »

Éléonore parle d'une voix qui tremble un peu, mais son visage reste sec, dur comme celui d'une vieille Indienne. « Je dis tout ça, mais moi, à l'époque, j'avais dix-huit ans, j'étais à Paris, je travaillais mes cours de chant, je peux te dire que ça ne m'intéressait pas beaucoup. Mais pour ton grand-père et pour Catherine et la pauvre Mathilde, c'est vrai que c'était dur, ils venaient du paradis, et tout d'un coup ils se retrouvaient en hiver à Paris. »

Jean ne veut pas lui parler du cahier que la tante Catherine a écrit, à quoi bon ? C'est une histoire secrète, pleine de rancœur, de fantômes, une histoire qui n'arrive pas à se refermer, une plaie qui ne cicatrise pas. La tante Éléonore est déjà ailleurs. Elle rêve tout haut, tandis que ses chats circulent sous les meubles.

« Tu ne peux pas savoir ce que c'était que Paris en ce temps-là. Ma mère me parlait toujours de la fièvre à Maurice, elle était toujours malade, à Rose Hill, il pleuvait beaucoup et, à la mort de mon père, nous vivions de la charité des Marro, nous, nous n'étions que des Joussenel, tu comprends ? Alors Paris pour elle, et pour moi, c'était la liberté, même si nous étions mal logées dans l'appartement de la rue Didot, il y avait le salon de musique, les invitations, on parlait de nous comme si nous étions La Pagerie. Je me souviens, j'avais des petites amies russes, après la guerre, il y en avait une qui s'appelait Antonina, elle était d'Ekaterinbourg, très belle, et je sortais avec elle, nous allions danser, elle chantait aussi, elle avait une très jolie voix, et puis elle s'est mariée avec un Américain et je ne l'ai plus jamais revue. »

Dans le petit appartement, la lumière décline déjà. Par l'œil-de-bœuf, Jean observe l'étroite cour intérieure qui se remplit d'ombre. Éléonore n'a pas manqué son coup d'œil. « Tu sais, je crois qu'ils ne viendront pas aujourd'hui, c'est dimanche, tous les vieux ont des visites. » Elle a un petit soupir qui en dit long : « Si seulement tu habitais ici, ils sauraient qu'il y a quelqu'un qui peut me défendre, ils me laisseraient tranquille. — Pourquoi tu ne te plains pas au gérant ? » Éléonore hausse les épaules : « Paba ? » Elle a un ricanement de mépris. « Je l'appelle Baba, en souvenir de mes amies russes, c'est une vraie sorcière. Il prend l'argent du loyer, c'est tout. Plus il met de locataires par chambre, plus il gagne. Alors tu comprends que ça lui soit égal que je m'en aille. Il mettra des travailleurs immigrés à deux par lit, c'est lui qui envoie les voyous pour nous faire partir. »

Mais Éléonore a trop d'orgueil pour se complaire dans le dramatique. Tout d'un coup, elle quitte son fauteuil, elle va fouiller dans ses souvenirs en désordre. Elle brandit une feuille de papier jauni. Sur la feuille il y a écrit en grandes lettres minces : RAVEL, LE BOLÉRO.

« J'étais à la première, avec ta mère, Sharon. C'est là qu'elle a rencontré ton père. Il était en permission à Paris, il était venu voir ses tantes. » Pour Jean, le temps d'avant sa naissance, c'est le néant. Pour Éléonore, c'est juste un souvenir, parmi d'autres, pas si lointain. La mère de Jean avait dix-huit ans, et Éléonore en avait plus de cinquante. Elles s'étaient rencontrées à l'académie Erato, où Éléonore donnait des cours de chant. « Pour ta mère, c'était la première fois qu'elle allait à un concert. Et pour la première fois, c'était ce morceau de bravoure, cette musique lancinante, à la fin tout le monde était debout dans la salle, les uns hurlaient au fou, les autres applaudissaient, et quand on est sorties, ta mère était rouge, ses yeux étaient pleins de larmes, elle tremblait d'enthousiasme, et je crois que c'est à cet instant que ton père est tombé amoureux d'elle, lui si froid, dans son costume impeccable d'officier anglais, elle avec ses cheveux bruns un peu en désordre, son teint d'Andalouse. Ils se sont mariés trois mois plus tard, et elle a rejoint ton père en Malaisie. Et puis tu es né là-bas quelques années après, mais tu étais quand même l'enfant de cette musique, du *Boléro*. » C'est une histoire que Jean connaissait déjà, mais de l'entendre de la bouche d'Éléonore, elle qui était là, lui donne comme un vertige. Tout ça est trop présent, trop fort.

Jean a quitté rapidement la tante Éléonore. Le soir approchait, l'inquiétude emplissait la cour de l'immeuble, les escaliers, même les recoins de l'appartement où les chats rôdaient comme des bêtes de proie. Sur le pas de la porte, Éléonore lui a serré les mains, avec une force un peu désespérée : « Tu reviendras vite ? » Il n'a pas eu le courage de lui dire qu'il partait là, maintenant, demain, et qu'il ne la reverrait probablement plus. « Bien sûr, tante. » Peut-être qu'elle n'était pas dupe. Elle a dit en grondant : « Oui, oui, on vous connaît, vous autres les Marro, vous n'êtes jamais là quand on a besoin de vous, vous êtes comme l'oiseau sur la branche. »

Un peu plus bas sur la colline, dans le quartier chic qui est comme un balcon sur la mer, Jean est arrivé au Summer Palace, où habite toujours Léa Balas. Il se souvenait du temps où il était allé rendre visite à Santos, il reconnaissait bien l'air d'ennui du hall d'entrée, la cage d'escalier virevoltante, et l'ascenseur qui glisse sur sa rampe de cuivre sans faire de bruit, comme une nacelle de montgolfière. La première fois qu'il était venu ici, il avait seize ans, Santos dix-sept ou dix-huit. Ils s'étaient battus dans sa chambre, pour rien, pour rire, avec une violence quasi sexuelle. Ç'avait été le début de leur amitié, et Santos ne connaissait peut-être pas encore Jeanne Odile. Et maintenant, l'âme de Santos avait été mariée à celle de Jeanne Odile. Tout cela paraissait absurdement, irrémédiablement du passé.

C'est Léa qui est venue ouvrir la porte. Elle l'a regardé un instant comme si elle cherchait dans son souvenir, puis elle lui a dit d'entrer. Ici, le soleil n'était pas encore couché. Il brillait dans le salon d'une lumière splendide, dénuée de toute angoisse. Au loin, par-dessus les toits de la vieille ville, la mer était une nappe d'étincelles.

Léa avait un peu changé elle aussi. Plus maigre, avec les sillons naso-labiaux plus marqués. Mais elle était toujours belle, assez dramatique.

Jean ne savait pas pourquoi il avait eu envie de venir. Peut-être pour annuler la mauvaise impression qu'il avait laissée, quand il avait assisté de loin au mariage de Santos. Il voulait s'excuser, mais les mots ne venaient pas. Léa a compris qu'il fallait agir, elle lui a apporté un verre d'eau fraîche. Il a bu lentement, le nez dans son verre.

« Qu'est-ce que vous devenez ? » La phrase toute faite avait un sens différent, vu les circonstances.

« Je ne sais pas. Je devrais être incorporé, j'ai reçu ma convocation.

— Et que comptez-vous faire ? » Jean buvait une gorgée d'eau.

« Je ne sais pas encore. Pas tout de suite. Je voudrais d'abord terminer mes, ce que je fais en ce moment. » Il a senti tout de suite ce qu'il y avait de cruel dans son propos, c'était comme s'il avait dit : « La guerre est finie », ou bien « De Gaulle a signé les accords d'Évian ». Pendant ce temps, Santos était mort, et ils avaient dû jouer cette comédie, pour que l'enfant de Jeanne Odile ait un père. Il a bredouillé : « Je m'excuse, je... » Mais Léa le regardait sans rancune. Dans son visage vieilli ses yeux noirs étaient toujours jeunes, très noirs et humides, et Jean a frissonné quand il s'est rendu compte à quel point c'étaient les yeux de Santos.

«Je pense que vous voudrez des nouvelles de sa femme?» a dit Léa. Elle n'avait pas dit son nom, juste ces mots un peu lointains, pas dédaigneux, mais distanciés : «sa femme». Comme Jean la regardait sans répondre, elle a récité :

«Oui, elle a eu un petit garçon, il s'appelle Éric.» Elle a ajouté tout de suite, une fois pour toutes : «Ils sont en Israël, à Tel-Aviv, avec la famille de mon ex-mari. Je crois qu'elle a repris des études d'art. J'avais une photo, mais je ne sais plus où je l'ai mise.

— Ça ne fait rien, je ne tiens pas à voir sa photo.» Jean a dit cela très vite, comme pour s'en débarrasser. Il n'a même pas été surpris que l'enfant de Santos ne s'appelle pas Jim, comme prévu. Tout cela était de la vieille histoire. Sans doute Léa avait-elle deviné pourquoi Jean était là.

«Ça fait huit ans.» Elle regarde Jean, ses yeux sont humides, mais il n'y a pas de larmes. Ils brillent d'une ardeur tragique. «Vous savez, il ne se passe pas un seul jour, pas une heure sans que je pense à lui. C'est si long, huit ans. Parfois j'ai l'impression que l'attente va finir, et qu'il va entrer, là, maintenant, j'entendrai le bruit de sa clef dans la serrure. C'est pour ça, quand vous avez sonné, ça m'a surprise, parce que j'ai cru, enfin, vous avez la même façon de sonner, un seul coup très bref, autrefois je lui disais : "Santos, ne sonne pas de cette façon, à chaque fois on se demande si on a bien entendu, si ce n'est pas dehors, un cri d'oiseau, ou quelque chose qui cogne", et vous avez sonné de la même façon.

— Je regrette», dit Jean. Mais Léa ne l'écoutait plus.

«Elle voulait que je vienne vivre avec eux là-bas, mais je ne peux pas, c'est plus fort que moi, j'aurais l'impression de, et si jamais, si jamais il revenait ? C'est ici qu'il est, j'étais ici quand on a sonné, les gendarmes sont venus m'apporter le papier qui annonçait qu'il avait été tué là-bas, dans l'Ouarsenis, alors c'est ici que je dois rester, vous me comprenez ? Je ne pourrai jamais m'en aller là-bas. »

Jean s'est retiré doucement, comme sur la pointe des pieds, et Léa ne l'a pas retenu. Elle l'a accompagné jusqu'à la porte. Elle est grande et mince, un peu voûtée, mais l'air toujours impérial, cette allure de princesse libanaise, dans sa tunique rouge sombre. « Si vous ne partez pas, revenez me voir quelquefois. »

Au moment de s'en aller, Jean, d'un geste maladroit de collégien amoureux, a embrassé sa main. Elle a eu un vague sourire. « Revenez me voir, Jean. » Qu'elle l'ait appelé par son nom, qu'elle s'en souvienne encore après tout ce qui s'est passé lui a donné un bref vertige de bonheur.

Que reste-t-il, quand le temps a tout miné, et que plus rien de ce qui existait si fort ne semble tenir ensemble ? Jean marchait dans les rues de cette ville, à la recherche d'indices, de marques pour remonter les pistes d'un plan qu'il ne connaissait même plus. Le bar La Voile était bien là, mais les patrons avaient changé, les malfrats de Marseille n'y tenaient plus réunion. Un règlement de comptes, disaient les uns. Ou plutôt les nouveaux venus d'Europe de l'Est, de Yougoslavie, de Roumanie, de Tchécoslovaquie. Un truand avait été exécuté là, sur le trottoir, et les Marseillais avaient déménagé vers l'ouest, du côté des baraquements des Nord-Africains. C'était l'alliance du Sud contre le Nord.

Les meublés au-dessus n'existaient plus, tout avait été vendu à l'encan. Les pieds-noirs étaient allés vers des régions plus accueillantes, dans les Alpes, ou du côté de Carcassonne. Rita était partie sans laisser d'adresse, et Mélanie s'était mariée. Tout ça était terminé. Terminé.

Jean a cherché la trace de Kernès, mais ses parents avaient déménagé. Par hasard, par un camarade de classe devenu dentiste, un certain Gauffret, Jean a appris qu'Hervé Kernès s'était engagé dans la marine pour suivre des cours de génie électrique. Il était quelque part sur une base secrète, dans le Pacifique, peut-être aux Kerguélen. Il ne reviendrait jamais.

Quant à Amoretto, il vivait heureux en Suède. Il s'était marié là-bas à une fille très blonde, ils avaient trois ou quatre enfants. Il semblait que le vieux Sauveur Amoretto qui avait tiré à la carabine sur son fils n'allât pas bien du tout. Il avait eu une attaque, il était paralysé. Le dentiste racontait qu'Amoretto était venu en France en cachette, en passant par l'Italie, pour voir son père, mais celui-ci ne l'avait même pas reconnu.

Toutes les pistes menaient à la même absence. À la plaque bitumineuse de la mer, le soir, quand les oiseaux langoureux volent vers le crépuscule.

Dans le jardin des Oliviers éventré par les bulls, le chantier du Gethsémani sera bientôt achevé (visitez l'appartement témoin !). Jean a cherché en vain le vieil aloès sur lequel jadis, un après-midi de blues, il avait gravé le nom magique qui signait les tableaux de Santos Balas : ANAXAGORA SERA. Rien ne subsistait. Seul un olivier à demi brûlé, à la périphérie. Le soleil des philosophes était entré dans sa phase occultée. Jean pensait que longue serait la révolution.

Nauscopie (fin)

1809

14 mai
Aperçu avec inquiétude de nombreuses voiles anglaises. À ce que l'on raconte l'Isle de France a été surnommée en Angleterre « Un nid de corsaires » qu'il faut détruire.

21 septembre
Débarquement des Anglais sous le commandement de Koeting à l'Île Bonaparte, à la Pointe de galets.

1810

2 janvier
Arrivée à 11 heures du matin de la Bellone et la Manche avec leurs prises : la Minerve, l'Amiral Drury.

13 janvier
Arrivée de la Vénus, cpne Hamelin.

25 id.
Le bricq aventurier le Fantôme.

26 id.
L'Entreprenant *avec une prise,* l'Ovidor.

7 avril
Prise du Trois-mâts américain l'Océan, *cpne* Macpherson.

20-28 août
Le combat du Grand-Port a eu lieu.

28 novembre
Tôt ce matin, compté soixante voiles ennemies allant vers le nord-est. Le combat est perdu d'avance. Marie Anne terrorisée. La garde nationale a été convoquée.

Nous apprenons que la capitulation a eu lieu le 3 décembre à 1 heure ce matin. Les Anglais prennent possession de l'île, notre liberté est terminée.

Kilwa

Mon nom est Kiambé, celle qui a été créée, je suis
Uzuri, je suis Wimbo, je suis le guerrier Askari, vêtu
de sa peau de buffle et armé de sa sagaie, je suis
Malaika l'ange, Simba le lion, Fisi la hyène, Twiga
la girafe, je suis Moto le feu, Tembo qui marche
en faisant claquer ses défenses, je suis le tambour
Ngoma qui annonce la guerre dans la savane,
jusqu'aux mers intérieures, jusqu'aux montagnes
enneigées, jusqu'à Arusha, jusqu'à Unguja, qu'on
appelle aussi Zanzibar, jusqu'à Songa Mnara, jusqu'à Kilwa Kisiwani.

Je suis tous ces noms, tous ces lieux, j'ai le visage
et le corps de tous ces hommes, de toutes ces
femmes qui m'ont portée, je suis à la fois *benti*, leur
fille chérie, et *mke*, leur femme, leur mère, car je les
ai mis au monde dans ma douleur.

Le maître manie son fouet, un fouet très lourd en
peau de buffle, quatre lanières tressées qui se ter-
minent par une série de nœuds pour mordre la chair.
Le maître peut tuer qui il veut avec son fouet. Quand
il est las de fouetter, il tend le bras, et son esclave
Mbwa le chien s'approche, prend le fouet et continue.

Un jour, quand j'avais dix ans, des hommes sont

entrés dans mon village, ils ont tué mon père et ils m'ont emmenée à Arusha, pour me vendre à un Mwarabu qui se trouvait là.

J'ai habité dans une grande maison blanche avec une cour occupée par un bassin d'eau pure. Des femmes m'ont donné du pain, de la bouillie et du lait de chèvre. J'ai habité dans cette maison pendant des mois, je travaillais pour le Mwarabu, à couper son bois et à balayer sa cour. Puis il m'a envoyée au loin avec des femmes et des hommes étrangers, grands et maigres, portant des marques sur leur corps et leur visage, et qui couraient nus, enchaînés deux par deux. La route était longue, le soleil brûlait, et plusieurs hommes sont morts sur le chemin, pour que Fisi la hyène s'en nourrisse. Les femmes ne sont pas mortes. Le Mwarabu veillait sur elles, à tour de rôle il nous a fait voyager dans les couffins accrochés aux chameaux. Nous nous arrêtions seulement pour boire, ou pour uriner. Les étrangers ne pouvaient jamais s'asseoir, à cause de leurs carcans. Les Wabwa, les esclaves, les battaient quand ils s'arrêtaient à l'ombre d'un arbre ou d'un rocher pour se reposer. Alors leurs yeux devenaient blancs, la mousse couvrait leurs lèvres, et les hommes tombaient sur le sol deux par deux, accrochés à leurs jougs, en faisant un bruit comme quand on jette une branche sèche. Autrement, il n'y avait pas de bruit, pas de plainte, car le Mwarabu l'avait interdit. Seulement la voix des Wabwa qui criaient derrière nous, comme des chiens qu'ils étaient : Njo! Aha! Njo! Aha!

La nuit était froide. Nous dormions sur la terre, la main sur le visage pour nous préserver des scorpions. Le scorpion Nge est rendu furieux par l'haleine des hommes, c'est pourquoi il faut mettre la main sur sa bouche, ainsi que mon père me l'avait appris. Les étrangers restaient assis deux par deux, sans pouvoir s'étendre. Certains sont morts dans la nuit, et je savais qu'ils avaient été empoisonnés par Nyoka, le serpent qui rampe sur la terre à la pleine lune.

À l'aube, le Mwarabu était debout, vêtu de sa grande robe blanche, il marchait au milieu des dormeurs en les frappant de sa longue canne. Ceux qui ne se levaient pas étaient déliés et laissés pour les bêtes sauvages. Nous avons marché si longtemps que je ne me souvenais plus de ce que c'était que de rester immobile. Je pensais à ma mère, à mes frères. Je pensais à mon père, que les bandits avaient tué le jour de mon enlèvement. Je ne pleurais jamais.

Nous avons marché jusqu'à la pluie. Elle est tombée pour la première fois quand nous arrivions devant Kilwa, à la grande baie de Kilwa Masoko, devant l'île de Kilwa Kisiwani. Je n'avais jamais vu la mer auparavant, et je regardais cette surface lisse qui brillait, et je pensais que c'était le grand lac près de notre village, dans la province d'Arusha.

Nous avons marché jusqu'à la pointe, et le jour suivant les bateaux à rames du Mwarabu nous ont emmenées, moi et les autres femmes, jusqu'à l'île. Il y a là-bas une ville plus grande qu'Arusha, avec beaucoup de maisons blanches, des palais et des cours, ainsi qu'une large place entourée de colonnes où l'on vend les esclaves.

Le Mwarabu nous a enfermées dans une pièce sombre et sale, et nous a donné à manger et à boire. Personne ne parlait. Une femme nommée Nengé pleurait parce qu'on lui avait enlevé son enfant nouveau-né et que son lait coulait de ses seins et lui faisait mal. J'ai écouté sa voix toute la nuit, et personne n'a osé s'approcher d'elle, sa voix était aiguë comme si le bébé qu'on lui avait pris continuait de crier par sa gorge.

Puis après des jours, des guerriers sont venus et ont violé toutes les femmes, et moi aussi un homme m'a forcée et j'ai cru que j'allais mourir à cause du sang que je perdais de l'entrejambe. Ensuite un autre Mwarabu est venu et il m'a emmenée, avec une fille que je ne connaissais pas, jusqu'à la place où on vendait les esclaves. Nous avons été vendues ensemble et conduites jusqu'à une autre maison près du port. La fille a été embarquée à bord d'un bateau, et moi je suis restée plusieurs jours sans boire ni manger à cause de la fièvre, et je pensais que j'allais bientôt mourir, mais une vieille femme qui était mchawi, sorcière, m'a fait boire une médecine très amère et ma fièvre est passée. Elle était la seule personne qui m'avait bien traitée depuis que j'avais été arrachée à mon village natal, et pour cela je ne voulais plus la quitter, je me blottissais dans ses bras et je lui disais : « *Asante mama, asante mama* », et c'est la dernière fois que j'ai parlé dans ma langue.

Les hommes du Mwarabu sont venus me chercher et m'ont emportée dans un bateau tel que je n'en avais jamais vu, plus grand qu'une maison et rempli d'esclaves. Dans le ventre du bateau, il faisait très chaud, la mer suintait entre les planches, il faisait noir comme à l'intérieur d'un animal. Les femmes et les filles impubères étaient à l'avant, dans une chambre, avec les sacs de riz et de millet. Nous n'avons pas été enchaînées. Malgré la chaleur je tremblais de froid. Quand j'ai été accoutumée à l'obscurité, j'ai vu que le reste du bateau était divisé en trois étages, et sur chaque plancher les hommes étaient couchés, attachés à une longue chaîne par le bras, avec si peu d'espace qu'ils ne pouvaient se mettre debout ni même s'asseoir. Je ne les voyais pas distinctement, mais je les entendais. Ils ne se parlaient pas, ils ne criaient pas, mais ils faisaient avec leurs gorges un bourdonnement continu, un grognement qui remplissait tout le bateau, tantôt très fort, tantôt doux comme un murmure, et je pensais au bruit des abeilles autour des nids dans la forêt.

Et le bateau est resté plusieurs jours dans le port, à cause de la pluie, ou bien parce que les pirates attaquaient Kilwa. J'entendais les grondements de l'orage. L'eau suintait continuellement au fond du bateau et nous devions écoper avec des calebasses. Alors, en me mettant debout, mais prête à me rasseoir pour ne pas être battue, j'ai regardé par une ouverture la baie de Kilwa, et j'ai vu beaucoup de bateaux comme le nôtre, tous leurs mâts pareils à une forêt, et au loin les maisons blanches de la ville et les palais du roi. Vers le soir, les esclaves habillés de longues robes blanches nous apportaient à manger, l'un portant une marmite, l'autre une cuiller en bois, et ils mettaient de la pâte de millet dans nos mains. Puis venait un autre esclave qui portait une outre d'eau et qui nous faisait boire à tour de rôle. Et déjà le fond du bateau était plein d'immondices, et chaque fois qu'un esclave nettoyait en jetant un seau à la mer, l'odeur était si forte qu'il fallait retenir son souffle.

Déjà je ne savais plus ce qu'étaient le jour et la nuit, à cause de l'obscurité dans le ventre du bateau. Je ne dormais pas et ne veillais pas, j'étais dans un rêve où revenaient les noms comme des esprits, Malaika le nom de ma mère, Moto le feu, Nyati le buffle, Fisi la hyène. Et ce bourdonnement continu, tantôt grave, tantôt aigu, ce bruit qui emplissait le bateau, qui remplissait ma tête, et que je n'arrivais jamais à éteindre, même quand j'appuyais de toutes mes forces mes mains sur mes oreilles.

Dans le port de Kilwa j'ai vu pour la première fois un Mzungu, un homme blanc, un Mzungumbaya, un mauvais Blanc, comme on les appelle. C'était la veille de notre départ. Il est descendu dans le ventre du bateau par l'échelle, et quand il est descendu le soleil est entré par l'ouverture et l'a éclairé, et il était habillé tout de blanc, mais il ne portait pas de robe comme le Mwarabu, il avait seulement un vêtement serré aux genoux et une tunique courte aux manches fermées sur ses poignets, et aussi une coiffe blanche faite de cheveux, et sa barbe et ses sourcils étaient blancs, et son visage très rouge. Il est descendu lentement, et il a marché vers l'avant du bateau où se trouvaient les femmes, et nous restions immobiles de terreur parce que son regard se posait sur chacune, et c'était un regard blanc sans prunelle comme celui des aveugles. Nous nous sommes toutes reculées jusqu'au fond du bateau pour échapper à ce regard.

Derrière le Mzungu, il y avait l'homme qui m'avait achetée aux bandits, et derrière lui deux hommes vêtus de robes qui portaient de longs couteaux de bouchers, et toutes les femmes ont gémi de terreur parce qu'elles ont cru qu'ils venaient pour les tuer et les dépecer. Le Mzungu a parlé avec le Mwarabu dans une langue étrange, et le Mwarabu lui répondait dans la même langue. Les Wabwa, les esclaves qui tenaient des couteaux, sont restés en arrière, et j'ai relevé la tête et le Mzungu est venu jusqu'à moi et il a posé sa main sur ma tête, un peu derrière la nuque, et son contact m'a fait frissonner, et j'ai senti comme un flux qui voulait sortir de mon ventre et remonter dans ma gorge. Mais le Mzungu m'a laissée, et j'ai couru me cacher au milieu des autres femmes, et j'ai vomi par terre.

Ensuite le bateau est parti de Kilwa, mais nous ne

l'avons compris qu'à cause du mouvement des vagues, et parce que la mer entrait par moments par les trous du pont et cascadait sur tous ceux qui étaient dans la cale. Les premiers temps, tout le monde était malade, puis la mer s'est calmée, ou nous nous sommes habitués, et plus personne ne vomissait. Mais au troisième jour, un autre mal est entré dans le bateau. C'était un mal qu'on appelle chez nous *ndui*, qui frappe très vite, et couvre le corps de plaies, et l'odeur qui s'en dégage est celle de la mort. Le mal est venu d'abord sur les Wabwa de l'île d'Unguja, mais il a épargné ceux qui étaient à l'avant du bateau et qui avaient embarqué à Kilwa. D'abord il y en a deux qui sont morts dans la cale, et les esclaves en robe sont venus les chercher, ils ont détaché les chaînes et ils ont jeté les corps à la mer par la fenêtre à côté de l'échelle. Les jours suivants, il y en a eu d'autres, deux, puis trois, puis six. Le vent Pepo, le vent du mal était entré dans le bateau. Alors le Mzungu est revenu, il était effrayant, il avait entouré son visage avec un linge blanc, sauf deux trous pour ses yeux, et il a marché lentement au fond de la cale comme un fantôme, et ses mains et ses pieds étaient entourés de linges blancs. Il a regardé chaque esclave, l'un après l'autre, et tous ceux qu'il montrait, les Wabwa les détachaient et les jetaient à la mer, même ceux qui étaient vivants, et on entendait leurs cris de peur quand la mer se refermait sur eux. Et plus tard, un esclave qui les avait comptés a dit qu'ils étaient plus de cinquante que le Mzungu Philibert avait fait noyer ce jour-là. Mais après, les esprits mauvais ont dû être rassasiés, car le mal de la petite vérole, comme on l'appelle ici, s'est arrêté et a quitté le bateau.

Notre bateau est arrivé à l'île Maurice, au port de Souillac, le 10 mars 1817, selon ce qu'on m'a raconté par la suite. Le bateau devait toucher à Tamarin, où l'atterrissage est facile et qui est bien abrité du vent, mais à cause des Anglais qui interdisaient la vente des nouveaux esclaves, le bateau est allé au sud de l'île, où il fut jeté contre les récifs.

La mer entra par une brèche à l'avant du bateau, et c'est par cette ouverture que nous quittâmes la cale, ainsi que la plupart des hommes qu'on avait libérés de leurs chaînes. La côte était juste devant nous, avec l'estuaire d'une rivière, si proche qu'on entendait les voix des gens sur les rochers qui nous appelaient. Plusieurs esclaves voulurent se sauver à la nage et furent emportés par les vagues. De la côte vinrent quatre Noirs libres, envoyés par Charles Lelièvre, homme de couleur qui possède une ferme à cet endroit, et ce furent eux qui nous sauvèrent en nous indiquant le chemin à suivre sur le récif. Avec les autres femmes je fus parmi les premières à toucher terre, non loin d'une hutte en paille surmontée d'une croix. On nous logea dans le village des libres. Tous ceux qui avaient échappé au naufrage furent adressés aux cases des laboureurs du nommé Lelièvre, au fond de l'anse de Souillac. Puis ils furent vendus au planteur Hippolyte Cuvillier. Moi et quelques femmes assez jeunes, nous fûmes vendues à Minissy, district de Moka, où je suis restée en qualité de femme de chambre jusqu'au jour de la révolution des esclaves.

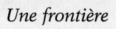

Une frontière

La colonia Guerrero était l'endroit rêvé pour changer de peau. La rue Luna, où Jean avait trouvé un
logement, était à vingt minutes à pied de l'endroit où
il donnait ses cours d'anglais. Avec sa chaussée
défoncée systématiquement, ses trottoirs fêlés enser-
rant de loin en loin des acacias moribonds, c'était un
quartier sympathique et vieillot, construit en alter-
nance de petits immeubles de trois étages sans
couleur, de viviendas sordides et, de loin en loin, de
quelques villas cossues en béton enfermées dans
leurs hautes grilles.

Quand il est venu ici la première fois, après deux
semaines à l'Hôtel Francis qui avaient mangé une
bonne part de ses économies, Jean avait eu l'impression d'être tombé au fond d'une cuvette. Puis il
s'était habitué. À tout prendre, ces maisons ressemblaient assez à La Kataviva.

Entre l'Hôtel Francis et la rue Luna, Jean avait fait
un séjour assez long à l'Hôtel Uruguay, rue du même
nom, en plein centre. Il logeait alors au dernier étage
sous le toit plat, dans une chambre tout en longueur
éclairée par une fenêtre grillagée d'où il voyait un
bon quart de Mexico, les immeubles voisins irréguliers et écartés les uns des autres comme des dents

gâtées sortant de la ville basse, et, droite comme un i au milieu de la brume jaune, la tour d'Amérique latine.

Les patrons de l'Hôtel Uruguay étaient deux frères espagnols, avares et taciturnes, qui se relayaient à lire le journal dans la loge d'entrée, ou bien écoutaient inlassablement la radio en fumant leurs cigares. Mais Jean s'entendait bien avec eux. Vers six heures, les frères fermaient la porte du salon et se laissaient aller à la sieste jusqu'à dix heures du soir. Là, ils prenaient une collation de lait et de pain sucré, et recommençaient leur veille jusqu'à l'aube.

Jean était resté à l'hôtel près de quatre mois, d'août à la fin novembre, pratiquement sans bouger. Le matin, il flânait sur l'Alameda, puis il allait lire à la bibliothèque qui jouxtait l'hôtel. Il lisait tout ce qu'il trouvait sur l'histoire du Mexique, les chroniques, les mémoires. Orozco y Berra, Riva Palacio, Humboldt. La bibliothèque était sombre et sévère, mais la salle de lecture débordait tous les jours de lycéens et de lycéennes qui venaient là pour lire des bandes dessinées, faire leurs devoirs, ou le plus souvent pour des rendez-vous amoureux. À force de fréquenter le lieu, Jean avait fait la connaissance de quelques-uns. Quand il s'installait le dos au mur pour fumer un peu au soleil, des garçons venaient lui parler en anglais, lui poser des questions. Vers trois heures, Jean allait déjeuner dans un restaurant voisin, où la *comida corrida* coûtait cinq pesos. À ce régime, l'argent qu'il avait gagné en effectuant des services à l'hôpital Saint Thomas ne fondait pas trop. Jean avait calculé qu'il pourrait vivre cinq mois, peut-être huit en se rationnant. En général, il évitait les sodas et les jus en boîte trop chers, son seul luxe étant d'aller de temps à autre siroter un cappuccino au Café Sanborns du centre. À la fin de l'après-midi, en août, les nuages s'accumulaient au-dessus de la ville, et Jean montait dans sa chambre pour regarder à travers le grillage les éclairs qui dansaient au-dessus de la vallée de Mexico.

Fin septembre, il avait trouvé un boulot de répétiteur dans une boîte pompeusement nommée Institut international de langues étrangères. C'était au rez-de-chaussée d'un immeuble sur Puente de Alvarado, un grand appartement divisé en cellules par des panneaux de contreplaqué. Jean donnait des cours d'anglais à des élèves peu doués, la plupart provenant de milieux populaires, qui espéraient ainsi améliorer leurs conditions de travail : secrétaires, hôtesses d'accueil, vendeurs, serveuses. Il s'y trouvait aussi quelques hommes d'âge mûr qui venaient là par curiosité, ou dans l'espoir de rencontrer des filles. C'était mal payé, pas fatigant, mais l'avantage était que le directeur de la boîte, un Americano-Mexicain du nom de Juan Cochran, avait des accointances au ministère des Affaires étrangères, au service des non-immigrants, et pouvait faciliter le visa F-M 3, renouvelable tous les six mois.

Quand Jean avait trouvé à louer ce petit studio de la rue Luna, il avait appris à aimer la routine de la vie à la colonia Guerrero, comme il avait aimé la vie à Jamaica East, à Londres. Le seul point commun, c'était l'immensité de la ville tout autour, l'impression que, quoi qu'il fasse, si longtemps qu'il vive, il ne pourrait jamais connaître que quelques rues, quelques pâtés de maisons, quelques visages. Pour le reste, ça n'avait rien de semblable. Mexico, en tout cas la colonia Guerrero, Reforma, l'Alameda et Revolución, c'étaient des quartiers de pierre et de goudron parcourus par une foule considérable qui n'avait pas l'air d'y appartenir. À midi, le soleil écrasait tout, à travers un nuage gris qui montait du fond de la vallée et faisait un toit bas qui réverbérait une lumière usée, terne, raréfiait l'air, serrait les tempes et empêchait de respirer. Mais la population ne semblait pas y prendre garde. Les groupes affairés sortaient des bouches du métro, les files d'attente s'allongeaient devant les restaurants, le long des trottoirs, les gens couraient sur la chaussée, à la recherche d'un bus, d'un taxi. Des mendiantes enveloppées dans leurs châles noirs remontaient les files en psalmodiant, enfournaient les piécettes recueillies dans une poche cousue à l'intérieur de leurs blouses. Les enfants de la rue couraient entre les voitures aux carrefours, pour une obole, pour vendre un chicle, une allumette, un vieux journal. Jean marchait en donnant des coups de coude. Il avait l'impression d'être devenu, lui aussi, une fourmi qui ne peut survivre que quelques secondes à travers une place brûlée de soleil.

La bibliothèque de la rue Argentina était grande, froide, silencieuse. C'était une ancienne église réquisitionnée par la Révolution, avec de hauts plafonds voûtés, des portes en ogive, des colonnes de pierre rose. Les moineaux volaient d'une fenêtre à l'autre en piaillant, et on entendait à peine la rumeur de la circulation au-dehors, les embouteillages sur Isabel la Católica, les coups de klaxon des taxis.

Ici, chaque après-midi, quand les classes étaient finies, Jean venait lire. Le passé exhumé dans tous ces livres se mêlait à l'ombre de la bibliothèque, rôdait entre les colonnes, près des vieux murs. C'était un peu l'impression qu'il ressentait autrefois à écouter la tante Catherine parler de Rozilis, du temps où sa lointaine aïeule Marie Anne avait fondé avec Jean Eudes son royaume édénique d'Ébène. Après être resté plongé pendant des heures dans la langue archaïque de Motolinia, Sahagún, Torquemada,

Jean retrouvait les rues, ébloui par le crépuscule, étourdi par les bruits des moteurs, par le mouvement de la foule. Il remontait jusqu'au jardin de l'Alameda, il s'attardait dans les allées, où les bancs étaient occupés par les amoureux. Puis, à la nuit, il arrivait à la colonia Guerrero.

C'étaient les deux moments de la journée que Jean préférait, quand cette ville cessait de battre de sa pulsion frénétique, et que tout ralentissait, comme une fièvre se résorbe, et que l'air devenait plus tendre, plus doux. Il y avait d'abord le matin, vers huit heures, quand Jean sortait de chez lui pour aller chercher du pain à l'angle de Guerrero. L'air était encore froid, les vieux enveloppés dans leurs couvertures, chapeaux enfoncés jusqu'aux yeux. Quelques rares hommes d'affaires en costume gris, et des employés du ministère buvaient au bord du trottoir des jus d'orange où flottait un œuf cru. Sur le pas de leurs portes, les commères balayaient machinalement la poussière. Le grondement de la circulation n'avait pas vraiment commencé, juste de temps à autre une pétarade d'autobus, ou d'un camion qui filait vers Revolución. La lumière surtout était belle, déjà filtrée par la brume sale, personne n'aurait pu deviner si le jour commençait ou s'il allait bientôt finir.

L'autre moment, c'était à la tombée de la nuit, dans un crépuscule de perle grise, quand les gens s'attardaient avant de rentrer chez eux, flânant dans Mosqueta, dans Guerrero, et les filles qui s'installaient sous les arbres maigres, pour parler à leurs *novios* en se tortillant un peu, les mains derrière le dos. Sur le pas de leurs portes, les mêmes commères qui balayaient la même poussière. Et tout le long de Guerrero, chacun à sa place, éclairés par des lampes à acétylène, les maîtres en épis de maïs bouillis et en tacos graisseux, officiant devant leurs popotes roulantes. Tout cela diffusait une mélancolie puissante, qui effaçait tous les tracas de la journée. Jean pensait qu'il aurait tout laissé pour le cri mélancolique de la machine à vapeur qui tournait lentement dans les rues du voisinage, ce bruit strident et descendant de la sirène du marchand de *tamales* qui naviguait dans la pénombre comme une sorte de radeau à la dérive sur la marée de la nuit.

C'est en allant à la bibliothèque de la rue Argentina que Jean avait fait la connaissance d'une fille étrange et très belle, qui semblait sortir tout droit des chroniques indiennes. Assez grande, forte de poitrine, mais les hanches étroites, avec une masse de cheveux d'un noir intense, coiffés en queue de cheval, sa frange gominée peignée sur le front, portant de chaque côté de la tête deux pinces en plastique rose shocking, qui tiraient ses cheveux aux tempes et faisaient de ses yeux deux gouttes obliques couleur d'obsidienne, son regard de biais à la façon des loups. Son visage très lisse, couleur de chocolat.

Chaque fois que Jean l'avait vue à la bibliothèque, elle portait la même robe bleu électrique, des chaussures à talons hauts, un sac à bandoulière en plastique marron; elle avait les lèvres assez maquillées, mais ses yeux n'en avaient pas besoin; les lobes de ses oreilles tirés vers le bas par des demi-lunes couleur d'or.

Elle venait certains après-midi, vers cinq heures, et elle lisait des livres en anglais. Jean lui avait parlé pendant la pause cigarette. Elle fumait nerveusement, indifférente aux lazzis des garçons. Elle portait un nom tout à fait ordinaire, qui sur une fille aussi exotique prenait une signification étrange : elle s'appelait Pamela. Elle avait vingt ans, mais paraissait plus, à cause du maquillage et de la robe démo-

dée. Parfois moins, quand Jean regardait son visage.
Ses yeux obliques, la couleur de ses cheveux, et la
distance qu'elle mettait dans son regard lui rappelaient Aurore de Sommerville.

Un après-midi d'octobre, sous une pluie battante,
ils sont allés ensemble prendre un cappuccino chez
Sanborns. Pamela a parlé de son frère Joaquín, qui
étudiait au collège polytechnique, à Tlatelolco. Elle
a parlé aussi de son village natal, Tianguistengo, de
la vallée de Toluca. Elle a dit qu'elle travaillait
comme secrétaire chez un notaire de la rue Moneda.
Avec son frère, elle habitait chez sa tante, avenue
Guerrero. Elle parlait avec une certaine réserve.
Peut-être qu'elle se méfiait de lui parce qu'il était
anglais, ou qu'il lui semblait trop vieux. À un
moment, elle l'a regardé, elle lui a demandé : « ¿ Qué
es tu asunto ? Quel est ton but ? » Il ne comprenait
pas. Asunto ? Il a répété le mot, comme si c'était une
plaisanterie. Mais elle ne riait pas. Elle le regardait
de cet air grave, avec ses yeux de biais qui semblaient
exprimer une très ancienne énigme. Il a de nouveau
pensé à Aurore, il a ressenti comme un vertige.

« Que veux-tu en me parlant comme tu le fais ? » Il
a essayé de retourner la question : « Rien, je ne veux
rien. Est-ce que je devrais avoir une raison pour te
parler ? » Elle a continué à le regarder sans répondre,
et il a senti la gêne de la vérité : Pamela n'avait-elle
pas le droit de lui poser cette question, à lui qui
n'était qu'un passant dans cette ville ? Elle avait ses
racines dans les montagnes autour de Mexico, elle
était liée à cet endroit par des siècles d'endurance,
d'injustice. Elle n'était pas simplement une jolie
Indita sur laquelle les hommes se retournent dans la
rue, une fille qu'un étranger peut draguer contre un
ou deux cafés et une séance de ciné, peut-être emmener dans une chambre d'hôtel. Tout cela est venu à

son esprit très vite, dans la grande salle du Sanborns, au milieu de tous ces gens chics, la bourgeoisie régnante qui les regardait du coin de l'œil, un touriste en compagnie d'une fille du peuple, avec cette robe bon marché et des peignes roses plein les cheveux.

« Je m'en vais maintenant », a dit Pamela. Elle avait une larme de colère dans les yeux. Elle a ramassé son gros sac marron, elle est partie sans même attendre que Jean ait fini de régler la note. Elle n'avait pas touché à son cappuccino. Jean l'a rattrapée dans la rue, elle n'a pas dit un mot jusqu'à ce qu'elle arrive chez sa tante.

Joaquín était un garçon âgé de quatorze ans, l'air très indien, un peu *callejero*. Habillé habituellement d'un blouson en plastique rouge, jeans, sneakers et casquette de base-ball, en somme plutôt sympathique. La première fois qu'il avait vu Jean, il avait montré de l'hostilité envers ce gringo qui sortait avec sa sœur. Un jour que Jean était allé avec Pamela au marché Guerrero et qu'il avait laissé son sac à dos aux soins de Joaquín, il l'avait retrouvé vidé par terre, bousculé à coups de pied. « Pourquoi tu as fait ça ? » a demandé Jean. Joaquín a ricané : « Je m'entraîne au football. » Jean n'avait rien dit, mais plus tard il a acheté à Joaquín un ballon de foot tout neuf, et à partir de là les choses sont allées un peu mieux.

Les élèves de polytechnique étaient presque tous des gosses de pauvres, issus des villages circonvoisins de Mexico ou de la grande banlieue : Amecameca, Tezcoco, Milpa Alta, Tlayacapan. Malgré son nom ambitieux, l'école ressemblait plutôt à un orphelinat, avec ses pensionnaires vêtus d'uniformes vert-de-gris, la tête rasée, l'air d'avoir faim, le regard coléreux. L'enseignement qu'ils recevaient ne leur servirait pas à grand-chose, beaucoup iraient à l'armée, ou travailleraient comme apprentis, dans le meilleur des cas deviendraient des «ingénieurs», c'est-à-dire des ouvriers spécialisés. Mais ils étaient drôles, rusés, sans méchanceté, ils parlaient un argot que Jean avait du mal à comprendre. Parfois, quand Joaquín prenait le métro, il parlait avec sa sœur en nahuatl, une langue glissante et chuintante que Jean trouvait très belle, et qui étonnait les gens. Jean avait montré à Joaquín des copies des poèmes de Nezahualcóyotl, pour l'écouter lire avec son accent chantant, les tl mouillés, un peu explosifs, et les chl très lourds, dans *chchlotchitl*, qui paraissait du russe.

«Comment tu trouves ça?» demandait Jean. Joaquín haussait les épaules: «On ne parle plus comme ça aujourd'hui.» Mais c'était évident qu'il était ému d'avoir pu lire ces vers anciens écrits dans une langue que tout le monde méprisait. Il a dit à Jean: «Mon grand-père Don Pedro Olguin écrit des poèmes comme ceux-là, il a été maître d'école autrefois, pendant la révolution. — Est-ce que je pourrai aller le voir?» a demandé Jean. Joaquín a hésité. «En ce moment il est à l'hôpital, à Toluca. Mais je lui demanderai, je lui parlerai de toi.»

Joaquín et Pamela s'adoraient. Ils ne pouvaient pas rester une demi-journée sans se voir. Ils formaient une cellule à part, en marge de la société. C'était leur moyen de survivre dans cette urbs brutale qui dévorait ceux qui, comme eux, s'y aventuraient, fils des paysans des villages, Otomis mendiant dans la colonia Cuauhtémoc, filles de Naucalpan ou d'Azcapotzalco qui se prostituaient dans les bars de la zone rose, gosses drogués au ciment-colle.

Un soir qu'ils revenaient tous les trois vers l'avenue Guerrero, ils ont été entourés par un groupe de voyous. Ils avaient repéré Pamela, mais c'est la présence d'un gringo qui les excitait. Il y a eu un échange d'insultes, quelques bourrades, et un des types a attrapé Pamela pour lui peloter les seins. Jean l'a saisi à la gorge, et Joaquín lui décochait des coups de pied. Finalement Pamela a pu se dégager, elle leur criait des insanités d'une voix suraiguë. Dans la pénombre, Jean a vu briller la lame d'un couteau, il a tiré Joaquín en arrière. Le carrefour entretemps s'était rempli de gens, des voitures de curieux s'arrêtaient. Les voyous ont compris que ça pouvait mal tourner et ils ont détalé dans les rues voisines.

Un peu plus tard, Joaquín et Pamela sont arrivés chez leur tante, au 2000 de Guerrero. Ils étaient essoufflés, Pamela tremblait encore, de colère ou de peur. « C'étaient des Arañas, a expliqué Joaquín à Jean. Ils cherchent toujours à se battre contre les polytechniques. D'habitude, leur quartier c'est la Ciudadela, pas Guerrero. S'ils recommencent à attaquer ma sœur je les tuerai. » Pamela a embrassé Jean furtivement sur la joue, en disant : « Merci de ton aide. »

Jean est rentré chez lui troublé par ce baiser comme un collégien. En même temps, il se sentait vaguement ridicule.

Quand il ne donnait pas de cours à l'Institut international, Jean allait au couvent de Guerrero, voir le père Andrés. Il avait rencontré Andrés dans les semaines qui avaient suivi son arrivée à l'Hôtel Uruguay. Un matin qu'il sortait de l'hôtel, il y avait ces gens installés sur le trottoir, dans un recoin de mur, sur un vieux carton. Un couple, l'homme et la femme très jeunes, vingt-cinq ans tout au plus, avec deux enfants, une petite fille de quatre ans environ, et un bébé, que la femme allaitait sous son châle. Ils ne ressemblaient pas aux mendiants habituels qui parcouraient le centre-ville. Ils avaient l'air de paysans, l'homme vêtu d'un blouson et d'un pantalon de toile, elle en pantalon noir et sweater gris, tous les deux chaussés de sandales à semelle en pneu. C'était la saison des pluies, ils s'étaient recroquevillés sous l'auvent de l'hôtel, sur leur carton détrempé, la femme agenouillée à la manière des Indiennes. Ils avaient l'air désemparés, ils n'attendaient rien. Seule la petite fille regardait les gens qui passaient, à moitié cachée derrière son père, ses bras joints autour de son cou. Elle avait de grands yeux étonnés, effrayés, et c'est à cause de son regard que Jean s'est arrêté pour leur parler. Devant la scène, les passants se hâtaient, se bousculaient, jetant à peine un coup d'œil furtif. Des hommes qui allaient à leur rendez-vous, leur porte-documents sous le bras, des femmes en tailleur qui faisaient un détour pour ne pas passer trop près.

Jean a donné un peu d'argent à l'homme, sans savoir s'il ne l'offensait pas. L'homme a gardé un instant le billet, puis il l'a donné à sa femme, qui l'a rangé dans la poche de son pantalon. Jean est resté assis sur ses talons à côté de l'homme, il lui a demandé d'où il venait. Il s'appelait Ruiz, il était de l'État de Veracruz, il était parti pour chercher du travail dans le Nord. Sa femme s'appelait Martina, et la petite fille aux yeux effrayés Eva. Ils avaient passé une nuit à l'hôtel, à Xochimilco, maintenant ils n'avaient plus d'argent pour continuer leur route.

L'homme a montré un bout de papier, avec un nom et une adresse, père Andrés, couvent de Guerrero, angle de Mina. Le bus les avait laissés dans le centre tôt le matin, ils avaient erré dans les rues. Ils ne connaissaient personne, ils étaient fatigués. Jean allait travailler, il n'avait pas le temps de les accompagner. Il a hélé un taxi, il a donné l'adresse et payé d'avance la course. L'instant d'après toute la famille était partie, il ne restait que le carton mouillé sur le trottoir. L'Espagnol de l'hôtel est venu enlever le carton en maugréant : « Il en vient tous les jours comme ça », a-t-il dit. Il ne devait pas approuver la conduite de Jean. « Peut-être que vous feriez mieux d'enlever ça ? » a dit Jean. Il montrait l'auvent qui avait abrité la famille. L'Espagnol a haussé les épaules et, sans manifester plus d'émotion, il est retourné lire son journal dans sa loge.

Jean n'avait plus pensé à cette scène. Puis un samedi après-midi, quelques semaines plus tard, il est allé voir à l'adresse. Le couvent était une grande bâtisse de pierre noircie par la pollution, dans la cour de laquelle on avait construit des annexes en béton. À la conciergerie, personne n'avait entendu parler de Ruiz et de sa petite famille. Peut-être que pour le même prix le taxi les avait conduits à la gare de Buenavista, et qu'ils avaient réussi à prendre un train pour le Nord. Ou peut-être que le chauffeur s'était contenté de les déposer n'importe où, en partant avec l'argent de la course.

C'est ainsi que Jean avait rencontré le père Andrés. C'était difficile de lui dire « père », parce qu'il devait avoir à peu près l'âge de Jean. Il habitait dans le couvent, célébrait la messe dans la chapelle pour les nonnes et les nécessiteux qui avaient trouvé abri ici. Jean n'avait jamais rencontré personne qui lui ressemblât. C'était un garçon assez grand, un peu voûté, avec des cheveux châtains bouclés et une barbe blonde, un visage régulier, un peu maigre, des lunettes. Il était vêtu en civil, un pull gris et un pantalon de velours côtelé, pieds nus dans des *huaraches* de paysan. Son seul signe distinctif était une petite croix en buis qu'il portait autour du cou. Jean a parlé de Ruiz et de Martina et le père Andrés l'a écouté, puis il a parlé à son tour doucement, sans emphase, il a montré à Jean les installations du couvent. Comme c'était près de deux heures, il a invité Jean à manger avec lui au réfectoire. La nourriture était ordinaire, du riz à la louche, quelques chayotes, un bouillon de poule, des tortillas séchées. Le réfectoire était occupé surtout par les sœurs en civil et, assis à des tables par quatre ou cinq, les vieux qui vivaient au couvent ou qui venaient du voisinage pour manger.

Andrés ne parlait pas d'eux, ni des problèmes auxquels il devait faire face. Il parlait d'autre chose, de son enfance dans le Nord, à Torreón, de son voyage aux États-Unis quand il avait quinze ans, et du temps qu'il avait été moine. Il voulait savoir pourquoi Jean avait quitté l'Europe, pourquoi il avait interrompu ses études. Jean avait l'impression de parler à quelqu'un qu'il connaissait depuis longtemps, malgré les difficultés de langue. Après le déjeuner, le père Andrés a été appelé pour aller au secours d'une femme dont la fille était gravement malade. Il s'est levé, il a serré la main de Jean. « Reviens quand tu veux, il y aura toujours du riz et des tortillas. » Il a dit cela en plaisantant, mais Jean est sorti du couvent de Guerrero avec une impression de paix et de douceur qu'il n'avait pas connue depuis longtemps.

Kilwa (suite)

Je suis Kiambé, mon père est Askari, un guerrier vêtu de sa peau de buffle et portant la sagaie de bois durci, à la main gauche son bouclier de cuir. Ma mère est Malaika, mon frère est Wimbo, ma sœur aînée Umoto. Je n'ai pas oublié leurs noms.

Mademoiselle Alix m'a donné comme nom Balkis, à cause de la couleur de ma peau et de la forme de mes yeux. C'est elle qui me l'a dit, quand je suis entrée dans la cour de la maison à Minissy. Elle m'a prise par la main, elle m'a dit que je serais à elle, et qu'elle me protégerait. Je ne comprenais pas ses paroles, mais je comprenais ses yeux doux, son sourire. Elle m'a donné une robe qui lui avait appartenu quand elle était enfant, une longue robe blanche avec des manches bouffantes, dans une toile si légère qu'on l'aurait dite tissée de fils d'araignée. Mais je n'ai jamais pu porter de souliers, mes pieds étaient trop larges, trop durs.

C'était moi qui m'occupais de mademoiselle Alix. Je couchais dans le vestibule de sa chambre, sur une couverture posée par terre. Je préparais son thé et je lavais son linge, j'empesais les cols de ses robes, je faisais son lit et je vidais son seau de toilette. Mais elle ne voulait pas que je travaille à la cuisine.

Les après-midi, je restais assise sous la varangue aux pieds de ma maîtresse. Elle s'amusait à m'apprendre à coudre et à broder, ce que je faisais très bien, et aussi à lire dans son livre de prières, ce qui me coûtait beaucoup d'efforts. Et quand ma tête tombait parce que je m'endormais, elle se mettait en colère et me pinçait fort, elle me criait : to bête, là, to bête ! Je parlais maintenant sa langue, et j'avais appris aussi un peu d'anglais, des phrases qu'elle me faisait répéter par cœur pour amuser les invités, *Tea if you please, my lady?* Ou bien *A piece of cake, your honor?* Car il venait souvent des visiteurs du gouverneur à la maison de Minissy.

Non loin il y avait les champs de canne et la guildiverie, et les champs où les esclaves cultivaient le blé, le manioc, et toutes sortes de légumes. Madame ne voulait pas que j'aille là-bas. Elle m'avait interdit de parler avec les esclaves des champs, et j'avais peur d'eux, car elle disait qu'ils étaient mauvais et méchants, et que si je m'y aventurais, ils me feraient du mal et me tueraient. Mais la nuit, j'écoutais le vent apporter le bruit de leurs voix, leurs chants, ou le roulement du tambour. Je frissonnais en les écoutant, parce que je me souvenais du temps de mon enfance, avant mon enlèvement, je me souvenais du village, de la maison de mon père, quand les Wemwizi, les voleurs d'enfants, étaient arrivés et avaient tué mon père et tout brûlé, pour m'emmener en esclavage.

Une nuit, je me suis échappée et j'ai marché jusqu'aux champs, du côté de la rivière. J'avais peur, et en même temps j'avais envie d'aller là-bas, je ne pouvais pas y résister. Les chiens aboyaient, ils m'avaient flairée, et ils m'entendaient marcher dans les herbes, c'étaient les chiens du maître dressés pour chasser les marrons. Il faisait chaud et lourd, la terre était trempée par la rosée. Je respirais l'odeur de cette terre de mon enfance, après que la pluie est tombée. Je regardais le ciel où la pleine lune mangeait les nuages. Je ne savais pas pourquoi je marchais à travers les champs, mais j'étais heureuse, je retrouvais tous les noms que j'avais connus autrefois, ils revenaient dans ma tête et se cognaient dans ma poitrine, dans mon ventre. Uzuri, Moshi, Mkalamu, Shinyanga, Singida, Kijiji mon village, et eux tous, Kipofu l'aveugle, Kiziwi le muet, Mjomba mon oncle paternel, Moto le feu, Nzige la sauterelle, Mbou le moustique, et Malaika l'ange, ma mère, quand elle roulait dans sa paume la pâte de manioc et qu'elle la glissait dans ma bouche, et je mâchais ce qui était doux et sucré et je crachais les fibres, je n'avais plus rien mangé de si doux depuis que les bandits m'avaient enlevée, et les larmes emplissaient mes yeux et coulaient malgré moi sur mes joues, même les biscuits sucrés que me donnait mademoiselle Alix quand je la faisais rire me paraissaient très amers. Cette première nuit, je ne suis pas allée plus loin que le bout des champs, d'où je voyais briller les feux devant les cases des esclaves, et j'écoutais le bourdonnement de leurs voix, un chant très doux, à peine un murmure, pour ne pas attirer l'attention des régisseurs, qui viendraient les fouetter. Je suis seulement restée cachée dans les hautes cannes, pour écouter la musique et sentir la fumée du camp. Un peu avant l'aube, je retournais dans la maison de ma maîtresse, et je me couchais sans bruit sur ma couverture dans le vestibule, après avoir essuyé mes pieds avec des feuilles pour enlever les traces de terre rouge.

Alors j'ai pris l'habitude de sortir chaque nuit pour aller jusqu'au camp des Noirs. Je ne croyais pas faire rien de mal, parce que je ne parlais à personne, je restais seulement cachée dans les hautes herbes à écouter le bruit des voix, à respirer l'odeur de la fumée. Mais un matin, quand je suis revenue, j'ai vu Madame qui m'attendait devant la porte, et avec elle il y avait deux esclaves, dont un qui me faisait peur et qui s'appelait Lubin. Ils m'ont saisie, l'un par les bras l'autre par les cheveux, et Madame m'a dit : Tu es sans honte, quand tout le monde dort tu vas dans les champs comme une chienne, rôde-rôder partout ! J'ai voulu crier que je n'avais rien fait, demander pardon, mais les esclaves me tiraient en arrière, et je ne pouvais que crier et pleurer. Je voulais appeler mademoiselle Alix au secours, mais les esclaves m'ont emmenée à l'écart, ils m'ont attachée à un arbre et ils m'ont battue avec des cannes si fort que j'ai perdu l'esprit. Puis les ordres de ma maîtresse étaient que je devais être mariée à Lubin puisque j'étais aussi impatiente, et que j'aille vivre dans une case de nègres loin de Minissy. Je n'ai jamais revu mademoiselle Alix. Mais j'ai su par une servante qu'elle avait pleuré. Et, la même année, un ouragan est venu et a détruit la guildiverie, et mademoiselle Alix est partie avec sa mère pour aller vivre en France.

Cette année de 1822 il y eut beaucoup de révoltes d'esclaves, et les marrons étaient dans les montagnes. Les esclaves se révoltèrent à Villebague, à cause du régisseur Dufour qui avait fait fouetter des hommes à mort. Et Lubin mon mari se saoulait au tafia chaque nuit et me battait, il me haïssait parce que je me refusais à lui, et quand j'ai attendu un enfant j'étais allée voir une sorcière qui m'a fait manger de la terre mêlée aux plantes pour avorter. Partout les esclaves étaient maltraités et mouraient de faim, et un régisseur nommé Cadiou avait battu à mort un garçon de douze ans, et pour cela davantage de Noirs s'étaient échappés et avaient rejoint les marrons dans la montagne. La nuit, on voyait les feux, et on entendait les cris de guerre dans les montagnes, ou bien les esclaves qui se répondaient d'un champ à l'autre en aboyant comme les chiens. Un jour, un esclave nommé Violette, qui me protégeait contre Lubin, m'a dit : un homme, un fils de grand chef de la Grand-Terre, s'est échappé de prison et il est allé dans la montagne. Il m'a dit le nom de cet homme, Ratsitatane, et ce nom résonnait comme un tambour de guerre. Avec lui il a une armée, les esclaves de Villebague, de Grande Rosalie, Belle Vue, de l'Embarras à Crève-Cœur, ils sont là-haut dans la montagne, ils vont descendre et libérer tous les Noirs. Chaque soir les feux brillaient, ils changeaient de place et personne ne savait où ils étaient. Mais Violette me répétait ce que Ratsitatane avait dit, quand il s'était échappé de la prison : Venez avec moi, et je vous libérerai. Et Violette me donnait les noms de ceux qui étaient avec Ratsitatane : Léveillé, Tulipe, Nelson, Kotovolo, et d'autres encore. Et Violette m'a dit qu'il allait les rejoindre, et il m'a demandé de venir avec lui.

Alors un soir, en revenant de la coupe, j'ai préparé le repas pour Lubin, j'ai mis dans sa soupe une herbe qui enivre et, comme il ronflait sur sa couche, j'ai fait un paquet de mes habits et la provision de gâteaux-manioc que j'avais gardés depuis des jours entre des pierres à l'abri des rats, et j'ai pris le chemin de la montagne, vers le sommet qui est sombre et haut comme un mur au-dessus de Minissy. J'ai couru sans m'arrêter à travers champs, jusqu'à ce que je sois dans les cailloux de la montagne, et j'avais les pieds en sang. Il s'est mis à pleuvoir, et j'ai remonté le lit du torrent vers les nuages, pour que les chiens des miliciens ne suivent pas la trace de mon sang. Pendant deux jours je me suis cachée dans la forêt, en m'abritant dans une grotte. J'espérais que Violette me trouverait, mais je n'ai vu personne. Je dormais le jour, et la nuit je cherchais l'odeur des feux des marrons. Je me souvenais de mon père Askari, et de mon oncle Mjomba qui chassait le lion avec sa sagaie. Je me souvenais aussi que ma mère Malaika savait chasser. Elle était avec moi dans la forêt, c'est elle qui veillait à l'entrée de la grotte pendant que je dormais. Une seule fois j'ai entendu les aboiements des chiens, et je me suis mise à trembler parce que les miliciens tuaient tous les marrons qu'ils trouvaient, leur coupaient la main pour toucher une prime. Mais les chiens suivaient la trace des cochons sauvages et sont partis d'un autre côté.

J'étais dans la montagne qu'on appelle la Fenêtre, j'étais si haut que je voyais distinctement les lumières du Port chaque soir. Au troisième jour, j'avais fini ma provision de gâteaux-manioc et j'ai rongé des racines. J'étais très faible et j'ai pensé que j'allais mourir, mais la mort me semblait meilleure que de retourner dans la case de Lubin. Et le quatrième soir, comme j'étais près du torrent pour boire, tout d'un coup la forêt s'est ouverte et j'ai vu les Noirs autour de moi. J'ai cru qu'ils voulaient me tuer et j'ai crié de peur. Mais ils ne m'ont pas fait de mal. Au contraire ils m'ont portée jusqu'à une clairière où j'ai vu mon ami Violette. À côté de lui il y avait un homme très grand, vêtu d'une couverture rouge, et j'ai su qu'il était le fils du grand chef de la Grand-Terre, celui qu'on appelait Ratsitatane et qui avait dit qu'il libérerait tous les Noirs et nous ramènerait dans notre pays.

Je suis Kiambé. Je ne suis pas Balkis. Je suis redevenue celle que j'étais, il y a longtemps, quand les voleurs d'enfants sont venus dans mon village et ont tué mon père. Mon père est le guerrier Askari à la longue sagaie, ma mère est Malaika, j'ai dans la bouche le goût de la boule de manioc qu'elle me donnait, en me disant des mots très doux, *kidege kisuri*, joli oiseau, *ua mangu*, ma fleur, des noms comme du sucre.

C'est lui, c'est Ratsitatane qui m'a rendu cela. La forêt de la montagne Longue est devenue ma vraie maison. Plus rien d'autre n'existe, ni la maison Minissy et ses jardins, ni la chambre de mademoiselle Alix, où elle m'habillait avec ses robes d'enfant. Ni la case de Lubin, le grabat où se cachent les punaises, et les murs de branches où vivent les scorpions. Tout est devenu lointain, différent, depuis que j'habite avec Ratsitatane et les marrons de la montagne, et que je vois les habitations là-bas, tout en bas dans les vallées.

Chaque jour nous marchons dans la forêt, nous allons de cachette en cachette, nous refermons l'entrée des grottes avec des branches d'épines. Léveillé, Tulipe, Nelson, Kotovolo, ils sont tous de ma famille, et Violette est mon ami.

Ratsitatane est notre maître. Il est grand et fort, il porte sur la poitrine un collier qui le rend invincible, un collier de bois noir et d'obsidienne. Quand j'ai été conduite devant lui, le premier jour, je tremblais, j'étais nue à cause des buissons qui avaient déchiré ma robe et mes pieds étaient en sang. Il m'a parlé doucement dans sa langue, il a posé sa main sur ma tête et j'ai senti une chaleur entrer en moi. Les Noirs ont fabriqué pour moi une civière en branches et en feuilles, et ils m'ont portée tout le jour jusqu'à la source d'une rivière. C'est Violette qui s'est occupé de moi.

Il y avait là d'autres femmes, elles m'ont lavée, elles ont soigné mes blessures, et elles m'ont donné à manger des racines cuites dans la cendre, des goyaves sauvages, et j'ai bu l'eau de la source dans une calebasse.

Au camp des marrons, il y avait beaucoup de monde, des femmes, des enfants, et chaque jour de nouveaux esclaves arrivaient. La nuit, ils allumaient des feux dans la montagne voisine, pour tromper les miliciens et faire croire que nous étions nombreux. Les Blancs du Port voyaient briller tous ces feux et ils pensaient que l'armée de Ratsitatane était très puissante, que bientôt elle descendrait vers la ville et elle brûlerait toutes les maisons, et elle s'emparerait de tout le pays.

Chaque nuit la colère grandissait, certains esclaves échappés apportaient des armes, des escopettes, des sabres d'abattage, d'autres venaient avec des provisions et du tafia et, quand ils avaient bu, les hommes dansaient en poussant des cris, comme avant de partir pour la guerre.

Mais Ratsitatane ne voulait pas lancer l'attaque. Il restait à l'écart, il semblait réfléchir. Un soir, je suis allée lui porter à boire du vin de palme et, comme j'avais froid, il m'a couverte de son manteau de laine rouge et, comme je tremblais toujours, il m'a parlé doucement dans sa langue, et j'ai senti sa chaleur entrer en moi, et c'est ainsi qu'il est devenu mon mari. Il m'appelait par mon nom, Kiambé, et je l'appelais Moumé, *Moumé yangu*, ô mon mari.

C'était la première fois que j'ai eu vraiment un mari, car auparavant les hommes m'avaient toujours forcée et battue, comme les esclaves du Mwarabu de

Kilwa, ou comme Lubin de Minissy. Et les jours suivants, j'ai marché avec Ratsitatane jusqu'à la montagne de la Fenêtre, d'où on voit bien la mer. Ratsitatane regardait la mer sans bouger, comme s'il était déjà par la pensée sur le bateau qui nous ramènerait vers la Grand-Terre. Et je pensais que s'il retournait vivre dans son palais auprès du roi Radama, je pourrais rester avec lui, et pour la première fois depuis que j'avais quitté mon village j'ai eu envie de rire et de chanter, je me sentais libre et je voulais vivre. Et chaque nuit je couchais avec mon maître dans sa cachette, à l'abri sous son manteau, pour qu'il me donne sa chaleur.

Nous étions nombreux et je pensais que nous étions invincibles, que plus jamais je ne serais esclave chez les étrangers blancs.

Un matin, est venu un Noir nommé Laïzaf, et je n'avais pas confiance en cet homme. Comme je servais du manioc, j'ai versé de la cendre sur la nourriture pour avertir Ratsitatane que cet homme était un traître, mais lui a soufflé sur la cendre sans comprendre. Car j'avais entendu parler de ce Laïzaf, et je savais qu'il avait aidé les chasseurs de marrons pour gagner de l'argent.

Ce jour-là, un peu avant midi, Laïzaf s'étant éloigné a tiré avec son escopette, en disant que c'était un signal pour guider les fugitifs dans la montagne, mais c'était un accord qu'il avait passé avec Orieux et Lescalier, les chefs de la milice. En secret, il avait attaché des linges blancs aux arbres, soi-disant pour guider les marrons jusqu'à Ratsitatane, mais en réalité c'était un signal aux chasseurs de marrons pour leur indiquer où se cachait notre roi. Alors Ratsitatane s'est enfui avec quelques hommes, et je suis allée avec eux jusqu'à la montagne Longue. Ratsitatane disait qu'il voulait regrouper tous les marrons pour livrer une grande bataille à l'armée, et que nous en sortirions vainqueurs et libres. Un des prêtres de la Grand-Terre qui était présent avec Ratsitatane a sacrifié un cabri et fait couler le sang sur la terre, et il a dit que les dieux de la montagne nous enverraient bientôt un grand nuage pour nous cacher aux yeux des Blancs, et qu'ensuite viendrait un grand vent qui chasserait tous les soldats, et nous pourrions alors monter dans les bateaux et retourner chez nous. Puis le prêtre a dessiné sur la terre une étoile qu'on appelle Vintana, et il a dit à Ratsitatane qu'il était protégé par le *mandrava* qui détruit et le *manitsaka* qui écrase. Alors Ratsitatane a partagé en deux son collier magique, et il m'en a donné la moitié, avec les coquillages et le bois noir, pour que j'aie la protection du Dieu de la Grand-Terre.

Il a fait cela, et il était triste, parce qu'il savait qu'il avait été trahi par Laïzaf, et que les soldats anglais étaient en train de monter à travers la forêt pour le surprendre par-derrière. Il a posé sa main sur ma tête une dernière fois, pour me donner sa chaleur, et il est parti par l'autre côté de la montagne, du côté du mont Ory, vers la rivière de Moka et de Minissy. Il est entré dans la forêt avec certains de ses hommes, Léveillé, Nelson, Kotovolo, et d'autres qui lui étaient restés fidèles. Et moi je suis restée dans la grotte derrière la porte d'épines, et tout ce que j'ai gardé de Ratsitatane, c'est son collier, et le grand manteau dans lequel nous avions dormi toutes ces nuits. C'est là que les soldats du général Ralph Darling et les miliciens d'Orieux et Lescalier, guidés par Laïzaf, m'ont trouvée deux jours plus tard, quand j'étais prête à mourir.

Rapport de William Stone, clerc principal, sous le commandement du cpne F. Rossi, sur les événements qui se sont produits à Maurice le 20 février 1822 lors de la capture du rebelle Ratsitatane.

Dès que fut connue la nouvelle de l'évasion du nommé Ratsitatane, Noir malgache prisonnier à la forteresse centrale du Port-Louis, les ordres du Major Général Ralph Darling, ainsi que ceux du gouverneur de cette colonie, Son Excellence Robert Townsend Farquhar, furent qu'il devait être retrouvé à tout prix, et toute rébellion des esclaves fugitifs devait être punie sévèrement, afin d'éviter tout risque de révolution comme celle dont furent victimes naguère les colons de Saint-Domingue. Car chaque habitant du Port, ainsi que des districts adjacents de Pamplemousses, de Moka et des Plaines Wilhelms, était sous la menace d'une attaque des marrons. Le gouverneur ordonna que soit mobilisé un grand nombre de troupes, du 56e régiment sous les ordres du Major Darling et du Lieutenant Colonel Dumaresq, ainsi que les Volontaires du 82e régiment du Prince de Galles, sous les ordres du Lieutenant Général Pigot, et la milice commandée par MM. Orieux et Lescalier. Et qu'ils se mettent en route vers le Pouce afin de couper la route du Port aux rebelles. Les officiers de paix de la Milice Coloniale du Baron d'Unienville furent également mobilisés en vue de la capture mort ou vif de Ratsitatane, et je reçus l'ordre de me joindre à eux car j'avais approché ledit Ratsitatane dans la prison et étais à même de le reconnaître au cas où il aurait cherché à s'enfuir.

Pendant deux jours les compagnies ont bivouaqué au pied de la montagne pour étudier la position des rebelles, puis au troisième jour, un peu avant quatre heures de l'après-midi nous avons remonté le cours de la rivière des Lataniers jusqu'à la montagne. Cette nuit-là, nous observâmes des feux sur la montagne de la Fenêtre, et d'autres feux sur les pentes du Pouce et du Pieter Both. Nous craignions alors que le nombre des révoltés fût considérable. Le Général Darling a envoyé une partie des effectifs au nord, pour commander la route de la Montagne Longue du côté de l'Échelle. La milice coloniale et les hommes d'Orieux ont campé au pied du rocher de l'Escargot, à la source du ruisseau du Pouce. Et le 20 février au matin, par une chaleur extrême, j'ai marché avec le détachement du 56ᵉ commandé par le Quartier-maître Nesbitt, dans la montagne du Pouce. À cet endroit il n'y avait plus de chemin, et nous devions grimper aux rochers en nous servant des pieds et des mains comme les singes. Enfin, un peu avant midi, nous avons entendu des coups de feu, et nous avons reconnu le signal que le Noir Laïzaf nous donnait pour nous indiquer le repaire de Ratsitatane. Il avait aussi suspendu des linges aux arbustes pour nous montrer le passage. Nous sommes parvenus en haut de la montagne vers deux heures, et les rochers étaient déjà jonchés de corps, ceux que les chasseurs de marrons avaient tués pour gagner la récompense. Lorsque le bataillon a occupé le sommet de la montagne, les rebelles se sont rendus les uns après les autres, car ils étaient affamés et n'avaient plus rien à boire, et paraissaient très effrayés. Mais à notre grande surprise nous n'avons capturé qu'une quarantaine d'hommes, qui nous ont dit appartenir au domaine de Villebague. Nous savions qu'une partie des révoltés avait fui vers Moka, avec le principal agitateur Ratsitatane et ses lieutenants. Les captifs ont été descendus vers le Port attachés au cou par des chaînes. Les ordres étant de capturer à tout prix Ratsitatane, j'ai accompagné le bataillon du Quartier-maître Nesbitt vers les vallées, pour rejoindre les miliciens d'Orieux qui étaient déjà à Moka. Quant au Noir Laïzaf, les ordres étaient qu'il fût arrêté sans être mis à la chaîne, et dirigé au Port.

Le soir de ce même jour, peu avant six heures, les chasseurs d'Orieux trouvèrent Ratsitatane et trois de ses complices cachés au fond d'un ravin de la rivière Cascades non loin de Minissy.

Quand j'arrivai au ravin, Ratsitatane était attaché à un arbre les jambes en sang car les chasseurs l'avaient frappé à coups de pierres. La seule raison pour laquelle il avait été épargné par les chasseurs fut à cause de la récompense de 1 000 dollars que le Gouverneur avait promise pour sa capture, car il voulait que le rebelle fût jugé publiquement pour l'exemple. Pour la capture des lieutenants de Ratsitatane, la prime était de 250 dollars.

Je reconnus Ratsitatane sans peine car malgré les épreuves des jours passés à fuir dans la montagne, il ne se tenait pas dans la posture humiliée des esclaves fugitifs, mais il était debout fièrement et son visage portait l'expression orgueilleuse d'un homme qui n'a jamais cessé d'être libre.

Nous avons réquisitionné des charrettes dans la maison Minissy, et le soir même, tard dans la nuit, nous avons remis les rebelles à la prison où ils devaient attendre d'être jugés. J'ajoute que le lendemain, vers midi, les chasseurs de la brigade d'Orieux ont arrêté deux esclaves, l'un âgé d'environ quarante ans et s'appelant Violette, l'autre une femme d'environ vingt-cinq ans, cachée dans une caverne de la montagne du Pouce. Interrogée par moi, la femme a dit s'appeler Balkis, & appartenir à la maison de Minissy, & être femme de Ratsitatane. Mais jugeant de son mauvais état de santé et présentant en outre tous les signes de la démence, j'ai décidé de ne pas l'envoyer à la prison, mais à l'hôpital des Noirs de Port Louis, à la charge du chirurgien Haskins, afin qu'elle y soit enfermée. Quant au Noir Violette, il fut condamné au bagne.

Mariam Chérifa
Hôtel Chalet Savoie
Chamonix

12 avril

Mariam : Je voudrais te parler de Naucalpan. Il fallait que j'aille là-bas. Je n'ai pas cessé d'y penser depuis que j'ai entendu parler de la ville des migrants. C'est le père Andrés qui m'en a parlé. Je cherchais la trace de Ruiz et Martina, ces gens que j'avais vus sur le bord du trottoir à mon arrivée, et que j'avais envoyés au couvent de Guerrero. Le père Andrés m'a dit qu'ils étaient peut-être à Naucalpan, c'est là que les migrants économiques aboutissent quand ils ne savent plus où aller. Ils n'ont pas le choix. Ou bien ils retournent vers le village qu'ils ont quitté, ou bien ils acceptent qu'on les envoie à Naucalpan dans le bidonville. Les plus audacieux, les plus jeunes tentent leur chance au Nord, ils essaient de passer sous le fil de fer de la frontière, à Nogales, à Juarez.

J'ai acheté une carte de la ville de Mexico au 20/1000e pour repérer l'endroit. Je l'ai épinglée dans ma chambre de la rue Luna, et chaque soir je regarde cette tache éclatée, avec au sud-ouest, au bout d'une longue traînée, la route 130 qui franchit la montagne dans la direction de la vallée de Toluca. C'est là, au bout de la tache : Naucalpan. Je pensais que j'allais les retrouver, Ruiz, avec son blouson et son chapeau de cow-boy, toujours net malgré les nuits passées dehors, et Martina, l'air d'une enfant, son geste très doux quand elle sort son sein de sous son sweater pour donner à téter au bébé. Et surtout Eva, la petite fille, debout derrière son père. Sa tignasse emmêlée, ses yeux immenses dans son visage de poupée chiffonnée, son regard noir, insistant, plein de questions. Je pensais à toi, sur la grande rue, à Oran, quand les soldats français sont arrivés et que tu as failli mourir.

J'ai pris un bus pour Azcapotzalco, San Juan Tlihuacan, San Pedro Xalpa, San Miguel Amatla. Puis j'ai pris un taxi collectif sur la route de Toluca, le long du río Hondo. À cet endroit on aperçoit à travers la pollution Ciudad Satelite, des cubes roses et bleus pareils à des jouets. Au bout de la route, sur la hauteur, il y a l'église des Remedios. C'est comme d'aller vers un autre pays, et pourtant c'est bien la même ville, avec les mêmes rues, les mêmes maisons, les mêmes gens qui attendent au bord de la route. Dans le taxi, personne ne parle. On est beaucoup trop serrés. Il fait une chaleur suffocante. Le taxi, c'est une Ford Galaxie en ruine, pare-brise bleuté à franges de perles rouges, et sur le tableau de bord un autel de la Guadalupe en plastique qui s'allume à chaque coup de frein. Le chauffeur est un Indien sombre, il conduit le buste à moitié sorti de la fenêtre, les yeux mi-clos, en mâchonnant son chicle, une serviette-éponge autour du cou. « *Parada, ¡por favor !* » Quand quelqu'un descend, le chauffeur montre trois doigts de sa main gauche, pour signaler la place libre. Je pense que je pourrais aller au bout du monde dans ce taxi, à quatre sur la banquette arrière, frôlant le trottoir, regardant défiler les visages, respirant l'odeur âcre de gas-oil et de sueur, roulant dans cette brume lumineuse de midi, avec les silhouettes des collines qui émergent comme des îlots, et au loin la barre géante de la Malinche.

Je pense à toi, Mariam. Comme si dans ce taxi je pouvais glisser jusque là où tu es, à Chamonix, *parada* après *parada*, je pense à ce que m'a dit Andrés, le curé de Guerrero, quand je l'ai revu, il m'a dit : « Si tu as la chance d'aimer quelqu'un, retourne auprès d'elle, ça sera ça, ta mission dans l'existence. » Peut-être que je n'ai compris ce qu'il m'a dit que dans cette voiture, cette vieille Galaxie qui roule vers Naucalpan.

Le taxi nous a lâchés au pied de l'aqueduc. Le soleil brûle la colline dans une torpeur cotonneuse. J'entends vaguement la ville derrière moi, le grondement des camions à échappement libre sur la route de la montagne. C'est comme un grondement de tremblement de terre. Je marche sur la route de terre, il y a quelques silhouettes qui marchent avec moi dans la poussière, ils se hâtent vers la ville des migrants. Des femmes enveloppées dans leurs châles, des hommes qui emportent des bouts de viande sanguinolents dans des sacs en plastique où se collent les mouches. D'autres assis sur des pierres près de l'aqueduc. Personne ne me regarde. Sauf des garnements qui m'ont jeté des pierres, puis se sont sauvés en riant.

Au bout de l'aqueduc commence la ville des migrants. Une route de poussière monte à travers les rangs irréguliers de casemates. Les numéros des rues sont peints sur des blocs : 13, 47, 73, c'est difficile à lire. Il manque des numéros. Certaines maisons ont l'air normales, sauf que les briques ne sont pas jointoyées au ciment, et les toits sont en plaques d'amiante. Et puis vers le haut de la colline, ce sont des igloos, des fours à pain. Des planches, des bouts de brique, des pierres de lave, juste une porte basse et pas de fenêtres. Le toit est plaqué avec quelque chose qui ressemble à de la boue sur de vieux chiffons. De la poix peut-être, ou du goudron.

Je monte à travers la colline, avec les voitures qui brinquebalent dans les ornières. À un endroit, un camion-citerne distribue de l'eau. Les gens payent pour remplir leurs bidons avec le tuyau de caoutchouc. Quand l'eau cesse de couler, le chauffeur aspire le tuyau et ça repart. Près de l'aqueduc, en débarquant du taxi, j'ai acheté deux sodas pour donner à Ruiz et à sa femme. Mais j'ai maintenant si soif que je m'assois sur une pierre au bord de la route et que je bois une bouteille à moi tout seul.

Devant la rue 13, je demande à une vieille : « ¿ El señor Ruiz ? » Elle part sans répondre, cachée sous son châle. Un peu partout, des fumées montent des cuisines. Entre trois pierres, les femmes font bouillir des haricots, ça sent une odeur de pétrole lampant, de charbon de bois. Moi, je vais de maison en maison, je cogne aux portes. Je dis : « Ruiz, vous savez où habite Ruiz ? » Les gens secouent la tête, regardent ailleurs.

En haut de la colline, je crois reconnaître la silhouette d'Eva, une ombre qui s'enfuit et se cache dans une maison de planches. Je regarde par l'ouverture, dans la pénombre il y a une femme, l'air maladif, très enceinte. Elle est assise sur un lit en bois recouvert d'une couverture. À côté d'elle, la petite fille que j'ai prise pour Eva me regarde avec les mêmes yeux effrayés. Je suis sur le point de repartir quand la femme m'appelle. « Señor, s'il vous plaît ! » Elle a une voix geignarde, un peu enrouée. Elle se penche, elle écarte une serviette qui recouvre une boîte en carton. La boîte est un berceau, dans lequel il y a un minuscule bébé qui brûle de fièvre. Il porte une blessure étrange sur le cou, près de l'épaule. La femme dit : « Les rats sont venus hier soir, ils ont essayé de le manger pendant que j'étais allée acheter de l'eau. » Le bébé se plaint doucement, ses yeux sont bouffis, fermés.

Je donne à la femme un peu d'argent et la bouteille de soda qui reste. J'essaie de lui parler, de lui dire d'aller à l'hôpital, mais elle n'écoute pas. Elle fait sauter la capsule de la bouteille, elle boit deux gorgées, et elle essaye de faire boire le bébé, qui s'étrangle. Alors moi, je pars à reculons, comme un voleur. Je ne sais plus ce que je suis venu faire ici. Quand on est seul, qu'on arrive de loin, peut-être qu'on croit aux miracles, sous prétexte qu'on a suivi des cours dans un hôpital à Londres.

Je marche à rebours dans les allées de Naucalpan. À un moment, le vent s'est levé, et tout a été dans un nuage de poussière. Tout a disparu d'un seul coup, comme si j'étais seul sur cette colline, perdu au milieu d'une mer, d'un océan de poussière. Même le soleil est devenu lointain.

Alors je redescends vers l'aqueduc. Les autos brinquebalent toujours sur la route, leurs phares allumés font des trous dans le nuage de poussière. Mariam, je veux te dire, maintenant, nous nous marierons, nous aurons des enfants, la première fois que nous attendrons un bébé il s'appellera Jemima-Jim, en souvenir de Jeanne Odile et de Santos. Jemima si c'est une fille, Jim si c'est un garçon. Si c'est une fille, je pense qu'elle sera comme Eva, de grands yeux noirs et une tignasse en bataille. Je t'écris pour arrêter, pour deviner. Si tu es avec moi je serai fort, je ne sentirai pas ce tourbillon de poussière qui s'installe sur cette ville.

La saison des pluies est revenue. D'une saison des pluies à l'autre, Jean était sur le point de partir. La décision était devenue inévitable, plutôt due à l'usure qu'à la nécessité. L'Institut international était en train de sombrer dans la faillite, son directeur, Juan Cochran, avait déjà quitté le navire en emportant la caisse. Par l'entremise de Marcel Joessel, chargé de cours à l'Institut français d'Amérique latine, un pédéraste qui vivait en ménage avec un jeune coopérant nommé Aquaviva, et qui occasionnellement lui faisait les yeux doux, Jean avait la promesse d'un ballon d'oxygène sous la forme d'un contrat de traducteur aux jeux Olympiques d'octobre, mais c'était encore assez loin. De toute façon cette ville était un piège auquel il devenait difficile de résister. Elle vous expulsait vers la périphérie, elle vous rongeait lentement, puis elle vous recrachait. Naucalpan, Azcapotzalco, Nonoalco, Ciudad Satelite, Indios Verdes, Iztacalco, Iztapalapa. On avait beau essayer, on ne pouvait pas être partout. On devait disparaître, comme Ruiz, comme Martina, comme Eva aux yeux d'effroi.

Dans cette ville, avait imaginé Jean en arrivant, on devait être comme dans une île perdue au milieu de l'océan, rattaché au reste du monde par le mouvement lent de la houle, ou par les vibrations dans les corridors souterrains (il ne parlait pas du métro). Et aussi, avait-il rêvé, on était dans le cratère du futur, dans une caldeira bouillonnante où tout pouvait arriver, les mélanges des races, des mythes, des intérêts. Semblable à Londres, mais vaste comme un pays entier, avec des rues longues de cent kilomètres, des tours, des ruines, des champs abandonnés, des pyramides perçant la croûte d'asphalte des avenues, des jardins flottants, et surtout cette foule en mouvement, ne s'arrêtant jamais, accrochée aux marchepieds des tramways et aux pare-chocs des bus, pulsant à travers les rues, cette foule sombre, obstinée, trapue, difforme, par moments si belle, visages de statues antiques, masques de démons grimaçants, parfois laide, mendiants, culs-de-jatte ramant sur leurs planches à roues, enfants des carrefours courant entre les bagnoles, filles prostituées de la place Garibaldi, de Niza, de Florencia, de Londres, filles-mères au ventre distendu de la Merced, pickpockets de Pino Suarez, de la Villa, vendeurs de lunettes volées à la Lagunilla, brocanteurs de stylos, de montres, de pâte dentifrice, de radio-cassettes, de poupées, de magazines interdits, colporteurs de *corridos*, mariachis, joueuses de marimba obèses, diseuses de bonne aventure, *marijuanos* de Xochimilco, Américaines de San Ángel, touristes français, espagnols, japonais, piétinant devant la basilique de la Guadalupe, *concheros* cramoisis, couverts de plumes coloriées, dansant au son du *teponaztle*, tenant à la main un écu de carton où court un éclair, paysans indiens venus du Nayarit, du Guerrero, du Chiapas, foule somnambule du musée d'Anthropologie errant dans les jardins, le long des allées, sous les grands eucalyptus, guettant interminablement l'arrivée d'un taxi, d'un bus, n'importe quoi qui les arrache et les fasse disparaître dans le dédale des rues voisines, comme si à chaque seconde tout naissait et tout mourait, que le muscle de cette ville se dilatait et se contractait selon un rythme que nul ne pouvait comprendre.

Le señor Rollès-Lalanne habitait au dernier étage d'une tour aux Campos Elíseos (cela ne s'invente pas) surplombant le parc de Chapultepec. C'est toujours par l'incroyable Marcel Joessel que Jean avait fait sa connaissance. La fille de Rollès-Lalanne, une Zoé, avait besoin de quelques leçons particulières de français et d'anglais en vue de son bac au lycée français de Polanco. Joessel avait obtenu un rendez-vous pour Jean, un soir du début juillet.

Dans la communauté française, des bruits étranges circulaient à propos de Rollès-Lalanne. Il avait été parachuté attaché d'ambassade après la guerre, grâce à son passé plus ou moins héroïque de résistant. Il avait été intime avec plusieurs présidents, avait investi dans le lancement d'Acapulco. Marié à une Mexicaine le temps de prendre la nationalité, il avait divorcé, s'était lancé dans les affaires. Son opération majeure, ç'avait été le rachat, dans les années cinquante, des quelques rares vieilles villas au bord du parc de Chapultepec, à des descendantes d'Espagnols qui le trouvaient charmant. À leur mort, et à la place des villas, il avait fait bâtir cette tour du nom de Torre de Marfil (sa tour d'Ivoire) en se réservant le dernier étage, un penthouse d'où il pouvait surveiller toute la ville.

On racontait sur lui des choses plus troubles. Il avait eu le monopole des chantiers des nouvelles routes, et une armée de pilleurs à sa solde lui rapportait d'Oaxaca, du Tabasco et du Chiapas des pièces archéologiques. Il vendait les plus belles à l'Amérique, au Peabody Museum ou au Smithsonian, et laissait le reste au Mexique. On racontait aussi qu'il possédait une flotte d'avionnettes dans le Nord, et qu'il faisait le trafic de marie-jeanne. Mais c'étaient sans doute des ragots. Ce qui était vrai, c'est qu'il pilotait lui-même son avion, pour aller faire ses courses à Miami, consulter un médecin, et sans doute mettre à l'abri ses dollars chèrement gagnés.

Jean avait écouté Joessel raconter ses histoires distraitement. Tout ça n'était pas très passionnant, mais il avait besoin d'argent. Les leçons tombaient à point nommé. Il est allé chaque fin d'après-midi en juillet, vers six heures, pour deux heures et demie alternées anglais-français. Zoé était une petite fille sombre, gâtée, hostile. Elle refusait de travailler.

Une fois, après avoir donné son cours, Jean s'est attardé à parler avec le vieux Rollès-Lalanne. C'était un homme à la fois séduisant et détestable, sans scrupules, arrogant, dangereux, élitiste — mais intelligent. Il exposait dans son salon, derrière une vitrine, une admirable collection d'art préhispanique, glanée sur ses chantiers : bébés jaguars olmèques, figurines jaina, idoles de terre cuite du Nayarit. Sa pièce majeure trônait sur un piédestal de marbre. C'était une tête de la déesse Teteo Innan en porphyre, où on distinguait encore la trace noire qui souillait sa bouche. « Celle qui mange les péchés, a expliqué Rollès-Lalanne. C'est elle que les Espagnols ont convertie en Vierge de Guadalupe. Elle a encore la bouche noire des péchés du monde. » Il caressait la déesse du bout des doigts, avec amour. Mais l'instant d'après, comme Jean lui parlait des descendants des Aztèques vivant misérablement au Guerrero,

Rollès-Lalanne a eu un ricanement dédaigneux : « Des clochards, des vagabonds, a-t-il dit. Tant que ce pays ne se sera pas débarrassé des Indiens, il traînera le poids du sous-développement. » Jean a essayé de contenir sa colère : « Mais est-ce qu'on ne pourrait pas faire justement quelque chose pour eux ? Après tout, ce sont les descendants de ceux qui ont sculpté votre déesse. » Rollès-Lalanne s'amusait à provoquer. Il a dit : « Les Indiens ? Tous à la chicotte, mon vieux ! Tous à la chicotte ! » En même temps, ses petits yeux gris brillaient de malice. Jean a pensé que le forban devait en savoir sur lui plus qu'il n'en avait l'air, il devait être au courant de ses visites aux villages de la montagne, de sa vie à la colonia Guerrero, peut-être même de ses rendez-vous avec Pamela et Joaquín, de ses liens avec la rébellion des polytechniques. Au même instant, il se posait la question : jusqu'où peut-on accepter la dérision ? jusqu'à quel point peut-on se moquer de tout ?

Un soir, après trois semaines de cours, Zoé a congédié Jean. Quand il est arrivé avec ses livres, elle avait un air inhabituellement gai. Elle lui a dit, de sa petite voix très glacée : « Mon père va vous régler ce qu'il vous doit. Voilà. Au revoir. »

Grand seigneur, Rollès-Lalanne a payé en effet le mois complet, cash. Il n'a donné aucune explication, du reste Jean n'en avait pas besoin.

La baie vitrée du salon était ouverte sur un ciel d'encre. Des éclairs couraient sur le toit des montagnes, allumaient et éteignaient la ville bleue.

« C'est magnifique, n'est-ce pas ? » Rollès-Lalanne regardait lui aussi par la fenêtre. Le bruit de la circulation dans les principales artères de la ville était moins puissant que le tonnerre. « C'est pour ce spectacle que j'ai eu envie de faire construire la tour, pour être en haut et voir ça chaque saison des pluies.

Ça vaut tous les chefs-d'œuvre de l'humanité, vous ne pensez pas ? »

Jean n'a pas répondu que ça n'avait rien en commun. Peut-être pensait-il, au fond, que l'un et l'autre étaient liés, mais par une autre force que celle de l'art. Que la tête coupée de Teteo Innan, la déesse à la bouche noire, avait encore, malgré la dérision et la puissance de l'argent, le pouvoir de faire danser les éclairs de chaleur au-dessus de la ville la plus abandonnée du monde.

Difficile de dire comment Tlatelolco a commencé. Fin juillet, un soir, Jean était à la bibliothèque de Salvador quand il a entendu les voitures blindées de la police. Les étudiants étaient groupés dehors, ils attendaient depuis un moment, il y a eu des cris, des insultes. Pamela n'est pas venue ce jour-là. Lorsque Jean a voulu retourner vers l'Alameda, les rues principales étaient barrées. Les *granaderos* étaient pour la plupart des Indiens très jeunes, vêtus comme des guerriers olmèques, casques attachés sous le menton et tunique matelassée. Par instants, on entendait des bruits de cavalcade, puis des détonations, et les sirènes lugubres de la police.

Jean a fait un détour pour regagner la colonia Guerrero. Il a frappé à la porte de la tante de Pamela, mais personne ne répondait. Le quartier était calme, avec les cuisines roulantes des maîtres en *tacos* et en concombres. Mais quand Jean est allé acheter ses *tamales* pour le dîner, le vendeur lui a demandé : « Vous êtes pour ou contre les étudiants ? » Jean avait téléphoné à sa mère, il savait ce qui s'était passé en France, les manifs contre de Gaulle, la grève générale, les étudiants qui avaient occupé la Sorbonne, les ordures qui s'entassaient jusqu'au premier étage des immeubles. Il a cru que le vendeur avait entendu parler de cela aux nouvelles, il a dit : « Je suis pour les étudiants, bien sûr. » Ensuite il a compris que c'était de Mexico qu'il était question. Les rues autour du Zócalo étaient fermées, les bataillons de l'armée et les *granaderos* occupaient la place. Les étudiants de Preparatoria et les polytechniques s'étaient barricadés dans le collège San Ildefonso, d'autres dans la salle de lecture d'Argentina, dans le théâtre Bolívar. Certains avaient investi jusqu'à l'ancienne prison de femmes de Lecumberri.

Le lendemain, quand Jean est allé à Puente de Alvarado pour donner son cours, l'Institut était fermé. Les étudiants ont dit que c'était fini, que l'établissement ne rouvrirait plus. C'était comme une contagion.

Jean a retrouvé Pamela à Uruguay, l'accès à la bibliothèque était fermé. Pamela n'avait pas pu aller travailler chez son notaire, toutes les rues autour de Justo Sierra et San Ildefonso étaient bloquées par les autos blindées. Ensemble ils ont marché en suivant Juan de Letran vers le palais des Beaux-Arts. Là aussi, l'accès au centre était interdit. Seuls les riverains pouvaient passer, après avoir parlementé avec les *granaderos*. Par instants, une bouffée de violence éclatait quelque part, on entendait des cris, des appels au porte-voix, le hululement des sirènes de police qui parcouraient Reforma.

Pamela était désespérée. Elle essayait de passer le barrage des *granaderos*, elle répétait : « Mon petit frère est là-bas, il n'a rien fait, laissez-moi passer s'il vous plaît, s'il vous plaît ! » Les Indiens la repoussaient sans répondre.

Puis, tout à coup, un mouvement de foule s'est fait derrière eux. Jean a vu un groupe d'hommes, non pas des étudiants, mais des adultes portant des passe-montagnes, qui avaient apporté des cailloux dans des sacs et ont commencé à lapider la police. Alors la charge a eu lieu : boucliers et matraques à la main, les *granaderos* couraient vers eux, et Jean a entraîné Pamela vers l'Alameda. Pendant qu'ils s'enfuyaient, ils ont entendu les grenades exploser au carrefour. En se retournant, Jean a vu le nuage clair qui recouvrait l'avenue. Ils se sont arrêtés de courir au centre de l'Alameda, à bout de souffle. Ils se sont assis sur un banc. À cet endroit, tout était calme, des pigeons picoraient le sable, des vieux étaient assis sur les bancs et discutaient au soleil. C'était comme s'il ne s'était rien passé. Pamela pleurait : « Qu'est-ce qu'ils vont lui faire ? Ils sont enfermés dans le collège depuis deux jours, ils n'ont rien à boire ni à manger. Qu'est-ce qui va leur arriver ? »

Jean a essayé de la calmer. Elle était trop fatiguée pour marcher, ils ont pris un taxi sur Reforma jusqu'à Cuitlahuac, puis ils ont continué à pied vers la rue Luna. Pamela avait mis sa main dans la main de Jean, ils devaient avoir l'air de *novios*. C'était la première fois qu'elle était si près de lui, il sentait une sorte d'appréhension, comme si tout cela préludait à une séparation. Il pensait à Mariam, tout à coup elle lui semblait très lointaine, dans un autre monde. Arrivés devant l'immeuble de Jean, Pamela a lâché sa main. Elle a dit : « Je vais rentrer chez ma tante, peut-être que Joaquín va arriver. » Elle s'est éloignée très vite. Elle n'avait pas sa robe bleu électrique. Elle était habillée d'un pantalon beige et d'un blouson bleu, comme n'importe quelle fille de son âge qui revient de faire une course.

Cette nuit-là, Jean a mal dormi. Il croyait entendre les sirènes de la police. Il rêvait qu'il courait sur Juan de Letran, jusqu'à perdre haleine. Il rêvait aux premières nuits qu'il avait passées dans la chambre sous le toit, à l'Hôtel Uruguay, quand il écoutait les mêmes sirènes, qu'elles lui paraissaient des cris de bêtes sauvages.

La tante Catherine est morte avant l'été. Elle s'est éteinte au petit matin, dans son sommeil, toute légère, comme un oiseau. C'est la mère de Jean qui lui avait écrit cela dans sa lettre. « Nous l'avons enterrée hier au cimetière de l'Est. Il pleuvait. Ton père était trop malade pour nous accompagner. Mais Aurore de Sommerville est venue, avec son mari. Tu sais qu'elle attend un bébé pour le mois de septembre. »

Comme il n'arrivait pas à dormir, Jean a commencé une lettre pour Mariam. Il voulait que ce soit une longue lettre, faite comme d'une seule phrase qui aurait duré jusqu'à l'aube. Mais il n'est pas allé jusqu'au bout. Il a écrit : « Je me sens loin, très loin, je ne sais pas si. » Puis il s'est arrêté. Il a mis la lettre inachevée dans une enveloppe, il a écrit au dos son adresse : Apartado Postal 155, Buzón de Correos, Correo Mayor. Sa boîte postale, toujours vide. Jour après jour, sauf la lettre de Sharon qui lui avait parlé de Catherine. Et maintenant, ça n'avait plus d'importance. Ce qui est mort est mort, disait Cathy Marro. C'est comme quelqu'un qui aurait changé d'adresse.

À l'aube, c'était un 30 juillet, les soldats de la première zone militaire, sous le commandement du général José Hernandez Toledo, ont encerclé le collège San Ildefonso. Des tanks, des autos blindées armées de canons de 101 millimètres ont fermé la ronde. Le centre de Mexico était plongé dans le silence. Le ciel s'éclairait à l'est et, du fait de l'interruption de la circulation automobile, le Popocatépetl et l'Iztaccíhuatl ont émergé doucement de la brume, leurs pics blancs de glace. Vers six heures du matin, la troupe a donné l'assaut. Les étudiants avaient passé la nuit sans dormir. Certains, malgré la peur, s'étaient assoupis dans le couloir, enveloppés dans leurs blousons pour lutter contre le froid. D'autres avaient veillé en discutant à voix basse, en jouant aux cartes. L'un d'eux avait chantonné en grattant une petite guitare *jarocho*. À l'instant de la charge, beaucoup étaient derrière la lourde porte d'entrée, qu'ils avaient barricadée avec des meubles. D'un seul coup les vitres ont volé en éclats et les grenades, lancées au fusil, ont explosé dans les salles de cours, suffoquant ceux qui s'y trouvaient. À la même seconde, un *granadero* a pressé sur la détente et la fusée du bazooka a défoncé la porte, faisant bouler les bureaux et les chaises de la barricade sur les enfants. Le sang a éclaboussé les murs.

Fin juillet, les orages roulaient sur la vallée de Mexico, mais personne n'y prêtait attention. L'orage était dans les esprits.

L'amour transi de Marcel Joessel, chargé de cours à l'Institut d'Amérique latine, avait eu du bon : grâce à son intervention, Jean avait finalement été recruté pour traduire officiellement du français au comité des jeux Olympiques d'octobre. Joessel avait même emmené Jean dans sa Camaro mauve jusqu'au Pedregal de San Ángel, pour y rencontrer le directeur du comité. Le salaire était mieux que bon, cela représentait plusieurs mois de cours au défunt Institut international et, de plus, le comité prenait en charge le supplément du billet de retour Mexico-Paris, se chargeait de la prolongation du F-M 3, et offrait un logement à proximité, dans une chambre de l'ancien hôpital du Seguro social à San Jerónimo. Au retour, l'incroyable Joessel avait invité quelques amis chez lui, à Polanco, pour fêter l'événement. Il y avait là quelques spécimens de la communauté française locale, des dames patronnesses de la bourgeoisie mexicaine *afrancesada* et, bien entendu, le joli Aquaviva, qui décidément rappelait beaucoup à Jean le pauvre Arosa du temps du lycée. Comme lui tout le temps rosissant et énervé, surtout à l'instant où, les reins ceints d'un tablier blanc, il avait porté à table le clou de la réception, un soufflé encore pantelant qui était aussitôt retombé.

La conversation roulait sur les événements qui venaient de se produire à Mexico, ou plutôt sur l'impossibilité dans laquelle on se trouvait de savoir exactement ce qui s'était passé.

« Vous croyez que les jeux Olympiques vont avoir lieu ? » a demandé un prof de l'Alliance française.

Une des dames patronnesses, portant le petit nom de Lupita, s'est aussitôt récriée : « Comment ! Vous vous imaginez que nous allons laisser faire quelques gosses, des petits d'Indiens ! »

Jean a essayé de parler des étudiants, de la brutalité de la police, de l'armée qui avait enfoncé la porte du collège au bazooka.

« Vous savez, cher monsieur, Mexico, ce n'est pas Paris, a dit Lupita. Chez vous, c'est une révolte d'étudiants ; ici, ça peut devenir une révolution, avec des morts, des blessés, du pillage. »

Jean n'a pas goûté au fameux soufflé. À vrai dire, il avait même plutôt pensé vomir sur la nappe mauve de Marcel Joessel.

Dans la rue, le soir, il se sentait mieux. En allant prendre le métro à Reforma, il a regardé l'orage électrique. Les nuages noirs s'entrechoquaient, jetaient des éclairs. Devant le parc déserté, l'immeuble de Rollès-Lalanne dominait, si haut que le dernier étage se perdait dans les nuages. Alentour, le flot des voitures avait repris, s'échappait vers Lomas, Palmas, vers le viaduc Miguel Alemán. Il y avait une telle indifférence, une telle hâte. Est-ce que ces gens habitaient la même planète ?

À un moment, pourtant, Jean a entendu le cri d'une sirène de police, et tout à coup, sur l'immense Reforma, pareil à un animal préhistorique en cavale, dans un grondement de moteur poussé au maximum du régime, un autobus est passé à toute vitesse, chargé d'étudiants, et traînant après lui des banderoles comme des banderilles, sur lesquelles on lisait écrit en lettres rouges : ÚNETE PUEBLO et MUERE CUETO. Puis le flot des autos s'est refermé, et deux hélicoptères ont glissé au-dessus de l'avenue, dans le bruit irritant de gros bourdons noirs, et ont obliqué vers le nord.

« Une main est tendue », titrait l'*Universal* du 1ᵉʳ août. En attendant, Joaquín était toujours absent. En prison, avec les élèves de la Vocacional, les polytechniques, les étudiants de l'Unam. Díaz Ordaz, l'homme à la main tendue, a lancé les *granaderos* sur l'université, puis sur les *preparatorias* 2 et 5. Les tanks et les autos blindées, contre des gosses armés seulement de cailloux. Le 27 août, Jean était sur Reforma lors de la grande marche depuis Chapultepec jusqu'au Zócalo. La foule était énorme, silencieuse. Jean a retrouvé Pamela, ils ont marché la main dans la main jusqu'à la place. Les *preparatorias* étaient là, avec les élèves de l'Unam, de Chapingo, et aussi des gens du peuple. Sans cesse arrivaient des autobus capturés, chargés de drapeaux. La voix montait, résonnait : ÚNETE PUEBLO ! MUERE CUETO ! Où étaient-ils, le général Luis Cueto Ramírez, Raúl Mendiolea, qui avaient donné les ordres d'attaquer San Ildefonso ? Quand il marchait sur Reforma avec Pamela, Jean a pensé au señor Rollès-Lalanne, dans son penthouse. Peut-être que le vieux fonctionnaire roublard a ressenti comme un frisson en écoutant le bruit sourd de cette marche, juste sous ses fenêtres, la colère lente et lourde de la jeunesse qui ne voulait plus de ce monde corrompu, de ses trafics, de ses pillages.

Ce soir-là, après la marche, Jean et Pamela se sont assis sur un banc de l'Alameda, comme des amoureux. Elle parlait de Joaquín, elle avait eu des nouvelles par les collégiens de San Ildefonso. Il était blessé, il était à l'infirmerie de la prison. Elle disait : « Je vais m'en aller. Je vais l'emmener avec moi le plus loin possible. Maintenant, personne n'est en sécurité, même dans notre village. »

C'est la dernière fois que Jean l'a vue. Plusieurs fois, il est allé frapper à la porte de la maison de Guerrero, mais personne n'a répondu. Les voisines se sont cachées quand il a voulu leur parler. Il y avait un air de peur, de délation. Peut-être qu'il ressemblait à un espion, ou, pire encore, à un étranger comploteur.

Mlle Mariam Chérifa
Poste restante
Chamonix (Haute-Savoie)

Mexico, 1er octobre

Je t'écris cette lettre sans savoir si elle te parviendra. Je l'adresserai à la poste de Chams, mais peut-être que le froid a déjà commencé là-bas et que tu es partie pour Paris avec ta mère. Peut-être que dans cette ville si grande je ne te retrouverai jamais, même si je reste planté au bord des Champs-Élysées sans bouger pendant un an.

Ce soir tout est triste. Il pleut sur San Jerónimo, il fait doux et il pleut. Je suis dans le grand hôpital vide où on doit loger l'équipe du comité des JO. On dirait bien la caserne où j'ai toujours refusé d'aller. Les participants ne sont pas encore arrivés. On m'avait attribué une chambre sur la route, très bruyante, et j'ai pu l'échanger contre une chambre sur le jardin intérieur. Jardin est un bien grand mot. C'est une pelouse pelée où traînent les papiers apportés par le vent, entourée par quelques arbustes rachitiques accrochés à leurs tuteurs.

Le gardien de San Jerónimo est un vieux soldat de

la Révolution, tout cousu de rides comme des cicatrices. Le soir il est seul dans sa loge, chapeau vissé sur la tête, enveloppé dans sa couverture jusqu'au menton. On dirait une sentinelle de Zapata. Il regarde un peu la télé, puis il arpente la cour vide de l'hôpital.

Je t'écris parce que je sais maintenant que je vais partir. C'est la fin de la saison. Je serai bientôt en France. Ou peut-être que j'irai finir mon stage à l'hôpital de Southampton, pour être médecin quelque part. J'ai rêvé que tu venais ici, mais je sais bien que c'est impossible.

C'est la tristesse de Mexico qui va le plus me manquer. Je crois que tu aurais bien aimé ça. Tout ce gris, les crépuscules qui n'en finissent pas, la brume qui efface tout. Les montagnes autour, la Malinche, l'Ajusco, Tizapán, San Bernabe, San Esteban Huitzilacas. Les volcans partout au sud, j'ai écrit pour toi leurs noms, en suivant la chaîne qu'ils forment autour de Mexico, comme un collier que je voudrais t'offrir :

Cuautzin	Yuhualixqui
Tulmiac	Estrella
Ocusacayo	Xictle
Piripitillo	Man Nal
Yecahuazac	Tuxtepec
Suchic	Tezoyo
Oclayuca	Cajete
Ololica	Chalchihuites
Teconzi	Huilote
Ocotecatl	el Aire
Pajonal	Huipilo
Tlaloc	Zoyazal
Huehuel	Ocoxusco
Cohuazalo	Tlapexcua
Ahuezatepetl	
Teuhtli	

Ce soir, je vois passer les gens qui montent à pied vers les villages perchés, certains sont très haut, dans les nuages, ils s'appellent Santiago Yanhuitlalpan, Huixquilucan. Ça aussi, tu aurais aimé, je crois, ces villages en l'air, avec des rues pavées de gros cailloux noirs, des maisons en boue, les poutres sculptées, la pluie qui coule dans les ruisseaux. Les enfants en haillons qui ont l'air tibétain, joues très rouges, cheveux très noirs, les yeux indiens, et tous ces vieux qui ont des sacs en plastique sur leurs chapeaux pour les protéger de la bruine.

Je n'ai pas dit au gardien de l'hôpital que je vais m'en aller. Il n'est pas de ceux à qui on raconte sa vie. Il a vérifié sur son registre, il a coché mon nom parmi la cinquantaine d'autres. Tout ça lui indiffère. Il est gardien du Seguro social, il pourrait être gardien d'un cimetière, ou d'une prison. Je ne lui ai pas parlé non plus de ce qui se passe avec les étudiants. Il a connu la guerre, il avait vingt ans quand les généraux des armées du nord et du sud, Pancho Villa et Emiliano Zapata, se sont rencontrés au palais présidentiel, et se sont assis sur le trône doré de Porfirio Díaz. Pour lui rien ne peut plus avoir d'importance. Je me suis assis avec lui devant la loge, le dos tourné à la télé qui crachote. Je lui ai offert une cigarette, il l'a prise sans salamalecs, comme faisait mon ami Conrad Evtchuchenko sur les bancs du métro de Londres. Au fond, lui aussi c'est un soldat en déroute, de ceux dont on remplit les camps de réfugiés et les hospices. Sa guerre est très ancienne. Quand je le regarde, son profil d'épervier, ses pommettes hautes, sa bouche serrée sans sourire, ses mains aussi, courtes, épaisses, les ongles cassés et noircis, il me semble que je vois un vieux guerrier, de ceux qui ont combattu contre Alvarado, quand Tenochtitlan et Tlatelolco étaient jonchés de cadavres. Je pense à la relation que j'ai recopiée autrefois dans un livre, à la bibliothèque de la rue Salvador, quand je suis arrivé dans cette ville.

Alors on vient leur dire que Huitzilopochtli a revêtu ses ornements. Ensuite ils mettent à Huitzilopochtli ses parures, ses habits de papier, tout cela.

Ensuite les Mexicains commencent à chanter. Ils firent cela le premier jour.

Mais ils ne le firent pas le deuxième. Ils commencèrent à chanter, et alors ce fut quand moururent les Tenochcas et les Tlatelolcas.

Oui, c'est cela que j'aurais voulu lire au gardien. Mais il est trop fermé dans son passé. Il ne comprendrait pas de quoi je parle. Alors je fume avec lui cette cigarette, sans un mot, les yeux fixés sur la cour vide de l'hôpital que la nuit envahit.

Mariam : le 4

Je n'ai pas fini. Je ne savais pas. Je n'ai rien entendu, rien vu. Pourtant j'étais à deux pas, de Luna à Letran, et tout de suite, là, Tlatelolco. J'ai dormi cette nuit-là. J'étais revenu de San Ángel très fatigué. Les préparatifs des JO, les instructions, l'entretien avec le directeur. J'ai mangé sur le pouce, vers quatre heures, des épis de maïs grillés frottés au sel et au citron, un verre de jus d'orange chez le maître des *chinchayotes*, à l'angle de Zarco. J'ai pensé à toi parce que c'était comme je t'ai dit, cette lumière très douce du soir qui arrive, les gens attardés dehors, les ampoules qui brillent dans les maisons, et la pluie fine qui tombe, et le cri grinçant du marchand de *tamales* à travers les rues. Personne ne savait ce qui était en train d'arriver là-bas, à quelques rues à peine, sur la place des Trois-Cultures. On avait entendu parler d'une manifestation, il y en avait tous les jours, des étudiants, des collégiens, des autobus qui parcouraient Insurgentes avec leurs drapeaux et leurs banderoles. Le 18 septembre, l'armée avait occupé le campus à San Ángel. On savait qu'il y aurait d'autres affrontements, j'étais sur Reforma dans la marche silencieuse, quand les mères et les sœurs des étudiants disparus réclamaient justice. Quand la nuit est arrivée, j'ai deviné au loin les sirènes de la police, sur Reforma, du côté de Cuitlahuac. Les gens traînaient sur Zarco, sur l'avenue Guerrero. Il faisait très doux malgré la pluie.

Les étudiants sont arrivés sur la place vers cinq heures, je crois. Ils sont venus de partout, de Garibaldi, de Guerrero, ils ne pouvaient pas descendre à la station Tlatelolco parce que la police l'avait déjà bouclée. Ils sont arrivés sur l'immense place, ils ont rempli tout l'espace. Il y avait des étudiants, mais aussi des familles avec des enfants. Ils venaient pour écouter les orateurs, c'était comme une fête, ils attendaient ce que le gouvernement allait annoncer, libérer les prisonniers, démissionner Cueto et Mendiolea, eux qui avaient sur leurs mains le sang des victimes du 26 juillet. Pamela devait être là, avec la photo de son frère épinglée sur son sweater. Il y avait aussi des journalistes étrangers qui s'étaient installés en haut de l'immeuble Chihuahua pour observer la manifestation. Des gens du *Times*, de *Newsweek*, des cinéastes, des photographes.

Moi, à moins d'un kilomètre de là, je ne savais rien, je n'ai rien entendu. À six heures, l'hélicoptère est arrivé, et là j'ai entendu les battements de l'hélice, il a tourné au-dessus de la Plaza de Los Ángeles avant d'aller à Tlatelolco. Il volait assez haut à cause des immeubles. Je me souviens de la pluie qui tombait, fine, farineuse, c'était la même pluie qui tombait sur Tlatelolco.

Ceux qui étaient en train de chanter et de danser étaient désarmés. Tout ce qu'ils avaient sur eux était le manteau orné, les turquoises, les bijoux de lèvre, les colliers, les panaches en plumes de héron, les amulettes en pattes de cerf. Et ceux qui jouaient du tambour, les vieux, portaient leurs calebasses de tabac à priser, leurs grelots...

À six heures, l'hélicoptère de l'armée a lancé une fusée verte qui a éclairé la place. À cet instant précis, mille parachutistes sont entrés, venant de San Juan de Letran, ils ont chargé la foule baïonnettes au clair. Les coups de feu ont claqué, du haut des immeubles, de l'angle nord de la place, et tous ceux qui s'étaient assis par terre pour écouter les orateurs se sont mis à courir vers les issues, du côté de la pyramide pour se cacher dans les fossés, ou bien essayaient d'ouvrir la porte de l'église de Santiago. Les coups de feu sont devenus plus précis, et les soldats ont commencé à tirer à la mitraillette. Toutes les issues de la place étaient bloquées par les militaires, et les parachutistes continuaient d'avancer, frappant à coups de bâton, à coups de baïonnette. La fumée flottait sur la place, et les mitraillettes continuaient de tirer, du toit de l'immeuble Chihuahua un haut-parleur hurlait : « ¡No corran, compañeros, no corran ! »

Ce furent ceux-là qu'ils commencèrent à frapper d'abord. Ils les bousculèrent, ils frappèrent leurs mains, ils leur donnèrent des soufflets, et ensuite ils les tuèrent, et ceux qui regardaient moururent aussi.

Les mitraillettes ont continué à tirer très longtemps, une demi-heure, peut-être plus, et personne ne pouvait s'échapper de la place, les gens étaient pris entre les immeubles de verre, les ruines de la pyramide et la vieille église aux portes fermées. Les femmes, les enfants s'étaient recroquevillés dans les fossés. Sur le pavé de la place, un jeune garçon, l'âge de Joaquín, avait eu la main clouée par un coup de baïonnette, le sang coulait. D'autres avaient été pris dans le barrage des parachutistes, à côté de l'immeuble de Relaciones exteriores, ils étaient frappés à coups de bâton, à coups de pied, déshabillés, jetés dans les cars bleus de la police.

Mais le roi Motecuhzoma, accompagné du Tlaco-chcalcatl de Tlatelolco, Itzcohuatzin, qui pourvoyait les Espagnols en vivres, s'écriait : « Ô Seigneurs ! Assez ! Que faites-vous ? Pauvres gens de ce peuple ! Est-ce qu'ils ont des boucliers ? Est-ce qu'ils ont des massues ? Ils sont entièrement désarmés.

Ensuite la nuit est tombée sur la place. Les autos blindées ont allumé leurs phares. Partout il y avait des blessés, des tués, des enfants étendus par terre, leur poitrine percée par les balles des mitraillettes. Et moi, à moins d'un kilomètre de là, je n'ai rien su, même quand au milieu de la nuit j'ai entendu le fracas des chenilles sur Reforma, et le vrombissement des hélicoptères qui emportaient les corps des enfants. Les jours qui ont suivi, nous avons appris la vérité. Et il tombait toujours cette pluie fine sur Mexico. Un silence exceptionnel pesait sur tout le centre, sur les vieux monuments, la bibliothèque de Salvador, Bellas Artes, l'Alameda. Je ne sais pas ce que sont devenus Joaquín, Pamela, et tous les gosses du collège San Ildefonso. On dit qu'il y a eu plus de deux mille prisonniers. On dit qu'il y a eu trois cents tanks, des automitrailleuses. On dit qu'il y a eu trois cent vingt-cinq morts à Tlatelolco, et que d'autres ont été brûlés au sud de la vallée, du côté de Copilco.

Les jeux Olympiques commencent officiellement le 18 octobre. Moi, je n'y serai pas. Je pars demain pour la frontière, je prends le bus au terminus du nord vers Pachuca, Queretaro. J'aurais tellement voulu qu'on soit ensemble à Mexico, je pense à toi, Mariam, au temps que j'ai perdu, au temps que je pourrai vivre avec toi, si tu veux bien de moi. Je t'aime.

Ils sont partis un matin de fin octobre, à la nuit. Pamela n'a voulu dire au revoir à personne, pas même à sa mère. Personne ne devait savoir où ils allaient. Joaquín est tout de même passé voir son grand-père, Don Pedro Olguin, parce qu'il savait que le vieil homme ne dormait pas. Il était assis sur une souche devant sa maison, enveloppé dans son *jorongo* blanc, son chapeau de paille enfoncé jusqu'aux oreilles, sa barbiche blanche tremblotant dans le vent. Il a regardé son petit-fils sans vraiment le voir, à cause de la cataracte qui voilait ses yeux. « Nous partons, grand-père », a dit Joaquín. Le vieux n'avait pas l'air étonné, il souriait. « Vous allez où ? » Joaquín a enfreint la consigne de Pamela : « Là-bas, au nord. » Don Pedro a dit : « Ah ? Vous allez à Pachuca ? » Son visage avait une expression malicieuse. « Ne restez pas trop longtemps là-bas, je ne vous attendrai pas toujours. » Joaquín a embrassé sa main et il est parti.

Le bus les a ramassés sur la route, avec des paysannes qui allaient vendre leurs poires blettes à Toluca. Les nuages flottaient sur la vallée, s'accrochaient aux arbres. Tianguistengo avait disparu derrière la montagne. Sur la grand-route, l'autobus s'est emballé dans la descente, doublant les lourds camions aux phares allumés.

Pamela et Joaquín s'étaient habillés pour l'hiver, il fait froid de l'autre côté. Ils n'emportaient que des sacs, le sac à dos d'écolier pour Joaquín, la besace en plastique marron pour elle. Pamela avait coiffé ses lourds cheveux en deux tresses qu'elle avait attachées sous une casquette, pour ne pas attirer l'attention. On disait que là-bas, à la frontière, les bandits enlevaient les filles qui leur plaisaient et ensuite on retrouvait leurs corps coupés en morceaux dans des sacs-poubelle.

C'est Joaquín qui gardait leurs économies, tout l'argent que Pamela avait mis de côté en travaillant chez le notaire Pancho Galvan depuis deux ans. Maintenant c'était le moment. L'argent leur servirait à payer le car, à acheter un passeur, peut-être une carte mica qui leur permettrait d'aller travailler de l'autre côté, en Californie, ou dans l'État de Washington, où il y avait déjà des gens de Tianguistengo.

Ils ont voyagé pendant des jours, des semaines, en bus, en camion. Toutes les villes se ressemblaient, les hôtels minables près de la gare routière, les places avec leurs magnolias et leurs bancs de fer forgé, le soleil, la poussière. Après Parral, Pamela a remarqué que l'hiver se précipitait. Ce n'était plus le gris doux de Mexico, ni même le froid crispant des villages alentour. Ici, le ciel était d'un bleu d'encre, la glace luisait sur les plants de coton. À l'aube, le car les emportait dans un paysage de fantasmagorie, le long des vergers de pêchers chauffés de loin en loin par des poêles à mazout qui laissaient échapper autour des arbres leurs rubans de fumée âcre et bleue. On chargeait et déchargeait dans tous les villages, des colis, des caisses de fruits, des paquets volumineux. Les Indiennes portant des ronds cramoisis sur les joues s'agenouillaient dans le couloir, ou s'entassaient à quatre par rangée. Le chauffeur les insultait, se moquait d'elles, et n'arrêtait même pas le car quand elles descendaient, s'amusant à les voir trébucher le long de la route.

De temps à autre le car marquait une étape, Joaquín et Pamela en profitaient pour descendre à tour de rôle acheter des sodas, des chips, et uriner dans des latrines repoussantes. Après Delicias, Chihuahua, il ne montait plus de paysannes, plus de paquets ni de cageots. Il n'y avait plus que les hommes et les femmes qui allaient vers la frontière. L'autocar fonçait tout droit dans le désert à perte de vue.

À Villa Ahumada, le car s'est arrêté pour faire le plein, et Joaquín et Pamela sont descendus se dégourdir les jambes en emportant leurs sacs. Dans un restaurant en contrebas, décoré d'arcades en carton, des femmes cuisinaient des lamelles de viande et des tortillas de farine. Le vent froid brûlait les yeux. Les passagers du car mangeaient, buvaient leur soda, sans parler à quiconque. Chaque camion qui passait faisait hurler et trembler la terre. Des autocars s'arrêtaient un peu plus loin, débarquaient des passagers. Les mêmes, portant les mêmes blousons, les mêmes sacs à dos usés. Des chaussures de basket pour ceux qui savaient qu'il allait falloir marcher, courir dans la pierraille à travers le désert. Parfois un camion s'arrêtait aussi, sa plate-forme chargée d'hommes et de femmes que la poussière avait blanchis en fantômes.

À Juárez ils ont attendu des jours et des jours, avec la foule massée à l'entrée du pont. Ils voyaient au loin le grand bâtiment blanc du poste des États-Unis d'Amérique, pareil à un navire échoué au milieu du fleuve des voitures. Ils ont erré dans les rues de la ville, du côté du jardin de Chamizal, pelé comme une région tarie de l'Éden où s'accrochaient de vieux journaux et des sacs en plastique. Le pont était le lieu ultime, où tous venaient à un moment ou à un autre de la journée, ceux qui avaient le droit, ceux qui ne pourraient jamais, ceux qui venaient juste pour voir, pour vendre quelque chose, ou dans l'espoir illusoire de tenter l'aventure, une magie peut-être, s'étant enduit le corps d'une pommade qui rendait invisible, ou ayant frotté la paume de leur main avec de la graisse d'épervier pour séduire tous ceux qui la toucheraient.

Pamela avait apporté la lettre de son amie Sandra Wilcox, mariée à un soldat américain basé à Seattle. Joaquín sa carte d'étudiant de polytechnique. Dans la grande salle d'attente climatisée, enfermés à clef avec une trentaine d'autres candidats à l'expatriation, chacun avec son justificatif, une lettre froissée, une carte périmée, un bulletin de salaire, un contrat vieux de dix ans, ou parfois rien d'autre que la parole et le geste. Le vieux grand-père avec ses deux petites-filles âgées de dix-douze ans plaide sa cause en bafouillant, pour dire que sa fille est là-bas, de l'autre côté, au Texas, qu'elle a oublié ses enfants, il voudrait juste prendre de ses nouvelles, juste un aller-retour pour lui laisser les deux petites, il n'a plus les moyens de les faire vivre, et le fonctionnaire de l'Immigration qui l'écoute d'une oreille distraite, l'air de s'ennuyer, de temps en temps son regard flotte sur la route au-dehors, où les véhicules avancent comme les crans d'une chaîne, peut-être qu'il rêve que d'un seul coup quelqu'un va appuyer sur un bouton et que les ailes du pont vont se relever et casser cette mécanique sans fin.

Chaque jour, chaque matin, la vague humaine

vient frapper le mur de béton, les portiques, les vitres pare-balles et pare-soleil, les portes fermées à clef sur les salles réfrigérées, et la contre-vague repart en arrière, se mêle aux tourbillons de la foule, au flux des voitures aux moteurs calés, où les mêmes gosses des rues courent en vendant leurs allumettes, leurs cartes à jouer, leurs chicles, leurs tubes de pâte dentifrice.

Le matin, avant cinq heures, une camionnette bâchée a ramassé Pamela et Joaquín à l'angle du Marché et de l'avenue du 16-Septembre. Ils roulent maintenant vers l'ouest, sur la route de Palomas, jusqu'à l'aube. Par les trous de la bâche, Joaquín regarde le paysage gris, les pics des montagnes qui s'éclairent. C'est un plateau désert semé de broussailles. Il n'y a pas d'autos sur la route. Les pluies ont raviné le goudron, on roule dans la poussière. Avant Palomas, la camionnette s'engage par une brèche dans un canyon, sur le lit d'un torrent à sec. Au loin les collines s'illuminent au soleil levant. La frontière est là, un grillage immense appuyé sur des jambes de ciment armé. De loin en loin des panneaux indiquent quelque chose, mais ils ont été transformés en passoire à coups de revolver. Tout est silencieux, et quand elle descend de la camionnette avec les autres Pamela a le souffle court, ses jambes tremblent un peu. Joaquín la tire par le bras, avec méchanceté presque. « Allons, viens, ne t'arrête pas ! » Le passeur est un petit homme trapu, qui ressemble aux autres migrants, sauf qu'il ne porte pas de sac. Personne ne doit savoir son nom. Avant le départ, il a ramassé l'argent, il a roulé les billets et les a cachés à l'avant de la camionnette. Il a un visage indifférent, il ne parle pas. Mais Joaquín a vu qu'il porte un pistolet dans sa poche, et qu'il ne cesse pas de surveiller les voyageurs du coin de l'œil. À peu près à mi-chemin de la colline, le beau grillage est crevé, la blessure cachée par une touffe de chamizal. De l'autre côté du grillage, le désert brille très fort, le ciel est bleu foncé avec quelques traînées que laissent les avions à trente mille pieds au-dessus de la terre.

Un par un, les migrants passent par le trou, en rampant, le visage dans le sable. Après, il y a une étendue vide, puis le couloir d'une autoroute qui n'est pas très différent de la trace des avions dans le ciel. Chacun va de son côté, pour diminuer les risques d'être repérés. Ce soir, à la nuit tombante, Pamela et Joaquín arrivent de l'autre côté de la haute montagne qui porte le nom de Cristo Rey. Ils ont faim et soif, ils sont couverts de poussière. À Santa Teresa, au-dessus du rio Grande, ils entendent les chiens aboyer. Entourée par un grillage, c'est une ville de mobile homes en panne sur la terre sèche, près d'un cimetière de voitures. La route qui monte vers le nord se trouve de l'autre côté du fleuve. De là où ils sont, Pamela et Joaquín l'écoutent, un bruit confus de vent, de sable et de pluie.

Pourtant tout est sec. L'air est si desséché que les deux enfants ont les lèvres qui saignent. Ils meurent de soif, ils n'ont bu qu'un Coca sur le marché de Juárez, avant de monter dans la camionnette. À Santa Teresa, un homme les a recueillis, leur a donné à manger du pain et à boire de l'eau tiède. Ils ont dormi par terre dans un abri de planches, au bout du terrain. L'homme n'a pas dit son nom, il n'a pas voulu être payé. Le lendemain matin, à l'aube, il conduit les enfants jusqu'à la gare des Greyhound, à Las Cruces. Il reste en retrait pendant que Pamela achète deux tickets pour Denver, Colorado. Quand les enfants montent dans le car, il ne fait pas un signe, il retourne à sa voiture. Pamela appuie sa tête sur l'épaule de Joaquín. Ils s'en vont tous les deux vers le nord, vers leur destin, le car roule de plus en plus vite sur l'autoroute qui pénètre dans l'hiver. Ils disparaissent.

Balkis, Noire du Mozambique, je ne sais plus ce
qu'a été ma vie autrefois. Ici, les noms des Noirs
sont inconnus : ils s'appellent Bamba, Matouta,
Domingue indienne de Legrand, Bangue de Madagascar, Lemahy, Lajoie, Pons, Vincennes, Cassave,
Rose fille de marron, Phaéton, Innocent Thiouppa
de Pondichéry, Jean Gui, Marin, Galoupe, La Brie,
La Gracieuse. Je ne sais plus rien de mon village
natal. Quelquefois, la nuit, j'entends des voix. Elles
m'appellent dans une langue inconnue, elles chantent avec la voix murmurante des esclaves dans le
ventre du bateau. Mais ce ne sont que les plaintes
des fous à l'hôpital. Quand ils font trop de bruit, les
gardiens entrent dans la maison, en saisissent deux
au hasard et vont les fouetter dans la cour. Ils poussent des cris de chien, des cris de bête qu'on égorge.
Les gardiens savent mon nom, ils savent que j'étais
dans la montagne avec Ratsitatane, dont l'armée
devait détruire la ville et libérer tous les esclaves.
Pour cela ils me tourmentent beaucoup, ils oublient
de me donner à manger, ou bien ils me donnent des
soufflets et des chiquenaudes et m'arrosent avec du
bouillon. L'un d'eux est grand et fort, il a la peau
noire mais des yeux clairs comme les Blancs. Il me

dit : Ratsitatane va mourir, tu viendras le voir quand on lui coupera le cou. Il me dit : On le brûlera sur un grand feu, devant la prison, et on verra bien s'il est celui qu'il dit, un envoyé de Dieu.

Chaque jour je regarde si je peux m'échapper. Je rêve que je suis un oiseau et que je vole haut dans le ciel. Je rêve que je suis un singe et qu'en trois bonds j'ai franchi le mur de l'hôpital. Je rêve que j'entre dans la maison du gouverneur Farquhar, dans le château que mademoiselle Alix m'a montré un jour, quand elle m'a emmenée dans sa voiture. Je franchis toutes les portes et je vais à lui, et les gardes me laissent approcher comme si j'étais invisible ou comme s'ils étaient endormis, et je tiens dans mes mains le collier magique que mon mari m'a donné. Je ne parle pas à Farquhar, je suis seulement à genoux devant lui et je lui tends le collier, et le gouverneur écrit une lettre pour que Ratsitatane soit libéré. Je ne sais pas s'il libère les autres esclaves et les renvoie en bateau jusqu'à la Grand-Terre. Je sens les larmes qui coulent de mes yeux. Je ne pleure que lorsque je rêve. Et quand j'ouvre les yeux, je vois les murs noirs du dortoir, avec le peu de lumière du matin qui entre par un trou du plafond. J'entends la respiration des malades qui dorment, et le murmure des voix des esclaves dans le ventre du bateau. Quelquefois je vois Ratsitatane. Il est debout devant moi et il me regarde, et son regard est triste et lointain comme s'il était déjà mort. Il ne porte plus les habits du bagne. Il est vêtu de ses habits de chef, son grand manteau de laine rouge, et sa tête est coiffée d'une couronne de feuilles fraîches, et son visage est peint pour la guerre. Il tient à la main un bâton d'ébène et il porte un long couteau à sa ceinture. Il chante un chant étrange et triste, tantôt aigu, tantôt lent et grave, et le vent lui obéit et la poussière tourne dans la cour de la prison. S'il chante encore, un grand nuage va couvrir cette ville et les toits des maisons seront arrachés par le vent. Les murs de l'hôpital s'écrouleront, et la mer envahira les rues du Port, et les Wageni, les Blancs, seront chassés de cette île jusqu'au dernier. J'entends sa voix qui chante, je sens la colère qui brûle dans son regard. Je sens la chaleur de son corps, en moi, si fort qu'il me semble que mon visage et mes mains et mon ventre brillent dans l'ombre de l'hôpital. Quelquefois je pousse un grand cri et les femmes de la cellule mettent leurs mains sur ma bouche de peur que les gardiens ne viennent pour nous battre. Je dis : il va venir, il vient pour nous libérer. Elles ne me croient pas. Elles ont des yeux pleins de haine, elles savent que Ratsitatane est mon mari. Elles disent à voix basse : Il va mourir. Il va mourir demain, et tu dois le voir mourir. Je sais que ça n'est pas vrai. Ratsitatane ne peut pas mourir. Il est retourné dans la montagne, il rassemble les hommes et les femmes, il fait ses prières et ses sacrifices pour que le vent vienne, pour nous libérer. *Moumé, moumé yangu*. Ô mon mari.

Rapport de William Stone, clerc principal

Ce 15 avril 1822, à trois heures et demie de relève, j'ai accompagné le détachement du 52ᵉ régiment, sous les ordres du Major Darling en présence du Gouverneur, Son Excellence Robert Townsend Farquhar, pour assister à l'exécution de la peine prononcée par le tribunal contre les Noirs révoltés Latulipe, Kotovolo & leur chef Ratsitatane. Après lecture de la sentence, lesdits Noirs furent conduits sous escorte armée, car l'on craignait un soulèvement de la population de cou-

leur, jusqu'au lieu dit de la Plaine Verte. La foule était considérable, venue des quartiers les plus éloignés de la ville, et composée d'autant de Noirs libres ou esclaves que de Blancs. Au carrefour de la Plaine Verte, au lieu où se rencontrent le chemin qui vient du Port et celui qui va à la Chaussée, un échafaud sommaire avait été dressé, fait de quelques planches posées sur des fûts. Les condamnés marchaient au centre du détachement, les mains et les pieds entravés par une chaîne, et pour cette raison le chemin de la prison jusqu'au carrefour de la Plaine Verte dura jusqu'aux alentours de cinq heures.

Là, les condamnés furent exécutés sans délai. Le premier qui monta sur l'échafaud fut le chef Ratsitatane qui montra un grand courage et sans prononcer une parole posa lui-même la tête sur le billot. Le soldat de la garde noire nommé André Bamba, qui s'était porté volontaire, trancha la tête avec sa hache, mais soit par maladresse, soit à cause de la crainte que lui inspirait le prisonnier, il dut s'y reprendre à trois fois avant que la tête de Ratsitatane ne roule sur le plancher. Les deux autres condamnés, Latulipe & Kotovolo, subirent le même sort mais furent exécutés plus promptement. Après quoi les corps furent mis dans un tombereau pour être enterrés dans un lieu secret, non loin du cimetière de Cassis. Quant aux têtes, sur ordre du Gouverneur Farquhar, elles furent plantées au bout de piques et exposées dans la montagne du Pouce, là où les habitants du Port avaient vu le signal d'étoffe que Laïzaf avait accroché aux rochers pour signaler l'attroupement des rebelles. Ces trophées funèbres restèrent quelques jours, mais un matin l'on vit que la tête de Ratsitatane avait disparu. La rumeur publique se répandit que c'étaient les marrons échappés à l'attaque du 20 février qui l'avaient emportée afin de pratiquer une magie et fomenter d'autres révolutions.

Mais j'ai entendu dire que la tête de Ratsitatane avait été volée par les hommes du même Laïzaf et vendue à l'apothicaire anglais Richard Morris, qui l'avait conservée momifiée dans l'alcool parmi sa collection de curiosités rares.

Mon nom est Kiambé, celle qui est créée, fille du guerrier Askari, fille de Malaika. J'ai retrouvé mon nom, et les noms de tous ceux qui sont en moi et que je croyais morts. Mon oncle paternel Mjomba chasseur de lions, mon frère Ndugu, et tous ces noms qui vivent en moi, qui ne m'ont jamais abandonnée, Moshi, Mkalamu, Singida, Uzuri, Moto, Nzige, Mbou. Je porte dans mon ventre la chaleur de Ratsitatane, chaque jour, chaque nuit, depuis qu'il est parti. Où est-il maintenant ? Parfois j'ai mal, j'ai peur qu'il ne revienne jamais. Quand je suis sortie de l'hôpital, le docteur Haskins a inscrit mon nom sur un registre, et il m'a donné ma liberté. Il a fait cela à cause de l'enfant qui est dans mon ventre, pour qu'il naisse libre. Mais il ne sait pas que c'est l'enfant de Ratsitatane, c'est un secret que je n'ai dit à personne. Comme je ne savais pas où aller, le docteur m'a donné la petite cabane qui est à l'entrée du jardin de l'hôpital. C'est juste quatre murs de planches et un toit de feuilles, mais c'est la première fois que j'ai une maison pour moi seule. Pour payer le loyer, je nettoie les allées du jardin, je ramasse l'herbe sifflette et les autres mauvaises plantes et je les brûle dans la cour. J'apporte aussi à manger aux malades du pavillon des aliénés, et je peux partager cette nourriture. Mais je ne retournerai plus en prison. Je suis devenue libre. Plus jamais je n'appartiendrai à personne, c'est le docteur Haskins qui me l'a dit. J'ai toujours la moitié du collier de bois noir que Ratsitatane m'a donnée avant de partir. Je ne l'enlève jamais, même pour dormir. La nuit, je serre le collier dans mes mains, et je vois mon mari qui me regarde. Il ne parle pas. Son regard est triste et lointain, mais je sens sa chaleur dans mon ventre, comme dans la grotte où je dormais à ses côtés. Parfois, je sens l'enfant bouger dans mon ventre et j'aimerais que Ratsitatane soit là et pose ses mains pour sentir l'enfant donner ses ruades. Peut-être que Ratsitatane viendra quand l'enfant sera né. Un jour, l'assistant du docteur m'a dit que Ratsitatane était mort, qu'on lui avait coupé la tête sur une place de la ville, devant tous les esclaves. Mais j'ai souri, parce qu'il se trompait. Ratsitatane ne peut pas mourir. Il y a ce petit enfant qui bouge dans mon ventre, sa chaleur qui grandit en moi chaque nuit. Mes seins sont gonflés du lait que l'enfant boira. Comment tout cela serait si Ratsitatane était mort ? Ce n'est pas lui qu'on a tué. Ratsitatane est toujours caché dans la montagne et, quand l'enfant sera né et en âge d'être porté, je l'emmènerai dans la montagne, je le poserai sur une pierre, en plein soleil, et Ratsitatane écartera les buissons et viendra voir l'enfant, il le prendra et il l'offrira au dieu du ciel, au dieu du vent. Il lui donnera son nom.

Les saisons passent, la pluie est revenue. Bientôt l'enfant va naître. Je sens sa vie qui est prête à sortir, ses mains et ses pieds qui cognent sur la peau de mon ventre. Un matin, à l'aube, alors que je fais bouillir de l'eau pour le thé, je sens un grand vide en moi, je crie de souffrance. Puis je serre les dents pour ne pas crier, parce que j'ai appris à me taire. J'accroche ma couverture à la porte et je la tords comme une corde. Je me souviens de Malaika quand mon petit frère est né. Elle a fait cela avec sa robe, et elle s'est assise sur les talons, accrochée à la corde, les genoux ouverts. Maintenant je me souviens. Elle a chanté une chanson pour que l'enfant naisse, et sa voix était comme la mienne à présent, aiguë et cassée par la douleur, et en même temps par la joie. Entre chaque chant je respire. Et l'enfant est tombé sur la terre, avec le placenta et le sang, et elle a coupé le cordon avec ses dents, puis elle a lavé l'enfant et quand elle a fini elle s'est couchée par terre avec l'enfant sur son ventre, tellement immobile que j'ai cru qu'elle était morte et que j'ai commencé à pleurer.

Moyo est née l'après-midi, avant la nuit. Je l'ai appelée Moyo, Moyangu, mon cœur, parce qu'il y avait cette chanson que Malaika me disait, il y a très longtemps. Moyo n'est pas née facilement comme mon petit frère. Elle m'a déchirée en naissant, et je serais peut-être morte si j'avais été sans aide. C'est la vieille Jaja, la cuisinière de l'hôpital, qui est venue m'aider pour la naissance. C'est elle qui a poussé sur mon ventre. Elle m'a donné un breuvage avec des plantes amères qu'elle connaît, pour que mon ventre s'ouvre. Elle est restée toute la matinée, et l'après-midi jusqu'au soir. C'est elle qui a lavé Moyo quand elle est née, et qui l'a enveloppée dans un linge propre. Elle disait : c'est ta fille, c'est ma petite fille aussi maintenant. Elle disait : elle n'a pas de père, mais elle a deux mères. Quand la vieille Jaja m'a demandé le nom de ma fille, j'ai dit Moyo. Mais elle a voulu ajouter un autre nom. Elle a dit : ta fille là, appelé Zili. Alors elle s'est appelée comme ça, Zili pour tout le monde, et Moyo pour moi et pour mon mari. Je sais qu'un jour Ratsitatane reviendra, et il connaîtra son nom, il nous emmènera avec nos vrais noms, dans le grand bateau qui nous conduira jusqu'à la Grand-Terre.

Je suis Violette, Noir du Mozambique, prisonnier du bagne. Depuis que nous avons été pris dans la montagne par les chasseurs de marrons, pas un jour où je n'ai pas regardé vers le haut, vers le Pouce, comme si j'allais voir à nouveau les fumées et les signaux qui annonceraient que Ratsitatane est de retour, et qu'il vient pour libérer tous les esclaves. Tous, ils disent qu'il est mort, mais qu'il va revenir en vie, parce qu'il connaît les secrets du Dieu de la Grand-Terre.

Chaque matin, les gardiens ouvrent les grilles de fer du bagne, et nous avançons deux par deux dans la cour pour être attachés à la chaîne. Nous sommes ensuite attelés au joug comme des bœufs, pour tirer les charrettes dans les rues du Port. Nous avançons lentement à travers la ville, et les gens s'écartent sur notre passage, même les Noirs libres et les esclaves, car nous sommes sales et maudits comme les lépreux. Je ne connais pas les noms de ceux avec qui je suis attelé. Personne ici n'a de nom. Nous sommes nus, la boue et les excréments ont fait une croûte sèche qui ne part plus. Quand nous arrivons à la place d'Armes, vers le Caudan, les femmes cachent leur visage de crainte et de dégoût. Les enfants nous guettent derrière les arbres, ils sifflent et nous jettent des cailloux en riant. Le fouet des gardes mord nos épaules, et nous courons un peu plus vite, avec le joug qui fait saigner nos épaules. La sueur coule sur nos yeux, sur nos visages, mais ne parvient pas à tracer des sillons dans la crasse qui nous recouvre.

Quand nous arrivons à la grande fosse, près de la mer, les gardes nous détachent du joug, et nous descendons, toujours enchaînés deux par deux. Au fond de la fosse, la lumière du soleil a du mal à entrer. Il y a une voûte de briques au-dessus de nous, avec de loin en loin une fenêtre qui laisse filtrer un rayon de lumière. Nous sommes dans la boue tiède jusqu'aux hanches, nous puisons avec des seaux que nous versons dans les godets du manège qui remonte la boue à la surface de la terre. Nous ne parlons pas. Nous ne pouvons même pas ouvrir la bouche, à cause des odeurs. Nous avançons à tâtons dans la fosse, pour racler la boue au fond du canal, de plus en plus loin. Celui qui est attaché à ma chaîne est vieux et faible. Parfois il tombe dans la boue, j'entends son souffle qui peine. Je résiste et je le tire par la chaîne, pour qu'il se relève, car si nous tombons tous les deux nous mourrons. S'il meurt, j'essaierai de le tirer jusqu'à l'échelle, pour qu'un gardien ouvre le cadenas de la chaîne. Mais le vieux ne veut pas mourir. Il parvient toujours à remonter à la surface quand le travail est terminé. Ensuite nous courons à nouveau dans les rues, attachés au joug, pour aller déverser le tombereau dans la mer, à l'estuaire de la rivière. La boue fraîche nous rend luisants et noirs comme des anguilles sorties de la rivière. Si le vieux meurt, on jettera son corps avec la boue du tombereau, et je serai attaché à un autre. Nous sommes toujours deux par deux, comme les bœufs au labour.

Quand nous retournons au bagne, c'est la fin du jour, et nous sommes le dos tourné au soleil. Au bout de la rue, au-dessus des maisons, je vois la montagne qui brille dans le soleil couchant, cela fait une grande tache claire, où j'aperçois chaque arbre, chaque rocher, chaque cachette où j'ai été autrefois avec Ratsitatane. Alors je ne sens plus le fouet du cocher qui mord mes reins, je n'entends plus les rires des enfants, les insultes des hommes. Je ne vois plus les jolies femmes qui cachent leur visage derrière leurs ombrelles.

Je cours, et il me semble que j'entends le tambour que les guerriers font chauffer à l'orée du bois, là où Ratsitatane a dressé son camp pour la nuit. Je sens l'odeur des feux qu'ils ont allumés dans les rochers, pour annoncer aux esclaves que l'heure de la délivrance est proche. J'entends la voix du prêtre qui a sacrifié un cabri sur une pierre plate, et qui jette le sang aux quatre vents, pour que le dieu des tempêtes nous aide, et nous emporte jusqu'à la terre de nos ancêtres.

Puis nous arrivons devant la grille de fer, et nous entrons deux par deux sous la voûte noire. Nous mangeons et nous nous couchons par terre comme des bêtes, sans une parole. L'odeur des égouts ne nous quitte pas. Nous dormons contre les murs, dans nos gangues de boue, et là où nous sommes même les rêves ne viennent pas nous surprendre.

La tempête annoncée par le prêtre de Ratsitatane est venue deux ans exactement après sa mort, dans la nuit du 22 au 23 février 1824. Il y eut d'abord un vent violent, qui parut gagner la force d'un véritable coup de vent. Au point du jour du 23 février, la pression de vingt-huit pouces lue au baromètre nous avertit qu'il fallait s'attendre à une tempête, bien que le ciel fût alors absolument clair et sans nuages.

Dans l'après-midi, le baromètre descendit encore, avec des mouvements d'oscillation, signe de l'extrême agitation de l'atmosphère, et les nuages en effet se bousculaient dans un ciel couleur d'encre. Le baromètre atteignit les vingt-six pouces, neuf lignes et quatre-vingt-dix centièmes sur la côte ouest, et à Port Louis je lus au baromètre du magasin vingt-six pouces, dix lignes et trente centièmes de degrés Réaumur, mesure anglaise vingt pouces, sept lignes et un centième.

Il était environ quatre heures quand une trombe parcourut l'île suivant une ligne droite, passant par le camp Delort sur le Collège royal, et conduisant vers les hauteurs du Pouce. Les étages en bois du collège furent chassés du rez-de-chaussée, certains murs s'écroulèrent. Le professeur M. Bertin fut blessé à la tête par une poutre, et près de la mort. Le proviseur M. Coudray, par son sang-froid, réussit à regrouper les quarante-quatre élèves du collège et les guider vers un lieu sûr.

Dans la ville, sur tout le parcours de la trombe, les maisons en bois furent brisées, et quelques maisons en maçonnerie écroulées. Au camp Delort où s'étaient réunies les troupes des miliciens d'Orieux avant de monter à l'assaut des esclaves marrons de Ratsitatane, tout fut dévasté, les maisons détruites ou renversées, les arbres arrachés, les plantations de canne à sucre et de girofle anéanties, et il y eut de nombreux morts, tant dans la population blanche que chez les créoles et les Noirs affranchis.

Des incendies éclatèrent dans la ville, et la tempête empêcha de les éteindre rapidement. Le bruit s'était répandu alors chez les esclaves et les gens de couleur que l'âme de Ratsitatane était revenue pour exercer sa vengeance, et beaucoup d'esclaves s'enfuirent alors dans la montagne pour recommencer la guerre. Ils y restèrent jusqu'à ce que leur condition fût améliorée, c'est-à-dire l'année suivante, où l'esclavage fut enfin aboli par le gouvernement anglais, selon la promesse que leur avait faite Ratsitatane avant de mourir.

Marie Anne Naour

Nous avons tout quitté pour Ébène. Si je cherche à comprendre pourquoi nous sommes partis, c'est à la terrible tempête de février 1824 que je pense d'abord. Cette tempête a changé le cours de notre vie, non pas tant à cause des dégâts matériels, car si les Dépôts du Port avaient été touchés, nous n'avions subi que peu de pertes. Et hormis la corvette de la marine royale *Delight*, aucun bateau d'importance n'avait été coulé. Par un heureux hasard, le courrier qui approchait avait pu se dérouter vers la colonie du cap de Bonne-Espérance, et les marchandises qu'il apportait avaient été sauvées. Grâce à Dieu, notre maison de la rue de Moka fut épargnée par la crue, ses murs de maçonnerie et son toit de tuiles résistèrent à la violence du vent. Nos enfants étaient restés avec nous hors de danger.

Mais partout ailleurs, et surtout dans les quartiers de l'ouest habités par les créoles, il y eut beaucoup de dégâts et même des victimes. Je reçus cette tempête comme un signal divin d'avoir à quitter cette ville. Je détestais ce Port dont nous avions tant attendu, et qui était devenu, au fil des ans, le symbole de la cruauté et de l'égoïsme de la plupart de nos concitoyens.

Lorsque j'accompagnais mes enfants en ville, à chaque instant nous étions témoins des scènes d'injustice et des mauvais traitements que certains habitants infligeaient aux gens de couleur. Malgré les ordres du gouverneur Farquhar, nous croisions sur notre route les colonnes d'esclaves chargés de lourdes chaînes, ou entravés par des fourches. Même les femmes étaient enchaînées de la sorte. Les châtiments publics n'avaient pas été abolis comme l'avait exigé la loi, et j'ai vu des femmes fouettées sur la place pour de menus larcins, d'autres condamnées à être exposées des jours entiers au soleil, attachées à des billots devant les maisons de leurs maîtres. Le matin, nous croisions souvent dans les rues la colonne des convicts qui partaient nettoyer le grand égout, des hommes réduits à l'état de bêtes, nus, couverts de plaies et d'immondices, attelés à des charrettes comme du bétail. Et quand je m'indignais de cela, je suscitais les railleries des femmes de la bonne société, qui me disaient : quoi ? Appelez-vous nos semblables ces godrons, âmes et peaux noires ? Jean aussi s'en indignait : est-ce pour cela, disait-il, que je me suis battu aux frontières contre la tyrannie, au nom de la république ? Est-ce pour que le tyran Bonaparte annule d'un trait de plume le décret de la Convention qui avait aboli l'esclavage sur toute l'étendue des territoires français ? Est-ce pour que des hommes sans scrupules, profitant des autorisations de pêche nocturne accordées après la tempête, débarquent en cachette dans les baies de l'île leurs cargaisons d'esclaves, et les vendent aux riches propriétaires ?

Alors il me parlait des hauteurs de l'intérieur, qu'il avait visitées jadis avec le malheureux Louis Pelletier : les vallées fertiles, les montagnes couvertes de forêts de bois noir et d'ébéniers, les ruisseaux d'eau pure qui coulaient en cascades.

Ainsi avait germé dans nos esprits le désir de quitter le Port et de nous installer à l'intérieur, afin d'y fonder notre thébaïde et d'y vivre avec nos enfants loin de la corruption et des injustices. Nous en parlâmes longuement. C'était comme de partir une seconde fois, d'aller encore plus loin de notre Bretagne. Nous n'aurions plus la familiarité des nouvelles, nous n'entendrions plus la rumeur des voyageurs nouvellement arrivés. Nous ne verrions plus les navires apparaître à l'horizon.

Mervin essaya bien de nous en dissuader. Ne crains-tu pas, dit-il à Jean, d'être la proie des marrons ? — Pourquoi nous attaqueraient-ils ? répondit Jean. Nous vivrons loin de l'esclavage, en accord avec notre conscience. Si les marrons doivent attaquer, ce sera plutôt cette ville qu'ils voudront détruire, comme ils ont déjà tenté de le faire, et comme ils l'ont fait à Saint-Domingue. Mervin haussa les épaules et retourna à ses affaires. Alors Jean décida d'acheter la concession qui va jusqu'à la montagne, au lieu-dit Ébène, afin d'y exploiter les arbres précieux, le bois noir, le bois colophane et le bois d'ébène. C'est ainsi que fut fondée la maison, à laquelle nous donnâmes le nom du bateau qui nous avait conduits jusqu'au bout du monde, la Rozilis.

Avant de partir, nous eûmes une dernière réunion solennelle dans la maison du Port. Lorsque j'en parlai avec Jean, cela le fit sourire. Mais il accepta de se plier à mon caprice, et, tous réunis autour de la grande table, tandis que la carriole était déjà chargée aux trois quarts et que la mule s'impatientait dans la rue, nous rédigeâmes le document qui devait marquer le départ de notre nouvelle existence. C'est notre fils aîné, Jean Paul, qui a été avoué dans l'étude de Salvat, qui fut chargé de rédiger le document, dont je donne ici la teneur :

DÉCLARATION

Nous, les soussignés,

Jean Eudes Marro, âgé de 51 ans, né à Runello, Morbihan, exerçant la profession de négociant

Marie Anne Naour, âgée de 49 ans, née au m̂ lieu, sans profession, son épouse

Jeanne Eugénie, âgée de 30 ans, née à Lorient, Morbihan

Jean Paul, âgé de 23 ans, Édouard, âgé de 21, Lucie, 19, leurs enfants, tous nés au Port du Nord-Ouest, Isle de France.

Sommes convenus de ce qui suit :

Sur le terrain acquis par une concession du Conseil de la commune des Plaines Wilhelms, présidée par Pouget de St André et de Chazal, autorisée par S.E. le gouverneur sir Robert Farquhar,

Sera fondée une maison du nom de Rozilis.

Article 1. Ladite maison restera indivise entre héritiers, à charge pour eux de répartir les frais de fonctionnement et d'entretien en regard des moyens de chacun.

Article 2. L'activité de ladite maison sera la culture de plantes vivrières, dont le fruit sera partagé équitablement entre tous les membres.

La partie nord-ouest et sud-est de ladite propriété sera consacrée à l'exploitation de la forêt. Les pieds d'ébéniers seront importés d'Afrique afin d'améliorer la forêt actuelle. Ainsi que d'autres essences qu'il conviendra d'acclimater, provenant des Indes orientale et occidentale : acajou, macassar, cocobolle, nazaréen, cèdre amer, palissandre &c.&c.

Une scierie sera construite sur la rivière Terre Rouge. Le produit de la vente du bois précieux sera réparti également entre tous les membres.

Article 3. L'esclavage est et restera prohibé sur toute la propriété de Rozilis, ainsi que toute forme de travail forcé. De même, sera prohibé l'emploi de forçats ou de convicts indiens.

Article 4. Le but premier de la fondation de cette maison étant la réalisation de l'harmonie naturelle et des principes de liberté et d'égalité, il ne pourra être accepté aucune pratique contraire, en particulier en ce qui concerne le sort des laboureurs et des ouvriers. Tout membre de la Société qui refuserait les principes de partage des bénéfices et de liberté du travail sera exclu, et sa part reviendra aux autres.

Article 5. Enfin, une part des bénéfices sera attribuée annuellement aux œuvres de charité pour la population avoisinante. Une autre part servira à la création et au fonctionnement d'une école pour gens de couleur, sur le modèle de celle créée au Port du Nord-Ouest.

Fait à Ébène,
quartier des Plaines Wilhelms,
25 avril 1825.

Ainsi, après avoir apposé nos signatures au bas de la page, par une belle matinée d'avril 1825, nous prîmes la route qui monte le long de la rivière du Nord-Ouest vers les Plaines Wilhelms, emportant tous nos effets, les provisions et les objets dont nous pouvions avoir besoin. J'étais avec Jeanne Eugénie et Lucie dans la charrette conduite par notre Kapoor, Jean et nos deux fils allaient sur le côté à cheval. La route était poussiéreuse et s'élevait lentement vers les hautes terres où nous attendait une vie nouvelle. Et malgré l'appréhension que je ressentais, je puis le jurer, pas une seule fois, tandis que la charrette s'enfonçait dans la forêt, nous ne nous sommes retournés pour regarder une dernière fois la baie du Port où nous avions atterri près de trente ans auparavant.

Retour à Ébène

À Paris, tout était normal, très normal. Il y avait quelques traces encore visibles, comme des marques après la tempête, des vitrines fêlées, des arbres à demi déracinés sur le boulevard Saint-Germain, des coups de bélier sur le rideau de fer de Fauchon place de la Madeleine, des traces noirâtres sur les murs, à la Bourse, ou le long des ministères. Encore, ici et là, quelques groupes d'étudiants dans les rues, du côté des lycées et des facultés, accrochés pour parler, pour se remémorer, pareils à des oiseaux picorant des restes. De Gaulle était allé à Baden-Baden, il avait lancé sa grande question, il avait tourné le dos à tout le monde. C'était un geste d'orgueil qu'on pouvait apprécier. Enfin la fête était finie, tout était redevenu comme avant.

Malatesta, que Jean avait rencontré par hasard place du Panthéon, lui avait serré chaleureusement la main, en souvenir du temps de la classe de philo au lycée. Après quelques banalités au sujet de Normale sup, où il entrait en deuxième année, il avait entraîné Jean au café, d'un air secret. « Ce que j'ai à te dire ne peut pas se dire dans la rue. »

Devant un crème, il avait demandé : « Où étais-tu en mai ? » Jean a répondu, juste pour se moquer :

« Moi ? À la plage, quelque part au Mexique, pourquoi ? »

Malatesta avait des projets, le monde lui semblait meilleur, plus libre, plus chargé de sens.

« Tu ne peux pas savoir ce qui s'est passé ici, un vrai psychodrame, on a tous déchargé, c'était jouissif. »

Il parlait un langage mystérieux. Il a même confié son secret, comme cela, quasiment au premier venu, comme si d'avoir partagé les chahuts du père Plasma créait une connivence. « Je suis inscrit au Parti, maintenant on me confie des missions. Par exemple, je dois écrire le prochain discours d'un homme important, un futur ministre. »

Jean a feint l'étonnement : « Ah bon ? Un futur ministre ? Il n'écrit pas ses discours lui-même ? » Malatesta fumait cigarette sur cigarette, son haleine empestait. « Enfin, tu ne te rends pas compte ! Quand tu es dans la politique, tu n'as pas le temps. Et puis, c'est une œuvre commune, ce n'est plus l'individu qui compte, c'est le mouvement général, le courant. » La formule avait l'air de lui plaire, il hochait la tête et répétait : « C'est le courant, tu comprends ? »

Les gens allaient et venaient sur la placette. Ici, il y avait sans doute eu des barricades. Mais les pavés avaient été refaits de neuf. Les slogans avaient fusé sans laisser d'échos, et les vieilles affiches lacérées maculaient les murs. Peut-être même que les étudiants avaient occupé le Panthéon.

Maintenant, les gens allaient et venaient, comme si de rien n'était. Ils fumaient, les garçons parlaient aux filles, elles riaient aux éclats. Sur le boulevard, les autos roulaient pare-chocs contre pare-chocs. L'hiver serait bientôt là. Il pleuvait. Jean pensait au sang qui avait coulé à flots, à Tlatelolco, sur la place des Trois-Cultures, il entendait encore le vrombissement de l'hélicoptère qui avait survolé les toits de la colonia Guerrero ce soir-là. Il pensait à Joaquín, à Pamela, perdus dans le froid de Bellingham, État de Washington. Il pensait à la place de Tianguistengo le soir, quand la nuit envahit le ciel contre les toits de tuiles, et fait tomber la fumée dans les rues en pente. Le vieux Don Pedro Olguin assis sur sa pierre devant la maison de boue, enveloppé dans sa couverture ornée de dessins aztèques, son chapeau enfoncé sur sa tête.

Avant d'abandonner Malatesta à ses projets de puissance, Jean a voulu s'amuser un peu. À son tour, il a pris un air mystérieux, il a rapproché sa chaise, et du ton qu'on use pour livrer un secret : « Tu vois tous ces gens qui marchent au-dehors ? » a-t-il demandé. Malatesta a fait oui de la tête. « Eh bien, je vais te dire. Ils font semblant. Ils se donnent des airs importants, ils marchent avec leurs mallettes, leurs dossiers, les femmes font claquer leurs talons, elles serrent leurs petits sacs à main sous leur coude, elles ont un geste nerveux du poignet pour consulter leur montre... Tout ça c'est du bidon. » Malatesta regardait Jean, la bouche entrouverte. « Tu en veux la preuve ? a continué Jean, toujours à voix basse. La preuve, c'est que dès qu'il fait trop chaud, en été, ou trop froid, en hiver, ils disparaissent. Ils font comme nous, ils vont dans les cafés, ils ne marchent plus dehors. » Malatesta avait l'air de souffrir un peu. Il a dit à Jean : « Tu te fous de moi ou quoi ? » Jean a secoué la tête. Il a serré la main de Malatesta, il a dit encore : « C'est la preuve, penses-y. » Et il s'est sauvé en courant.

Ce n'est qu'un bon moment après, alors qu'il remontait la foule du Boul' Mich', qu'il s'est rendu compte qu'il avait oublié de payer sa consommation.

Il a haussé les épaules, il a même dit à haute voix :
« Ça lui apprendra à lire Céline. »

Mariam avait une petite chambre à la Cité U, dans les pavillons Afrique, au milieu des arbres. Quand Jean était allé voir ses parents, il avait trouvé un mot écrit de sa main régulière, une écriture directe, sans afféterie, qui lui avait fait du bien. Juste une ligne : « Je voudrais te voir. » En dessous, son numéro de téléphone à la Cité, à Paris. Il avait pris le train le soir même.

Depuis tout ce temps, Mariam avait changé. Elle ne ressemblait plus à la petite jeune fille timide, inquiète, avec qui il avait erré toute une saison autour de l'aéroport. Elle avait grandi, sans doute minci. Elle portait maintenant des vêtements à la mode, un pull noir à col en V, un jean collant à pattes d'ef. Elle avait coupé sa masse de cheveux, elle portait des boucles d'oreilles, deux croissants en or qui tiraient sur ses lobes.

Ils ont marché au hasard, autour de la Cité U. Jean voulait bien que tout redevienne comme avant. Ils venaient de se quitter, le temps n'était pas passé. Ils parlaient de petites choses sans importance, de films, de livres, des cours de psychologie que Mariam suivait à la Sorbonne. En même temps elle faisait de la danse. Son père adoptif, monsieur Manciet, était très malade, cela lui causait des soucis. Maman Lou avait repris ses courses d'infirmière.

Mariam avait maintenant des amis, elle sortait beaucoup. À Chamonix elle avait fait partie d'un groupe d'escalade, elle projetait de partir un jour pour le Népal, de faire l'ascension de l'Everest. Dans sa chambre à la Cité, elle avait épinglé au mur une grande carte où chaque sentier, chaque sommet étaient indiqués.

La Cité était presque vide, la plupart des étudiants étaient partis en vacances pour la Toussaint, chez leurs parents, chez leurs amis. Jean était fatigué d'avoir passé la nuit dans le train, cabossé sur la banquette. Mariam l'a envoyé aux douches, une grande salle carrelée avec des cabines sans portes. C'était la douche des filles, mais il y avait là un type en train de se laver, sans gêne, son corps maigre couvert d'une fourrure de poils noirs.

« On met un signal en principe, a expliqué Mariam. Quand c'est un pantalon, les filles savent qu'il ne faut pas entrer. Quand c'est une fille, elle met son soutif, ou ses pompes, et les garçons attendent dehors. » Jean était impressionné. Mariam était vraiment devenue une étudiante, avec le vocabulaire et l'aplomb nécessaires.

La nuit tombe vite à Paris en novembre. Ils sont restés longtemps dans la petite chambre, presque sans parler. À un moment, Mariam avait faim, elle a pelé une pomme, elle a égrené du raisin dans une coupe, Jean a ouvert une boîte d'ananas en tranches. Il y avait longtemps qu'il n'avait rien mangé d'aussi bon.

À un autre moment, Mariam a dit : « Bon, je suis fatiguée. Je vais me coucher. Tu viens ? » Elle s'est déshabillée dans la pénombre. La lueur des lampadaires entrait par la grande fenêtre à coulisse. « J'ai la chance de n'avoir personne en face, rien que les arbres, je ne ferme jamais le roule-doux. » Jean a ri. « Je me souviens que tu n'aimes pas la nuit noire. » Elle a dit : « C'est bien de vivre avec la lumière du dehors, le jour, la nuit. J'aime bien la lumière des réverbères, c'est doux, un peu froid. Le matin c'est comme une porte de perles, avec l'eau qui dégouline sur les vitres. »

Jean avait l'impression qu'un mur invisible les séparait. Le temps avait créé cela. Ça ne pourrait plus être aussi facile qu'avant. Il s'est déshabillé à son tour, un peu nerveusement, en laissant tomber ses vêtements par terre au pied du lit. Il est entré dans les draps en frissonnant, mais le lit était doux, pas très large, trop court, et tout de suite il a senti contre sa hanche la peau de Mariam. Le mur invisible fondait.

Peut-être que c'est elle qui l'a touché la première, elle a caressé son corps de haut en bas, en s'attardant sur le creux du ventre, juste sous les côtes, là où la peau humaine est très douce, où on sent battre l'artère.

Puis d'un seul coup l'amour est redevenu facile. Le désir, les corps qui se mélangent, un seul cœur, un seul souffle, un seul regard, comme avant quand Mariam s'amusait à voir grandir la pupille qui envahissait tout le champ, quand la pointe de sa langue touchait un point très précis sur la voûte du palais et que Jean ne savait plus si c'était lui en elle ou elle en lui. Plus rien d'autre, plus rien autour, loin de cette cité, ayant tout laissé, partis ailleurs, flottant, volant, ou rêvant. Il y avait si longtemps. Il pensait que c'était devenu impossible, comme on dit que l'histoire ne se renouvelle pas, que jamais rien ne recommence. Pourtant Parménide d'Élée : c'est tout un par où je commence, car là je retourne. Héraclite. Mais est-ce bien le moment de philosopher ? Le cœur battant, le souffle oppressé, une taie sur le regard, la sueur qui coule sur le dos, qui unit corps à corps, lisse les seins et les épaules, les fait brillants comme des galets. Brillants aussi les sexes, le sexe de l'homme et le sexe de la femme, chargés de lumière, brûlant d'un feu, mais les yeux ne peuvent voir ce feu et cette lumière, l'ombre dans la chambre n'a pas cédé, c'est un feu et une lumière de tous les sens, près de l'origine, si près, venus de si loin, du commencement, de l'ère primaire et de la première division cellulaire, de la première naissance. Les coups du cœur au fond de la poitrine, dans le ventre, dans la gorge, vibrant dans la rétine, pulsant dans les glandes.

Et dans la pensée : tout ce qui se défait, se délie, se délite, les obstacles, les habitudes, les souvenirs. Non pas le vide, mais le dénouement. Un air, une eau, lavant, circulant. Les rêves envahissants. La marée. Alors Jean se sentait plus libre. Les fausses peaux, oripeaux, chiffons qu'on agite, tout cela était tombé, il était nu, il n'avait plus de fils attachés aux cheveux, aux membres. C'était donc ça. C'était si simple, après tout. Un moment, juste un moment dans la vie pour être libre. Pour être vivant, sentir chaque nerf, être rapide comme un animal qui court. Savoir voler. Faire l'amour. Être dans le présent, dans le réel.

Puis, après avoir joui ensemble, se laisser aller, les yeux embués, encore enlacés, l'un dans l'autre, le cœur agité, la respiration forte, la sueur s'évaporant et entourant les corps d'un petit nuage froid. Sans parler, sans penser.

Jean a ouvert le cahier à la première page. C'est
Sharon qui le lui a remis quand il est revenu de
voyage. La seule chose qu'il voulait garder de la tante
Catherine. C'est un cahier à couverture marronnasse, de ceux qu'elle achetait à la boutique chinoise
de Quatre Bornes. Avec, imprimé en haut, simplement : *Exercise Book* et au bas : *64 pages*. Du papier
uni que le temps a rendu gris. L'écriture au crayon
est ferme, un peu grandiloquente comme quand on
a vingt ans. Il y a très longtemps, près de soixante
ans, et pourtant tout est d'une grande fraîcheur,
comme si elle venait de l'écrire.

À quoi bon inventer, écrire des histoires ? Il suffit
de lire. Jean lit à voix haute, pour lui seul, d'un ton
presque neutre, à la manière d'une série de nouvelles
dans un journal. Ça ne parle pas de lui, ni d'elle, ni
de personne qu'il connaît. C'est arrivé il y a longtemps, à l'autre bout du monde.

Derniers jours à Rozilis

Mercredi 1ᵉʳ décembre 1909
  Déjeuner ordinaire. Pas de vin. L'extraordinaire du

repas a été une volaille rôtie, puis haricots, pâtes. Comme dessert nous avons eu des fruits et quelques meringues de la veille.

Aujourd'hui nous sommes allés à Rose Hill. Peu de monde dans le train. Chaleur épouvantable. Comme pièce de résistance du biffin nous avons eu 3 gâteaux corn-flour, 2 faits par maman, et un par moi avec l'aide de Maud.

2.

Été à Curepipe. Train comble. Énormément d'Indiens. C'était jour de marché à Rose Hill. Cherché à voir Somapraba, mais impossible.

3.

Passé la journée à déblayer les combles. Chaleur écrasante. Après le dîner entendu le gramophone jouer dans le jardin, les airs du bon vieux temps. Maud a pleuré.

4.

Passé la matinée à emballer une bibliothèque qu'Hervé veut envoyer en France. Gopal me rapporte une conversation des domestiques de Chemin. Selon eux Chemin va raser la plus grande partie des bois noirs et des ébéniers jusqu'au ravin. Il ne restera plus qu'une plaine pour les maudits planteurs de canne. Oh, les vandales! Les morts vont se retourner dans leur tombe.

5.

Aujourd'hui dimanche, expédié une bibliothèque en ville ce matin. Ai brûlé des monceaux de papiers provenant des combles. Mes cahiers, mes lettres. La famille Kmallec part pour la France aujourd'hui, via le Cap. Comme je les envie!

6.

Expédié des livres. Déjeuner avec papa au Glaneur, aussi bon que La Flore (les gâteaux exceptés). Chaleur écrasante.

7.

Expédié encore des livres. Nous avons coupé du bois pour la cuisine. Payé Gopal. Chemin a envoyé déjà des gens commencer la coupe des arbres près du ravin, eucalyptus, bois noirs, ébéniers. Il veut se payer avec le bois. Bientôt il ne restera plus rien.

8.

Expédié des livres ce matin. Allée me promener avec Maud et Hervé jusqu'au ravin. Quand je pense que dans quelques jours il faudra quitter tout ceci pour la maison de Rose Hill, Seigneur, c'est pire que l'exil !

9.

Les hommes de Chemin ont coupé encore des arbres ce matin. Ils ne peuvent même pas attendre notre départ ! J'ai aidé papa à démonter le télescope de cuivre qui doit nous rester car c'est un cadeau. Le forban de Chemin avait oublié l'existence de cet instrument sans quoi il n'aurait pas manqué de le faire inscrire sur l'inventaire.

10.

Expédié une malle de livres ce matin. Encore des arbres abattus. Chemin est venu examiner le travail. Je l'ai aperçu, tout près de la maison, il faisait des gestes avec sa canne, il avait l'air d'indiquer d'autres arbres à abattre. Je ne peux décrire ma tristesse en pensant à tous ces coins charmants qui seront saccagés. Que vont devenir mes oiseaux, mes tourterelles ?

11.

Le nettoyage de la forêt continue.

Tombé de la pluie ce matin, une trombe sur le Pieter Both. Les rivières en crue, je les ai écoutées toute la journée.

12.

En revenant de la messe ce matin, encore de la pluie sur la route. Maud et moi avons pris une voiture à cheval (celle du père de Somapraba).

13.

Été à Rose Hill ce matin pour faire prendre mesure pour l'uniforme de Simon qui prépare son entrée au MVI. Au retour, nous nous sommes arrêtés sur le pont pour regarder la rivière. Dans les ravins, les forêts sont sauvages, beaucoup d'oiseaux.

14.

L'uniforme prêt vendredi. Simon part dans deux mois pour rejoindre le MVI en Angleterre. Il doit aller demain à Vacoas pour une fatigue party.

15.

Accompagné Simon à Vacoas. Ils ont travaillé toute la journée comme des bœufs, à pousser des brouettes. Cela fait partie de l'entraînement militaire.

16.

Été à Rose Hill avec deux charretées de meubles. La maison là-bas bien petite, bien sale, petite case malpropre, vermoulue. Mon Dieu ! Il va falloir habiter là !

17.

Été à Rose Hill, payé 3,50 roupies au tailleur pour l'uniforme. Temps pluvieux.

17-18.

Deux jours de camping aux Vacoas, sous des toiles. Pour fuir, été avec Maud au cinéma voir Carmen. *De retour à Rozilis, la forêt massacrée! Les ébéniers ont tous été vendus. C'est fini.*

19.

Aujourd'hui dimanche, n'avons pu aller à la messe. Temps épouvantable. Observatoire annonce cyclone centre nord, voyageant E-SE. C'est le dernier dimanche que nous passons ici, qui l'eût cru!

20.

Temps affreux, rafales de pluie.

21.

On continue à abattre les arbres, maintenant les Intendances derrière l'écurie. La cour présente un aspect pitoyable. Rien que des cordes de bois partout!

22.

Aujourd'hui mercredi vers 3 heures du matin le toit au-dessus du salon s'est effondré. Il était vermoulu, et la quantité d'eau absorbée a entraîné la chute. Passé la journée à déblayer les décombres avec les garçons.

23.

Envoyé la charrette à Rose Hill avec les meubles et le coffre en bois de l'ancêtre Marro. On continue à abattre les Intendances. À la place des arbres, Chemin fera planter ici des arpents de café et des cannes.

26.
Allés à la messe. Dernier dimanche à Rozilis.

27-31.
Derniers préparatifs. Hervé et sa femme, le petit Raymond déjà installés à Rose Hill. Ils prennent le bateau pour la France le mois prochain. Simon part pour l'Angleterre. Gildas va entrer dans les ordres. Il ne restera que moi et Maud avec nos pauvres parents.

1er janvier 1910.
Notre dernière matinée passée à Rozilis.

N'ai pu aller à la rivière qu'à onze heures et demie, l'eau fraîche, les oiseaux partout dans le ravin, effrayés par la chute des arbres.

Été une dernière fois dans la forêt avec Maud, bien triste, bien éplorée. Restées si longtemps que le déjeuner était déjà terminé, papa déjà parti dans la charrette de Gopal. Sommes parties avec maman dans la voiture prêtée par Kmallec.

Adieu Rozilis, adieu Ébène, adieu pour toujours, jamais plus je ne me promènerai à l'ombre de tes arbres, jamais plus je n'irai me délasser en prenant un bain dans ta rivière délicieuse.

Tout est fini. Je termine aujourd'hui ce journal, car désormais plus rien dans ma vie ne vaudra que je l'écrive.

Saint-Aubin-du-Cormier, juillet 1968

Il a fait ce voyage. Il a pensé qu'il fallait aller au bout de cette quête, arriver au terme de l'histoire, à son commencement, puisque c'est tout un. À l'origine du conte que contait la tante Catherine à La Kataviva, jour après jour.

Runello n'existe plus. A-t-il seulement existé ? Sur les bouts herbeux de la rivière Ellé, on voit des maisons, quelques fermes majestueuses en granite, leurs fenêtres décorées d'hortensias, des camélias en fleurs rouges. Mais tous les gens qu'il a interrogés ont donné la même réponse : le moulin a disparu sans laisser de traces. D'ailleurs plus personne ici ne porte le nom de Marro. Ni celui de Marie Anne Naour.

Sur le chemin qui longe l'Ellé, en haut d'un tertre envahi par les ronces, Jean a découvert un four banal. Un igloo de pierre moussue, percé d'un orifice assez large pour qu'une personne y passe. Il doit y avoir des siècles qu'il n'est plus utilisé, il est austère et magnifique comme un mausolée du temps des druides. En découvrant le four, Jean a pensé que le moulin de Runello ne devait pas être loin, peut-être sur cette plage au creux de la courbe de la rivière, là où coule le canal.

Il faisait beau et chaud, dans le ciel couraient de petits nuages blancs, comme le jour où Jean Eudes est parti à la guerre.

À Lorient, la rue Fulvy a disparu elle aussi. Dans les bombardements de la guerre, tout a été rasé, même les anciens noms.

Mais il lui faut remonter plus loin, en arrière, vers l'origine de toutes les migrations en Bretagne. Avant de rendre l'auto en location à la gare de Rennes, Jean a pris la route qu'a suivie autrefois son ancêtre quand il est parti à la guerre, en 1792. Par les forêts de Lanouée et de Paimpont, puis au lieu de continuer vers La Gravelle, il a tourné vers le nord, en direction de Liffré, jusqu'à Saint-Aubin-du-Cormier.

Il a laissé l'auto sur la place du village, devant un bistro où des hommes jouaient aux cartes. Un des hommes lui a donné les indications pour aller jusqu'à la Lande de la Rencontre. Il l'appelle aussi la Pierre des Bretons. Les autres joueurs, la jeune serveuse ne savaient rien. C'est trop ancien, trop oublié, ça s'est passé il y a exactement quatre cent quatre-vingts ans. Ça ne les intéressait pas. Ils ne pouvaient même pas imaginer qu'ici, dans ce coin tranquille, le 28 juillet 1488 l'histoire de leur pays a changé.

Sorti du village à pied, passé une boucle, soudain Jean découvre le lieu.

C'est une pente boisée en pins et en chênes, ouverte sur une vaste clairière qui descend jusqu'au marécage de la lande d'Ouée. Une étendue absolument vide, un pâtis, mais on devine qu'autrefois cette pente nue devait être semblable aux autres landes, mangée d'ajoncs gris, de buissons d'épines, avec de loin en loin un bosquet de chênes ou de sureaux. Alentour, au nord et à l'est, la forêt d'Usel est sombre, si dense que la lumière du soleil y entre à peine. Une forêt pleine de secrets et de maléfices, comme la forêt de Brocéliande. Mais ici c'est l'histoire qui est le seul maléfice. Le vent d'hiver doit souffler âprement dans les grands pins, arracher la poussière à la terre sèche de la lande.

Ici, dans la journée du 28 juillet 1488, après un combat acharné, les Bretons ont perdu leur indépendance, trahis par Rohan et vaincus par l'armée de Charles VIII, sous les ordres de La Trémoille. En un seul après-midi six mille soldats de l'armée de Bretagne ont péri, dont un grand nombre de jeunes gens de la noblesse bretonne. Sont morts aussi ce jour-là cinq cents archers anglais au service de Talbot, avec le comte de Scales, huit cents Allemands du Saint Empire sous les ordres du capitaine Blehr, et huit cents mercenaires gascons et basques.

Tout ça est si loin, oublié. Pourtant Jean marche à travers les ajoncs piquants, sur la pente, il descend jusqu'au rocher de granite d'où est partie l'attaque de l'armée française. C'est de là que La Trémoille a dû apercevoir la première fois l'armée bretonne, en haut de la colline, alignée en bon ordre, chevaliers cuirassés portant les étendards noir et blanc, mercenaires anglais barrés de la croix rouge, leurs arcs à la main.

Les champs de bataille sont les lieux les plus paisibles du monde, c'est bien connu. Au bord de la forêt, le soleil brillait sur l'herbe et les ajoncs en fleur, le ciel devait être comme aujourd'hui, d'un bleu léger, parcouru de nuages en plumes. Ensuite il y a eu le choc, les deux armées cognant l'une sur l'autre sur la pente de la lande, le sang a brillé sur les épines des ajoncs. Les cris, les coups des masses d'armes, les décharges des couleuvrines, la mort qui fauchait de part et d'autre, qui enfonçait les casques et les armures. Les cris de colère, « Samson ! Samson ! » et aussi « *Warraok !* ». « *Torpen !* » comme dans la forêt de l'Argonne. Et puis, quand la cavalerie française a pris les Bretons à rebours, face au soleil, la fuite dans la forêt, les guerriers luttant dos aux arbres, jusqu'au bout, mourant cloués dans la terre humide, et ceux que les soldats français débusquaient dans les fourrés, les valets, les cuisiniers, les palefreniers, tués sans pitié à coups de hache et de dague. Puis, à six heures ce soir-là, le soleil était encore haut à l'ouest et chauffait la terre, tout a été fini.

Enfin, dans les semaines, les mois qui ont suivi, de proche en proche, les places fortes sont tombées, les unes après les autres, Vitré, Vannes, Saint-Malo.

Jean marche dans l'ombre de la forêt, il regarde, il écoute de tous ses sens. C'est ici, au cœur de la forêt, que tout a été terminé. S'est ensuivi l'effondrement économique et moral de la Bretagne. Le pays avait vécu libre, commerçant avec ses alliés du nord, l'Angleterre, l'Allemagne, et avec l'Espagne, le Portugal, fournissant la toile à voile, les cordages, le bois des navires. Après cette bataille, la Bretagne est devenue une terre soumise, corvéable, la partie la plus lointaine et la plus abandonnée du royaume qui l'avait conquise. Trois cents ans plus tard, quand Jean Eudes Marro marche à travers la campagne pour rejoindre l'armée révolutionnaire, au même moment à quelques années près l'Anglais Young écrit sa relation de voyage, où il dépeint la région de Rennes et de Mordelles comme la plus pauvre qui soit, enfants en haillons courant pieds nus le long des chemins pour mendier une croûte de pain, vieillards mourant de faim. C'est ce pays que les Bretons fuient au bout du monde pour tenter de survivre.

Dans la forêt, dans la partie surnommée justement le Charnier, Jean a marché sur la terre imprégnée du sang des soldats massacrés. Entre les arbres, à l'autre bout de la lande d'Ouée, brille l'eau du marécage. Le soleil est très doux en cette fin d'après-midi, comme il a dû l'être au soir de la bataille, ciel clair et grandes déchirures de nuages. Un oiseau solitaire lance son cri monotone qui troue le silence d'un ui ? ui ? Le silence recouvre la lande, le silence recouvre l'histoire.

Jean est retourné au village. Au bistro, il a acheté un peu de chocolat, une bouteille d'eau. Il est reparti dans la direction de Rennes. À Paris, Mariam l'attend.

Dans les premiers jours de septembre 1969, Jean et Mariam descendent la coupée sur l'aéroport de Plaisance, île Maurice. Ils se sont mariés le 30 août, à la mairie du quinzième arrondissement de Paris. Sans témoins pour Jean, juste un vieux qu'il avait recruté le matin même au café du coin, en présence de maman Lou Manciet pour Mariam. Jean a obtenu une permission de vingt jours avant son incorporation. Il ira à Lyon, dans le régiment des Cuirassiers du Roy (oui, cela existe). Après trois mois, il pourra intégrer l'école de médecine militaire, qui prendra en charge la fin de ses études. Les années passées à Londres à l'hôpital Saint Thomas ne lui seront pas décomptées, mais cela vaut mieux que la prison pour insoumission, ou la fuite, a fait valoir le lieutenant Marini. Ce sera de toute façon assez ironique, a pensé Jean, qu'il fasse passer le conseil de révision et qu'il exempte du service tous les Amoretto et les Charon, tous ceux qui boitaient ou mâchaient du savon pour simuler l'épilepsie, de peur d'aller tuer ou se faire tuer de l'autre côté de la Méditerranée.

Mariam va continuer ses études de psychologie. Elle travaille dans un bistro de Denfert-Rochereau, L'Œil du Cyclope, quatre soirées par semaine de sept heures à minuit et demi. Ils se verront tous les deux ou trois mois, en permission. Le train va vite, les militaires en uniforme ont des réductions.

Le voyage à Maurice, c'était un peu leur lune de miel. Jean avait parlé d'Oran, pour voir la vieille ville, et la grande avenue où Mariam avait perdu ses pains. Mais elle n'a pas voulu. Peut-être qu'elle n'est pas prête à regarder son passé en face. Ou elle a peur que les militaires là-bas lui enlèvent son passeport français.

Maurice, c'était plus facile. C'est neutre. Il n'y reste plus personne du nom de Marro. Juste des fantômes, mais le soleil, l'éclat des plantes et l'indépendance toute neuve doivent bien venir à bout des fantômes.

À Mahébourg, ils ont loué une chambre dans un « pensionnat », tenu par la famille de François-Xavier Liu, sur l'ancien front de mer. De la terrasse on voit très bien la montagne du Lion et la rade, et les îlots noirs sur la ligne des récifs, là où en 1810 a eu lieu la dernière grande victoire de la marine française. Durant ces trois jours qui ont changé l'histoire de l'Ile de France, Jean Eudes n'était pas encore à Ébène. Peut-être est-il venu le deuxième jour à Grand Port, à cheval, avec la garde nationale, pour suivre le déroulement de la bataille. Sans doute a-t-il cru lui aussi à la victoire, quand la flotte de Willoughby s'est fracassée sur le récif et que l'amiral blessé a été fait prisonnier des Français.

Aujourd'hui, Mahébourg est une petite ville endormie au soleil, au frais des alizés. Le marché est plein de femmes, d'enfants. Avec Mariam, il a marché dans la grand-rue, à travers les longs voiles rouge et or des saris qui flottent dans le vent. Sur la place poussiéreuse où les autobus manœuvrent, Mariam a vu les chiens faméliques qui errent, à la recherche d'un débris.

L'après-midi, pendant que Mariam se repose au pensionnat Liu, Jean a pris un bus pour Curepipe, puis un autre vers Quatre Bornes, et il s'est arrêté à Rose Hill près du carrefour d'Ébène. Il sait bien qu'il ne va rien trouver. Pourtant son cœur bat plus vite tandis qu'il marche sur la route des cannes en direction de la rivière Terre Rouge. C'est la fin de la journée de travail, les femmes en *goni* marchent en sens inverse, drapées dans des châles, leur houe en équilibre sur la tête. Elles jettent un coup d'œil furtif à ce jeune touriste sans appareil de photo, perdu si loin des plages. Elles parlent dans leur langue volubile, elles rient un peu. Comme à Naucalpan, il y a des enfants à demi cachés dans les fourrés, ils rient eux aussi. Mais ils ne lui ont pas jeté de cailloux. Leurs visages sont très ronds, ils ont des yeux malins, quand ils rient leur denture éclate de blancheur.

La route s'arrête en plein champ. Le vent glisse sur la fourrure des cannes, presque sans bruit. À chaque bout de l'horizon, les pics bleutés ferment le cercle, et Jean cherche dans sa mémoire les noms. Au sud les trois Mamelles, à l'ouest le Corps de Garde et les hauts de Floréal, noyés dans la brume. À l'est, la montagne Blanche, le Piton du Milieu. Au nord, enfin, droit devant lui, la montagne Ory, et par-dessus la chaîne des Guibbies, les géants de Maurice, le Pouce, le Pieter Both. C'est ici. Jean est entré dans Ébène sans s'en rendre compte. Le ciel est immense, les nuages filent vers le nord-ouest à toute vitesse. Du côté des hauts de Crève-Cœur, un nuage a crevé et lâche sa pluie. En face, au-dessus de Port Louis invisible, un rayon de soleil éclaire.

Jean marche au milieu des cannes, elles sont par

endroits si hautes qu'elles ferment leurs plumets gris au-dessus de sa tête. La terre est sèche, rouge sang, constellée de pierres de lave. Le vent qui passe entrechoque les feuilles aiguës. Le soleil brûle par instants si fort que Jean sent la sueur jaillir de son front, couvrir ses yeux. Il marche longtemps au hasard, jusqu'à un monticule. Et tout d'un coup, c'est là, devant lui, à quelques mètres : le ravin s'ouvre comme une plaie noire dans le champ de cannes, et au fond du ravin Jean voit la rivière. Sur l'autre rive, le champ de cannes continue jusqu'aux cheminées de Minissy, de Bagatelle. Le fond du ravin est rempli d'arbres immenses, bois noirs, ébéniers, palissandres, et la rivière court entre les blocs de basalte. À cette heure, la lumière entre en plein. Un peu en amont, à gauche de la rivière, Jean aperçoit quelques ruines, mais en aucun cas ce ne peut être les restes de Rozilis. La maison était en bois, elle dominait les ravins. Ça ressemble plutôt à un ancien poulailler, ou à un corral à cabris que la végétation a envahi. Rozilis a disparu. Si la rumeur qui est parvenue jusqu'à la tante Catherine a dit vrai, la maison a été détruite quand on a loti le carrefour d'Ébène, et le reste a été recouvert par les cannes. On a beaucoup construit près de la route qui mène au Réduit, des maisons ordinaires en parpaings et toits de tôle, des hangars, et même quelque chose qui ressemble à une école, mais qui doit être un poste pour les pompiers, entouré d'une haute palissade.

En s'agrippant aux broussailles et aux racines, Jean est descendu jusqu'au fond du ravin. Il marche le long de la rivière Terre Rouge. Par endroits, la gorge se rétrécit, il faut sauter d'un rocher à l'autre. L'eau cascade en faisant sa musique. Au fond du ravin la chaleur est étouffante. C'est un lieu perdu, séparé de la Maurice actuelle, si différent, Jean a le sentiment de voir avec les yeux de son aïeul ce qu'il a regardé il y a cent cinquante ans quand il est venu ici à la recherche du lieu de sa thébaïde. Un monde encore intact, où il pouvait oublier avec Marie Anne et ses enfants la vindicte et la médiocrité, et sans doute son échec à faire fortune avec la course. Loin de la mer, loin de la guerre, au cœur de la nature.

Passé le pont du chemin de fer et la route du Réduit, la gorge s'élargit, devient une vallée. À l'endroit où les rivières se rejoignent, les cascades sont rapides, l'eau est blanche d'écume. Sur les berges poussent de grands arbres, ceux qui ont survécu à la dévastation moderne, les ébéniers très hauts et lisses, avec leurs fleurs blanches ouvertes à l'axis, les thérébintes, les bois colophane, les bois de fer, bois de rose, amarante, maïdou, macassar. Les flancs du ravin sont abrupts, chargés de plantes et de lianes. Dans le silence, l'eau fait un bruit continu, très doux, très puissant. Jean est arrivé au Bout du Monde, c'est ici que Catherine venait autrefois. Il lui semble sentir sa présence près de lui, entendre le bruit de ses pas. Elle marche en tenant la main de Somapraba, elles sont dans le domaine d'Aranyany, près du temple secret au milieu des rochers. C'est ici qu'elle écoutait l'aventure de Damayanti, perdue dans la forêt, à la recherche de son mari le roi Nala.

Maintenant Jean s'arrête, le cœur battant, la tête pleine de vertige. Il est à l'endroit exact où la vie de Catherine s'est interrompue, comme si elle y avait laissé une partie d'elle-même. Ce jour fatal du 1er janvier 1910, quand avec sa famille elle a été chassée du paradis. À cet endroit les rivières forment un bassin d'eau profonde au pied des basaltes. L'eau est couleur de forêt, couleur de nuit, elle frissonne du toucher des moustiques et des dames-céré. Sur l'un des bords éloignés de la déverse, les lotus ont ouvert leurs corolles mauves. Les bois noirs plongent leurs racines dans cette eau. C'est le temple des Sept Déesses, le premier temple qu'ont construit les immigrants indiens débarqués sur les marches de l'Apravasi Ghât au Port Louis, où sont mêlées les âmes des marrons chassés par le major Darling, au temps de la révolte de Ratsitatane.

Jean brûle de soif. Il s'est penché sur l'eau noire, il a bu en écartant les feuilles et les herbes. Il est resté longtemps couché sur la roche tiède, jusqu'à ce que l'ombre tourne et emplisse à nouveau le ravin. Alors il remonte la rivière jusqu'au pont du chemin de fer. Un bus l'a ramassé un peu plus tard et, tandis qu'il descend la route cahoteuse vers Mahébourg, il se sent heureux et libre, comme si l'eau du bassin du Bout du Monde l'avait lavé.

Kilwa (fin)

Je suis Balkis, fille de Balkis, petite-fille de Kiambé la sorcière.

Je suis née à Candos, quartier de Quatre Bornes, c'est là que j'ai toujours vécu. Mon père est mort quand j'avais quatre ans, je n'ai aucun souvenir de lui. Il était charpentier à Rose Hill, une poutre l'a écrasé. Nous avons vécu dans la pauvreté, sans argent, sans beaucoup à manger. Notre case est en planches bardées de tôle pour empêcher la pluie d'entrer. Après la mort de mon père, ma mère a eu trois autres enfants, des garçons, de trois hommes différents. Le mari de ma mère que j'ai préféré, c'est un Breton de Rodrigues qui s'appelle Le Pann. Mes frères s'appellent Samuel, Emmanuel, et le dernier Jildaz. Jildaz est mon préféré, il a la peau rouge et les cheveux coton-maïs. Ma mère se moque de lui, elle l'appelle Ti-rat blanc.

J'ai fait la connaissance de ma grand-mère Kiambé quand j'ai eu douze ans. Ma mère n'a pas voulu que j'aille la voir avant. Peut-être que ma grand-mère n'aimait pas que ma mère change souvent de mari.

Quand j'ai eu douze ans, j'ai eu mes premiers saignements et ma mère m'a dit qu'on irait voir ma grand-mère Kiambé à Crève-Cœur. Mais elle ne m'a pas dit pourquoi. Elle a rempli un sac avec des fruits, des gâteaux-piment et aussi du thé vert et une fiasque d'arak.

Je n'étais jamais sortie de Candos, le voyage en bus m'a semblé très long. La route tournait dans la montagne, les nuages étaient très noirs, il pleuvait, il faisait froid. Le bus s'est arrêté à Ripailles et nous avons marché sur un chemin vers le haut de la montagne. J'étais pieds nus dans la boue, j'avais peur, je croyais que ma mère avait décidé de me perdre dans la montagne parce que nous n'avions plus de quoi manger, comme dans les histoires qu'on raconte aux petits. Je restais derrière parce que j'avais mal aux pieds, ma mère se mettait en colère, elle me tirait par le bras. Ma mère Balkis est comme moi, elle est noire, grande, maigre et noire. La pluie collait ses cheveux et sa robe. Ma mère est agile et forte malgré son âge, elle a des jambes où les muscles font des cordes, je le voyais quand elle se lavait au baquet dans la pièce, je la frictionnais avec des feuilles à parfum qu'elle va cueillir sur la montagne Candos, où elle dit que ses ancêtres les ont apportées quand ils vivaient là au temps margoze des esclaves. Ma mère Balkis a eu quatre enfants et un cinquième qui est mort avant moi à sa naissance, et elle est restée belle et forte comme dans sa jeunesse.

Alors nous avons passé en haut de la montagne de Ripailles et de l'autre côté le ciel était clair et on voyait une grande vallée verte avec beaucoup de maisons et au loin la mer, et c'était comme dans le livre où j'ai appris à lire et à écrire, où on voit un pays qui s'appelle la Bretagne avec des champs et des rivières et des maisons semblables, sauf que je croyais que ça n'existait pas.

Là nous nous sommes arrêtées pour nous reposer.

J'étais assise sur un gros rocher et je regardais Crève-Cœur et de l'autre côté la montagne qu'on appelle le Pieter Both avec une boule au sommet. Et ma mère Balkis s'est assise à côté de moi et elle a passé son bras autour de mes épaules et elle me serrait comme quand j'étais petite, et j'ai cru que c'était ici qu'elle allait me laisser et j'ai pleuré. Mais ma mère m'a parlé doucement, elle m'a parlé de ma grand-mère Kiambé qui était sorcière, et avant elle une autre Balkis, et avant elle une autre Kiambé et toutes celles qui étaient nées avant elles, qui avaient vécu il y avait très longtemps, jusqu'à une Balkis, comme ma mère et moi, qui était venue la première dans cette île depuis l'autre côté de la terre.

Elle m'a dit qu'elle m'avait déjà amenée à ma grand-mère Kiambé quand j'étais un bébé, pour que ma grand-mère fasse des prières et me donne toute sa puissance.

J'ai écouté cette histoire et j'ai cessé de pleurer. J'étais même impatiente à présent de descendre à Crève-Cœur pour rencontrer ma grand-mère, et je courais sur le chemin. Nous sommes arrivées en bas à la fin du jour. Ma grand-mère Kiambé habitait une petite case en dehors du village, dans les hauteurs où il n'y a que des broussailles et des pierres noires.

Je pensais que ma grand-mère Kiambé était comme ma mère et comme moi, grande et un peu effrayante, mais quand elle est sortie j'ai vu qu'elle était très vieille et toute petite, avec la peau claire comme mon frère Jildaz, sauf que sa figure était pleine de taches comme une salamandre. J'ai vu aussi qu'elle était aveugle. Il n'y avait personne d'autre dans la maison, elle vivait de ce que les gens lui apportaient à manger chaque jour.

Elle avait l'air contente que je sois venue, elle m'a prise par la main et nous avons marché derrière sa maison, là où il y avait un grand arbre manguier, le plus grand et le plus vieux que j'avais jamais vu. Il était accroché à la montagne, avec son tronc qui se redressait et ses branches étendues avec des feuilles très vertes comme des mains luisantes.

Ma mère est restée dans la case. Quand ma grand-mère et moi nous sommes arrivées à l'arbre, j'ai vu qu'il y avait une grotte entre les racines et, au fond de la grotte, des pierres noires qui portaient des bougies et des potiches cassées avec des feuilles à parfum.

Nous sommes restées là pour la nuit. Ma mère a cuisiné du riz dans la case et elle nous a apporté à manger. Et quand il a fait nuit, ma grand-mère a allumé un petit feu dans la grotte entre les racines et elle m'a dit de donner à manger au feu avec des brindilles. Ma mère a apporté la bouteille d'arak et des cigarettes, et pendant ce temps je regardais la vallée de Crève-Cœur avec toutes les lumières qui s'allumaient jusqu'au terrain de foot à côté de l'école, et en face les grandes montagnes, le Pieter Both, la montagne des Singes, la montagne Longue, qui brillaient encore au soleil dans la nuit. Et il me semblait qu'elles étaient comme des gens de ma famille qui veillaient sur nous depuis toujours. Ensuite la nuit est devenue très noire, et il n'y avait plus que la lumière du feu que je nourrissais de brindilles. Et ma grand-mère a commencé à chanter pour moi, d'une voix faible et très aiguë, une voix que je ne connaissais pas, et je ne comprenais pas ses paroles, mais c'était un chant qui était en moi parce que je pouvais chanter aussi, en regardant le feu, au fond de la caverne du manguier.

Ma grand-mère n'avait rien mangé, elle avait seulement bu de l'arak, elle avait craché sur les racines, elle soufflait la fumée des cigarettes. Ensuite elle a pris de la terre près de l'arbre et elle l'a passée sur mon front et sur mes yeux, et elle a tracé sur la terre devant le feu avec une brindille une grande étoile qu'on appelle Vintana, car c'était le signe qu'elle avait reçu de sa mère et de sa grand-mère, et chacune avait porté en elle après l'autre ce signe qui était le signe de la puissance de Dieu. Et elle a continué à boire et à fumer et à chanter toute la nuit, et quand il n'y a plus eu de brindilles à brûler le feu s'est éteint et je me suis endormie contre les racines du manguier, et je me réveillais par moments et j'entendais la voix de ma grand-mère qui continuait à chanter comme si j'étais encore un bébé.

Et au matin j'ai été réveillée par les rayons du soleil, il faisait chaud dans le creux des racines. J'ai vu que ma grand-mère Kiambé n'était plus là. Elle était retournée se coucher dans sa case et elle avait tiré le rideau devant son lit, pas à cause du jour, qu'elle ne voyait pas, mais pour disparaître à nos yeux.

Alors ma mère Balkis m'a donné un collier que ma grand-mère avait béni pour moi, elle l'a mis à mon cou. Et c'était un collier fait d'un fil noir qui passait à travers des morceaux de bois dur, des coquillages, et des pierres jaunes telles que je n'en avais jamais vu. Ma mère m'a dit que c'était le collier de la puissance, et que ma grand-mère me l'avait donné pour que je le porte toute ma vie, et que lorsque j'aurai une fille, c'est elle qui devra le porter à son tour. C'est une chaîne qui nous réunira le jour du Jugement, quand la mer s'ouvrira et que Dieu nous montrera le chemin jusqu'à la grande terre d'où nous sommes venus.

Après cela, nous sommes retournées à Candos, et j'ai appris que ma grand-mère Kiambé était morte quelques jours plus tard. Elle avait envoyé un rêve à

ma mère avant de mourir pour que je vienne chercher le collier. Et maintenant, je suis avec ma mère
Balkis au camp de Candos, près de la montagne,
avec mes quatre frères. Je ne connais pas les chants
ni les prières, je ne suis pas une sorcière. Mais je
peux chanter et dessiner l'étoile Vintana par terre et
deviner l'avenir dans mes rêves.

L'amour à Maurice, c'était très doux. La nuit, le vent glissait dans la chambre, faisait ondoyer la moustiquaire. On pouvait tout oublier, se laisser porter par le bruit de la mer au loin sur le récif. Comme au temps où Jean Eudes et Marie Anne étaient dans la maison Des Bassins à la rivière Tamarin, et qu'ils écoutaient eux aussi le vent dans les aiguilles des filaos, les vagues qui se brisaient sur la plage, de temps à autre la rumeur des voix, un aboiement de chien.

Il y a si longtemps. Ce qui a été peut-il être encore ? Peut-on vivre à la fois dans plusieurs temps ?

Ce matin, Jean a emmené Mariam en bus jusqu'à Port Louis. Avant d'entrer en ville, le bus les a laissés à l'église de Cassis. Jean savait où il allait. Il y avait pensé souvent, chez ses parents, en regardant la grande carte de Maurice que son père avait fait venir de Londres et avait épinglée au mur, au-dessus du poste de radio où il écoutait les nouvelles de la BBC. À l'entrée du Port, passé l'estuaire de la grande rivière du Nord-Ouest, il y a une péninsule au bout de laquelle les Anglais ont construit leurs forts. Juste au centre, perdu sur la mer, c'est le cimetière de l'Ouest. Là se trouvent Jean Eudes et sa femme

Marie Anne. C'est pour aller les voir que Jean a voulu faire ce long voyage.

C'est un quartier délabré, on dirait abandonné. À la porte du cimetière, à toucher du haut mur d'enceinte en basalte, le gardien réside dans un petit bâtiment de ciment à toit rouillé. Au milieu du carrefour, des gosses jouent au ballon au soleil. Les chiens dorment à l'ombre des arbres, nez dans la poussière. De l'autre côté du mur d'enceinte, on voit de grands arbres, des multipliants, des arbres de l'Intendance. Par endroits, ils ont poussé sur le mur et fait écrouler des pans entiers, comme s'il y avait eu un tremblement de terre.

Le gardien est un homme assez jeune, un peu chauve, à la peau presque noire. Il est assis derrière une table où sont posés un ventilateur et un service à thé d'un autre âge. Même s'il est surpris par l'entrée de Jean et Mariam, l'un qui ressemble à un touriste français, l'autre à une Indo-Mauricienne, il n'en montre rien. Il est affable et les prie de s'asseoir. Quand Jean demande à consulter le registre de l'année 1843, il se lève et va tourner la clef qui ferme la serrure d'un placard grillagé. Les registres sont là, année après année, de gros bouquins reliés couleur peau dont le dos part en lambeaux. Le livre est si vieux que les pages se déchirent quand le préposé cherche à les tourner. Cela l'irrite à tel point qu'il tend l'ouvrage à Jean. «Vous devrez chercher vous-même», dit-il en anglais.

Le vent entre par brusques bouffées dans le bureau, un tourbillon venu du Port qui sent la vase. Penché sur la table, Jean décolle les pages une à une. Les noms défilent, écrits à la main dans des encres différentes, les noms de tous ceux qui ont été enterrés cette année-là, des noms inconnus, sans doute Jean Eudes et Marie Anne les ont-ils connus, des noms d'hommes et de femmes qui vivaient ici, qui exerçaient un métier, qui avaient des enfants, des amis, des voisins. Juste des noms, suivis de la date d'inhumation et du numéro de la concession, sans commentaires. Richardson, Sedley, Rivoire, Herbert, Chastel, Limonay, Ali Khan, Pérette, Arkan Singh, Loomong, Julienne, Lestrange, Radamsy, Bhurdwaz, Man Shiram, Pitot, Zacharie, Arlanda, Bonamy, Kgaradec, Betuel, Galdemar. Il fait chaud et lourd malgré le ventilateur qui vrombit et les bouffées de vent qui passent par les fenêtres. Mariam est allée s'asseoir dehors sur les marches de l'escalier, à l'ombre, elle fume en regardant les enfants jouer au ballon.

Le premier tome n'a rien donné. Jean ouvre le deuxième, où sont recensés les transferts de sépulture. En 1847, le cimetière central de Port Louis a été déplacé pour la construction des bâtiments de l'Administration, et toutes les tombes transférées à l'ouest. Et là, tout d'un coup, à la deuxième page, Jean voit le nom de Marro. Écrit sans prénom, sans date, sans qualité. Juste ceci : Marro. Et le chiffre 337, le numéro de la concession.

Le gardien a appelé un des garçons qui jouent au foot. C'est un jeune créole de douze-treize ans, visage tout rond, yeux rieurs. C'est lui qui servira de guide.

Il marche vite entre les allées, il court par moments. Il a hâte de retrouver ses copains au carrefour. Mariam a du mal à suivre. Passé le quartier chinois, les tombes sont mal entretenues, abandonnées. Les arbres ont poussé démesurément, de grands banians dont les racines plongent au milieu des sépultures. Les mauvaises herbes, les touffes de lantanas, les buissons d'épines ont envahi les allées. À certains endroits, il faut marcher sur les tombes, sauter d'une dalle à l'autre. C'est sombre, sinistre, une odeur de pourriture sort de la terre.

Mariam reste en arrière, elle ne veut pas aller plus loin. Mais Jean continue à marcher derrière le garçon. Arrivé au bout du cimetière, là où le mur forme un angle, le guide s'est arrêté. Il ne dit rien. Il est debout sur le rebord d'un grand tombeau baroque, où un ange mutilé s'écroule. Suivant le regard du garçon, Jean découvre une dalle de basalte toute nue, allongée au milieu des broussailles. Au centre de la dalle, gravé au ciseau, encore très lisible malgré le temps et l'abandon, il y a juste le nom

MARRO

Jean n'avait pas espéré pierre plus simple et plus belle pour Jean Eudes et Marie Anne. Cette grande dalle noire posée sur la terre, éclairée par la lumière du soleil, avec le vent de la mer qui froisse le feuillage des arbres alentour. Comme s'il n'y avait personne avant, personne après eux. C'est une impression mystérieuse et simple à la fois. C'est ici, sous cette dalle, et nulle part ailleurs, que survit le rêve de Rozilis.

Le jeune garçon s'est assis sur son tombeau rococo. Il attend une pièce. Il s'impatiente.

Mariam a rejoint Jean. Debout à côté de lui, elle le tient par la main. Il sent la chaleur de son corps, l'odeur douce de ses cheveux qui chasse tous les miasmes.

En revenant sur leurs pas, ils voient le cirque magique des montagnes au-dessus de la ville, le Corps de Garde, la montagne des Signaux, très noire avec sa falaise pareille à un front, le fond du Port avec la Fenêtre, la pente desséchée où Ratsitatane a regardé l'horizon avant de mourir. Au loin, les pics, le Pouce, le Pieter Both, pareils à des dessins dans un livre de contes féeriques.

Avant de quitter le cimetière, ils ont regardé en arrière l'océan d'un bleu profond, qui fait une muraille infranchissable sur l'horizon, sans un bateau, sans une voile.

Cette nuit, dans la petite chambre blanchie à la chaux où le vent agite le tulle, Jean et Mariam feront l'amour très doucement, très longtemps, jusqu'à toucher ce point, ce tressaillement lumineux que personne ne peut expliquer et que les vivants atteignent quelquefois, et qui scelle leur futur. Plus tard, longtemps après, Mariam dira que c'est le moment où Jemima-Jim est né, l'instant qui a tout commencé, quand est apparu un visage nouveau sur le courant de leur histoire.

En quittant le cimetière de Cassis, Jean et Mariam sont passés en bus par la nouvelle zone industrielle de Coromandel (née du *Export Processing Zones Act*) et, tout de suite après, devant le carrefour d'Ébène. Jean a regardé d'un simple coup d'œil le chemin étroit qui s'enfonce dans les cannes mûres, dans la direction du ravin. Mariam était fatiguée par le soleil et par le vent de la mer. Elle a posé sa tête sur l'épaule de Jean, elle s'est endormie tranquillement dans les cahots de la route, et la nuit tombait.

DU MÊME AUTEUR

Aux Éditions Gallimard

LE PROCÈS-VERBAL. (Folio n° 353). Illustré par Baudoin (Futuropolis/Gallimard).

LA FIÈVRE. (L'Imaginaire n° 253).

LE DÉLUGE. (L'Imaginaire n° 309).

L'EXTASE MATÉRIELLE. (Folio Essais n° 212).

TERRA AMATA. (L'Imaginaire n° 391).

LE LIVRE DES FUITES. (L'Imaginaire n° 225).

LA GUERRE. (L'Imaginaire n° 271).

LES GÉANTS. (L'Imaginaire n° 362).

VOYAGES DE L'AUTRE CÔTÉ. (L'Imaginaire n° 326).

LES PROPHÉTIES DU CHILAM BALAM.

MONDO ET AUTRES HISTOIRES. (Folio n° 1365 et Folio Plus n° 18).

L'INCONNU SUR LA TERRE. (L'Imaginaire n° 394).

DÉSERT. (Folio n° 1670).

TROIS VILLES SAINTES.

LA RONDE ET AUTRES FAITS DIVERS. (Folio n° 2148).

RELATION DE MICHOACAN.

LE CHERCHEUR D'OR. (Folio n° 2000).

VOYAGE À RODRIGUES, *journal.* (Folio n° 2949).

LE RÊVE MEXICAIN OU LA PENSÉE INTERROM-PUE. (Folio Essais n° 178).

PRINTEMPS ET AUTRES SAISONS. (Folio n° 2264).

ONITSHA. (Folio n° 2472).

ÉTOILE ERRANTE. (Folio n° 2592).

PAWANA. (Bibliothèque Gallimard n° 112).

LA QUARANTAINE. (Folio n° 2974).

LE POISSON D'OR. (Folio n° 3192).

LA FÊTE CHANTÉE.

HASARD *suivi de* ANGOLI MALA. (Folio n° 3460).

CŒUR BRÛLÉ ET AUTRES ROMANCES. (Folio n° 3667).

PEUPLE DU CIEL *suivi de* LES BERGERS, *nouvelles extraites de* MONDO ET AUTRES HISTOIRES. (Folio n° 3792).

RÉVOLUTIONS. (Folio n° 4095).

Aux Éditions Gallimard Jeunesse

LULLABY. *Illustrations de Georges Lemoine (Folio junior n° 140).*

CELUI QUI N'AVAIT JAMAIS VU LA MER *suivi de* LA MONTAGNE OU LE DIEU VIVANT. *Illustrations de Georges Lemoine (Folio junior n° 232).*

VILLA AURORE *suivi de* ORLAMONDE. *Illustrations de Georges Lemoine (Folio junior n° 302).*

LA GRANDE VIE *suivi de* PEUPLE DU CIEL. *Illustrations de Georges Lemoine (Folio junior n° 554).*

PAWANA. *Illustrations de Georges Lemoine (Folio junior n° 1001).*

VOYAGE AU PAYS DES ARBRES. *Illustrations d'Henri Galeron (Enfantimages et Folio Cadet n° 187).*

BALAABILOU. *Illustrations de Georges Lemoine (Albums).*

PEUPLE DU CIEL. *Illustrations de Georges Lemoine (Albums).*

Aux Éditions Mercure de France

LE JOUR OÙ BEAUMONT FIT CONNAISSANCE AVEC SA DOULEUR.

L'AFRICAIN.

Aux Éditions Stock

DIEGO ET FRIDA (repris en « Folio », n° 2746).

GENS DES NUAGES, en collaboration avec Jemia Le Clézio. *Photographies de Bruno Barbey* (repris en « Folio », n° 3284).

Aux Éditions Skira

HAÏ.

Aux Éditions Arléa

AILLEURS. Entretiens avec Jean-Louis Ezine sur France-Culture.

Composition Bussière
Impression Liberduplex
à Barcelone, le 13 septembre 2004.
Dépôt légal : septembre 2004.
ISBN 2-07-031690-4./Imprimé en Espagne.